厦门文艺

（诗歌专号）

1995

厦门文学

ISSN 1004-8765

● 厦门如翼文学作品专号

XIAMEN LITERATURE

21

1978

让喜欢厦门的人、喜欢《厦门文学》；让喜欢文学的人，喜欢《厦门文学》

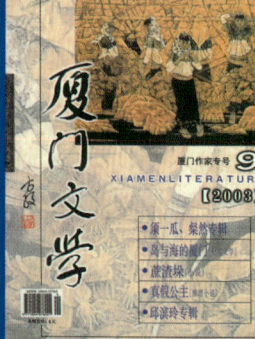

厦门文学

XIAMEN LITERATURE

厦门作家专号 9

【2008】

Xiamen Literature

厦门文学

三月号

"厦门文学"

60年作品选【下册】

主编　谢春池　刘岸

厦门大学出版社

XIAMEN UNIVERSITY PRESS

国家一级出版社
全国百佳图书出版单位

目　　录

散　文　卷

诗 歌 卷

评 论 卷

散文卷

我漫步在十月的田野

艾　特

我无法找到一张琴，能奏出跳动在我心上的音乐；也无法找到一支笔，来抒写奔腾在我血液里的快乐。那么，让我来说吧：恨我底嘴太笨，说不完解放三年来的喜悦。

我漫步在十月的田野，分外感觉到祖国的可亲，我们粉碎了三千年的封建枷锁，我们已成为新中国大地的主人。

我底手执着《毛泽东选集》，仔细吟味着它每一个字句，它是中国人民革命的结晶，它是引导我们走向社会主义的火炬。

我底视线投向通往城市的路上，农民们敲锣打鼓地送交公粮，孩子们提着书包上学去，农妇们挑着果蔬走向菜市场。

我底耳听着他们幸福的歌唱，歌唱伟大的毛泽东是东方的太阳，我兴奋得心狂跳出胸口，飞翔在祖国底天空上。

天安门前的广场一片人海，城楼上高悬着伟大的毛泽东画像，我记起 1949 年的 10 月 1 日，毛泽东从这里发出巨雷般的声响，他宣布中华人民共和国成立，他说："中国人民站起来了！"

这声音震动了整个世界，劳动人民拍手欢呼，帝国主义发抖哀叫。

从黑龙江畔到珠穆朗玛峰顶，从帕米尔高原到太平洋，祖国底建设像春天的花朵到处开放，五万万人民团结得像一座钢墙。

我飞越过美丽的鸭绿江，英雄的朝鲜人民正狠狠地打击美国狼，我怀着尊敬的心歌颂着金日成，像歌颂伟大的人民领袖一样。我们最可爱的人亲切谈论着祖国的成长，他们底脸上闪着胜利的光芒。为了保障亚洲与世界的和平，他们像雄狮一般地守卫在"三八线"上。

我们热爱和平生活的幸福！我们诅咒战争年代的苦难！谁要是想把我们底幸福蹂躏，我们将像保卫母亲一样地保卫祖国的安全。

请原谅我底嘴实在太笨，我说不出生活在祖国怀抱里的温暖。我朝着五星红旗举起右手，把毛泽东的号召作为我底誓言，我们要继续在思想战线上展开战斗，为祖国工业化创造条件！

选自《厦门文艺》第 32 期，《厦门日报》1952 年 10 月 26 日

留在日光岩上的歌声

王岱平

歌声，呵，难忘的歌声，每每，当我登临雄踞东海之滨的日光岩时，一支歌，一支近年来为人人所熟悉的歌，重又在我的心间回荡——《台湾同胞我的骨肉兄弟》。唱这支歌的，不是我们舞台上的女演员，也不是工人和战士，而是祖国人民远在海外的亲人——旅日旅美台湾同胞们。站在这里，他们的音容和笑貌，就像留影一样清晰地展现在眼前。你看，那是圆脸的小林，稚气的脸颊上还挂着几颗晶莹的泪珠；那是双鬓银白的何老教授，瞧，他那只搭在栏杆上的手中，还夹着一支忘记点燃的烟卷，他们在唱，在唱……那天，就在这里，他们俯瞰着山岩下奔腾的海涛，把这支充满温暖与决心的歌，送到远方，留在这引起人们无限遐思的日光岩上……

日光岩坐落在全国闻名的海上花园——鼓浪屿的中南方，山岩并不太高，但巨石重叠，峭崖林立，给人一种幽远、壮美的感觉。特别是岩顶，像是一座堡垒，傲然地耸立在东海之滨。在"堡垒"的顶端，有块人工修造的平台，长不过五六步，宽不过两三步，这就是三百余年前民族英雄郑成功在收复台湾前操练水师的指挥台——水操台。所以，日光岩水操台，就成了厦门人民的骄傲，祖国人民的自豪，海外万千台湾同胞心向神往的地方。

那是初夏时节一个晴朗的早晨，我伴同我们旅日旅美的台湾同胞们，在参观了位于日光岩山麓的郑成功纪念馆后，我们自馆的大厦出来，沿着一条绿荫掩映的石子小径，蜿蜒前行，往右上方一拐，便看到两块巨石夹着一条弯曲的石阶，犹如两尊虎踞的石狮，用大脚踩着一条弯曲的长带，凛然不可侵犯。沿着石阶而上，抬头只见一线蓝天，也是这样弯弯曲曲地覆盖在石径之上，好像是这对石狮衔在口中的一方蓝缎一样。走完这段石阶便是寨门，这，就是著名的龙头山寨。来到这里时，他们都情不自禁地纷纷抚摸着这数百年来经过多少代人抚摸得已经光润平滑的门架。刹那间，万

千思绪都涌上了心头：刚才参观纪念馆看到的，那郑军将士劈砍顽敌的长刀，那藤编的盾牌，以及郑成功大义彪炳气吞山河的气概，台湾人民热烈拥戴祖国大军的画幅……都和这石砌寨门一起，永远留在他们这次祖国之行的记忆之中了。

前面展开的麻色的石阶，盘旋环绕，一直把我们送到日光岩的最高处，当我指着那陡峭的铁栏杆的顶端说这就是水操台时，他们不顾石阶的狭窄和险峻，一齐蜂拥了上去。他们放目眺望，那灰蓝灰蓝的群山，是祖国的大陆；那目尽处三三两两黑色的小点，是敌占的岛屿。当年郑成功就是站在这个地方，亲自训练他的将士，想当年在这碧海绿波之中，该曾摄下多少郑成功的艨艟巨舰，列队操演的雄姿……他们用手遮挡着耀眼的阳光，睁大了眼睛，聚精会神地向着东南方翘首注目。他们看得到吗，隔着台湾海峡汹涌的恶浪，他们看不到自己的故乡和亲人，但是，在这里，在这当年郑成功挥师东征的出发地，他们的心不是比他们在海外的任何一个地方，都更接近自己的故乡吗？

不知是谁小声地哼起了"我站在海岸上，把祖国的台湾岛遥望……"深情的歌像神奇的手，一下拨动了二十六根心弦，一个，两个，三个……最后大家都加入合唱。瞧，我认出了，领头的是旅日台胞小林姑娘。我不禁想起了前天在联欢会上，她演唱的一支台湾民谣："高山青，涧水流，台湾的同胞爱祖国，祖国的同胞爱台湾……"和她用双手恭恭敬敬献上的一面锦旗。这是他们在临行前，由她的阿妈和几位旅日台籍妇女绣制的。锦旗上书："回到祖国心情激，台湾祖国难分离，千言万语并一句，祖国一定要统一。"红缎的旗面，金丝的绣字，二十八个字凝聚着千千万万台湾同胞坚贞不渝的信念。看到了，我仿佛看见，在日本，无论是东京的郊野、长崎的海边，无论在瓦房、在木屋里，聚集着我们的台籍父老兄弟，那些两鬓披霜的阿妈们和着刺绣的节奏，一针针一线线，把

深情留在旗上,把一首首动听的歌,隔着广阔的海洋,送到祖国的心上……那锦旗的深情,那民谣的赤诚和着此刻他们的歌声,像长长的流水,潺潺淌过我的心田。

歌声呵,多么感人至深的倾吐,这时我特别注意到年老的旅美台胞何教授,早早就夹在双指间的烟卷,还未点燃,他的神情专注而严峻。我猛然记起了他曾说过,他们这些在异国他乡漂泊了大半生的老台胞们,对于祖国的强大有着特别深切的感受。尤其是当五星红旗在联合国大厦前骄傲地高扬之后。老教授还讲起了这么一个故事:他的女儿在两年前曾随旅日旅美乒乓球队回国观光,带回了《台湾同胞我的骨肉兄弟》这支歌的词和曲,那是他第一次见到和听到这支歌。当他手捧着这张印刷精致的歌片时,他的双手抑制不住地颤抖了。使他激动的不是赠送给他们这么精巧的歌片,而是歌的题目和歌中的词,一字字、一句句都敲打在他的心上。他情不自禁地轻轻哼了起来"我们日日夜夜把你们挂在心上",他反复地小声地唱着这句话,女儿笑嘻嘻地望着他说:"放大点声唱嘛,爸爸!祖国时时都在我们身后,谁也不敢再欺负我们了,您大声唱吧!"是的,此刻,老教授大约也想起了女儿的这句话,用足最大的声量,眼角沁着泪花,颤巍巍地唱着……呵,歌声,今天他们乘着歌声的翅膀,神思飞越,眼前矗立着阿里山参天的红桧,心间奔流着日月潭温暖的碧波,明天更将随着他们每一个人的足迹,洒向富士山麓,洒向密西西比河两岸。

在他们之后,我们又迎接了一批又一批的台湾同胞。转眼间又是一年一度富士山下樱花飞红的时节,而密西西比河两岸的芳草也该泛青了吧?我的眼前又晃动着一张张深情的面影。此刻,当我站在日光岩上,我仿佛听到隔着千山万水,他们,那许许多多的"小林"和"老教授",在世界各地,每个角落,每片土地上,用不同的嗓音唱着这支歌……

选自《厦门文艺》第22期,小说散文专号,1978年4月

大山的风姿

傅子玖

一条山路逶迤漫转。

千峰丛列，苍巅绵亘不断。……

无边的森林，自脚下舒展开去，好一片郁郁葱葱。悬崖峭壁间，青萝紫葛，枝蔓竞相垂缠。转过了若断若续的僻径，忽然传来宏大的声音，像是春雷，淹没了飞禽走兽尖脆的啼鸣，震耳撼心。

岩石旁，流淌着一股清澈的山泉。

暮霭骤至。夕阳在万木梢头洒染了七彩奇光；丛莽间顿然腾起一缕缕雾气。

侧身趋过一堵如削的陡壁，呵，一座雄伟峭峻的山峰，摩天拔地而起。宏音正从那里传出。只见一派银亮亮的瀑布，从极高处飞泻下来，冲击着乱石，奔腾而去。山根潭涧，溅起无数珍珠，那透明的、飞动的水光和涧壁的红杜鹃映衬成一幅活动着的、烂漫的图景。一阵凉气袭来，四周水雾游荡，使人不禁为之一振，感到悦目、旷心、怡神。我想，这大概就是唐人笔下"瀑布杉松常带雨，夕阳彩翠忽成岚"的境界了。

我的向导、我尊敬的山区挚友、当年的村苏维埃文书丘良木老人指点着水流对我说，当年红军曾经在这里饮马、磨刀、憩息，把行军壶注满了清泉，然后才列队踏歌继续走上征途。我不禁凝神伫立，看那涧石，如鹅蛋，如菱角，如坐凳，如梭标，如刀砥……都熠熠闪耀着深褐色的光辉。抬头前望，心间立时响起"今日向何方？直指武夷山下"的诗声。无限的情思，无限的感念，在我胸中掀起了波澜。

默默地寻涧向东，原来喧腾着的流泉顿然消失了。眼前出现一座波光粼粼的水库。它，如磁铁般地吸引着我。呵，最后一抹夕晖在水中荡漾，无限宽广的水镜，倒映出墨绿色的层峦叠嶂的雄姿。

良木老人招手，领我走上高处一块巨石。他跃动着矫健的躯体，全不像年逾八十的老人。这时，晚风拂动着他的银须。他长长地嘘了一口气，指着这块苔痕斑斓的岩石。当年，红军的总指挥老刘同志曾经坐在这石上俯瞰群峰，抽了两支烟，批阅了几份文件，然后提起脚边的竹笠，挺身耸立，对当年的村苏维埃主席丘良田说，"以后，可以在这里建个水库。水库可以养鱼、灌溉、发电……"快五十年了，老刘同志的音容身姿，至今还赫赫在目，回响心间。这水库，正是遵照老刘同志的嘱咐，上泉村的百姓，一解放就竭尽全力，整整苦干了三年，才在1953年建成。

"是哪位老刘同志？"我不禁急迫而好奇地问，心中油然升起敬仰之情。

"就是我们的毛委员啊！"老人无限神往地回忆着：毛委员下额有颗福痣，圆圆的脸庞，炯炯的双目，常常带着笑意说出热切而深沉的话语。他和普通的红军战士一样，平易近人，和蔼可亲，不许人家对他有特殊的称呼，只管叫大家喊他老刘，可我们却都认识他。他朴素，好像我们山区的土地；他坚定，好像我们高山的岩石；他谦逊，好像我们涧边的翠竹；他精神旺盛，好像我们坡上的红杜鹃……

呵，我非常感激这位享有盛誉的山歌名手。他是历史的见证人，他是杰出的民间诗人。他用诗一般的语言，道出了他的真情挚意，迸发出炽热的火花，燃烧着我的心，激发着我的情感，净化着我的思绪。

我看高山，青苍翁郁的群巅静默；

我观流水，涓涓流动的山溪无言。

"高山仰止，景行行止。"无限的情思，无限的感念，又一次在我胸中掀起巨澜。……

过了一段山坳，忽然听见鸡鸣狗吠。在绿竹掩映处，一座山寨仙境似的出现了。原来，这便是上泉村。已是掌灯时分，家家户户灯火辉煌，村子上空，浮动着一层白练似的雾光。

老人引我登上一座古老的小阁楼。楼板嘎吱嘎吱地响，但四堵石墙却异常粗实硬朗，这是村支部办公室。老人用低沉而诚挚的声音说，当年，老刘同志曾经在这里小住，每夜点了松明批阅文件，召开各种会议，和老百姓谈心，往往通宵达旦。我心中立即浮现起"夜烧松明火，照室红龙鸾"的诗境。环顾室内：墙壁上端端正正挂着伟大领袖毛主席的巨幅肖像，临窗是山区常见的方木桌、高脚靠背竹椅，桌上还有斑斑点点的墨迹，呵，这可是当年老刘同志留下的墨宝遗迹？它使我心扉激荡，浮想联翩……

那是 1930 年元月 7 日，毛主席亲自率领红四军一部自古田出发，北经连城、清流、归化、宁化，西越武夷山，前往赣南广昌开辟新根据地。途中，他在马上"哼成了"《词六首》，《如梦令·元旦》就是其中的一首。这是一曲向江西进军的凯歌，在高昂豪迈的旋律中，处处跳荡着革命乐观主义和革命英雄主义的精神。"山下山下，风展红旗如画。"展现了古田之路、进军之路、胜利之路的绚烂前景。是的。中国人民正是沿着这条光辉的道路，迎来一个红彤彤的新中国。

——我激动地抚摸着这古老的木桌，我贪婪地闻着桌面上的墨香。呵，这墨迹，敢情是主席在定诗稿时遗留的？仿佛，耳边响起了进军的号音。我猛然抬头，窗外是多么灿烂的星空呵，无限的情思，无限的感念，再一次在我胸中掀起了狂澜。

老人让我吃当地的山珍——甲鱼，和别有风味的糍粑。入夜，和良木老人同榻。那是和办公室毗连的一间小房，我觉得浑身温暖，心中感到无比幸福。我一直觉得隔房彻夜亮着灯光，有朗朗的诗声不断在飞扬。

老人娓娓地和我谈起那如火如荼的大革命岁月，像在自豪地提起敬爱的亲人长辈一般，他侃侃地讲着在当地广泛流传的毛主席的故事。话语间流淌着蜜一般甜美的感情，江河一般长远的思念。

——那天，有匪霸武装四百多人，寻踪而至。嚎嚎地叫着爬上山来。主席命令留守身旁的唯一武装力量——警卫排进行阻击，扼险当天，居高临下，激战了两天一夜，痛歼了一百多个匪军。第二天傍晚，下春雨了，飞飞洒洒地下个连绵不绝。主席挥手命令："出发！"他亲自送所有的人员踏上通往赣南的深山密林。一贯紧跟在身旁的警卫员也被派出去送"绝密急件"；他自己却又转身回来，向村苏维埃主席解释"离开闽西、巩固闽西"的英明策略，布置种种斗争方式。良木同志心急如焚，不住口地催请主席赶快动身。可主席却从容地微笑着说：不忙。忽然，村犬狂吠，远处传来杂乱的脚步声。一位苏维埃委员前来报告：敌人已包围了全村。主席平静地向良田说，那么，就走前天你告诉我的那条小道："出发！"良木急得手脚都有些发抖了，话也说不流畅。他告诉主席：太急迫了，只有暂时转入秘密地窖避一避，否则，敌人会顺着脚迹追踪的。主席略一沉思，随即从床头拿出两双草鞋，递了一双给良木；自己边穿边说：把鞋头当鞋跟，倒着穿。这样，我们出村，他们凭足迹，就会以为我们是进村。说罢，爽朗地笑将起来。这时，人声鼎沸，敌人的喝叱混杂着鸡犬猪牛的嘶叫高高低低地传来。冷枪断续，流弹飞啸。良木跟主席越过屋后草地，只见主席蹲下身说："我来背你。你就大放异彩比手势指路。这样可以少一个人的足迹，又可走得快些。"良田怎么忍心让主席劳累呵，真急得他不住地跺脚，直呼不敢。虽说春寒仍旧袭人，他却早已大汗淋漓了。可主席命令不许说话，背起他疾步走去。瘦小的良木，在主席壮伟宽厚的背上，只不过像是一个行军包。雨雪纷飞，泥泞小道透着灰白的微光。野藤牵衣，荆棘拦路；丛莽、怪石、陡坡、峭崖……主席迈着矫健的步伐，大步流星，从没有路的地方踩过去。脚也不慌，气也不喘，一口气走出去有两里多山路。良木发现主席的衣帽全湿了。是雨水，是汗水，还是良田默默淌下的泪水？又有谁能说得清呢！转过一道峭岩，到得一个山洞，已是江西地界了。良木颤着声音恳请主席休息，两人这才进洞抽了口烟。火光一闪一闪，良木望着主席那丰满的笑脸，心中翻腾着激情。大约是午夜时分了，万籁寂静，时有呼呼的山风卷着雪雨入洞。忽然似有得得得的马蹄声隐约传来。良木绕过陡壁悄悄探视。他真切地看出那是两位红军和一匹马，估量是指挥部派来接主席的。招呼过来，原来是警卫员和一个武工人员。主席和他俩热烈握手，嘘寒问暖，好像久别重逢，非常高兴。临别，主席留下警卫员带来的一件棉大衣和一些干粮，关照良木在洞里至少得挨上三天，才可回村坚持领导斗争。为了不留足迹，主席命令牵马踏进清浅的山溪。三人一马，蹚着凛冽的溪水，溯流而上。走远了，主席还频频转过身来招手。良木依依惜别，含着热泪目送，直到他们消失在风雪迷漫处……1932年冬，良木在一次战斗中身负重伤，因缺药失医，生命垂危。昏迷中，他抱住主席留赠的棉大衣，不断呼喊着"老刘！""老刘！"主席得知消息，派了两位同志代表他，带药前来探望。两位同志日夜兼程赶到时，良木已经安然瞑目了。众人见他面带笑意，紧紧搂住那件棉大衣，分外感伤，不禁失声痛哭……

老人说着，如数家珍似的滔滔说着。不知不觉，我们两人都热泪盈眶，良木老人竟小孩似的哽咽啜泣。

传来了一阵阵鸟鸣鸡啼。我推开窗户，呵，天亮了，山风夹着花香，爽爽地沁我心脾。远岫列窗，晨雾弥漫。

我奋跃下楼，去追寻那光荣的小道。

林间百鸟齐鸣。花喜鹊在榛树上欢快地跳跃。树梢燃烧着血红的朝阳。忽听得一阵阵轰然作响，雾海云端有三角红旗在飞扬，那是勘察队在炸石探矿；层层叠叠的梯田，秧苗翠绿泛光，在骀荡的春风中摇曳。雾呵雾呵，忽悠悠、急匆匆地飞转。我真切地感受到了：大山的生命是多么强壮；大山有脉搏，跃动得多么刚健。我寻着小道追想。"出发！"仿佛山谷中响起巨音。我眼前忽然腾起幻觉：一个魁梧强健的身姿，背着一个铜筋铁骨的老人，在陡峭的峰巅飞攀。越远，越高；越远，越高。那伟大的身体融化入回峰深林去了。我肃立在顶天立地的大山前遐想：那哗哗的松涛，是大山的话音；那潺潺的流泉，是大山的笑声；那艳红的杜鹃，是大山的颜容；那青苍的松林，是大山的精神。我在大山的怀抱中，感觉着无比的温暖，无比的幸福。

山高流长，恩泽万古。无限的情思，无限的感念，在我胸中掀起巨澜狂涛，立时又激化为幸福的热泪，滴滴落在岩石草丛间，落在杜鹃花瓣上……

选自《厦门文艺》1979年第1期，《厦门日报》1979年5月5日

武夷茶香

卓钟霖　李玉光

在茶叶飘香的季节,我们来到武夷岩茶的产地。为我们当向导的是一位山中老茶农,银须飘洒,神采异常,拂几让座的动作轻巧敏捷。

老茶农为我们沏茶。只见茶水倾入杯中,金黄清碧,透明红艳,映起杯沿一道金色的亮圈,飘逸出一股胜似兰花的香味,芬芳郁馥。既有绿茶的清香,又有红茶的甘味。我们想,这一定是介于绿茶与红茶之间的独特的武夷岩茶了。连饮数杯之后,顿觉心旷神怡,一路风尘,云消雾散。真是"饮我山中茗,有如金茎露。"我们情不自禁地惊叫:"好茶!好茶!"老人看着我们,嘴角露出一丝得意的神情,说道:"这就是我们头春采的武夷岩茶了。我们武夷山的茶没有不好的。茶,必须具有活、甘、清、香四味。香而不清,只是平常的茶;香而不甘,不过是苦茗而已,甘而活,也只是一般的好茶。我们武夷岩茶就具有这活、甘、清、香四味,如果再配上武夷山的好水,那就更好了。"我们心中暗暗钦佩,怪不得古人把茶说得那么神。有的把茶当作良药,有的认为生活有粟饭、茗茶就可以了。宋代爱国诗人陆游得到建茶,高兴地吟起诗来:"雪霏庾岭红丝硙,乳泛闽溪绿地材。舌本常留甘尽日,鼻端无复嚏如雷。"

老人听说我们是来朝谒武夷山的,很是高兴,立即登程,把我们带进武夷的山水胜境、茶乡腹地。一路上只见奇峰拔地而起,嶙峋夹峙,直插蓝天,给人以山高天小、谷宽天近的感觉。在陡峭的山坡,高耸的巉岩或是盘石悬崖的底部,岩洞崖穴的深处,只要有一撮沙土,就能生长茶树。茶农用石头围砌,种上茗丛几株,或垦出梯田数级,种上茶树一片。这一片片、一簇簇、一丛丛,倚着赭红的巨岩,伴杂着奇花异草,红绿相间,各居一格,又俨然浑为一体。不难想象,武夷山的茶农是怎样一挑土一撮肥,一石一锄围筑开垦这层层梯田的。他们用劳动的双手为祖国大好河山添上绚丽的一笔,把武夷山装点得更加好看。

"这该怎样采摘呢?"我们既惊叹开辟茶园的艰辛,又感到采茶的不便。

老人略略抬起头来,指了指山坳深处。顺着老人所指的方向望去,深谷之中,云烟冉冉,雾霭未收。乍看上去,群峰万仞,若隐若现。细细观察,才见隐隐约约的身影,色泽浓艳的衣衫,忽而蹲伏茗丛之中,舒展双臂摘取茗芽;忽而跳跃于岩石之间,攀援于梯田上下。一阵和风吹过,夹杂着茶歌与淙淙的山洞流水声,清亮悦耳。这歌声与青翠群山、清碧茶园,构成无与伦比的美的旋律。

我们被这幅山中采茶图迷住了,疑惑自己是否置身于蓬莱仙境。武夷山的人民把自己的心灵融于山光水色之中,为武夷山剪裁绫罗,为武夷山绣花织锦,为创造美好的生活付出艰辛的劳动。可是,谁曾想到,这优美如画的山水却浸透了茶农的辛酸血泪。

武夷山茶早在唐代之前就闻名于世,然而,这名声却给茶农带来无穷无尽的灾难,四曲溪南的"御茶园"就是历史的见证。

据史书记载,自宋代始,武夷茶就开始入贡。元朝至元十六年(公元1279年),浙江行省平章高兴路过武夷,曾采制数斤"石乳"(即茶叶,美称石乳)入献。至元十九年,皇帝便令崇安县官亲临监制,每年贡茶二十斤。到了大德五年(公元1301年),县官的儿子步其老子后尘,到武夷督造贡茶。次年设"焙局",称为"御茶园"。每年贡茶三百六十斤,制成龙团五十饼。随后年年增加,到元末,每年贡茶竟达九百九十斤之多。按当时的人口和生产力水平,这是多大的负担啊!朝代的更替没有给茶农带来转机,而是越贡越多。到明嘉靖三十六年(公元1557年),建宁钱太守终因"本山茶枯",不得不在延平(今南平)督造贡茶。此后御茶园荒废。武夷茶农为了逃避惨重的压榨,背井离乡,逃散四方。直到解放前夕,真正祖籍武夷山居者所剩无几。当时,流传着这么一首山歌:"武夷山上九条龙,十个茶工十个穷;年轻穷来靠双手,年老穷来背竹筒。"

老人悲愤的叙述,深深地感染了我们。默默地走了好长一段路,老人才从绵长的回忆中醒来,说:"多亏来了毛主席、共产党,救了我们。武夷山变得更美了,茶叶变得更香更甜了。你们看我这身板一定感到惊异吧!前不久,有位同志从老远的地方来参观,对我说了一个故事:明朝的时候,有一个和尚,活了一百三十多岁。皇帝问他吃了什么药?他回答说是喝茶。一天少则喝五十碗,多则上百碗。那位同志问我是不是也经常喝茶的。我说,喝茶会给人添寿这话不假,可我不是喝茶来着。我是托了共产党、毛主席的福气啊!解放后,政府拨给我们粮食、化肥,还派技术员来指导我们种茶。生活安安逸逸,劳动这么愉快,地方又这么美,空气这么好,水这么清,同志,你说能不长寿吗?"老人风趣的谈吐,把我们逗乐了,爬山越岭也不觉得疲乏了。不知不觉间,我们一行进入九龙窠峡口,来到驰名中外誉为茶中之王的"大红袍"的领地。

关于大红袍茗丛,很早以前,便流传着许多神奇而美妙的传说故事。相传,大红袍已有二三百年的历史,高达十余丈,大可合抱,叶宽数寸,生长在悬崖绝壁之上,无法攀登。采茶季节,茶农用野果引来一群猴子,让它们攀援采摘。据说,在《茶叶全书》里还有一张猴子采茶图。这采下来的茶叶必须请最出名的茶师焙制,然后一片片用金丝缠扎珍藏,极其名贵。要用之时,只要解开金丝,把茶叶在杯上轻轻一拂,顿时茶香扑鼻,茶味甘醇清冽,可除百病。

到实地一看,原来是在九龙窠深处的小山坳里,北面几丈高的岩壁断裂处,石砌着一块小小的茶园,长着四株老态龙钟的茶树。树干盘虬,呈紫灰色,横生出许多弯曲有致的枝条,椭圆形的叶片,厚而肥腴,叶色深绿,中间的叶梗却呈紫红色。早春时节,淡红色的叶芽缀满枝头,好像给茶树披上一件红色的袍衫。据说,这就是大红袍的来历。朝里靠壁的两棵称为正红袍,朝外两棵称为副红袍。这情景虽与前面所传故事不同,但也够神奇的了。大红袍也确有其得天独厚的生长环境,岩壁上端的石罅有一泓细流长年不息,山坳两峰对峙,山谷云雾弥漫,给大红袍披上薄薄的纱衫。雾气重,日照短,这就是大红袍特有的生长环境。有一位老茶农专门看管这几株茗丛,每年茶收之后,还要请名师特制。因此,茶叶自然与众不同,具有特殊的奇香和甘醇,老人还告诉我们一个美好的传说。有一年,武夷的人民为了表示茶农的一点心意,把大红袍的茶叶寄到北京,给毛主席品尝,祝老人家健康长寿。不久茶叶退了回来,还附上400元钱和一封信。信上说,谢谢你们的好意,茶叶寄回,支援出口,寄上400元发展茶叶生产。传说像长了翅膀一样在武夷山茶区流传,在全国各地的游人心中扎根。

大红袍在清朝就是闻名的茗丛,几百年来,经过大自然的陶冶和茶农的培育,它更加圣洁神奇了。凡是游历武夷山的人,不到这块领地来欣赏这一茗丛的风姿,无不引为憾事。其实,武夷山的茗丛何止于此。据说,仅慧苑岩一带就有茗丛八百余种,"不见天"、"水金龟"、"白牡丹"、"天女散花"等珍奇茗丛枚不胜举。它们或立岩凹,或藏岩隙,或倚水边,或伏崖下,或踞峭壁之上。每一茗丛,多则一丛,少则一株,最多的只能收成干叶一斤,少的只有二两。但我们的武夷茶农,奔走于崇山峻岭之间,为这些茗丛锄草施肥,单株采制,精心种植,好为祖国多献珍宝。

近午时分,我们拾级而上,登上一道陡峭的山坡,视野豁然开朗。眼前是一道深邃宏奇的峡谷,九座石骨嶙峋岩峰,犹如九条巨龙,摇首摆尾,腾腾欲飞。山谷之中,巉岩错落,巨石纵横,形成条条沟壑,岩隙之中渗出的细流,汇成喧哗的山涧,清澈见底,蜿蜒东流。就在这岩坡上,山涧旁,布满了一层层一片片茶园,阡陌纵横,一碧如黛,满谷春色,葱茏青翠。茂松修竹掺杂其间,更显得一派生机。这就是"茶树的王国"——九龙窠。

老人站在山顶,眺望茶园,左手拂着银须,右手向我们指点:那叶芽紫红的是"肉桂",那碧绿青翠状如乔木的是"水仙",那叶儿浑圆微微上卷的是"雪梨",那条山脊上边是这两年刚开辟的新茶园,这边洼地上畦垅齐整,上面盖着龙脊草的是茶苗圃……老人很兴奋,睿智的目光流露出一种特殊的情感,好像这奇种、茶园忽然唤起老年人的童心,使他返老还童。

我们问老人,这武夷山一年能出产多少岩茶,老人回答:"现在一年能产七万斤。"

"过去呢?"

"林彪、'四人帮'作恶的那十年,我们差点连茶都种不上呢,幸好我们终于保住了茶山,可那真不容易啊!"

老人讲得很多。他的话以及我们在茶区的见闻,是可以发人深思的。早在明代,《武夷山志》就记载了武夷以产茶为主的历史:武夷多石,"不宜种禾黍,遇有寸腴,则种茶苑;村落上下,隐见无间。从高望之,如点绿苔;冷风所至,嫩香扑鼻"。可是偏偏几百年之后,在林彪、"四人帮"横行之时,有人只讲"以粮为纲",不讲"全面发展",硬要武夷山弃茶种粮,美其名曰"粮食自给"。茶农爱茶园,硬是顶住,才不使茶园荒芜。粉碎"四人帮"以来,武夷茶的生产已走上了正常发展的轨道。那处处充满生机的茶苗圃和一片片新开辟的茶园,向我们透露了欣欣向荣的信息。

我们在九龙窠徘徊流连,谛听着老人的倾吐。这如钟的声音在深谷中回荡,惊起春燕阵阵,吱吱地欢叫着。好像它们也听懂老人的话;不,应当是听懂武夷广大茶农的心声,为他们欢唱,为茶山的春天欢唱。

临别的时候,老茶农一再叮咛说:"你们明年可要再来呵,看看我们的新茶园,和我们分啜首春新茶,让武夷茶永远香在咱们心里。"

多好的话呵,明年一定来,还在茶香飘逸时节!

选自《厦门文艺》1980年第15期,《厦门日报》1980年7月15日

天仙访郁达夫记

郑子瑜

1935 年除夕读报,知道郁达夫先生来厦门。第二天午前 11 时,我便冒雨到中山路去,依照报上的记载,上天仙旅社三楼一号。茶房云:郁先生已到禾山玩去了,因留一名片而出。

傍晚,再到原址,见房中围了一大堆男女青年。一位西洋装束的中年人坐在椅子上挥毫,正写了这样一句"乱掷贡金买亚娇"。"达夫先生快回来了吗?"我刚想这样问,这位中年人已继续将全诗写好了:"穷来吴市再吹箫,箫声远渡江淮去,吹到扬州念四桥。"这明明是郁达夫的《扬州旧梦寄语堂》中的一绝,看署名又果是"郁达夫"三个字。原来我过去在报纸杂志上所见的达夫照像,都是长衣布鞋,蓬发瘦脸,现在竟变成一个西装笔挺的人了,真难怪我不敢相信这人就是达夫呢!

寒暄之后,也去买了一些宣纸,央求他写了两条屏条和一副对联。对联的句子,还是我从他的那首《钓台题壁》的律诗中摘出来的:

曾因酒醉鞭名马,
生怕情多累美人。

这诗是我曾经和韵续貂过的。

夜来楼外雨声潇淅,大约 8 时光景,房中的人纷纷归去了,只剩下达夫、我、马寒冰、赵壁四人;马赵二君,都是厦门的文艺青年。由于我的提议,大家张伞到附近的一家咖啡店去吃夜饭。

路上,达夫告诉我,前次寄到福州去的一封信、一双红豆以及其后的两绝都已收到了,他说他曾经复我一函,问我有没收到?我说:"早就收到了,后来我寄上的一本《闽中摭闻》,不知你可收到没有?"郁先生说:"收到了,收到了。"

席间,他得知我很喜欢他的旧诗,便说他曾经作过不少的诗词,多未发表而散失了。我说,我有意编辑他的诗词集。他说,如果编集竣事,可寄到台湾台北帝国大学神田喜一郎教授那里去出版,因为神田教授也是喜欢他的旧诗的。

饭毕,我和寒冰、赵壁争着付账,但结果却是达夫先生做东的。

回到天仙寓所,已近 9 时,雨犹凄凄未停,我们就留在房中跟郁先生闲谈。还是我先开口:"先生来闽已有数月,夫人王映霞女士也跟着到福州来了吗?"

"因为还找不到适当的寓所,所以王女士暂时还在杭州。"郁先生回答。

"先生几时开始写文章?"马寒冰君问。

"21 岁吧。我比鲁迅还早八年,鲁迅怕是 29 岁才开始呢!"

"有人评价先生的游记作品,说是好到前无古人,后无来者,先生自己觉得怎样?"我问。

"我还是写小说好,游记不好,游记不好。"

"像舒群、罗烽等人的小说,郁先生以为如何?"赵壁君问。

"噢,噢,这些名字都很生疏吧?他们的作品,我都没有看见过。"

"听说鲁迅先生有一个干儿子,先生看过没有?"我又问。

"看过的,看过的。"郁先生微笑地答道。

接着,郁先生告诉我们说:"人们以为我和鲁迅思想不同,性情迥异,却不知道我和鲁迅是交谊至深,感情至洽,很能合得来的朋友。黎烈文编辑《申报》'自由谈',托我代向鲁迅拉稿;后来鲁迅化了数十个笔名,这'自由谈'上发表了挺多的'花边'短文。"

我们又谈到林语堂、郭沫若、张资平、许钦文诸人的文章,并畅论文坛现势。最后我们一齐告诉达夫,说我们甚盼能将厦门的大学路改名为"鲁迅路",藉以纪念鲁迅先生早年在此教书的事迹。郁先生说回省当代为说项。我们一直谈至 11 时,始告辞而出。郁先生送我们到梯头,叮嘱着说:

"社会的改进,有所望于你们这般青年的力量很大很大!"

射 野 猪

——大竹岚笔记之三

左 耳

我爱上大竹岚——武夷山南麓这块宝地。

丹崖怪石，飞泉茂树，无边无际的竹林……对我已经不陌生了。多谢大竹岚的主人——老猎手老李同志，领着我在这地球上得天独厚的动物标本采集基地里遨游，饱览东洋区、古北区的飞禽走兽，游鱼鸣虫。虽然我们还没有遇见过钢笔大小的笔猴，也没有捉到过世界的奇珍角怪和蜂鸟，但所见所闻，已经够迷人了。

这一天鸡唱三遍，窗户泛红。我们起了个早，扛起火铳，走进了云蒸霞蔚的大竹岚。枪管乌油油的，在肩头闪烁光辉。太阳透过晨雾，照得漫山遍野飞金点翠。昨天刚出土的笋子，今天已顶翻压在身上的石块，窜得快一人高了。在这万物复苏的春天，竹林里的变化可真是时新日异。

望着天天冒尖的春笋，老猎手那张古铜色的面孔容光焕发，长满黑胡茬的嘴角挂起慈祥的笑影。今天，为了让连日奔忙的猎犬歇息歇息，我们没有带上它，就钻入了深山密林。刚吃过简便的午饭，便发现了情况。老猎手忽然刹住脚步，蹲了下来。我也学着他的样子一蹲。只见这里的春笋、嫩竹满地狼藉。老李闭紧厚厚的嘴唇，那对率直的眼睛爆出了火星。他抓起一把折断的青枝，微微颤抖，猛地一摔，锐利的目光在撒满笋壳、竹叶的泥土地上搜寻。终于，在一盘竹根上发现一个不大的洞，洞口有新翻的泥土。

"是野猪！一群造孽的孽作！"他叫起来，深锁的眉峰随着话音跳动着。

"野猪？这类'孽作'一年到头都在残害庄稼。春天，地里没东西吃，就回到山里来了。可是，你怎么判断的呢？"我将信将疑地问。

"明摆着嘛！它们刚在这洞口呵气，拱土，吃了蛇'面条'哩！"老李伸出粗大的巴掌拨拨蛇洞口的新土说。

"呵气？吃蛇？"我更惊奇了。

"这'孽作'是蛇的克星，对着洞哼哈几口热气，蛇就像着了魔似的窜出来，送进它们嘴里。不信待会儿瞧，打死一头野猪，剖开肚肠，准有蛇皮、蛇骨头。"

这番话说得我手脚都发痒了，恨不得马上撵上这群畜牲。老李却不慌不忙，还在地上搜寻着什么。他发现了大大小小好几个兽印，照例量了量深浅，看了看土色——我更加佩服他刚才判断的正确了。

"走，它们还跑不远呢，逃不出咱俩的枪口！"老李直起腰，朝我招招手，向一条郁郁苍苍的深谷大峒迈开流星大步。因为没带猎犬，我们只好循着野猪的脚印摸索前进。茂盛的竹林里野草丛生，苔藓斑斓，把杂乱的猪蹄印得清清楚楚。

走着，走着，老猎手又蹲下了，而且伏到地上，揪住我的衣襟，把我也按倒在地。

"你听！就在前面！"他贴着我的耳根低声说。

前面，除了竹影婆娑我什么也没发现。可是仔细听听，果然有一种细微的簌簌簌的声音传来。我忙端起火铳说："它们又在糟踏竹林子啦！"

"慢！"老李忙阻止我，"这儿是上风，'孽作'的鼻子灵，一闻到人味，就要逃走。"于是，他拉着我，拱背弓腰，顺着一条山沟，抄到野猪群的前边去。

爬出山沟，到了坡的高处。我们伏在一块黑巍巍的大石头上。拨开几层忍冬藤，看见了一只只黑褐色的野猪，正伸着獠牙森森的长嘴，肆无忌惮地拱掘着春笋，贪婪地咬嚼着。

"你藏到那丛树后面去，来一个夹攻。"老李指着一二十米远的灌木林吩咐我。这时，他那坦率的目光又变得像铁一样坚定。

等我小心翼翼地爬到林中，才架起枪，只听到"呼"地一声，老李那儿腾起了一股白烟，再看山坡上的野猪，有一只已应声倒毙，其余的惊慌得四散逃命，发出"吁——吁——"的嘶叫。其中的一只直奔我来。它的体面鬃毛稀稀拉拉，却钢针似的竖着，背上还混生着一些白毛，爬坡的劲头可足了。我并没有被汹汹的来势所吓倒，但毕竟有些紧张。不知什么时候，扳机扣响了，耳膜和右肩同时一震。可是没等枪口上的硝烟散尽，它已血淋淋地冲到了我的眼前。

糟！没射中要害。打野猪，要嘛一枪结果它的性命，要嘛先别惹它，否则尽管它已受了伤，还会拼死朝火药味扑过来。现在，它正龇着一对向上突兀的尖牙，"呼哧呼哧"地冲上来……火铳不比半自动步枪，打了一枪就得重新往枪管灌硝、灌砂、垫纸、装弹，没有半分钟、一分钟是装不好的。我握着烧火棍似的火铳，心里发慌。就是一个大力士也难与这丧心病狂的畜生匹敌，甭说是我了，我没有任何优势可占……

就在我作最坏的准备时，竹林里又响起了清脆的枪声。已经向我张开血盆大口的野猪跃起前蹄，大叫一声倒下了！显然，是老李救了我，他老远地向野猪补了一枪。我正要向他欢呼，不料身中两弹的野猪比我更先跳起来，闪着绿光的小眼睛转向腾起硝烟的大黑石，埋头冲了过去，飞快的四蹄高高扬起泥花和碎草。

危险！老猎手要再装一发子弹是来不及了。他也没料到受伤的野兽会再作垂死挣扎，还提着枪从大石背后走出来，准备去收拾猎物呢。然而，猎手毕竟能以特有的机敏发现意外，估计到自己的逆境了。

我尽快地装填弹药，目不转睛地注视这可怕的遭遇，浑身直冒冷汗。

一个令人惊异的场面出现了：老李面对疯狂的野猪，竟甩掉了枪，稳稳扎扎倒退几步，就在"孽作"跟跄到跟前时，猛一闪身，仰面倒下了。野猪来不及转弯，也力竭倒地。我分明看见野猪没撞着老李，可是人和兽并排躺在黑巍巍的大石头上。老李一动也不动，野猪则鼓动着干瘪的黑褐色的肚皮，挣扎着站立起来，朝躺在它身边的人伸过长嘴去……我惊愕得真想大喊起来，紧紧地抱住火铳，但不敢贸然开火，怕误伤了老李。说也奇怪，野猪把老李嗅了嗅，居然不声不响地倒下了。过了一会儿，它又使劲鼓动几下肚皮，又去嗅了嗅，再一次倒下来。看来，它对身旁的仇敌不放

心，不甘心，不死心，但确也力不从心了。我忽然记起了老猎手昨晚闲话时说的一件趣事：不少野兽只吃活物，不舔死尸，野猪恰恰就属这类。想不到今天眼见为实了。

日影渐渐西斜，周围死一般沉寂。老李仍旧躺着，一条乌梢蛇曾从他背上爬过，一只蜻蜓大的蚊子在他脸上停了停，他一动也不动。野猪照旧鼓动干瘪的黑褐色的肚皮，淌了一大滩血。它那死囚般的眼睛还不时眨一眨"死人"，好像只要他一活过来，就要扑上去。

这是一场比耐心、斗智谋的持久战。山林里的蚂蚁、小黑虫把我的手、脸叮起好几个包，我也不敢移动位置，生怕由于响动唤起了野猪的兽性。我只是紧握着手中的火铳，双手在枪把上捏得出汗，任凭时光一时一刻地流逝……

事后，我才从老猎手那儿得知，他的难熬劲儿比我厉害十二倍，当然，镇定和智慧也胜过我几十倍。他从"装死"的第一秒钟起，就在心里盘算着如何摆脱、战胜这只垂死挣扎的野猪。

我揉了揉眼睛，清楚地看见，老李正慢慢地，慢慢地蜷曲起双腿，向山沟方向侧转身去。我的心一震，局势的扭转就要在这一两分钟里出现了！我搓干手上的汗水，又检查了一遍枪膛上的红硝，把准星对准还在微微喘息的野猪。它也有点察觉，吃力地转过头——据说野猪头的重量等于体重的十分之一——双眼盯住了复仇的对象。

一阵山风吹来，满林子的叶蔓沙沙作响，随即，好像一切东西都活动起来了。就在这一瞬间，老猎手就地一滚，翻身纵下山沟不见了。野猪粗野地吼叫一声，也站了起来。就在它站起的第一秒钟，我的枪响了，一颗粉笔头粗细的铁弹射进了它的脑壳。它还没站稳就又倒下去，停止了呼吸。

战斗结束了，东方的竹林抱住一轮明月。我们招呼着生产队的社员们燃起不怕风的篝火，排成长队，从深山里把两头害兽扛回村，一路上，除了蹬蹬的脚步声，还清晰地听见了千百棵竹笋在破土，千万根新竹在拔节的劈劈啪啪声。呵，成长吧，大竹岚的生命核心！

望星空

林懋义

初夏的夜晚，蓝天撒下网眼似的星星。天是碧海般深邃，星光灿烂。此时，似乎万籁俱寂，联翩遐想于是纷沓而来。

小时候，听祖母说，天上一颗星，世上一个人。要是这时一颗流星划天而落，她便会说此刻世上有一个人辞世而去了。那时读《三国演义》，很为诸葛先生惋惜，要不是魏延莽撞，何至于巨星殒落，丞相归天！不过，我问祖母，那七夕牛郎织女，星宿在天，真人又何在？她说不清，只说牛郎织女是仙，不是凡人。父亲比祖母年轻，却懂得更多事理。他杜撰说牛郎织女是男耕女织的意思，因为他们迷恋爱情，男忘耕，女弃织，失却了经济基础，只好隔河兴叹了。似乎在我还不理解爱情为何物时，他便借古喻今地告诫我，不可沉溺于爱河之中。在长期封建统治下，愚昧的人们把现实生活中不能解决的矛盾，涂上迷信的油彩，说成是虚无的上天旨意，却也是对恶人的一种警戒、惩处。

人老了，想年青；将死，想活命。这种心理状态，实则是对人生眷恋，对人间充满感情。但，既要年青，又要万岁，实在是逆生命规律的。我一向非常敬佩鉴湖女侠秋瑾，生当那个时代，那个环境，然而她不恋生，也不畏死，这是何等的伟大！她终于在死中得生，既青春，又万岁！于是，望着星空，我又想到雷锋、王杰、刘胡兰、张思德、"左联"五烈士……想到许许多多为祖国、为人民、为真理而献身的人们，他们都享有人世间最长的生命，"左联"五烈士就义，时至今日，已经五十多年了。要是他们活着，也该是年逾古稀的老人了。然而，他们留在我们心目中的形象，依然是英姿勃勃的青年！我决然相信，千百年后，刘胡兰姐姐依然是姐姐，雷锋叔叔依然是叔叔，向秀丽也依然是阿姨……他们亦复如是，青春健在。我们可以为之高呼：青春万岁！

生死观说到底是人生观。"人生自古谁无死"。科学发达的20世纪80年代的今天，试管婴儿的诞生已非耸人听闻的事，而老死的客观规律却仍然无法更变。

有些事说起来也许好笑，咱们古老文明的中国却有不少聪明的帝王老来求长生之药，结果往往上了方士术士的当，中了"丹"毒，终于丧生者，不乏例举。

小时候，在塾师的戒尺下背了一篇古文，还记得开头是，"有献不死之药于荆王者"。故事接着说，门卫挡住了这位献不死之药的，指着药问：可以吃吗？献药者答：可以。于是，门卫拿过药来吃了。荆王很恼怒，下令把门卫宰了。门卫争辩说：我问他药可以吃吗，他答可以，所以我吃了，罪不在我吃，而在他答可吃；再说这个人献的是不死之药，我如因为吃了不死之药而死，这说明他献的是死药，非不死之药也。荆王因而醒悟，至于后来是不是把献不死之药者杀死，我就记不清了。我觉得说真话、实话一定得有冒险的勇气，如那个门卫。而做假、讲假话、大话、空话、奉承话、拍马话，听者顺耳，优哉游哉，说者不花本钱，乐得彼此和和气气，何乐而不为？好，闲话休说，再谈死活。

天上的星星数不尽，地上的人能数得清吗？在同一分钟里，地球上有多少人诞生？《每周文摘》或什么文摘上好像有个统计数字，反正很多很多，记不得了。于是，我又想起结婚，生儿育女，繁衍后代，以延续自身生命，传宗接代者。其实，出嫁、入赘，改名换姓，血缘混杂，要凭子孙以延续自身生命是有点靠不住的，更不必说子孙如果不肖了！

马克思生了三个女儿，一个儿子早夭，三个女儿都嫁出去了。不知道外国人可有入赘的规矩没有，也不知他的外孙可姓马？但是，马克思主义却是放之四海而皆准的真理，谁个不知？恩格斯先后娶了女工白恩士姐妹，她们也没有给他生男育女。列宁没有子女。咱们周总理、彭德怀也没有子女……可是，他们的生命仍然在延续，他们为亿万人所敬重、爱戴!

不必误会,我不是禁欲主义者,也绝不反对恋爱、结婚、生孩子;我只不过说,生男或生女一样都不是延续生命的唯一办法而已。

仰望那夜空璀璨的繁星,我忽然想到:那里该有,或许也可以命名为周恩来、彭德怀、刘胡兰、秋瑾、殷夫的星星……不,也不必,他们在人们的心里永远是闪光的。

深邃的星空,似乎隐含非常非常之多的奥秘。写到这里,我恰好听到我国第一颗通信卫星在太空传来《闹元宵》的乐曲!

选自《厦门文艺》1984 年 7 - 8 月,合刊

红豆集

陈慧瑛

燕山

从小看惯了江南的丹峰碧岭。我熟悉她在淡淡的晨雾里似醒未醒、欲露还隐的姿容;我熟悉她在深深的夕照里似醉未醉、欲笑还颦的酡颜;我熟悉她终年的山花、野树、流泉、飞瀑;我熟悉她四季的樵歌、鸟语、萤灯、蛙鼓……

我喜欢江南的山,那迷濛飘逸有如写意画一般的家乡的青山呵!我想,江北的山,断无这般动人的风情!

可是,当我来到燕山脚下,面对莽苍苍的粗犷磊落的群山,浑身热血,都一下子沸腾起来,我默默伫立许久,眼里止不住流下了泪。

那是初春时节,满山不见一丝绿意,却有斑斑驳驳的残冰败雪。燕山,裸露着古铜色的胸怀,在刺骨的春寒里,坦荡荡地接受大自然的检阅——山上的万里长城,巍巍然和风雪作伴;山中的无数草木,铮铮然与冰霜抗争……,可是到了秋天,他也满山红叶、树树硕果,也有如热烈的南方一般丰盈、绚烂的秋……

像待字闺中的女儿,忽然堕入情网,我竟深深地、深深地爱上了燕山!何止是他刚健雄伟的外貌?何止是他一览无余的襟怀?啊,我爱他历尽风霜泰然自若的气度,我爱他纵使强暴也无法摧折的刚直不阿的风骨……

江南的山,如同我的姐妹;北国的山,却是我心中的丈夫!

那句话

总是忘不了,那一次握别,在秋夜,在长安街,西风打发着落叶……

虽然,有句话,小雀儿似的跳跃在你我的心窝,可是,走尽长街,谁也开不了口。

那是无法掌握自己命运的年头,在久久地徘徊里,我们无言地分了手……

今天,我从遥远的南方,来到北国。正是柳线泄翠、桃蕊吐朱的时节,我们再次相逢,相逢在回春的长安街……

你我都想起了那一句,那一句遗落了多年的话语——可提它作甚呢?那已是昨日黄花,再也回不到青春的枝蔓!

啊!到了掌握自己命运的时候,岁月已粗糙了昔日娇嫩的心瓣、光洁的丰额……

我们又一次久久地徜徉,默默地分别——在春天,在长安街……

那句沉埋心海的言语,谁能晓得呢——

啊,只有它,只有长安街,知道那一个永恒的秘密!

红豆

她有一只小小的水晶盒子,里面装着两颗晶莹美丽的红豆。

每回,他上她家里,总要拿起水晶盒子,轻轻地摩挲……:

一次,他终于开口:

"能不能给我一颗……"

"啊?不!"

"难道这样微小的希冀,也不能满足?"

"哦!那是互为依存的两颗心,怎能分开?"

微微地叹了一口气,他悄然离去……

选自《厦门文艺》1984 年 7-8 月,合刊

黄昏里的独白

郑朝宗

此刻我正坐在南向偏西的一间屋子里望着窗外的景色,时间是午后6时左右。冬天的太阳容易西沉,还没到5时半就已看不见影子了,剩下满天的红霞。随着时光的流逝,这霞彩迅速集中到西边天的一角,暗里透红,颜色特别艳丽。下面恰好有一口池塘,白天看去也只是一片不太干净的止水,如今在晚霞照映下,却显得迷人。这使我又想起了黄仲则的两句词:"晚霞一抹影池塘,那有这般颜色做衣裳?"

40年来我一直留恋着厦门,留恋着厦门的黄昏。记得40年前初到此地时,住在虎头山上,傍晚散步归来,从山下望着山上的一座座洋房真像仙山楼阁,心里感到无比的欣慰,仿佛自身已羽化登仙了。后来移居大生里,又移居厦大校园,每逢心里苦闷时,也总是在黄昏时刻,特意从思明南路中山路口漫步走回住处,一路观看云霞变灭的鹭岛晚景,借以消愁遣闷。古人称赞风景之美常说"如行山阴道上应接不暇",我没去过山阴,不知道那里的风景美到什么程度,但眼前的思明南路在春秋佳日的黄昏里也实在够令人陶醉的了。去年因病住在鼓浪屿休养所,天气晴好时总是在菽庄花园里度过黄昏,饱看天容海色,那些日子是永远不会忘记的。

其实,厦门景色之美也不仅在黄昏,若要确切描写此岛,只有借用范仲淹形容洞庭湖的两句话"朝晖夕阳,气象万千",才算全面。苏东坡把杭州的西湖比作西子,我认为厦门的鼓浪屿很像曹植笔下的洛神,两者之美都是属于女性的。她们和文艺女神可算孪生姐妹。厦门需要文艺,文艺也需要厦门,两者相得益彰。这个想法我在解放初就有了。记得有一次在市政协会上,我忽发狂言,拿厦门市和古希腊的雅典城相比。我说雅典和厦门一样,地处海滨,人口不多,而文学艺术之盛,人才之众,在古代西方无与伦比,到现在仍然令人艳羡。厦门的自然条件和雅典不相上下,难道不能也像雅典那样涌现出大批第一流的诗人、戏剧家、雕刻家来吗?事在人为,我把希望寄托在当时本市的领导者身上,希望他们能像雅典全盛时期的执政者伯里克利斯,大力提倡文艺,奖励作家和艺术家。现在看来,这是不切实际的空想,革命战争刚结束,国库空虚,百废待兴,哪有工夫和力量来干此不急之务?我真是十足的书呆子!

可是,如今情况不同了,经过30多年的艰苦经营,物质基础已较雄厚,厦门也已成为经济特区,大规模建设突飞猛进,高楼大厦矗立如云,本市的物质文明可说是初步形成了,目前应该注意精神文明的建设,具体地说,其步骤之一就是要把还不够繁荣的文艺事业狠狠推动一下。这要靠广大文艺工作者的共同努力,也要靠市领导的支持,首先是关心,其次是适当的经济补助。

一切事业的顺利发展都要靠三宝:天时、地利、人和;文艺事业的发展更是如此。厦门的天时、地利比许多地区都更优越,不仅风光绮丽、气候温和,而且濒临东海,号称"东南门户",便于和其他国家交流文化,吸收新事物,这些都是产生优秀文艺的绝好条件。过去此岛的文艺园地比较冷落,主要原因是港口被封锁,和本省其他地区一样,成为闭塞之区,文艺女神恰似"浅水龙困在沙滩"。现在好了,大门打开了,空气流通,水满沙滩,倘是真龙,理该插翅高飞了。

前几年写过两句诗:"鹭门景色佳天下,南国英奇萃此阛。"有人看了说:"上句是真,下句未免夸张太甚。"我不以为然。出色的人才是有的,只是尚未完全显露出来罢了。其原因,一是被环境所限制,郁而未伸,如上所述;二是"人和"的条件尚未具备,大家还不够融洽。这在过去是可以理解的,一群骏马被关在狭窄的马厩里,哪能雍容揖让?现在活动的天地宽了,大家都有施展本领的余地,所谓"八仙过海,各显神通",没有理由再不和洽了。

黄昏终于过去,已是万家灯火的时候了,我的语无伦次的独白也该结束了。我深信不久的将来,我市如同全国各地,在热火朝天的经济建设气氛中,作为精神文明的重要一环的文艺事业必将大大兴盛,胡耀邦总书记的"大鼓劲,大团结,大繁荣"的文艺方针也将在我市得到完满地贯彻。大家共同努力,携手并进吧!

1984 年 12 月 16 日

选自《厦门文艺》1985 年 1-2 月,合刊

我们看海去

陈元麟

伏案劳作久了，难免想到外面走走。正好市文联给我和小张一个外出体验生活的机会，地点自选。哪里去呢？大城市，没味道。还是名山大川吧！我正查阅地图，小张来了，他说："到海岛去吧，《城南旧事》里不是有句诗么：'我们看海去！'"

"看海去？笑话！"我摇摇头："咱们可不是从未见过大海的小英子呀！"

不久前，我接待过一位来自大西北的剧作家。一下火车，安顿住宿之后，正想让他沐浴、休息，但他却拉住我，要我马上带他看看大海。一到海边，这位看惯了"大漠孤烟直"的老人，忽然孩童似的惊叫一声，而后，竟一动也不动地倚在岸边的一棵棕榈树上，默然地望着蔚蓝色的大海，以及那远处的礁石、灯塔、银鸥……过后，他对我说："我第一次见到大海，刹那间，胸中好像有一扇窗户猛地打开了，——啊，那种感受，那种情绪，那种心境，真是语言所难以描述的！你不知道，居住在内地的人，是多么羡慕你们呀！"其实，这一点我早已心领神会了。正因为如此，我每次出差，见到内地人，总要半是写实、半是写意地向他们描述大海，如同一个酒酣耳热的人，故意在饥饿者面前打着饱嗝那样；当他们流露出艳羡的目光时，我的心里会感到某种惬意，某种满足。是的，在海边长大的人，恐怕都有这种隐然的骄傲吧！

我居住的那幢大楼，坐落在厦门港。一打开窗门，那渗着咸腥味的海风便会丝丝然地袭来。清晨，我爱站在阳台上，凭栏眺望大海日出；夜晚，我又总是枕着如鼓的涛声，酣然入睡。儿时，我常和小伙伴们赤足奔跳于滩涂与礁石之间；当了父亲后，又总爱带着小女儿投身游弋于碧波和雪浪之中……

啊，我生于斯，长于斯，听惯了大海的潮韵，看惯了大海的浪花，——大海，一如我的耳厮鬓磨、朝夕相处的伴侣，难道还需要到别处领略她的风采么？

不过，我生性随和，经不起小张的再三撺掇，终于跟他去了一趟平潭岛和崇武半岛。

平潭岛位于闽东沿海。从地图上看，它宛若一只展开双翼，平贴在海上的蝴蝶。岛上，没有山峦，也没有丘陵。太平洋的海风常常没遮没拦地从四面八方相邀而来，大模大样地在城里走街串巷。据说，即便是酷暑季节，在室内也不必使用电风扇和空调设备。而海边的风，更是吹得让人无法透过气来。我们弓着腰，顶着风，步履维艰地来到沙滩上。

这微微倾斜的沙滩纵横几百亩，大得简直令人难于置信。极目远眺，视线可及之处，不见岛屿，也不见礁石，但见莽苍苍、灰濛濛的一片，哪是海，哪是天，无法分得清。长列的浪头，从浩渺烟波中排阵似的扑奔而来，快到沙滩边沿时，忽然威严地耸起一道白色的拱墙，又立即轰然塌崩在我们脚下，那猛兽一般的吼声令人闻之颤栗。

这时，从密布的云层缝隙间，透出一束金光，箭簇似的射入大海。于是，东边海面一隅，闪跳起几片粼粼的光斑，更反衬出另一大片海域的阴冷和幽深——恍若漆黑森严的殿堂里，蓦地渗进一线刺目的光亮，反而教人顿然萌生神秘和恐怖之感。

空间的辽阔，倒是给人造成一种心理上的压抑。环顾四周，我忽然觉得自己仿佛来到了浑沌未分的洪荒时代。当我转身走到沙滩坡上，这种奇异的想法又得到了印证：那里蛰伏着一大片大小不同、姿态迥异的礁石群。那礁石上，纵横交错着形状奇特的纹理，或凸或凹、或粗或细、或直或曲，古拙而粗犷，有一种原始的美，令人想起古埃及的浮雕、古中国的甲骨文以及印第安人部落里的图腾。

几天后，我们到了雄踞在闽东北端的崇武半岛。那是一个风雨交加的中午，刚用过午餐，我们便迫不及待地披戴蓑笠，步行五华里，来到大岞山。

大岞山坐落在三面临海、一角连陆的尖岬上。我们一鼓作气，登上山顶。峰巅上，有两块巨石相撑着，形如龙喉。据说，当旭日初升之际，水光晶红，远远望去，太阳恰似一颗明珠从龙喉中喷出。这就是崇武有名的"龙喉岩"。

龙喉岩与对面的虎豹关互为犄角，两峰相峙，怪石如垒，形势峭拔。我们蹲在"龙喉"里，既避风雨，又看海。想不到，大海在这里，又以另一种形象呈现在面前：

在风的鼓动下，在雨的怂恿下，海潮成群结队地闯入"犄角"里。也许发觉上当受骗了吧，当它跌跌撞撞地挤进这狭窄如弄堂小巷的港湾时，便立即怒气冲冲地狂奔着，咒骂着，不断示威似的举起几丈高的拳头，同时将自己撕成无数碎片，抛甩在两边的崖壁上，大有"宁为玉碎，不为瓦全"的气概。

这小小的空间，被一片嘈杂、喧嚣的音响所充塞、挤迫，你根本无法听出哪是风声，哪是雨声，哪是潮声；更无法辨准哪是原声，哪是回声。

如果说，平潭岛外那苍茫壮阔的大海给人的是一种心理上的压抑，那么可以说，这浪险流急的港湾，却让人感受到一种生理上的紧张。

我忽然暗自庆幸起来，是的，如果没有此行，我又何以能目睹这平生所未曾见过的大海的种种奇观呢？

回到厦门，我们又"看海"去了，——这回倒是我提议的。

几天前，倘若有人问道：厦门的海有什么特色？恐怕我会讷讷然的，因为"不识庐山真面目，只缘身在此山中"。如今，视野开拓了，参照物有了，这特色便不难找到。我很快发现：在厦鼓海峡两岸观海，那海恰似一条江，波动着和谐与柔美。在日光岩上望海，那海又宛如一汪湖，氤氲着安详和宁静。比起平潭和崇武来，厦门的海实在温柔得多了。这大概是因为，屏障似的金门和大担列岛，缓冲了来自台湾海峡的风浪，同时也因为，无论厦门本岛，抑或是鼓浪屿，都找不到一块像平潭那样宽阔的沙滩，也没有一个像崇武半岛那样险峻陡的尖岬，这里的海岸和港湾都呈线条柔和

的弧形，甚至连岩和礁石，也都同样光滑而圆润，所以，当澎湃的海潮涌到这里时，那节奏，也变得像夏威夷吉他的琴声那样轻曼纤徐了，当威壮猛厉的海风驾临此地时，那声音，也会变得如少女的长发一般柔顺缠绵了。

如果打个比方，那么，我以为平潭岛的海，是个襟怀坦荡、饱经沧桑的老人；崇武岛的海，则是性格暴躁、粗犷慓悍的男子；厦门的海呢，自然是娇羞妖媚、风姿绰约的少女了——当然，她也有撒娇使性子的时候，不过，她一旦发觉自己有些失态时，便会一边微微地喘息着，一边梳理着凌乱的散发，努力使自己平静下来。当你紧张的心情还没缓过来时，她却已经"回眸一笑百媚生"了，教你顿生爱怜之意。

记得70年代初，我在闽西山区插队期间，大队小学因为缺地理教员，请我去代课。一天，我正讲到大海，忽然有位学生怯生生地站了起来，问道："老师，大海有几个池塘大呢？"想不到，这个能使出生在海边的三岁孩童喷饭的提问，在这里居然引不出一丝笑声。课堂上静极了，几十双眼睛都那么认真地盯着我。显然，我的这些学生们，并不认为大海和池塘相比，是一件多么荒唐的事！为此，我竟难受了好些天。假如说，当时是为他们的闭塞和无知而感到悲哀，那么，直到不久前，我还有过的那种"惬意"、那种"满足"、那种"蕴然的骄傲"，不也同样是闭塞和无知，不也同样值得悲哀么？

作家刘再复曾经写过一篇题为"读沧海"的散文，且不说行文多么流畅优美，也不说其内涵如何丰富深刻，单那题目，就十分耐人寻味了！

不错，我们此行看海去，也是在"读"着这部"展示在天地之间的书籍，远古与今天的启示录，不朽的大自然的经典"——哦，我读到了大海的精深与丰富，也读到了自己的浅薄和贫乏。

人海是看不尽读不完的。那天，坐在"观海园"前的一块礁上，我和小张相约：常到海边来！唔，如果有机会，我们还要到海南岛，到渤海湾，甚至到基隆港，到好望角，到直布罗陀海峡，到南极洲……到世界上所有能看到海的地方去！

万 石 岩

楼肇明

万石岩

岩石对比花朵，没有色彩，没有芳香，却拥有无限丰富的线条和音乐。这山坳里，山坡上，山巅上，如船，如屋，似象，似狮，仿佛远古时代的恐龙，舒展庞大的身躯，在地壳冉冉升起的顶点，保持一种最安谧的姿态，在一瞬间里永恒地静止了。

时间好像这巨石与巨石之间的一条细流，敲击着枯燥而沉闷的叮当声，消失得无影无踪，又仿佛没有消失，多么乖戾，多么令人困惑莫解的时间的静止呀！

我相信，当赤条条的女娲从海边走来，太阳从残破的天上精疲力竭地照着荒漠的大地，一丝不挂的女娲与衣衫齐楚的我们一样是急于事功的凡夫俗子，她只偏爱那些五色斑斓、光滑得像水晶一样的石子，被她遗忘和鄙弃的岂止只有一块玲珑剔透的顽石而已。瞧，这号称万石园里零乱陈列着的一万块粗砺得难以熔解的巨岩，谁能知道已经被遗弃闲置多少年了？！如果用它们去补天，无限美好的苍天会不会失去清一色的纯净蔚蓝。不过，谁又能否认穹窿在呼唤牢固，是斑斑剥剥的杂色坚强，还是单调乏味的脆弱灿烂，花岗岩的献身可以作出回答。

我眼前的万石园，在一念之间蠕蠕地动了起来，一会儿工夫就使我如同置身在打开了笼子的万牲园里，那一块块如狮，如象，似船，似屋的巨岩不安地骚动着，继之又围在我的身边兴奋地奔走和呐喊，呐喊和奔走……

我惊慌地大喊一声："住！"

那抖成一团的音乐和线条渐渐地从黑暗和混沌中回复到平静和清晰。在巍峨的巨岩的衬托下，我是何等的可笑和渺小，我深情地抚摸汗涔涔的粗糙的表面，却不无自信地喃喃私语：

"在一部永恒的启示录里扮演一名祈祷者的角色，乃至用作一件无言的道具，幸和不幸有何紧要，在价值的天平上，寓言和历史拥有相等的砝码。"

南普陀寺

偶然之中蕴含着必然……那一位喜欢穿一件藕色连衫裙的女友，曾经混杂在一大堆鱼贯而入的善男信女中间，为我在大雄宝殿内点燃过三炷高香。我三年前那一场搅得亲友恐慌，引起同龄人普遍不安的疾病，突然间在普普通通的一个早晨消失了。不知是医生诚实，药石有灵，还是友情的虔诚和菩萨的无私呢？

我曲曲折折地穿过水果、烟酒、香烛、照相、书亭以及专卖惊险凶杀小报的地摊，来到释迦牟尼的神像前，就被寺院发售纪念品的柜台吸引住了，我完全忘记了我是带着好奇好玩的心情来的。吸引我的却是这儿发售的一部打印的纸本《佛学史》，我倚在柜台边一页一页地浏览起来。

香烟熄了。

木鱼声声。

我的思绪似乎交替经历了两个境界，林木幽深的峡谷和阳光朗朗的峰巅。我似明白了神秘的神学不止是世俗的一面镜子，神秘所企图解答的正是如恒河沙数的偶然，无法囊括的偶然就汇成了一个神秘的深渊。那儿仿佛储藏着一块巨大的吸铁石，想洞烛幽微的人，岂能逃脱这吸引的魔力。

感谢南普陀寺的长老和沙弥赐给我这一部资料宏富的《佛学史》。原来，佛门清净之地与繁华闹市的红尘一样温暖。当我再次曲曲折折地穿过烟酒、水果、香烛、书亭以及专卖惊险凶杀小报的地摊，我停下来买了几张昂贵、以标题和插图招徕顾客的小报。我把小报和《佛学史》夹在一起。

我把商品价值与审美价值夹在一起。

我把神和亵渎夹在一起。

日光岩下三角梅

没有亵渎,就不存在神圣。

日光岩下的三角梅在一阵阵海浪声中,像无声的紫色的篝火,唱着一曲曲生命被发现的歌,红的痛苦和发暗的屈辱酿制成一条晶莹的流蜜的河。我在遥远的北方,举目寻觅那镌刻在巨岩上的四个大字"天风海涛"。我却看见白色的鸥鸟傲然在苍茫的海面上飞舞,我甚至听见鼓浪屿的蜜蜂轻轻将薄翼扇动,相思鸟在春天孵化,少年人的琴弦上守候着辽阔的青春和地平线上燃烧着的希望……

如今,那千篇一律的金色的沙滩上,冲走了多少游人的足迹,可银子般洁净的小街记住了一个瘦弱的身影。八面来风的小洋楼,像一艘精致的石舫停泊着,拒绝展览是可以理解的。因为粗暴的历史就在舷窗外静悄悄地走过,那无名氏和红卫兵的墓地上,凤凰木以一种严峻的姿态在孕育蓓蕾,待到红花和绿荫掩映了林巧稚沉甸甸的塑像时,沉默的大理石不会流泪,也不会呐喊,将日日夜夜伴随这亘古如斯的海涛声,摇曳一支人世间最伟大的摇篮曲。

起点背叛顶点!

南方的羊蹄角

羊蹄角是南方山野里一面紫色的风帆,北方的丁香花有紫白两种……

1

紫丁香和白丁香,是在什么时候升格为精神的象征和苦闷的寄托,而不是一种装点,一种陪衬,证实着生活?

蒲柳泉笔下的狐女花魂,无非是他馆塾生涯中所耳闻目睹的众多大家丫鬟和乡村小女子。我看到婴宁的笑声在前头领路,凤仙的红袖助读却在拉扯衣襟。心底的欲望,也有天堂和泥沼之别。

2

在北方,春雨霏霏的时候,我书斋外的两棵丁香繁花满树,如同天外飞来了一群圣鸽,紫色和白色的羽翎,洒落下旷远的晶莹和贞静。我在自然所锤的灵气里沉醉时,我的干瘪的诗帆就孕满了幸福的风。

也许是街心公园里那莞尔一笑,也许是遥远的童年时代,已经倏尔消失的无邪一瞥,像荷叶掩映下的花蕾,怯生生地,从蒙尘的殿堂里占据了圣洁的角落。

3

为什么不是火的苟合,为什么不是水的结合?这永不褪色的却是这悠长的一瞥一笑。

颜容笑貌在搜索枯肠的追忆中烟消云散,脾气秉性却在塑造中变得可以触摸。

4

我们这一代人之所以不能告别但丁的贝阿特丽切,灵魂的美神变成灵魂的保姆,只因为我们无法回答为什么在自然体现为花朵,在人类表现为少女。

5

"红楼隔雨相望冷"。近在咫尺,却相距天涯。

6

但我不会拒绝南方的山野走入我的梦境。小路像一条蜿蜒的蛇遗失在荒草丛中,羊蹄角升起来武高武大的紫莹莹的一树繁花……

为了南方的羊蹄角是一面紫色的风帆,唤醒我不可抗拒的憧憬,我将在又一个丁香花开放的季节里,摇落一挂挂晶莹的水珠,那无边,那旷远,那晨雾般淡淡的贞静。我将折下紫丁香和白丁香的花枝,打扫灵府中的天堂和灵府中的地狱……

选自《厦门文学》1985 年第 4 期,双月刊

死亡感觉

——1989 年 1 月 20 日

阿 红

美国《癌症与我》书中,说到一位 65 岁的商人,因心脏病突发,濒临死亡,经抢救复苏,又活了几个月。这位商人对死亡感觉这样描述:

"自己好像一朵轻云一般,逐渐由我的肉体上升,到了天花板,我清清楚楚地看到医务人员正忙得满头大汗为我做急救事宜。

"我这时可以通行无阻,医院的墙壁与铁门都阻挡不了这时的我。我很快就飞出医院,以越来越快的速度飞向虚无飘渺的玄空。接着我好像以极快的速度,在一条无止境的隧道中前进,在隧道的另一端,我看到一小点亮光,这个亮光越来越明亮,越来越大,当我到达隧道的尽头,那光变成强烈无比的光源。这时,我知道自己进入了天堂。

"我感到无比的快乐、舒服、平静、温暖,我的内心充满着平静与爱,我不再有忧虑、沮丧、痛楚与紧张。我感到许多死去的亲人围绕着我,不过我没有看到他们真正的样子。"

死亡感觉是谜。任何已经死亡的人不可能向我们描述他的死亡感觉。

死亡,按设想是痛苦的。生理机能停止运转,不论是渐进的、猝发的,都该是痛苦的。如他这样表述,也无所谓。这是病死,从悬崖跌死如何呢,汽车撞死如何呢,中弹而死如何呢?永远是不解之谜。

这商人描述的他死之后,感觉着他"肉身上升"等等活动与观感,这时的"他"应是"他"的灵魂,是"他"的灵魂脱离肉身。"他"与许多死去的亲人相会,是否果真另有一个亡人死界?如有,那也是飘飘渺渺的、恍恍惚惚的,如他所说,看不清死人"真正的样子"。

我休克过。60 年代初,吃饭艰难,严重缺乏营养。一次,我从编辑室去厕所小解。小解后,系裤扣工夫,一恍惚间,我就觉得我轻飘飘起来,脚不沾地,自由地飘出厕所,向上飘去。天花板闪开一个洞,我从洞口飘上去。楼顶又闪开一个洞,我又从楼顶飘上去。像传说中的仙人腾云驾雾,过山,过水,过平原,风掣电闪般向前飘去。飘了好久,落下来,向周围一看,是我的故乡沙河,是大片大黄熟的麦田。麦田里,排着许多小屋。我早已故去的祖母、外祖母都在门前看着我,却不理我。我生气地喊着:"奶奶!外奶!"用很大的声音。这时,我才发现我是躺在小便池下面。头上就是白瓷便池,一股刺鼻的臊臭味。我顿悟刚才是休克了,只觉浑身无力,疲乏之极。停了一会儿,扶着隔板站起身来,晃晃悠悠进了编辑室。同事们见我,惊讶地问:"你怎么啦!脸上没有血色!"

休克,也是暂时死亡。我的休克感觉与上述美国商人的死亡感觉颇为相似。

是不是休克感觉都是这样呢?

假如死亡感觉不过如此,人何惧哉?!

选自《厦门文学》1989 年 5 月号

萧乾星洲行

文洁若

我国著名老作家萧乾的夫人文洁若撰写的《我与萧乾》一书即将出版,本刊特选其反映第一届、第二届国际华文文艺营活动情况的一章发表,以飨海内外读者。

——编 者

花园岛国

1983 年初,中国作家艾青、萧军及萧乾应邀赴新加坡参加第一届国际华文文艺营,我和艾青夫人高瑛、萧军的女儿萧耘也陪同前往。

萧乾于 1939 年赴英以及 1946 年回国途中都在新加坡停留过。那时,这还是英帝国属下的一个又脏又乱的码头。如今,已成为高楼林立的现代化国家了。

萧乾一向对树木花草有特殊的爱好。到了新加坡,他可开心了。从机场进入市区途中,到处是婆娑多姿的绿树,遍开烂漫的热带花儿,我们掩映在花色之中。狮岛确实可称为一座花园。给我们印象尤其深的是大街小巷打扫得干干净净,看不到乱丢果皮纸屑的现象,更没人随地吐痰。这是个充满进取精神、很有自尊心的年轻共和国。

萧乾在新加坡有不少朋友。1940 年在伦敦时,他与拉贾拉南住同一公寓,颇有交情。拉贾拉南那位匈牙利籍的妻子庇罗希卡也是萧乾的老友。我陪着萧乾三次和如今担任新加坡第二副总理兼外交部长的拉贾拉南晤谈,其中有两次是在他家里,庇罗希卡也在座。

1946 年萧乾从英国返回途中,曾在马来亚半岛逗留了一个月,和年轻记者李炯才交了朋友。1983 年我们去新加坡时,他正担任总理公署高级政务部长。同拉贾拉南一样,他也是新加坡的创始人之一,是共和国的元老。

在这里,我们又见到了聂华苓。她对我们这些大陆来的人,亲如一家。一晚在宴席上,她不断地说俏皮话,富有风趣,使席间的气氛大为活跃。事后我悄悄问她:"八〇年你到北京那次,怎么那么严肃?"她笑道:"入乡随俗嘛!"

拉贾拉南曾指派新加坡著名女记者刘培芳陪同萧乾去采访。他们首先看了"组屋"即公寓式高层楼房。他回来告诉我,"组屋"里成立了居民委员会,而在西方的高层建筑里,居民之间老死不相往来,以致有些孤独的老人化成了白骨都没人知道。

萧乾特别赞赏新加坡人在接受西方生活方式上所采取的批判的、灵活的态度。在文艺方面,他们很早就坚决而明确地提出"反黄"。西方子女对老人漠不关心,新加坡政府却规定年轻夫妻如与父母同住,可以减税。

"金狮奖"

1985 年 1 月,萧乾应邀又与姚雪垠和秦牧作为两年一度的"金狮奖"评选委员再度赴新加坡,同时也参加第二届国际华文文艺营的活动,我也随同前往。这项工作是由文艺营工作委员会主席钟丈苓主持的。他和报社人员,工作做得真是细致周密。早在两三个月前,分散在各地(大陆、台湾、香港、美国以及新加坡本国)的评委就收到了初步入选的征文,各自看毕写上评语和排列名次,寄回新加坡。所以评委抵达之前,主办单位早已综合大家的意见,定出了名次。

那次,除了隆重的颁奖典礼外,还举行热烈的学术报告会和讨论会。萧乾讲的是报纸文艺副刊,在临别晚会上,他还唱了他在《梦之谷》中引用过的北平民歌《小白菜》,当年萧乾同书中的"盈"就曾想一道来闯南洋。

这一次,日程安排得没有上一次紧,我们到了好几位新加坡朋友家做客。拉贾拉南夫妇在鱼翅大酒家宴请我们,席间还有刘培芳女士。上次访狮岛时结识的实业家周颖南先生特地来看望我们。他是这家酒家的董事,拉贾拉南夫妇是这里的常客。

周颖南是印尼籍华人,从60年代起就同刘海粟、俞平伯、丰子恺、叶圣陶几位大师通信。他收藏了不少书画,还把几位大师给他的信,统统用玻璃纸包起,装订成册。

陈松沾是萧乾两年前结识的青年实业家,他又是位诗人和藏书家,并用搞实业赚来的钱开办了一家文学书屋,专门出一些赔钱的文学书籍。他还带我们去参观了一下。据说不论新加坡、台湾还是香港,书籍只要能卖到两千本,就不至于赔钱,而在我们大陆,两千本被认为是几乎不能开印的数字。萧乾特别赞赏新加坡的反"黄"运动,对国内乌七八糟的作品泛滥成灾,感到忧虑。后来他在《我不服气》(《人民日报》1987年11月30日)一文中写道:"每逢拿到一本新书,我往往先问问,它是为增进对生活的认识或为扩大知识面及欣赏视野而出的呢,还是冲着财神爷出的。"他呼吁,对发行工作进行改革,以便让好书能够和读者见面。

刘培芳是《联合报》的外交记者,萧乾为她的文集《我心深处》写过序言。我们曾到她那宽敞、舒适的公寓小坐。大客厅里有好几钵从顶棚上垂挂下来的花卉,空气中弥漫着馥郁的香气。一天下午,她还带我们到她妈妈家去做客。善良的老妈妈是年轻时跟丈夫一道从广东老家来的,至今只会说广东话。她请我们来吃冰糖燕窝,据说这种甜食要用文火慢慢熬,老人家头天就忙乎起来了。培芳有那么一股雍容华贵的气派,接触多了,方知她是个很质朴的人,在美国留学时也没少打工、洗盘子什么的。她驾车带我们到自己的母校去参观时,一只轮胎忽然撒气了。她跳下车,从后背箱取出工具,自己动手把备用轮胎换上。马上有两个素不相识的青年跑来帮忙,一会儿就换好了。新加坡人这种互助精神给我留下了深刻印象。

女作家蓉子的套房也布置得雅致整洁。阳台上摆满了盆栽花草,股股幽香扑鼻而来。蓉子的丈夫在一家公司工作。蓉子谈到他如何忠实于公司。有一次发生火警,他带头抢救公司财产,彻夜未归。他们那两个活泼可爱的男孩子朴实好学。

我们上次访问狮岛,1932年萧乾在英华学校教过的倪立俊曾携夫人到文华大酒店来看望我们。这一次,他请我们到他家去做客。他们是三世同堂,两位老人在儿孙的照顾下过着幸福的暮年。其实,萧乾只不过教了倪立俊一年书,半个世纪后,他还对昔日的老师念念不忘。那是师道尊严的时代。萧乾当时是个公正严厉的老师,学生们比他小不了几岁。假期他曾和他们一道去春游,搭起帐篷在鼓山露宿。

萧乾交的新朋友中还有何键。他是个性格文静的人,从事皮鞋业。他和萧乾一样,也是凭着艰苦的努力受完教育的,又热爱文艺,所以和萧乾有共同语言,曾在我们下榻的旅馆和萧乾长谈。我们还在宴会上结识了年轻的日本留学生柯冰蓉,后来我在东京和她重逢。她在新加坡的报刊上发表了一些短文,其中的一篇对日本篡改教科书问题提出尖锐的批评。

新加坡独立20几年来,经济发展水平跃居亚洲第二位。萧乾说,这当然是与政府重视智力投资、普及教育、发展科技分不开的。新加坡成功地向日本学习了高效率和爱公司爱集体的精神。最令人羡慕的是新加坡的廉政——由于体制健全,这里没有滋生赂贿和贪污的土壤。

槟 州

萧乾常说:"我是朋友堆里滚大的。"而他留英时的老友林苍祐同他无疑是莫逆之交了。1983年1月我们抵新加坡的第二天,槟州首席部长林苍祐就偕夫人吴杏蓉赶到文华大酒店来看我们,他刚巧在与新加坡毗连的柔佛州开会,同来的还有他们那个在新加坡工作的大女儿宝琳。

苍祐本想邀我们一道吃饭,但日程上那晚在世界贸易俱乐部有宴会,我们不便缺席。于是,晚8点半钟他又来接我们到他弟弟苍吉家叙谈。

我们中途从宴会厅溜出来,苍祐已在俱乐部底层等候着了,他亲自开车。他弟弟苍吉是位留英回来的著名建筑师,他那幢坐落在新加坡近郊的北欧式楼房以及全部家具都是自己设计的。院中养了几十条狗,一见生人就吠起来。我们进屋时,杏蓉和宝琳已先到了,苍祐的妹妹和行医的妹夫随后也赶来了。

喝咖啡时,苍祐提出要我们在文艺营的活动结束后,到他主管的槟州一游,住在他家。但我们事先没同国内打招呼,又是六个人一道来的,不便单独行动,只得婉言谢绝。

两年后第二次访狮岛,动身之前萧乾就和苍祐联系好了。文艺营的活动一结束,40年代留英同学会会长李鑫就专程陪我们飞到槟州。事先,苍祐向马来西亚总理打了招呼,我们是作为他个人的朋友去的。苍祐、杏蓉伉俪已在机场等候着了,并把我们接到他们的私邸。

我们在槟州度过八个难忘的日日夜夜。华人大会堂,山庄,65层的摩天塔楼,海滨旅馆——一切都是他们自己建造的。据说马来西亚在开展购买国货运动,并要求各企业、工厂提高产品质量。那一年苍祐已65岁,在槟州连续执政16年之久。他决定不参加下一届的选举了。1983年他就已辞去民政党主席职务,当了终身顾问,他要进一步把首席部长这个行政职务也让给年轻人。民政党内数千人正在酝酿签名运动,要求他四度竞选,连任下去。一位老先生听说苍祐的好友来了,频频跑到苍祐家来。他想请萧乾来劝说,萧乾却不便冒失。在让位给年轻一代这个问题上,苍祐的态度那时仍是坚定不移的。

独立初期,槟州的失业率曾高达百分之十六。苍祐主政后,70年代基本上解决了失业问题,80年代进而消灭房荒。1985年,失业率已降到千分之三。为了创造建房条件,槟州又大举填海。像香港一样,他们硬是填海造出大片的土地,在上面已兴建近2万套住房,还有1万套正在兴建中。

这位首席部长的个人生活是极其简朴的。他当选执政后,让宏伟的官邸空在那儿,自己仍住在一所普通的民房里。周围是篱笆,门前什么岗哨也没有。在繁忙的公务之余,他喜欢读书,种花,看录像,有时也画画油画。当两个小孙子偶尔来串门时,他就成了慈祥的爷爷,和他们又是猜谜语,又是讲笑话。

我们回国后,听说在选民的坚决要求下,他终于还是继续连任了。1988年10月苍祐偕夫人访华。13日在他们下榻的香格里拉饭店给萧乾打了电话,请我们次日去吃早点,并问是吃中餐还是西餐。14日早晨,他派两位秘书带着录像器材,将萧乾伏案写作和浇花喂乌龟等生活镜头录了下来。那天中午,苍祐、杏蓉伉俪到我们家来吃面条。晚上,我们到香格里拉参加了马来西亚驻华使馆为他们举行的盛宴。座中有苍祐的另一老友,苍祐用英文对他说:"当年在英国,萧乾在我们当中像只蝴蝶,那时他已经出了好几本书。"

苍祐的祖父是槟州的早期开拓者之一,19世纪末叶,从福建下南洋。他目不识丁,靠卖棉线白手起家,让子女受高等教育。苍祐比萧乾整整年轻十岁,尽管他们两人1943年在苏格兰雷梦湖上的合影看不出相差这么大。华侨身份的苍祐曾于40年代后半叶回过故乡,并在上海和南京与萧乾相聚过,他就是在那时和杏蓉结为伉俪的。

苍祐继承父业,在爱丁堡大学攻读医科,他从大陆回到槟州后,便在那里随父行医。至今人们还习惯于称他作"林医生"。半岛酝酿独立运动时,英国殖民者对他说,像马来亚这么个多民族的地方,独立了也无法治理。他们想收买他,并答应封他为爵士,他毅然拒绝了这一利诱,依然积极投入民族自决运动。

1957年,马来亚联合邦宣告独立,1963年组织联邦政府。1968年民政党成立,林苍祐当选为副主席,转年他当选为槟州首席部长,1971年又当选为民政党的全国主席。而那些年月,萧乾则在农场、"牛棚"和干校没完没了地接受着再教育。

林苍祐的辉煌业绩是近40年间做出的,那正是萧乾被迫中断文学生涯的时期。1983年在纽约,我曾对一个美籍华人说,美国人太浪费了。他回答说:"工业发达的国家,浪费点东西是小事。在中国,最大的浪费是人才。这才真正可惜呢。"我觉得他说得有道理。我告诉他:"这几年好了。"然而,每逢想到萧乾半生坎坷所失去的宝贵年华,我不禁为之惋惜。

选自《厦门文学》1990年4月号

心念到永远

丹　娅

记得小时大人责骂孩子说：等你自个成人成家有儿女后，你才知做人父母心。

于是小孩大都噘嘴顶撞：谁家有儿女谁去，我才不呢。

我大约也如此这般顶嘴过吧。

现在，儿子八个月了。

姨婆来看我们，说了句至理名言：养活一株花一棵草一条狗一只猫都得费老大的学问，养活个人容易么？是人哪！

多多憨憨地在我怀中娇笑，瞪两粒水晶般的眼睛，朝姨婆皱皱的脸咿呀学语。但我怀疑他是否能听懂姨婆的话，即使是我们，在多多七个月前也没听说过这话。只是别的女人或许也有我这样的本能，那就是对生儿育女有着无可名状的恐惧。

确切地说那是张铺天盖地的罗网。紧紧裹住我的身躯，缠着我的梦寐，杂色斑驳，是呕心沥血，是怨天尤人，是责任是无奈，是希望是绝望，是荣耀是累赘，是欢乐的源泉是罪孽的渊薮，是无尽的义务绕成的怨结，是成批的怨结投给人生的阴影，还有数也数不清的什么什么。家庭的千头万绪剪不断理还乱，它过于巨大而沉重，充塞在我那又长又短的三十年间，我背负它犹如背负有生以来食用过的空气、水分和粮食，它早就溶解为我的精血，而且化成了我一头一脑的恐怖。弱小愚笨的我，只能有本能的抗拒，我无法逾越，更不想逾越。

小孩的我本性有些孤僻，大人的我，亦不喜亲近小孩，大千世界，芸芸众生，生生长长灭灭，似乎与我无切肤之痛，亦无铭心之乐。为了不近小孩，曾经设想过不结婚，当失足于爱的泥淖中无能自拔时，未婚夫曾拥住我问：喂，怎么手脚是冰冷的？难怪你是冷心冷面的一个人。于是我源远流长地告诉他：我们老家有种说法，手脚冰冷的女人不会生孩子。未婚夫轻轻捂住我的双手双脚：我会让你暖和起来的。听出此话的话外之音，便立刻谈虎色变大喊大叫：跟你说好的，不能要小孩不能要小孩的。你以为我们能做好人家的父母？与其做不好，宁毋为！未婚夫手忙脚乱连声诺诺：好好好，真的不要小孩，就我们两个相亲相爱白头偕老，逍遥似神仙。

为此，我充当过刽子手，以莫须有的借口，扼杀了体内滋生的新萌芽。如今每一念起，不禁心如刀绞。可当初，我站在流产手术室的门口心如止水。我的朋友大夫颖从里面迎着我走来，两只漆黑的大眼睛在淡青白的工作妆包裹里像寒星般特别忧伤。林，你真的一意孤行？是，我答。这是第一胎呵，可能会造成终身不孕的。是，我答。你现在就离开还来得及。是，我答。颖背过身去整理器械，把它们弄得叮当乱响。那声音既很清脆悦耳又令人心惊胆颤，伴着颖从大口罩底传上来的含糊不清的咕哝。你没有理由，你什么理由也没有，你是为什么？为事业？你只是个懦夫。我奇怪不要家不要孩子的女人怎么能算做女强人。别说了，我躺上手术台闭上眼睛，那不是原因，我说，来吧。从医院回家，寒冷，疼痛仍剧，但我却长释一口气，浑身轻松，宛如摒弃体内的一个大累赘大烦恼。

老朋友结婚了，生孩子了，新朋友也结婚了，生孩子了。久而久之，丈夫从外头回来，便觉得这个家到底有些缺憾，有时便会借着玩笑的机会来引诱我去做充分的想象，比如说些不知咱俩生的孩子会是个什么样子，一定比别人家的孩子聪明漂亮诸如此类的话。可我决不上当，用我们家已有你一个大男孩，再有一个小东西我照管不过来的话来搪塞。说过几次，丈夫见我执迷不悟，渐死了心，从此安然悠哉度日，倒是我自己，星移斗转地渐把心事重了。

一夜，寒风敲窗，床灯昏然，正握一卷书在手，忽见一婴孩跑来，那婴孩可爱极了，粉雕玉琢，笑语咿呀。我惊讶道：谁家的孩子跑这儿来了。那孩子竟说，妈不认得我了？我便恍惚记起自己的确是有一个孩子的,忙伸手去摸道:宝贝快上床,看冻坏了。那孩子竟跟跄后退数步,嘤嘤哭泣道:妈不要我了。我又恍惚记得的确是自己不要孩子,忙剖心挖肺以实相告:不是妈不要你,而是妈太想要了而至不敢要。生养孩子是件很大很难的事,妈还没有这份信心。那孩子把连线泪珠一把抹了,硬声道,没想到妈是这样怯懦的一个女人,你害怕失败,你缺乏勇气,你多么自私!你就甘愿放弃做女人的全部权利,看来你是永远不会有得到我的欢乐了。罢罢罢,我走也,我不禁变颜变色,浑身顿起鸡皮疙瘩:你!你到底是谁?我是林啦。我怔了半天,林不是我自己吗?一激灵,冷汗浸骨,不禁潸然泪下。丈夫执手相问,沉默许久,终道:

不要难过。我们从来没有责怪你,你也不要自责。你是可以做一个很好很好的母亲的。

谨之慎之的,我们开始筹划塑造自己的孩子,嗜烟如命的丈夫几近戒烟,酒更是点滴不入,我不仅是感冒咳嗽不敢进药,连饮食上的冷热酸辣一并小心在意。终于有一天,医生告诉我们说我怀孕了,惊喜夹杂着恐惧再次袭击了我,使我几近晕迷。也许是孩子真的想证实一下做妈妈的勇气和精神,他给我的妊娠磨难可谓史无前例。持续不断地揪心挖肺地呕吐,令我滴水难进,粒米难咽,行动难支,梦寐难圆。丈夫不忍目睹我的惨状,商量着是否放弃这样的努力。我昏头昏脑,只觉日月无光。等明天吧,我说。我天明了盼天黑,天黑了盼天明,只想能熬过一刻是一刻。我悄悄对孩子说:我决不能拿掉你,我决不能让你失望。我对自己说,坚持住,只要顶过这一关,我将不再害怕,我能赢。

六个月过去了,我瘦骨棱棱,奄奄一息。突然,孩子收起他的魔法,所有的妊娠痛苦在几日之内消失得无影无踪。我慢慢苏醒,举目四望,天空依然明媚,世界依然热闹,只是我的腹部已微微隆起,时不时的,便有孩子的小手小脚轻轻抚摸我的腹壁,一股前所未有的快乐稠稠汹涌而来,叫我陶醉。至此,我才真切感知了所谓痛苦的蜕变所带来的全新的愉悦感。

我得感谢我的孩子,六个月的妊娠考验使我既轻视了这以前有过的肉体创伤,也教我等闲了这以后要承受的肉体苦难。我的确变得勇敢,对将做母亲的未来充满信心。当孩子在母腹中翻滚腾挪时,我的全身神经细胞都在欢呼着他感应着他。生命对我不再是一个冷漠的抽象概念,而是那样地和我的血脉息息相关。

现在我们谈论最多最重大的话题是关于孩子。我们得冲破那曾经令我心惊令我无法逾越的罗网。我们得建立全新的家庭关系——大人与小孩的关系。在我们有生之年,我们最好不要有后悔。后悔我们生养了孩子,后悔我们年轻时没有为孩子做过什么什么,后悔我们没有用如何如何最佳方式教他这样做教他那样做——甚而有之,后悔我们曾经没能真正爱过孩子。

哦,我们的孩子!我们多希望是个女孩,女孩秀雅、温馨、细腻、聪颖,小鸟依人,善解人意。她将是我们心里一朵不凋落的花,一个永远的春天。她的出世,将留驻我们的青春,给世间一泓怡人的清绿。为此,她可能要比男孩子承受更多的义务和苦楚。我们也希望是个男孩,男孩孔武有力,勇敢、生动、敏捷,富有幽默和心智,他将是我们精神上永恒的荣誉,永不褪色的骄傲,他可能要比女孩子背负着更多的社会责任和磨砺。不管是男孩是女孩,他们都将是我们最优的组合和发展,我们将全身心地呵护和关爱他(她),直到他(她)成为一个真正的男子汉或真正的女人独立于世。

漫长的十月怀胎终于成熟了胎儿,胎儿游离母体的那一刻惊天地泣鬼神。每一个被注定必须生育的女性,都不可能不像我这样早早地就对这一刻怀有无可名状的怯懦和畏惧。当我躺在推车上被送出产房时,守在产房门边的丈夫立刻扑过来握住我的手,宝,他俯身注视我:你真勇敢。你应该大声叫一叫的,叫了就不痛了。

我想我是笑了。我不痛。在我生产的前前后后,我的耳畔始终震荡着产妇们的狂呼嚎叫。那种撕筋裂骨般的痛楚令即使是最端庄娴静的女性也无法保持尊严。我所做的只是让灵魂远离在产床上辗转挣扎的肉体,飞至产床上方那抹早春二月横窗而进的夕阳中,与我的孩子娓娓交谈。那情景无比恬静柔美。妈妈,你疼吗?疼,我的孩子,不过比起漫长的孕期艰苦,这毕竟是接近尾声了。妈,我动得太厉害了吗?没关系,孩子,妈喜欢,这是你生命的觉醒,你的冲击你的厮杀,你是多么有力多么健康呀。那么,妈妈,我要出去了,这里面多黑呀,我急着看到你们,看到外面的世界。来吧,我的孩子,我们也急着要看你,你对我们也是一个崭新的世界哩。我的灵魂冷静地注视着我的肉体在助产士孔武有力的双掌压迫下扭曲变形,并渐渐往寒冷的白色泥浆里沉坠下去。来吧,我的孩子,妈没力气了,也许妈要死了。突然,一道巨闸轰然而开,一团热气腾腾的小生命夹带着阴冷的白色泥浆决堤般泄出体外,随即,一声热烈激昂啼哭声打破了死亡阴影。世界上没有任何东西能把生与死这两个极端这般惨烈地交缠在一起显示在人们面前。我的肉体狂欢般往上一挺,与我的灵魂合二为一。我看到我们生命的一部分正在助产士的双掌上喧嚣呐喊,舞之蹈之。

哦,上帝,我的心神。我泪如涌泉。

记得有次,一位大学女同窗来看我,闲话时说起她做少女时,似有排解不定的风花雪夜的忧愁,做少妇时,有遣散不尽的患得患失的悲哀。想不到做了母亲后,内心竟变得充实,思想反而变得单纯干净,日子也变得好过多了,抑或这就是庸俗的开始?这样的少年愁妇人怨我曾都有过。假如我不做母亲,我便永远无法完全弄懂这句话的全部。或许我会说,是的,是庸俗,生儿育女使女人变得庸俗。

我曾无数次地翻阅拉斐尔的圣母画,无数次地疑惑人情味十足的圣母脸庞何以内蕴着那等超凡脱俗的安详平和、明净温馨的光辉。在我做了母亲后,我才解开了这个疑结,原来秘密就在于环绕在她膝下、拥抱在怀中的被我无数次淡略去的孩子身上。现在我会说,最圣洁的气质源于最世俗的七情六欲。

临产前,我到底能够坐下来,认真地学家务,攻女红,内心缜缜密密填满了期待和向往。生产后,像所有做母亲的那样操心劳顿,起上起下地哺奶喂水,把屎把尿,忙进忙出地洗涮蒸煮,忙得不分日夜。寻常间有头痛脑热蚊咬虫叮的,更是恨不得代儿受过,心眼百窍俱耽于从母体分离去的那一部分上。完全无私、彻底地牺牲竟至忘我。

然而有天,被冷落一旁的丈夫突然对我说,你变了,变得更可爱了。

夜深人静,体疲神疲的我深吸着枕边暗浮的乳香,细细品味丈夫的话,竟也觉得自己似不像从前躺在床上的我。我淡忘了功名利禄,同时也淡忘了许多怨仇嫉恨,我变得能设身处地地为人着想,理解了许多不被理解的人和事。我的心变得宽容、广大、明净而慈爱,从前冷漠而麻木的我似乎变得丰富而蓬勃。

更重要的是,我变成了一个完整的女人。我身无长物,与生俱来的我只带来我的一半,我的丈夫给了我另外一半的一半,那么,我的小男孩却填补了我所欠缺的,彻底成全圆满了做女人的我。换句话说,假如我始终无法克服怯懦的本性去做人母亲,我将永远望完整的女人而兴叹。我是个被生育更新的我,从这点意义上说,我创造了儿子,儿子也创造了我。

抱儿子在怀中,一颦一笑,一静一动,但牵系着心室尖的颤动。是苦是甘,是忧是喜,人世百味,假如你没生养过孩子,你就永生永世也得不到这场奇妙无比的感觉。

选自《厦门文学》1990 年 6 月,散文专号

诗 和 诗 人

1979 年编辑手记

黄 赞

好诗句

文章信口雌黄易,思想锥心坦白难。

不受到无休止的逼促"交代""坦白"的诗人,写不出这样好诗句。

（4 月 6 日）

海瑞祠

巴金《随想录》(十五)谈到海青天的灾祸,说他谒过海瑞墓,幸亏没有发议论,写诗文,否则,得追随吴(晗)周(信芳)而去!

于是,想起了赵朴初的《海瑞祠》:"海瑞祠堂附逐臣,数行碑字见嶙峋。丈田未遂忧民意,囊草应原嫉恶心。当日纷纷争指鹿,几人谔谔敢批鳞。若非肝胆甘涂地,那得传奇演到今。"幸亏没有发表,否则……

（7 月 17 日）

关于杜甫墓

叶恭绰 1962 年 6 月 20 日一封关于杜甫墓的信。录如下:

杜甫纪念,各地纷纷举行,但有永久性者不多。我想除成都草堂,已具有规模,可作重点外,其次即应为之修饰墓地。按四十五年前(1916年)我国访古至巩洛一带,闻人言田横、杜甫之墓,均在。当即亲往看视,并拍有照片。其坟堆甚整齐,其前立有两碑。(记得是清明所立,已不记其文字),询知地名土娄村。村中姓杜的不少。其杜预之墓,亦在附近,未及往看。归检杜集所载元稹序文,亦云归葬土娄村,因此,我心目中向认为杜甫归葬之说,并无疑窦。惜当时未再进一步觅其嫡系询查一切。今又四十余年,其坟墓碑石等等,有无移毁,已不可知。但期非甚远,我想如派一有历史知识的人,到那里实地调查一番,必有所得,如能在那里修饰建筑,作为一个名胜,是很值得的。

（8 月 12 日）

邓拓自况

"莫谓书生空议论,头颅掷处血斑斑。"

这是邓拓生前妙句,"四人帮"一伙一批再批终于铁铮铮地存在下来的妙句,它竟成了邓拓的自况。

（11 月 14 日）

悬崖边的树

久违于诗坛的曾卓,在《诗刊》上发表了《悬崖边的树》,虽为诗坛瞩目,却还不为诗坛外广大读者注意。柯岩在作协大会发言中朗诵那"不知是什么奇异的风……它的弯曲的身体,留下了风的形状……"之后,柯岩诗般的语言:"我从它不仅重又听到了风,而且重又看见了风留在千百万人身上的形状……"博得阵阵掌声。

曾卓不是作协大会的代表,他来过北京,又回到武汉,但,他比代表更代表。

（12 月 8 日）

附 记 故乡的刊物,不遗在远,约撰散文,一时难得新篇。今寄编辑手记若干则,有关诗和诗人的,不知合乎编例否? 1989 年 8 月号《散文世界》发了二十三则,近端木蕻良和方成编《谈画集》,余也把关于画和画家的手记给他们,这种短小的手记,是不是也算散文的一种呢?

1990 年 2 月 22 日北京

选自《厦门文学》1990 年 6 月,散文专号

寻找生命的庄严

刘登翰

生命是一种偶然。

很多年前，我有过一次西北的旅行。先是飞机在高原上翱翔。机窗下望，尽是一卯卯风凌水蚀的枯峻的山梁，浑蒙不见一滴青绿。继而在大漠边沿驰车，数小时不过一株树影不听一声鸟鸣。偶尔在路边（其实沙漠无所谓路，只是碾实了一点的沙土）碰见几个抱锹握铲的道班工人，也是黑色棉袄羊肚子毛巾包头，眯细了的眼睛如漠风在他们额头两颊深镌下的皱纹。面对他们，我感到一种生命的庄严和艰辛。同时想起，生活在水乡海隅的人们，那一份受到泽润的生命的水灵和幸运。

然而，冥冥中仿佛有一种东西在呼唤着我，呼唤我的灵魂向那庄严的生命走近。

就是在这里我遇见了三十多年前的一个同学。

岁月已使我们无法彼此相认。要不是我永远改不去的乡音突然唤醒他一缕遥远的记忆，我们就会像两颗无缘的流星，匆匆靠近又猝然错过。

三十年前他是多么潇洒的一个青年学子，在低年级同学眼中的一个高年级的高才生，他的一举一动都是我们崇拜和模仿的对象。那时厦门刚解放，课堂外面的天空格外高阔。他是学校最早的一批青年团员。选举学生会时，他还当选了副主席。我还记得他每周六下午在学生集会上演讲时的那侃侃风采，记得他在自编的活报剧中扮演鸭绿江畔白衣老人时的那奕奕眼神，记得他带领我们去街头宣传、募捐时的那井井有条的组织才干……而且他的功课很好，虽然把所有课余时间都花在社会活动上，但数理化门门上乘。他是五十年代初那一时期的典范青年。

高三那年，他没有报考大学。为大家所意料的，在一片参军参干的热潮中，他报名到大西北来。

那是1952年，他17岁。一个如花如梦的年岁，一个像鱼尾葵那样青青的年岁。他无法拒绝新的生活的诱惑。

三十年后我重新遇到他，已经找不出一丝一毫当年那个潇洒学子的模样来了。在这个大漠边沿的固沙工作站，他像我所遇到的所有西北老汉那样，裹着羊肚子毛巾灰黑棉袄，黧黑瘦长的脸庞深镌着如眯细了的眼睛那样的密密皱纹，整个儿就像我从机窗下望的一卯卯风浸水蚀沟壑纵横的山梁。

他最初是作为修路大军的一员走向大西北的，那是一种他所无法拒绝的时代的召唤。继而就在那场曾使许多人罹难的政治灾祸中陷落，他被逼走向大漠深处。这次则是由于另一种他同样无法躲避的命运的厄难。

无论是自愿的选择还是被动的酬从，人都为一种命定的逻辑所左右。

他说，那时他想过死，或者跑回故乡来。但他不肯就这样认输。他在固沙站种植一种沙叶柳，这种只在春天才冒出一星星绿意的谦卑的小灌木，却有一份顽强的生命，能从沙底深处吮上一点点水分，给浩阔的沙海撑起一脉风光。人不能不如一棵树，他风风光光地离开故乡，决不能窝窝囊囊地落泊回去。他要为自己保存一份完整的青春记忆，给故乡留下一个完美的青春形象。

他和亲人断绝了一切音讯。

他在沙海里消失了三十年，他曾经是海的儿子，他爱鼓浪屿那片蓝缎子一样的海，每夜思念得苦。他把海藏在心里，三十年，干涸了，凝固了，变成他每天必须面对的另一个海。

直到二十多年以后，他重新面临一种作为补偿的生活的选择。他悄悄回了一趟故乡，在这里他已没有了任何亲人。他只悄悄地在海边流连了几天，到自己的母校去了一遭，在他上过课的教室演过戏的礼堂站了一站，谁也没发现他，谁也不认得他。这个夜夜在他梦中弥漫开来的海，变得陌生了，倒是那个在他罹难中收留了他每天必须面对的海，使他思念得苦。

他再次选择了大西北！

这次是为了什么？为了什么？

从西北回来我常常从梦中被一种莫名的揪痛搅醒，才知道这次相逢在我心中留下了深深一痕。像嚼过沙原上骆驼刺星样的紫色浆果，嘴里时时留有一份苦苦涩涩的滋味，有它显得沉重，无它却会觉得人生太平淡。生命是一种偶然，你降生在何方水土、哪朝人氏，这全由上帝安排。而人生呢？人生则是一种必然。营营苟苟是一种人生，轰轰烈烈是一种人生，不营不苟不轰不烈的平淡也是一种人生。你由南而北，你由北而南，你通达，你顺畅，你厄难，你艰辛……人就在这从偶然到必然之间选择、寻找、建构自己。

那么，他寻找什么呢？一种归宿一种信仰或者一种生命的庄严？

哦，我的水灵的南方的故园，我的神明的北方的圣土！

选自《厦门文学》1990 年 6 月，散文专号

日本漫画二题

林　林

始知白描笔，能夺造化工。

I 鸟兽戏画卷

六十年代初，我访日，日友以高山寺珍藏的国宝《鸟兽戏画卷》（第一卷复制品）送给我，展开一看，那是用流畅线条的白描画，用拟人法来画猴子、兔子、青蛙等活动的情节，没有文字解说，要读者自己去理会，开头看到猴兔一起在浪里游泳，兔骑驴过河；猴帮猴在河边擦背，兔拿着勺子为猴倒水。青蛙与兔子比赛射箭，它们腰间带着几根箭，远远的箭靶是挂着的大莲叶，狐狸在那儿当裁判。这些看来很有趣，但有的不知道是什么意思。之后渐入佳境，画意好懂了，如身穿袈裟、足登芒鞋的猴，俨然像老爷一样，正襟危坐，兔子捧着大盘瓜果和大幅兽皮来奉献；接着兔子牵着一只鹿，青蛙牵着一头野猪来进贡。不知怎么，开始大家还和和气气，后来闹矛盾而至于肉搏了，青蛙居然张开大嘴巴咬住兔子的两个耳朵，似乎可听到兔子喊痛的声音。之后，兔子被打翻在地，四足朝天，青蛙则哈哈大笑，洋洋得意，真耐人寻味。最后有一幅是猴照样身穿袈裟、足登芒鞋、手持花束，向在大莲花叶上作跳跃状坐着的青蛙，顶礼膜拜。这就可见是很辛辣地对当时的佛教徒的讽刺，同时，画家让弱者的青蛙占了优势，取得胜利。在趣味性之内流露出思想性，实在令人十分喜爱和钦佩。难怪已往的著名俳人们，多作俳句吟咏它，例如：与谢芜村："秋凉之夜，兔子拜访猴爷。"水源秋樱子："红叶飘飞季节来，鸟兽画卷陈列开"。

那么，这《鸟兽戏画卷》作者是谁呢？他就是鸟羽僧正觉猷（1053—1140 年），活到 87 岁，曾为京都南郊鸟羽离宫内证金刚院护持僧，故名。幼时为三井寺觉园的弟子，父亲是《今昔物语》（1081 年）的作者源隆国。因为这《鸟兽戏画卷》的高超画技，古来就称他为漫画、讽刺画的始祖，从漫画史看来，他在世界上是很早的一位。

同《鸟羽戏画卷》一样有声名的《信贵山缘起》，也被认为是觉猷的作品，到昭和时代被否定了。产生误解的原因，可能因为他的父亲名作《今昔物语》写有明莲僧戏剧性的故事。《信贵山缘起》也画有明莲僧的故事。

在《鸟兽戏画卷》上，多处打有高山寺的印章。在此，说一下高山寺，该寺在京都洛北栂尾。在古代绘画上负有盛名，有名画师，又藏有名画卷。经明惠上人（1173—1232 年）重建，明惠又名高弁，也是一位名画家，他的艺术反映镰仓时代的新倾向。他曾大量输入了与他同时代的中国画，并在寺院里建立了一个受过训练的画家们所用的画室。如到高山寺游览时，还可参观供奉他的寺院。

II 北斋人物漫画

1972 年中日建交后，日中文化交流协会，即在京举办葛饰北斋画展，我为写一篇介绍文，阅读有关北斋的资料，对他有点粗浅的理解。北斋（1760—1849 年）姓中岛名铁藏，因生于江户，故称葛饰，学习木刻版画，博采众长，勤学苦练，从不停步，成一家画风，他毫不自满。为绘画取材，一生搬了 90 多次家。他活到 90 高龄，还希望多点岁月活下去，争取艺术更为精进，自称画狂老人。大家知道他是浮世绘师，画有《富岳三十六景》版画名作，沟通了东西文化关系。先是学荷兰铜版画技法，后来自己的艺术却能给法国印象派画家以影响。他热爱祖国，热爱劳动人民，深入现实生活，追求现实性与生活气息，简洁地表现事物的精髓，业绩卓越，门人众多，教学是拿自己版画手本，指出这个那个的缺点。从作品与为人，可看到他崇高的精神。

在他的画展期间，我得到一本《北斋人物漫画》，这是其一生经验的结晶。《北斋人物漫画》一部分，我的老友宫川寅雄写有解题，翻开一看，爱不释手,留下活泼愉快的印象。他自由发挥了纯熟的线描技能,画出多彩多姿的男女人物,生气勃勃,神态活现。此书我无法多加介绍,只能简要地说一下,那里面,有农家生产劳动,有奏乐跳舞,有挥拳弄棒,打斗摔跤,玩耍杂技……有的人胖似肉堆,有的人瘦可见骨,等等。我好像在他们各色人等的群聚中,赏识到他们各种动作和表演,北斋漫画艺术的妙味,使我陶醉,但我不过只是世界上为它陶醉的人群中的一个罢了。

今年9月间,有幸到长野县小布施町北斋展览馆参观,有感作小诗一首,录之如下:

> 艺海无涯争日月,
> 行船不畏浪滔滔。
> 森罗万象纵横笔,
> 胸有平民美学高。

1989年10月底

选自《厦门文学》1990年6月,散文专号

香山看雪

俞元桂

飞机载着我从丝丝春雨的东南海疆,到雪花飘飘的北国,在夜色迷蒙中,接待的汽车把我们送到京郊的香山饭店。

一夜睡得十分安稳,清早醒来,拉开厚实阔大的窗帘,想探视一下新环境。呵!镶嵌在这堵落地的玻璃窗中的竟是一幅银装素裹的雪景图。看,那临窗一株挺拔的、叶芽初萌的银杏,像一株巨大的白珊瑚,它比邻是强劲伟岸的东北松,像一株繁茂盛开的梨花。我记起唐代诗人岑参歌吟飞雪的名句来了:"忽如一夜春风来,千树万树梨花开。"如今算是眼见了实证。围墙旁的丛竹,被成片的雪压着,像披着一领领蹁跹的羽衣。庭院,山峦,在白雪的装点下,令我目迷神动。

我想,得争取开会前的片刻,外出领受一下大自然静穆的姿容,投进她坦荡的怀抱,借以洗涤我驳杂的灵府,可是被接待人员善意地劝阻了。初来乍到,地冻天寒,路湿步滑,这对南方的体弱老人显然是不适宜的。他们说,这饭店里就有十分合适的赏雪去处,并用手指着居于大厅之后、处于整个建筑中心的一个大会议室。照着他们的指引,果然这个宽大的会议室有一堵巨大的玻璃墙,收进了香山的最佳景色。我和项兄高兴地坐上正中的软椅,称心地欣赏这幅大自然巨匠的杰作。饭店依着山势,构筑在香山的山坡上,它的围墙截取香山的一段丘壑,自身便是一座美妙的园林。围墙外,香山屏列,主峰"鬼见愁"正好映入眼底。这些都一一披上白雪的衣裳,百态千姿,面对这一派耀眼的银辉,心中冒出来的是惊异的赞叹,竟忘却了仔细品赏其各别的仪容了。那一棵棵冲天的珊瑚,一株株璀烁的梨花树,一层层银白的云朵,一尊尊披絮的石人,一叠叠玉琢的峰峦,一道道白练的细浪,一片片羊衣的毡毯……景物,近处是最单纯的黑白两色组成的美丽明快的线条,勾勒出多样的丰姿,远处则是白茫茫的一片,上接天宇。我疑心身在神仙洞府,在天上宫阙,在童话世界,

我陶醉在这玉洁冰清的氛围之中了,南来的人,哪能不惊喜于这难于巧夺的天工,叹为圣洁神奇而倾心顶礼呢?

小组会时,我不时透过小会议室的大窗窥视那一角白银的世界,那银杏,那东北松,那古柏,那竹子,那假山,那山峦,到处的白雪都渐渐地消融了,化为点滴的水珠,化为缕缕的清泉,树木、花草、山石,渐次恢复了原来的面目,我不禁恍然若失。本来,我想趁中午休息的时间踏雪探胜,视一视冰冷而妩媚的颜色,唉,她竟这般地匆匆而去。电台传来好讯息,"夜,中雪",我期待着富于诱惑的明天;次日清晨,我急急掀起窗帘,可觅不到她的芳踪。再一天,电台又传出同样的讯息,我油然漾开了新的希望;又一个清晨,只有冻雨敲窗,我颓然地失望了,由于自己的犹豫而失之交臂!"呜呼!胜地不常,盛筵难再。"古今同叹。在交臂的顷刻,可不能轻易地让它失去,盼望未必能变成现实,这教训我要牢牢地记取。

香山饭店是一座旅游宾馆,由世界著名建筑师美籍华人贝聿铭设计,这是他按中国园林的格局结合现代化的设施而精心杰构之作。饭店为全封闭式,便于空调。进门是一个大厅,大厅周围的敞开间是邮电、交通、购物等便利生活的服务处所,还有大小不等的美观的会议室。由大厅向两边辐射,依着山势构筑着连绵的曲折的二、三、四层楼房。房间单向,每间客房都有一扇面外的落地玻璃窗,通道的墙壁上都嵌有斜四方形的瞭望窗。你在饭店内的许多地方,都可以随时与大自然沟通,从不同的角度观赏香山的四时秀色。在围墙之内,除建筑的主体之外,大小庭院各有不同的景观,配置有水池、山石、丛花,还保留大量的原有乔木。许多弯曲的古松古柏,洞穿于围墙之向。整体建构基调是大小不等的四方形,房子、窗子、灯具等都是统一的方形格调。色彩以纯白的为主,间以黑色线条,想来置于皑皑的雪景中,更是

浑然一体。生活设备是现代化的,建筑风格则是中国式的,各个房间壁上的装饰也是中国名家的水墨画。纯朴、清新、接近自然,这原是艺术创造的最高境界呵!

这一回可以说是来去匆匆,开完四天的会就束装南归了。这四天镇日冻雨夹着雪花,除了一次利用午休冒雨去了碧云寺一趟外,什么森玉笏、鬼见愁等名胜,可望而不能即。可气的是返闽的那天却是个大晴天,我感到十分遗憾和惆怅,身在画图中却无缘游赏。侥幸的是这一建筑精品使我们没有同大自然隔绝,我深深感悟到艺术创作"师造化,结自然"的道理。总算不虚此行了。何况我们本来是没有资格住进这以外币支付的旅游饭店的,乘旅游淡季的机会,经接待人员的筹划,竟得到了比住一般宾馆更为优惠的条件,开了几天会议,意外地一饱眼福。像我这样的教书先生,能够趁参加会议之机,顺其自然地捎带看一点好山好水,在我已经十分知足了。

选自《厦门文学》1990 年 6 月,散文专号

秋　肥

北　村

秋肥。我要梦的该是在秋天拂落的果实的丰满圆弧上，作一次寂寞无声的轮回，让每一粒成熟变得平静。秋来，所有的果实渐渐闭合边缘的线条，使之圆满。秋虫沿着成熟的道路弧形地爬，要圆一个很久的梦，这就是梦游。夏种是秋收的一次梦游。一些人走过长长的直直的道路，沿途播种，汗水期图秋收的圆满。秋临，当此梦圆时，果实落到了地上，从枝头到土地，再走一回直的道路。

只是偶尔，南来的秋风使航向稍稍偏离。

秋肥。枝丫间已经没有绿叶的位置，果实对绿叶说：你死去罢！枯叶飘落得很潇洒，委托秋风埋葬。秋风因为果香，也潇洒，只是绿叶已不再绿，归根为一声叹息。所见只有笑的面孔，以至于成熟得要炸裂，那就是秋收的惟一风叶：果实。不裂的秋果是圆的，开裂的果实是直的，直的是一道意外事变的伤口，表现巨大而幸福的疼痛，然后溃烂、腐败、发臭，风于是不再潇洒。你说秋天还有什么？还有秋收的人，在无比巨大的果园里忙碌走动，轻轻地拧下果实，咬下一半，把另一半留在梦里，明年还有一次梦游。他们把枯叶踩在脚下，然后践踏，所有的果树被洗劫一空：没有人的秋收是土地的，是风的。有人的秋收只是在枯叶之上走完一个巨大的圆：明年秋熟。

秋声。在我梦中有一片纯褐色的宁静，风不动，树不动，枯叶止在半空，果实在沉坠的枝头，风吹不动枯叶，树摇不动果实，我看不见秋收，只见深秋。秋声该是一片宁静，像一条缓缓的河，流完一次圆形的旅程。我先听到无数果实的迸裂，溅出污浊的汁液，这种声音一路响过去，连成一片彻底地喧腾，果实在此之后，悄悄开始了死亡的历程。秋收原来只是一次多余的谈话。我希望秋声是一种宁静中的天籁，响彻于果实欲熟未熟的一瞬，我希望秋声是秋虫爬出的一道水泊，没有旋涡，没有水激，惟一的金色的不动的图景。

秋声。连枯叶也不肯宁静。秋天来了，果实要熟，枯叶要落，种树人要秋收，大家要热闹。临死的枯叶也要叹息一声，这就是秋天的挣扎。迸裂的果实是对成熟的挣扎，落叶是对死的挣扎，风对果香的挣扎，人对秋收的挣扎，于是秋天也不会有宁静。宁静只是一个圆，只有圆是无声的。果实不圆，它要透熟，它要裂出直的伤口，果实不圆，它要下落，下落成直的死亡之路，枯叶不圆，它要下落，它要死，在枝头与土地之间。人不圆，他要走出秋收，他要走出果园，他回家，因为他有了收成。

秋天不圆。秋肥无度。秋风不解。秋声不在。

选自《厦门文学》1990年6月，散文专号

童趣二题

洪　泓

蚂蟥火

孩子时在乡下我总怕下到水田、水池里。倒不是怕踩成一双泥脚丫，怕的是水田、水池里的蚂蟥。这小家伙很讨人嫌。软软塌塌的小躯体，细细长长，却韧得像牛筋，撕扯不得。你一下水踩出水声，它就闻声而至。来得神不知鬼不觉，贴着你的小腿肚，死咬住不放。咬出血来，血水顺着腿肚子往下淌，你还不知疼呢。待发现了，抓也抓不得，刮也刮不掉，死皮赖脸，非得吸血吸个饱不可。

这小吸血鬼学名蚂蟥，我们那儿叫它"五忌"。它像条小水蛇，模样丑陋不堪，虽不致人死命，但专门叮人咬人，吸人血。有时被咬得不甘愿，抓到地上拿棍子打，拿石块砸，却打不死砸不死。索性拿刀把它砍成几截子，它依旧不死，活灵灵的各自爬着逃命溜走。要是把它埋进沙土，第二天挖出来还在蠕动。更气人的是，偶尔为了解恨，发疯似的把它碎尸万段，再埋进牛粪里，一边埋一边说，"哼！你这吸血鬼，叫你吃粪便！"谁知这一来它才美呢，不多久便在那堆牛粪里传宗接代，繁衍了无数子孙，简直是"千军万马"，把牛粪抢吃一空，而后各自逃遁。这小吸血鬼的生命力强得吓人。

对它总觉无奈，我于是只好回避，再不敢轻易下水田、水池，惹它来咬。

我有个小伙伴叫水龙。他可就不怕蚂蟥。非但不怕，反倒常常抓它来玩。他玩起蚂蟥来有趣极了。一到水池边，蹲在池岸上，伸手划水，故意划得哗哗响。一边划水一边还念："五忌听水声，你来我不惊。"蚂蟥仿佛真听他的，果然从水草中纷纷游了过来。小蚂蟥他理也不理，专拣最大的，把手伸给它，故意引它来咬。咬住手他可就来了劲。把蚂蟥从水里抬到自己面前，"咳"地一声，冲蚂蟥吐口水。蚂蟥就怕口水，一沾上就不敢咬人了。这时，水龙拿来一截小木棍儿，一手抓住蚂蟥，一手把小木棍往蚂蟥一端的屁眼儿戳进去。蚂蟥自然拼命想挣脱，水龙哪里肯松手，掐住它身子使劲沿小木棍往下推，直到把那条蚂蟥里外全然翻转，使它皮在体内，蹦紧身子直挺挺贴住小木棍再也动弹不得，才高兴地"好啦！好啦！"直叫喊，一边走到树荫下去了。

如此对待蚂蟥，好像有点儿太残。但细想起来也合情理，谁叫蚂蟥吸血呀？罪有应得！每次见他这样处治蚂蟥，我就觉得解恨。然水龙可不是为了报它吸血之仇。他原来另有用途。他把蚂蟥里外翻转在小木棍上，又放到太阳下面去晒，晒成蚂蟥干。每年夏天，他都要晒好多蚂蟥干，带回家去。夜里他复习功课做作业，或者家里的人围在一块儿聊天扯家常，他家从不点油灯，就烧那蚂蟥干，点那蚂蟥火。一根可以烧一整个夜晚。有一回他送我一根，我划了火柴一点，嗞嗞地响，直烧到第二天大早，还亮灿灿的呢。

劫蜂窝

我的老家孩子们放牛，总爱放到山上去。那时候还不兴封山育林，山上也没庄稼，把牛羊赶上山去，任凭它们满坡满谷寻青草儿啃，再犯不着看管，于是成群的小伙伴开始寻欢作乐，玩起自己爱玩的花样儿。记得我们最爱玩、最常玩的是火烧野蜂窝。这玩意不亚于攻城夺堡，有如生死搏斗，异常紧张剧烈，挺刺激，挺痛快。而且，劫得一个野蜂窝，还可以从烤烧已熟的蜂窝眼里抠出小虫似的蜂蛹，放进嘴里嚼起来有滋有味，好香哩。

成群结队的放牛娃有自己的孩子头。我们的头儿叫大山。他一头莲蓬松松鬈曲的棕色头发，跑起来像一团火，站定却像个蜂窝儿。皮肤又黑又厚，仿佛总不怕野蜂营，每次劫蜂窝总是他打头阵。一但从刺丛里发现了目标，他就抓来一把草，扎紧，拿着它蹑手蹑脚挨近蜂窝。靠上了，就倒伏身，把斗笠半盖住头脸，轻轻划根火柴把草捆的末端点着,猛然伸向蜂窝。直到把野蜂全部烧死或烧得四处逃散,才起身随手把那蜂窝摘了来,于是他和我们这些小家伙又有了美餐啦。

大山敢劫蜂窝,在小伙伴心目中成了勇士成了英雄。这可是千真仗,需得有勇有谋,有胆有识。别的孩子有时也跃跃欲试,但点着火还没将火把伸到蜂窝下,"叭叭叭"一阵响,野蜂儿蜂拥围攻而来,孩子一吓,爬起身撒腿就跑。哪跑得过野蜂!于是被咬得满头满脸满手满脚青一块疙瘩紫一块肉瘤。一次败下阵来,从此再不敢造次。大山胆大心细,身子隐蔽得像堆草丛,点火时出手疾快,闪电一般伸去,野蜂儿还没回过神来,就死的死逃的逃,没影没踪。有时碰上大马蜂窝,那可不比寻常,不好对付,而且蜇你一下立时就会肿出个番石榴似的大包。凑巧蜇着眼边眉角,痛得透心,肿得把眼睛也蒙住,睁不开看不见,才惨呢。大山难免也碰上过这种马蜂儿,且也真的叫它蜇了眉角,他却不哼不叫,拿手捂住,找来牛粪一抹,按了按,揉了揉,就了事。

但大山最叫小伙伴们佩服得五体投地的,是吃蜂虫。烧烤的野蜂窝,蜂蛹烧得熟透,又甜又脆又香,谁见了谁馋,吃这种蜂蛹不算本事。大山连没烧烤过的蜂虫儿也吃。那些还来不及出世的小生灵,其实是软兮兮黏乎乎的小虫,牙一磕,虫浆儿白生生像豆浆,不咸不甜,淡得腻人,且有一股腐臭怪味,别说是吃,见了就叫你吓得脸煞白。大山却是抓一只扔一只,像扔小花生米一样扔进嘴里。不知道的见他那吃相嘴里会流口水,知道的见了却直想呕吐。有时那蜂蛹儿已快成熟变蜂,连麻花小翅膀儿都会翕动,大山也照吃不误。他喜津津甜滋滋的,边吃边笑眯眯地乐,还边分一些给嘴馋的小伙伴。遇到有小伙伴牙床出血的,他就说:"来!吃了就不出血啦!"

选自《厦门文学》1990 年 9 月号

梅在那山

舒 婷

最常泡在男知青宿舍的是金泉哥。金泉长得白净，头发乌黑，女知青公推全村他最"洋派"，比有些知青还要文弱三分。

据说金泉下面还有一对双胞胎弟弟，裹在褓裸里晒太阳，被他瞎子爹撵鸡时不慎一足踩死。金泉妈痴了，虽照常喂猪做饭，下河洗衣裳，却老爱伸手摸人家孩子的脑壳，嘴里嘟囔："咕咚硬，咕咚硬。"

金泉家劳力少，两老又拖累，一直是全村的最困难户。童养媳自然买不起，说亲也总碰壁，因此金泉21岁，是全村屈指可数的大龄青年。

1970年春节前，我们正乱哄哄收拾行李回城过节。金泉满头大汗闯进来，揪住我们的挎包不放。原来两天内他要突击成亲，向我们搬救兵来了。十六七岁的我们，又好奇又仗义，自然一起拍下胸膛，承包了。

先腾出一张公社发的白木知青床，不但漆得通红，还在床上描了一个挺流行的"忠"字。男知青贡献一床再生布被单，铺在芳香的新稻草上。金泉自己整治了一床新棉被，我把它叠成元宝状，把两条新毛巾扎成花，点缀两旁。女知青扯下一床花格子床单，罩在外间破败的饭桌上，权当客厅。我左瞧右望觉得冷清，叫上大个子明达，月夜上四百多级石阶，到后山砍来半树深梅。粗枝繁花就拢在腌菜坛子，簇在大门口，又挑几枝虬曲在大牙缸里，置于花格桌布桌巾上。剩下几枝骨朵儿，我牺牲了我的笔筒。笔筒是用一截竹筒自制而成，我用红色塑料丝编了个花边套上。这笔筒插上稀疏两三花枝，放在临溪的小木窗上，登时满室生辉，染得大家的眉目有了几分喜气。

鞭炮响时，眼见红衣黑裤的新娘子，大红伞半遮着过河来。没有常见的陪嫁队，只由一个青衣裤的中年妇女领着。远远看去，新娘子有些肥胖，都打趣金泉：蚍蜉撼树。新娘子一进屋，撤去红伞，先露出一张苍白尖俏的瓜子脸，往下看，岂止胖，而且重，都有八九个月的身孕了。

金泉推了推条凳，嗫嚅着："坐吧，看累的！"新娘子径自走到床前，脸朝墙坐下，再不瞧人一眼。原先准备好闹新房的节目派不上用场，悄悄的一个个散了。

熄灯不久，有人叩木窗，我披衣去拔门栓，见是金泉，也不打招呼，一脚往男宿舍去了。

男女宿舍原只隔一层板壁，那边放个屁，这边能熏死一大片蚊子。更何况都屏息着。

"本想在灶屋里窝一夜，顶不住，还是和你们挤一挤吧。"顶不住天冷，寂寞，还是委屈？想必金泉说得极艰难，没有人多问。许久，一直都静着，仿佛大家都睡觉了。只是平时那鼾声让位给溪水，一夜搅得烦人。

等我们探亲完回来，金泉媳妇生了个胖小子。那天我去借箩筐，远远听见孩子哭得惊天动地，却见那媳妇儿绞着手，倚着门楣，眼望着石顶山，那山尖上就是一团淡淡的白雾而已。金泉泥着两只手，匆匆进屋撩开蚊帐。他媳妇身子都不转，眼珠儿仍定着那雾，声音冰寒冰寒："又不是你的儿，抱他做哪个！"

金泉触电般桩在床前。孩子哭得气竭，一抽一抽地打噎。

谣言慢慢从金泉媳妇的娘家石顶山传出，说那家欠了大队一屁股债，有一天夜里，做父亲的把大队会计领到女儿屋里去。金泉家穷，付不起聘金，却得了一个儿子当陪嫁。

孩子满月后，常见金泉背着孩子在自留地里拾掇，说是媳妇病着。夜间到供销社打灯油买洋火什么的，经过金泉家的灶屋，可以听到哄孩子睡觉的抚拍声和金泉的哈欠，一声接一声。

下过几场春雨，金泉媳妇见是好多了，又站在门楣那边，石顶山是一片雨濛濛哩。这一天金泉提着老猎枪进山去，说是打头黄獐给媳妇补身子，许是营养不足体弱，许是太累了，他一去就永远没回来。寻找他的村人只捡回金泉的背篓,除了一把益母草还有两枝桃花,先时想必挺妖,取回来时却蔫了。

也就是次日,金泉媳妇开始上工,女人家们怜她身骨单薄,让她拔秧。她双手极灵巧,脱秧脱得飞快。不久就死活要上大田插秧,插的秧线笔直,连老把式也自叹弗如,太阳过头顶,金泉妈背孩子送饭来。金泉媳妇边奶孩子边扒饭吃,从不逗孩子,饭后把孩子往地上一放又去干活。

农忙结束评工分,金泉媳妇是村里妇女唯一全劳力。

二十年后,我随一个知青"还乡团"回山区来访,只身回我的小山村。当年的知青点已成了豆腐房,一起淘气过的妹仔都嫁人了,嫁往外姓村去,正踌躇着在哪家热情的乡亲家过夜,却有一个憨厚黝黑的后生哥分开人群,不声不响拎起我的行李,做手势要我跟他去。

却认得原来是金泉家。

两老还活着,老得不能再老,一个不声不响搓草绳,一个悉悉嗦嗦在灶前塞柴火。金泉媳妇已和同村妇女一般无二,只是越加干瘦越加沉默。晚饭尽其所有:豆腐、咸肉、芥菜心,一头煨得烂熟的兔子,以及烫得香气四溢的糯米酒。桌上几乎没人说话,这家人似乎全靠一种默契维系着。饭后小伙子就到院内劈柴,声音却有力红火。

晚上让我睡的仍是那张知青床,红漆已褪尽。临溪小木窗,放着我的自制笔筒,红色塑料丝已发白,断的几股用白线仔细缠绕着。笔筒里一枝腊梅,仿佛都是从前那些花骨朵儿二十年来苦苦等待,始终未曾开放。

我走到门边,刚好望见石顶山。这个冬夜格外寒冽清朗,可以看到山尖上有一点孤独的灯光。

选自《厦门文学》1991年5月号

一方黑夜

徐　学

那个黑夜是猝然而至的,它一下子就攫住了我,从此生命背后总有千重万叠的墨色图景。

二十年前南国初秋,午后阳光依然燥热,我戴着红花,挂着军用水壶,随着光荣而又不安的上山下乡大军,奔往火车站。妈不敢来送,说是怕汽笛一响止不住落泪,爸只是往我的军用挎包里塞了近一打的新手帕,想必是考虑到十五岁的我爱出臭汗又从未洗过一条手帕。

火车嚓嚓驶出站台,有人嚎啕,有人高唱,从未离开父母的我仍迟钝呆滞得脑中一片空白,那憨态大约就是现今青年常爱说的几句话:我是谁?我从哪里来? 我往哪里去?

当我们被抛在龙岩站的广场上,已是深夜时分,汽车将分批来到,把我们载往各个知青点。

静夜中流动着黑风,将人们从忙乱怆惶与好奇喧嚣中解救出来,洗涤得清明。老街旧城,枯索无声,灰蒙蒙地萧条且刚硬。耳畔遥遥有一声汽笛凄厉地撕裂静夜,后脑隐隐感到身后山峰逼压而来的莽莽沉重,我渐渐从一片混沌中微微开窍,有一种"成人自立"的心思在稚嫩的体内萌发。

初一课堂上的一幕蓦地奔至心头,"我不知道为什么家里的人要将我送进书塾里去了,而且还是全城中称为最严厉的书塾……"老夫子般的语文老师陶然神往地诵读着课文,"也许是因为拔何首乌毁了泥墙罢,也许是因为将砖头抛到间壁的梁家去了罢……也许是因为站在石井栏上跳了下来罢,都无从知道。"我心不在焉地望着窗外的龙眼树,听着断断续续的蝉鸣,下午思明电影院上映《攻克柏林》,是最后一场了,怎样设法逃脱体育课去买一张票呢?

老师还在发出抑扬顿挫的声音:"总而言之,我将不能常到百草园了。Ade,我的蟋蟀们! Ade,我的覆盆子们和木莲们!"听到"Ade",还有那一堆的"们",同学们再也忍不住轰的一声笑开了。

现在轮到我们 Ade 了。别了,我那大瓦缸的金鱼、木箱中的一对鸽子! 别了,我的集邮本和那别在红袖章上的大大小小像章! 别了,一起逃学的朋友,还有那蓝而又咸的海滨气息!

黑暗轻抚,沁过心肺,悄然地没过我的全身。就在这夜,不记得是否有星月,只觉得告别了少年,一步跨入了成年,空白下了青年。我不知道是否自那时,我开始学会独自思索;我只知道我第一次懂得了什么叫怅惘。

"我们也有两只手,不在城里吃闲饭!"欢送队伍中震天的口号又轰轰作响。我以为,我此生此世最深刻的遭逢就要来临,我几乎迫不及待要急急上路了,虽然,我不知道将搭上哪一班车? 到哪一座山边? 喝哪一条河水?

一方黑夜终于绽开笑颜,深沉无限地向我徐徐泛来,浸染着我,颊上肩上有着夜的笼罩,身上的分量微微地重了,心中缓缓涨起庄严的潮。

记忆是不被选择的。虽然有人总爱在回忆中隐恶扬善,可她眷恋情人的时刻总不曾多过她的记恨情敌。也许,忧患困穷总在胸中刻上深深印道,而幸福美满却常常"事如春梦了无痕",倘拿破仑能享以天年,他时常咀嚼的该不是雾月十八的称帝加冕,而会是厄尔巴岛上的因禁岁月罢。

那个黑夜是猝然而至的,它一下子就攫住了我;那个黑夜是默默来临的,它终生覆盖着我。岁月的尘雾朦胧得一片烟黄,夜深检视也只能描摹依稀,然而我想,片段也罢,星零也罢,沉重也罢,微贱也罢,总是我躯干中的年轮,我生命树上向各方伸展的枝芽就正从那里长出。

我羡慕那金色斑斓的七彩青春,为我们这一代所未曾有过;我仍深爱我沉重的墨色。静夜时分,孤灯独坐,记忆如同一支画笔,蘸着满窗如墨的夜,晕染于稿笺,沉浸其中,也如同品味一帧晕朦的水墨烟云。

1990 年 12 月

选自《厦门文学》1991 年 5 月号

福 妹

林培堂

在我匆匆度过的四十多个炎凉岁月里,也认识了许多人和被许多人认识,同时,也免不了要遗忘许多人和被许多人遗忘。然而,二十年前,我在闽西插队时认识的那些山里人,却很难使我忘却。尽管他们没有挂着一长串头衔的名片赠我备忘。而其中,最使我怀念不忘的,竟是一位老太婆。

她就是福妹。

福妹一辈子蛰居在海拔一千五百米高的山窝里。据说,只在年轻时到过三十里开外的古田圩。那时,圩上还没有人骑自行车,因此,她一辈子也没见过自行车,更谈不上坐过汽车、火车、飞机了……现代物质文明生活搅扰不到她的梦境,世人眼里的各种"福分"也似乎与她无缘,然而,她就叫福妹。

也许,年轻时她也曾是个活灵俊俏的山妹子,但我见到她的时候,她确是一位老太婆了。她长年穿着玄色的大襟衣,扎着玄色的头巾,一副地道的客家老太婆模样。山里阳光并不强。但她却眯着一双小眼睛,特别是在笑起来的时候,脸上的肌肉由于松弛而垂坠在两颊旁,形成两团匀称而发亮的肉球。村里人并不因为她的年龄和辈分改称她为"福婶",连小孩子也依然"福妹、福妹"地叫唤着她。刚来时,我不好意思这样称她,又不知道要如何称呼,后来也就惯了。

福妹的房子坐落在村中心的开阔地上,虽已陈旧却很宽绰很有点气派,四周鹅卵石筑起近米高的屋基,前后两落中间还有个天井。屋前有块小空地可晒谷,屋后小溪淙淙好风水。我刚到这山村时,就安排在她家大门外左侧一间用松木板搭起用杉树皮盖顶的小屋里住。不进她的门却和她的房子连为一体。开饭时,房东引我走了一大段弯弯曲曲的田塍路来到村另一落他家里吃。一问,才知道她并不是我的房东,而是房东家里没处住才借她的房子让我住。

瞧她房子的架势,大概不是地主也是富农,才

不让我去接受她的"再教育"。住了几天,看看却不太像。村里只有一个富农,上圩要向治保主任请假,见人都低着头走路。而她家,村干部踏出踏入,歇歇腿喝点水。到了晚上,村里的年轻人更是擎着竹篾火把,一路吆吆喝喝会集在她家厨房里,一边烤火一边聊天。我的小屋和她家厨房仅一板之隔,不时可传来叽哩咕噜的客家话和嘻嘻哈哈的打闹声,中间也掺杂着福妹的朗笑声。

我有点疑惑,就问到我屋里来坐的生产队长,队长告诉我,福妹的丈夫早去世了,她的家庭成分是贫农。

"那么,为什么让我住在她家而跑到别家吃饭,在她家寄餐不更方便吗?"

队长支吾了一会,才含含糊糊地说:"她有一个儿子是现行反革命,判刑十二年,现在还在龙岩劳改场。"

哦,原来如此!后来我才慢慢了解到,福妹的儿子是在挑肥上山田时,因畚箕漏底,从歇脚的路亭墙上撕下半截报纸垫底,不料报纸反面竟是伟大领袖的画像……我茫然了。一个连自行车都没见过的山里老太婆,竟然会与"反革命家属"索扯在一起,真是不可想象。

我总觉得福妹是很委屈的,但福妹从未和我谈起她儿子的事。只是有一次过节时,她要请我到她家吃"糍粑",我看到她饭桌上多摆了一副空碗筷,还斟着一碗水酒。这时,我才第一次看到她的神色有点黯然。不知这副碗筷和水酒是为了祭奠早逝去的丈夫,还是等待着远离的孩子?我不敢问她。

福妹早已不能干活,因为是"反革命家属",也不能享受"五保"。她每天很早起床,哗哗叭叭地升火蒸饭,然后去菜地。天气好,她就到附近山上砍柴火。她砍的柴火粗细均匀,长短齐平,堆在屋檐下。即使下几个月雨,也不愁没柴烧。她也养着几头猪,虽不算肥健,和别家凹背垂肚的猪仔

比，也算上乘。杀了猪，每家分一点，记上账。这样，别家杀猪时，也分她一点抵偿。听说她早年将一头牛归队里公用，现在以此抵扣生产队分的谷子钱。原先她还有一个小女孩（听说是抱养的）和她一起住。我们到后不久，小女孩出嫁，只剩她孤单一人。村里的年轻人常到她家串的，她也并不觉得孤零。每天依然忙碌碌，乐悠悠的。

过了一年，知青的每月八元津贴取消了。村里的知青也大都不在房东家搭餐，纷纷自办伙食。我也乘机分离出来，又懒得自开炉灶，便将每月分配的三十三斤回销粮交托福妹。她每餐为我量一筒，装在草袋里，搁在她的熟米饭上蒸。这样，我每天起码可比其他知青多睡一个钟头，等她敲着厨房隔板唤着："老林牯，吃饭啰！"我才钻出被窝。而从大门绕到隔壁厨房时，她已为我勺好了热烫的洗脸水了。傍晚收工，也早有热水候着为我洗去一天的劳累，而后我躲进小屋里，看我的书，写我的诗，只待又一声吆喝："老林牯，吃饭啰……"

福妹原先怕我不相信她，特地带我到她家侧房的储物室里，指着分开放着的两桶米对我说："这是我的，这是你的。"其实，由她量米我怎分得清呢？慢慢地，我的饭也不分开蒸了，菜也不分开吃了。生产队分给我的那份谷子，我由她领去，也由她去晒、去舂、去变成桌上的米饭，我只管饭来张口；生产队划给我的那块自留地，我甚至不知道在哪儿，全由她去种、去收、去煮，我则拿出家里带来的猪油供她炒菜。而每次，她总是很舍不得，只是一小勺一小勺地用。有时，家里寄来鱼干、肉松等，我拿到饭桌上，她更是死活不肯夹，要我硬拽到她碗里，她才肯沾一点点。

人说知青的生活艰苦，其实，我在山村反倒过着"大少爷"的生活。连换洗的衣服被单，也都由福妹帮我晾干收好折好。我和孤寡的福妹成了"一家人"。

福妹从没进过我的小屋，最多只是站在门坎外朝里瞧瞧。她对我整日看书写东西不甚理解。她当然更不会知道，我能有今天，是与她当时对我生活上的照料分不开的。有时，我也蜇到她那松明熏黑的厨房里，坐在灶前帮着烧火或随便聊聊。我的朋友或家里人来看望我，也一起在她饭桌上用饭。有一次，我的堂弟从武平过来，晚上，我们在小学校前空地上燃着木屑取暖聊天，福妹也凑了过来。堂弟见她眯着小眼睛，颊边垂着两团肉，模样既慈祥又有点滑稽，就用半生的客家话和她逗趣，她十分开心地叹叹气笑着，堂弟要她唱山歌，她说那是年轻人谈情说爱才唱，但终究也熬不过唱了几句，神态十分天真可爱。我从没见过她这样兴奋过。我的女朋友调到建设兵团，顺道进山来看我，走后，她悄声对我说："老林牯，你老婆'盖将'（客家方言很漂亮的意思）。"

"你怎么知道？"我笑着问她。

"我爬到你小屋的后隔板偷看的……"，也难怪，老人家也应该有点生活的情趣。也许，她正是从年轻人身上才会寻回点自己的过去……

过了不久，我便调到公社林果场。一年后，就调返厦门。临行前，我特意回山村辞行。福妹送我到村口，我见到微眯的小眼睛闪着点点泪花，我的心也酸了……

回到厦门，我还捎过东西给她；后来，知青们全返城了，我也不知福妹的音讯了。

几年前，我到龙岩开会，便邀约一位当时的下放干部，一起重返当年插队的山村。我想，福妹见到我，一定会喜出望外的。而我现在也不是穷知青了，理当接济一下当年照料过我的这位好老人。我们翻山越岭，风尘仆仆来到久别的小山村。进村一看，我呆住了：福妹的房子连同我的"故居"已一夷平地。青山依旧，人去屋不见，一种失落感袭上我的心头。

村里的人告诉我，福妹已于三年前去世了，她的儿子也早回来了，母亲死后，他便将房子拆掉，木料卖给广东人，自己跑到外边去做生意。

我们在山村住了一夜，第二天便怅然而归。福妹的坟听说埋在村边的山上，我没去看她的坟地，只将温馨的回忆和无限的思念埋在我的心里。我忽然想起，人活在世上，如果奢望太高，反自寻苦恼。而像山涧的小竹，长在山野，开了花后又老死在山野，一辈子没见过世面，也就不会被世事缠绕，徒生出烦恼之根。然而，社会毕竟不能返朴还古，绝大多数人（包括我）也就没有那份"福气"了……

福妹活到八十二岁，她真是个福妹啊！

选自《厦门文学》1991年10月号

医疗保险风波

——访德纪事

孙绍振

初到西德特里尔大学,有一件讨厌的事,那就是延长签证。本来国家给我的经济担保是半年,可是西德不管是谁进来都先给三个月,在逼你去续签的时候再找你的茬子。

好在特里尔大学的乔尹教授很帮忙,他看出我有些惴惴的样子,就不声不响地在介绍信上把我访问学者的身份写成了客座教授。

我自然高兴,我有过经验,西德人对于教育是相当尊重的。在入境去移民局报到的时候,起初,那位主管的官员拿给我一张表完全是德文的,我用英语向他说明,我初来德国,一点不懂德语,能否用英文作为解释,否则我无法填表。

那位主管官员看都不看我,把手一挥,也不知道咕哝了些什么,看他的脸色显然是不屑一顾的样子,我只好落荒而逃。幸而在走廊里遇到一个很有耐心的大学生,帮我把表填好了,拿进去交给那位主管官员,他一看我的职务原来是教授,就有点肃然起敬起来,马上站起来用英语对我说:"行,在三个月期满之前再延长签证。"

到了时限,为了保险起见,我请武汉大学在特里尔大学访问的专攻德语文学的赵教授和我一起去。

两个教授驾临,果然使这位官员变得特别爽快,表示马上可以签证,笔已经拿起来了,可是少了一样东西:医疗保险。

本来,我觉得在此时间不长,自己身体又挺结实,就想省下这笔钱,希望能混就混过去。现在看来混不过去了,只好马上表示:立即去办。

赵教授是熟门熟路,他说西德医疗保险单位很多,价钱也不一样,有个叫"AOK"的保险公司比较便宜,一般大学生只要六十多马克,看我们这样的至多两百马克。

事到如此,钱不管多冤枉,也得出,只好跟着赵教授到了AOK。很快由彬彬有礼的接待人员,把我们带到一个主管人员那里。由于有了德语专家在场,我就不动脑筋地观察公司的室内装饰和电子仪器设备。

然而他们谈了很久,仍然没有结束的样子,我只见那位主管的人士反复地看我们交上去的那张乔教授的介绍信,并且在一张表格上记上我的名字,出生年月日,地址,最后写上了个阿拉伯数字:660马克。我心中甚喜,原来以为6个月要1000多,现在只要660,真是幸运。

赵教授和那位德国人谈得挺投机,好像和他介绍我的专业和成就等,我虽然不懂德语,但由于德语与英语许多词根是相同的,而且又明知谈的是我,自然不难猜出赵教授在乘机吹捧我,好像是说,我的名声很大,因而才被特里尔大学请来当客座教授。

我看时间不早,就向赵教授示意结束漫谈。赵教授笑了笑,便站起了身,开始礼节性的告别。我接过了那位德国人交给我的合同,便要签字,为慎重起见,便请问赵教授那上面写的660马克,是一个月的,还是六个月的,赵教授轻轻对我说:"我还没有好意思问呢?德国人一切都照章办事,问不问都一样。"可是我总有点不放心,但非常坚决地说:"还是问一下,不然我这个字没法签下去。"

赵教授觉得也对。我在一旁观察他的脸色,看到他一听对方的回答脸上显出大为惊讶的样子,我就知道坏了。最可怕的事情发生了,原来每月要收我660马克。

可国家每月一共才给我1130马克,这等于我月收入的百分之五十以上。

赵教授也有点着急了,他已经失去了刚才那种谈得入港时的从容风度,有点紧张地加以说明。

但是对方的回答很干脆:"按照我们公司的规章,教授一级的保险金额最低是660马克。"

赵教授连忙解释说实际上我是中国一个大学的教授，并不是特里尔大学的教授，不拿特里尔大学的工资，只是在这里做自己的研究工作，等等，等等。

然而已无济于事，那张称我为客座教授的介绍信还在他手上。

赵教授仗着自己流利的德语，尽一切可能力图缓解危机。

然而对方就是无动于衷。

说到最后，他站起来："如果你没有拿特里尔大学的薪金，那么，你的保险费就应该由他们补贴一半，另一半则应该由中国大使馆补贴。"最后还加上一句："根据我们的规章制度，只能这样。"

当我们垂头丧气地走出"AOK"保险公司大门时，两个人都后悔不该把那张开给移民局的介绍信拿到保险公司。赵教授神色有点沉重，慢慢地说："德国人一切都照章办事，他可不管他那个章程有没有漏洞。"

我问他怎么办，他说，第一，干脆不办了，但是，我说不成，那就意味着不能延长签证，马上准备回国。他想了一想说："这样吧，你请特里尔大学的乔教授再给你开个证明说特里尔大学并没有给你任何经济资助。"

一想到又要去麻烦乔教授，我的心情就沉重起来，自从去年和他联系上以后：信件、电报、邀请信、更改访问期限，来了以后找房子、借书，打扰人家太多了。现在又把这不上不下的问题拿去叫人家伤脑筋，真是不好意思。

在等公共汽车的时候，赵教授和我一样心情郁闷。我想起了许多德国人非常可恨的事情，简直是不让人活。就在最郁闷的时候，我突然想起，乔教授原来发给我的正式邀请信还在我这里，在这份有公章的正式函件上明确提出特里尔大学不提供任何资助。

我把信拿出来给赵教授看了，请他陪我再去AOK公司一次，看看他们有无通融的可能。

赵沉吟良久，最后说："德国人办事，都是按照规章，而且说一不二，很难改口。"

事情的紧急程度使我一下子顾不得自己的身份了。我几乎是用哀求的口吻说："今天就偏偏阴差阳错让我碰上德国式的文牍主义了，看在上帝的分上，你就救我一驾吧。"

然而，赵对德国式的文牍主义的僵化程度是很有看法的，对于我的哀求无动于衷地摇头。凭良心说，我一向认为赵和我是同辈人，在发生小的争端时，我可以开玩笑地强制他服从我的要求，然而今天赵的脸色分外严肃，使我连玩笑的强求也不敢，但是想到下次还得来，还得请他当翻译，还不如这次解决了好，我的心简直焦燥灼痛了。

我终于无话可说。

赵也无话可说，然而他的神色自若使我伤心。

最后我只好背水一战了："那么，让我自己去试试吧。"我尽量把语气放得平和，不带任何顶牛的意味。

他说，"好，你自己去试试也好"，他说话的声音是那样干巴，我隐隐感到他也在克制自己，不让他的情绪流露出来。

我们分手的时候说了比平时更正式的告别词语。

我抱着绝望的心情找到了刚才那主管人员，把乔教授邀请函件上不提供财政担保的英语原文指给他看。他看得很认真，并且沉思一会，用结结巴巴的英语对我说，我替你请示一下。于是他把我带到另一个办公桌边和一个看来级别较高的官员用德国交谈了很久。

我听到了好几个表示"不"的词，就知道完了。

这位职员还是非常耐心的用他那断断续续的英语向我解释上级的指示：按照规章，适合我身份的只有两种规格：一个是大学生，一个是大学教授。因而毫无通融余地，不过，他拍拍我的肩，我们可以推荐你到别的保险公司去，也许他们那里有200马克左右的保险。他翻开一本很厚的书，给我查了一个地址，他怕我不懂德语还给我画了一张地图。

我就凭着这张图练出了我的自信心，原来用英语，不用德语翻译也可以找到地方。

当然，每一个询问都是对习惯于依赖他人惰性的一次冲击。

我一进门，正要问这里是不是保险公司，早有一个中年人操着流利的英语说："你是不是孙先生？"

"是!"我惊讶了。

"AOK方面已经把你的情况在电话中通告我们了。"

我悲伤地说:"我遇到麻烦了。"

他把我引入另一个没有任何人的房间,让我坐下来说:"没有关系,我们这里会帮你摆脱麻烦。"

接着他告诉我,他们这里有好多价目,不知道我对什么样的感兴趣,我坦率地说:"最便宜的。"

他笑了,于是按我的年龄,找到一栏:每月90马克。

我心花怒放,不知从哪里来的一股灵感使我对他说了许多得体的感谢的话。

只花了5分钟,一切手续齐备,在十点钟以前我还来得及到移民局去把延长签证的手续也办了。

当我走到大街上的时候,想起了许许多多热情友好的德国人的事,就在昨天,我在特里尔大学图书馆里迷了路的时候,一个非常漂亮的小姐放下了她手中的电脑打字机一直领我找到了大门口。

我怀着近来很少有的轻松心情,到咖啡馆去喝一杯,可是无巧不巧碰到了赵教授。

他立刻就问:"怎么样?保险的事。"

我尽可能不带感情轻描淡写地告诉他一切都很顺利。

然后,我们一起喝咖啡。

本来我想请他吃一点东西的,然而他突然说有事走掉了。

我留也留不住。

看着他消失在人群中的背影,我感到,我们之间的心理的距离无法一时就消失。

从那以后,我就再没有和他开玩笑,"强迫"他为我做什么事情了。

1990年7月莫萨河畔

选自《厦门文学》1992年1月号

读"雁山云影"

林斤澜

二十年代初,朱自清执教温州中学,写下古朴和清新兼得的校歌。唱过这个校歌的人,恐怕一生也不会忘记头两句:"雁山云影,瓯海潮踪。"山与海相依,山峦如波涛涌上而后重叠,波涛如山峦一泻以至千里,山风"牛强",海风"龙活",两风会同是这一片土地上的民风。

雁山主峰百岗尖上的雁湖已经失水,不能"结草为荡"了。但天色清明的时候,可以望海。平地上闻得到海洋的气息,便饭也吃潮船刚到的海鲜。和大城市里火车运来冰冻的,飞机运来密封的全不一样。就是不讲究口味,总还要风味吧,哪里寻得"云影"来,付得"潮踪"去?只有废气和油烟。

黄山来的作家,携着奇松、怪石、云雾天下三绝的盛名,面对断续呼应的众瀑布们,填香斟酌,说道:"各有千秋。"鼓浪屿来的诗人,走进五百里方圆,"无山不岩","无岩不洞","无洞不怪"。那屿上名声,足可"鼓浪",确又"虽小却好,虽好却小"了,脱口叹道:"它给我的震动是如此惊人,令我许久默默无言。"

到处给第一的乾隆皇帝,几下江南也没有到雁荡来过,论旅游他当然比不过民间的徐霞客。徐霞客看了龙鼻洞和天窗洞,说一个是"嶂右第一奇",一个是"嶂左第一奇",若是乾隆看见龙湫,定会钦题"天下第一瀑",灵峰当是"天下第一峰"。不过他的御赐第一太多,别人也不免夸张,他可是泛滥了。不如苏南作家走过显圣门下,抬头仰望,失声大叫:"要倒下来了。"福建作家寻访方洞仙姑,走进深山感觉如同深海。是不是他鼻子老带着海洋气味,还是海味弥漫?

鼓浪屿诗人在游记结尾议论道:"……人类在远比它宏伟的大自然面前,积千年之劳,得以巧夺天工,而有时竟会在数日之间,将其全部毁去。因此喟叹再三。"

文章的前边只写山水,没有提到人事。这个议论发得有些"生猛"。设想游到观音洞时:"一座轩昂的大佛寺,'塞'在一条大石缝里。"也许导游说到这座"巧夺天工"的九层建筑,在浩劫中,给"洗劫"得楼梯摇晃,楼板露缝,白条条仿佛一碰就会散掉的骷髅架子。

也许导游在仰望擎天的天柱峰时,指着笔挺的峰腰上,刻着两个"天柱"大字,字旁有弹洞,靠下的笔画已经损伤。这也是浩劫中用机枪扫射,倒还没有"全部毁去"。还没有全部,是因为当初和现在不一样。当初怎样在这绝高绝陡的地方凿下两个大字。若没有古人的宗教精神,拿钱拿什么也买不到这样的摩岩石刻。浩劫中要毁灭这两个字,为什么?只能说又是一种宗教精神。却没有人爬上去凿,只流着汗水扛来机枪,滚着泥土扫射。毁灭和创造比较,往往可恶百倍,论精神状态的相差就无量数了。

本地作家写的游记,有一篇目叫做《雁荡情结》,"情结"也许是"冤结",也许两结难解难分。不过无论如何,是本地才有的因缘。

不说唐朝的发现宋朝的发扬,就是本世纪,这方圆五百里的奇迹,还在大自然中浑浑沌沌。就是温州中学组织一次旅行——当年不叫旅游,回来作文还要写做"远足"。来回要打五天一周,个人的行包要检查斤两,行动要定纪律,带队的教员要掉几斤肉。有回,有个男生失踪,传说是叫猴子抬跑了,满城风雨。

1937年抗日战争爆发,这里是东南海防前线,经过雁荡的公路,挖它个50米一坑100米一沟,过往行人只能靠两脚坎坷,旅客香客绝迹,大自然仿佛睡着了,合上了空灵的眼睛。但,民族意识觉醒,雁荡云起,瓯海潮涌。

在那白天是夫妻峰,夜晚变做老鹰岩的下边,一个高中学生开了间小小书店,摆着几本抗日书刊,如何糊口,为的是做一个联络站头。

外看是方洞,里边是仙姑洞那里,上山路如楼

散文卷

47

道,下到山谷村庄如潜伏潭底。组织抗日武装,筹备抗日政权。不久,惨败。

五百里方圆有多少山头?这山不红那山红,终究坚持到胜利。

不知道导游说不说这些事?游客是不是爱听?现在游客游三折瀑,脚力好的上到上折,当然是走到头了。当年跑交通的还要上去,翻过水源岑背,这条路不会有敌人,除非遇着虎狼。

和雁荡山遥遥相对的福建武夷山,那里九曲溪上撑竹筏的,兼导游,指点绝壁上的远古船棺,也说现代曾是三光无人区,流的血红了一溪,红到闽江里去。

鲁迅诗云"血沃中原肥劲草",岂止中原,祖国山河到处"沃"过血,到处有劲草。雁荡山下有烈士纪念碑,可惜不齐全。

又一个本地作家,劫后从北国"走归",看见"塞"在一条大石缝里的九层楼台,仿佛碰碰就倒塌的白骨骷髅写道:

"……盼望有那么一天,好比说夜间,黑夜,只从又深沉又清新的空气里,闻出来高山深谷,树木森森……半空中一灯如豆,照见几根屋椽,蹲着一个人重修楼台,手里摆弄瓦片,仰一片,扣一片,妥丝合缝,不留半点破绽……我和大雁一起排成人字飞回来。"

据说现在不是修理,更不是一个人,是重新再起的工程,又高出一层来。九是古人的"报阳之数",十者,今人的"十全"吧。

外地到温州,有了飞机航班。温州到雁荡,有"纸平"的公路。铁路也几起几落终究动工了。进了山,却又好吃海鲜。这里的海鲜本地土话说是:"黄鱼吱吱叫,乌贼泉泉动。"不用说北京不可得,就是文人爱写作海上的上海,也办不到。现在是旅游的年代了,要讲旅游文化,吃家之意,在山水之间。

朋友,"和大雁一起排成人字"飞来雁荡吧。

愿四海内外朋友,"和大雁一起排成人字",飞来雁荡吧。

后　记　写完这篇文字,正要付邮交卷,忽在报上读到一组诗文结合的《雁山风景》,作者也是云影潮踪中人,《石门潭》一节写道:

"石门潭,山国的明窗,

闪耀着一片清亮的光芒!

呵,是有这么个白发萧然的老人,不是我的幻想。我几次游过石门潭才知道,一个书生,也是个将军,厌倦于戎马生涯,更厌倦于风尘中的爱与爱的纠葛,忽纵身投入这澄明的石门潭,叫大千世界上少了个独行的旅人。"

这里的"行吟"确非"幻想"。是辛亥革命以后的事。一个书生投笔从戎,在战场上拼到团长,却见流的血不明不白了。急流勇退,归隐雁荡,又见山如海上仙境,水是海中龙湫,可惜山路破碎不便投奔,水上缺桥无法朝拜,决心奉献家产,游说集资,在主要景点之间,修桥铺路。正是"以出世之精神,做入世的事业"。

奋斗到一条石头小路,上了百岗尖,已经"白发萧然"。一个明月清风之夜,跳下碧绿石门潭。据说:尸骨直立潭底。

"爱与爱的纠葛"方面,不详。却十分叫人"幻想"。

三两一楼,羊年春日

选自《厦门文学》1992年1月号

会见心灵

韩静霆

夜深了。蒙古包浸透了烧酒，看上去迷离恍惚。醉得红了脸的蒙族兄弟飘来飘去，递来的酒杯总是波浪滚滚。我明明知道头有点儿发胀了，可这儿推崇置生死于度外的汉子，那就赶紧醉死一回好了，为什么不？于是就大口吃酒，大声说话，大幅度摇摆，大气磅礴，大竞赛。我使足气力唱歌，五音不全也不收兵，五音不全才是摆脱了十二平均律的无拘无束的抒情呢。

到底内心复杂，狡黠，习惯克制。在到醉死扑倒的临界线上，我忽然封了入酒的口。一片酒歌的喧哗中我不再作声，不，不是什么古人说的兴尽悲来，是因为我自私地想到，这儿，酒气和汗凝成的欢乐是一个整体，不属于哪一个人，任何人离开了都带不走。

我离开了。离开了旋转的杯盏，离开了割羊肉的蒙古刀，离开了一双双被酒沤红的眼睛。

在享用了群体的欢乐和喧嚣之后，又要享受独处和宁静，人就是这么贪厌么？

天上没有月亮。一下子被黑夜围困了，我的躯壳。夏夜的风蘸着草叶上的露水，扑到热辣辣的脸上真舒服呵。我凭着凉热，感觉到了我的实在，感觉到掺了酒精的血液在血管里行走，周身悬挂着不安分的小溪。

去响沙湾吧。去响沙湾响沙湾响沙去吧响沙湾。昆都仑的年青人，十几个，提议并飘然前行。我不容易看清有三个灰白的人形在黑暗中打闪，哦，夜是有点儿凉，姑娘们把床单披上了，又实惠又飘逸。跟着他们走，不即不离。

渐渐地习惯黑暗，人眼变成了猫眼罢？我想。渐渐地辨得出方圆三五尺是草是树是人是狼，身上的磷发光了罢？我想。裤角衣襟挂满了苍果，扎得皮肉痛，可以确认是酒醒了，我想。

穿过小树林，穿过一片草丛，脚下松软了，是踩着沙丘了。听见青年们的歌声在沙果上颠簸：冰雪覆盖着伏尔加河／天上没有太阳／哥哥你走西口／跟着感觉走……沙丘们渐渐吃完了歌声，我知道同去的人少了。聪明人有悟性，知道沙果无尽无休，黑暗中什么也看不到，不如回到摇曳着灯光的杯中去。是呵，回去么？我到底去哪儿？去做什么？去响沙湾？响沙湾是什么地方？

夜云吹开了一条缝，被挤压的月光透折下来，如硕大的牛儿喷射乳汁。借着微弱的光，看见脚下一小片实在放了亮，此外一片虚无，如在小岛上，如在孤舟上，如在悬崖上，向前一步似要踏空，跌入深渊。我懵懵懂懂，忐忐忑忑地舒动两足，觉得身体在茫茫黑暗中悬浮着，凭虚驭空。

风里撒来一把带尖刺的细沙，抽得脸颊生疼的。眯了眼，终于辨出前面还有五个人，两个是男的，三个是女的，因为有三张白布单子飘摇翻卷。不知道走了多远，不知道东南西北，也不知道埋葬了多少脚印，终于气喘吁吁地坐下来，不走了。

全坐在沙窝里了，我和五个年青人。三个是披白单子的，两个没有披。大家各自坐定，保持着实际的距离和心理距离。谁也不必为别人调正自己的面部肌肉，谁都只感觉着自我和天地和风沙和夏夜，这便是我今夜行走的目的，这便是我所谓的独处么？

一个女孩裹紧床单，无声地顺着沙丘滚了下去，不动了。在白天她需要矜持，绝不会如此放肆，这会儿不同，她尽可以在大自然的怀里撒娇打滚儿。又一个女孩也打着滚儿。又一个女孩……

两个男的在抽烟，划火的时候，我看见他们点燃了瞳仁，然后亮着移开，凝止。

我坐着，忽然发现比默默行走有更大的乐趣。我完全可以痛痛快快地大哭大笑了，哭哭笑笑都不必为了与别人的情感同步，也不必担心旁边有无数双嘴巴开合。当然，有人在你悲恸或欢悦的时候是想施舍同情分享喜悦输出安慰或同悲同苦，可是假如我不需要呢？即便是不需要干预的纯粹的自我抒怀，也还是有许多双眼睛围困上来，问你为什么哭为什么笑为什么，你到底怎么了怎么了你？人大都有窥视癖，人偷到别人隐私的时候总喜欢向全世界如数家珍，让别人毫无准备地裸露似乎是视觉和心理上的极大享受。因此，在都市在机关总得来点儿不卑不亢。这会儿不必了，这儿是混沌的沙原。想哭可以哭想笑可以笑，想大声如野狼一般嗥叫如饿狗一般狂吠如海上飓风一般旋转如江中大潮一样翻卷都随便；想如松间明月一般沉思如石上溪流一样絮语也可以；想做五禽戏鹤翔庄小周天什么的也不会有人来拍拍肩膀打扰。我从都市来到草原，从草原的蒙古包来到夜的沙海，为的就是这个。独处是都市人的需要。我们平时肉体和心理所负担的都太多了太重了，我们平时为了他人的观瞻，他人的情绪，他人的爱好，他人的理解，不得不戴上了人格面具，为此牺牲微笑牺牲时间牺牲写作牺牲沉思。我得坦白我有时戴着厚厚的面壳并且还得调正左半边脸或右半边脸。仅仅为了一句"随和"的评价，很少对人说一声"不"。

不。不。不。

现在咆哮罢。

独处实在是辉煌的时刻。静悄悄地坐在夜的沙丘上，听着沙海的呼吸，联想，遐想，臆想，梦想，能够把灵魂照亮，心里铺满了五色。大脑的西半球因为得到思绪的露珠，生出茂盛的树，每片树叶都是一段往事；眼底的网络由于往事的叠印，闪烁着迷迷离离的灯光，每盏灯都有新的可能。一切好的人，好的事，一切美丽的脸，善良的话，都纷至而来，汇成愉快无比的潜流在心底回旋。此时此刻的思绪是无法记录的，时如古壁上依稀的岩画和斑驳的碑文，时如蛇灰蚓线，如飞瀑直泻，如云断山连，如熔岩涌动。联翩的思绪，跳跃着的思绪，灵感迸射的思绪，像被海潮一古脑儿推上岸的扇贝，随你挑选。平日，自己也难得有暇翻翻自己这本书，只有在这沙丘，在这暗夜，在独处的时候才可以。当自己把自己的书翻开之后不必立即合上，不必担忧被复印盗版，尽可以琢磨一下自己并不能完全破译的意识深处的金文、密码、谜语和隐喻，尽可以大胆地自我肯定，没人说你狂妄；可以无情地自我解剖，没人等着在你肢解自己之后再插上一把短刃，可以自赏，自爱，自得，自审，自嘲，

自我鞭笞，自我抒情，自我表白，自言自语，说什么梦话都不犯忌。在这会儿，思维中最隐秘的角落也会有精灵打开锈锁跑出来凑趣，想一个什么人就想一个什么人，哪怕是异性朋友。还可以什么都不说，什么都不想，赐给劳损心灵一段空白。或者尽情地受用迷迷茫茫的夜，藏藏露露的月光和远远近近的沙丘，受用这大自然的宁静和温存。在连绵起伏的沙丘腹地坐着，细沙在下面悄悄地流动，有一种梦游的酥痒。被椭圆的沙的世界围着，难道不是一种被默默拥戴的宠幸？

夏夜的风梳理着沙的鬃毛，沙丘是睡了的巴尔扎克笔下温柔无比的狮子么？周身的汗毛站起来迎接夜风，清新的空气便渗入孔窍，浊气飘散了。两眼望着什么也望不到的地方，自我便真正融化在夜里了。不不，也许应该说是我走进了我自己的心灵。人的心灵比人的实体更大些，不仅可以容纳自己的躯壳，自己的全部悲欢、历史，而且还可以包蕴这天地月光和沙原，哦，这是完完全全属于我自己的空间呐！

坐久了。

感觉自己要向沙丘深处伸出根须来了。

我也放肆一回：一抱头，从沙丘顶端一直滚向沙的谷底，然后，一动不动。

我倾听沙海的呼吸……

不知何时踏上了归途。我不知道，刚刚坐卧的地方是响沙湾么？不，不是。青年朋友笑着说，你要到响沙湾么？你真要到响沙湾么？

不。

我要去的地方已经去了，那就是我自己心灵的空地。

东方一片鱼白。

忽然想起一首流行歌曲：我本是一个透明的婴孩/后来坠入了纷纷扰扰的尘埃/我要跳到河里好好地洗一洗/我要把我那尘封的面壳剥下来……

第一次听到这首歌的时候，我竟然泪流满面，弄得别人都莫名其妙。

是的，莫名其妙。

1991 年 9 月

小镇邮递员

——海沧的故事之七

张　陵

海沧人多数不会说普通话。有会说者,则发音很不标准,总带着浓厚的乡音,还夹杂着当地方言,到头来,还是很难听懂,外地人都这么说。偏偏就是在这么一个小镇上,我第一次听到那么悦耳动听的带北京味的普通话,印象深极了。记不清说话的内容,但那音调却令我难忘。以至多年以后,我大学毕业分配到北京工作,天天听北京人讲话,仍觉得还是在海沧镇上听到的北京普通话动听。

操北京口音者是新来的邮递员。何时调到海沧的,我不知道,但确实是新来的。他还相当年轻,肯定不满三十,瘦瘦的个子,灰色的窄脸庞。他的脑袋似乎是小了一号,戴上标准的塑料斗笠,整个脑袋就遮去了三分之二。因为他的语音吸引我,所以每次到镇上邮电所寄信取包裹,我都会禁不住多看他两眼。他不戴塑料斗笠的时候,就露出理得特别短的头,表面坑坑洼洼,白一块,黑一块,极不规则,让人想起一枚核桃。

海沧镇最早的邮电所设在避风港边上,租的是居民的老房子。这避风港,平时潮涨潮落,没啥特别的,只是台风逼近前,大大小小的渔船全挤进来避风,便热闹异常,生机勃勃。一俟晚间,每条船都挑起一盏渔灯。桨声荡漾,灯影婆娑,别有一番风情。潮涨潮落,天长地久,来回冲刷腐蚀两岸土石,岸两边的房屋不知不觉都逐渐向江港歪斜,仿佛摇摇欲坠,令人忧心。特别是邮电所这所老房子倾斜得更为厉害,好像谁吹一口气,就能把这房子吹落入海中。老房子的墙早已斑斑驳驳,连露在外面的砖也开始粉化。但它就是不倒。多少年来经历多少台风急雨,海潮海浪,仍屹立巍然,确也不可思议。房子里的主人看来也住得十分安稳,丝毫看不出有不安全感。他们整天忙忙碌碌,疲于奔命收发信件、运送报刊,根本没有闲心去管老房子是否会坍塌入海。

新来的邮递员就住在这年纪一大把的老房子里。白天,我去邮电所能见到他,晚上,要是往厦门市里拨长途电话,能听到他替我要号的声音,我当时还仅是个六年级的小学生,很难和他搭上什么交情,很难直截了当地了解他。但也能零零星星地打听到他的情况。他是北京人,出身于颇有地位的干部家庭。北京邮电学院毕业后,分配到厦门邮电局。不知何故,给打发到镇上邮电所当邮递员,挺奇怪。当时正值"文革",出点奇怪的事很正常。

说实话,我对他的了解也仅限于此,在许多年里一直没有任何进展,再说,我也没有上心去调查。他在海沧这么多年,我们之间几乎没有说过一句话,我也从未有主动和他说话的念头,虽然,我挺注意他。每次和他照面,总见他风尘仆仆,裤腿一只高、一只低,踩着墨绿色的自行车,在肮脏的街道上,在尘土飞扬的乡间土路上。他从未注意过我,但我那时只是镇上一名腼腆的少年,一名不文,自然不会给他留下印象。

他后来是向海沧人学了不少当地的方言,否则,一个外地人,语言障碍便很难展开工作。海沧人很坏,教的总是些粗话、脏话。外地人都是从这些不堪入耳的粗脏话入手,了解当地方言的。北京来的邮递员很快嘴上吊起"红霞"牌或"海光"牌劣等烟卷,满嘴"干你老姆"、"干你老姆"地和当地人亲切交谈了。他说本地粗话,一本正经,自然越发滑稽有趣,逗得海沧人哈哈大乐。在海沧,夹杂着粗脏话进行交流在很多时候对增进双方的感情深度大有帮助。我甚至想,他也许更多地用粗话、脏话和海沧人交上朋友的,而不是他那勤勉的邮递工作。看上去,海沧人都非常喜欢他,说不定,镇上有哪个姑娘早已对他暗送秋波,伺机逮他呢!

高中毕业后,我不得不响应号召去离镇二十

里地的钟山村插队，一去便是三年。最后一年，恰碰上这位北京人分管我们这一片的邮递工作。他每天把信件送到大队部，差不多风雨无阻。我们见面的机会多了起来，但仍形同路人，没有交道。一起插队的朋友不知从哪里打听到消息，曾不经意地告诉我，说他的文笔相当好，写了好多文学作品，《人民文学》准备发表他的小说《海石花》。这事说得有把有柄，就不知是真是假，但足以让我内心为之一振了。在对他的关注中增添了几分崇拜，我觉得他肯定很了不起。我这个刚开始做文学梦的知青，对能在《人民文学》发表小说的人有一种本能的肃然起敬。

这一年，我调回城，调函就是他送到村里的。那天，正下着雨，我还记得。我望眼欲穿，心急如焚。看见他远远来了，就一把冲过去，夺过他手中的一叠信件，寻找属于我的那一封。那时候的心情特别急功近利，根本没有注意到他在我旁边，也许湿漉漉地离我很近。往日对他的崇拜随着回城的喜悦而烟消云散了。

再次见到他，已是1986年了。他的模样没多大的变化，特别是他的脑袋，还像核桃似的，只是额上多了几道皱纹，脸色似乎更灰了。那时，我作为《文艺报》的记者回厦门采访，在某一晚上，偶尔参加一个工人业余作者座谈会，地点是厦门市工人文化宫。这座谈会就是由他主持的，他已是一家工人文学刊物的主编。一见到他，我就非常兴奋，连忙上前去对他说，我从小就认识他，经常见他在乡间送报递信。他一听，也来神了，连连说：是吗？是吗？我怎么不记得您？我说：您是大人，我是小孩。他说：呵，对不起，对不起。这是我们第一次谈话，这么多年来，他的声音，还是那么好听，这么多年，他的北京腔总也改不了。

后来，他用颤抖的双手递给我一张名片，说请多多指教。我也同样伸出双手接他的名片——眼睛早急不可待要去看那名片上的字。

他的名字叫：李红祥。

选自《厦门文学》1992年2月号

那年夏天

斯　妤

汽笛拉响。火车开动。但我一直在想我现在回老家去真是荒唐。

老爸爸那一天打长途来，头一句话关切的是我们的躯体而不是我们的灵魂。我笑笑说，感谢上帝我们的灵魂完好如故美丽如初。你当然知道说这话时我心里的全部感觉。老爸爸是地下党出身，年轻时曾经轰轰烈烈地干过不少正事。当然现在他老了。他常常血压很高地坐在门前一小时一小时地回忆往事。

我想我和我的老爸爸感情真是特别的深。虽然老姑说我三岁或者四岁的时候有一年整整一年我不叫一声爸爸。后来不知怎么我和我的老爸爸又和好如初亲热如故。再后来我插队了，插队时挑大粪上山我的脚踝扭伤了，老爸爸便戴着眼镜慈眉善目地坐到我的床前来，一遍又一遍地为我拿捏扭伤了的粗糙脚踝。

那一刻的感觉真是永生难忘。那一刻我甚至感激起又苦又累又脏又臭的挑粪营生来。

我想就是为了那一刻，就是为了那一刻慈眉善目爱心无限的老爸爸，我才这么百无聊赖这么风尘仆仆地哐哐当当摇向老家。黑马这家伙真是孤陋寡闻得可以。她居然夸海口说她得地利之便。她怎么就不知道城市自有城市的激情，城市自有城市的魅惑。不信让她来呆呆看，要是这家伙确有那么点灵犀那么点情义，保证不出三天，城市的夏日就把她的黑皮肤全晒成白。

从来不知道这城市有这么多人。也不知道这城市原来又可以是不夜城。不夜的老城刹那间变成一个活蹦乱跳的孩子。每个人都成了这孩子身上的一根毛发一个细胞。每个人都在他的体内奔走游串呼喊号叫。然后每个人，好像约好似的每个人突然间都一齐死了。剩下个孩子空空落落干干瘪瘪只一副残破躯壳。我就是在这时走过去的，我弯腰把它拣起来后，我把它制成标本庞大无比硕大无朋地挂在客厅的白墙上。

黑马如果赶早来，她不但可以看见挂在客厅墙上的硕大标本，她还可以和我一起倒回去，重新活一遍。

至少她和我可以如冰心一样从北京到云南，从云南到重庆。至少冰心女士写过的那种迷乱心境我们可以亲身经历地逐一体验。

当然也不一定。如果黑马明天早点来，她也可能后来就没有机会夸她的海口了。她很可能会在我写作的时候一直坐在我对面，远远地冷冷地朝我咧嘴。

你带了多少烟？什么？烟？洋烟啦你带了多少洋烟？哦抱歉我不抽烟所以没有烟请你连中国烟都没有。谁要抽烟啦我说的是你带了多少烟！

看上去还秀气的列车员和我纠缠了半天我才弄明白，她并不要我请她烟，她问的是我带了几条洋烟可不可以再帮她藏匿一些。她不相信我从厦门出来居然一条洋烟不带不赚几元外快的。我说我不知道带一提包洋烟回北方就能挣出我一个月的稿费，否则我也许带得比她凶。

她于是笑笑做出一副善解人意的表情。她不相信我的话不过她还是开始和我套近乎。然后她就出去了，再然后她拿来一个鼓鼓囊囊的旅行袋，并且随手就把车厢的门很神秘地拉上。她说旅客多带一点没什么一般也没人查，而列车员若被查出可就惨了，不但成本全丢奖金也要被扣发三月。而这些还都问题不大，问题最大的是眼下铁路正裁人，你倒说说能活人？我看见那张秀气的脸上愁云阵阵。我不知怎么就点头附和表示同情起来。于是很秀气的列车员满意地咧咧嘴然后就麻利地跨到睡铺上，开始将那鼓鼓囊囊的旅行袋往我行李柜里塞。万一有人来查千万别说是我的千万不能说是我的知道吗。她说着跳下来，坦然地将车厢的门拉开，然后恩赐似的坐下来和我聊大天。

上一趟出来走了不到一天，满车厢的烟气、臭气就把我熏出喉炎发起烧来。所以这一趟我只能咬咬牙买了张软卧。

就是。软卧怎么也好一些。很秀气的软卧列车员对我的决定表示赞赏对我的遭遇无限同情。

车到厦门才凌晨四点。走下火车我立刻觉得很茫然。昏昏的路灯照在黝黑的站台上，给人一种不死不活、不清不楚的感觉。没有人来接。五年前那一趟可不是这样。车近闽南地界心中立刻温馨起来高涨起来。当然那次返乡不是凌晨四点，那时正是满天阳光。

好在家里还有老爸爸。老爸爸是曾经一小时一小时地守候过我的。

可是跨进家门后我也不得不承认心里的失望。若妈妈说老爸爸等了我三天三天都失眠。这会儿他正在睡三天以来最疲乏也是最酣畅最香甜的觉。

秀亚那天见到我头一句话就是我回来得真不是时候。我倒不是说我此刻也想说这句话，我只是顺带地就想起这话想起秀亚来而已。没有多少人认为我和秀亚是最好的朋友，但事实上我们俩确实是最好的朋友。在她离开候机室向登机口走去的那一刻，我就知道再也不会有如她一样相投一样知己的朋友啦。挚友可不是随便可以得上的，对我来说，很可能百年千年才会觅到一个。

所以秀亚这次回来虽然是奔母丧的并且也确实回来得不是时候。但我依然从心底感到高兴。她料理完丧事后我陪着她到该转的地方转了一圈，然后我们俩就坐在历史博物馆门前的台阶上聊了大半夜，然后我们从博物馆一直步行到火车站附近寄居的亲戚家。分别时我们约好过两天我到工艺美院她自己的家中陪她住几天。可是不曾想，再见面已是在为她送行的火车站。

在火车站她拥着我失声痛哭。她是一个坚强的人，相识八年我从未看她红过眼圈，但是那天为了她成为孤儿为了我们的相约被中断的交通所阻为了所有梦想的幻灭她失声痛哭。

火车开走好远了，我仍在站台上徘徊。我诅咒中断的交通也诅咒自己。即使战争年代也有穿越枪林弹雨的，我为什么不能英勇一些无畏一些如期前去赴约？

户主绝未料到的事情终于诞生（又岂止他，我自己又何尝料到），于是他极度惊讶感叹：结婚八载，只知我深恶痛绝女红，却竟然会整天整天整夜整夜地坐着织起毛衣来！

户主到底是男人，他只见我一针针一圈圈地织，罕见的认真罕见的执着，却不知我虽然一小时一小时坐着织，白天织晚上织，织得思维停止心湖不再，织得昏天黑地日月星斗连绵一片，却其实织了九九八十一也没织出一件成衣来。因为，每次织到临近收尾，我都突然厌恶起来烦躁起来，于是，三下五除二，转眼就将那织满时光的毛衣迅速拆掉。然后，也许第二天也许第三天，又重新起针重新开织。

户主不明白这一切，他只是一个劲地对我的突然回归感到不解，他一再问我：您这是练的什么功？

最后一次我给了他一个回答。我扔给他一串偈语，然后把即将完工的毛衣第九次拆掉，开始织那命定也会拆毁的第十个花样。

填表格。查身体。准备有关材料。北京城实在太大实在跑起来没完没了。又岂只一个北京城呢？什么事跑起来不得一趟一趟活活脱去一层皮。等到差不多一切就绪差不多可以坐下来喘口气，然后慢慢收抬行装等待启程了，低下头一思量你才发现你压根儿不想走。你开始害怕那得到天空失去大地的滋味，开始拼命思量拼命寻找理由劝阻自己。

儿子天真烂漫的笑脸。瘦弱的身体。莫测的人生莫测的世界。甚至毛活。甚至灰色沙发灰色水泥地面。

然而这一切都还不够都还不充分。

于是便有阴天里的苦苦冥想。于是庄子老子飘然而至。于是你觉得彻悟觉得一切都无所谓觉得心灵自由了怎么都是活。

于是那天早晨你一醒来就高声宣布你的决定，可是话音未落便听见你的心里又冒出另一个声音。那声音并且相当强大。

于是你知道发疯是多么幸福的事，发疯多么多么深刻。

阿西提醒我该带李瞻去海边玩玩时，我才想起这一路原来不只我一人，这一路儿子始终和我同行。我说好好，就带他去当然得带他去，我早就许愿带他到海边呆一天的。可是直到走李瞻也没看见厦门海滨的随便哪个沙滩。阿西说他提醒了我三次而我每次都说好好当然要去当然得去,可每次都是光打雷不下雨。我想不起那十天里我都在忙什么,可我知道那个十天我确实很忙,忙得连该拜访的朋友都没拜访甚至连电话也没通一个。可我使劲回忆使劲冥想也记不起来那十天我都在干什么。

记忆丧失倒是小事。损失巨大的是儿子,他兴冲冲随我千里迢迢跑回去,结果海是什么样的他压根儿没见着。更甭讲冲进海里美美地泡上一天了。为此我后悔并且愧疚起来,发誓今年夏天哪怕火车票再涨三倍价钱,我也要带他去北戴河或者青岛秦皇岛好好弥补一番。

老强听了我这话突然幽幽地笑起来。他说你你疯啦你去年什么时候去、去过厦门你不是始终在这儿学、学习在这儿填、填时间表的吗?你发言的时候什、什么表情我都记、记得清清楚楚你却胡、胡扯什么厦门青岛北戴河。这地球看、看来不对劲啦连、连你这样清楚的人都不、不清楚这地球看、看来要出岔啦! 老强说着说着突然捂住脸哭了起来。

我想我确实见不得男人的眼泪。本来我挺自信坚信不是自己错乱而是他在胡扯。可是他这一哭我立刻全乱了套。我使劲问自己是他错乱还是我错乱,是我清楚还是他清楚,问了半天也没弄明白到底谁错乱谁清楚,后来索性我也不问了,我想也不可能是我们全都错乱全都疯了,这世界不是到处都有疯子吗。

唯一使我觉得蹊跷的是,我是冲着老爸爸回去的,可老爸爸在我到达厦门后的十天里始终没露面。究竟是他一直在睡那最疲乏最香甜最酣畅的觉呢,还是我这个返乡梦做得太长太久不着边际?

或者都不是?

或者本来就没有这样一个夏天?

选自《厦门文学》1992年3月号

听 雨

李灿煌

半夜醒来,雨还落个没停。辗转反侧,总睡不着,索性起来听雨。

此时,这雨淋淋的世界里,还有谁醒着聆听雨的音乐呢?也许……也许只有我被这悠长悠长的雨音扰乱得如此心神不宁!

滴嗒,滴嗒……

更深人静,雨声格外清晰。雨落在屋瓦落在屋檐落在水泥板上,数得出有节奏的点点滴滴。巨大的雨网,把我小小的屋子整个的网住了。我感觉自己是茧中的一只蚕,那缠缠绵绵的雨是我吐不完的丝。

走过半个世纪的人生旅程,不知遇过多少次下雨。毛毛细雨,哗哗豪雨,崩天决地的暴雨,岂止遇过一次两次。那雨,有时是滋养生命的乳浆,有时是窒息生机的苦汁。雨里的歌,雨里的笑,雨里的血和泪,浸渗着我的乡土我的灵魂。五十个春秋,几百回雨中跋涉,我从雨的杯子里尝够人生百味,也从雨的种种音响中感知人间苦乐,世道曲直。

许许多多的雨流失了,只有乙卯初秋的那趟雨还在我心中滴沥。

这年,秋风秋雨愁煞人。但有一份被风雨打湿的真情感动了我激励了我,使我岁岁难忘时时相忆。

一个月黑风凄的夜晚,沉沉的乌云,沉沉的忧患,在每一寸空间淤积。天坠落下来压着屋脊,邻居的犬猗猗狂吠。一种不祥之兆,蓦然向我袭来。故人无恙否?小张老蔡能否逃脱厄运的包围?传抄几首悼念总理的诗词也有罪吗?愿苍天有眼,给坠入幽暗的人显出一线曦微的暗示。

我跨出门,陷入无边的漆黑。四顾茫然,谁与我同行?我独自走向空旷走向荒寂走向荆棘掩蔽的山丘走向旧魂新鬼栖息的坟地……天堂无路,地狱有门。摸索中,我企图用沉重的脚步划出一痕安全的行迹。

走着,孤单单地走着。睁眼无天无地,心却十分清醒:去寻找一颗星寻找一缕阳光寻找一片明朗。走着走着,我发觉路上已有许多寻找的脚印。我想,既有人走在前,必有人走在后,寻找是不会断踪的。于是,我踩着坎坷踩着逶迤踩着夜色的厚重与板结,向夜的深处走去……

忽然,一道电闪一声雷劈一阵冷风甩落一阵豆大的雨。那雨的弹丸噼噼啪啪地向我打来,有如摧毁碉堡般猛烈。黑压压空荡荡的山野,哪里去躲避?

踽踽雨夜,衣衫淋淋滴滴。踏着泥泞的路,想起故人的安危。一个被摧残的名字,怎挡得四面风雨?刹时,不知何处飞来一把伞,一把小小的伞,撑起一个很大很大的天地。是谁?没有答话。我走,伞也走,我停,伞也停。但是,看不见伞,看不见撑伞人的形影。也许不是伞是相思树的叶子,它睥睨暴风雨的肆虐?也许不是伞是相思鸟的翅膀,它抗御疯狂的暴风雨?不,我总感觉是一把伞,一把挺立在我身旁的伞。雨点敲打伞面,谱成一首无字的歌,跳动一个个晶莹的音符,那意蕴无法用语言表达。心的强烈感应,风雨中自有真情流溢。

温柔的伞坚强的伞,它的信念它的执着它那敢于戏谑风雨的浪漫最使我感动。它守护着我穿越暴风雨,登上城南的小山丘,它和我同立崖畔,仰首问天,光明是不是诞生在最黑暗的时刻?……

不须大树撑腰,弱质的伞也能顶天立地。雨的锤打风的鞭笞,没能折断它的腰肢。我爱这伞,爱在心窝里。伞下,飞来一个火热的吻,吻掉我脸上的雨水泪水。不知为什么我浑身火辣辣的雨也腾沸泪也腾沸。哦,人心并非都那么冷酷,真情是永远不会结成坚冰的。拥有这把伞,此生还有何求呢?!

伞无语。我无语。伞和我却一路相随,一夜

相依。

　　脚下的土地会在暴风雨中沉沦吗？这倾盆大雨即使把高山峻岭都漂成岛屿，我相信那伞一定会幻成一片峭帆，孕得强劲的风，载着我——踏着惊涛骇浪从无数岛屿间穿过，把那一轮被风雨吞没的红日唤回。

　　当曙色初开，雨销虹霁，那伞悄然不见了。伞呢？为何不言别，不留下地址？阳光下，千千万万把伞，哪一把是你？千千万万条路，从哪一条去把你寻觅？

　　听雨，默默地听雨，涨满心湖的雨水，又把那伞漂浮起来了！……

1992 年元月修改

选自《厦门文学》1992 年 7 月，散文专号

恐 癌 症

章 武

那年头，精神上老饿得慌。书架上的书全被红卫兵们用封条封了起来，咫尺天涯，只能敬而远之。教授们还在"牛棚"里，我们这些既无书可教又无书可读的中文系讲师、助教们，听说以后要下乡落户，自谋生路，于是，在惶惶然中便掀起了一股购读医书的热潮。湘版的《农村医生手册》、闽版的《中草药手册》，简直比往年的唐诗宋词还抢手。

不料，许多人都读出了毛病。嗜烟而痰多时怀疑肺部有异物，贪杯而厌食者担心胃里有肿块，眼看夫子们一个个都瘦了下来。愚笨如我者也不能免俗。我自幼便常流鼻血，莫非是鼻咽癌的先兆？偷偷溜到厦门中山医院耳鼻喉科，那位戴口罩的医生却似乎不屑于查看我的鼻腔和咽部。他只是用手摸了摸我的脖子，轻描淡写道："没事，没事。"

我急忙站起来："医生，医书上说，鼻涕中常带血丝——"

医生摘下口罩，露出满脸络腮胡子，哈哈大笑："你这是犯了医学院一年级新生的毛病，上到哪一课便疑心自己身上哪一系统出毛病！"

我仍不放心，追问道："脖子，请问我的脖子？"

医生见我迁得有趣，便模仿我刚才的口吻，有板有眼地道："医书上说，鼻咽癌前期患者，可在脖子胸锁乳突肌外或锁骨窝里发现淋巴结肿大，懂吗？"

我只好似懂非懂地点点头，告辞了。

话虽如此，我仍不敢大意。于是，我便经常摸摸自己的脖子和锁骨窝，所幸光滑得很，无虞。

不久，枪声、手榴弹声代替了高音喇叭声，沸腾的校园再也安不下一张安静的书桌。我夜夜失眠，却又不敢开灯读书。况且，读什么书？读了又有何用？便只好硬躺床上，双手习惯性地在脖子上游弋。一夜，我忽然觉得脖子右边不那么平滑，心里便"格登"一下紧缩起来。此后，一餐复一餐，那地方的肿块竟由米粒大增至黄豆粒大，且由一粒变为三粒。清晨起来用力擤鼻，那鼻涕中又居然有一丝殷红，想起医嘱，必患恶疾无疑，此生休矣！

于是，又求教起医书。好不容易通过老乡关系从封闭的图书馆偷借出几本医书，一读，更是傻了眼。据一本精装的鼻咽癌论文集所载：此病发病率最高的，为东南亚各国及中国南方诸省。始发时，患者鼻窦、额窦常伴有痛感，继而出现偏头疼。至八对脑神经全被破坏之日，便是病入膏肓之时，虽开刀、化疗，亦难奏效。还有一篇论文，列举患者四百例，平均年龄以青年居多。我身处危险地域危险年龄段，未到而立之年而行将夭折，想想新婚妻子尚有孕在身，弄不好未来的儿子或女儿也来不及见面，不禁悲从中来，眼漕漕而泪涔涔了。

说来也怪，自从读了这些医书之后，我的症状与日俱增，且发展轨迹与书中所述相符，先是鼻、额诸窦隐隐作疼，继而半边脑袋也麻了起来，想必是偏头疼无疑。原先每餐狼吞虎咽半斤米饭，如今连二两也啃不下去。看来，非动手术进行活体检验不行了。

于是，托熟人找到漳州某医院某外科医生。那医生刚从"牛棚"出来，久未操刀，正跃跃欲试。打了麻醉针，不上十分钟，他便一下子把我脖子上的肿块全切除了，可谓庖丁解牛，游刃有余呢！

记得我躺在手术床上时，还颇有关云长刮骨疗毒的英雄气概，一边接受宰割，一边与其对话如下：

"是三粒吗？"

"是的。"

"大不大？"

"花生米大。"

"像不像那种东西？"

"我看不像。颜色鲜红,软软的,硬度不大。也许是淋巴结核。也许只是一般炎症,被你摸出来。"

"谢谢。你是不是在安慰我?"

"请相信科学。"他一边说,一边在纸上写了几句什么,"让它们进培养箱吧! 一星期后你来取报告。"说完,他便到隔壁去,传来水龙头哗哗的流水声。

我趁他洗手时,从床上一跃而起,偷看他刚才写的那几句:

"检验原因:未能排除鼻咽癌嫌疑……"

"你看什么!"医生大吼一声,把单子抢了过去,"按规定,你现在不能看。"

看来,他刚才还真是在安慰我。我心里一沉,连"对不起"三字也忘了出口。

随后一星期,是我一生中最漫长的日子。仿佛一个犯人在等待审判:死刑? 死刑缓期执行? 无期徒刑? 大赦令,无罪释放? ……

取检验报告的日子终于到了。我缺乏视死如归的勇气,便邀请教现代文学史的吴老师伴我同行,并相约如下:

倘若报告单宣布我无罪释放,我一定请他到太古桥吃一顿牛肉炒面,倘若我不幸被确认身患绝症,便由他雇一部三轮车把我拖回学校。

于是,我俩到了医院检验室。我第一次来到这种庄严神秘的地方,仿佛走到了生界与冥界的结合部。只见类似图书馆书库的大房间里,架子上全是大玻璃瓶,里头浸满了人体上多余而又无情的部分。偌大的房间里,只坐着一位穿白衣的女士,正静静地用显微镜观察着什么。她一听见我的名字,便厉声喊道:"你别进来,先在外头等等,我正在看你的呢!"这时,我发现她是个阴阳脸,半边脸白皙皎洁如明月,另半边晦暗阴沉似乌云,仿佛象征一半是生的光明,一半是死的黑暗,更使我心惊胆战。

好在吴老师紧紧抓着我的胳膊,才使我颤慄着坐了下来。好在不久,那朵白云便从室内飘了出来,柔声道:

"祝贺你,什么事也没有。"

"真的吗?"我怀疑身在梦乡,便狠狠拧了一下大腿。

"真的,连淋巴结核也不是。最多只是普通炎症。"她笑了,笑得很灿烂,仿佛阳光朗照,连半边脸上的乌云也烟消云散。我忽然发现,她长得很美,很动人。

吴老师更是高兴,他立即拉着我直奔太古桥。遗憾的是,因"斗批改"需要,餐馆停业整顿,那热腾腾、香喷喷、脆生生的牛肉炒面竟未能吃到。

看来,癌症并不可怕,可怕的倒是自己吓唬自己。从此,我对一切病症都处之泰然,即使住院手术,也不再乱翻医书了。

不久前,当年的吴老师,现在的吴副教授升任某大学图书馆馆长。我打电话祝贺时,他还念念不忘要我还他一餐牛肉炒面呢!

选自《厦门文学》1992 年 7 月,散文专号

三走石狮

高洪波

首先声明我并不是一个"三"的嗜好者，或者说是想在题目上冠以"三"字更便于文学操作，像"三打祝家庄"、"三进山城"以及什么"三羊开泰"、"三上桃峰"。

我的三走石狮确有其事，见证人：一走时有张锴、舒婷、袁和平，时值1990年11月。一走之后的来年，几乎同一时间，和平兄陪我二走并三走石狮。

我的三走石狮本身平淡无奇，像每一个外省人到闽南的感觉一样，只不过令我耿耿于怀以至愤恨不平的是三走有着"购物天堂"之称谓的石狮市，我居然没有花出一分钱！

并不是我不想购物，事实上我是个渴望胡乱买些好玩好吃有意味的东西的人，并且常以"命中当有三千贯，不向人间使小钱"自勉自励，我花钱时的感觉极好，每隔一段时间必定要去买些东西，我觉得用纸票子换回吃穿用的好玩意儿是人类最聪明的生活方式，这其中顶顶诱人的是美酒与好书。

三走石狮，居然什么也没买到手，怪谁？

初走石狮，走了一遭服装街，眼花缭乱，未及盯准某一件趁心的物品，主人就催我们奔赴泉州。总共在石狮停留不到两个小时，这期间主要用于午餐，现在想来石狮的那顿午餐委实应该简化，否则多一个小时逛街，保准能买点什么。

二走石狮，一头扎进公安局刑警队，陪同庄东贤兄进行采访——东贤与和平合作一篇《刑警队在石狮》的雄壮文章，需要一点新材料补充。他们采访时本来我们可以去逛街，可是记者出身的一种职业病又让我好奇万分，于是旁听，想听个开头再溜走。不料想石狮刑警队的两位负责人一介绍起去年侦破的六大案例，谋杀、凶杀、追踪、侦察，直到追捕、搜山和审讯，把我们听得目瞪口呆，想走也走不了。侦察员的机敏，破案率的高比例，以及石狮市几起凶杀大案的各不相同的特征，公

安干警们忘我的投入意识及智勇双全的搏击，给人留下极深刻的印象，刑警队的李队长，一位高身材的英俊警官，尤其令我们一行人折服。

一坐就是一上午。

最后是观看现场破案的录像，这场面于我是平生首次——一具身中数十刀的男尸，赤裸裸地将伤口显示出来，还有每道伤口的尺寸比例。说来惭愧，刚一播放录像，先是和平兄借故退出，继而我几欲呕吐，另几位采访的朋友均低头不敢观看，唯一坦然正视者是东贤。

出得石狮公安局，深为李队长这批石狮卫士而自豪，石狮太热闹太繁华因而也就太复杂，来这里淘金的人五行八作什么嘎杂子都有，没有一个安全稳定的治安环境，石狮怎么能有今日的知名度！

所以尽管因为一睹石狮"福尔摩斯"们的风采而耽误了购物，我认为很值得。并非每个人都能和刑警队长交上朋友，更不是谁都能聆听到发生在石狮的形形色色的案件，甚至观摩血淋淋的现场破案录像的，事实上我是通过一个极特殊的角度观察了石狮市，较之走马观花地逛大街小巷，不知深刻了多少倍！

身为一名二走石狮的旁观者，我为石狮人有着这么一支精干的刑警队感到庆幸。

三走石狮带有几分偶然性。那一日我们住宿泉州，下午朝拜完我心仪许久的弘一法师，准备晚上认真体味一下老人家那"悲欣交集"的大自在境界，记点日记。孰料泉州乡贤庄东贤兄兴冲冲邀来一辆汽车，拉上我们直奔石狮，说要会见一批文学青年。

车子径直开到一幢新落成的楼房前，踏过遍地灿若朝花的鞭炮碎屑，进入极堂皇的厅，厅里坐了好几桌人，好像准备吃饭。东贤略一点头，把我们引上三楼，坐定——身前身后全是饭桌，给人一种喜洋洋的感觉，初以为是一家饭店的开业典礼，

细看又不像。再细观察，才意识到这是一幢住宅楼，而今天是新屋的落成仪式。

不一会房主过来寒暄，这是一位施姓的农民企业家，今日同时是他儿子16岁的生日，贺柬上写着"舞象誌喜"，男孩子16岁称为"舞象"，本为古俗，没想到在石狮居然一直保存着。16岁的小伙子也腼腆地过来递烟倒茶，面貌清秀，眉宇间却不乏豪气。闽南人大多勤奋强悍，敢闯敢干，且重乡情义气，这种种特征，才使得石狮迅速崛起，施氏父子可谓闽南人中的典型。

我们被当成贵宾款待，尽管素昧平生，又有些糊里糊涂地来做客，酒饭却极讲究。席间还有摸奖节目，奖品中有锅有盆还有家用电器，家庭宴会如此丰盛排场，且又如此热闹非凡，在我亦为首次参予。这分明是传统与现代的一种交融汇合，也是富裕与文明的一种新的表现形式，三层楼上下，均是吃流水席的客人，杯觥交错，乐不可支，哪怕彼此之间谁也不认识谁，但绝不妨碍宴会的顺利进行。

三走石狮，我处于一种半晕眩状态，黑来黑去，更谈不上买东西。"文学青年"虽未谋面，实际上却参加了一个闽南民俗的展览会，印象最深的是"甜头甜尾"，即第一道菜是甜的，末一道汤也是甜的——我觉得"甜头甜尾"代表着石狮人的传统观念和典型心态，或者说是一种生活理想在饮食文化上的体现，很形象也很生动。

三次走访闽南名城，三次自有各不相同的感受。三走石狮而未购一物，按常理说是对石狮的不尊重，但生活恰恰又是由许多偶然性组合而成，所以我的石狮三走，觅到了闽南的精华和真谛，这远比我买几件衬衣和两条牛仔裤重要得多。

既然无缘，心便释然。

若第四次再走石狮，我当携一绝大的行囊，将"买瘾"过足。

1992年5月北京避斋

选自《厦门文学》1992年10月号

在巴金家拜年

何　为

今年春来早,大年初一便是立春了。早上出门去拜年,沐浴在满街辉耀的阳光里。岁交春是个吉祥瑞和的日子,预示这一年的福祉和丰硕的年景。

当我住在上海的时候,有几年我和老友徐开垒相约同去拜年,一是巴金家,一是柯灵家。这两位都是我们尊敬的、相识多年的前辈作家。我多次到他们两家的客厅里,坐一会也是一种幸福。

但是两老年事已高,对高龄的老作家来说,黄昏岁月里的每一分钟胜似黄金。他们健康时伏案写作,为国家和人民创造精神财富。过于频繁的接待来访者,实际上造成无可弥补的时光流失。他们身体不适时,重要的是安心休养,不宜会客。因此近年来虽然我长住上海,却很少去拜访他们,以免干扰他们写作与休息时必要的宁静。

然而春节拜年应是例外。他们两家寓居的楼宇相距不远,都是在布满法国梧桐的林荫道旁。由近至远,先到柯灵府上,随后再到巴金居住的宅第。不管相隔多长时间,每次到巴老的客厅里总是很亲切的。

客厅光线柔和淡雅。巴老为了方便,照例坐在屋角的靠背椅上,靠着阳台前的长长窗户,俯临沙发上他的客人们。

今天阳光明媚,屋外宽阔的草坪透着嫩绿的早春气息。巴老总要颤巍巍地起身相迎,他折骨后至今行动仍不灵便,我们赶紧趋前,向他祝贺新年。

“又是一年了!”巴金说。

我咀嚼着老人的轻声感喟,是对逝去岁月的回顾,又是对未来的希望。我坐在他的前侧,谈话时必须转过身去,仰首面向他的满头银发,倾听他谈起这一时期的生活起居。我们大家都十分关注他的健康,他只是说,夜半常常醒过来,睡眠时间很短,而且是断断续续的。我们谈话时,时时有几个娃娃向巴金爷爷拜年,客厅里有一种欢愉的节日气氛。

说实话,每次我去巴金家里,从未有意识地准备过什么提问,我不愿将难得的会晤用于采访。我也确实没有写过一篇巴金访问记。我只是想去看看他,看看这位我从少年时代起就沉浸在他光辉作品里的老作家,在他那里小坐片刻,我就感到很大的快慰。

但是这一天我心里却带了一个问题。在巴金《随想录》的十种不同版本里,有一本四川文艺出版社新出版的《讲真话的书》,其中也包括5卷《随想录》,却没有收入那篇震撼人心的文章《“文革”博物馆》,我有些纳闷。

因为这许多年总有些“文革”题材像梦魇似的一直缠绕着我。“文革”开始后,全国如同沦入一个恐怖与灾难的地狱。我无法忘记,在当时的大院里,一个来自上海搞戏剧的青年,自称“三代工人血统”,俨然以造反派的头目自居。他每天穿着一身黑衣衫裤,手持棍棒,吆喝着管辖“牛鬼蛇神”,那凶神恶煞般的狰狞形象,使我想起德国法西斯的纳粹分子,野蛮的褐衫党匪徒。此人后来犯罪堕落,自食其果,没有好下场,不值得多说,但是这个黑衣人的阴影始终压在我的心上。想不到前两年,我却在报上赫然看到他的大名,他还在文艺界公然活动。这样的人本来早应作为“展品”送入“文革”博物馆去了。这是我想写的“文革”旧事一篇文章的构思。我还没有动笔,而倡议建立“文革”博物馆那篇具有雷霆万钧之力的文章,忽被抽掉了,我大感不解。

巴金说:“没有,没有抽掉,其他版本的《随想录》都保留了这篇文章。”从作者口中取得证实后,我感到宽慰。是的,这是不能抽掉也抽不掉的。正如巴金在文中所说:“建立‘文革’博物馆是一件非常必要的事,惟有不忘‘过去’,才能做‘未来’的主人。”

我没有谈那个早应送到“文革”博物馆去“展

览"的黑衣人,却谈起我在这客厅里一次难忘的回忆。

60年代初,大约是我去福建工作后的第二个冬天,人为灾害和自然灾害并存的困难时期尚未过去。一个寒凝大地的薄暮,我来到巴金的寓所,这是我第一次拜访很早就引导我走上文学之路的老作家。

巴金夫人萧珊为我开门,我第一次也是唯一的一次见过这位热情好客的主妇。他们家的宠物,小狗包弟滚动着黄绒绒的身子,不无兴奋地随同我一起进入客厅。这时,比我先到的赵丹已在座,他带来一束玫瑰花,盛开的玫瑰花红艳照人。客厅里升起烟火,我一进门就感到温暖,坐定后更觉得无比温馨。主人款待咖啡西饼,我们坐在软软的沙发上,享受着一个美好的冬日下午。

那天的谈话几乎完全想不起来了,也许我记过一页日记,在动乱的年代里不知去向。但是三十年来,那个富有浓浓情意的客厅,客厅里主人夫妇的昔日风貌,还有那逗人喜爱的小狗包弟,总是难忘。

历经劫难灾祸,人世沧桑,现在我又坐在这间熟悉的客厅里,当年的动人情景历历在目,不免有恍如隔世之感。我终于情不自禁地向巴老谈起那次聚会。他仔细倾听着,默不作声,似乎陷入往事的沉思,后来说了一句:"我是1954年住入这楼房的。"接着又说:"我的文章写狗的有三篇。"

话题转到他的写作。他现在握笔很困难,身体好的时候,每天还写几十字,就在他坐椅旁一张临时的小小桌子,位于长窗下。

巴金说:"我还要写,不一定发表。"

这句话无疑涵盖面积很广,包容也多。我不便多问。不过我想,他将继续写下对人生对社会对祖国的《随想录》,以他的人格力量,掏出自己的心,写下真话,让历史作证,与人民同在。大师的劳作是终生不懈的。他拥有一个至高的思想境界。他和千万读者永远在一起。

临走前,我又环顾了这一间接待过无数来访者的客厅。

在这新春佳节的第一天,自有众多的客人借此机会向我们的文学大师致敬。

我们告辞了。走在风和日丽的幽静街头,春意盎然,我暗自期许,下一个春节的大年初一早晨,将再来向巴金拜年。

1992年2月

选自《厦门文学》1994年10月,散文专号

城 市 的 山

郭 风

这里所称的城市的山，指的是福建东部沿海一些城市市区以及郊外的丘冈或小山，我想把自己对它们的印象记录在本文中。我的家乡莆田，在城关的西北隅，有一丘冈曰东岩山。山上有古刹、古塔，皆宋物；有古祠、古城墙，皆明物；有一古樟，传为西晋物。沿着石砌的山径入山时，山门上有石刻匾额，上题"渐入佳境"四字，为朱熹手笔。山上有巨石，皆丰实，无怪状，或一石独立，或数石聚集一处，而乔松错列于石间，每至山中，往往听见有松涛声，似从天末传来，此等天籁，其美几无法言传。东岩山之脉向西逶迤，离东岩山不到三华里，自山麓至山坡上，有一古刹曰梅峰寺，为宋物，寺内钟楼上传出的晨钟声，传说能远播至数十里外的江口镇。梅峰寺之西，曰西岩山，上有小祠，闻为明代所造，祠前有一石，上有足印似的石痕，传为仙人之足迹。这些地方为少小时游踪常至之处。有趣的是，现在已是垂暮之年，有时思乡，那梅寺的晨钟声，那东岩的松涛声，似乎还会传至我的耳际来。我是 1945 年冬开始在福州定居的，福州市区内的于山、乌石山、屏山，作为风景区，早已闻名遐迩。但不知怎的，如于山、乌石山，当年与我的寓所相去不远，记得却在很长的时间内不曾去游玩过。至今，我还想不起来自己是何时最初去游览于山或乌石山的。但记得清楚，反而到了 80 年代初期，由于陪同省外客人乃至外宾，每年均曾多次至于山或乌石山游览。我觉得自己对此名山之美，还没有深刻的体会。但总觉得山上的巨石以及从石隙间生长出来的古榕，似乎是最使我感动的风景，于此，我想顺便记下一事。福州市区有小巷曰龙山巷，40 年代间，我有一友人住该巷的一座民宅内，我常至这位友人家中闲谈。他的住宅有一空地，一巨岩如一座高墙立于空地之后，岩石上生青苔，有看不清的泉水间歇地从青苔间滴落下来。我常和这位友人于岩前对坐在竹椅上，喝茶，谈文学，谈鬼神。这在当时不觉得怎么样，现在想起来，反而感到颇具一种情趣。俗称福州"三山现，三山隐"，即如乌石山等是看得见的山，如龙山等则是隐藏于市区而且看不见的小山。

我格外喜欢泉州，那里的文物之富且美，举世瞩目；特别是有关古代中外文化、宗教以及贸易的有关文物古迹，更具有极高的历史价值和艺术价值。但泉州市内无山。如在郊区有清源山、九日山之胜，那里利用岩石就地造出的有关道教、佛教的巨像，我个人以为与龙门等处的石窟造像在艺术上是可以相比拟的，虽然各具自己的文化背景。至于厦门，则在市区内便有万石山之胜。在这里，我最喜欢的是万石禅寺（闻始建于唐）。此寺规模很小，像寺又像庵，反而显出它具有某种动人之处；我记得此寺不远处，有一小池，池畔俱为小岩石，亦可喜。此外，我也喜欢醉仙岩，是处可以观海，又似有某种梦境，但只到过一次。后来，有一次曾想独自一人登上此岩，但因忘其去路，且年迈乏力，终于上路后不久即趑返了。

选自《厦门文学》1994 年 10 月，散文专号

铁 路 风 景

南 帆

当然,自小就知道,这个世界的某些地方铺设着铁路。铁路之上时时有长龙般的列车威严地驶过:一声长吼之后,列车便会吐出一团一团的浓烟,犹如烈马迎风飞扬的鬃毛。17岁之前,这幅铁路风景固定于我的心目之中。我没有乘坐火车的经验,也不曾对铁路多想一些什么。

对于50年代出生的人说来,17岁是一个下乡插队的年龄段。插队的日子赋予我许多崭新的人生经验,同时也增添了我对于铁路与火车的认识。可以说,我作为一个活动的人物嵌入了铁路风景之中。

我所插队的乡村距离城市不远,无须乘坐火车。我开始熟悉铁路,是因为我的知青点修建在铁路旁边。知青点是一幢二层的砖木楼房。跨出知青点大门,迈上一个小坡,即有一条铁路冷冷地横陈在眼前。铁路距离知青点大约25米左右。当列车驶过,屋内脸盆里的水便会跳荡起来,形成一圈圈的涟漪。这种震动时常使我担忧这幢楼房能够支撑多久——在当时,我已将知青点视为长期的安身立命之所。每一日上工与收工,我都必须沿着铁路行走一公里左右。这使我察觉到许多铁路方向的细节。我发现枕木与枕木之间的距离十分尴尬。人们无法一步迈过两根枕木,一步一根枕木又觉得步伐太小,以至跌跌撞撞。经过一段摸索,我用提高膝盖走碎步的方式解决了问题——这种行走方式恰好保持了一步一根枕木的节奏。日子久了,我还能将手插在口袋里,在数厘米宽的铁轨上保持平衡地行走长长一段路。

行驶于铁路之上的列车成为一个移动的景点点缀了乡村寂寞的日子。我所耕作的田地或远或近地分布于铁路周围。列车很快就成为我的计时器——当时我戴不起手表。某一趟客车开过,我便知道是几点了,某一趟货车开过,我便知道接近收工了。无论是插秧、割稻,还是平整土地,只要有火车驶过,我就有理由直起腰来舒一口气,或者

将下巴搁在锄头柄上,目送火车渐渐消失在远方。货车通常很长,往往多达48节车厢,但我还是喜爱看见客车。客车不过十二三节车厢。远远望去,仅有一根手指般长,如同一只绿色的大菜虫缓缓地蠕动。如果耕作的田野恰好在铁路脚下,我总要站在田里与坐在车窗前的旅客互相对视。我想象着他们所趋赴的远方,心中涌起阵阵羡慕。远方仿佛总是同自由、浪漫乃至惊险联系在一起。虽不能至,心向往之。

乡村生活之中,黄昏的夜晚是一日之内最为惬意的时光。当然,乡村的清晨空气清凉,鸟儿啁啾,菜叶上的露珠晶莹欲滴;然而,一旦想到随即而来的出工下田,快活的心情立即消失了。黄昏到晚上就不同了。填饱了肚子,随随便便地坐在门口的大石头上,望着暮色之中漫天盘旋的归鸟,懒懒的舒适将涌满全身。这时,远方的铁路尽头驶来一列客车,车厢之内已经灯火通明;列车愈来愈近,如同一串亮着银光的灯笼呼啸而过,天完全黑下来之后,知青们的夜间生活常常围绕着铁路展开。除了沿着铁路三三两两地散步,一些男性知青还喜欢举行一项集体活动:排成一列横队蹲在铁轨上大便。如果恰好火车驶来,铁轨便如同手腕上的脉搏一样开始有节奏地跳动,大家便纷纷提着裤子跑下路基。倘若有人尚未完事,他便会坚持蹲在铁轨上,直至火车头的强烈灯光照出了白晃晃的屁股时方才离开。当然,这种集体活动不至于污染铁路。乡村的狗将闻风而动,迅速地收拾人们遗留在铁路上的排泄物。

小时候听别人说过,5分钱的硬币搁在铁轨上,火车能够把它辗成一个薄片。我曾经试过几次,均未成功。在列车车轮所掀起的旋风之中,硬币总是不知去向。当然,这种旋风的力量有限,并不足以将站在路基旁边的人卷到车轮底下。时常同火车打交道,便渐渐失去了对火车的敬畏。知青们常常以打赌的方式讨论,平躺在两条铁轨之

内是否会被火车辗死——许多人观察到，火车头上的铲子与地面之间的距离似乎可以容得下一个人的躯体。如今，这一点已经为某些惊险影片而证实。

尽管如此，并不是人人都有胆量躺到火车底下，没有被辗死都可能被吓死。我曾经有过一回教训。离知青点不远有一座铁路桥，某日，我突然想体验一回火车从头上驰过的情景，我设法攀到铁路桥下面，蹲在桥墩上。片刻之后，一列火车由远至近呼啸而来，火车驶过时发出的铿锵与轰鸣之声远远超出我的想象，犹如千军万马踏在头皮上一样，震耳欲聋的骇人声响险些将我从桥墩上抛入河中。

知青点附近并无车站，倘若列车停了下来，那一定是发生了事故。每一个事故都包含了一个悲惨的故事，然而，对于知青百无聊赖的生活说来，事故如同调味的胡椒面。大伙可以在很长一段时间内谈论事故，分析事故，推测与想象事故的原因，沉滞乏味的日子因此流动起来了。我第一次接触到的事故是卧轨自杀，一个赌徒因为还不起赌债而在半夜时分扑到列车的铁轮之下。知青们到了次日清晨方才知道消息，这个赌徒所留下的遗迹即是近一里长的斑斑驳驳的血迹与脑浆。日子久了，许多知青都能绘声绘色地述说一连串铁路事故的传奇：一个耳背的老头坐在铁轨上放鸭时被火车辗死了；一个企图卧轨自杀但又临时怯场的人被火车齐齐地从踝处截断；一辆吉普车越过铁路时被火车撞成扁平的一块，等等。知青们最为津津乐道的是这一次：火车撞上了跑到铁路上的一只水牛，水牛飞了起来，在空中掠过一道弧线之后落到田里，砸断了另一只水牛的双腿。事故之后，大家都痛痛快快地吃了几天的牛肉。农业文明之中，牛通常被视为力量的象征；然而，当火车作为工业文明的骄子出现时，牛的肌肉、双角与强健滚圆的躯体顿时变得十分渺小。

还有一次未曾亲眼目睹的事故曾经暗暗地搅得许多知青心神不宁。一个夏末傍晚，许多知青正在楼前的土坪上谈天，突然望见远处的一列客车停了下来，旅客纷纷从车厢门口下了车。十分钟过去了，列车还未启动，于是，大伙便兴冲冲地奔上了铁路前往事故现场。刚刚走几步，迎面遇到了一个村里的小媳妇，她挟着一根扁担，手舞足蹈地对我们喊道："你们男的快去看一看，一个光身子的疯女人拦住了火车，快去看一看，你们就知道女人是什么样子的。"这几句话说得众人面面相觑，谁也不好意思继续往前走。大伙在铁路上蹭了一阵鞋，最终还是撤回了知青点。随后的日子里，大伙对这个笑嘻嘻的小媳妇都没有好脸色。若是没有遇见她，若是她没有把话说得如此露骨，也许真能看见点什么了。当天夜里，这个疯女人在拦截另一列车时被当场撞死。

至少有一回，我本人也险些成为一场铁路事故的主人公。我记得那是在一个夏收季节。傍晚时分，天骤然变了。顷刻之间，暴雨如注，田里的人们只好提前收工。返回知青点时，我接受了一位农民的建议，将一捆稻草垛子顶在头上充当斗笠，稻草垛子将我的整个头部蒙起来。行走在铁路上，我只能从稻草的缝隙看见周围白漾漾的水帘，耳边一片雨粒砸在稻草上发出劈啪之声。我正在专心致志地走着，忽然觉得拖鞋底下的枕木似乎正在颤动。又过了片刻，我才醒悟过来，连忙扭头一看，一列货车距我不过十余米，雨帘之中黑色的火车如同一匹巨兽疾速扑来，我惊慌地滚下了路基，火车头浑身冒着白色蒸气从身边一晃而过；一瞥之间我还能见到戴着帽子的司机伸了头来向我凶狠地吼着什么。这大约是我与死神交臂而过的一次遭遇。

到了70年代中后期，神圣感与使命感已在知青之中消失殆尽，知青们悲愤地察觉到自己的真实处境。与此相应，他们身上有意无意地出现了无产者的豪气与流氓气。许多知青都是一顶破斗笠、一身破衣服，四处横行。一日上午，我和几个知青歇了工，沿着铁路逛到邻村游玩。我们在铁路上遇见一个维修工人。他正坐在铁轨上敲打一颗道钉，清脆的叮当声在宁静的田野上方飘荡得很远。我们走过他身边时，他并未抬头看我们，却突然问了一句："想买什么吗？"我们并不搭理，因为我们一文不名。走过他几步之后，我突然记起了某一句电影台词。我恶作剧地回过头问道："有枪卖吗？"

他继续敲打那颗道钉。过了一会，他仍然闷着头回了一句："枪没有，子弹三角钱一发。"我打了个寒噤,再也不敢接碴,连忙转身跟上伙伴。这一刻我突然意识到一个民间社会的存在。在这个社会里,知青仍然不过是一个小角色——民间仍然隐藏着许多不可知的力量与神秘人物。

这些事情距今已十五六年了,如今我已经常乘坐火车,在车厢窗口充当田里农民的观察对象,我看待铁路与火车的心境当然也发生了变化。然而,每回经过那一段铁路,我都要到车厢的窗口,看一看昔日知青点的楼房。那幢楼房至今还在,二层楼,并没有倒塌。

选自《厦门文学》1994年10月,散文专号

森 林 二 章

谢 冕

畈中的守护神

不管有怎样的自然力的无情摧毁,也不管有怎样的人类失去理智的疯狂,这森林总是这样安详而静谧地进行着自身的新陈代谢。也许在历史的某一个时候灾难曾夺去它的全部或部分,但它先前的主人以及后来的主人都顽强地再造它。这个绿色世界的存在是人类良知、智慧和毅力的证明。森林的营造者世代相约,作为他们生存依据和可能,这片濒临河岸的小小绿洲,不允许被毁,更不允许自毁。

这是一块稀世之宝。这里是从远古的先人那里传下来的原始森林。中国所有的原始森林在深山或人迹罕至的偏僻所在,而畈中例外,它存活于城市周边,或者说,它竟然就生长在城市之中。原始森林在城市存在的事实,在中国是个奇迹,而在世界的一些地方都并不乏见。著名的如维也纳森林,它便与这个音乐之都齐名,而且它本身就构成了这一欧洲古老城市的一个动人风景。我曾有幸登临维也纳城边的高空旋转餐厅,奥地利殷勤的主人,为我和一个在世界享有盛名的诗人夫妇结束维也纳访问的饯行宴侑。从那里俯看维也纳排山倒海似的绿色瀑布向着城市奔泻,那气势的雄丽真让人感动!

畈中所在的福安这个城市其实很小,原先还只是一个县治,近年才改为县级市。有条富春溪流过城边。那溪水日夜冲刷着两岸的稻田和香蕉园。闽东一带山海交错,浩瀚的海面时有飓风袭来,崇山峻岭则怂恿洪水为患。富春溪经年泛滥,无情吞噬畈田村民的田地和房舍。于是,聚居现今,田乡的畲族祖先开始沿江营造森林。

从那时开始,他们相袭成法,世代子孙誓以生命保卫这里的草木。时事沧桑,其间无数天灾人祸为虐,畈中森林都奇迹般地成为幸存者——对于我们这一代人来说,能够"闪离""大跃进"和"文革"这样厄运的人和物,都让人为它的顽强和机智怀有极大的敬意。

碧蓝的富春溪温柔地流过畈田乡野。我们进入这片宽阔的地面,正是东南早秋时节,但见丛森茂树,遮天蔽日,那些如飞龙,如跃虎,如卧牛的树的精灵,不论是秀丽俊逸,还是苍郁遒劲,都以无言的喧哗,向我们诉说着战胜历史难危的荣光。

进入此地,不能不使人庄严敬悚。一个普通的民族,一支纯朴的农民谱系,在那样漫长的蒙昧甚而疯狂的岁月,无论面临的是什么,兵变、饥饿、残暴或重压,他们都专注而坚定地守护这绿洲。这些不曾享受现代文明阳光的种族,把保护和净化自己的生存环境视为至高的天职,不是由于谁的指令,而是纯粹的自爱。这无疑是心灵,而且更是道义的奇迹。

一友人客居美国归来,谈及那个国家给他的印象。他没有说纽约的帝国大厦,没有说芝加哥各式各样的博物馆,也没有说旧金山金门大桥,他说的只是他的一家美国女房东给他的心灵震撼。这震撼是因美国超级市场的包装纸引起。美国市场包装的考究是出名的。中国人为了便于提携总是喜欢那些印刷精美样式别致的塑料袋,但女房东劝说她的房客宁用不甚方便的纸袋而不用塑料袋。她说,纸袋在海水里可以溶化,不曾毒死鱼类。这房东是旧金山湾区的一位普通美国女性,她面对的是世代奔腾的大海。

在繁荣而富足的社会感到文明背后的危机,身处高度发达的物质文明而能以自觉的行动调整人与它所赖以生存的自然的关系,这才是真正的强大。但这位普通的美国人拥有的自觉是她的生存危机的唤醒,而我们此刻面对的这无边的苍郁,却是从不可知的蛮荒年代,从那些贫瘠而少文化的畲族先民积无数代人的坚持、奋斗、抗争保存下来的。现在我们徜徉的畈中森林,它从来未曾面对现代工业文明的生态威力,它悄悄站立在落伍中国落伍乡村的一角。这里距离后工业社会的危机感，大约还有一百年乃至数百年的路程。

畈中不能与维也纳相比，也不能与旧金山湾区相比，它是绝对的小地方，即使是在县级地图上也只是一个小黑点。而此刻的畈中以及它世世代代的守护神在我的心目中，却是一个在暗黑的历史天空中闪闪发亮的大光圈。

永生的碑碣

我相信它还活着，尽管它已从它曾经站立的那个地方消失。我记得它站立的地方以及站立的姿势，清晰地记得当我欣喜地发现它曾经站立的那个早晨。平生经历的事很多，许多事都忘记了，包括应该记住的和不需要记住的，忘了也就忘了，我坦然，但是，它的曾经站立和事实上的消失，却如深刻的刀斫，留下了一道滴血的泪痕。巨石无言，也许它并无生命。但我如哀悼一位伟人，哀悼这个坚石雕造的魂灵。

九曲在不远处潺湲，轻雾覆盖着远处的玉女峰和近处的大王峰。幔亭山房前面的芳草伤心的碧。轻飞的落雾和晶莹的朝露装饰这山间惊人的静谧。就在那一丛含笑的指引下，我望见它伟岸的身躯：一块碑石矗立在丹崖碧水之滨，在鲜花和绿茵的簇拥下，庄严安详坚定而自信地站立着。

那是那一个早晨惊喜的发现：一块非凡的巨石"武夷山记毁林之碑"立在眼前。一般意义上的记载功业与它毫不相干，它反抗惯例和拥有远见，使石碑变成了丑的记载和唤醒人们良知的警号。它以无拘的思路和无畏的气概，刻了那些害怕被镌刻的名字。这种抗世嫉俗的行为，理所当然地为世所不容。所以，那个早晨的惊喜其实是喜中有惊，甚而惊大于喜。它带给我们欣慰之时伴随的是不幸的预期——我们毕竟是曾经而且现今还在这片无边泥淖中打滚和陷入的生灵，因而我们有充分的自信可以作这样的预期。

那是80年代初时，人们对那种空气中飘浮的重临的春意并不因断续风雨而减弱。那碑就在这种气氛中默默沐浴着从天游云窝深处冲破重雾而出的初阳的微茫——尽管这种冲出充满着艰难和痛苦。自那以后，短短的时间，是仁人志士交口称誉的同时，无不对那些隐伏暗处的杀机充满忧虑——一些人开始阻挠树碑，砍树之后又策划毁碑。这一切，如同他们自身进行或支持进行对武夷山森林的毁灭那样，做得既坚决又肆无忌惮。

80年代最后一个年关的早春时期，我在南平古刹的密林中听到了这一年最早的一声鸟鸣。那鸣声鼓励我重上武夷山，为的是再一次向那块把愚昧和邪恶公诸于世的无畏之石致敬。可等待我的是一片杀戮之后的空旷，在当年引我惊喜的那个地方，我连断碣残碑都没有找到。那些屠手早把血迹抹得干干净净，好像一切都没有发生。

我如哀悼英烈，默立在当年繁花碧树的所在，吊唁那一片空空的白。那是一个难忘年关的早春，春天里没有了让人震惊的塌陷，这似乎是某种不祥的预兆。这一个遥远的死亡似乎预言了另一个更大的悲剧，这原是一块什么都可能发生的让人哀伤的土地。

碑可以被粉碎，人的能力可以把某些物质摧毁，而道义和公理却不能。在这个空间消失了的，在更大的空间，特别是人的心灵中存在下去。那巨碑是永生的，它没有被粉碎，而是以经历灾难之后的更大的完整矗立着。如同我此刻所做的那样，我寻找那个已经消失的石头上面不曾消失的碑文。这些碑文已被热爱真理的人们记住，它完整无损地站在我们面前，代表着良知、智慧、人的自觉以及他们可能有的抗恶精神。

躯体为残暴所消灭而精神不死，乃至我们至今还能一字不差地默诵这一大气凛然的檄文，而让那些愚昧和暴虐者在良知面前蒙羞。这也许是那些人所不愿看到的，然而，道义却是如此顽强地表明自己的存在。

选自《厦门文学》1994年10月，散文专号

说 喝 酒

王光明

假如人类没有酒，我们的生活会枯寂索寞多少呢？当你高兴或者苦闷的时候；当朋友重逢或者离别的时候；当劳累一日的农夫拖着疲惫的双腿迈进家门，把自己重重摔在靠墙的板凳上的时候；当在单调的机械节奏下辛苦一天的工人坐上饭桌的时候，我说，最好来一杯酒。犹如做完为人之父义不容辞的一切，当喧闹的一天终于平静下来，你如释重负般回到书桌前，需要有一支烟驱散不宁的心绪一样。

酒是人类的朋友，更是功利主义一统天下，高科技图腾、生活整一化的当代社会，人为物役、思维日趋单向度的人类在短暂的时刻舒松自我、呈露本真的一个重要媒介。我不知道戈尔巴乔夫政治上的失败是否跟他在前苏联实行禁酒令有关，但历来的文治武功依靠禁酒来实现的确实少见，无论我国汉代萧何提出"三人以上无故群饮，罚金四两"，还是美国1920年实施酒禁，最后都是不了了之。这倒并不因为历代穷困潦倒、郁郁寡欢的骚人墨客留下了多少关于酒的神话，诸如竹林七贤以酒避祸，李白斗酒诗百篇之类，而是由于越来越被纯粹的理性所钳制的人类需要转身的余地，需要品味一下本我的滋味，需要抒情和发散。任何一个有过喝酒经历的人都不难发现，当几杯酒落肚，卸下尊贵等级的面具，脱掉正人君子的长袍，抛开功名利禄的烦扰和柴米油盐的苦恼，我们的同类刹那间便让人觉得比平时增添了几分可爱和亲近。酒，实在是与生命相关的东西。

我并不嗜好喝酒，酒量也差，但自我庆幸的是能凑凑热闹并且能醉。我几个北京朋友就是这样评价我的。那是三年前，我在北大作一年的学术访问。当初我对这回发狠心摆脱家务和孩子的北上，珍惜得有些迂腐，除了三顿饭外，几乎都躲在校外文学所的办公室里读书写作，让朋友们找我时总是扑空。于是朋友们便有了一次预谋的聚会。多好的日子啊，灰蒙蒙的天空，白皑皑的大地，大雪天的壮丽景观一开始就把我们刺激得兴奋无比，我们从西郊到东城，在横贯全城的公共汽车里争论如今谁也不怎么关心的文化问题，任凭一个细心的朋友太太不断地发出诅咒：这一群呆子，真该让小偷把你们的钱包全掏了才好！如此好的天气和如此高的兴趣，酒桌上自然喝得尽兴，从中午到黄昏，谁也不记得自己喝了几杯酒，说了多少话，只是觉得我们这群步入中年的男人，都还剩几分评说江山、嬉笑怒骂的豪气。正是这次酒后返回的路上，一个朋友重重地拍着我的肩膀，结结巴巴地说："王光明你小子还能醉，还是我们的朋友！"记得当时听了这话我浑身一激凌，酒也醒了三分：难道前些年连生病的权力也没有的生活，真把我规范得机械复制人一般了么？

这不是说我提倡醉酒，实际上我对那些纵酒无度的贪杯之徒的反感也决不亚于别人。正如"举杯消愁愁更愁"一样，酒并不是人渡出生存苦海的方舟，借着酒的翅膀短暂的升腾之后总还要回落地面，回到理性、秩序的社会生活系统中去。然而，如同理性与非理性、超我与本我都是完整、真实人性不可分割的一部分一样，完整生命的单维度展开终将失去它自然、本真的形态。因此，在更深的意义上，醉翁之意确乎不在酒，而在个体生命对本身自然状态的回顾和品味，在于人对自由和激情的呼唤与展望。

正因为酒与生命的自然和自由有关，喝酒的动机和程度也该出自天然才好。心积块垒或幸来喜乐，迎朋送友或观花赏月，或独酌，或对杯，或群饮，想喝便喝，喝多喝少，由心从意，求一种随意的清欢和抒情遣兴的氛围，那才是喝酒的佳境。其实喝酒的情趣不在酒的名贵、菜的精致、场所的讲究，而在心情的投合和气氛的融洽。前者是由经济条件决定的，后者却千金难买。比如我现在除家乡的客家米酒和个别有名红酒外，很少喝档次低的商品酒了，但喝酒最美好的记忆，却是大学时代与朋友喝几毛钱一斤的黄酒和"地瓜烧"的时候。那是因为喝酒与人生功利无关，没有别的期待，亦不需要作出任何承诺，更无须面对社交场合的庸俗、虚荣的繁文缛节，纯然是友情的欢悦和生命的抒情，乘着微醺的酒意，进入身心轻松、通体舒畅的交流和对话境界。人生适逢这样美好的时刻，你多喝几杯，醉它几回又有何妨?!

选自《厦门文学》1994 年 10 月,散文专号

找回祖籍

李子云

几次收到《厦门文学》的来信，承蒙你们将我收入福建籍作家之列，真是不胜感激。多少年来，也许可以说是从出生以来，我就自觉是失去了祖籍的人。除去极个别的人曾将我视为同乡外（这极个别的人当中有我年轻时代视为偶像的干练而美丽的龚澎，她曾力排众议，说我的长相很具某类福建人的特点），而大部分人在听到我说自己原籍福建时，都现出惊讶之色。直到 1976 年之后，更确切地说，是在乡土文学寻根文学兴起之后，作家们被分成京门、海派、湘军、晋军等。于是，一些写评论的也各自"认祖归宗"，除了北京、上海之外福建也成为一个门户。承蒙福建同行不弃，我也被收容在内。

当然，评论文学与文学创作全然不同。乡土文学大抵都体现了在不同的人文地理环境下所形成的风俗人情，所使用的语言文学也具有各自的地方特点。评论工作则无此限制，也许有些人着重研究某一地域创作的流变，但仍需将它置于我国文学整体发展的背景下予以开展。在大陆，似乎至今尚未形成以某个城市或某个大学为中心的理论学派，如法兰克福学派、芝加哥学派那样的批评工作者，也不是按他们现时羁留的地点，而是以籍贯为据，以闽派评论家为例，其中有一部分固然一直居留福建，但也有不少人从读大学时期就离乡背井，然后分散到四面八方工作。因此，从批评风格到居住地点都很难发现彼此之间有什么共同之处。不过，要想识别"闽派"评论也非难事，那就是根据乡音。福建话，不论是福州话，还是闽南话，都极难懂，其口音又都极难改。凡在福建长大的，即使普通话说得相当流利，也很难避免带有浓重的口音，而且我根本听不懂福建话。每逢有人兴高采烈地与我用福建话攀老乡时，我都感到惭愧，又为扫了对方的兴而感到抱歉。

我是个从来没有到过福建的福建人。我的父母都是厦门人，母亲生在鼓浪屿。但他们都很早就去了日本读书，然后很浪漫地为了逃婚从日本到了北京。我出生在北京，按照美国的说法，我应该是北京人，福建只能算是祖籍。是的，我至今仍然只会讲以北京话为基础的普通话。在北方以外的不论什么地方，我一开口别人都认为我是北京人。但是，北京人却不承认，因为我讲的普通话缺少北京人的土味儿，它是广播员使用的不带任何地方色彩的普通话。从语言这一点就判定了我是个既没有祖籍又失去了故乡认可的漂泊者。

北京人之所以拒绝我，除了觉得我的北京话不够地道之外，大概还觉得我整个的人也缺少一种北京味儿。来自遗传所造就的体型和肤色，和由于家庭的影响而形成的行为举止与生活习惯，都使我和北京人拉开了一些距离。尽管在离开它许多年之后，我每次重返北京，当同学和朋友们请我吃饭时，我都坚拒在饭店里的宴请。我要吃最家常的北京饭，要吃饺子，吃打卤面，吃烩饼。饺子不论是茴香、豆角馅，还是土白菜、西葫芦馅，甚至茄子、西红柿馅都可以。我这种请求常常使朋友面现难色，她们说，她们自己已经多少年没吃过打卤面和烩饼，不知道怎么做了。但是，饮食上的这种爱好并不能改变我不能算是一个真正北京人的事实。因为我虽然爱吃北京的某些家常饭但我也不能天天吃，正如我也爱吃某些四川菜、湖南菜、泰国菜、意大利菜，都不能一年到头去吃一样。日常我还得吃米饭，每顿得喝那种别人看来缺油少盐清清淡淡的汤。特别是茶，我不能喝北京人奉为上品的茉莉花茶，而偏爱喝盛产于武夷山，经过半发酵的铁观音等乌龙之类的茶。小时候，每逢暑天盛夏，我吃茶淘饭，就像上海人吃水泡饭那样，这不知道是福建人的习惯还是我母亲所独创的。这些习惯都不属北京人所有。当然，更重要的是，在我的行为举止之间更缺少北方人那种飒爽犷达之气。于是，从小就被北方同学呼做"南蛮子"，北京人将我与他们划出了清楚的界线，拒绝我的归属。

我在上海生活的时间最长，但是在这里我又没被认可为一个"南蛮子"。正因为我那一口普通话，一下子就被上海人从南方人的行列里推了出去。每当他们讽刺北方人的不够"文明"的生活习惯时，总是朝着我说：你们北方人最不讲卫生了……你们北方人最不讲究吃，饺子就是最好吃的东西了……我身上那些被北京人视为"南蛮子"的特征全部隐没，一下子又被"南蛮子"们推过长江，推过黄河，变成了一个北方佬。一次《文汇报》组织有关上海的散文征文。我的题目《客居上海的四十年》，四十年客居，写的时候我心中充满了作客的寂寞。

对于原籍一无所知，又不为生我养我的故乡所接纳，于是心中常常出现一种无"家"可归的悲哀。我非常羡慕那些籍贯与故乡合一的人，他们可以神采飞扬地认同老乡，他们可以兴高采烈地议论故乡的风情。而我，却一无所有，无论在什么地方都是一个外乡人。

天可怜见，老天终于不让我"漂泊"终生。到了80年代，我被厦门捡了回去，被认可为闽籍。可惜，为时太迟，父母已相继谢世，我已经失去了聆听他们讲述厦门的机会。童年少年时代，对于祖籍根本没有兴趣。进入青年时代，奔忙终日，家里变成歇脚休息的地方，而且那是个只准朝前无暇后顾的年代，根本就没有和父母谈他们往事的心情。"文化大革命"来临，由于父母曾在日本读书，我们这些子女和他们本人都变成来历不明的政治嫌疑分子。审查、隔离、下干校，更不会有什么闲情逸致去谈论他们的故乡事。等到猛省过来想追踪祖先的足迹时，父母已相继而去。于是，我只能根据自己少得可怜的了解来对厦门抽象地进行想象：浸润在涛声、琴声中的干净的街道，散布着五颜六色的贝壳的漂亮的沙滩，以及亚热带所特有的无限旖旎的风光……难道就是这些吗？我不禁对自己贫乏的想象产生疑问。这种疑问反而激发起我对它的向往，我毕竟是海岛人的后代。每每站在纽约的渔人码头眺望大西洋的波涛和旧金山伫立于太平洋彼岸的时候，常常会出现一个念头，我也应该回一次福建，回一次厦门，在生我育我祖先父母的鼓浪屿看看那里的海水和风浪。

选自《厦门文学》1994年10月，散文专号

却顾所来径

潘旭澜

我培元高中毕业时，渴望读大学。可是家里各方面十分艰难，连参加入学考试的路费都没有，只好暂时搁下升学的念头。

1952年，全国首次实行统考，大学生伙食免费。对我来说，这是一个难得的机遇。于是考上了复旦大学。从南安老家挑行李到泉州，十二指肠大量出血，还是横下一条心，踏上旅途。那时到上海，要乘好几天车船。

上海毕竟是中国文化的中心之一，曾经是东西文化汇流处。复旦大学的老师、同学、图书馆、学术空气，构成了不可多得的学习环境。

我听过课的文史哲老师们，大多是驰誉国内外的名教授，少数是很有实力的中年学者。他们在课堂上的一些即兴发挥，往往比讲义对我更有启发。课堂外随便谈谈，常比上课更使我受益。他们讲的知识、理论、方法，对我入门起过作用，而他们的治学态度、文化境界则长期影响和熏陶我。对他们的造诣、成就充分钦佩的同时，也注意到每一个人必然有的局限，所以并不专尚一家之言。一些同班或高班同学，在宿舍、饭厅、路上，我同他们的讨论三句不离本行，比正式的课堂讨论轻松活泼，也切实有益得多，所以彼此视为乐趣并建立了很深的友谊。直到今天，我还常从他们的长处看到自己的不足，以他们的成就来策励自己艰难的跋涉。

老师们指定的参考书，我感到很不满足。每学期便根据自己的志趣和可能，开了书单，再请老师提意见，然后增减确定。有的人将这样做称为"独搞一套"、"好高骛远"，个别谈、会上批。我觉得可笑，但又不能不理睬，只好将书用报纸包起来，或者躲到僻静处才读。

书单数量相当大，读完不容易。于是，我只有星期七而没有休息日。寒暑假更是黄金时间，春节只有大年夜和初一上午给自己放假。到毕业前夕，才去过闻名已久的"大世界"。每年季节转换时，就觉得从家里带来的唯一的老棉被不好盖，数九寒天更是冷得难以入睡，便将日间读的书加以回忆和思考，有时还偷偷在被窝里打电筒将问题记下来。虽然手脚都冻烂，但冬夜也不特别难熬。于是，我总是提前、超额完成自己开的书单。多数的书，读时往往觉得在同作者交谈、讨论、争辩，从中得到许多安慰和乐趣，忘却或减轻了现实中创痛的折磨。有一小部分书，是硬着头皮读下去的，颇有几分像为了参加统考而背数学习题。

当了助教，庆幸自己读书条件的改善，还为比读研究生的师兄们自由度大些而高兴。可是，没有让我有按部就班的时间，就必须去开中国现代文学史了。我知道站在一个名牌大学的讲台上不容易，更知道一个小助教混在好些名教授之间独立开课的难处。而且还按照自己的想法，坚持将当代文学纳入教学计划，当时各大学的现代文学史都到1949年为止。于是，天天像考试，日日马拉松，两次夜里被抬上救护车。这才多少体会到什么叫逼上梁山。玩命的结果，是没有被眼界挺高的同学嘘下来。有些不太讲胡子、牌子的同学，还给予热情鼓励，直到现在他们已大红大紫，还回忆起当时一些有趣的细节。这比系主任在作系教学总结大会上的公开表扬，更使我欣慰和珍重。

山雨欲来的岁月，同一层次的助教，只我一人不给升讲师。不久之后，又被作为"白专道路"挨了批判，随着又被赶下讲台，没完没了地下乡改造。终于，在史无前例的1966年，改造成"牛鬼蛇神"。从此以后的十多年，我是靠信念和意志才活下来的。重病就医时，生怕将来之不易的治学心得全带进火葬场，悄悄写了一部古代文学专著和一批文史札记的未定稿。这些迄今还没空整理问世的手稿，其写作过程，比不少虚构的长篇小说要耐人寻味。1978年12月，我再次开始发表文章。在这以前，已经14余年不曾有任何稿子印成铅字。

1984 年,我 52 岁,被评为教授。那时,算是"年轻"的了,所以要特批。在这之前和以后,我招收了几茬中国当代文学硕士生和博士生。那一年还应邀到日本,为十几位硕士生、博士生、讲师讲中国当代文学课。

80 年代,我出版了几本书,既不满意也不后悔。从 1986 年起,大部分时间和精力用于主编《新中国文学词典》,排印之际,被列为国家1991—1995 年重点图书,1993 年出版后,中国大陆和香港、台湾、菲律宾等地报刊发表了较多评论。1985 年以来,我作为老童生重新学写些散文,陆续在报刊发表,离初中时代首次发表散文已几十年了。以后要写的论著和散文,大约会有所长进,只是,我已步入老年。

明知人生的旅程对于任何人都只有一次,可我这些年却不时闪过一个念头:如果重新开始……

选自《厦门文学》1994 年 10 月,散文专号

意识边缘絮语

艾 云

表达的一次性

真实地说,表达只具有一次性、瞬间性、当下性和不可重复。

当你内心有一种冲动渴望表达时,那么就应该放下一切而使之成形,不要懈怠和拖拉,也不要借口等待最饱满的语言状态而把此刻的表达欲望压下。不要说停一停,还有最好的明媚春光的语境在等待你。如若你一旦停下来,那么一切都将如烟如雾,感觉在刹那会追逮莫及,创造的事实是只在无中生有里发生。

思想峰回路转,可能会回来;然而,天意吹拂下的表达中的意象以及语言不会回来。

一些男人总是希望在他的思想更精粹,更明晰,更强大,更盖世之后才去表达,因而这些男人在长长的等待中实则已经把自己的精气耗散。信仰以及逻辑把男人推向历史的大舞台,而在空旷的漠然中,他欲以彪炳于世却又手足无措。男人就这样荒废了天才与伟大的精神。

女人无意进入历史,总是受内里不大不小的冲动在内里撩拨,那有几分狭小的心便装框不住而渴望表达。可谁想,却正是由于这急急的表达帮了女人的大忙。表达及语言帮助她廓清自己心头的一团又一团杂芜,思想在纵深与发展中提高和升华了,她的关注由形下至形上而目光高远。女人在心灵的舞台,婆娑姿态,空间触手可及又囊括涵纳无限。

女人抓住了表达的一次性和当下性,因而她原本的俗不可耐正在悄悄地改正之中。

男人总是不屑于女人并不深思熟虑的下笔汪洋。然而,有至善完美及其至善的思想与表达吗?

一般意义理解中那往往自私而偏颇的女人,由于抓牢表达而使写作献祭般的热情动人,她也开始变得开通大度睿智慧能起来。

那些心悸而畅快的日子

那是些失眠、头疼而心悸的日子,但又是语言酣畅淋漓的日子。那时,身体几乎是无力担当起精神激荡跳跃的事实。然而,就那样挺过来了。

那时节,浑身上下不仅仅担当着精神的受难,其中更有肉体的痛苦。一个人,凄风迷雾,一个一个泥泞苔滑趔趄,但却走在坚实与充盈中。

那又是无限展开的日子,欲以穿透太阳与死亡的超验,但是后来,你毕竟平庸地说:该是抽刀断水的时候,否则你的肉身是日渐无力承担那精神前行的辎重。你说,不能一味听凭汹涌思想潮水的呼啸向前,那样堤坝将被冲垮,而收敛与凝聚,坐下来让断篇残简得以成形,人才会如释重荷地快捷前走。你这样做了。

然而,当你坐下来工作,进入操作状态,由于你故意阻遏着精神原始之态的自由产生,限定着思想的新鲜生长,于是,你一次次感觉到精神生活的停滞,以及世事的重复和单调。在往返复归于旧日的路途中,你觉得风景旧曾谙然而无所新意。现在,你不知道自己究竟要什么。在自由思想之时,有一种必然的逻辑带着一个冥索之人时而丰沛生动,时而困倦匮乏,于是,有一种语言驱使你向生命的深处寻找与扩张,其间的一个秋月朗朗的时候,意义大门骤然中开。那时你清醒地意识到自己竟是一个在此岸与彼岸之间冲突与分裂的真实的个人,这个人在向上帝的忏悔中有可能脱胎换骨走向圣明。而现在,你的这些种种活跃真实的感觉全被压下,压在对旧日札记的翻捡整理之中。现在,环顾四周,阒然有寂,声息全无,那个沸腾着神秘光烨的内心世界离你远去。你在苦心经营之中求得某种功名了吗?这样的日子为什么让人一丝也欢快不起来呢?

《厦门文学》90年作品选

76

寂 寞 的 楼

应锦襄

过去的制度,一经定位,终身难移。以致四十年人生倦旅,留定之处却很少。那曾消磨我三年岁月的闽西便成为我萦怀不已的"他乡"。

在那里,我曾在一个大队所属的初级中学教书。我实在喜欢那个中学。首先,摆脱了受歧视、压制与骚扰的下放干部的处境,接着我更惊喜地发现,在这青山绿水中的山村学校里,竟还洋溢着在我原单位已被扫涤殆尽的人情,它仍然那样真挚亲切。我喜欢领导我们这学校的贫管会(贫下中农管理教育委员会)。平时他们从来不来"管理"我们,有一次为了是否可以让一个极差的学生留级,就请了管委会来开会裁夺,那个应留级的学生正是管委会主任的儿子。这个主任竟不知道当时的"学"而上(上学校,管学校,改学校)的无上权力,而对我们视如惩罚的"留级"措施也别具见地:"孩子没有好好念书,老师们不嫌辛苦,要多教他一年,还有什么不好的?真要谢老师呢!"我十分震动,这个体现了中国教育传统中的"尊师"与"教子"原则竟深深地积淀在他的意识中,并不是容易"革"掉的"命"。我也喜欢我的同事们,他们或从会计那里领三毛钱到合作社去买一张硬板纸自制物理教具,或拿着一把二胡匆匆踏进教室自拉自唱地教音乐课,想起他们的二十八元的工资,我常在他们教室外凝神久久。我也爱我的学生们,他们常积极地来帮我做许多劳动杂务,至今也常来我的小城看望我,想起当时城市的学校正沸腾着公仇私怨,筹划于私舍密室,于公共场所师生之间进行着残酷地斗争。我这个山村学校正是个"避世桃源"。

但这山村对我的深远怀念,不仅是这些。我不会忘记他的"负责人"祁宗恩,一个热情敏捷、充满了干劲的人,他借助当地的祥和之气,在这个山村中学居然组织了认真的有秩序的教学。奇怪的是,在那知识分子个个应该低头思过,一动不如一静的处境下,他身属贬谪干部,竟跃跃欲试地想把这初级中学改成完全中学。他真的就为此奔走游说,也提出了正式申请。公社来调查民意。我隐然觉得周围有些不善意的气氛。果然,有一天,他匆匆走到我家,一投身就落坐在那唯一的椅子中,忽然告诉我:"有人说我好大喜功,想为自己树碑立传,真要叫人吐血!"

"不要吐血!"我笑道:"对这些人吐一口痰好了。不过,老祁,你未免太理想了,能办成么?"

"不是理想,"他睁大了眼,"是学生现实的需要!我们这些学生都能升高中,公社高中也挤不下呀!趁你们几个下放教师在这里,师资又现成!"

"财力呢?人力呢?!"

"筹划呀!一步一步走!"

公社终于批准了。他那"一步一步"的脚印中也确实有些令人感奋的场面。

为了节约经费,学校到深山中去买木材,发动全体师生去负运回来。那天深夜12点,祁宗恩和我们几个老病的教师在操场上为这支集合出发的队伍送行,沉沉黑夜,寒风凛冽,星光惨淡。只见孩子们脖子上扎的毛巾闪着点点白光,所打手电照出的点点黄光。他们正在教师的护送押阵下,沿着蜿蜒的山坡,踏上六十里山路的征途。黑暗中我回头看老祁,他沉重地说:"有些孩子太小,我不放心。"沉默了一会,他叹口气:"我责任很重。"想起那时举国的大人物正热衷于争权夺利的斗争,没有人想起山村孩子的教育,这些孩子,大的十六七岁,小的十三四岁,却深夜蹒跚于山谷间为他们自己的学校运他们艰于负荷的沉重的木材。而那几个在峭壁陡崖间跋前蹀后,照护着孩子们安全的教师,更负着千钧重担。想起这悲壮的画面,我的心紧缩起来,肃然之余,不禁泪下。

第二天下午从3点到7点,队伍陆续回来了,大家虽疲惫不堪,但因完成重任而兴高采烈。祁宗恩在校门口足足站了四小时,直到暮色苍茫,我还看见这胃病患者压着胃部独自鹄立在校门口，等待那最后回来的学生。

大队出技工，学生当小工，一座八间房的两层校舍建成了，学校也开始了高中班。祁宗恩又发动学生去矿上挖矿砂，两百个学生干了一周，赚了一千元，他居然从两个大队外引来了电灯。那天我在隔着公路的小楼上，眼看学校的电灯一路亮了起来。学校的门口流出了黄色的柔和的亮光。夜空被灯光掩映得更加黑沉沉。我听见学校中传来热烈的欢呼。我说不出是悲是喜，就像喝了一杯苦酒，有点酸苦，却使我感到有点醺然。

一个寂寞的山村学校，一座师生们自建的土筑校舍，一串并不明亮的灯，它们显示了在那年月中几个渺小无闻、不计利害的几个知识分子的决心与毅力，在那教育被遗忘的年代，每个在那个学校的师生都可以为此自豪。虽然这只被自己承认的自豪是足够悲凉的。

我们回城不久，祁宗恩也调走了，学校又回复初级中学，但我知道那个高中已培养了二十几个中专以上的学生，有几个是大专的，指责祁宗恩要为自己树碑立传的人会不会从这个楼而记得他？没有人为他竖碑立传，只是他和这个山村中学一直留在我记忆中。

1994 年 12 月 27 日厦门

选自《厦门文学》1995 年 4 月号

牛及其他

劳 瑞

牛也吃饭?

下放半年之后,因为经常和农民一道下地劳动,又协助大队做一些工作,这样就跟农民和村干部渐渐搞熟了。尽管他们对下放干部有这样那样的看法,有这样那样的疑虑,至少我们没有多吃多占,而且还真心实意帮他们做些事情,于他们不但无害,而且还有些好处,这一点他们也是明白的,因此,疑虑也就随着时间的推移而逐渐消除。

那时候实行计划经济,在农村推行"一年三熟",推广"矮样品种"等强制性措施,不允许私人开荒种菜种地瓜,再加上其他许多被禁止的事,农民实际上享有的种田自由是很少的,甚至哪一块田种什么作物,也由生产队决定。

为了推广双季稻,农村中除了春耕前的备耕较忙之外,大热天的"双抢"可说是农民辛苦的时候。七月间早稻一收割,马上犁田,准备夏种。

农民一早下地,带上地瓜米饭(用草包包好),中午就在田头午餐。饭后稍事休息,接着再干,直至日落西山。由于集体经济的基础差,加上梯田多,四集,这个山区大队没有机械设备,全部田间作业——插秧、耘田、施肥、收割、打谷全靠双手。只是到了1970年下半年,大队搞了个小水电站,每户才有了照明的电灯,用电磨碾米。

某日下午收工,我和农民一道由田埂走上石板路,拖着疲乏不堪的身子回家,路过一户人家,实在太累,就和几个农民坐到打谷坪上休息一下。离我们不远,有一头牛把头伸进食槽里叭哒叭哒吃东西。牛,一贯是吃草的,现在吃什么呢?由于好奇,我走过去一看,原来它正在吃稀饭,而且是不掺地瓜米的真正的大米稀饭!

牛吃稀饭?这可真稀奇了。农民吃的稀饭里,还掺着大量的地瓜米哩!

于是大家就把这件事谈开了。

原来在"双抢"期间,由于牛少,但要抢时间犁田下种,只得早也干、晚也干。牛,也像人一样,光劳动不休息不行,但时间紧,也只好让它超负荷地劳动。正因为劳动过度,这才给它补充点营养,晚上让它吃稀饭。

一个老农对我说:"老瑞,不瞒你说,土改时我们大队差不多每家每户都有一头牛,甚至两头牛。后来合作化了,牛少了一些;高级化了,又少了一些;公社化之后,牛更少了。现在四个生产队,每队不过三到六头牛,老、幼不能下田,能下田的不过两三头,实在忙不过来。""为什么越来越少呢?"我往下问。

"这里问题就多了,管理不善,饲料不足,看牛的都是小孩,工分也少……反正就是这么几头牛。人,饿肚子不能干活;牛,光吃草也不能干重活,而且干这么久。"

当时,1971年,这个大队有四百多人口,而解放初才二百多,人口增加了一倍,耕地却未成倍增加,而耕牛却大大减少。在这样的生产条件下,农民的饭碗里也只好掺进大量的地瓜米了。

对农村经济的无知,对农业生产的无知,才会觉得牛在农忙时吃稀饭是件稀奇的事。

"打倒高秆"

在农村两年半的现实生活中,确实学到不少东西;在执行政策时,也有所收获。

1971年至1972年,上前大队共有十个下放干部,分别住在三个片上。我和老赵、老谢这两位厦门市来的,住在一起,负责一个片;我们下放干部的头头老黄,住在另一个片,不过他们经常各处走动。

当时,农村推广矮秆品种并实行密植,宣传它的种种优点,如高产、生产期短等。但大队没有经过试验,农民是不大相信的。矮秆密植容易发生虫害,而除虫一事,既费工,又费钱,这个账农民是会算的。在高寒地区种双季稻,如果再加一季越冬作物，那是很难指望有什么收成的。

当地农民根据他们自己多年来的实际经验适当种些高秆，是有好处的。也许产量略低于矮秆，但省工省钱，较稳保收，据说煮出的米饭还比矮秆好吃哩！

但在那个时候，一切凭政策办事，而政策是由既不下乡也不读书的干部制定的。凡是干部，一言九鼎，驷马难追，下面的全部语言都是为了这个题目做文章。县里一下令，公社一传达，全大队就贴满了"打倒高秆"的标语，连厕所的墙壁上都有。把高秆看成反革命一样，十恶不赦专业户，非打倒不可。不过这种"扩大声势"，在当时也是司空见惯了的。

一日，老黄来了，我们也把这一片的生产队干部找来，他传达上级指示，倒是要言不赘，简单说来就是一句话：推广矮秆，打倒高秆。

事实上，在会议之前，早已大为宣传，但有的农民仍在比较边远的地方偷偷种上一些高秆，但却躲不过村干部的耳目，他们心里一清二楚，只是瞒上不瞒下，时候不到，不肯说罢了。

第二天一早，我们再把生产队干部找来，不言自明，他们也知道目的何在，目标何方，于是下放干部由老黄带头，在生产队干部带领下大约走了一个多小时的山路，才走到一堆堆已经插上高秆的田。老黄一声号令："拔掉！"于是大家七手八脚，不到十分钟，很快就把一堆田里的秧苗全部拔光。

说实话，这种跟农民"对着干"的做法，我心里是很不踏实的，一则是"众怒难犯"，很怕引起难以收拾的后果，再则也觉得这样强制执行上面的指示，硬是把农民辛辛苦苦种下的禾苗一棵棵拔掉，于心也有所不忍。

也许大家的心理相同，彼此心照不宣，拔完这堆田的高秆以后，就不再继续下拔了。其余那几堆田里的，老黄下令说："让他们自己来拔！"于是大家又浩浩荡荡开了回来。后来这几堆田的高秆，再也没有人过问了。

于是我们总算完成了"打倒高秆"的任务。这一幕戏是当时各种活动中最简单的过场，我确实从中学习到不少东西。但抚今追昔，总觉得这种情况今日仍然存在，只是角度不同，方式不同而

已，思之未免恍然。

扑灭山火

我和老赵、老谢当时住在一座废弃的炮楼里。这炮楼是土筑的楼房，四四方方，共三层，上层可以瞭望，还有枪眼，可以射击。不知建造于何年何月，据说乡间防土匪所建，早已弃置不用。我们三人住这里，正合适。

炮楼附近住户不多，平时非常安静，尤其是天黑之后。有一晚忽听人声喧哗。我们下楼开门一问，方知后山起火。

上前大队的地势南北两侧有山，中间是一条长约十华里的狭长地带，一路有三个居民点，或称三个片。下放干部共十人，分住于三个片。据说背后大山的后面，有驻军，还有仓库。后山起火，万一延烧到仓库，问题可就大了。当时我们首先想到的就是这个。

不容分说，我们几个下放干部一出门就跟着百来个身强力壮的农民上山灭火去了。

当时的森林保护尚好，禁止砍伐，长得相当茂密。我们也学着农民，一路砍下较直、较大的树枝，作为扑火的工具，穿越密林大约一个小时，奔到火场。这时火苗已快到山顶，住在山后的解放军战士早已上了山，个个奋勇当先，努力扑灭火苗。我们和这边的农民迎上去，两边夹击，左冲右突，大约奋战了两个多小时，而战士们由后山上来一路灭火，几乎战斗了四个小时，终于将山火扑灭。这时战士和农民握手告别，战士感谢农民弟兄保护了军用仓库，农民也感谢战士们保护了山林，保护了国家财产。大家在一片欢呼声中，各自下山回家。这场军民奋不顾身合力灭火的斗争，实在令人感动。在整个灭火过程中，没有见到公社干部的影子，大家也把他们忘了。

我们三人精疲力竭，回到炮楼，先洗洗手脸，又洗了个澡，上床时已闻远处鸡鸣，天快亮了。

疲劳困乏之余，是极其容易酣睡的。毕竟我们已到中年，不像青年人和小孩那样贪睡，十点钟也就起床了。

忽听楼下有人敲门。下楼开门一看，来人是公社张副主任。

张副主任不待邀请，就径直走上楼来，看见我

们正坐在自己的床铺上喝早晨第一杯茶。

"怎么？才起床呐?!"他分明带着责备的口气问。

"是呀,昨天睡晚了。"老谢针锋相对。

"昨晚后山起火,公社知道不知道?"老赵突然问。

迟疑了一会,张副主任说:"知道,知道……"

接着他又说了一句:"昨天后山起火……"就没有再说下去,看大家自己表态。因为是叙述句,不是问句,大家保持沉默,没有回答的义务。

张副主任拉出一张凳子坐下,他深信大家根本不知道这件事,找到一个可以"发言"的题目,咳嗽了一声,正待发言。

"张副主任昨晚什么时候来的？我们在火场弄得灰头土脸,也没有看见您。"老赵笑道,一边喝着茶。

"我昨晚不在公社……今天上午才知道。"

"别的干部也没有来。"老谢不客气地说。

"你们累了,休息,休息……我走……走了……"他悄然下楼,临行时居然还把拿出来的长凳放好。

根据我们的经验,公社主任是在火灾之后"检查工作"来了。上前大队靠近公路,可通汽车,也有电话。山上起火,公社完全看得见火光。我想,他们正是因为看得见、听得见,所以一直等到火灭之后才迟迟驱车而来,这原是一贯的作风。

他去后,我们也就下楼出门,农民在那里抱怨与指责。

"他们是当官作老爷啊!"

"他们看得见火光,也不来。"

"看得见才好,火灭了来检查工作,不管好不好,先责备别人。"

"老赵,他没有批评你们吧？你们辛苦了。"

"他如果批评,我就说:现在你来检查工作,我作检讨也来得及?"老赵笑了。

在农村两年半,没有见到县级干部来过大队一次,公社干部也很少下到大队。当时有所谓"蹲点"制度,我下放先后两个大队都没有干部来"蹲点",而且,说实话,当时的生产队都害怕"蹲点"干部。

越出我们的常规,这次没有给张副主任倒一杯茶,他只顾自己喝自带的玻璃瓶里的茶。

选自《厦门文学》1995 年 4 月号

我们应该更帅

陈祖芬

有很多这样的小街，没有警察，没有红绿灯，没有横道线，没有清规，没有戒律。在这里指挥行人指挥车辆的，是习俗、道义、素养和文明度。

这天过街的时候，右边驶来一车。我对朋友说，等一等，等车先过了我们再过街。朋友说，车看到人就应该让人先过。我说这儿从来是人让车。

朋友说当然是车让人，说着拉起我大胆往前走。

车也冲着我们大胆往前开。

在车与人相撞的刹那，不，在这个刹那的前一刹那，我拉住朋友往后一闪，说时迟那时快，车擦身而过，真正地擦着衣服驶过。

英雄们虽死犹生，我则经受了虽生犹死的惊吓和从死神手里挣脱出来的后怕。

本来，我应该被那辆车带进另一个世界的，就在那一刹那，如果我没有往后一闪的话。如果！

我早说了我早说了呀，车不让人！

车不让人，汽车下 First 汽车优先。因为车比人重，因为车能压死人而人压不死车，因为车打得过人而人打不过车。当强硬之车体遇到柔软之人体的时候，按照欺软怕硬的习俗，车不让人兮人让车兮。

习惯了。

不久，我没有习惯，我一次次地让车又一次次地苦痛，好像那车一次次地压着我的身子开过去。

在国外过街的时候，每每遇到车让人的时候，便总也习惯不了，总是一次次地受宠若惊。受宠的时候偏也并不快乐，因为叠影着国内街上那些自恃强大又一无绅士精神的汽车。

想起来，哪儿哪儿都可以看到谁仗势谁就有恃无恐盛气凌人。走路的怕蛮横的司机，司机怕拉长脸的交通警，交通警的孩子怕瞪大眼儿的老师，老师看病怕冷面医生，医生购物怕皱着眉头的售货员，售货员走路怕司机。

就有小学生给老师送礼物，老师给医生送红包，医生给售货员表错情，售货员乖乖儿给汽车让道，司机给交通警赔笑脸。

人，就在这一次次的因软怕硬中，一次次地失去了自尊。人，也是在一次次的损害他人的尊严中，损失了人性善，扭曲了心灵。

也扭曲了脸相。

人横眉瞪眼或是低眉垂眼，一天到晚鼓着嘴或是皮笑肉不笑地咧着嘴。中国有句话，叫做：相随心改。心之所思心之不结心之异化，一无办法地写在脸上写在眼睛里写在相貌里。于是就有青年人少了纯净，成年人少了气派，有势者少了礼让，没钱的少了自尊。

于是上街、购物的时候，常常觉得好看的人不够多，总体气质不帅。

我们应该更帅。

等到车让人而不是人让车的时候。

选自《厦门文学》1995 年 9 月号

女 性 之 躯

荒 林

冰冷的水从头至踵浇下，我伸手抚摸自己的眼睛、面颊直至颈项以下，感到眼中的热泪、面颊的火焰、颈项往下躯体膨胀的思想——它们混乱而热烈，使弹性的肌肤闪闪放光。

我知道我的思想直接根植于我的女性之躯，不再是书本的段落，也不可能是别人的传授。

我的躯体敏感而自觉，所爱所憎分明如昼夜。

昨天它热情如火，它不顾一切地渴望爱人，它操持生活繁琐无聊的一切，它在骄阳下袅袅婷婷，对于将赴的前景义无反顾。这世界奥秘与美好，它鲜花的姿态复现出来，这世界丑恶与黑暗，它鲜血的腥膻毫无退缩。

它昨天付出代价，得到或者不可能得到回报，在它或充实或空虚的口袋里，印满了思想的非人类的文字语言。

它今天告诉我真相，以倒叙的镜头，它今天回忆昨天。

我在回忆与今天的缝隙看出人生的破绽。

那令人迷失的事件中包涵了阴谋的细节。

一个小小的眼神，一举足的动作，人间泄露了秘密。它的愤怒隐忍而强大，穿梭在思想根子的季风，它左右了我的经验，这书中未有的，这传授失落的，它径直来到思想顶部，它呈现了思想迥异别人的颜色。

我重新审度我的女性之躯，崭新的、未曾命名的领域，我自己的国度，思想的家园，曾几何时被遮蔽被遗忘的荒野。

时间之水冲开了混沌灵肉。

其实我们的由日常琐细组织的一生，几乎就是抵抗耻辱的一生。

我承认是女性之躯的直觉，决定了我生活道路的不断推进。

在迷途的岁月，脸颜失去了光彩，在受损害的日子，身躯发出无声咆哮。

因此我石头般固执，一次又一次修改自己的生活。

不幸总像阴影迫踪，追求却永不甘愿。

躯体——一次次逼临死亡，又一次次超越界限。

它是耐心，它是时间，它使我成为永无止尽的我。

日常生活的刀剑，以隐形的方式侵犯，近在咫尺的它的每一只细胞都是视觉，在逃避、自卫和最终的反击过程，它敏感凶锐像一匹狼。

想象的性别特征，即想象的躯体性。——人类的一切想象都源自身体器官的感、触、嗅、闻和幻。

女性之躯历险，即不断深入感、触、嗅、闻和幻的努力，不断更新想象，不断涌现思想，最终导致命名的完成。

女人被迫关闭自己的女性之躯，从她被囚禁家中那刻即已开始。

她憎恶自己的身体，为自己的性别自卑，她丧失话语的同时，看到了另一种话语的强大威力。

她一言不发，躯体却默默转动在笼子里。

陈染《在禁中守望》，体现了当代最先锋的写作女性，对女性之躯言说姿态的执着，这是一种以静待动的想象奇迹，女性之躯蕴含着人类另一种认识世界的立场，一旦这种新的观物方式为我们所熟悉，人们将如何面对早已存在却为人忽略的事实？

选自《厦门文学》1995 年 9 月号

户口的代价

南　燕

1969 年我们下乡插队时,生产队里有知青八男一女共九人。几天时间里我们的厦门城市户口没有任何麻烦地变成武平农村户口。一年以后 9 个农村户口又变成 10 个农村户口。

扎根的结果证实女人确实是一种生产力。女人是金城的老婆秀云。金城是我们一伙人里最年长的大哥,日本鬼子还没投降他就生出来了,文化还没大革命他就下乡了。他和秀云"文革"前高中毕业,下乡去的市郊农场是市政府在厦门岛外的试验点。文化一革命,农场也就荡然不存了。但是,金城和秀云这对男女好像是命中注定的"永远的知青",1969 年秋天又和我们一起奔赴武平山区。第二年他们生了个孩子(他们早就领到"革委会"签发的结婚证)。

孩子取名"强生"。这名字——秀云用尽了一切自我严刑拷打的手段,喝了不少足以摧残接班人的汤水也阻拦不了——强强要生出来!

没有奶吃也就无须断奶的"强生"不到半岁就留在美丽鹭岛的祖父母身边,而他一出生,那户口就同遥远深山里那片他从没见过的土地打成一片了。

三年后,金城的老爸提早退休要让儿子补员回厦门。因"孩子户口随母亲"的政策规定,金城让秀云先走一步,以图抢救两代人的户口。不料,那政策已经随着形势的发展变成了过时的废物,"四面办"亮出更崭新更完美的政策:"孩子户口随在农村的一方"!这个政策威力彻底粉碎了金城自以为是的愚蠢企图。结果,粗大健壮、浑身是劲,好卖力气的金城自己先走,回到厦门做那没城市户口的儿子的父亲,秀云仍在山里继续当儿子那份农村户口的母亲。

1975 年年底是知青们的"冬季战役"。多年来最大规模的一次调回厦门的招工将使很多人重新得到城市户口。这场充满幸福希望的"解放战争"很快变成自相残杀的"知青内战"。用"文革"语言来形容就是"乱了知识青年,锻炼了四面办干部"。

历次招工,自知无望,冷眼旁观的秀云看着我们一伙同锅而食、同床而眠的知青兄弟突然同室操戈,面对"生死牌"竟然"誓死争夺云水怒,六亲不认风雷激"。她猛然悟了道并做了个伟大的决定:用高价买个孩子户口。

做买卖的时间定在我们都去公社墟场,名为赶墟买菜,实为打通关节的星期天。她声言自愿留家做饭。傍晚,各自心怀鬼胎的我们回来时,灶膛里没有烟火,也不见她的人影。闻到骇人的农药味又敲不开她的房门,我们全慌了。踹开门时,床上的秀云像出水太久的草鱼,嘴巴大开却呼吸艰难,双目圆睁却视而不见。空气里充满了"乐果"刺鼻的蒜头味。

记不起当时是怎样卸下门板,又是怎样把瘦小的她放了上去。只记得一路上大家撞撞跌跌、汗流浃背、马不停蹄,在混乱中人脚互相踩踏,翻过一道山果时有人脚底打了滑,顿时全都滚到了下面的稻田里,摔在收割后干燥稻田里的秀云不知是死了还是没摔疼,反正她没出声,我们重新把她放上去,有人建议用打结的稻草连人带板绑紧她,抬上来又飞奔起来……

公社卫生院已经下班,跑去宿舍找来闽南人林医生。林医生看秀云那样相,再摸她的手,晋江话立刻浸透了泪水:"我没法了,紧去县医院!"

手扶拖拉机在夜幕中的盘山公路上小心翼翼行驶,上坡时气喘吁吁,我们全跳下车在后面推。下坡时战战兢兢,公路旁的山谷像无底的深渊。车灯照着高低不平的路面上的碎石泥沙,拖拉机在黑暗中蹦蹦跳跳,渐渐变冷的秀云也跟着蹦蹦跳跳,我们都知道她死了,谁也不说她死了。半夜里送进县医院的是秀云冷硬的尸体,在过道里停了一下,值班医生看了下,我们重新抬起她,缓缓进了太平间。

......

回到生产队时天已大亮。秀云的房间里那"乐果"瓶还像昨天那样在地上一动不动。引人注目的是木箱上一串钥匙压着一张白纸，昨天在慌乱中没人注意的这张惨白摊开的纸上的字迹因为太熟悉而显得恐怖：

亲爱的金城：

　　我只有走这条路，我们阿强的户口才能回厦门。所有的东西我都整理好了你带回去，你千万要疼爱阿强。做人太苦，我先走一步。

你的妻秀云

1975 年 12 月 14 日

我半天木然。过了很久，失神的眼光一一巡视她的遗产：那床打了补丁的被单，那条发硬的棉毯，那只贴上旧报纸的木箱，还有门后那只她用塑料线编织的桶袋已经装好她的毛巾、牙杯和日用杂物。她是打点妥帖，轻装上阵，义无反顾向前走去了……

不知何时，泪已成行在我的脸颊冰凉地滚落。

我立即又赶到了县医院。遗书在守护着秀云遗体的知青兄弟们手中传阅，无言中的泪水化解了那场昨天还在纠结的招工怨恨。

县里四面办的程阿姨大早已经来过，知道秀云的死因她立即又赶了过来。这位一向对我们厦门知青很好的女干部，她的女儿曾插队在我们那个公社。程阿姨一遍又一遍地看着秀云的遗书，泪如雨下。她跪了下去，摸着秀云灰白冰冷的头脸，对着秀云死不瞑目的双眼，她泣不成声，好像死了自己的女儿。医生、护士围在一旁，有人跟着哭出声来。

......

秀云埋在武平县医院的后山坡上。

强生的户口迁回了她母亲的故乡厦门。

我的记忆里时时重现秀云瘦小的身影，她生前沉默寡言，对我们总是报以大姐式的宽厚的微笑。她活了30年，唯一的伟业就是用生命换回了儿子的户口。在千人踏万人踩的逃生路上她用瘦弱的躯体做了最伟大的牺牲。

我的记忆里时时重现金城趴在秀云的新坟上，十指深入泥土，头脸发疯地拱着潮湿的坟堆，狼嚎一般地哀号，浑身痉挛颤抖……他从厦门赶到武平送秀云入土，两天里变成一个精神恍惚的老头。

我不知道强生现在长多大了？干什么？记得他的母亲吗？可知道他那户口的代价？

多年来没同他们父子联系，或许是因为这个故事太真实。

只希望他们看到我写的这篇短文，知道我想他们和秀云。

选自《厦门文学》1995 年 10 月号

芦下坝坟地

陈　耕

芦下坝这个地方，如今在厦门是没有多少年轻人知道了。可当年有一两千厦门知青在那儿当民工，扛石头、挖渠道，修建迄今依然是永定县最大的水电站——芦下坝水电站。

我们西溪农场去得最早，是第一连。开山辟路，围堰筑坝，我们一连始终是突击队。因为一连不但知青多，而且连长、指导员都是知青。数九隆冬潜下水底堵漏，让一连上，一泡几个钟头；工效上不去，让一连上，马上成倍提高。最苦最累的活，就是给一连。现在想起来还觉得骄傲，只是骄傲中又难免生出一缕莫名的悲伤。芦下坝，这个虽然只有12000千瓦，但迄今依然是永定县最大的水电站，我们流过汗，流过血，甚至把命留在它的身上。

那是1971年的春天，一个春光明媚的早晨，刚上工，才开始卸第一车沙，17岁的陈加选，因为一条不该断的麻绳断了，从数十米高的溜沙槽跌落到花岗岩砌就的渠道。腿折成三截，头迸出脑浆，连哼一声都来不及就离开了人世。17岁，人生的花季。

他的祖父曾是厦门排得上号的资本家，现在的厦门宾馆曾经是他家的花园。"福兮祸所伏"，他却是福没享到，跟着三个兄姐下乡到永定吃苦。这个憨厚、朴实的小伙，同大伙相处得非常好。按说他1954年出生，只读到小学六年级，不算老三届，可以不下乡的。但街道来动员，他也就报了名，岂料到一去不返，永定永定！

我奉命去永定的湖坑接他哥哥与姐姐。那时电站没有面包车，也没有小吉普，用解放牌卡车去接的。站在后边车斗，一路风吹，一风沙尘，却已是高级的待遇。见面时只说加选受了伤，待车到芦下坝，见远远工棚前一溜花圈，她姐姐昏过去了。

加选死后，有好长一段时间人们都不再抱怨三餐的饭菜和"冬冷夏热"的工棚子。那时工地吃的米也不知是存积了多少年的陈米，不但枯涩无光泽，而且黑色的米虫子难以胜数，拾不胜拾。

菜呢，则是"天天贡，餐餐补"。贡是贡菜，补乃萝卜干，闽南话"菜补"是也。每个月每人有一斤肉，一次性供给。临吃肉那一天，工地就有如过节般喜庆。至于睡觉的工棚，则是由竹、谷席、油毡搭盖，一个连队一座，双层统铺，男女用谷席隔断。夏天，黑色的油毡棚顶令整个工棚如蒸笼一般，冬天河上的寒风则从谷席竹片缝间穿透而来。睡不几日，那些钉竹片的铁钉纷纷冒出头来，一不小心就挂住裤子，乃至屁股。

但所有这一切同加选的死相比，简直是享福。

按照当时的本本，补偿给家属人民币180元，只有她的大姐略表不满，弟妹们则静静地漠然地望着她，一声不吭，直到她噙着泪说一声："好，算了。"那种欲哭无泪、欲说无言的神情至今历历在目。

墓地选在距水电站大坝约三四里地的山坡上，选地的政治组老陈说，要让加选天天可以看见他为之献身的电站。但我前年回芦下坝去墓地时，却见杂草丛生，枯枝败叶早已将他凝视电站的目光遮挡。他的墓碑还对着电站，他的双眼还想看为之献身的电站，而电站或许早已忘记了他。他的骸骨埋在永定，而心定怀念厦门，那个养育他成长，动员他下乡的厦门，而厦门恐也早已忘记了他。我有时甚至想，假如有人再敢说厦门人最有情义，我定要代表加选给他一记重重的耳光。厦门人埋在永定、埋在闽西的知青有多少，问谁知？

有时想起，会吃一惊，认识芦下坝到今天竟已经25年了。年纪从青春似火的21岁竟在转瞬间变成了46岁，恰如芦下坝前的汀江水滔滔南去，愈去愈远，千回百转没入绵绵不尽的山峡中。

在人生的长河中，我们已经流进中下游，奔腾咆哮的时代已过去，河道渐宽，水势渐缓，学会了加选的大姐那一声"好，算了"。只有在想起年轻时，想起芦下坝时，想起17岁的加选时，才会再突如其来地冒一句："干你××。"

选自《厦门文学》1995年10月号

最后望一眼峰市

陈仲义

蛙声、月色、暴雨洗涤后的清新,本该合成一片醋甜的梦境。可是,我彻夜无眠,不仅因为队长让出的房间,久不住人有些霉味,床铺与枕头硬如铁块,而且因为利鼠啃啮竹器的声音一夜响到天明。

车抵门口,一片汪洋,洪汛期间无法过渡,只好连滚带爬近一公里,醉汉们悠过铁索桥,再乘40分钟摩托,落汤鸡般扑到村里。

滚烫滚烫的洗澡水,水面上掠一层油花,剥好的香皂,摊在满是泥渍的木板上,立刻把我泡入25年前进村的头一晚!我试图一瓢瓢削去那油腥,结果把大半桶水掏得所剩无几。现在,我竟整桶淋得精光,一点也不陌生。烟雾蒸腾的那一刹那,我有一种恍如隔世重新出生的感觉。

30瓦日光灯喘息地悬吊着,我像久违的朋友足足凝眸了三分钟。当年我撑着全村最大的油灯,夜夜熬痛了双眼,多少回梦中丢下书本,对黑压压的屏山呼唤,整整等了四分之一世纪,这一回,我该是带着最大的心愿来看你这盏灯吗?

灯下,厅那一头,是12寸黑白电视机。颗粒如豆,有时闪烁不定,但仍有十多人围着津津乐道。忽然有人拍手大叫:"李向阳,这就是李向阳!"我的耳边蓦地回响儿子看古龙:"好个梅花剑。"他们的声音,何以这么巧妙相似地叠合在一起?厅这头,是来看我的乡亲们。岁月蚀去了老人们的热情,也几乎冻结了他们的记忆,他们不再打听大千世界的花花绿绿,只是吧嗒吧嗒抽闷烟。中年丧妻的房东一直未娶,我无法设想他如何扯大四个孩子。那年离村时,他怀里还揣着两周岁的女囡囡,嘴巴与从前一样有些暴突,拉长唇角的皱纹愈加深刻。所有苦涩酸辣都深藏在他无言的沉默里,而沉默是沧桑人生的最好诠释。

不沉默的是当年的青年突击队员,争先恐后地向我打听城里的一切:工资住房卡拉OK可口可乐,牡丹卡,还有男宝。他们并没有流露太多美慕。或许是再风光的事,也无法诱动他们离开已经大半辈子的土地。我十分清楚,今天,我能够在这里,以城里人的身份"开讲",不过是上帝一次偶然的错位配对。

我边散发"富健"香烟,边招呼与我同龄的好芳、子其,问他的几个孩子。大家忽地哄堂大笑,抢着说:"阿桂头都做了公公呢。"然后不约而同伸出五个手指头,差点顶到我的鼻梁。

五个手指头,一直戳进我的心窝。

他们抱怨说:松树砍光了,松香没得割了,木材加工厂外人承包了,只剩几分地料理,闲得无聊,只好扑克麻雀打斗食抽烟喝酒,这能怪谁呢?

当年这群只读过小学几年级,背着红语录,全村最卖力气最富幻想的顶梁柱,我发现岁月其实并没有改变他们多少:德昌依旧分头,子其弟依旧一副雪白牙齿,好芳依旧忧郁,乃光依旧一脸憨笑。只是……烂泥田、羊肠小道、牛栏猪圈、还有可怜兮兮几根天线,造就着他们的世界。环境给了他们先天的封闭,自然赋予他们旺盛的原始生命力。生命不在突围中焕发,便容易在围域里耗费。如果换一个环境,他们的智力、素养会比我低吗?他们的热情、强悍和梦就在这种漫长的重复中,像沙页岩一样悄悄风化了。

深刻的宿命悲哀忽然完全攫住了我。设想上帝投掷骰子的那一瞬间,把我投胎于这个山沟,我的命运不是与他们一样吗?我难道不是他们当中一分子吗?在烟熏火燎的灶口前,一边舞着大铲翻搅大锅大锅的野猪菜,一边哄着背上哇哇啼哭的周岁小妞,在没腰的湖洋田里一边挽高裤管,一边随便把什么烟土敷在流血的豁口上。何曾懂得微波炉多士炉远红外,哪里享用啤酒香波妮娜发丝和中华鳖精?

翻拣一件件旧事,大家嬉闹着揶揄着。间隙中,我隐隐听见,远处舂米房,传来了谁家捣米的声音,木杵击石碓的节奏,还是那样鲜明,硿隆硿隆硠隆，一上一下，一上一下，执着而稳健地传递山村的气脉，它与山村古老的鼾声一样，穿过了多少世纪的时空。它确实比"五个手指头"更沉重地碾过我全身。我模糊掠过谁的提示，世上最可悲哀的是，近乎停滞的循环。

吃饭时，大大小小摆满七八个菜，我的胃口竟一直闷着。我始终盯着对面方桌，房东最小的孙子趴在桌上，自行嬉戏。我一再提醒小心摔下，大人们却熟视无睹。桌子下，是鞋子带进的泥泞，搅和着成排鸡屎，印花一样，雏鸭们赳赳地穿行其上，而被驱走的猪仔干脆把头赖在门坎上。我这才悟出，小孙子凭着天然习性，不仅不会甩出方桌，且能在它的上面泰然"定居"。人，不就是侍养生命中的一种顽韧，一种地久天长的本能，来抗击宿命吗？但最终它能抗击多久？他与他们，能够走出祖辈父辈们方桌一样的天地吗？

那一晚，我几乎是睁眼"坐"到天明的。5点多钟，我就起来，挨家挨户走访。我特地拍下雾霭中哞哞嚎嚎叫的大水牛，我要告诉还未亲睹此物的儿子，人从它身上汲取多少与命运搏击的勇气，我还摄下早已废弃的独木桥，细如游丝的电话线和袅袅欲绝的早炊，就是这一切毫不起眼的东西，曾经鼓起我近乎绝望的抗争与憧憬。

当我被房东的新女婿用摩托驮出山村，我怎么也无法想象，当年，我如何一趟趟挑着百十斤公粮，走完这十五里山路，又立马挑回化肥，如何扛着大腿粗的原木，在烈日下哧喝哧喝地小跑？我如果再投胎一次，我会重新选择这地方吗？命运如若再把我投放到这里，我还有勇气一如从前吗？

搂着新女婿的腰部，搂着一路巅簸的思绪和提问。他偶尔半侧头，回答我的疑惑。我听出他潜台词后面的沉郁：过惯了呗，命里没啥大改变。这位前大队支书的最小儿子，县城刚毕业的高中生，已开始用这辆崭新的江铃驮运营生，他可以算作这里的"白领"。我心里稍稍感到踏实，但是昨晚，那"五个手指头"挤近鼻尖的印象，再次抓挠我的心窝。毕竟，还有更多的阿桂们和阿桂们众多的子孙，从人字草鞋到油门撩起的淡兰色尾气，他们需要更长更长的时间。然而，他们的物质纵然跨出了汀江，他们的精神，还只会久久盘桓于那几根细细的天线？

站在铁索桥上，摇摇晃晃，留影。我最后望一眼峰市——那歪歪斜斜、一排排沿汀江而筑的"吊脚楼"——20年代，曾经盛极一时的"小香港"。心想，棉花滩水电站快动工了（1958年苏联援建未成），这里将成为汪洋大海。届时，我生活过的那座山沟沟，会是水库边上一线硕果仅存的风景，还是库底下，一抔永远无法打捞的"化石"？

选自《厦门文学》1995年10月号

好 人

潘凯雄

十几年来一直惯于写一些理论批评文字的我近来竟然萌发了一股写点散文的念头,于是,从除夕至元宵断断续续地写下了那篇虽不成气候却又是倾注了自己全部情感的散文——《阿公》。在那篇文字中,我回顾了自己尚未来到人世就已沦为"狗崽子"的先天不足和这个"狗崽子"在自己阿公(即祖父)的厚爱下得以正常成长的后天有幸的这段特殊的经历,阿公显然在我的生活中占有不可或缺的位置。就在写作这篇文字的过程中,一位和我有着相似遭遇但看世事却比我入木三分的挚友在闲聊中认真地对我说了一句话:"你之所以还能够善心不泯,不那么冷,就在于你这一辈子遇上了几个好人。"

看似漫不经心、普普通通的一句话竟然一下子敲开了我记忆的闸门。是啊,在我来到这个世上的30多年中,除去阿公那旁人不可替代的养育之恩与教诲之情外,幸运之神在冥冥之中似乎总要悄悄地降临到我的头上,一些好人们无声地来到我的身旁,他们自觉地成为阿公的助手,默默地在精神和物质上给了我巨大的支持与帮助。在《阿公》一文中,我曾经这样写道:"如果没有阿公那含辛茹苦、小心翼翼的养育与教诲,我或许不会成为现在这等呆样。"此说并不夸张,但也可以更全面一点说:正是有了阿公那含辛茹苦、小心翼翼的养育与教诲以及许多好人的默默关心,我才免除了许多"狗崽子"所难以幸免的羞辱与苍凉。

一 Q老师

Q老师不是一位具体的老师,Q也不是一个具体的姓氏,他们是我小学时代的一群老师。我这支笨拙的笔无力一一描绘出他们的善良,只好以Q代之。

我的小学时代基本上是伴随着十年"文革"浩劫中最疯狂的那几年一同度过的。一年级时,"文革"虽未爆发,却也是山雨欲来风满楼,"阶级斗争年年讲、月月讲、天天讲"的灌输已开始渗透到那一代成年人的骨髓;"狗崽子"的说法虽未叫开来,但工农兵子弟的吃香倒也颇为盛行,偏偏我那时的班主任脑里似乎压根就没这根弦。记得刚入学时,我什么"官"也不是,彻头彻尾的"平民百姓",班主席的"交椅"为一干部子弟坐着,但几次考试或测验下来,我连续得了100分,而班主席的成绩则不太理想。于是,那位班主任在课堂上便果断地宣布原班主席退位由我接任,理由很简单:我成绩比他好。颇有点"唯生产力"和"白专"的味道。现在想来,这位班主任老师的此举是否也要冒一定风险呢?至少是不合时宜吧!

到了二年级,日子就不那么平静了,"文革"如火如荼地展开。学校里大字报铺天盖地,一些老师也被剃阴阳头站在台上挨斗。好在这种混乱的日子没有持续太长时间,在短暂的"停课闹革命"之后,我们又开始"复课闹革命",原来的教材虽不用了,但毕竟还是坐在了课堂里。

按常规,在这个"阶级斗争"的弦被绷得紧紧的年代里,我这个"狗崽子"的日子该不能那般逍遥了,别的姑且不说,至少应该被"罢官"了事。奇怪的是,在这段疯狂的时光里,我不仅没有被打入另册,"官运"反倒亨通起来,班主席照常当着不说,还要跨班级、跨年级去当"官",以至最后"官"至学校的红小兵兵团勤务员,这相当于"文革"前学校的红领巾大队长吧。况且这个"红小兵团"还不是什么自发的派性组织,而是学校官方正式任命的。于是,那几年,我这个"狗崽子"在学校里竟然也能够人五人六地风光极了,全校的学生大会或主持或讲话成了常事,带宣传队去演出,带红小兵上街值勤也是家常便饭。可以毫不夸张地说:在我就读的那所小学里,没有人知道我是"狗崽子",可又没有人不知道我是"头儿"。

我至今依然奇怪,Q老师在那个年代里何以如此麻木,竟然冒天下之大不韪而重用一个"狗崽子"。尽管我的阿公在那时还一直采用着善良的"欺骗"手段。掩盖着我父亲坐大牢这样的事实，但只要Q老师中有一个人稍稍敏感一点，我又怎能"隐藏"得下来呢？我至今想不明白，不知Q老师在当时究竟是"真糊涂"还是装"糊涂"？以至让我这个"狗崽子""蒙混过关"。

不过，无论是"真糊涂"，还是装"糊涂"，我都得感谢Q老师的"糊涂"，感谢他们"糊里糊涂"地让我当了那几年学生"官"。尽管这"官"除了面上的风光之外毫无实惠可言，但我还是深深地记住了这一段并由衷地感谢Q老师，不是为了虚荣，而是因为Q老师将我和其他孩子置于平等的位置上，我也从中铸就了人格上的一种自信与自强。尽管当时还是稀里糊涂，但混混沌沌之中却知道了自己与别人一样，我不比别人差。时至今日，在公众场合，我从不怯场并能充分发挥自己能力的特点或许也正是得益于这几年学生"官"的磨炼吧。

二　T 老师

T老师是我初中时的班主任。进入中学的第一天，全校初一的新生冒雨在大操场上由校教务主任点名重新分班。我坐进了一连一排的教室，乱哄哄中一位既矮且胖的中年妇女走了进来，两眼炯炯有神，只听她咳了一声，教室里便静了下来，尚有几个"不识时务"者还在窃窃私语，这位妇女的目光便有力地扫了过去，那几个调皮生便立即缩起了脖子。这就是T老师，我生平第一次领教了她的威严。

不过，T老师这时的威严对我来说一点也不可怕，自以为一直都是好学生，学生"官"，深得老师喜欢，T老师也不会例外，她再威严也威不到我头上。谁知过不了两天，T老师真的对我威严了一通。

开学后，学校发了一张登记表让带回去交给家长填写，第二天，我虽觉得阿公在"直系亲属或社会关系中有无被关、管、杀"一栏后面密密麻麻地写了不少并另用一张白纸封上的做法有些古怪，但依然浑然不觉地就这样将登记表交给了T老师。到了下午，T老师把我从教室里叫到走廊上，一脸严肃地对我说："潘凯雄，我们的政策是重成分，但不唯成分，只要你与你的父亲划清界限，还是有前途的，我知道你在小学里是学校的红小兵兵团勤务员，但在这里不可能再让你担任类似工作了，最多让你做一个小组长。"短短几句话，对我来说犹如晴天霹雳，生平第一次这样清楚地知道了自己的"狗崽子"身份，平日里所见到的"狗崽子"们所蒙受的耻辱，像过电影般地出现在眼前，脑子一下子蒙住，人也闷在了那里。见我这样，T老师却什么劝导的话也没说，反而冷冷地吐出两个字——"去吧"，这一次，我是真正感受到了她的威严。

这以后，我看见T老师就暗暗地害怕，远远地看见她能躲就尽量绕着走，生怕她再找我谈起这些事。尽管T老师后来在班上也没少表扬过我的学习成绩好、守纪律等优点，尽管T老师还是让我当了班上的小组长，让我负责出黑板报等，对我的态度也一直十分和蔼，但我还是怕她。

这种状况持续了一个多月，直至在一次全校性的学生集会上，T老师一个小小的动作，轻轻的三个字终于将我的这种恐惧化解得荡然无存。那是一个风和日丽的上午，全校学生聚集在操场上，新发展的红卫兵宣誓仪式正在进行。以我在小学的"辉煌"历史，以我入学以来的成绩与表现，第一批发展加入红卫兵组织既顺理成章，也可以说是"众望所归"，但"狗崽子"的身份足以使常理让步，"需要进一步考验"就是最大最好的理由。望着同学们一个个走上主席台，我心中的滋味自然好不到哪里去，但说实话，也没坏到哪里去。自打明白了自己"狗崽子"的身份后，各种思想准备都有了一点。T老师似乎看出了我的劲儿，漫不经心地来到我的身旁，那种恐惧又一次降临，可万万没想到，T老师会使劲地抓住我的手，轻轻地说了三个字"坚强点"。我愣了一下，T老师不提倒也罢了，这一说反倒让堵塞在心头的万般委屈一下子朝上涌，泪水倾刻布满了眼眶，只是由于强忍着，才没有让它淌下来。

打这以后，我再也不害怕T老师了，原先她在我心目中的威严一下子为亲切与和蔼所代替，而且渐渐地有了一种慈母般的感觉。感冒发烧了，T老师替我拿药；衣服破了，钮扣脱落，T老师为我缝上；新学期需要缴纳学杂费时，T老师总要关切地询问是否能交上，一时没有缓些时间也没关系。高中后，T老师不再是我的班主任，但母爱般的关心依旧，不时上家里来看看问问，当我被电车撞成左脚骨折躺在床上不能动弹时，又是T老师给我送来了一本又一本长篇小说；见我头发长了，便从自己家里拿来一把裁衣用的大剪刀给我理发，发型自然不会好看，但我却感到莫大的温馨。即使在我高中毕业离开学校后，T老师的关怀也没有丝毫的减弱，她见那些出身好的同学纷纷走上了工作岗位而我却一直在家待业，便禀力推荐我回校教书，一则排除呆在家中的孤寂，二则也是为了让我能早日挣点钱，在经济上自立起来。

不过，T老师也有对我"威严"的时候，只是这时的"威严"要打上引号。一次语文期末考试，T老师监考，我提前一个多小时便交了卷，T老师让我再仔细检查一遍，反正还有很多时间，我却满有把握地扔下试卷再找上三个字——"没问题"。那次考试我得了97分，尽管还是班上的第一名，但T老师却毫不客气地当着全班叫我站起来狠狠地克了我一顿，脾气发得之大让我不敢正视她的眼睛。这通火对我的影响远远超出了一次具体的考试，以至一直到现在，再也很难从我口中吐出满话大话了。

T老师对我恩爱有加不用多说了，但她的关心更多的还是"偷偷摸摸"的，就像是在从事"地下工作"似的，当时我还颇不以为然，现在想来，这一切不也十分正常吗？在那个疯狂的年代里，适当地保护一下自己又有什么不可以理解的呢？况且T老师的这种自我保护毫丝没损害我的什么。对此，我除了感激就是感激。

阴差阳错的原因，我和T老师失去联系也差不多十年了，屈指算来，T老师差不多也是年近花甲的老人了，无论T老师是否能够读到这段笨拙的文字，我都要由衷地说一声：

T老师，祝您健康长寿！

三　X老师

X老师是我继T老师之后遇到的又一位班主任，整个高中两年都在他带的班上度过。当时，他不过三十来岁，可在我们十几岁孩子的眼中已是挺大的了。

比之于T老师的"威严"，X老师似乎要"温和"了许多，胖乎乎的脸庞加上眯着眼的微笑往往给人一种慈眉善目的印象，更由于X老师当时还没有成家，单身一人无事的时候也不时和我们在一起玩耍，因此，同学们倒也不怎么惧他；当然话还要说回来，一位年轻的男性在学生尤其是调皮学生心目中又总是比女性教师要"威严"一些，这或许也是男性教师的先天之长吧。

如果说T老师对我的关怀是那种慈母式的，那么，X老师则更近于兄长一类。或许是男性的缘故，或许是性格的使然，X老师对同学的喜爱似乎更含蓄一点，很少见到他格外地偏爱哪一位同学，也很少见到他特别地表扬过哪一位同学，对我亦不例外，尽管当时我仍然是班上乃至全校的学习尖子和好学生。

含蓄的X老师也有破例的地方，尽管我能说出的具体事例并不多。记得那一年的阴历二十九，又是放寒假的季节，我被电车撞伤造成左胫骨粉碎性骨折，家中仅有年迈的祖父，X老师硬是在医院里陪了我整整一天，无论是做复位手术还是上石膏，他始终都伴在我的身边，直至傍晚时分将我从医院送回家后才离去。如果说这还只是作为一个班主任对自己班上学生的一种正常关心的话，那么，即使在我高中毕业后，X老师的关心也一直没有停止。就在我考上大学由武汉乘船去上海学习的那一天，又是X老师早早赶来家里，亲自将我送到码头，并一直站在泵船上目送我的远去，再往后，教数学的X老师竟会用半文半白的语言给我去信，勉励我好好学习。这或许都只是一些旁枝末节，不怎么起眼的小事情，但对喜怒不形于色的X老师来说就足以称之为够外露的了。

X老师的含蓄其实只限于他的外在言行，或许说，只有面对自己的学生时，他才会将自己情感深深地裹藏起来。事实上，在他内心世界，对是非的判断和对学生的情感倾向并不亚于T老师，两次无意中的"偷听"使我懂得了X老师的这一点。进入高中，我继加入红卫兵之后又一次面临着团组织的"考验"，像我这样的"狗崽子"被团组织考验一下在那个年代里也是十分正常的事，但按常规，"考验"一段时间，头几批不发展入团，只要这个被"考验"的对象不动摇、不变化也就够了，可我申请入团后所接受的考验时间特别长，说不出更多的理由，反正就是不停地"考验"，我似乎已经习惯了这种"考验"，倒也不急不躁，只是 X 老师却被"考验"得上了火。有一天，他去找学校团总支书记谈我的入团问题，或许因为没有谈拢吧，X 老师气鼓鼓地走出团总支办公室，"砰"地一声重重地将门摔上，狠狠地留下一句话："我找党支部去。"正是由于含蓄的 X 老师这一通发作，我的"考验"期也就结束了。还是在我读高中时，正好赶上了教育界的"回潮"，从来不抓学习质量的学校竟然也关心起学生的文化学习来，又是全校统考，又是按分数高低公开排名，做班主任的谁不希望自己班上的学生成为这次统考中的佼佼者呢？每当班主任们在一起嘀咕此事时，X 老师总是胸有成竹地冒出一句："我们班有潘凯雄。"简简单单，既包含着他含蓄的一面，又似乎不那么含蓄了。

X 老师一直到我高中毕业后两年才成的家，他的婚礼我去参加了，望着这位我所尊敬的但不知是自觉还是被迫晚婚的老师，我在心里真诚地为他祝福。是啊，X 老师在孑然一身 38 年后总算有了属于自己真正意义上的家，况且师母看上去又是那么温柔年轻，这怎么不令人为之高兴呢？

这以后，我离开了武汉去上海读大学，但每年的寒暑假，只要我回武汉探亲，总断不了要去看看 X 老师。1981 年的寒假，我因病住院未能回家探亲，自然也就没机会去看望 X 老师。可万万不曾想到，自己读大学后的第一次不回家竟成为我与 X 老师的永别。苍天不公！这时的 X 老师结婚刚刚两年，他远没有充分享受到为人夫、为人父的天伦之乐，无情的白血病便夺去了他年仅 40 岁的生命，而且从发病到辞世不过 20 余天。

几个月后，我回到武汉度暑假，断断续续地耳闻了一些 X 老师在病中的凄凄凉凉，与遗体告别的那天，我们班的同学差不多都去了，唯独我这个曾经为 X 老师偏爱过的学生却是在他走后近一个月才知道这个噩耗，不仅没能在一旁为他送行，甚至连托同学代为送上一束鲜花的机会也没有。我想，X 老师的在天之灵绝不会计较我这个学生的特殊不肖，但我自己却无论如何也忘却不掉内心的这份痛楚，以至十几年后，当我提笔写下这段文字时，X 老师的音容笑貌立即栩栩如生地浮现在我的眼前，久久不能消失。

安息吧，X 老师，您的学生深深地怀念着您！

当我信笔写下好人 Q 老师、T 老师、X 老师时，脑海里还在继续不断地冒出许许多多的好人，在这当中，有我的大学老师，有我的同学，有我的工人兄弟，有我的文坛朋友……他们都是那样的平凡和那样的默默无闻，然而，他们又莫不是那样的善良和那样的无私。"你之所以还能够善心不泯，不那么冷，就在于你这一辈子遇上了几个好人"，朋友那句认真的话又一次震荡着我的心灵。是啊，如果没有这么多好人无私而善良的关怀与帮助，我今天会是什么样子呢？而且，处于逆境中所得到的关怀与帮助其珍贵、其分量已远远超出一般意义上的关怀与帮助，这样的好人或许更有资格称之为好人。而我，作为一个受惠者，唯有铭记才能表达自己的深深感激与感动，一句平常不过的话由衷地涌上心头：

好人一路平安！

选自《厦门文学》1996 年 5 月号

远方的花园

马 莉

下午的空气无限闷热,我躺在床上读希梅内斯的诗和阿莱克桑德雷的诗。他们都曾获得过诺贝尔文学奖,我热爱他们,我穿插着阅读他们。

读了好一会儿,我突然想起了一个古老的事情。这是一种无法解释的力量,是我无法企及但渴望已久的事情。

确切地说是我愁肠百结的一个固定的痛点。

这个古老的事情就是希梅内斯的"古老的花园"里那午后明净的蓝天下抖动的光辉。后来"抖动"这个词发出了一些声音,响在我心底的深处。

可是阿莱克桑德雷却对他的情人说:我不愿向你讲述幻想的语言,也不愿用双唇和亲吻在你的前额捺下印痕。

我在想象着这一切。我在想:这个闷热的下午,我内心的所有语言,都被掌握在了他的手中。他是谁?

他就是希梅内斯"古老的花园"里那午后明净的蓝天下抖动的光辉。或者,他就是不愿向情人讲述幻想语言的阿莱克桑德雷本人。

这是一个谜。

我已在解读之中。我在想:我的深处也有一座古老的花园,一个面色苍白的瘦弱的诗人在那里徘徊。或许,他就是我的情人。或许,多年以后的一个午后,这个诗人将在花园的深处忧郁地死去。那时所有的夜莺都为他歌唱!

然而,这不过是一段狭长而又绵长的记忆。正如诗人自己所说:"我不知道你是否了解我,我比你想象的还要痛苦。"

是呵,阿莱克桑德雷,我们注定了永远是一个精神的漫游者。我们都无法选择时代与历史。作为生存的个人而言,我们能够做到的首先是必须承受生存的现实性,承受生存的沮丧与无奈,然后,在此在的生存经验之中,我们谨慎地选择着理解。

在那些沉思生命的日子里,我写诗;在那些体验自我激情的日子里,我写诗。我总爱想起离海不很远的地方,那是一个什么样的地方呢?我是如此的执迷不悟。人在疯狂的时刻总爱对某一种状态作无边的推测与幻想,这便是灵魂的响声。此时的灵魂深情有力,不可以抗拒。或许这就是你所预言的:毁灭或者爱情?

可是我,总在某一时刻一次又一次地呼唤着另一个灵魂。总在呼唤之中一次又一次地逃避。你说:"一切都渴望黑夜,渴望辽阔。"可是,谁在制造着黑暗?谁又在愧悔无穷?还有什么可说的?也许沉默才是最有价值的回答。我已深陷于冥想的气息之中且已绝望,但我绝不逃离。

这就是我无法解释的力量。它在我的内心深处穿越已久。

现在,这个无限闷热的下午,语言也无法将我拯救。因为我所有的语言都握在了他的手中。阿莱克桑德雷,我只想如你一样地知道并且吟唱:两只新的手的分界,它们紧握着不可分割的炽热的身躯……

那么,这个午后,不,是那个夜晚,希梅内斯,是你在房间里徜徉,还是乞丐黄昏时在你的花园里闲逛?你这个为诗人写作的诗人呵,此刻,你的目光正穿过一个世纪的道路上的尘埃,目睹着另一个诗人在田野静静地死去,四周一片寂寥和昏黄。你这个苦行主义者,你正高唱着"悲哀的咏叹调"!

我的悲哀在于我的手永远不能够触及到他。正像希梅内斯站在他的让人心痛的花园深处一样。他在为一个更巨大的悲痛苦恼着。他的瘦削的面孔和深陷的眼睛,我无法再看得清楚。

但我感受着这一切,感受着那古老的远方的花园,像诗人一样仰望并且伤心地徜徉。或许永恒是相对的,它包含着许多不同的程度。它是许多流动的事实。它傲然矗立很多年。它又是无止尽的。然而,我看见了我渴望已久的。我看见了他,在这座花园里。谁都不会知道这一切。然而,我看见了我渴望已久的。我看见了他,在这座花园里。但谁都不去轻易地触及。这就是我们万劫不复的宿命。如此地诗意又伤感。这就是内心的隐痛。只有时间在延续着这一想象。他傲慢地注视着一切,并且毫不理会。它在消逝着。

哦,你这个写诗的小女人,难道你真的永远摆脱不了与男人纠缠不清的历史命运吗?珍惜它却又在内心里挥霍着它。为什么非要这样不可呢?

固守着一种语言。固守着一种精神。像远方花园中盛开了漫长的近一个世纪的玫瑰。这是阿莱克桑德雷的玫瑰:传统与革命——这是相同的两个词。

为什么要固守?

你这个弱不禁风的迷恋于诗与爱的人?

你为什么非要如此不可呢?

下午的空气闷热无比。但当果树下有人走过时空气便发生了震动。一只鸟儿在池塘边上的树林里啼鸣。这是人类睡眠,生活和死亡的栖居之所。无论它来自何处,它都是那样地亲切,那样地有价值。一切有价值的东西对于我们都是重要的。

阿莱克桑德雷和希梅内斯,你们是我内心的远方花园。我从你们的轻微颤动的嘴唇中听到了那些最灿烂圣洁最动人心弦的绝望的诗句。

诗人,真正果敢的诗人,你实质上是一个先知,一个预言家。你的预言不是对未来的预言,因为你的血液与过去有关。你的预言是不受时间限制的预言。

还有什么可说的呢?公元1995年,于我来说,是一个内心最为隐蔽的一年。

这是我无法解释的力量。

他的气息……

那花园中的气息……

不是似是而非。

而是:似非而是。

1995年10月1日

选自《厦门文学》1996年7月号

闲话厦门人

易中天

一　难解的厦门人

要说厦门人，并不那么容易。

首先，什么人是厦门人，就不大容易界定。如果说厦门人就是在厦门土生土长的"本地人"，那人数大概很可能寥若晨星，根本不成比例；如果说凡有厦门户口的就是厦门人，那么"厦门人"很可能即等于"外地人"，而这些"外地人"无论是祖辈父辈迁入厦门的，抑或是近几年才迁入厦门的，只怕半数以上，都不会承认自己是厦门人。

这就颇有点像数年前上海开展的关于上海人的讨论时所出现的尴尬：尽管差不多所有的人都承认中国存在着一个可以称之为"上海人"的人群，但认真分析起来，却又发现上海几乎只有外地人，没有上海人。"正宗"（即土生土长）的上海人就是上海郊区的农民，而这些郊区农民却又恰恰是被"上海人"看不起的"乡下人"。谁也不会承认他们可以代表"上海人"，正如我们谁也不会把本岛土生土长的渔民看作"厦门人"一样。

这就给了我们一个启示：上海人也好，厦门人也好，都既不是一个种族概念，也不是一个户籍概念，而是一个文化概念。什么是文化？文化就是人类生存和发展的方式。它的具体表现，一是生活方式，二是心理素质。生活在一定文化中的人，其生活方式和心理素质，总会表现出一定的特征，我们无妨称之为"文化性格"。因此，所谓"上海人"或"厦门人"，就是具有某种特定的（上海的或厦门的）文化性格的人或人群。

但是，问题并不因此而变得简单起来。

上海人的文化性格是明显的。外地人到上海，无论他在什么场合，立即就会被上海人辨认出来，一眼看出他是"外地人"。哪怕他一身的海货包装，也能讲几句"洋泾浜"的上海话。同样的，上海人到外地，即便不穿上海服装不讲上海话，也会迅速地被多少有点"上海概念"，接触过上海人的外地人辨认出来。而且，认出之后，随之而来的，还很可能是不太让人高兴的心理感觉，至少是立马与之"划清界限"。

相反，一个外地人进了厦门，除了标志鲜明的"观光客"外，大都很难被厦门人认作外地人。我自己多次遇到厦门人试图用闽南话与我交谈的事，就是证明。同样的，一个厦门人到了外地，也决不会像上海人那么触目，甚至还可能根据他那不太标准的普通话，而视之为"广东人"。

这就说明，厦门似乎还没有形成自己性格鲜明的文化特征。至少是，其特征的鲜明程度，要远逊于上海。

的确，即便从文化性格和文化特征的角度来描述厦门人，也不那么容易。

中国有不少描述各个地方人文化性格和文化特征的顺口溜。比如说，"京（北京）油子，卫（天津）嘴子，保定府的狗腿子"，"天上九头鸟，地上湖北佬"，"山东出响马，江南出才子，四川出神仙"，等等，描述厦门人的却似乎没有。事实上，厦门人的文化性格和文化特征究竟是什么，只怕连厦门人自己也说不大清。

厦门人似乎多少有点像上海人，因为厦门多少有点像上海。比方说，它们都不是什么古都、古城、古郡、古邑，而是近现代以来才兴起的新型城市；它们都远离中央政权，偏于东南一隅；它们都面对大海，被海风吹拂，海浪冲击；它们也都在国内较早地接受西方文化，较早地成为洋行职员和海外华侨的培养基地；等等。上海和厦门，都是没有多少传统文化而更多现代文化，没有多少本土文化而更多外来文化，没有多少政治文化而更多经济文化（或消费文化）的地方。厦门人和上海人，至少在这一点上是相近的，即他们对待外来文化的心理比较平衡，对待国际社会的态度比较健康。比如说，在上海和厦门，就决不会也从来不曾发生过围观、尾随外国人的现象。他们不会对外国人点头哈腰，也不会吐唾沫扔石头。又比如说，在上海音乐厅或鼓浪屿音乐厅演奏西洋音乐，观众绝对会遵守演出时不出入、演奏中不鼓掌之类的规矩，决不会发生外地时有发生的，让音乐家们感到听众"太没教养"的事。再比如说，无论上海人还是厦门人，西装穿在身上，一般都会感到得体、自然，"像那么回事"，不像陕西人、河南人、东北人，西装穿在身上，别人看着"不对头"，自己也觉得"挺别扭"。当然，无论上海人还是厦门人，穿西装的次数也会比内地人多得多，而他们吃西餐也像广东人吃早茶一样自然。他们好像生来就适应西餐的口味，从小就懂得西餐的礼仪，决不会像内地人那样出尽洋相。所以这两市的西餐店，总是生意兴隆，决不会像成都那样门可罗雀。甚至在重视子女教育，尤其是重视英语和钢琴、小提琴的教育方面，厦门人与上海人也不乏共同之处。这恰恰都是两地较多较早地接受了西方文明的表现。

但是，如果你公然提出"厦门人像上海人"的看法，一定会遭到厦门人的断然否定，"决不相同"，"根本两码事"，厦门人会如是说。随便举个例：你到厦门人家去做客，主人会热情地接待你，泡茶、递烟、留饭，把自己的床让给你睡，自己去睡地板。到上海人家做客，对不起，到了吃饭的时候，主人会认真地告诉你，附近有一家价格便宜实惠的饭馆。如果此时女主人留你吃饭，并大声吩咐孩子或丈夫"到楼下端一锅生煎包子来"，那就更可怕，因为这意味着她将有求于你。仅此一端，你还敢说"厦门人像上海人"么？

厦门人也有点像广州人，至少是都爱泡茶。所不同的，大约仅在于广州人更爱出去喝茶（吃早茶或吃晚茶），而厦门人更爱在家里泡茶（厦门街面上似少见茶馆）。茶是中国人的爱物，中国人少有不爱喝茶的，我在拙著《中国：掀起你的盖头来》一书中略有描述。但把喝茶当作一件事来做的，大约只有广州（或广东）、厦门、成都几个地方。广州人虽非每天，但至少隔三差五就要去喝早茶的，成都则满街都是茶馆（与之相配套的则是公共厕所也比厦门多得多）。成都人爱泡茶馆，诚如余秋雨先生所言，是成都文化积累丰富，

话题甚多，无妨将历史与种种小吃一并咀嚼，细细品尝，然后用一杯又一杯的花茶冲下肚去。厦门没有那么多的历史，没有那么多的话题，自然也就没有那么多的茶馆。真不知厦门人在泡茶时，都说些什么？

喝茶的方式，两地也迥异。成都人用带盖的碗，谓之"盖碗茶"。茶博士手提长嘴大铜壶，穿梭于茶客之间，不断地添加滚水。茶客们则把这些滚烫的茶水连同各种街谈巷议一齐吞下去，时光也就这样流水般地打发。厦门人则和广州人一样，茶杯比酒杯还小，倒茶的时间比喝茶的时间还多。他们实际上是把茶当作酒来品味，或者说，是把茶当作生活来品味的。厦门人和广州人一样，似乎更看重人情味极浓的世俗生活。所以他们宁愿用小小的杯子一小口一小口地细细品尝，而不愿端起茶缸"牛饮"。

的确，厦门和广州，这两个远离京都的南国花城，其花香与茶香要远比政治空气来得浓烈。在厦门的街头巷尾，你绝对听不到北京街头处处可闻的那么多的小道消息、政治笑话和政治民谣。甚至哪怕军事演习就发生在家门口，厦门人也很少会去议论它。日子照过，茶照泡，依然一派鸟语花香。然而，广州人虽然似乎也不那么关心政治，但广州毕竟与中国近现代的政治风云密切相关。从戊戌变法到北伐战争，广州人在中国近现代政治史上的地位可谓举足轻重。厦门人可从来没有，也不可能有这样重要的地位。甚至即便是花与茶，厦门与广州也不尽相同。比方说，广州年年都有规模盛大的花市，厦门有么？广州处处都有人满为患的茶楼，厦门有么？一个花市，一座茶楼，就把同样爱花爱茶的广州人和厦门人区别开来了。再说，厦门也没有广州那么多的让外地人读不出音也不解其意的古怪汉字，没有那么多一半英语一半粤语的"中外合资"的名词。在这方面，与广州相比，厦门更像一个普普通通的内地城市。一个外地人来到厦门，决不会有到了广州的那种怪异感觉。

至于厦门人与北京人的差异，也许更大。北京人和上海人、广州人一样，也是文化性格和文化特征极其鲜明的一群。你在北京人身上，或者可以嗅到老舍、邓友梅、汪曾祺笔下的"京味"，或者

不难体味到王朔式的"痞劲"。这都是厦门人"望尘莫及"的。谁要是说厦门人像北京人，那才叫人笑掉大牙哪！

也许根本就不应该说厦门人像谁谁谁。厦门人谁也不像，厦门人就是厦门人。那么，厦门人又是怎么样的呢？他的文化性格和文化特征又是什么呢？如果你拿这个问题去问厦门人，保证连他自己也张口结舌，说不出个子丑寅卯、周吴郑王来。

的确，厦门人的文化性格中，有太多的矛盾，太多的不可思议和难以理解。

比方说，厦门人是保守呢，还是开放呢，便很难说。一方面，厦门人的确很保守，很封闭。他们消息不灵通，而且似乎也并不想灵通起来。尽管厦门有着相当好的通讯系统和网络，但在特区建设中似乎并未很好地把信息当作资源来开发和利用。厦门过去不是，现在也仍未成为各类信息的集散地。这也是"特区不特"的表现之一。甚至在生活习惯上，也颇为保守。厦门街头的早点小吃，几十年一贯制地只是面线糊、花生汤、沙茶面那么几种，远不如上海和广州丰富，更遑论引进新品种。风行全国的川菜只是靠着外来人口的增加费了九牛二虎之力才打进厦门，西安饺子宴则终于落荒而逃。这并不能完全归结为口味（怕麻辣）问题，事实上许多吃过川菜的厦门人也完全能够予以接受。问题在于许多人根本就没有想到要去尝试一下。不敢，或不愿，或不屑尝试新口味（包括一切新事物），才真正是厦门的"问题"。

但是，另一方面，厦门人又是非常开放的。在同等规模的城市中，厦门大约最早拥有了自己全方位开放的国际机场，这一点直至今天仍为许多省会城市所望尘莫及。麦当劳、肯德基、比萨饼一进厦门，就大受欢迎，生意做得红红火火。看来，在厦门，对外开放比对内开放更容易，接受西方文化比接受中原文化更便当。

又比如，厦门人对待新鲜事物，也有北京人那样一种见惯不怪，满不在乎的派头。老外来了不围观，歌星来了也不追逐。随便什么事在厦门都形成不了热潮，球迷们包一架飞机跟着球队到处看球赛的事在厦门简直难以想象。然而北京人的这种派头是可以理解的。北京毕竟是中国的政治文化中心，各种各样的话剧都要在北京的舞台上演出，北京人可真是什么世面没见过，什么场面没上过？但即便是北京，也可能有这样那样的"热"，厦门却没有。尽管厦门并没有多大的天地，厦门人也没有见过多大的世面，但这丝毫也不妨碍他们自以为是的信念。当一个外地人向厦门人讲述"外面的世界"时，厦门人会宽容而耐心地予以倾听，然后再总结性地说这不过是什么什么罢了。当老师在课堂上讲雪花的六角形美丽形状时，厦门的孩子们会大度地付之一笑，以为那不过是在讲童话故事。这样一种心态实在是耐人寻味的。它常常会使我们这些外地人觉得厦门人简直就是一个谜。的确，他们的这种心态究竟是从哪里来的呢？

看来，要说清厦门人，还得先说清厦门岛。

二 温馨小巧厦门岛

我曾经在一次发言中，用四个字来概括四个城市的文化特征，这就是：北京城、广州市、上海滩、厦门岛。

北京是城，而且是"择天下之中而立国"，"坐北朝南"的京城。自公元1153年（金贞元年）始，历经金、元、明、清和新中国，北京5次成为中国政治文化的中心。从1272年元人定都北京至今凡700余年，全国的政治文化中心一直在北京，其间只有短暂的两次南移（朱元璋和国民党定都南京）和一次西迁（国民政府以重庆为陪都）。国内最优质的产品被运往北京，各地最重要的信息被传往北京，全国乃至世界最优秀的人物也云集北京。北京因此有着毋庸置疑的大气和大度，北京的文化永远都是"大"文化，能大雅，也能大俗。尽管北京人从来不说什么"大北京"，却足以让口口声声"大上海"，而且也确实人数众多的上海人在他面前不敢"装大"。

广州是市，经济活力最强，商业气息最浓。近十多年来，广州实际上是以其经济上的惊人成就而为全国所瞩目的。更重要的是，广州不是一个孤立的"市"，而不过只是一大片"市"的代表。以广州为中心，向东、西、南三方扩展，珠江三角洲已毋庸置疑地成为我国城市化程度最高的地区，竟达到平均每70平方公里就有一座城镇的程度,而且这些城镇都是不折不扣的"市"——市场。在这里,市场规律是铁的规律,市场原则是铁的原则,而市场竞争是最扣人心弦的竞争,当然文化也毫不含糊地市场化了。尽管在这个市场上叫卖的文化,不少是"二手货"——中经香港而被港化了的变形的西方文化,但所幸广州多少还有些岭南文化的传统根基,总算铜臭不掩花香茶香,广州总体上还是可爱的。

上海是滩,滩的特点是开放。1842年《南京条约》之后,上海与厦门同时成为第二批对外开放的五个通商口岸之一(此前只有广州可进行中外贸易,此后则开放广州、厦门、福州、宁波和上海,谓之"五口通商"),这也许是上海与厦门颇多相似相近之处的一个原因。然而上海毕竟是"滩",一旦开放,"口子"也就很大,一下子就向太平洋敞开了胸襟。更何况,上海的背后,是六朝古都的南京和作为东西大动脉的长江。她的周围,则是人文荟萃的江南,是富裕、繁华、商业市镇星罗棋布的长江三角洲、杭州湾和太湖地区。得天独厚的地利,使得居心险恶的西方列强和风雨飘摇的大清王朝,都越来越多地把赌注投入其间,同时也吸引着既包括殖民者、暴发户、流氓地痞,也包括革命者、科学家和文人学者的各类人物来这里一显身手,一展宏图。"大上海"之"大",由此而生。这使得同期成为通商口岸的厦门,在上海的面前至今仍只是小兄弟,根本不敢望其项背。尽管上海的小市民可能比厦门的小市民更"小市民",但再大度的厦门人也无法使厦门成为"大厦门"。

因为厦门是岛。

岛的特点是既开放又封闭,因为岛所面对的大海既可能是畅行无阻的通道,又可能是与世隔绝的屏障。至于岛是更愿意开放自己还是更愿意封闭自己,这就要看具体情况了。

厦门是三面大陆环抱的海湾中的小岛。她很像我们祖国一个美丽而娇嗲的小女儿,一面偎依在母亲的怀抱里,一面伸出两只小脚丫去戏水。新中国成立以来,她既没有像上海那样,充当温顺的大儿子,承担起养家糊口、供养弟妹的责任;也不曾像广州一样,做一个敢于外出冒险、为别的兄弟姐妹一探道路的小儿子。当然,她也决不会有北京那样父母般的权威。即便在那个"不爱红装爱武装"的年代里,全身披挂的厦门也仍不失其姑娘的妩媚。可以说,在整个中国近代史上,厦门都既不那么寂寞冷落,也不那么非凡出众。五口通商有她,五大特区也有她,但她从来也不是当中最冒尖、最突出的一个。甚至正式被称为"厦门市",也是1933年的事。那时,上海可早就变成"大上海"啦!

的确,与北京的风云变幻、上海的沧海桑田、广州的异军突起相比,厦门的近代化和现代化历程虽然充满戏剧性,却奇怪地缺少大波澜。从海岛渔村到通商口岸,从海防前线到经济特区,如此之大的反差,却似乎并未引起什么大的震荡。厦门人似乎不需要在思想上转什么大的弯子,就自然而然地接受了所有这些变化。厦门,就像一个天真活泼的小姑娘,漫不经心地就度过了"女大十八变"的青春期。

不知是不是这个原因,才造就了厦门人那种见惯不怪、处变不惊、满不在乎的心态?他们看惯了潮涨潮落、云起云飞、斗转星移,深知"任凭风浪起,稳坐钓鱼船"的道理。于是不管有多少风云变幻,鼓浪屿琴声依旧,厦门岛涛声依旧,厦门人也泡茶依旧。深圳飞跃就飞跃吧!浦东开发就开发吧!不起眼的温州、张家港要崛起就崛起吧!厦门人不否定别人的成绩,但也不妄自菲薄或自惭形秽,当然也不会奋起直追,而只是平静地看他们一眼,点点头,然后低下头去喝自己的茶。

厦门人的这种心态,不知与厦门岛的美丽有没有关系。

凡是初到厦门的人,几乎无不惊叹她的美丽。这里阳光灿烂,海浪迷人,好花常开,好景常在。128平方公里的一个小岛,可以毫不夸张地说,厦门人整个地就是生活在一个大花园和大公园里,至少鼓浪屿必须整岛地看作一个花园和一个公园。

厦门人常常会自豪地宣称:厦门是中国最好的地方。我愿以一个外地人的身份,证明此言不诬。可不是么?北京太大,上海太挤,广州太闹,沈阳太脏，成都太阴，三亚太晒，桂林太闭塞，深圳太紧张，而别的地方又太穷，只是厦门最好。我来厦门后，不少亲朋故旧来看我，都无不感叹说：你可真是给自己找了个养老的好地方。

的确，厦门确实是养老的好地方，却很难说是干事业的好地方。不少有志成就一番事业的年轻人来到厦门后，终于憋不住，又跑到深圳或别的什么地方去了。平心而论，厦门人的事业心的确并不很强。他们眼界小，野心小，胆子小，气度也小。考大学，厦大就行；找工作，白领就行；过日子，小康就行；做生意，有赚就行。厦门籍的大中专毕业生，最大的理想也就是回到厦门，找一份安定、体面、收入不太少的工作。很少有到世界或全国各地去独闯天下，成就一番轰轰烈烈大事业的雄心壮志。甚至当年在填报志愿时，他们的父母首先考虑的也是能否留在或回到厦门，而不是事业上能否大有作为。总之，他们更多追求的是舒适感而不是成就感，更多眷恋的是小家庭而不是大事业，更为看重的是过日子而不是闯天下。因此，厦门人常常会给人以"胆小"的印象。"北京人什么话都敢说，上海人什么国都敢出，广东人什么钱都敢赚，东北人什么架都敢打，武汉人什么娘都敢骂"，厦门人敢什么？

其实，厦门人胆子并不小。两岸对峙时，炮弹从屋顶飞过，厦门人照样泡茶，你说这是胆小还是胆大？依我看，厦门人并不缺乏胆量，但缺乏闯劲；并不缺乏定力，但缺乏激情。

原因之一，大约在于这里有太多的温情。

来到厦门的外地人，差不多都能体验到一种家庭式的温馨感。厦门人的性格，总体上说比较温和。在北方、中原一些城市时有所见的那些现象，比如两军对峙在大街上破口大骂，或者成群结伙地在街头打群架、发酒疯等，在厦门街上就不易看到。倒是常常可见少男少女们声音低低地在街头没完没了地打磁卡电话，女的娇声嗲气，男的粘粘乎乎。公共汽车来了，大家平静而有秩序地前后门上中门下。既不会像在武汉那样小伙子吊在车门随车走，门一开就把老人小孩挤下去；也不用像在上海那样，必须分门别类地排好"坐队"和"站队"，请退休工人来当纠察队。

学校里、单位上，一般地说，师生、同学、同事之间，相处也比较融洽。尽管"窝里斗"是咱们中国的"特产"，矛盾哪儿都有，但在通常情况下，厦门人大体上还能相安无事，而且也多少有些家庭般的温馨感。比方说相互之间的称呼，除必须加以头衔的外，一般都称名而不加姓。宛如家人。无论老头子，抑或小伙子，都可以这样亲切而自然地呼叫自己的女同事，而毋庸考虑对方是一位小姐，还是一位夫人。反过来也一样。同学之间，自然更是男女"打成一片"。这在外地人看来也是匪夷所思的。因为在外地，尤其在北方，即便夫妻之间，也不能这样称呼，而要叫"屋里头的"或"孩子他爹"。同学之间，即便是同性，也要连名带姓一齐来，否则自己叫不出口，别人听着也会吓一跳。所以外地人到了厦门，便会对这种"家庭感"印象深刻，并欣然予以认同。

事实上，厦门人大概也确实是比较看重自己的家庭生活的。我曾说过这样一句话："北京人的面子在位子，广州人的面子在票子，上海人的面子在裤子，厦门人的面子在房子。"一个厦门人，哪怕只是在单位上分得一间临时过渡的陋室，也一定要大兴土木，把它装修得温馨可人。我虽然没有深入过，但猜想厦门人的家庭生活，一定大多比较温馨，人情味很浓。否则，厦门人为什么那么不愿离家，即便离开了也要千方百计再回来？

厦门人不但自己恋家，而且还能设身处地地设想别人也是会眷恋家园向往天伦的。于是，逢年过节，家在厦门的学生，便会把自己班上的外地同学请到家里来围炉，厦大的许多老师也会这样做，如果他当之无愧地是一个厦门人的话。一个真正的厦门人，是不会让自己的同学、同事、学生到了年关还"无家可归"的。不信大年三十下午你到厦大面前一条街去走走看，保证你只能看到不多的几个僧袍飘逸的"出家人"。

厦门人甚至在建设自己的城市时，也像在建设自己的小家。在厦门，出门、乘车、购物、打电话，都极其方便，而且车费和电话费也不很高。厦门的公交公司甚至设计了这样一条线路：从轮渡出发中经火车站，竟能一票到底地抵达机场，而且全程收费只有一元，平均十几分钟就有一趟，这在许多城市都是不敢想的。这说明厦门市的管理者们，其实是很能为市民着想的。

于是，外地人来到厦门，便会有一种"宾至如归"的感觉。久而久之，便会爱上厦门。尤其是秋冬之际，黄河南北冰雪覆盖，长江两岸寒风瑟瑟时，却可以穿着薄薄两件休闲服，从厦大凌云楼出发，翻过一座小山，不几步便进入万石山植物园，然后在浓荫之下绿茵之上，尽情地享受暖风和阳；也可以骑自行车直奔黄厝、曾厝垵海滩，看潮涨潮落，云起云飞，在金色沙滩上留下自己的脚印。看够了，玩累了，带去的食品也吃完了，那么，花上十来块钱，便可以很方便地"打的"回家。我相信，每到这时，无论你是从什么地方迁入厦门的，你都会由衷地发出一声感叹：

啊！厦门，我温馨美丽的家园！

三　走出厦门看厦门

写到这里，连我自己也觉得，捧场的话，似乎已说得过多。

无疑，厦门也好，厦门人也好，都并非只有优点，没有缺点。甚至我们还可以说，厦门和厦门人的优点，很可能恰恰也就是其缺点。换言之，厦门问题的症结，可能恰恰就在于它的美丽、小巧和温馨。

美丽无疑是一种良好的品质。有谁不希望自己美丽一些呢？但是，对自己美丽的欣赏，却很可能由自尊自爱发展为自满自足，又由自满自足变成不思进取。要知道，美只是人类优秀品质中的一种，而非一切。怎么能一想到自己很美丽，就以为自己已经完美无缺了呢？

小巧也不是什么坏事，正如"大有大的难处"。大与小的优劣，从来就是辩证的。小城好管理，好建设，好安排，但也容易造就眼界不高视野不阔心胸不开朗。15年来，厦门特区一直是小打小闹地搞改革，小心翼翼地搞开放，自满于小有成就，自足于小有名气，终于造成人所共知的"特区不特"。

温馨当然也是好的。温馨如果不好，难道剑拔弩张、杀气腾腾，或者冷若冰霜、水深火热就好？但是，生存和发展的辩证法却又告诉我们："不冷不热，五谷不结"，过于温馨，会使人心酥腿软，豁不出去，当然也就难得大有作为。其实，在许多方面，成都与厦门不乏相似之处。成都号称"天府之国"，一马平川的肥沃土地上，清泉流翠，黄花灼眼，金桔灿灿，绿竹绮绮。远离战火的地段，四季如春的气候，丰裕繁多的物产，富足安逸的生活，再加上千百年文化的熏陶，使成都出落得风流儒雅。但是，成都人却并不满足于安逸和温馨。在走不出去的情况下，他们就用麻辣来刺激自己，以防在温馨安逸中泯灭了生命活力。所以成都人（广义一点，四川人）一旦走出三峡，来到更广阔的舞台上，便会像北京人、上海人、广州人、湖南人、山东人一样，干出一番大事业来。厦门人，或者广义一点，福建人，能行么？

因此，当厦门人自豪地宣布："厦门是中国最好的地方"时，他无疑说出了一个事实，但同时也不经意地暴露了自己的问题和缺点。试想，当一个人认为自己已经"最好"了时，他还会有发展，还能有进取么？

实际上，厦门不如外地的地方多得很。

比如说，厦门就没有北京大气和帅气。北京那种雄视天下、综览古今、至高至尊的王者气象，那种吞吐世界风云、融汇中外文化的气魄、气派和气度，不但让厦门永远都望尘莫及，而且生活在这美丽温馨小岛上的厦门人，即便到了北京，面对燕山山脉、华北平原，也未必能真正深刻地体验到这些。他们多半只会挑剔一些诸如北京的"火烧"（一种饼）太硬、"豆汁"太难喝、到八达岭玩一回太累之类的"毛病"，然后嘟囔一句"还是厦门好"便回家。认为什么地方都没有厦门好，这正是厦门人的不是。

厦门没有北京大气帅气，也没有广州生猛鲜活。广州好像是一个精力过剩的城市，永远都不在乎喧嚣和热闹。更何况，广州人拿得起放得下。要革命便北伐，北伐失败了就回来赏花饮茶。厦门人放倒是放得下，可惜不大拿得起。要他们北伐一回，准不干。所以广州（也包括广东）可以一次次走在前面，厦门却一回回落在后面。难怪鲁迅先生当年在厦大没呆多久，便去广州了，其中不是没有原因和道理的。

厦门不如上海的地方也很多，因为上海毕竟是"大上海"。尽管上海人被讥为"大城市、小市民"，也尽管厦门人出手比上海人大方，待客比上海人热情，但并不因此就能成为"大市民"。厦门人在上海人面前多少会显得"土气"，露出"小地方人"的马脚，就像菲律宾、新加坡见了大英帝国一样。小平同志南巡时曾感慨于当年未把上海选作特区，但不是特区的上海却并不比早是特区的厦门差，而5年来浦东开发的速度又让厦门望尘莫及。这不能简单地归结为"瘦死的骆驼比马大"，仍应从两地的文化和两地人的素质去找原因。

其实，厦门和厦门人不如外地和外地人的地方还多得很。比方说，厦门不如西安古老，不如深圳新潮，不如武汉通达，不如成都深沉，不如天津开阔，不如杭州精细……又比方说，厦门人不如东北人慓悍，不如山东人豪爽，不如河北人开朗，不如湖南人厚重，不如陕西人朴直，不如江浙人精明，不如四川人洒脱，不如贵州人敢闯……即便美丽温馨，也不是厦门的专利：珠海、大连、苏州……美丽温馨的小城多着哪！甚至如福建的长汀、湖南的凤凰，虽不过蕞尔小邑，上不了中央电视台的天气预报节目，其独特的风情和韵味，也不让厦门。

如此这般地说来，厦门人，你还能那么怡然自得、满不在乎、自我感觉良好么？

显然，厦门要想走出目前这种尴尬的窘境，首先就必须走出厦门看厦门。

然而，厦门人最大的问题，恰恰又在于他们总是走不出去。

在全国各城市的居民中，的确很少见到像厦门人这样不愿出门的人了。中国人安土重迁，好静不好动、终身不离故土的人不在少数。但就多数人而言，尤其是当代有文化的青年人而言，他们倒更多地是出不去，而不是不想出去，或者自身的条件限制了他们不敢去想，想不到要出去。像厦门这样，公路铁路、海运空运齐全，手头又比较宽裕，却仍然拒绝出门的，倒真是少数。不少厦门人终身不曾离岛，许多厦门人不知火车为何物。厦门的旅行社都有这样一个体会：组团出厦门要比组团进厦门难得多。不要说自己掏钱去旅游，便是有出差的机会，厦门人也不会多么高兴。如果

去的地方差一些，还会视为"苦差"而予以推脱。这显然完全是错误观念在作祟。一是认为天下（至少中国）没有比厦门更好的地方，到哪里去都是吃苦；二是认为外地怎么样，与我没有关系，看不看无所谓，看了也白看。所以，厦门人即便到了外地，也看不出什么名堂来。除了"还是厦门好"以外，他们再也得不出别的结论。这才真是悲莫大焉！

其实，世界大得很，世界上的好地方也多得很，并非只有厦门。厦门再好，也不能把世界之好都集中起来吧？不但世界上、全中国还有比厦门更好的地方，即便总体上不如厦门的地方，也会有它独特的好处。我们实在应该到处走一走，到处看一看，各方面比一比，才会开阔我们的眼界，也才会开阔我们的胸襟。自得其乐地死守一个地方，无异于"安乐死"。安乐则安乐矣，生命的活力却会磨损消沉。更何况，到处走一走，看一看，本身就是一种人生的体验。因此即便是到贫穷落后的地区去，倘若把它看作一种体验，也就不会白去。因此，我们应该鼓励厦门人走出厦门，甚至应该规定厦门的大中专生必须到外地学习或工作若干年，才准其回厦门工作。我们当然也应该有选择地从全国各地引进人才，改变厦门的市民结构。总之，厦门这张"门"，不该是闭关自守的牢门，而应该是吐纳世界风云的大门。

1934年，我的一位同宗名叫易君左的，曾写过一本名为《闲话扬州》的小册子，结果引起了扬州人的不满，联名告到法院，闹得不可开交。后来，有人将此事作了一句上联，道是"易君左闲话扬州，惹来扬州闲话，易君左矣"（应读作"易君——左矣"）。下联直到林森（字子超）连任"国民政府主席"时才有人对出，谓之"林子超主席国府，连任国府主席，林子超然"（应读作"林子——超然"）。此联极尽文字之妙，巧合之奇，一直是文坛的一段佳话。

62年过去了，易君左的同宗后辈又来作《闲话厦门人》。这一回当不会惹来"厦门闲话"吧？

我想应当不会的。

永远的干净

北　北

中午在单位吃饭，家住远方的同事都围住那张老桌子机械地做同一件事。正是最放松的时刻，七嘴八舌叽叽喳喳，各种俏皮话此起彼伏争奇斗艳。但是很热，六月天挤坐一团，无论怎样的欢快轻松也挡不住热气升腾。被承包去的食堂时时精打细算也合情合理，但汗水纷涌而至时，大家还是忍不住烦躁，让头顶上的电风扇运转起来就成了共同向往。只是并没有人愿意站起来走过去向管理员请求，除了慵懒之外，还有更微妙的原因。这时候，门口出现了一个胖乎乎的小女孩，她走得很迟疑，东张西望的似在寻人。我招招手，她很惊诧地过来。

"小朋友，老师有没有教你要学雷锋？"

她点点头。

"那你现在学学雷锋，帮阿姨过去叫那个卖饭的叔叔把电风扇开起来好吗？"

她又点点头，就去了。

窗口很挤，正有许多人等着买饭，小女孩在那儿为难了一阵，绕到边门，把管理员叫了过来。但她的话并没有被重视，管理员转身又忙去了。她就站在那儿，一直站一直站，坚持到我们头顶上的风扇终于转动起来。然后她回来，在我们全桌人按捺不住的笑声和兴奋的目光中慢慢地走回来，脸上依旧是童稚的拙朴和认真。

我把她揽到怀里，知道了她今年9岁，是小学三年级学生，既不是大队长也不是中队长。问到名字时，她缄默了，追问再三，也只肯说自己姓张，小小的脑袋里不知在捍卫着什么，是真的要把雷锋学彻底，做好事也不留名吗？我说那我叫你张小小姐好吗？她笑起来。我又说那以后我们是好朋友了对不对？她还是笑，是那种能沁人心脾的凉爽的笑。

我于是想到一个词：干净。她对陌生人近乎无理的指令欣然点头时，她撅着小嘴和管理员执拗要求时，她歪着脑袋快乐甜笑时，那双清澈的眼睛里都充满了我们久违的透明纯真。

我隐隐开始自责，担心刚才那一份成年人的狡黠会亵渎了她。抚着她嫩洁的手臂，我搬出一大堆形容词，说她乖，说她可爱，说她漂亮，似乎急着要做一点补偿。而她只是挺立着，不惊不诧，一如既往地天真恬静，她实在不能也不想懂得我的悔意与感动。

她离去后，桌上的欢笑还在继续。就在笑声中，我偶然侧过头看到邻桌一位小姐的裙子拖到湿漉漉的地上，风来风去中，裙裾已染上一团污黑。我站起来宣布："喂，你们看着，我也去学一次雷锋。"就过去拍拍那小姐的肩膀，告诉她事实。小姐吓了一跳，很慌张地站起，不料前襟将碗勾住，稀里哗啦，一碗的饭连同勺子都倒在了地上。两桌的人于是轰地一声都笑了，笑得那位小姐脸上羞红一片。

我是不是又错了？我如果不是那么张扬嬉闹地去做，是不是就不会有这样的结果？人之初，性本善，可是在纷纭复杂的世界上，我们总不免或多或少地失却了单纯失却了质朴。当我们一边由衷地感动着那种原始的美丽时，一边却又要以现代人所谓的机智去待人处事，于是就造出了这类哭笑不得的尴尬场面。

那个张小小姐最终也要长大的，长大后，她的心灵还能依旧如此晶莹剔透吗？能有永远的干净吗？

选自《厦门文学》1997年3月号

太行人物

武阳滨

每次归省，在尚未走进家乡时，我都要遥遥地驻足，久久凝眸眺望一阵耸立在蓝天白云下的太行山。远远望去，太行山青色的山峰并肩而立，此起彼伏，绵延逶迤，极似万里长城城头的箭垛与牢不可破的城墙。不知怎地，我又常常把太行山的山峰与南京雨花台烈士陵园中那一尊尊相簇相拥、视死如归的烈士的群像联系在一起。也许，这是因为在我的心目中太行山又是一群威武不屈的战士的形象吧？

在日本侵略者的铁蹄肆意践踏祖国大好河山时，太行山便挺起坚强的身躯，竖起一道难以逾越的屏障，无数次羁绊住敌寇的脚步，让太行儿女挥起铁拳，给敌人以迎头痛击。众所周知的电影《平原游击队》中的故事就发生在太行山脚下。"母亲送儿打东洋，妻子送郎上战场，我们在太行山上，我们在太行山上……"当年，朱德总司令亲率八路军健儿转战太行，绵延冀、晋、豫三省八百余里的太行山，处处回荡着这支战歌，处处变成了埋葬敌人的战场……

走进家乡，不宽的小街高低起伏，两旁大多是山石垒成的院墙。这些院墙里任何一个院落中都有可能生活着昔日叱咤风云的英雄和他们的亲人。我曾多次在那些被风雨冲刷得斑驳的门楼上和被烟火熏黑的堂屋墙壁上，亲眼见到过朱德总司令亲笔题写的匾额和八路军总部颁发的奖状。许多昔日的英雄和烈士的亲人如今像普普通通的山里人一样，日复一日地过着平凡朴实的生活。我最熟悉的一位老人就是其中的一个。

定格在脑海中的老人体态清癯，性格爽朗，头上常年扎一条白羊肚手巾，高高的颧骨透着些病态的红晕。他走路时习惯背着攥有旱烟袋的双手，腰背微弓，肩披的黑夹袄随着脚步前后摆动，怎么看怎么像一只大鸟在飞翔。听人说，老人是30年代的老党员，是抗日战争时期那一带叫敌人十分头疼的游击队长。八路军总部为表彰他的功

绩，曾奖给他一支枪，直到人民公社成立前才上交。"他本来能进城做大官的，"乡亲们惋惜地对我说，"解放了，他说啥也不想再当兵了，非要回家种地不可，你说这老汉怪不怪？"我曾就乡亲们的话问过老人，老人咧开没剩下几颗牙的嘴"哈哈"笑着说："别听他们瞎吹，当啥的官儿呀？我又识不了几个字，除了种地啥也不会，给咱队伍添累呀？"于是便种地、种树；便赶车、拉脚；便开粉坊、磨石腐……年纪一天天地老，他仍闲不下，上级照顾他，让他敲钟唤社员出工，他就每日清晨背着手爬上村后的小山坡，敲响那口横担在两块山石上的大铁钟。大钟一人多高，不知是哪个年代铸就的，钟声低沉但传得很远。当人们从冒着炊烟的院落里走出后，老人便坐在山石上，装上一袋旱袋，望着晨曦中走来走去的村人，悠悠地吸上几口，然后踱下山去，扛起粪筐，沿着崎岖的路去拾牛羊粪。

尽管老人脸上常挂着笑容，可我知道老人有许多心事。大跃进的年代，我曾与老人在一间屋里住过些时日，所以知道。那时节，我还小，虽然夜里很贪睡，但还是常被老人的咳嗽惊醒。每次醒来，总能在微微的月光中看见老人披衣半靠在墙上，夜幕中，烟袋锅中的火明明暗暗。静谧中，烟叶"滋滋"的燃烧声显得也很响，不时地就有撕心裂肺般难以抑制的咳嗽响起，有时竟一直断断续续地响到天亮。一次，我好奇地问老人，他整宿整宿不睡觉是在想啥呢？老人起身为我披了披被角，长叹一声道："你还小，有些事说了你也不明白。睡吧，睡吧……"一觉醒来，发现老人仍是坐着。

村里的人都说老人很少发脾气，不过恰巧被我碰上一回。那是一个夏日的午后，日头很毒，乡亲们大概都在歇晌，村里村外绝少人迹，蝉在树梢不住地叫，狗在树荫下伸着舌头喘粗气，天热得人心里凭空生出许多的烦躁。那时，老人正管着一

片新植的山林，他巡视一遍山林后回到村里，在打麦场旁的石碾处看到一个光着屁股的半大孩子趴在碾盘上，正用小棍剔着沟槽里一星半点的玉米渣，然后飞快地用小手捏起塞进嘴里，实在捏不起来的，就爬在碾盘上用舌头舔。起初，老人不知道他在干什么，轻轻地在他光溜溜的屁股上拍了一掌，笑哈哈地问："你这是弄啥呢？"孩子见是老人，高兴地说："爷爷，这里头有粮食，等一会儿我吃饱了，还要给俺娘抠一把呢。"老人"唰"地变了脸色，俄顷，大步流星地冲向大队食堂。

待我从睡梦中被嘈杂的喧哗惊醒，又被邻家的大娘拖到村旁紧挨着大队食堂的小石桥边时，见老人正站在小桥上，一边用脚踢着他从食堂里扛来的用于装粮食的空缸，一边泼口大骂："……这鸡巴食堂还办它干什么?! 吃，吃不上；喝，喝不饱，我日他娘，趁早散伙吧。"说着，他双手抓起一个空缸高高举过头顶，又猛地摔下桥去，"砰"地一声，空缸在干涸的布满乱石的河底四分五裂。接着，他又抓起了一个……也许是赶来劝阻他的大小干部们慑于他的威望，也许是在场的人也都存有和老人一样的念头，直到老人把扛来的空缸摔完，竟然也没有一个人吱声。老人摔完缸，走近观望的人群，默默抱起那个因闯了"祸"而啼哭不止的孩子，旁若无人地走进村子。

当日下午，老人背着手走进他曾经管过的粉坊。粉坊是个用红薯制作淀粉，又用淀粉制作粉丝的小作坊。把淀粉装进一个满是小洞的大漏勺里，用水搅成黏糊糊的粉浆，粉浆从小洞漏进沸腾的大锅里，就变成了湿粉丝。捞出晒干，就成了如今已很少有人食用但在那时即使是在过年过节也难得见到的地瓜粉丝。制作过程中，如果粉浆中

有杂质，就会凝结成一个疙瘩，在老家被叫做"粉疙瘩"，是不能出售的废品，平时都被制粉人用来充饥了。

那日，老人一进粉坊，便随手敲着一个大瓷盆，对作坊里的人说："给我弄一盆粉疙瘩。"当时，多少斤红薯出多少斤淀粉，多少斤淀粉出多少斤粉丝都是有规定的，再说"粉疙瘩"是因为过滤不净，漏粉时偶尔凝成的，借给谁个胆，谁也不敢人为地制造这些废品，故而，在场的人均面有难色。老人见状摇摇头，长叹一声，自己用手抓了一把经过滤后用米喂猪的粉渣丢进了漏勺，默不作声地漏起粉来，直到漏够了一瓷盆"粉疙瘩"为止。

晚上，老人把村里的一伙半大孩子叫到家中，用"粉疙瘩"把他们的小肚子填了个溜溜圆。

是时，夜幕早已垂降，如豆的油灯下，围坐着一群狼吞虎咽、舔碗嗍指的孩子。老人在暗处坐着，如同他半夜倚在床上一样吸着旱烟，看不清他的表情，唯见烟袋锅中和两眼里有亮点在闪烁……

我之所以如此熟悉老人，那是因为老人就是我的外祖父。那一年，外祖父来信对我父母说他心里憋得难受，想叫我去给他做个伴儿，父母就把我送到了老人身边。老人后来在"文革"中去世，外祖母和乡亲们把他埋葬在他常去敲钟的那座小山坡下，让老人与巍巍的太行山融为了一体。

此后，不论什么时候，只要一想起太行山，我就会想起老人；一想起老人，也一定会想起太行山——恐怕至死也都会这样。

选自《厦门文学》1997 年 11 月号

逃避城市

黄文山

　　有一个时期，我真想逃避城市。城市的喧嚣，城市的波荡，城市的妖冶，对我这个从大山里出来的孩子，既是一种迷惑，更是一种距离。我的血管里流着的依然只是一道清澈的小溪，尽管有时也激荡不平、呼啸有声，但却透明得让人一眼就能望穿。城市则是瞬息万变的大海，干湍里潜藏着激流，晴明中孕育着风暴。你好端端地在沙滩上散步，说不准什么时候浪花会扑上来咬你一口。即使是一块硕大的岩礁，你也不应存有牢靠安稳的念头，也许就在你走神的一刹那，潮水已经将你团团围困。

　　逃避城市，是因为我始终无法走进城市。小时候，父母带我坐着小火轮，浮江而下，来到这座闽江畔最大的城市。我很快地就找到了同龄的小伙伴，学会了咿哑难读的方言，也能熟练自如地趿一双木屐，在石板路上踏出一串清脆跫音。可是对于这座城市，我始终只是一个外来者。那深深浅浅的古巷，引诱我一次次在仄仄的巷道上逡巡。苔痕侵染的重檐翘脊，把城市的历史渲染得如此扑朔迷离，而铜环衔扣的高墙深院则庄严地告示人和人之间的距离，无声掐断了我排闼直入的念头。偶然参加一次喜宴，或者碰巧跌落一个大家庭浓浓的亲情氛围中，那一份疏陌和局促不安，都明白无误地告诉我，14 年的光阴，依然无法改变一个外乡人的身份。

　　突如其来的"文化大革命"，仿佛是一场对城市的战争，一座座高宅深院里，冒出焚烧的浓烟。在那一瞬间，我看到了许多城市秘不告人的历史，但只是一瞬间，什么也不可能留下。我不知道，这对于城市，究竟是一种灾祸抑或是一种逃脱。

　　具有讽刺意味的是，那场轰轰烈烈的文化革命将结束的时候，我们这群曾经轰轰烈烈地对城市的"四旧"大造其反的革命学生，几乎全数被请出了城市。

　　我第一次认识到城市的强大和冷酷，我也第一次认识到自己的弱小和无知。我忽然感到了一种解脱。

　　因此，当我背起背包，站在甲板上，看小火轮挣脱城市的羁绊，扭头西上，我没有像许多同学那样，在一刹间，留下依依惜别的泪水，而是满怀激情地憧憬着渐渐走近的插队生活，那儿正是生我的故乡的大山。

　　其实，我离开故乡时，尚依伏在父母的怀抱里，对周围的人事景物本是懵懂无知，况且我的下放地离出生地，少说也有 100 公里之遥。只是由于那一脉相延的大山，在我的心目中，便成故乡的一部分。虽然素昧平生，却感到熟稔而亲切。那峭拔的山峰，那苍翠的树林，那活泼的泉水，那醇醪的乡情，仿佛都是梦中曾经的情景。

　　大山虽然广博，却是沉静的。我可以用笨拙的脚步去丈量它的广博，可以用平常心去思索它的深奥。即便，我生活过的只是大山的一个小旮旯，但我和它的心竟如此相通。我甚至听得到它每一次深长的呼吸和每一声轻微的心跳。那一段生活，让我刻骨铭心，尽管繁重的劳动压弯了我的背脊，无情的疟疾折磨着我的健康，但我至今无怨无悔。

　　时间，仿佛在这儿凝固了。每天，清晨小鸟衔着星星飞去，傍晚山风驮着夜幕归来。日复一日，年复一年，秧青了，稻黄了，小子腰壮了，老子背驼了，然而村庄依旧，大山依旧。

　　如果没有知青返城的汹涌浪潮，如果没有那一纸招工的调令，我不知道，我会不会终老于这深山荒谷之中。但我毕竟又回来了，回到了这座我熟悉而又陌生的城市。不像那些生于斯、长于斯的同学，那份浪子归乡、萍踪泊定的喜悦当然无从而出。我倒像是一位战士，经历过失败的退却，而今又跻身进攻者的行列，跨入城市的大门。

　　重新进入城市，最初，或许有几分胜利者的沾沾自喜。曾几何时，这一点点陶醉就荡然无存。

我发现,在这座城市里,我身无立锥之地。那鳞次栉比的高楼、灯红酒绿的歌厅以及满目滔滔的人流,都与我无缘无亲无涉。我所需要的一切,即使近在咫尺,也不属于我。对我来说,每一份获取,都必须付出格外艰辛的努力。有时,在空旷的大街上,甚至有一种孤立无援的感觉。

在我借以栖身的小小蜗居,只有一扇狭窄的窗户。从这里,我看不到整块的天空,疯长着的灰色建筑物,把它分割成不同形状的碎片;我也看不到整片的绿色,孤零零的行道树,如同被大自然遗忘的一串省略号。

于是我便常常怀念大山。大山的生活虽然清苦,但那里的天空蔚蓝而且完整,那里的草木茂盛而且自由。每一座茅舍的炊烟,都使我感到特别亲切,夜里枕着一溪流水,睡得也格外安稳。

而在城市,人和人之间却常常隔着藩篱相见。如果说老式的院落里,还残存着一条亲族往来的狭窄走廊,那么新公寓楼里,每一个独立的单元,便是一个彼此隔开的封闭世界。机械的门铃或电话声,断然拒绝了大家庭的融融氛围。我这才明白,岂仅是我,走不进整座城市,即使是世世代代的居民,也只能拥有城市里一个有限的亲情角落。在城市的汪洋大海中,每个人都只是一条脆弱的帆板,随波俯仰,凭借风势和潮力,小心翼翼地调整着自己的方向。

但我始终没有离开城市。我心的一半在呼唤:走吧,回到大山中去。我心的另一半却仍在固执地坚持着,面对着强大无情的城市,发动着一次次极其有限的进攻。于是,我在庞大的城市里有了一个微不足道的小小角落。我知道,我将为这场进攻耗尽精力,我将很瘦倦,我将很寂寞,但我却无法停止。因为我是一条小溪,从岩缝里迸出,从崖豁口跌落,命中注定,便没有归路。也许,我从来就不属于大海,然而,在海波的诱惑下,我却将自己变成了它的一份子,孤单而惶惑地在汹涌的海波里浮沉,依然做着大山的梦。

选自《厦门文学》1997 年 11 月号

文人的操守

施晓宇

在一次与友人的谈话中,我忽然发现,我国二三十年代就已成名的诸位大作家如郭沫若、茅盾、巴金、曹禺、丁玲、沈从文……建国后反而在文坛上或销声匿迹或涂鸦"遵命文学"。是江郎才尽了么?是语言上出了毛病了么?似乎都不是。尽管毛泽东早在 1942 年延安整风时就告诫过:"我们应该研究一下文章怎样写得短些,写得精粹些。"后来著名学者王佐良也在《英国散文的流变》一文中指出:"语言质量不是一句空话,而有具体的要求;对于各类散文,人们的第一个要求是清楚达意。要做到清楚达意并不容易,首先要求说话写文的人能够想得清楚。"

看来这就是问题的症结所在了,并不是一个简单的语言问题,更不是一个篇幅的冗长问题,而是因为一场场极"左"路线导致下的政治运动以迅雷不及掩耳的速度接踵而至,使当了"大官"的郭沫若(中国文联主席、中国科学院院长)、茅盾(中国文化部部长),使当了"右派"的丁玲、陈企霞、秦兆阳,使夹着尾巴做人成了惊弓之鸟的巴金、老舍、曹禺等都不会"说话"了,即不会"清楚达意"了,不会在说话写文之前"想得清楚"了。既连想都想不清楚,又如何指挥得清楚手中的一支笔?对此,朱学勤在时隔半个世纪后的今天一针见血地点明了个中原委:"1949 年以后,一大批早与鲁迅齐名的作家为何都写不出像样的作品?茅盾为何搁笔?巴金为何忏悔?原因之一,就是他们都放弃了当年社会批判的立场,以不同身份加入了政治参与的模式,创作源泉也必然走向枯竭。"

在政治的高压之下,远离了创作源泉的人,连说话都说不"清楚"的人,你又如何让他继续写出惊天地泣鬼神的鸿篇巨制?如果硬写,便有了郭沫若的话剧《蔡文姬》、专著《李白与杜甫》,曹禺的话剧《明朗的天》、电影《艳阳天》。郭沫若出于"尊法批儒"的运动需要,硬套阶级斗争的模式,信口雌黄地贬李白而捧杜甫,莫名其妙地杜甫因《茅屋为秋风所破歌》便成了劳苦大众的代言人,而李白因"人生得意须尽欢,莫使金樽空对月"则成了剥削阶级的叭儿狗。堂堂的大作家、历史学家,居然敢糟践自己的名字,不负责任以至于此,也是让后人十分鄙夷。曹禺呢,曹禺典型的"遵命文学"的产物《明朗的天》等,能与他二十出头时写下的不朽名作《雷雨》相提并论么?能与他"清楚达意"的神来之笔《日出》同日而语么?这就无怪性情耿直的大画家因为画了一只睁一只眼闭一只眼的猫头鹰而在"文革"中被造反派污蔑为对社会主义"心怀不满"、"恶毒攻击"的黄永玉有一天要对曹禺秉笔直言了:"我不喜欢你解放后的戏,一个也不喜欢。你从一个海洋萎缩为一条小溪,你失去了伟大的通灵宝玉,你为势位所误!"

曹禺收读此信,默然良久,慨然长叹道:"明白了,人也残废了,大好的光阴也浪费了。这也是悲剧,很不是滋味的悲剧。我们负出的代价太多太大了。"无独有偶,"文革"后复出的老作家、理论家王元化在 1987 年答记者问时,发出与曹禺相同的感叹。他重申 30 年前即为之惹祸的"向着真实"的主张说:"这样简单的道理本来是不言自明的,可是,我们却需要大声疾呼,来为这样平凡的真理去说明,去申辩。"

另一个具有讽刺意味,亦具有异曲同工之妙的例子是,1948 年年底,号称蒋介石"文胆"的陈布雷见国民党腐败黑暗、大势已去,服毒自杀前,留下了理智完全清醒的遗书道:"我自脱离报界以来,即不能舒畅自如地用我的笔表达我所欲之言,躯壳和灵魂,已渐为他人一体。搞了大半辈子政治,从政而不懂得政治,投在蒋先生手下,以至无法自拔,于今悔之晚矣。"这很容易使人想到另一个先哲的一段至理名言。2500 年前,苏格拉底——这位出生于雕刻之家的古希腊哲学家,因为终身坚持"认识自己"是人类的第一要义和与以安尼托为首的雅典民主激进派展开斗争而被诬告上法庭并错判死刑（饮鸩）。临刑前，他给自己的得意门生、写出过《理想国》名著的柏拉图等人留下了耐人寻味的诀别赠辞："要想为正义而斗争的人，如果他想活着，也必须有一个私人的身份而不要公共的岗位。只有'不在其位'，才能更自由地'谋其政'。"（见柏拉图《中辩篇》）

当然，要做到如苏格拉底所说的那样彻底的超凡脱俗似乎很难。历史上，有尧帝追赶许由让他做官的故事；尧帝追赶许由至箕山，求他出任九洲长。许由坚辞，并认为听此一说简直是对他人格的一种玷污，急忙跑去河边洗耳朵。正碰上巢父在河边饮牛，见状问其故。许由遂告之。不想巢父大怒，认为是许由矫揉造作，斥责道——"你若是深藏不露，不介入世俗，谁又能找得到你？而你来洗耳朵，无非又是一种沽名钓誉！你在上游洗耳，我在下游饮牛，这岂不是要弄脏我的牛嘴吗？"斥罢，愤然牵牛往上游去。看，连许由这样淡漠功名的人都不算彻底，何况我们后来人？何况屈服高压紧跟政治，紧跟时尚——无论是政治时尚还是生活时尚，终究也会给人带来一些好处，一些实惠，甚至这种好处和实惠还不少。所以苏联作家布尔加科夫提醒：

"作家无论遇到多大困难都应该坚贞不屈……如果使文学去适应把个人生活安排得更为舒适、更富有的需要，这样的文学便是一种令人厌恶的勾当了。"因此，当布尔加科夫因在 30 年代不肯向当时的专制政权，特别是向斯大林低头而被剥夺工作、发表的权利后，他陷入了贫困之中。但他并不趋炎附势，出卖自己手中的笔。他依然坚持"正派"的写作：就像疾病使普鲁斯特回到写作——产生了《追忆似水年华》，孤独使卡夫卡回到写作——产生了《变形记》那样。厄运将布尔加科夫与荣誉、富贵分开了，同时又将写作使命赋予了他，给了他另一种欢乐，也给了他另一种痛苦。这种痛苦就是作品不能发表，暂时的不被理解，甚至永远的遭受诬陷。但是，他葆有了自己的灵魂、自己的人格和文人的操守及手中一支干净、诚实的笔。

1997 年 3 月 4 日白丁斋

选自《厦门文学》1997 年 12 月号

过期的聚会

徐敬亚

作为中国 80 年代诗歌论战的"最后一幕"，1997 年 7 月，"三个崛起论者"非刻意地聚会于武夷山。

这次聚会，仅仅可以被戏称为"最后一幕"，谁都知道，中国诗歌热潮的幕布，早已经落入尘埃。

像某次战争后，三个肢体残缺的老兵，不期而遇。他们并没有足够的热情去回首硝烟，甚至对暗藏于身体内的子弹也缺少悲愤。这是一次迟到的相聚。爱和恨，恋与降，都使人想起那首流行于卡拉 OK 厅里的庸俗歌曲。

烽烟弥漫与热泪沾襟，只属于过去。

温文尔雅，漫不经心，则使画面酷似世纪末中国文人聚会的任何一次重复。

说白了，三个写过文章的人，鼻鼻眼眼，南南北北。唯一共同的是：他们曾忘情地关心过同一个命题，他们的文章中都使用了两个汉字：崛起。

历史，像一个名妓——风流传世，万人想象。而当她的一丝丝血脉经过我们的内心时，我们才可能蓦然懂得：她和我们其实一样嘴脸。

轰隆隆的历史事件发生的当时，与一个孩子随口吃下一颗果子极为相似。

其实，更小的事件与更大的事件相比，只能更加真实。

在被论敌称为"三个崛起论者"这一复杂称谓之前，三个人只合伙见过一次——

17 年前。

1980 年 7 月。

《诗探索》杂志创刊。

以即将创刊的刊物之名，邀请青年人谈诗。

后来，谈话发表在《诗探索》创刊号上。

某一座陈旧的建筑物。楼上。气氛庄严。

第一次见到谢冕——这个在文章中用词磅礴、逻辑严谨的人，身材微小，面部紧绷，神情肃穆。

第一次见到孙绍振——这个在同年 4 月南宁会议上一鸣惊人者，头发蓬乱，口齿伶俐，目光闪烁。

第一次见到徐敬亚——在两位相当于今天徐敬亚年龄的教师眼中和爆热前夕的诗坛上，徐君刚刚出现。他们只是在几个月前刚刚读过他的第一篇文章——一个一般意义的青年人，31 岁。

17 年，足够一个新的人类生长出来。同样，也足够一个中年走向衰老。毛泽东用 17 年建设了一个新的国家。中国人可以连续两次进行抗击外敌的战争。

历史的微笑与愤怒，一贯失准。

一定有无数的优美镜头被无情地错过，这正像无数普通镜头被给予了非正常关注一样。

只是由于足球场上偏袒裁判的一次执意判罚，在阵阵人浪中，三组普通的镜头才一次次在人们的目光下重复播放。在史册上，错误和功绩具有几乎同等的激发效果。

宣判，常常演变成另一种更加刺激的传播。

从来没人做过此项检测——作为单纯符号的汉字，每一个笔画有多少重量？它们之间怎样组合才更加惊人？但是，写过以上三篇文章的人不能不懂得：正是对手，在它们的笔画上恶意地撒上了一层剧毒的粉末，那些字的前面，才出现了如醉如痴的效果与假象。

其实，即使是它被夸张的效果，也十分短命。

1986 年现代诗大展以后，大批的文字已经死亡。

更多的后来人，包括承受了它们的煽动、鼓舞者，恰恰从它们的字缝中走向了另外的区域。

有人说，历史会记着。但是，谁会记得历史呢？

几个月前——

1997 年，7 月。

风光过于秀小的武夷山。

一切时过境迁。一切恍若隔世。

在三人相聚时，第二次见到了谢冕——这个在 17 年中立马横枪于诗坛之上者，头鬓已经斑白。桃李天下，神采依然。

这个曾经大声疾呼"宽容"的艺术公允者，在武夷山上，对自己发出了并"不宽容"的困惑。其痛感"诗是否正离我而去？"——或如他人所评"你是否正离诗而去？"是他为人们留下的一句最深的语言。

谢冕，这位当年最敏感的诗歌神经医生，早已失去了药到病除的神力。

人们望着这个神情激昂的小老头儿，再次为他的真诚所倾倒，所感动，所同情。

在三人相聚时，第二次见到孙绍振——这个在 17 年中隐于南国校区，悄悄变成了教授者，胸部已经松弛。长发乏皂，唯口齿有加。

这个曾最早口头发难于诗坛并从美学之畔寻衅者，兴趣过于广泛与短暂。但这个永远也不热爱和平的人，以他惯有的机敏与《幽默论》，聊破了会议的困倦。人们无法不对他与诗的关系发出置疑，包括他自己。

孙绍振，这位当年的异端美学家，其思想似乎已经云游四方。

人们望着他飞快翻动的舌唇，再次为他不老的话语速度感到惊奇。

在三人相聚时，第二次见到徐敬亚——在两位老人眼中，这个稍不留神混入诗评界的人，十多年来，由北而南，屡屡传来败绩……当他与王小妮携其子经过时，人们都会感到——在冥界中，他早不是什么青年诗人，他已经额外背负了一个 17 岁少年的光阴。

作为徐敬亚本人——在武夷山，我说了过多的灰色与失望。猛然望向当年，我曾亢奋、独断而坚定！那——已经不是今天的我。17 年，任何人都可以重新建立一个自己的国家，任何人都可以由原来变为恍若隔世。

背景如此重要！

一束鲜花，在惨白的脸孔前生动而惊心！而在血红的幕布前，则黯然失色……

时空如此残酷！

行千里而西出阳关者，满目悲凉，痛不欲生！步下万里之外飞机舷梯者，与家人在电话里，谈笑风生……

一枚变了质的月亮，偷偷挂上了武夷山的朱岩。开过了三天会议的评论家们，就要休息身体，准备明天攀爬山峦与群体游览。

这是就要离开诗歌，离开那座山峰前的一夜。

一位老者问我：假如现在是 1983 年……

我说：历史上，没有"假如"，"假如"对于我们，没有意义。

选自《厦门文学》1998 年 1 月号

缤纷西域

张抗抗

在你还是个小姑娘的时候，你就开始向往那个地方了。那个时候，它是葡萄干和哈密瓜，是闪亮的丝织小帽和维吾尔女孩头上数不清的小辫子。

少女时代你越发地渴望它，它是动人心弦的音乐，是旋转的长裙，是冰山神秘的来客，是苍凉雄奇的边塞诗……

后来你长成了一个青年，你从江南去往东北，日日在北大荒的原野上耕作，你却依然在一个个苦难的瞬间里，痴痴地仰慕它思念它。那时它已是一首悲壮的军垦赞歌，是无垠的棉田和浪漫的理想……

几十年间，你都在为自己当初没有机会选择那个地方生活而遗憾。后来的那些岁月过得如此匆忙，它遗落在你的记忆中，竟连远远地看它一眼都似乎没有可能。于是你曾绝望地怀疑，自己这一生是否与新疆无缘？

你想它想了许多年，盼它盼了许多年。一个人去往那个魂牵梦萦之处，竟然要在路上走将近半个世纪么？

忽然地，它说来就来了。愿望本是一粒在地层深处蛰伏了千年的莲籽，若是遇见阳光和水，一春一夏便衍成了清水芙蓉的荷塘。其实你知道它是不灭的，在你之前的千年万年以及在你身后的茫茫日月，它都会永恒地屹立在那里——并非仅止于西域的疆土，而是长存于史书和人心。

然而，不是它来，是你来了。你急急地走向它扑向它，或许因你在漫长的时间隧道里已经走了太久，你惊讶地发现，你未启程却早已匍匐在它的脚下。

那真是你失散了很久的那个情人么？

你凝视它拥抱它抚摸它亲吻它，你穿越了从乌鲁木齐到伊犁的天山公路，又从空中跃过塔里木河，由北疆抵达南疆的喀什。路途漫漫遥不可及，你耗尽了全身的热情和精力，仅仅只涉猎了它身体小小的一个局部。它是一个伟岸而傲慢的巨人，不可被通读被浏览；它只伸出一只手掌给你，掌心那波斯图案般的肤纹已够你揣摩。

那个时候你突然睁不开眼睛，许多年来覆盖在你心里那个模糊的影子，猛然变成清晰而刺眼的光与色，如飞碟般旋转着掠过长空，降落于山川河谷。你笼罩在一片炫目的色彩之中，难辨日月昼夜。

你因看不清它的全貌而惶恐颤栗，它实在太辽远太壮阔了，它不可被你占有哪怕是分享——你走近它却不可走尽它，当你明白时，你无奈地闭上眼睛任凭它退出你的视线，怀着几十年积攒的思绪悻悻离去。

当你离去以后，你才发现自己依旧留在那里，再也走不出它广袤的疆界。

当你回到出发前的地方，你才发现自己几乎把它整个儿带回来了。

那些绚丽的光与色始终跟随着你笼罩着你，如同一幅幅色彩浓烈而厚重的巨大油画，喷射着缤纷的彩焰，悬挂于你视线所及任何一个方向的上空，那样的辉煌与绚丽，使得眼前的世界不再有颜色了。

你在恍惚迷离与莫名的感动中，试图细细地辨析它们——那种剧烈晃动着的金色，是西域白昼焦灼的阳光，那光犹如密密金线铜丝，将戈壁和沙漠护上一层金色的盔甲，金色便亮得坚不可摧；炽热的暖色是那片疆土最本分的底色，连阳光下蒸腾的氤氲都是金色的，所以它的呼吸也变成了金色。入了夏，金色的底板上有了明黄橙黄鹅黄棕黄来点缀，熟透的甜瓜玉米向日葵，纷纷以鲜润的金黄陪衬，还有四季喷香松松的金黄烤馕相配，西域的金色就天上地下浑然一体了。

那么蓝色呢？金黄的底色下，端庄而略带些

忧郁的蓝色是经年不变的主调——屏障般护卫着抑或是切割着西域的天山、阿勒泰山和昆仑山山脉，永远以深沉的蓝灰色与头顶海洋般碧蓝的天空遥相呼应；天蓝得透明，山蓝得醇厚；天蓝得拒人千里，山蓝得揽人入怀；那天上地下的蓝色，高贵却不矜持，鲜活却不妖媚，竟是如此默契与相知。还有蓝宝石般的天池，从山岚中呼之欲出，石破天惊，那样纯粹与凝练的蓝色，疑是汇融天下之蓝提取所得，终成仰卧于山巅的一个蓝精灵。

西域的绿色，在形状上有些古怪，或呈利剑状钻天入云，是雪岭云杉和杨，或攀棚爬菀遮出一片绿荫，是葡萄和果树，那绿色不似中原一马平川一望无际，而是由一星半点绿色渐次放射开去，圈成一片浓密的绿洲，一旦走出那绿色，就走到秋的金黄和冬的白色里去了，所以那绿色很是宝贵。绿洲外的山野，那绿往往与蓝亲近，深蓝色雾霭蒙蒙的山谷里有树，翠蓝色的天空下有树，都说青出于蓝而胜于蓝，而西域的绿色一旦出现，却使得上下左右的蓝色更显得生气勃发。那绿色像是用刮刀托了油彩镶嵌上去，与蓝色错杂，一层层叠加，勾勒出棱角分明的线条，浮雕一般，展示着西域的力度和质感。

冷艳而高傲的白色总是若隐若现，缥缈无定，像是画面上刻意留下的大片空白，任人遐想。银白色的冰坂雪峰，冷不丁地揭了面纱露一露脸，忽远忽近地跟随，又神秘地消失；深山公路旁，偶有人扬着一团白色的东西叫卖，那朵冰山雪莲虽已干缩，花瓣上却明明留着雪的痕迹，依然冰清玉洁，白得让人怜爱。河谷里的水湍急地流淌着，都是冰川雪山上融化的雪水，浸透了雪的颜色，白色瀑布中的水珠一定也是六角形的；还有散落在河谷中的坡地上悠悠的羊群，哈萨克牧人白色的毡房呢……白色是高山大漠中最富诗意的色彩，可信手拈来，随意吟唱的。

最后是红色，热烈而欢乐的红色，像是火山爆发时奔突的熔岩，从沉稳的蓝黄绿白中跳跃蹦溅出来。若是春，漫山遍野红似朝霞的莱丽喀扎克

（天山红花）和野芍药，红得娇艳；若是夏，有玛瑙般的西瓜红瓤红樱桃红草莓紫葡萄，红得浪漫；若是秋，满目皆是熟透的红苹果与红山楂，红得醉人；即便是冬，亦有晶莹的玫瑰红葡萄酒，为寒冬的冰山雪野补上几分暖色。那是鲜血的颜色，是自然天成的颜色，不带有任何矫饰和造作。它从生命中来又回到生命中去，即便凋敝，也留一片健康的赭红在西域人的肤色上……

那所有的颜色都从不孤独，它们彼此萦绕，相互渗透，化作七彩交织的波斯地毯，化作维吾尔人家廊檐和窗棂上精心绘制的花卉图案，化作哈萨克姑娘飞扬灵动的服饰，化作华丽恢弘的清真寺彩釉镶砌的殿堂与塔顶……

究竟是自然原始的色彩塑造了西域人，还是西域人强壮彪悍的生命力，创造了这不褪的色彩呢？

许多年，你曾走过许多地方了，可唯有西域的色彩，令你如此震撼。

传说中那儿是沙漠是戈壁，是冰川和雪山，传说中那儿暗淡而荒凉。

造物主究竟如何将这些天下美丽的颜色，集于一地，汇于一窗，配置得如此和谐？以至少了任何一种颜色，它都将不再成为叫做新疆的那个地方。

在西域，色彩不是外衣不是表象，年复一年，色彩一寸寸生长于它的内心，那是苦难中一种看得见的希望。

由此你认定了它的个性是浪漫而洒脱的，色彩早已是西域人的一种存在方式，甚至，是西域人与生俱来的一种天性。

所以，色彩中其实包裹着一个人一个民族的气韵和魂魄。色彩是可以传递心灵的——你明白这个，是从缤纷西域回来之后。

虽然你不可走尽它，但可以懂得它。

樟木之女

姜　滇

汽车开出拉萨不远，在翻越冈巴拉山时出了故障，我们一行人不得不滞留在海拔四千多米的荒山上。西藏军区司令部派给我们的这辆面包车，哼哼停停，一直走不出山腰。两个志愿兵忙着修车，从清晨到下午，不曾喝一口水，吃一块干粮。眼见天色将黑，于是决定拦下过路的汽车，把高原反应比较严重的同志先带到浪卡子兵站去。

大家站在路边，眼巴巴地望着公路尽头，可是好久也看不到汽车的影子，这时候才意识到，这个决定做得太迟了，高原行车，变幻莫测，必须早走早歇，是不能按照内地平路加以推测的，况且这里气候异常，虽然正值盛夏，但山上穿着大衣仍有寒意。据说夜晚气温骤降，常有暴雨，如果遇上泥石流，后果不堪设想。

这样让大家不免悚然起来。

后来终于从山下开来两部载重卡车，是日本产的五十铃，拖着沉重的钢材。前面一个司机30多岁，身材壮实，黑里透红的脸上有一圈络腮胡子，一看就知道是闯荡世界的汉子。他听了情况，爽快地说："上车吧！"

我看到，后面一辆车上，驾驶员旁边坐着一个年轻的姑娘，于是池莉就上了那辆车。我坐在第一辆车上，和大胡子司机聊了起来（另一男人也是司机）。他告诉我，这些钢材是从格尔木运到樟木去的，已经走了两天，如果没有意外，还有三天路程。当听说我们可能是最后一批翻山的汽车时，我为滞留在山上的作家们担忧起来。

当汽车弯过山下的羊卓雍湖，这时候暮色初降，湖水蓝得发翠，平静得犹如一面水晶，我真想从上面走过去，走到湖那边的雪山脚下。在西藏，到处可以听到雪山圣湖的传说。尽管由于严重缺氧，我感到头痛胸闷，但还是让大胡子司机停下车来，好在羊卓雍湖边拍照。

我和池莉互相照了一张，池莉指着身边的姑娘说："给她也照一张吧。"

她走到湖边，神情自然大方，圆圆胖胖的脸上一片红云。这一瞬间留下的影像，是一个20岁少女的永久纪念。她只感到有点惊奇，在遥远的旅途中，在这个时间的坐标上，会与两个内地来的作家不期而遇。

池莉说："她是从格尔木搭车到樟木去的。"

我问道："这些司机是你的什么人？"

她说："我们是搭车才认识的。"

我想，一个单身少女和三个壮年男子同行五天五夜，一路上又是这么地荒僻，难免不发生什么事情。

我看了一眼坐在路边的三个男人，他们正在抽烟，似乎并没有催促赶路的意思。

我问她："你去樟木干什么呢？"

她说："打工。"

"格尔木不是比樟木繁荣么？"

"边境贸易开放了，那边很热闹。"

"一个人出远门，不害怕？"

她笑了笑："我在樟木快两年了，这次是回家看望父母的，这条路已经走熟了。"

赶到浪卡子兵站，天色已经墨黑，兵站政委安排了我们的住宿，就带了一辆中吉普，去接应留在山上的作家们。

厨师做了一脸盆羊肉面条，辣椒和蒜泥随意加添，尽饱吃。樟木姑娘和司机们都没有说话，他们一定很累，吃完饭，就早早地睡下了。

这一夜，军区忙着给我吃药，吸氧。我牵挂着政委的吉普车怎么老是没有回来，此外，满脑子都是大胡子司机和樟木姑娘的影像。

天刚蒙蒙亮，兵站的院子里就响起了汽车的引擎声。我走出去一看，大胡子司机正在试车，加水，忙着准备上路。

兵站政委并没有见到山上的面包车，那么人呢？这真让人焦急。我们只好一面与西藏军区司令部联系，一面耐心地留下来等待。

吃早饭的时候，池莉向樟木姑娘要了地址，答应一定把照片寄给她。

大胡子司机对我说："走吧，和我们一起去樟木吧。"

我说："真想一路同行，可不知山上的同志怎么样了。"

樟木姑娘爽朗地笑着："没事的，雪山圣湖的神灵会保佑他们。"

两部卡车开出兵站，朝通往尼泊尔边境的公路驶去。

望着远处扬起的灰尘，池莉对我说："他们都是了不起的人。"

昨天夜里，樟木姑娘和池莉同住一个屋子。两个躺在床上说了许多话。她初中毕业，18岁就离家远行，也喜欢读小说。她说青藏高原的司机都是好人，热情、真诚、豪爽，一路上他们喊她小妹妹。要是不得不在山野宿营，他们让她睡进驾驶室，而自己却躺在汽车肚里。有时候赶不到村镇，他们就在路边野炊，她喜欢这种生活，喜欢和这样的男子汉在一起。

池莉显然知道我心里想什么，她的这番话打消了我们共有的那些疑问。作家有时候很卑微。经不起曲折，经不起意外，甚至不能同舟共济。中午时分，当那辆白色面包车到达兵站的时候，作家们拥抱在一起，欢呼经历了一次死里逃生。而我却像一个逃兵似的无地自容，痛悔没有和他们一起留下来，危安与共。

抵达日喀则以后，许多人都同意继续向南，作一次边境之行，可惜公路被泥石流冲坏了，这计划没有实现，我知道此生不可能再有机会去樟木了。

然而，我一直没有弄懂，那一夜困在山上的人们怎么就鬼使神差地脱险了呢，樟木姑娘说的那句话——"雪山圣湖的神灵会保佑他们"，也许真的灵验了。

选自《厦门文学》1998年8－9月,合刊

向模特折腰

陈　村

　　传说中孔子曾骂出他一生中最刻毒的话,始作俑者,其无后乎。在不孝有三、无后为大的中国,是咒人绝子绝孙哪!

　　孔子咒骂的仅是始作者,后来的人们大可以放心地将俑作下去,不必扣心有后无后。因此,自从孔子骂过之后,俑也就越来越多了,后来的人们甚至记不得始作俑者到底有什么不对头的地方,用俑来陪葬不是比活人殉葬要进步吗?后人的工艺和材料更先进了,花色也更多。不过,由于殡葬的改革,渐渐不再将俑放置在墓穴中,而是陈列于活人的世界。

　　时至今日,这些俑中比较工艺美术的那部分,被当作衣架模特。他们的头身比是例外的,有时甚至连头也省略了。披挂上时装,傲然站在橱窗里,那时装要比穿在我等身上亮丽得多。

　　如果仅仅是这样,我们无话可说。

　　事情的蹊跷在于当它们卸下时装之后,我们的目光就开始闪烁了。我们只要不是当医生护士,绝少有面对陌生裸体的经验,尤其是在公共的空间。当然,它们不是人,你可以当它一块木头或石头。但是,它那栩栩如生的造型,令人觉得其实还是人哪,分明是人的替身。你可以当它一件艺术品,比如米洛的维纳斯,美丽到了排斥所有的欲望。可是它太写实,太拟人,思维很难转过弯来。有人在报纸上批评过,呼吁用布将它们围起来,至少也要后背朝外。他们用的是文明或不文明的尺度,好事者把这样的场景拍下来了,衣冠楚楚的大活人和亭亭玉立的无衣模特。它们像是奴隶市场的货色,被打晕,被评论,被抚弄和挑选,被购买和出售。模特挺立,活人折腰,它们有知,将作何感想?

　　本来,人体的美,最应该让众人欣赏的。沉鱼落雁,倾国倾城。苦恼的是人间另有道德和法规、习俗与传统,对美的欣赏就不可能充分。那些模特好歹带给我们前卫的观念,使我们在目光闪烁之余听到美人其实不穿衣服也挺好的真理。有一部好莱坞的片子,拍的是时装,结果最后在T型台上隆重推出的却是一个裸体的孕妇。她成了当天的最美的模特,她有天然的最佳的服装。忆往昔,过去的美人生不逢时,未能向世人展示她们的小腿和大腿,几多遗憾。再想想,今天的美人在后人看来很可能还是生不逢时,她们毕竟未能展示更多的美丽。天生地造,父精母血,明珠暗投,何等惨烈。是啊是啊,千秋万代,浪费了多少的美丽,糟蹋了多少的景色。幸好还有几具作为无机物的模特,逃脱了人间的观念,勇敢地奴隶般地展示着原本属于人的美丽。可是,和真正的人相比,它们没有生命,没有温度和湿度。

　　　　　　　选自《厦门文学》1998年11月号

我在散文的形式里

严　力

我在浑浑噩噩的酒醉中所获得的一点自信就是我能找到自己的家，我在上海住过十年以上，北京二十年以上，纽约也是十年以上，我能找不到自己的家吗？显然不会，有的朋友当然是因为担心我是在语无伦次的喝醉酒的情况下，所以坚持让我睡在聚会主人的客厅沙发上，我觉得如果把自己的家比做国家的话，他们的意思是让我睡在另一个国家的客厅里，所以我拒绝了，我走到纽约曼哈顿的街上，踏在第五大道和四十二街的路口，我知道沿着第五大道往下城方向走，走到大约第六街的时候就是华盛顿广场，从我所在的地方到那儿要走四十多分钟，再从华盛顿广场往左拐，我家就可以看见了，我家的后面就是淮海中路，离国泰电影院不远，从淮海中路往东到马当路，我的家就闭着眼睛也能摸到的，从国泰电影院往北就是锦江饭店和花园饭店，再往右拐就是伟大的长安街，到了长安街，只要找到复兴医院，那么医院对面的一条小小的路是直抵财政部大楼的，在它还没有抵到那座大楼时我往右一拐就是我的家了。

我在前面起码提到了三个家，它们是同时存在还是一个接着一个地存在的？或者是一个家中的三个房间？首先它是同时的，然后是一个接一个地被我提到的，最后才是房间和房间的关系，也是时间与时间的关系，我几乎视而不见街道两边富裕和贫困从我的世界到我的世界再到我的世界，丛林的生活感觉，野兽和家禽的出没平衡着已经发生的各种危机，我不能受伤或者我受伤之后要尽快地恢复，家是一个必须有我的地方，但三个家不能同时有我，我要平衡这三个家的话，就要平分出我的时间，这一点像一道极简单的算术题，但需要历史提供大量复杂的事件来计算，所以书店里面关于冷战和热战以及内战和内斗的历史书与文学书都可以用来计算我所存在过的四十年，这不是讲我是历史的见证人，而是讲计算我的家与家的时间和距离需要这些材料才能说得清楚，但我不想讲清楚，尤其是在酒醉之后，我只看见自己的家在某一棵高高的树上，像一个鸟窝。

故事从鸟窝开始并不是什么坏事，人能活得像鸟，就最起码不受国界线的局限了，如果所有的人都活得像鸟，我就不会用鸟来比喻，但是，不管你活得像什么，目前全世界的家几乎都可以被邮递员送信的线路抵达，关于鸟不鸟的信息传播在全世界是已经没有障碍的，有些人早一些活得像鸟，有一些人在飞不动的时候可以活得像鸟，这之间的差别让人受不了，因为当人看见差别的时候，平等的文明意识就开始让人去争取权利，平等如何去消灭智力上的差别还是很远的将来的问题，现在是要消灭国家的差别，我驮着一本护照在飞，飞过之后就觉得一只鸟驮着护照飞翔没有什么意思，但人类目前不存在没有护照的飞翔，而且也没有看见过真正的鸟是驮着护照飞翔的，把国界线完全开放的国家还没有出现，就像我的家不可能对任何人开放，但家可以像一件衣服一样穿在身上，国家则不能。

那天我走在第五大道上的时候已经是凌晨了，绝大多数的人都已经把家当做衣服穿在身上睡了，我走在街上有一种裸体的感觉，而且很想马上穿上家的那件衣裳，但是，就在我抵达家的时候，才发现我的锁匙不见了，家就这样拒绝了我，我想到真正的家应该是不用锁匙的，锁匙局限了我的自由，也把家弄得不像家了，为什么没有锁匙就进不了家？我当然是坐在大楼的门口想这个多余的问题，因为我在家门上装了锁，我为什么要装锁？因为害怕，如果没有害怕的意识，我就不是现代人，而是没有发明锁的古代人了，我想我只能绕过这个楼去淮海中路，坐落在马当路旁边的太仓路上的家是不需要锁匙的，因为里面有其他的家人可以为我开门，当然财政部附近的那个家也有家人为我开门，所以仅这个华盛顿广场旁边的家只有我一个人，里面没有人代替锁匙来为我开门，我犹豫着要不要拐过这个楼，我犹豫着。

我犹豫是因为那两个家一个是三十年前的家，一个是十年前的家，到那儿就是意味着在我的遗迹上重新开始，并且破坏那里的家人所建立的没有我的生活秩序，也许他们是高兴的，因为我走的时候都是迫不得已的，那么我为什么还要犹豫呢？既然我已经丢了这儿的锁匙，为什么不就此顺势地回到过去的家重新开始呢？因为我还能把门撬开，我可以换一把锁，我依然害怕另外两个家所面临过的逼我出走的威力。

我终于又回到在国外的中国人所谈论的话题上来了！但是我不想继续谈论下去，因为我真的醉了，我在大楼的外面睡着了，我做的梦比谈论流行的话题要有意思多了。

回到我的梦吧，我梦见了让我出示身份证的情节，虽然身份证上不是我的名字，但照片是我的形象，所以我没有被刁难地进入了一个地方（身份证就是锁匙）。迎面走来的一个姑娘挽起我的胳膊，她说和我有感情的基础，因为感情也是一把锁匙。走了一段路之后，她很愤怒地认为我对她不够好，把锁匙一扔就离我远去，我看着地上已经失去了价值的锁匙，回炉之后它还可以成为一块钢铁，还可以铸造成一把有价值的锁匙。我为什么要到这个地方呢？梦是永远不做解释的，它具有无数种象征性，我需要什么样的象征呢？不需要！在我醒来之前还有几个地方要去，我在梦里是很忙的。

在经过了离我远去的姑娘之后，我就到了一架电脑面前，我说我不会操作，它说你试试吧，我就坐下来进入操作者的历史，我慢慢地成为了专家，我可以在国际网络上见到许多最近发生在世界上的事情，我看见了 WORLD WIDE CEMETERY（环球墓园）的大门，就走了进去，我想寻找我奶奶的墓碑，我寻找了很长的时间才发现电脑也有喝醉的时候，因为它把奶奶都放在了一起，这样也对，不管谁的奶奶，她是奶奶，上帝是没有墓碑的，虽然有人声称上帝已死，那是另一种死，墓碑不是建立在电脑里，而是建立在人脑里面的，我很想从电脑转换到人脑里去，我按了几个键之后，电脑没有回答，它还是把我留在环球墓园里面，我打听到这个墓园的建立还不到一年的时间，但埋了活过许多年的人，甚至有人把音乐家巴赫也搬了进去，电脑的解释是凭藉这样一种形式，死者将不再需要占用任何有形的物质空间，有意思的是任何怀念他（她）的人只要打开电脑便能和其相聚，到了那个时候，"永远和我们在一起"这句话将真正具有实质性的意义，也就是说我们将面临这样的遗嘱："我死后一切从简，而且请把我埋在电脑里。"当然这也是具有环保意识的，因为面对生存空间越来越少的人类来说埋在电脑里可能更加能与将来对话，我曾知道一个买不起墓地的人在报纸上登了一条他父亲去世的消息，然后把这条消息用镜框装起来挂在家里，他说这是把父亲永远埋在报纸的园地中。

我继续地游荡在环球墓园中，我想可以在活着的时候就把我的墓碑建立在电脑上，只要花一点钱就可以办到了，建立之后还可以当朋友来家玩的时候打开电脑让他们看我死后在一个什么样的环境中，我可以时常在墓碑前放几朵花，我可以在花束的献者条款上写各种我喜欢的人的名字，孔夫子的名字也可以写上去，这个想法为什么在电脑墓园发明以前不在真正的墓园中去做呢？我想是因为电脑更具有幽默性，我们终于找到了一个既具有幽默又不具有生命的对象，我看见一只蝴蝶！它在电脑墓园里飞翔，它是谁花钱放进去的呢？这真是一个观念艺术的大师啊！我随着蝴蝶走去，有一种进入天堂的感觉，天堂不可能比电脑离我们更远，天堂就在电脑里面，唯一的问题是如何把它找到，我找到的只是一种感觉，但已经不远了，我看着蝴蝶飞翔的时候就有这样一种不远的感觉，我不会骗我自己。

如果说我看见那只蝴蝶的时候是一种惊喜，那么当我看见在一个墓碑旁边的一串锁匙的时候我则愣在那里了，我没有马上去捡，而是围着它转着圈地看了几遍，直到相信这就是我遗失的锁匙之后才把它捡起来，我好像是第一次这样仔细地观察锁匙，因为它的重要性，它具有了生命，它和家的关系比我更近，我使劲地握着它，快速地寻找墓园的出口，我已经没有兴趣跟踪蝴蝶了，那只蝴蝶的家就在电脑里，而我必须走出电脑才能回家，我就是找不到出口,转了很久很久,我依然没有看见出口,我向路人打听,但所有的路人都头也不抬地慢吞吞地走着,好像在找遗失在地上的什么东西,我悄悄地把握在手里的锁匙放进屁股兜里,好像害怕被他们认为这是他们遗失的。我又试了两个人,依然没有得到回答,我喊了起来,把自己喊醒在睡着的台阶上。

我揉了揉眼睛,感到嘴干极了,天已经蒙蒙亮,有一个行人好奇地从我前面走过去时没有忘记对我说一声早上好,我也回了一句。我想起刚才放进屁股兜的锁匙,就伸手把它拿出来,一步步地走上身后的台阶,打开大门,然后走到第一层,打开我的家门,我先从冰箱里拿了一罐可乐一口气地喝了下去,然后倒在床上想锁匙怎么被我从电脑墓园里捡到的情景,很快我就又睡着了,再次醒来的时候,我很自信地告诉自己锁匙一直是在屁股兜里的,只是我喝多了忘记摸这个兜了,但那只电脑墓园里的蝴蝶将永远像真的一样飞翔在我的记忆之中。

1996 年 4 月 14 日纽约

选自《厦门文学》1998 年 12 月号

镶花玻璃

叶延滨

关于童年的记忆，大多数是灰色的。这原因想起来有两个，一个是，那时的电影是黑白电影，我住的那个省城电力又不足，让人眼前总是飘着灰黄的影子；第二是，那个城市多阴天，灰蒙蒙的云团下，簇拥着灰色的瓦脊，还有那些在屋檐下躲雨的灰制服们。在这个灰色世界里跳动的色彩是一扇镶花玻璃窗，一块块玻璃是红的、蓝的、紫的和黄的。我家住在机关分给的房子里，那是一家旧公馆，青砖青瓦，红石头雕的花台，已被悄然而柔和的细雨锈出青铜样的绿苔。这是一张地道的旧照片，让这旧照片活起来，让我的记忆走进去掀动往事的，就常常是那扇镶花玻璃窗。那些过于夸张的色彩，很刺激我的想象力。在房子里，你透过镶花玻璃望外边的天空，天空不再灰暗，变成紫的红的蓝的，在这样的色彩里，想象自己编造的故事，会生动许多。在屋外，看到有一扇镶花玻璃窗的家，会觉得家里不再潮湿和冷清，尽管这种感觉会很快消失，那窗子，不会给阴冷多雨的日子增加一点热气。镶花玻璃曾给我很强烈的印象，大概从那个时代走过来的人，现在是中年了老年了的人们，也都会记起你在生活中见到的那扇五彩玻璃。就像你读过的一首诗，读过的一篇小说，对了，还是多情而浪漫的那种。

也许就是如此，镶花玻璃是一个时代的象征，一个灰色的城市时代。当然，我不仅说中国，在这个世界，许多国家都经历过这个灰色城市时代。工业和资本，让人们离开了农村。田园牧歌被都市的烟尘呛走了，于是人们制造了镶花玻璃，比玫瑰和夜莺更经得起市俗落尘的扑打。同时，也有了与之相仿的强烈浪漫的作品，让我们在水泥与烟尘之中，感到生活还是多姿多彩。除去政治的原因，我们读早期的中国新诗，从五四读到"文革"，我们会有如下基本的发现：惊叹号用得多，啊字用得多，色彩强烈的形容词用得多，夸张的比喻用得多，爱与死之间的联想多……这些已经成

为历史证物的文本，为这一时代的诗人勾出画像，激情有余，外露精神，多愁善感，疯疯癫癫。这基本成为一种"共识"，以至于真见到一个不疯不痴的诗人时，人们首先会怀疑他是不是个冒牌货。我不想否认这一时期诗人存在的价值，也不想否认这一时期许多作品的意义，但在美学上，许多作品里这种类似镶花玻璃的"强烈"，无疑与早期城市生活中，在资本与政治挤压中的"精神生活"的刻板与"情感方式"的平淡，是分不开的，人们需要一种反差，来挣脱这种平淡刻板的生活。

今天，我们生活在现代都市中，现代都市与早期城市一个重要的区别就是高度地声色化了。城市向天空伸展，那些横空出世的巨无霸似的高楼大厦们，竟自称是"花园"和"广场"，彩灯虹霓，金碧辉煌，声响光电，尽在其中。在城市任何一个地方，人们都在声与色的包围中，都有广告的灯火与车流的声浪，就是躲进家里，声色犬马一并出场的彩电音响录相机 VCD，也能让你一刻不得安宁。在这个时候，谁还让自己唯一显现真实的窗户嵌上镶花玻璃，他一定是神经出了毛病。人们尽量地扩大这透明的窗，希望落地大玻璃能让窗外的世界更真实地呈现在自己的心境中。这种"新写实主义"，也让小说家絮絮叨叨地给你聊天，让歌星如同耳语地"祝你平安"，让诗人们在不用惊叹号时干脆删除所有的标点符号，以便直达心灵……啊，直达真实，直达情感，直达内心等，艺术家和表演家都说他那作品更接近真实与内心，如一窗透明的落地窗。

大玻璃窗是现代都市的新时尚，它如骄子取代了老派的镶花玻璃，只是……当我们看到一幢幢全是用大块玻璃包装出来的新潮大厦时，我发现，这些巨大而透明的玻璃正借助阳光，悄然多情地"遮蔽"着大厦们的真面目。

选自《厦门文学》1998 年 12 月号

倾 听 遥 远

朱以撒

一个寒冷的冬夜,周遭阒然,我起身披衣,到书房去查一个资料,当我推开书房门的时候,忽地听到里面有声响。这套新的房子刚买下,十分洁净,又时在冬夜,理应是不会有声响的,我感到奇怪起来。当我看到书架上那闪着寒光的箭簇,顿时明白声响是从这里散发出来的了。这个箭簇是一位朋友徒步丝绸之路偶然在乱石堆中拾到的,据他考是汉时物,就赠送与我。箭杆已全然腐朽无遗了,只有箭簇还那么坚硬和峥嵘,在沧桑巨变中疾飞千年。我想起了《水浒》里孙二娘赠戒刀给武行者时所说的:"这刀如常半夜里鸣啸的响",箭簇于此如出一辙。金镝飞鸣是它的生命本能,即使羽铄杆折,它仍然是那么不甘寂寞。我拈起箭簇看了又看,感到一种深深的失落,自然界有多少如此奇妙的声响,是什么使我们充耳不闻呢?

我可悲地发现自己的耳力在喧闹的都市里慢慢地退化了。不唯耳力,膂力、脚力都如此。就说脚力吧,以明人徐弘祖为例,有三十年间屡龄不息跋涉山水,直到双足俱废乃止。现在我一出门就靠车,不愿踩自行车就唤"的士",脚力日渐萎缩,路程一长,脚力的不济通常连带出心灵的疲备。但是我关心的还是耳力问题,这往往是我在乡村住上一些日子之后,返回都市必定要思考的问题。我到过一个高山牧场,高上云端的山顶却不料造化如此神奇,一剑挥出一片平坦广阔的牧场。除了众多的树丛、青草和牛,余下的就是寥寥无几的放牧者。人迹罕至,生活自然比较清苦,他们只能请我吃稀饭就腌菜和苦笋。如果他们不讲普通话,我就完全处在一个无知的世界里。这儿的声响与城市迥异,我以为我的都市耳朵必须重新接受另一种声响的符码。几天下来,我的耳力得到良好的引导,原先感到深夜静谧无声,后来漫步绿树丝中的小道,才悟出这个世界也充满律动,一种全然山野风度的律动。当然,这也源于我在这样的环境里,没有喧哗和骚动,没有尘烟和异味,心绪自然淡若清溪,回到本然的位置上。加上那一段日子我处在惬意的闲适中,便有一种从未有过的轻快和体验。每天,我吃着十分清淡的饭菜,闲静地看几本书,要不就到户外随意散漫,颇得逍遥行歌之趣。我的双耳在翠微深处机敏起来了,我听到环绕于牧场许许多多可以意味却难以摹拟的响声,它们或远或近或疏或密传来,很亲和地为我接纳。有的声响是十分渺远的,好像是松针落地、水草抽箨,又好像夜鸟呢喃、夏虫振翅。这个空间大宽阔了,声息又太陌生难以把握,以至有种种神秘和诡异,使人恍恍惚惚。据常在山中修行的人说,到一定境界,尘埃落在针尖上也隐约可闻。可以说在这种青绿的环抱里,口福是没有,耳福却得到从未有过的礼遇。当我坐上来接我回去的小车时,这个本然的世界,眼睁睁地看着越来越远了。

千百年来,无数的声音在大自然茫茫的空旷中横纵流走,声声高下,都飘散在历史的苍茫里。有多少种存在,就有多少种语言,再微弱如尘的生命也如此。那些有灵性,或者汲满天地日月精华的生命;商文周鼎、秦城汉池、唐书宋画,语言总是飞扬于大千世界。尽管岁月迁徙朝代更迭,或长埋于地底或损毁于风霜,它们的生命信息总是会通过种种渠道升浮上来,飘荡在任何一个所在,冥冥中为我们警觉和狐疑。这些声响多半来自荒郊野岭,地气越是古老陈旧,地脉越是苍凉荒蛮,这种声响越是活跃。在岑寂的西北,在广袤的中原,在许多曾经成为古都而今王气黯然的土地上,总是萦绕着与现代都市不同的气息、味道和韵致。尽管有些嘶杀震天的古战场,当年尸横遍野、樯倾楫摧的悲壮景致已经湮没在历史的进程中了,可是那些活生生的人气,那羽檄如飞雨的进行状态,仍然无形地存留在这方土地上。在烟雨阴湿,在暮色苍茫,在晨光熹微时辰,都是这些生命信息最为生活的契机。到这些地方的人们倘真有好古怀旧之念，都会有相应的情绪萌发，声气相投，屏息感染沧桑的滞重。

大学时代我读欧阳永叔的《秋声赋》，只是赞叹它的文采大气，能够藉秋声写出战场风云。后来，我是钦佩他倾听至微的耳力，听出了层次，听出了韵味，并摹拟得如此逼肖。我还是不殚其烦地抄录一小节来共赏吧："初淅沥以萧飒，忽奔腾而砰湃，如波涛夜惊，风雨骤至，其触于物也，铮铮铮铮，金铁皆鸣，又如赴敌之兵，衔杖疾走。"全凭听觉而信笔，可见耳力非同一般。能够伸入季节蜕变的交接处，敏感地捕捉那微妙的时令特征，肯定要汰洗其他芜杂之音而进入的。这一点，声色犬马盈耳的周邦彦、晏殊、温庭筠肯定无法企及。有一次我到北方，在一个细雨迷濛的早春，由一位朋友陪着去看一处古墓葬，我们一人撑着一把伞逶迤而行，面对着的是被挖掘得千疮百孔狼藉不堪的山坡。这里的盗墓掘坟之风由来已久，汉墓石室十墓九空。除了无语，还是无语，滴落在伞顶的雨点是那么沉重，似乎浸入体内，清寒透骨。这些沉睡千年的灵魂并不碍着后人什么呀，却在几百年间不断受到惊扰不得安顿。活着的人用精明的脑袋瓜琢磨出的手段，轻易地遁入他们的寝室，盗劫一空或肆意捣毁一通才肯离去，现在我们就只能看到萋萋芳草覆盖下的苍凉了。我对朋友说，这些魂魄无着无落，你能听得出他们的怨艾和叹息吗？朋友说有时太烦躁，便来这里走走，气息明显是别一种，只是说不上来。后来我又去了几个地方，像乾陵、洛阳、麦积山、云岗，更是瞩目大凡有造像处，总有不少头颅不翼而飞，只剩下脖颈以下的部位。天啊，真是太可怕了。这些冷冰冰的石头原本是自然属性的任意形态，只是在千百工匠倾尽平生技艺，凝聚一腔心血，逐渐地赋予人形、骨骼、血肉乃至栩栩如生的精神。这些石像生命注定要比工匠的肉体生命久长，成为人的象征共岁月永恒。可是触目惊心，最具神采的也是最为精工的头颅不见了，哀大莫过于此。是什么人使它们身首异处，这种恶也做得大到绝处了。我犹如看到断颈处正在不停地喷涌鲜血。我自觉地想起《山海经》中的刑天，他的头颅明明白白地为天帝所断，居然以乳为目，以脐为口，操戚而舞，毫无惧色。这些有灵性的无头石像的魂魄也理应在山间崖谷间奔走呼号大放悲声。只要心灵默契，没有不惊悸万分的。

我所说的这些声响，目的是要与市声区分开来。该死的是我离不开城市，城市是我永久的栖身之所在，连同我的事业。市声使我意识到城市的存在，感到自己真是一个城市中人。与此同时，市声也在日复一日地损伤我的原听力，它们毫无顾忌地冲击我的耳膜，敲打我的耳鼓，不管你爱不爱，总是一股脑儿地灌进来，把你淹没，于是我对市声之外的接纳，耳力明摆着衰退。现在我住宅的前前后后都在装修，那些分得新居陶醉得要死的主人正在分头施展自己的计划，比着谁制造的声响赛过雷霆。重锤撞击，电锯切割，电钻打洞，再加上众多民工大呼小叫，除非你把耳朵捂上方能免于痛苦。如果上街，市声的门类就数不胜数，如同污染我们的嗅觉一样，我们的听觉也同样走向茫然。啊，除了市声，还是市声！

从农村来城市上大学的时候，我这习惯了倾听自然之声的双耳促使我在荒郊租了一间危房，除了读书，我仍然像当农民那般敏感地爱风声雨声蜩啾声。当一些有陌上意象游丝般的流动被我捕捉时，我会非常惬意，书也因此读了不少。耳朵敏锐时我自以为可达极致，人行于山野、寒林、篱角、平芜、芳径，都有一种被浸润、融解、安息、抚慰的喜悦，思绪像月夜的诗篇那般地安详。人原本就是自然的一个宠儿，有这种亲善感是自然不过的了。有好几回我在山路上徘徊，在原野上散心，清晰地听到有叫我的名字的声音，声音转瞬即逝。四处环顾不见一人，这不由得使我有些惊恐起来：即便有人，他们也根本不认识我呀。疑心的是这声音来得蹊跷，让你分不清是由哪个方位发出，又是哪一种生命的舒展。驻足沉吟，很快我就圆解为周围草木的摇曳、泥土的开合、水气的升沉、岩缝的伸缩时的话语。人的名字本就是一种符号，好像我们称为"树"的植物，未必真的是"树"一样，只是为了辨认方便才安上去的。作为音符，自然界有无数种，浩荡野犷，缱绻清雅，在节奏、旋律、脉动交互中，也完全有理由轻易地与我名字的发音如合符契了。出声是每一种生命吐纳的本能，未必就是真正呼唤我，肯定有另一种含意。这些原本都是我们的兄弟，可惜我太人化了，再也无从做一丁点儿的寒暄，徒羡如此自在的草木虫鸟浑然一体。这一点，诗人济慈和我有相通之处，请一起细读他的诗：

从不间断的是大地诗歌，当鸟儿疲于炎热的太阳，在树荫里沉默，在草地上就另有一种声音从篱笆飘过……

最近的一次和自然交流是在大海边上，我的耳力得到了畅快的拥有，海涛对礁石的冲击，海风一阵紧似一阵地拂耳，巨伞般的木麻黄沙沙地絮语，沙滩随潮涨落的吞吐，听了美不胜收。我想，既然来了，不枉做一回自然之子吧，就在海边帐篷里住了下来，任如雷般潮声漫耳。可是没过多久，这些纯自然音律明摆着妨碍我睡眠的伸长。声响原始、单调，同时也太纯朴了。也许千百年前的人理所当然地视此为安眠曲而安然入梦，轮到我聆听却只有默默地退缩了。我忧悲的内心自知亏欠的症结，与自然结绿的纽带，随着我的都市气加重，已经裂痕弥深了。

话说回来，都市气归都市气，我还是很向往荒寒之境，这绝不是我矫饰情感或过上了城市的好日子而说的反话。大概和我青年时期十年的山野封闭生活有关，这个充满诱惑的驿站曾经使我成为地道的农民，还成为一茎草、一枚树叶、一块土疙瘩，宛如回到自然最初始的产床上，以至于后来不仅仅对于热闹有一种本能地躲避，而且在阅读诗文，还有欣赏书法、绘画、音乐上，也有如此偏向。我也时时提请自己考虑这是不是一种落伍的表现。荒寒之境除了可视，还有助于耳听，可以幻化出许多声响来自足。特别在热闹的都市久了，不由自主地翻动那些荒寒之作的次数就多了，捡拾这些昔日的痕迹作为心灵的补偿。这种自足行为是有些奇怪的，可说来也不奇怪，城市里什么都不缺，就缺这些冷的韵味寒的格调，就缺萧疏、枯寂、清冷、幽远的氛围，必定催促我从旧日文本中找寻。作为城市，是与商业不可须臾分离的，这就注定了市声日益要繁华喧沸，而荒寒注定要被驱赶排斥，耳力总是偏听偏收，不能不是知觉上的一大抱憾。我依然品味着小时破旧老家的荒凉之境：夜幕拉开，目之所及都是黑幢幢的树影，一弯寒月勉强透过树丛，洒落斑驳的辉光。这个时候，任何一点声息都难以逃逸，如滋养了听觉的伸长。这就早早种下了我喜欢荒野之声的种子，使偏好的态度落实在古今美文的取舍上，凡荒率、清幽、空灵者则爱不释手摩挲不已；镂金错采雕绘满眼者则如大鱼大肉，唯恐坏了胃口而束之高阁。到了这种地步，除了山野行行重行行外，就是在古人书画中倾听笔墨的淡然和视觉上的凄冷配合后，达到默契而心弦揪动。像荆浩、关仝、董源、巨然、李成、范宽、八大的笔墨都是我深爱，那幽深的崖谷、黝黑的山林、萧瑟的旷野、渺茫的天穹、兀立的孤雁，都可以在静夜中听出如清代画僧担当所说的"空谷音"。只是，我清楚地知道，这种逃避市声的做法是很无奈和狭隘的。"故旧有如林间叶，一日秋风一日稀"，像我这样的年纪，理应投身到这部震耳欲聋的都市交响乐里，成为一名激越和疯狂的鼓手才是，怎么反倒生出如许感伤?!

都市交响昭示了一种现实，这种现实就是喧噪的文明。我的肉身已无法脱离这种现实，我的念想却祈盼四处飘游，精神和肉体不能同栖一处是很让人头痛的事。所以我意识到听觉正在四处受敌，就像一只很美好的皮囊，却塞满了太多的芜杂。我难以寻觅空谷足音般的生命蚁冢了，可是我一直在顽强地想一些办法来弥补，看能不能在自然亲拂下，稍稍回复到耳听的本真状态。我应该像古贤人那样，学会用山涧清流好好地洗濯双耳，濯去常年因市声摩擦、刺激而日益厚实的老茧，然后侧耳倾听——那已经远去了的感召。

选自《厦门文学》1999年5月号

阿乙姐

子 敏

我虽然喊她"阿乙姐",其实她只不过大我一两个月。我们第一次见面,她穿的是阴丹士林大褂儿,我穿的是黄斜纹布学生装,一蓝一黄,都是瘦瘦的初中一的学生。我有些怕羞,但是她待人非常亲切,而且又是表姐的身份,所以很快的就消除了彼此心中陌生的感觉。

我们一家是为了躲避炮火,才搬到鼓浪屿去住的。我们租的房子的大门,正好对着表舅家后院的围墙。阿乙姐就是表舅的女儿。我、我二弟、我妹妹、我五姨的儿子、我五舅的两个女儿,还有阿乙姐,这七个表兄妹差不多每天都在一起玩。从表舅家厨房的后门进去,走出那干干净净的厨房,就是他们那个摆满了花盆的石砌的后院。

表舅常常笑着跟我说:"自从你们搬来以后,我们家的厨房就变成你们小虎小龙的交通孔道啦!"

表舅住的房子是一座中式平房,中间是客厅,左右两边是卧室,地上都铺着大红砖,大红砖永远洗得干干净净。房子的旁边,是表舅另外增建的一间小书房,那是我最爱去的地方。小书房是细长形的,用一个大大的玻璃书柜把它隔成前后两部分。前面靠院子的部分是一个小型的客厅,有四张沙发,两个书橱。后面的部分是表舅的工作室,摆着他的大书桌、打字机和一溜儿大型书架。

我常常流连在书房里的那个小型客厅,舍不得离开,因为我爱极了那两书橱的书。表舅把样子难看的旧书都摆在书房后部的书架上。小型客厅那两座玻璃门的书橱里,摆的都是干干净净的新书,书的排列法完全根据美学观点。站在那两座书橱前面,我会完全相信书是最迷人的艺术品。

那书橱里有一套我后来才知道的《大英百科全书》;有一套我后来才知道英文本的世界文学巨著,包括但丁的《神曲》、塞万提斯的《唐·吉诃德》、歌德的《浮士德》、托尔斯泰的《战争与和平》、米尔顿的《失乐园》、莎士比亚的一大堆剧本

等。另外,还有一套我后来才知道的《狄更斯全集》。

中文方面,有一套《世界文学大系》,有一套《新文学大系》,还有一套精装的中国文学巨著,包括《水浒传》、《三国演义》、《西游记》、《红楼梦》、《镜花缘》、《儒林外史》等。最有趣的是还有一套中文版的《福尔摩斯探案全集》,有一套中文版的《侠盗亚森罗萍全集》。另外还有一套《历朝通俗演义》。

我喜欢看书橱里那些红、白、蓝、绿、咖啡各种颜色的配合,也喜欢看精装本书脊上的烫金字。"有一天,我也会有这样的几柜子书!"我告诉自己说。

表舅很疼爱阿乙姐。他那两柜子书都是全新的,还带油墨香、纸香,是谁也不敢去碰的,但是阿乙姐可以随便打开玻璃门,一本一本的搬出来玩。

"来,你喜欢哪一本就拿哪一本!"阿乙姐很慷慨地对我说。

我可以把表舅形容成"完全不敢反对",他只能心疼地说:"好女儿,一定要洗手,一定要叫他们先洗手。"

阿乙姐会用眼睛给我打过来一个信号:"不洗手没关系,有我在这儿,他不会怎么样。"

我不得不承认,在我跟阿乙姐做邻居的短短一年里,表舅书橱里那几本厚厚的《西游记》、《水浒传》……那一套《福尔摩斯探案全集》的封面、书脊,都变得像不爱洗脸的孩子的面颊了。你说不出到底是什么地方脏,可是看起来就那么不干净。一切事情果然都跟阿乙姐所说的一样,表舅从来没对我说过一句抱怨的话。

虽然那时候我们都还只能算是小孩子,我已经觉得出阿乙姐有一种令人信赖,喜欢跟她接近的伟大力量。那力量就是由她的慷慨,不拘小节散发来的。我尽管对她有些不服,认为她只不过大我一两个月,但是我们在一起,我这个弟弟是当

定了，她这个大姐是做稳了。

奇怪的是我跟阿乙姐在一起的时候，我从来没想到她是一个女孩子，我心里没有跟一个女孩子在一起的那种感觉。我的意思是说，这个"少年维特"并不变得温柔起来，并不觉得内心充满幸福，并不警惕着自己不要引起其他的"少年维特"的妒忌。她的辫子，她的阴丹士林大褂儿，一点儿也不能引起这穿黄斜纹布学生装的"少年维特"的烦恼或忧愁。

她成了我真正的朋友。我们七个游伴一起爬山，一起在到处都是石阶的鼓浪屿街道上追逐赛跑的时候，我觉得她是比我的表弟更男性的。我喜欢这个实际上是个女孩子的朋友。

我们都没有想到我们会那么快的长大，都没想到八年后我会为了她，特地邀集其他的五个当年的游伴，为了义气，到厦门一条后街的一座破木板楼上去探望正在过着放逐生活的她。我更没想到，那次会面会那么愉快，会那么深刻地使我学会了什么是"爱"跟"责任"。

阿乙姐那年22岁。他，跟阿乙姐一条心的青年，那年24岁。两个人在家里都是受宠爱的，但是他们的婚姻受到双方家长的阻碍。双方家长是那样的同心，那样的盼望这一对年轻人能分手，然后各奔自己的锦绣前程，然后各找自己的美满归宿。双方家长都认为分手应该是很容易的，但是这一对年轻人却是成熟的，他们不认为他们的情感是可以用这种方式来处理的。这一对年轻人彼此都重视自己对对方的责任，不认为情感是一种游戏。他们要生活得认真些，不愿意把真挚的情感当作普通事务来处理。

阿乙姐告诉他，自己愿意过真正的苦日子，然后一步一步求发展，绝对不愿意躲回家里去，造成一辈子的后悔。他，也同样告诉阿乙姐说："如果我抛下了你，自己去追求什么锦绣前程，日后就算有些什么小成就，我也没脸抬起头来见人。我们两个一起吃苦得来的成就，才是能见人的成就。我们都回家去把事情说清楚了吧！"

没有争吵，也没有哭闹，他们都只带了比家长允许他们带的还要少的衣物，手拉着手搬进一条后街的破木板楼上去住。房东不敢相信会有人赏识他的破楼，答应他们月底再交房钱。然后两个人各自出去找工作。事实上，双方的家长在自己的子女搬出家门的那一天就已经后悔了。为了不愿意造成日后永恒的后悔，双方家长都即刻展开了赠送家具、食物的大行动。

我们去探望阿乙姐的那一天，我看到的是一座超载的破木板楼。那摇摇欲坠的破楼上，已经有新床，有衣橱，有书桌，有饭桌。最使我感动的是，表舅那一座装满《福尔摩斯探案全集》、《世界文学大系》的玻璃书橱也整个的搬过来了。

阿乙姐仍然像从前那样的亲切，警告这一群讲义气的表弟表妹说："请你们脚步放轻一点，千万不要走近窗口，当心这座楼要倒！"

她很大方地介绍我们跟年轻的表姐夫相见："就是他！"她说。

他是一个皮肤洁净的青年，脸上有一股英气，眼中含着笑意，不过却不是一个话多的人。我可以看出他很感激我们去探望他。他披了上衣，跟大家点头说："你们坐。我出去一趟。"细心的，一步一步踩着摇晃的木板楼梯下楼去了。

"他考上了一个公司的职员，今天去报到。"阿乙姐说。

大表妹问她："你们什么时候搬回去？"

"回去？"阿乙姐说。"现在刚开始吃苦，怎么可以马上又躲回家里去？他说的，等将来自己有了个像样的家，再搬回去跟父母作伴儿，养父母的老。不过，下个月拿了薪水，我们倒是真要搬一次家，这座破楼太危险。"

大表妹说："你爸爸妈妈不想你呀？"

阿乙姐说："我也想他们啊！但是我不能把他一个人扔在这座破楼里，自己回家去享福。那像什么话，对不对？现在我也有我自己的家了。"

大表妹不小心地流露了真情说："我真羡慕你们两个。"

阿乙姐毫不思索地说了一句使大表妹满脸通红的话："我看你也快恋爱了！"大表妹那年20岁。

我打开靠近窗边的那座我所熟悉的玻璃书橱，抽出一本来，掀开米黄色的封面，翻到的是尼采的有名的《查拉图斯特拉如是说》的全译文。这是现代的存在主义者所赞赏的书，也是现代的大一学生爱读的书；但是在我22岁的时候，就已经是很不"存在主义"的，也不觉得这世界很荒谬。我爱这个世界，而且也培养了改造的坚忍，我爱读那文章，是因为那不断在书中闪现的"伟大的孤独"的精神。

阿乙姐看见我在细读那本书，就走过来说："你喜欢，就拿回家去看吧！你喜欢哪几本就带走哪几本。"

她还是那么慷慨。她还是那个"阿乙姐"。就连那一柜子可以使她觉得父亲就在身边的书，她也认为都是随时可以施舍给朋友的。

选自《厦门文学》2000 年 9 月号

曲 线 救 人

牧 惠

在新世纪来临的第二天，我收到素未谋面的刘衡大姐寄来的一份她的回忆录《到精神病医院检查》。附上一信说：敬祝在新的世纪身体健康，一切顺利！附上回忆录一段，让你们全家笑笑。

我知道刘衡，是从《荆棘路》上读到她的文章《只因我对党说了老实话——我是怎样成了"顽固右派"》。后来同《人民日报》方成大哥等相聚时谈及她，大家都称赞她的为人，称赞她坚持真理，因同情肃反被打的好人和大鸣大放中说了净言而被打成"右派"的人，于是自己也成了"右派"，又坚决拒绝承认自己是"右派"，于是成了"顽固右派"。我因此很敬重这位曾经在延安饮过延河水的大姐，通过几次电话表示我的敬意。这回她把新写的一段回忆录寄来，当然先睹为快。读毕，却很难达到"让你们全家笑笑"的目的。

故事太沉重了。

简单来说，这是一个"曲线救人"的故事。由于刘衡硬是不承认自己是"右派"，使得一些想帮助她"摘帽"分配工作的好心人十分为难："她不承认这顶帽子，怎么摘呢？"好心人想出了一个多少冒点风险却又比较可行的主意，让安定医院证明她有精神病。精神病人才不承认自己是"右派分子"，给精神病人摘"右派"帽子顺理成章。神经极正常的刘衡这回出乎意料地配合，她不反对去安定医院，而是"从心眼里就愿意去"。经过"认认真真走过场"，她果然带回来一个"此人精神是有些不正常"的结论；只是帽子终于仍没有摘成。

读着，我不禁想起记不得在哪本书上读到的一则寓言：全国（城？）的人都喝了狂泉水变成疯子，唯有国王没有喝。他的清醒被狂人认为精神极不正常，一直折腾到他只好随大流喝了狂泉，于是全国大庆"一片疯"。刘衡不就有点像那个不曾喝狂泉的人吗？在举国都疯狂地投入非常必要、非常及时的"反修防修""阶级斗争"中，被斗者谁都不敢不真心实意地低头认罪的气氛下，她居然死也不肯承认自己是"右派分子"，居然"常常一个人发笑"，居然"经常一个人哼哼唱唱"。医生十分气愤地（估计是装的）问："按说你的处境十分悲惨，你应该十分悲痛，你怎么还这样高兴？"回答竟是："因为我知道反右派没有结束，反右派结束的那一天，绝大部分党内右派分子要回到党的怀抱。"她居然痴人说梦地想到有"右派翻天成功"的那一天！刘衡的思维，确实与众不同。站在"无产阶级革命派"的立场来观察，"此人精神是有些不正常"的医生诊断没错——最少，"无产阶级革命派"不容易从中找出医生（一位是安定医院的院长，一位是主任大夫）和干校的好心人合作搞阴谋给"右派分子"开脱的"反革命"罪证。

想到这里，我觉得那个关于狂泉的寓言在这里似乎得改动一下。除了刘衡之外，蓄意给刘衡制造她"精神是有些不正常"的诊断结论的人，也应属于未饮狂泉一类。何况，在中国，即使在大革文化命那个几乎举国疯狂批斗封资修，大揪"反革命"的时候，还有着不止一个"刘衡"和同情并暗中帮助"刘衡"的人们呢！也就是因此，到底谁才是饮了狂泉水的人，就成了老大的疑问。反正"全国山河一片红"不是真的。我们从这里看到了中国的可怜巴巴的希望。

这些人，除了刘衡，我认识的就不止一个。最难忘的是80年代亡故的老友林鹏。我们在中学时是同学，在打"右派"时同一个单位。他因为写了一张大字报，批评陶铸土改整队时对地方干部过分残酷地打杀，而被划成"极右分子"。他也是始终不肯认罪，于是一直劳改了二十多年，他当然也得不到摘帽的荣幸。由于长年的折磨，改正时，他已失去了当年的灵气；但是仍一如既往地写文章同"左"祸没完没了地斗争，批评一部歌颂极"左"的广东土改的小说。还有一位中山大学的同学郭冠璇，也是"顽抗到底"的"铜碗豆"。他们本来可以有所创造，有所贡献；但是，最宝贵的年华都被浪费了，被虚掷了。想到这些，怎能"笑笑"呢？

20世纪太沉重了，新世纪应当不再有这类事情的发生。也就是因此，刘衡大姐的回忆录特别有价值，起码有治疗健忘症的价值，谁也不应该阻挠这些回忆录的写作和发表。

选自《厦门文学》2001年4月号

散 文 二 题

须一瓜

谁在这里停留

如果人气足的话，这间日照不来的屋子，就不会有时挺深奥。有很多痕迹，通常是不太费解的，但有的痕迹显得文明，富有条理，就会让我站在痕迹前思索老半天了，你是谁？

夜晚，不知你是不是知道只有我一个人，所以，分享我的天地大约是你对我的热情。我在看书，我的脚丫翘在电视机开关那。你是不是有脚？并且把脚翘在屋里隐秘角落的、一个你以为舒适的地方。我听到没有规律、却十分耐心的动静，当我把脚丫收起找你，你就消失了。我使姿态重新回到从前，你又出现了，你清楚我的姿势不能找到你。你是谁呢？

夜半三更的时候，在一个恍惚之间，我听到有谁在我窗下的纸袋边跳踢踏舞，节奏欢快、间或有点克制，开灯，又什么都消失了。

那一天是下午4点多，我离开破躺椅拉上我的大门，我必须出去回一个传呼。回了传呼，我又带回一张晚报，然后，我掏钥匙开门进去，我把传呼放在躺椅上，报纸放在传呼上，然后我去里面房间，清炖一条鱼。

我的大门是锁上的。我在里屋约十几分钟。在鱼还没有蒸熟的时候，我回到了外面房间。这时候，我突然发现，一只玛瑙红珠手镯压在我刚拿回的报纸上。手镯是我的，但是，它是在抽屉里，很久没人使用它了。或许它不在抽屉里，是在一个我遗忘的角落，但至少我有两个月没有接触它了。

我站在躺椅面前。

显然，我20分钟前躺在上面那时什么也没有，否则我会硌着背的。如果我的背部迟钝，它也没有理由覆盖在我最新的活动痕迹上。而且，这些动作超出了鼠辈们的能力。不是我，不是它，还有谁呢？

告诉我，你——是谁？

对你，我的木门和心扉都不存在。我任何一部分都在你的视野之下，洞穿我，被一个陌生的生命形式洞穿一切，我获得一种踏实。你激发了我被一种更高智慧、更高品质注视的幻想，破译了我与生俱来的渴望；精确地俯视我吧。在总结生命的时候，权威地评述我的全貌。当然，这只是我们之间的交流，没有其他更大的意义。

和大多数人一样，我将继续行进灵与肉的、在同类的心灵和目光中被一知半解或根本无解的生命航程，继续一张张把玩孤独者的牌局，直到人倒牌散，但是，如果在你的注视下，是不是生命就有了严肃而准确的回应？

很孤独，我知道其他人也很孤独，糟糕和正常的是我们彼此谁也帮不了谁。你从我的脚翘在电视机开关的看书姿势，俯视着我和一个不认识的书人进行的、完全可能错位的交流，是不是很有趣？还是彻底荒谬？

神秘、陌生、文明，我不企图理解你，甚至不要求暗示，只是你可以时不时让我知道你总在我身边、我头上。我要一个能透视到我骨髓深处的一目了然者，陪我走远、到老。

这个人就是你吗？

忧虑如刀

车站，迷离着一种令人不安的感觉。小时候，只要我一闻到当时车站特有的煤渣气味，一种无可名状的难过感就像蚁群袭击我，我失语，莫名的忧伤使我沉默。到了后期，我几乎不能闻那个味道。

我和我家的黄雄在那个气味里长别，我们迁徙到另一个城市，不能带狗。它一路送我们到车站。站台上，我哥哥一直抚摸它。全家人无语。我们走了说是全单位的人养它，可实际，我们不说出口的是，它就是没有家了，它已经是孤儿了。我们上车的时候，它也窜了上来，可是父亲把它赶了下去。火车开动的时候，它在站台上看着我们跑，一直跑，火车越来越快，它也急跑直追，火车还是比它快。我们看不见它了，我不知道它会沿着铁轨追跑多久多远，我知道它拼命在跑，我能听到它比火车强烈的喘息。看着车外黑烂的山水，我的眼泪就在这煤渣气味中缓缓跌下。那场离别，加重了我的车站失语症。据说，黄雄后来孤单地病死了。

有一个黎明，父亲送17岁的我独身出门。背着简单行李，我站在站台上。月台和伸向天边的铁轨，天边和朦胧的山边，狗吠，鸡鸣，和像人的声音，又远又冷又空洞，一边都在蓝灰影之间，它们所笼罩的一切，都在散淡地守着一个只有人不知道的秘密。借着蓝灰影色的月台，我能感受到，可我表达不出。无以复加的忧伤如铁如铅，充满质感量感。我拼命忍着哭泣感，可我还是想哭。并不是离愁别绪，只是承受不了车站，尤其是蓝灰影中的车站——这是没有人可以慰藉的。

如果车站逃避不了，就应该尽量逃避黎明。因为这样的时空组合，几乎可以破译天机，它需要坚韧或麻木的心灵去承受。我只有逃避。

后来才知道，我逃避的不止车站。有一个好朋友突然车祸，道路上的水泥方杆，把他的脑袋像中分头发一样分开。好几天的微霏细雨，都没有淡化路面的血迹。丧后工作该做的事都做完了，我却发现我不能完成最后的告别。我害怕去殡仪馆去火葬场。我无法承受那里的建筑、音乐、人们的表情，还有光线、色调和气息。那里的阳光是假的。那里活动的和不能动的人形，都令我暗暗诧异和莫名难过。

我现在的工作，经常可以看到各种尸体，压扁的、熏黑的、摔烂的、烧焦的，面目斑斓，我不太紧张，可是一见到殡仪馆火葬场，我就惶然焦虑。使我如此难过的东西，这么多年来我竟都没有学会表达，它就在我身边，就在那里所有的人周围翻跳，我闻得到、摸得到，闭上眼睛也感受得到——我如芒在背，忧郁如刀。甚至有时候，我在电视里看到这样的哀悼场面和音乐，就立刻改换频道，这样我才能克制莫名的泪水。

有一个人说，你终究也要去那里的。我说，这比还要回来的人好受。他说，要是我去那里了，你也不会送送我吗？我说，会。——我在撒谎。话音未落，我就知道我在撒谎。下意识地我怕伤人，其实，我真的不想去啊。我明白了，这也是一个车站啊，是一个最大的车站，我们都在候车室，等候着被送或送一些先上车的人，目的地是哪里——往生，我不喜欢这个词。其实，并没有人搭双程车票来说明过，去了就不来了，只有蓝灰影色知道吧。

伊比鸠鲁怎么说的，死亡和我们没有关系，我们存在时，死亡不会来，死亡来临的时候，我们已不存在了。前辈说得极对，正因此，最残酷的状态就成了死亡目击者，成了车站的送别人。

有空的时候，我在想，我最好是不要剪票上车，不要惊动任何人，自己送自己。如果可以选择的话，就搭一阵风走，我在风里面，风在我里面。

选自《厦门文学》2003年6月号

故 园 童 话

沈世豪

题记：生活化成童话，就幸运地获得永恒。

佛 事

村里人或许早已把他遗忘了。因为，如今的乡下，已经很少有人愿意去从事他的行当。做佛事，年轻人一听，往往就会和搞迷信活动联系起来。其实，在过去，这是一种职业，一种谋生的手段。让我难以忘怀的这位乡亲，就是做佛事的，他名叫春松，也不知姓什么。村里人都直呼其名，而我，比他小了一辈，按乡俗，就叫他春松叔。

他是一个农民，但和正宗的农民却不一样。他家祖传有一座水碓，碾米并兼榨油。尽管，水碓很老、很老了，哗哗的流水，吃力地推动着长满青苔满目疮痍的巨型木轮，不知是水量不足，还是木轮的负荷太重，经常可以看到这样的情景：转动的木轮，悄然一抖，便不由自主地停了下来，像喘着粗气的老马，歇了好一会，砰然一抖，又迈着沉重的脚步前行。只要水碓中的木轮一停，由它牵动的那一排形似马头的碓头，就傻愣愣地停在不同的空间，构成了一幅极为有趣且有点滑稽的镜头，而一派轰然的碾米声也就戛然而止。他是水碓主人，但并不着急。其中的原因，后来，我才知道，合作化以后，水碓如农家的耕牛，也归了集体，所有权已经不属于他了。乡亲们念他身体单薄，干不了重活，而且，水碓又是他的祖传家业，就让他担任专业的水碓管理，每年固定给他记工分。水碓不像牲口，不用喂料，他比一般农民轻松多了，每天都可以穿得清清爽爽，一双黑色的布鞋，干干净净。他活得轻松，成了乡亲们羡慕的人。

当然，人们敬重他，还是他做佛事的本事。乡间的人命苦，但对人生的最后一站，还是毫不含糊的。人，死了，就要做佛事，主要是念经，此时，就是春松叔大显身手的时候了。到底该念什么经，大字不识一斗的乡亲是不知道的，这一切都全交给他了。当时，乡下没有电视，连草台班的戏，一

年也只能在春节偶而看到一次。说来可要让现代时髦的年轻人捧腹大笑，看春松叔念经，就成了我等山里少年最惬意的节目。他念的是佛经，还是道教的经，我们没有兴趣去追究，而只是看场面、看热闹。死人是悲哀的，但只要春松叔的经一念，气氛就变了。因为，他念经不仅要敲木鱼，还必须配乐，他的几个助手不会念经，却会乐器。锣、鼓、镲、唢呐等家伙一齐响，悲哀的氛围就消融在有着些许庄严的音乐声中了。乐声袅袅，不绝于耳，只看到春松叔的嘴唇动，念念有词，也不知他念了些什么。没有人计较，更不会刨根问底。所有的人，都在那特有的音乐声中沉醉了。真后悔，当时我不会记谱，春松叔做佛事的音乐很有点民间古乐的味道，就像现在卖点极高的云南的纳西古乐的韵律。苦了一辈子的山里人，有幸在这样的悠远美妙的音乐声中走进天国，也是一种幸运吧！

最庄严的一幕，是扎着白腰带的八条汉子，抬起沉重的棺材起步。按闽北乡俗，称起杠。音乐声止，此刻，身子单薄的春松叔，像是八面威风的将军，只见他潇洒地把长衫撩起，往腰带上一塞，两手并拢，做成箭头状，往前指，一声极为嘹亮的吆喝："上路——"便头也不回地走在棺木的最前面。两手还是往前指，不懈地、威严地往前指，脚步稳健有力，目不斜视。是为走入天国的人开路么？让一切妖魔鬼怪全走开，还是为不幸的人壮行，让他在阴间，也挺直腰杆，做一个千秋雄鬼。其中的寓意，我没有问过他，也不敢问他。乡间佛事，数这一幕最为撼人心魄。看过天下多少芸芸众生的落幕仪式，洋的也罢，中的也罢，从来没有一种像春松叔做的佛事那样让我如此动心。

且莫小看做佛事这一职业。当时，农村理发都是记工分的，理一个头，记2个工分，农民连买盐的钱都是靠偷偷卖几个鸡蛋换来的，人人手头紧得很，但无论怎样穷，都不能亏待了做佛事的春松叔。佛事做完，主人恭敬地送上一份点心，还有

一个红包。时价多少，我至今也不清楚。总之，乡亲们都知道他活得比一般的农家活络，用今天的语言表达，就是潇洒的意思。他不小气，只要口袋里有点钱，有人实在急用，向他开口借，他从不推辞。因此，人缘很好。大田里的活，他是不会做的，但他的菜园，却侍弄得最为漂亮：菜畦就像弹了墨线一样直，没有一根杂草，各种蔬菜，更是长得分外精神。

他是在"文革"中去世的。乡下的农民要吃饭，就必须耕作，不像城里人那样，可以放下手中的活计，肆无忌惮地"闹革命"，但佛事是不敢做了。水碓还是挣扎着转动，他闲得有点无聊，居然选择了生病。其时，我已上了大学，回家时曾去看过他。只见他面容清癯，白里透青，没有一丝血色，已是来日无多了。他依然穿得清清爽爽，就像准备出门做客的模样。我第一次在他的枕边，看到他念的经书，仔细一看，竟然是可兰经，伊斯兰教的圣本，怎么会到了他的手中呢！用高贵的可兰经为一身土气的农民送行，实在是高抬了饱经苦难的人生。我不由对他肃然起敬。

他下葬的时候，没有人给他做佛事，但并不冷清，附近几个村子的人们都来了，有数百人之多。按照当时的规矩，排着队，向他告别，并且，一直把他送到墓地。他的亲属不断放鞭炮、丢纸钱，以示哀思。棺木入土的时候，他的儿子，特地把他平时视为宝贝的经书，烧了。是让他到另一个世界，可以重操旧业么？没有人去考究，也没有必要考究。

从此，村里再也没有像他那样认真做佛事的人了。

药 箭

淳朴的闽北山民不乏聪明，除了种田，不少人都有一门可以谋生的特长，就像我们现代许多人的第二职业。或箍桶，或做大木，或做篾，或织蓑衣，或捕蛇，或打石头，甚至做媒人，秉仁叔的特长最富有传奇甚至神秘的意味：布药箭。

据说，那是祖传的手艺，传子不传女。乡亲们都说他的上辈杀生太多，到了他这一代，得了报应，断子绝孙了。他夫妇俩不会生育，只好收养了一个男孩。这个男孩正好和我同庚，我们同在一个班念书，且成了好朋友。于是，我常到他家去玩。

药箭，实际是古代的一种强弩。有一米多长，弦是经过特殊加工的牛筋编织的，如拇指般粗，弓则是由层层叠叠长短不同、厚薄不一的篾片，弯成半月型，斜背在肩上，很是威武。秉仁叔个子高，看上去精明强悍，太阳快下山的时候，就背着这种弩，拖着长长的身影，悄然钻进深山老林。他把药箭布在哪里呢？谁也不知道。怎么布法，更是一个谜。我问过他的儿子，他的养父也没有教过他，只是听说过，布药箭处，有一条对夜行的人起警示作用的细线，只要碰到了，就须立即回头，否则，就要倒大霉了。因为，这种药箭是用来射杀老虎的，威力极大。听他一说，更增添了我的好奇心。

那时节，我们家乡那一带，原始森林浩如烟海。山里野兽多，猴子、野猪、麂子成群，老虎也经常出没。真奇怪，从来没有听说过老虎咬人，倒是常常有听到老虎偷猪的消息。听村里的老人说，人肉很粗而且有点酸，老虎不喜欢吃，而猪肉是最鲜美的，是老虎特别喜欢的下酒菜。或许，正因为如此，有一回，一头胆子忒大的老虎，在天刚抹黑的时候，就窜进我所在的村子。村里的茅厕，经常和猪圈靠在一起。这头老虎是有点心计的，它想借茅厕为跳板，越过猪圈的围墙，对猪发起突然袭击。乡间的茅厕很简陋，一个又高又大的粪桶上，架着两块长长的才一脚来宽的窄木板，那是供人上茅厕时用的。老虎哪知底细，四只脚跳上去，一不小心，大概是有一只脚踩空了吧，失去平衡，扑通一声，便掉进了臭烘烘的大粪桶里。倒了大霉的山大王哟，天庭震怒，挣扎、歇斯底里地吼叫，其势地动山摇，把全村的人都惊动了！人们一见老虎掉进茅厕里，便大叫着，去请秉仁叔，因为，在大家的心目中，他是一位伏虎英雄，只有他才有办法对付这样的刺激而又危险的局面。那天，他正好布药箭归来，听到发生这样的千古奇闻，忙一路快跑。此时，威力无比的老虎已把粪桶挣破，从茅厕里怒吼着窜了出来，飞也似的越过一条小溪，落荒逃去！

老虎虽然没有被抓住，但听秉仁叔说，虎是十分爱干净的，这一回不幸掉进茅厕，不死也要脱层皮。兴奋过后的村民，不仅没有后悔，而且还对这头落难的老虎担忧起来。

村里平静无故事,我们一直期待秉仁叔的药箭射中老虎的新闻,每一次,他都是空手而归。一次次失望的我们,不由对药箭的威力和作用怀疑起来。

后来,我们终于间接地尝到了药箭的厉害。那是一个农闲时日的夜晚,我们一伙人在秉仁叔家打扑克。不知是谁,从家里带来一大包葵花籽。听说有东西吃,大家都很兴奋,便从他家里的什么地方,弄来了一个炒锅,就在那里炒葵花籽。真香哟!大家一边打扑克,一边磕葵花籽。很快,就把这些葵花籽消灭光了,接着,口有点渴,每人又喝了一大碗茶。糟啦!开始是一个人,舌头像火炙了似的,而且肿了起来,不由自主地像狗一样伸出,接着,所有嗑过葵花籽的人舌头都伸了出来,无法讲话,但人人心里都明白:中毒了。肯定是吃葵花籽惹的祸。一个反应最快的人,不顾自己伸着舌头的狼狈相,去村里找秉仁叔。终于在水碓里把他找到了,好不容易听完了这位中毒者结结巴巴的说明,才明白,是误用了他煮药箭的锅炒葵花籽,结果,出了大洋相。幸亏他有解药,匆忙让大家灌下去,才给我们这伙馋猫解了围。药箭之厉害,我们算是领略到了。

山里的树林越砍越少,野兽们慌慌张张地搬了家。老虎是最有灵性的,不知遁往何处。秉仁叔是个辨认野兽足迹的行家,他郑重地向人们宣布,我们那一带方圆10里之内,老虎已经绝迹。他老了,早已对布药箭失去了兴趣。直到有一回,不知从哪里来了一位研究民俗的专家,想看看他的药箭,他苦笑着说:“早成废物啦!”爬上满是灰尘的阁楼上一看,弓已散,弦亦断,几支铁箭头,锈迹斑斑,似乎在无言地诉说着山里岁月的沧桑。专家扫兴而去,村里人也渐渐忘却了这门手艺。

鲜活的历史,就这样冷清地幻成了一页童话。

选自《厦门文学》2003年11月号

鹭江往事如潮

许怀中

厦门，又称鹭岛，她是我的第二故乡。

在鼓浪屿龙头海湾出生的我，童年、青年、中年这几个人生精华的阶段，都在厦门度过。说她是第二故乡，并非妄说。

海湾，是一道风景线。从懂事起，就和大海相依相伴。爬上对着大海的窗口，看着大大小小、各式各样的舟楫，或停或驶，白天的大海是繁忙的。夜间，大海静若处子。夜空如有月亮，海更是宁馨柔和。夏夜，随父母到海滩，躺在软绵绵的沙滩上，任海风轻轻地抚摸，犹如在大自然母亲的怀抱中，不知不觉悄然坠入梦乡。大海的襟怀，宽阔无比。海风，能吹开大海之子的胸怀。

搬了几次家。离厦前，住在市区双十中学斜对面的一幢房子里。那时，父亲从事制蜡烛手工业。小时从家门口走上马路，见到穿制服的学生打鼓吹号列队游行，很是羡慕。小时在这里过的最后一个春节，似乎没有什么气氛，数声鞭炮声中，窥见父母眉头的郁结。国难当头，日寇的魔爪伸进中华国土，步步逼近鹭岛。厦门沦陷前，父母携带子女回到故乡仙游，正是我入学之龄。借居亲戚的房子，每天天色未明，在睡意未尽之中，听见父母在床头商议谋生之事，幼小的心灵，蒙上一片生活沉重的阴影，少年已识愁滋味。

从大海滨到溪流畔。在木兰溪边完成了中小学读书阶段。念高中时，抗日胜利，小城也欢腾起来：民间各种庆祝活动，演戏，搭彩楼，化妆游行，人山人海。那时，已培养了文学的兴趣，奠定了从事文学创作的好基石，开始在报刊上发表作品，一篇篇习作像刚学会振翅起飞的小鸟，从故乡飞向莆田、惠安、福州、台湾各地。大海胸襟的广阔，溪流穿行的韧性，交融在心灵的空间。

庆祝新中国成立的炮声，也给青年带来一片蓝天。在"解放区的天是明朗的天"的歌声飞扬中，又回到第二故乡厦门，跨进"南方之强"这座爱国华侨领袖陈嘉庚创办的高等学府校门。校园内夹竹桃大朵大朵的花和灿若红霞的凤凰木交映，住在民族英雄郑成功练兵的演武亭广场前以"映雪"、"囊萤"为楼名的宿舍内，没有忘记古人苦读的遗训。但毕竟时代不同了，受到解放初的政治运动和社会活动的锻炼。

大学毕业后，曾在抗美援朝归国的"最可爱的人"的学校里工作生活几年后，又回到母校。车过集美海堤，海风吹进车窗，一阵凉爽，吹散盛夏的暑气。有一段住在鼓浪屿菽庄花园旁的一座厦大教工楼宿舍，傍晚带着小儿到公园，坐在沙滩上任凭海风吹拂，不禁想起在这里留下的童年足迹，那时正和身旁孩子的年龄相仿。母亲从家乡来帮带孩子，有时同去海边纳凉，可惜却忽略了问她我当年出生时龙头那座房子。母亲回故乡后，她和我父亲又来厦门好几趟，陪他们游花园，登上传说是白鹭化身的日光岩，却也未曾问及童年住过的那幢房子。如今父母已相继仙逝，再也无处询问了，只好望洋兴叹，留下人生一个无法弥补的小遗憾。而那与大海相对的情景，永远留在记忆的深处。

当时回第二故乡，已从学生变成教师。"反右"运动高潮已过，困难时期厦大工会对教师照顾，暑假我在鼓浪屿海边部队疗养所度假，在涛声中，回想往事，别有一种亲近感。"文革"的动乱，打破了校园的正常秩序，许多人遭到一场劫难。复课闹"革命"后，准备在试点班招收工农学员，我参加教改小分队，下工厂，到农村劳动，从莲坂田头，到杏林纺织厂车间。在纺织机前学会了接线，见纺锭断了线，把线头接上，白色的机锭又转动起来，心里有一丝乐滋滋的感觉。傍晚，和青年工人一起在海堤上乘凉，海上夜色茫茫。工农兵学员入学，在莲坂上课，"开门办学"曾和学生到同安澳头编写民间故事，与民兵一道下海捕鱼，和"莘莘学子"一起睡地板。临别前一天，学生和民兵都操练去了，独自留在哨所里，听海涛声声，海

散文卷

133

风习习，心中忽若有所失，生起几缕惘然情丝。海风啊海风，吹失了多少年华，吹去了几多岁月?!心潮与海潮共泛，夜里写了一首长诗。学生在回校晚会上朗诵了，这诗稿也不知何处去了。

"四人帮"被押上历史审判台后，结束了10年的民族浩劫。民族新的复苏在望，开始写书，以专著形式把鲁迅研究系列化。暑假写初稿，作为专题课讲授，寒假定稿，一年一本。暑假有暑无"假"，每天笔耕不辍，写累了，便去游泳，在大海母亲的怀抱里，释去疲劳，又回到案头写作，挽回被"文革"耗去的时光。撰写第4本鲁迅研究著作书稿，划上最后一个句号，也度完了在高校最后一个"暑假"。离开平静的书斋，去迎接人生道路上不期然的变化。怀着眷恋悄悄告别了大海，海风来相送。来到省城新的工作岗位，开始新的人生历程。那是1983年的仲夏。

20年过去了，依然不时回第二故乡，潮起潮落，花开花谢。涛声依旧，人事非昨。有时回母校西村老房子住，一次夜里在校园迷了路。后来这座上世纪60年代落成搬进的"讲师楼"已拆掉，旧居被新楼取代，回想当年住在此处情景，留下散文《蓦然回首》。

有时，回母校开会，下榻于海滨客房，夜深人静，对着靠海的窗户，灯光点点，倒映海面，海湾的夜色格外迷人。

有次，随福建文艺家到厦门采风，去鼓浪屿参观，约好在轮渡前街心圆圈集齐，坐在树下，对着

旁侧海湾的龙头，恍惚时光倒流回到童年。

有个夏天，背着一袋书籍和资料，回厦门撰写国家社科基金研究课题"中国现代文学史研究史论"专著，住在新区孩子家里。夜里刮台风，桌面被雨水打湿，幸好书稿完好，擦桌面时，偶然发现这张书桌原来是在厦大时用的旧桌，想起李清照的小调"昨夜雨疏风骤，浓睡不消残酒。试问卷帘人，却道海棠依旧"，一时感触万端，写成《却道书桌依旧》散文。

几次宿于新建的厦门文联大厦楼上，美丽的环岛路，像一条彩带环绕，呈现出一片新区繁华景象。联想起在1959年"炮战"中，在校办校刊，曾骑着自行车，冒着炮火，来这里"前线"采访时的往事。

也曾和省里几位作家，宿于鼓浪屿海军疗养院，采写报告文学，住在海滨的楼上，秋夜，见一轮皓月从海上徐徐升起，轻泛起海上生明月之情波。

鹭江往事如潮。人和事，苦与乐，悲与欢，恩与怨，得与失……如春潮在心海起伏。应该感谢生活，感谢友谊，感谢大海。"子在川上曰，逝者如斯乎"，时光如流水，"朝为青丝暮成雪"，告别了童年，告别了青少年，告别了中年，"青丝"已成"雪"，涌成了"鹭江银潮"。今年夏，正好是我离开第二故乡厦门的20周年，回想起来，一时心潮拍着心岸，忆鹭岛，情未了，遂短文为纪。

选自《厦门文学》2003年11月号

千人中之一人

金 庸

"真正的友谊是一个灵魂存在于两个躯壳中"，亚里士多德说。虽然我厌恶他那种冷漠的感情，怀疑的镇静，过分崇尚理性而俯视人类的哲学态度，但因了这个定义，我就懂得为什么那个最奇伟、最有魅力的思想系统，是由这个心灵独立汇集的了。因为我们寻找不到其他适宜的语句来叙述这种关系——这种你与你"千人中之一人"（假如你幸而已经找到）间的关系。

据说高惠与张敏相友善，高惠在梦中常能去寻访张敏，虽然相隔千里也能相对晤谈。除了两个灵魂在神明的境域中绝对沟通之外，还有什么能使得他们这样呢？中国似乎是一个特别注重友谊的民族，朋友是列为五伦之一，"在家靠父母，出门靠朋友"变成一句处世的信条（虽然其中带着一些功利的臭味）；必要时来一下大义灭亲或许可以得到社会的赞许，但对于出卖朋友，没有一个人不是深恶痛绝的。要离杀妻子报知己，最多不过说他一句不近人情，如果杀知己以报妻呢，中国人不会相信有这种事情的。在许多类似的小说中，表现了对人类精神范畴的理想，使我们看到了情操中最完美的形式……

"千人中之一人"的友谊真是人类所能得到的最大幸福，你假如能得到，你真是世界上最快乐的一个人！因为在你想起他的时候，不感到痛苦，如果有难受的重压，也不畏惧；如果有恐怖的威胁，你可以忘记一切，但永远不会忘记他，永远不愿舍弃他，因为九百九十九人是世界的，但"千人中之一人"却是你的。你们互相爱，大家不爱自己，由一种精神一种意志牵制着你们两颗心。你能恬然地享受幸福，安然地忍受不幸，因为一切都会过去的，只有你和他的感情长存，在永恒前难得顾虑到暂时；当你想到无论何时总有一个人在全心地赞同你、支持你。你真是有福了，在他面前你觉得更迫近永恒，你意识到了人的存在与世界的美好。在他面前你的生活会几乎是纯洁得近乎神圣的，一种神明的精神充沛了你思想。在他面前你因感谢他、赞美他而鄙视最伟大的王国。为了尊敬他——相互尊敬是完美友谊的必要条件——所以即使在最亲密的戏谑中也保留着一些宗教性的严肃，一些希腊风的宁静。为了一种能与相配的意念使你苛于责备自己的缺点，而无时不在想改善自己。在他面前你会发挥出自己所有的能力，没有一点才能在他面前会不被解放的，所以即使在日常的交际中，你也会惊异自己的灵智突然发展，各种动作中这样地流露着天才的痕迹。对"千人中之一人"的爱无异是一种信心的表现。有些事情，你与成功之间的鸿沟几乎是不能超越的，但藉了这种信心，你是超越了。

人生中假使没有友谊，我真不知道生活将变成如何丑恶的一个东西。你想那，一个没有花儿的春天，一朵没有色香的花儿。生活中失去了主要的精神享受，我们靠着什么样的支撑来面对这苦难的人生呢？西塞罗以为这简直是如从宇宙中摘去了太阳。

有人认为，凡在浪漫恋爱最有力之热情流荡的地方，古意义之友谊（表现于同血统之兄弟形式）是没有什么地位的，因为现在一切最高尚的情操已趋于所爱的对象了。或许是由于我没有恋爱过，或许是我过分重视友谊，以至不能想象在友谊之外还有什么更高尚的伦理的与美的情操。纵使是经过了真诚的努力，纵使是对于权威学者的尊敬，也不能勉强我自己来接受这种意见。因为我总觉得友谊中没有如恋爱中那样道德上法律上的狭隘与限制的意义；友谊不像恋爱那样必得受性别、年龄的影响，友谊不必如恋爱那样必需藉婚姻制度来固定那种易于消灭的情绪。

友谊中只有喜乐而没有如恋爱中所感受到的痛苦；友谊不致如恋爱那样在感情中完全抛弃灵智的调和；友谊不像恋爱那样达到了最高峰之后就要改变其素质。友人中间在思想上、生活方式上是一个绝对的和谐,而两性间在这方面是天然冲突的。最主要的,友谊的产生是完全由于纯洁的自然流露,其中没有一点利益的希冀;而恋爱的发生却是由于为满足人性的要求。友谊是心理上的,而恋爱是生理上的。友谊的价值在情感的本身,而恋爱中若不存在"占有对方"的心理,则恋爱也不成其为恋爱了。巴尔扎克以为联合健康、聪明、类似的家世、趣味、环境、年轻,爱情自然会诞生的,但友谊却需要更严格的条件:因为爱情是人类的选择,友谊是自然的选择。

人是不会懂得幸福的,如果没有与一个对你心中不存丝毫利害观念,却永远准备为你尽力的人在一起度过一段时候。因为你不会懂得世界上有一种东西可以构成一个人的精神状态,保卫了这种精神状态的人,即使是最平凡的事,也会变成神奇,在最不幸的环境中,也会感到快乐,这就是所谓"秋天里的春天"!

这种东西就是与你"千人中之一人"之间的友谊。

一颗良好的心,一种爱人的精神,一种坦白、诚恳、宽恕、愉快的态度,是享受友谊的必要条件。以情投意合为基础,以时间空间给两人的试验的完满表现完成之"他的权利由你承受,你的过失由他担负,不论他在别处有理无理"。

你当无论在何种环境下维护他,"千人中之一人"在你是一个神,在别人仍旧是凡人。无疑的,世界上很少有几个人能经得起一个明澈心魂的严酷批判。这并不是说漠视正义,对于他,你当舍弃了无情的眼光,做了光荣的事情赞美他,做了错误的事情反对他,那么何故有"朋友"这个尊贵的名字呢? 即使是对于敌人你难道不是这样的吗? 就是全世界的人反对他,你当仍旧不改变丝毫对他的初衷,而也因有了他的支撑,你有充分的勇气来担当世界的反抗。你怎么对待毁谤你的人,你也同样对待毁谤你的朋友的人;你怎样对待你的仇敌,你也同样对待你朋友的仇敌。

永远绝对信任他,即使他对你已犯了一万次过失,在第一万零一次上仍旧不要有半点怀疑的心,因为"千人中之一人"是不会牺牲他朋友的。并且在真正的友谊中,不适用一般道德的衡量;世

人诚实,否则别人就要不信任他。但是你信任朋友难道也要以他对你诚实为先决条件吗? 至于你,当对他永不失信,因为你的目的是处处地方使他喜乐。信的意义有二,信任朋友(不怀疑他的品德与见解,不怀疑他对你的感情)与信守自己对他的约言(人们藉口种种困难而不守约言,其实是没有不可克服的困难的,假如你存着信约高于一切的心)……

任何事不要对他守秘密。没有一句他不可听的话,没有一件他不可看的东西,没有一种他不可知道的思想。一个人对自己守秘密才是最大的奇迹,你与他仅仅是两个肉体由一种精神统率着的。你当充分地了解你朋友的一切,也试着让他了解你,因为如果他尊敬的我不是我自己本身,而不过是他头脑中设想的我——培根说了一句很好的话:"不管是最骄傲的人也不会设想自己怎样怎样的好,荒谬到人们对他所爱者的设想了。"那么这种尊敬又有什么价值呢? 虽然你知道这将暴露你的弱点,也毫不顾忌地暴露吧,我们应当勇敢地正视人生的苦难与心灵的弱点,并且朋友们因爱了你,连弱点也爱了的,否则为什么母亲对孩子的错误常常投射一种赞许与纵容的眼光呢。我对于拜阿斯那句"爱朋友——若他将变为仇敌"的话抱有这样的意见:如果不是别人冒了拜阿斯的名字来发表这样荒谬的言论(如西塞罗所解释的那样),那么他一定没有资格列入希腊七贤之中。你们当互相了解彼此的心意,肉体上、精神上的嗜好与需要,失望与满意的地方,欲望与恐惧,倾向与理想,简直和自己知道自己一样。

我们心中有许多得意的事情,为了礼貌,为了社会对谦逊的赞美与对骄傲的厌恶,我们是克制了不说。也有许多特殊的见解,为了顾虑到明目张胆地反对传统的思想会招致无谓的麻烦,我们也克制了不说。那么在他面前倾心地吐露罢,因为"千人中之一人"是从来不嘲笑朋友的。

尽力为他效劳,要行在他未对你有任何请求或暗示的时候,你应该懂得他的欲望与企图的。如果要等他有了意思表示之后再帮助他,那么你对普通人不也是这样的吗? 我们当然不会想象你为他效劳——即使是最重大的事情,你的牺牲与他的得益到了不可估计的地步——之后会面有得

色,但就是在心中也不当存在一丝虚荣的快感,因为他心中也不会存在感恩图报的心情的。

愉快地为他做任何方面的牺牲——地位、权力、财富、生命、名誉、信仰与爱情以及其他任何物质上精神上的东西。你与他情投意合,但千万别相信你与他在任何事情上都有完全相同的意见。要想象两个有不同遗传不同环境的人而有完全相等的精神状态,简直连这种想象之可能发生都是难以想象的。你当想到他能够有与你截然不同的愿望,当努力尊重他的趣味与爱好。假如他表示了一种与你不同的希冀,你当毫不迟疑地牺牲你个人的偏爱,要勉强对别人当然比勉强自己来得好。你说爱真理甚于爱朋友吗(其实是爱自己的见解甚于爱朋友)?你说这样做了要对不住“自己”的良心吗?人类真的自私呀!假如他请求你做不合理的事情怎样呢?这是不必顾虑的,因为只有具有真正美德的人中间方有真正的友谊。你与他既然都存了惟恐被对方看不起以致有损友谊完美的心,当然不必说有任何不名誉不光荣的请求了。

永远的真实,绝对的真诚。我们可以用幻想来娱乐自己的心灵,却不可为要使他欢喜说谎。他欢喜的是你真实无隐地忠告他、责备他,而不是温情地纵容他的弱点。因为一个爱朋友的人先想到朋友自身,其次方是他对你的爱。所以只要这忠告确实是对他有益的,虽然有损于友谊,也当直言无隐,所谓益者三友,“友直”是第一。古代的伦理观念如君臣、父子、夫妇之间已随时代而大有变迁,只有兄弟朋友之间似乎仍旧没有什么改变(兄弟与朋友实在有许多地方是共通的),两千年前孔子认为对朋友当“忠告而善道之”,两千年后的我们仍旧是很热烈地拥护他这个主张。

你当接受他的忠告,以他的责备为乐,因为只有对于敌人,我们方才希望他的弱点不加纠正。责备是“爱”与“期望”的结晶。我们即使不为道德、正义种种美好的缘故,仅仅是为要使他欢喜,你也当改正他所责备你的那些缺陷了。

你对他当有一种宽恕的态度,一种认为人类缺陷与弱点常常是不能避免的明智观点,别意识到他无意中对你的过失是一种“过失”。圣人也

不会完美无缺的。道德的观念是相对的,它存在于每个观察者的心中,所以本能地把一件别人看来非常重大的对你的失态毫不重视是很自然的事情。箴言上说“朋友加的伤痕,出于忠诚”,一旦对他有一些发怒的倾向,立刻想起这句话来吧。

总之,当如《撒母耳记》中所说的那样:“约拿单的心与大卫如同爱自己的生命。”实在这还是不大得当的比喻,因为有许多人并不是狂热地爱自己的生命的。

最要紧的是友谊的耐久与恒固,这一切,短时期内实现实在不是难事,许多人常在一时激情中做下了。所以当有一种永远不变其素质的决心,在无论何种环境下——甚至于他视你作敌人的时候——不改变这种把自己的全生命融入他全生命的热情,不改变这种人类心智上最完美的绝对结合。

这一切当然是难能的,但“千人中之一人”会使你非常自然地对他这样。为什么呢?因为他是比这更崇高的对待你的。

“这样的人,我们去寻找吧即使二十年也算不得苦。”

并不是每个人都是“千人中之一人”(相反的,这种人多么的稀少),因为并不是每个人都能舍身于友谊。并不是每个人都可以成为你的“千人中之一人”,因为你不能为每个人的友谊舍身。“有许多朋友的人,连一个朋友也没有!”

拉洛布夫谷说:“友谊只是一种集团,只是利益的互相调节,礼仪的交换,总之是自尊心永远想得便宜的交易!”培根甚至非常令人惊异地说:“朋友主要是一种获得权力的工具。”这种友谊确是有的,只是亦不是我这里说的那样“真正的友谊”,真正的友谊与利益的计算是势不两立的,如“爱生于爱”一样,友谊生于友谊。在友谊中我们的确可以享受到许多利益,但这仅仅是伴附的意外产品,而绝不是友谊的动机,友谊的目的物。

不要因了作者的知识与年龄而轻信这是一种对友谊过分天真的理想,也不要以为仅仅是热情而没有世界的青年人可以这样,在情感的宇宙中,是没有任何社会条件的区别的。你试看一下米开朗其罗与加伐丽丽,蒙旦与拉包爱脱那种优美而超越一切的友谊;管仲与鲍叔牙,伯牙与钟子期那

种互相深知深信的友谊；程婴与公孙杵臼，羊角哀与左伯桃那种托以生死的友谊啊，老年的赖里乌斯在谈到他与斯奇比欧的友谊时说："据我所知，我从没有在顶小的事情上得罪过他，我也从没有听他说过一句我希望他不说的话。"一个能享受到这种友谊的人真是幸福！一个能有"千人中之一人"爱他的人真是值得最高的艳羡！你无论走到哪里，他的友谊永远不离开你，你成功了，他会比你自己更快乐。你失败了，他会比你自己更难过。"所以你永远是不会失败的！"他始终了解你，信任你，鼓励你，扶助你，为你做他所不愿为自己做的事情（如伤害了自尊心而为你去请求别人之类）。你不会再畏惧命运的愤怒、物质的凌虐、人类的恶意。在他面前你会觉得这正是你所祈求着的永远不变的状态。你求得了生命与生命律令之间的和谐，得到了真、善、美至高理想的实现。这样的友谊中包含了人所企求的一切——光荣、爱和精神上的快乐。你穷，其实是富的；你弱，其实是强的；因为"千人中之一人"的友谊是一宗最大的财富，最大的权力。

"这样的人，我们去寻访罢，即是二十年也算不得苦！"因为马太福音中写着："你们祈求，就给你们，寻找，就寻见！"

（本文是金庸 1942 年 9 月创作的散文，作者时年 18 岁）

选自《厦门文学》2004 年 2 月号

心中有个秘密

傅 翔

童年是这样顽固地浮现在我的脑海,每一丝快乐,每一点忧伤,每一声哭泣都仿佛一粒永不糜烂的种子,都会在适宜的土壤里发芽、生长、开花直至结果。

现在,我想起了小时候那种秘密的乐趣。那样的秘密埋藏在心中是那样深,以至于从来没有人发现过。它深植心中,总在某个甜蜜的时刻发芽、生长,却从来没有结果和开花。

那是一个多么可笑又可羞耻的秘密啊!而要讲述这样一个秘密又是何等困难啊!正如卢梭说的,最难出口的倒不是罪恶的事,而是又可笑又可耻的事。卢梭对朗拜尔西埃小姐早熟的恋慕在如今看来又算得了什么呢?或许卢梭在狂热的言辞中闪闪烁烁地向我们瞒过了什么呢?

我记得的那个秘密难道真的无法言说吗?抑或真的没有意义呢?也许,我们都被羞耻折磨着,也都被虚伪所困扰,因此,我们才变得如此沉默。实际上,我还是相信它本身存在的单纯的意义,那天真的背后是少儿被秘密吸引的无知,至少,它能够映照着我们最初的生活与思想。

事情实际上非常简单。那是一个相当明朗的日子,有太阳的光芒,有田野浪漫的气息,我和两个小姑娘一起爬上屋后的高山去挑柴。仿佛在家中就已经有过隐秘的商量,那就是怀着一种察看异性裸体的奇妙协议。我已经忘记了当时具体的年龄,但有一点是可以肯定的,那就是其中一个小姑娘和我一样大,而另一个则比她大两岁,是她的姐姐。她们俩仿佛合谋好要顺理成章地看我的裸体,但或许她们也被一种奇妙的欲望所支使,所以她们走到了一起。

我们真的被这个奇妙的计划充盈着,在爬山时我们都没有感到太多的困难。那时的我确实朦朦胧胧被这个计划深深诱惑着,因为我跟在她们后面显得慌慌张张。仿佛一个没有过性经验的新郎,我的心突突地跳得厉害。

她们姐妹俩是用挑柴作掩护的,因为平白无故上山总让人觉得可疑。实际上,在家里的某个角落也照样可以完成这样的秘密行动,但我们却似乎凭直觉感到不安全。也许,这一切都归功于那个做姐姐的成熟,她提议到山上是最妥当的。因为我们都似乎感到这是一件非同小可的事情,它仿佛关系到我们的生命一样重要。

挑柴事实上是不很困难的一件事情,对于农村的女孩来说,它几乎是天天要完成的一项任务,而实际上,这样的女孩子往往不过十岁左右。这次,她们选了个轻松点的活儿,那就是拾干树枝及耙松针。这是任何小孩都会做的,因此,我就非常合理地成了个帮忙的人。能够挑得起柴担的当然是那个做姐姐的小姑娘,她天性就是一个活泼轻盈的小精灵,她爱笑也爱玩,更会做许多可爱的游戏。她的体态有一种说不出的妩媚风流。

我就这样受着一股奇异力量的牵引与诱惑。到山顶平旷处,我感到体内一股暖流直冲下体,仿佛一种无形变成有形,突然站立起来。坦白地说,那时的我还小得无法知悉肉欲和性这样的字眼,更无法知道它们的内涵。而对下体发生的变化,我只隐隐感到一种茫然失措的渴念,这种渴念没有真实的目标。

我们三人急切地找了个更隐蔽的地方,那里有茂密的松林,透过缝隙隐约可见山下的村庄。我们决定用游戏的方式解决谁先脱裤子的问题。我们一起伸出手掌,找出那只不同向背的手,那就是先脱衣服给另外两人看的人。

结果是那位做妹妹的小姑娘先脱,她想抵赖,却被姐姐凶了一眼,又被我不依不挠地阻挡着。我们仿佛都深信:如果这位小姑娘不先脱的话,那么这个神秘的游戏可能就要结束了。

奇怪的是,她姐姐不知安慰了她什么,她突然开始解裤子了。我的心提到了嗓子眼上,眼睁睁地看着她缓缓地褪去下体的衣服。

那是一片雪白的领地，白得有点刺眼。我本能地感到了一点不好意思，但强烈的诱惑与神秘并没让我的眼光移开。我的好奇心远远超越了我那还未眠醒的欲望。我多么想用手触摸那神圣得让人窒息的领域啊！

游戏接着进行，轮到我了，我几乎是傻乎乎地脱下裤子，露出她们想看的东西。也许那时确实小得可爱，甚至还没开始读书，但在心中却有一种打破神秘的渴望。我和她们一起仔细地察看自己那根挺立的小东西，还用一支小小的芦苇杆摆弄它。说实在，我们还真的不知道如何摆布它，我们用那支芦苇杆轻轻刺它，仿佛它不是我的一样。由于敏感地发抖，加上后面它渗出了一点点鲜血，我们才终于停止了对它的研究与虐待。

接下来自然便是那位姐姐无疑，她很爽快地脱下裤子，大大咧咧地让我们看。我们两个小家伙也便毫不客气地把她那儿掰开来看，又用芦苇杆小心地试探着。她这时也似乎被自己的东西深深吸引住了，她使劲地低着头看，试图弄个明明白白、水落石出。然而，一切就那么简单，那个小小的洞穴对于我们则仍是个秘密。我们只知道那是不能轻易深入的地方，它会使人颤抖。

秘密一旦昭然若揭，我们也便没有了兴趣，但一种神秘的同盟和友谊在我们之间萌芽了。我们谁也没有出卖过谁，一直到现在。如今我有种卑鄙的感觉，因为是我先出卖了我们之间那种神秘的协定。也许，这种协定是要一生来保守的。

真的，有谁能够做到光明磊落、坦坦荡荡呢？又有谁能够袒露他所有的秘密与隐私呢？

或许，秘密与诚实本身就是对立存在的。有时，我们被告知要保守秘密，而守信的人自然将被称赞；有时，我们被告知要坦诚，要把心中的隐私与秘密和盘托出，于是，真诚的人获得了赞誉。我不知道守约守诺言有什么意义，因为我们几乎都做过悖约与守不住诺言的小人。同样，我也不知道真诚会给人带来什么好处，因为虚伪和隐瞒往往被认定为一个人真正成熟的标志。

在这世界上，通畅无阻的是保守秘密的人，是虚伪与隐瞒的人。如果说保守他人的秘密还有可取的地方的话，那么保守自己的秘密则是十足的虚假了。实际上，人是什么时候开始有了这么多可笑的秘密的呢？而这些秘密又有多少折磨着垂死的老人以至于难以瞑目的呢？说到底，任何一种秘密都有昭然若揭的那一天，我真的不知道为其保守了一生的人，他的价值到底在何处？而为他人保守那无端的秘密又有何意义？

我们是多么渴望做个坦坦荡荡、无牵无挂的人啊！但又是什么总让我们心中挂上这样那样的秘密呢？秘密是多么让我们牵肠挂肚，多么让我们不得自由的怪物啊！其实它不就是见不得光明、见不得人的那个东西吗？不就是让我们在夜晚无法入眠的那个东西吗？

我们是什么时候为他人击掌作保？又是什么时候信誓旦旦地许下誓言的呢？为了那个秘密，我们难道不是把生命都赔进去了吗？

没有理由怪罪任何人，我感到惊讶的是，我们是多么小就开始有了不可告人的秘密啊！难道秘密对于我们真的那么重要吗？

穷根究底地想一想，我总觉得秘密是一种可笑的存在。实际上，根本就没有绝对的秘密，就好像没有绝对的公开一样，因此，保守秘密在某种意义上说是荒唐的、徒劳的。既然秘密是发生在两个人身上的事情，那么任何一方的努力都会显得相当可笑。如果秘密只是发生在自己身上的事，那么保守这样的秘密就显得缺乏意义。也许，坦荡无私更多就是针对这一种情形而言的，它指的就是没有个人秘密的人。

从这一角度上说，日记是个人与他人秘密的忠实记录者（当然，这里指的是那种真诚的写给自己的日记）。记日记的人是个倾向于和自己交谈的人，他所做的仅仅是为了让内心的隐私得以倾诉，从而获得安宁，因此也可以说，这样的人是真诚的人。至少，他得以把秘密公开在纸上，而不是永远糜烂在心里。而且，他至少会知道，这些日记早晚有一天是要大白于天下的。或许，他本身就是不愿意在死的时候也把秘密一并带走，因此他渴望留下它作为一种真实的见证。因为他不想把虚伪留给后世的人们。

我在想，为什么人们都不敢谈及自己的秘密呢？我们为什么又都希望别人保守秘密呢？实际上，秘密是多么经受不起考验的东西啊！

从本质上说，秘密都不同程度地代表了某种

欲望,正是欲望阻塞了我们言说秘密的通道。或者眼目的情欲,或者肉体的邪念,它们都是秘密滋生的温床。秘密往往就是一种罪恶,而罪恶总是害怕张扬的。

俗话说:没有不透风的墙。既然是罪恶,就没有不被别人知道的。很多人以为是严守的秘密,实际上却往往早已街巷传闻。秘密也就是这样捉弄着每一个持守的人,它对于某个对象而言是秘密,但对于别人往往早已不是秘密。也正是由此,秘密往往是不存在的。

让我们想想历史上许许多多有名的秘密吧,哪一件不是秘密呢?而最终又有哪一件是真正的秘密呢?

选自《厦门文学》2004 年 4－5 月,合刊

七十年代记事

王小妮

第一次吃酒席

1974 年春天　吉林省九台县

60 年代的人很少进饭馆,孩子进饭馆更是不常见的。我和母亲去过一次,是在长春市的长江路,吃馄饨。母亲有事先走了,我喝完馄饨出了饭馆,就找不到家了。

"文革"后期去饭馆的次数增加,因为细粮供应不足,主要是去买大米饭。拎着白铝饭锅,饭馆的案台上摆放着有格子的白搪瓷盘子,里面有几样炒菜,买大米饭必须配带两毛钱菜。我还记得天气刚冷的季节,端着半锅白白的热大米饭,两只手上多么温暖。

到了 19 岁那年,我才第一次吃上了宴席。

我不知道,那天早上起来的时候我父母的心情是什么样的。开始,我没觉得什么特殊,跟平时差不多。

是个星期天,比平时上学上班起得还要早,起来以后等车。后来全家上了一辆吉普车。我母亲把那辆单位里的车叫大屁股吉普。车后面放着用塑料布和紫色毡子包捆好的行李,还有一只白茬儿的薄木箱子。

从那天起,它们就是我一个人全部的用具,将要和我一起下乡插队了。车开动以后,行李箱子不停地在车屁股一带左右摇晃。

我是没经过敲锣打鼓、红旗宣誓就下乡的。送我的是家里的其他 4 口人,父母弟妹。

出城前,又上来一个人,母亲让我叫他张叔叔,我觉得父母对这位张叔叔特殊的热情。很快车就出了城。车窗外面的田里还没长出庄稼。我和弟妹,都没坐吉普车出过城。一路上,我们两个很兴奋。我当时很清楚,今天家里发生的这件大事是为了我。我和弟妹们一起看风景。父母一直和张叔叔说话。

我知道,当天下午,就是这辆大屁股吉普将把他们都带回城里,在一个陌生的地方,陌生的人之间,它只是抛下我一个人。我不愿意往几个小时以后想。那个地方我从来没有去过。离开城市,我是在一步一步走向未知之地。

父母和张叔叔坐在前排,他们让张叔叔同行送我到乡下的目的我知道,他们将帮我插到一个条件好一点,可能有人关照的地方。所以父母一路上都和张叔叔东南西北地谈,没和我们说过什么。

"文革"以前,在我们家里,就是大人上班,我们上学。长大之后,我经常听母亲说一句话:我们堂堂正正,万事不求人,不搞那一套。但是,1974 年春天的那一次,我看见他们在为我而改变。我从他们那儿知道,我要去的那个公社是张叔叔的老家,离城不远,他的几个亲戚都管点事儿。

将近中午,快到县城了,大人们说中午要在县城里吃一顿饭。我听见母亲低声问张叔叔,他们是不是能喝酒,要什么酒合适?我母亲回头说:一起吃饭的,还有几位客人,你们都要安静点。我觉得那天她和父亲都有点紧张。

弟弟很高兴,好像他对我说:饭馆里做的肉和咱家做的不一样!他心里没有事儿,他中学毕业插队还要等到第二年。我妹妹也很高兴。这一天对刚上中学的她,就等于一次郊游。

我很惊奇,连父母也不认识他们将要宴请的客人。车一进县城。张叔叔就把头伸出窗外,向路边望。父亲还不断问,是不是那几个人?张叔叔摇头,他的头又尖又长。他说他妹夫很胖,肚子都圆了,管下乡青年的公社干部,屁大个官儿,成天吃席。

那个县城,几年以后我熟悉得很。全县最主要的十字路口,四个方向是四个重要的建筑。百货商店有二层楼,副食品商店印象里没楼,国营旅社也是二楼。东北角儿的,是国营的饭店。车就停在饭店门口。几个穿蓝色吊兜制服的人,正站在那儿抽烟。张叔叔说,那就是他们。

大人们见面一番握手。我站在他们后面,看见我父母和不认识的人寒暄,表现出了不自然的热情。我母亲拿出烟,给每个人递烟。那个时候,她还不吸烟。

我记得,当时我很反感那种场面,觉得非常庸俗。大人们之间客套了一阵,父母叫我的名字。我被推向前两步,父亲的手热热地抓着我,说:就是这孩子。

陌生的人,很平常地点点头。然后全体人上楼。这么多人一起上那小楼,楼梯咕咚咕咚一阵响。围着一个油乎乎的大圆餐桌坐下来,我看见母亲和张叔叔商量着点菜。我感觉母亲很不擅于点菜,她似乎完全不知道该点些什么,净看张叔叔,又小声问服务员。她的意图是不怕花钱,要尽量让客人吃好。那天我第一次感到做一个大人很不容易。平时下了班就在家里看看书的父母,应酬那天的场面很努力。但是连我都看出了他们的紧张和不自如。

酒席上,大人们都在喝酒。连不喝酒的父母也喝了。喝过了酒,他们也没有张嘴说他们最想说的话,比如把孩子托付给你们之类。很多的时候,是客人们之间谈得很热闹,父母只是听着。我几次看见我母亲在擦汗。在我插队前后的那几年,她身体一直不好,肩周炎,心情烦躁。但是她那天好像很健康,一点病也没有。

那顿酒席吃了很久很久。我真不知道,吃饭还能吃那么久,从中午一直吃到下午,父亲一贯看不起喝大酒的人。那天他对喝酒一点意见也没有。

我弟弟说得对。我们吃的是酒席,不是家里的菜,鱼和肉都给做出了花样儿。盘子端上来,一层压着一层。我只记住一道菜,是整个猪肘。我们离开饭馆的时候,还大半剩在桌上。

我看见我母亲动作很小心地从裤子侧面的口袋里往外拿钱,是一叠钱。在客人们越喝声儿越大的时候,她算了账,那一大叠钱让我吃了一惊。

后来,我才知道,和我们一起吃酒席的,有公社主管知青的干部,有大队民兵营长,还有公社的其他几个干部。吃好了饭,人很快都散了,那么多的面孔,我当时一个也没记住。

大屁股吉普继续向东开,几分钟就出了县城。跟我们走的,还是张叔叔。他喝多了,话有些颠倒。我要去插队的生产队还有五十多里路。这一段路上,我父母都不大讲话,只听那张叔叔一个人说。他说的大意是,人不能太死性了,不能像我父母这样。一贯清高的人太少了,不遇到事儿还行,真遇到了,就要混和点。我头脑麻木地看着他尖尖的头在我前面晃。

我能记住的下一个场面是我站在一个很高的土墙豁口那儿,父母弟妹都不看我,一起朝着大屁股吉普走,我的心里乱七八糟的,眼睛里都是眼泪。

1997年的2月,我和母亲回忆这件事儿。我问她能不能记住那天请客花了多少钱?她无论如何也想不起来。不仅想不起钱数,吃酒席的任何细节,她都忘记了。那天给她只留下一个印象,她说她看见我站在土墙那儿可怜巴巴的。她小声对我父亲说:快走,别回头!

在城里过年

1976年冬天 长春

县城那座火车汽车共用的车站,它在农历年关临近时候的景象,任何戏剧、绘画和摄影机镜头都传达不了。打开那块油黑的门帘儿,扑着脸的是很辣的叶子烟味儿。那间烟雾朦胧的大房子里挤满了人。农民戴着狗皮帽子急匆匆地来回走。很多的木椅子,拼出几十米长的座位,椅子上一个空隙也没有。地上满是筐头,鸡在打鸣,冻肉化出了血水。在这中间,很显眼的是知识青年。他们的装束永远能认出来,他们在等待坐火车回家。

有很多年,我经常梦见我赶不上火车。

知青的脑子,已经变得简单,就是干活和回家。

如果只想眼前,就是回城里过个好年,看几场电影,洗洗澡,吃点好东西。往长远了想,就是一个理想,只要招工回城,干什么工种都行。

那一年,我回城里过年,发现我们的城市变了:走在街上,到处听见乐器声,它突然变成了一座音乐普及之城。

我们家那栋楼,是50年代建的,外面是红砖。

单位里的人都叫它"红楼"。在红楼下面，我遇见了两个女孩，我在背后，她们在前面，都进了同一个机关大院。从侧面看，我认识她们，姓赵，姐儿两个。年龄大的，也是知青，和我同年下乡。她回头看了我一眼，我也看了看她。我们之间没讲过话，但是同住在红楼，互相都知道。我想，她也回家了。

从下乡以后，没再见她。她的脸，变得跟大馒头一样，像蒸得快裂开花儿的馒头。她拿着一大卷乐谱。旁边是她妹妹，背着一把带黑皮套子的琵琶。

我在她们之后上楼梯。红楼里住的全是几年前从农村插队回来的五七干部。这些人把农民的习气也带进了城。那栋楼过去是办公楼，楼道很宽。后来，到处被堆满了从乡下带回来的东西。大堆的旧木板，破柳条筐，各种形状的缸，甚至还有压酸菜缸的石头。就在这些肮脏、拥挤的东西之间，我上楼，听到二楼某一家里，传出了提琴声。拉的是《草原上的红卫兵见到了毛主席》，断断续续的。很明显，还是初学者。紧接着又听见三楼的二胡声，是《骏马奔驰保边疆》。我奇怪，我们的这栋楼里什么时候出了这么多乐手？

我们家住在三楼，三楼的楼梯口，正有一个小伙子，靠着一只高大的酸菜缸，非常投入地拉二胡。那会儿，天已经在变黑。但是我认出来，那小伙子也是知青，比我早两年下乡。

回到家，看见妹妹在灯底下练琵琶，父母亲各在左右，都在指点，好像他们也成了音乐教师。

吃过了晚饭，邻居的女干部来坐，是个朝鲜族的，送了她自己做的朝鲜辣白菜。她和我母亲谈了一会儿，说她在乡下插队的儿子写信回家，要去当兵，那个时候，谁不想当兵。我记得她的普通话很生硬，不断地叹气，又不断地看着我妹妹弹琵琶的指法。她说她儿子在乡下没出路，情绪不好，儿子正是一个榜样。她要用他来教育下面的两个弟弟，他们还都没毕业，要知道努力，有了特长才能不下乡，将来当文艺兵，哪怕到一个县文工团，也不用干农活儿。后来我问母亲，那两个细小眼睛的朝鲜族男孩儿能干什么？一张嘴就敢说能当文艺兵。

母亲告诉我，两个孩子都在练小提琴。

我发现我们那栋楼里十几个在中学读书的孩子，都在家长的督促下，学习一种乐器。

我到公用大水房去洗衣服，姓赵的女孩，坐在暖气旁边，顶着洗衣板在搓被衬，水房里有很浓的肥皂味儿。我看见她的两只手都红肿着，好像是冻疮，看见我，她把手藏在肥皂下边。

我们自己洗自己的。在我们之间，一直贯穿着琵琶声，弹的是《彝族舞曲》，这首舞曲在90年代被人篡改成了《九十九朵玫瑰》。我记得北方冬天自来水的寒冷，手被冰得完全没有了知觉。我端着湿衣裳离开的时候，姓赵的女孩还在闷着头搓。经过她家的门口，见到她母亲正在走廊里用柴油炉煮饭，《彝族舞曲》从她家的半截门帘那里传出来，想不到那个瘦小的女孩儿已经弹得那么好，手指相当有力。回家和母亲说，才知道那孩子快练出来了。母亲说，她们家担心的，主要是下乡的大女儿，不知道什么时候才能抽调回来？

过年的那些天，我们的红楼像个排练大厅。各种各样的乐器声都有。特别是端坐在楼梯口，紧靠着酸菜缸的那个小伙子，他的二胡几乎没停过。那年过年，单位里集体团拜很流行，走马灯一样，拜年的人上上下下，小伙子纹丝不动，永远拉着《骏马奔驰保边疆》。晚上加了弱音器，走廊没有灯，他每个晚上都坐在漆黑里拉。

我弟在我之后，也从集体户里回家过年了，那些天他总是在睡觉。我记得他把头全蒙在棉被里，醒了之后，坐起来怪家里的棉被不够长。他在插队之前，也学了两年多小提琴，拉过几本练习曲。下乡之后，他的提琴一直放在家里。琴盒里面有他曾经非常喜欢的那片蒙着提琴的绿色绸子和一个松香盒。整个过年期间，他除了睡觉，好像再没有别的心情。

桌子上摆放了很多张电影票，一大条一大条，有一些已经作废了，我和什么人一起扯了票看电影。看过电影回家要经过一片不小的树林，离树林还远，我们看见雪地里站着一个女孩，腰板挺得笔直，背着琵琶套来回踱步，围的是那几年城里很流行的一种鲜艳彩条的围巾，脸上戴着大口罩。我们之中有人说，看那个人挺够派的！好像个专业团儿的。

走近了，我看见她是赵家的那个大姑娘，那个知青。好像在等什么人,也许是在等她妹妹。

过了年,楼里的知青都陆陆续续地回乡下。有一天我去提水,看见赵家的门开着,大姑娘在门外。经过她身边,闻到很大的防裂油味儿,那种油当时叫"蛤蜊油",装在一对贝壳里,几分钱可以涂一个冬天。她的小妹妹从门帘里探出头,正在骂她:臭美!谁让你背着我的琵琶上大马路臭美!

后来,我也准备回县里。听大人们说,那个拉二胡的小伙子,私自决定不回乡下了,一定要拉出名堂来!

1978年,拉《骏马奔驰保边疆》的小伙子考上了专业艺术院校。我妹妹赶上了中学毕业直接报考大学的机会。我们家搬离了那栋红楼,姓赵一家姐妹的事情,没专门去打听,不知道两个女孩都在做什么?

弟弟在毛驴上

1978年4月　长春郊区

1977年11月,我还是知青。当时我已经被借调到县城办知青小报将近三年。考试上大学的消息传到县里,我感觉平淡无奇,凡是借到县里的知青,没有再回集体户的,也没有参加招工的。在我之前的人,百分之百都被推荐上了大学,成了当时极令人羡慕的工农兵学员。

我在县广播站东侧的一间平房里,复习了十几天数学,然后回集体户所在地参加高考。1978年春,我收到了省招生办邮寄的牛皮纸信封和一张盖了章的打印入学通知书。对于前途,我当时想得不多,被借到县里之后,就觉得前面肯定有出路。

而一直到我入学的时候,我弟弟还在农村集体户里。

我到大学报到的时间是1978年的3月。

4月的一个星期天,天灰蒙蒙的。那是一个阴天,但是空气中有一种春天的新鲜味儿。我这个刚上学的大学生,从城里坐火车一直向西。我带着母亲的话,要叮嘱弟弟在集体户里开始复习,务必参加七八级的高考。我还带了几本复习资料,记得我把它们都用报纸包得很严,没人告诉我,但我明白,凡是在心里暗暗打算离开的事,在集体户里不能大张旗鼓。

我1974年下乡,弟弟晚我一年,他一直在干农活,和我的处境不一样。听说他学会了抽烟、喝酒,父母亲都为他担心。

好像先经过了一个兵营,兵营里井井有条,院子一尘不染,然后是一条林带,我没有问路,一个人就找到了那个站在风岗上的集体户。

进了屋,灶坑前有人问我找谁?然后,他们指给我西屋。

西屋的炕上靠着几个男生,全留着长头发,破大衣上随处都有棉絮暴露着,大衣外面扎一根麻绳。这是晚期知青身上必不可少的饰物,靠着它才显示出潇洒和不羁。我闻到一种男生屋里专有的汗味儿。

弟弟没在。他们说,他磨谷子去了。

我觉得他们有点冷漠。我去过太多的集体户,我知道除非你是来通知哪个知青他能回城,其余任何事情都不能让他们有热情。

弟弟出现在门口的时候,也裹着一件破大衣,扎一根草绳。我看见他比任何一个人都颓丧,头发太长,脸又冻得通红。早晨从家里动身的时候,我只理解我是母亲的一个使者,但是我看见他出现在门口,突然心里明白了:这是我的弟弟。

我看见他的时候,这种感觉那么强烈。我已经早离开了这种生活,而他还深陷着。我马上想,我要小心地讲话,因为我已经是一个大学生了。他不问,我一句也不提上大学的事,我不能刺伤他。

我弟弟是和一匹黑灰的瘦驴一起挤进门的,他的手,通红地搭在驴屁股上,他从小就喜欢动物。

他明明看见了我,却对别人说话,他说谷子没磨上,人多,排号呢。

他故意站得离我远一点,可能是为了证明他是男生我是女生,他长大了以后一贯是这样。他摘下帽子,把帽子扣在毛驴头上,他还是不太看我,站在原地搓两只耳朵,好像根本不准备和我打招呼。他的帽子和别人不一样,不是狗皮的,是硬壳的亮皮,亮皮可以打油,里面是短毛。戴这样的帽过了三个冬天,他一定很冷。

趁人少的时候,我把书包里的报纸包拿出来,说是专门带给他的,里面还有妈妈的一封信。我说,你一定要看。他大咧咧地把它们塞到行李卷儿下面。

他说:给我带瓶酒多好。咱家是不是还有西凤酒,都给爸藏起来了,怕我拿是不是?

说话的时候,他不断地拽那毛驴的尾巴,毛驴不想忍受,逃窜到外屋去了。他的黑皮帽子滚掉在地上。他们集体户好像用砖铺了地面,但是看不见砖,坑坑洼洼的,都是泥。

我问:你还喝酒吗?

他说:喝。找个“由子”就喝,这么冷的房子不喝酒能挺过冬天?

有一个男生指给我看,说每年冬天,后墙都给冻得呜呜响。我看见弟弟的两只手紫红肿胀,我问他有没有冻疮膏?他说:贼皮子,不用那个。后来,他一直把手背到后面去。他说,没事儿,到伏天准好。

好像有人说又要下雪了,好像满院子人攘得鸡狗猪鹅都在叫,女生在高粱秸的障子上捡衣裳。弟弟打了一声口哨。可能是叫那只毛驴。他说:你上女生屋里呆着吧,女生炕上干净,我磨谷子去。我马上说:要下雪了,我也走。

我们一起出了门。灶前有一两个人抬头打招呼:姐,再来。好像我是他们大伙的姐。集体户的院子里光秃秃的。整个冬天倒的泔水,在门口那里冻得很高,正在融化。他让我看门口的一只破缸茬。他说,大伙喝完了酒就从炕里往外甩瓶子,看谁摔得碎。

我把母亲关于高考很重要的嘱咐告诉他。我特地说:这是一辈子的事儿。

但是他抓着毛驴身上的毛皮骑上去,专心逗那眼珠又大又圆的毛驴。我告诉他,报纸包里是书,还有练习本。他竟然高兴了:还有本子,正好这几天没卷烟纸,我知道他这么说是故意的。

我们都不说话,默默地走,走到一个岔路口。去火车站要向北转,我已经看见了两个多小时前我穿过的那片林带,他说另外一条路通向屯子里的碾房。我说我上你们碾房看看去。他马上制止我:都是男劳力,你去干什么?

我不知道几点钟有回城的火车,但是我只能在小站台上等了。我想我重复什么他都听不进去,而我真不希望他以这种心态留在集体户。

很明确地记得,当时就在我的脚下有一墩马莲,向阳的一面有嫩芽钻出了土,我想用鞋尖踩灭它们,但是没踩。我对他说,好好复习,时间很紧,别再喝酒等废话。我把母亲让我带来的钱给他,可能是20块。

他一直骑在那匹毛驴身上,无所谓地晃着,很耐心地捋着毛驴透明的薄耳朵。到了最后,他问:你去报到了吧?我极短促地答应了一声。然后向着林带走,一次也没回头。

他小的时候成绩很好,而且从来不和坏孩子在一起,下乡的三年里,他把烟和酒都学成了。我感觉他越来越内向,小时候什么都对我说,后来,他变得话很少,仅限于日常小事。

那一年,他考上了大学,但是分数并不理想。

选自《厦门文学》2004年9月号

徜 徉 巴 黎

张胜友

和煦的阳光,暖暖的风从塞纳河水面上吹拂过来,正是早春时节,徜徉在巴黎街头,心境一下子变得明亮起来。

当法航 AF129 空中客车还在东欧大陆上空穿云破雾时,我的心胸就溢满了激情,默诵着:巴黎,如雷贯耳的巴黎,心驰神往的巴黎。不是么,巴黎圣母院、埃菲尔铁塔、香榭丽舍大道、协和广场、卢浮宫、凡尔赛宫、凯旋门……这些耳熟能详、每每念及都令人心颤的名字啊。而今,置身于塞纳河畔,举目能及,伸手可触,思之念之感悟之,我还是被深深地震撼了。

我被巴黎的贵族气派震撼了,排列无规则的饱经几个世纪风雨浸淫的街区,欧式建筑加上镶金包银的窗棂、门扉和立柱,无言地向人们诉说或炫耀它昔日曾一度雄踞的欧洲中心霸主地位以及它的富甲天下。虽然,落花流水春去也,风光不再有,但祖上的富足、殷实还是无处不在地展露在巴黎人轻盈的步履与略显傲慢的眼神之中。

乘船游览塞纳河,船头徐缓地犁开盈盈碧水,环抱西岱岛两岸的街景逼视而来,巴黎画廊般的建筑精华尽收眼底。遥想两千多年前,几百位土著人择西岱岛而居,捕鱼狩猎,繁衍生息,其乐亦融融也。至公元四世纪,罗马人一个慓悍的部落强占岛上旧城,并于此建立起"巴黎吉"人的首府,"巴黎"由此得名且声名远播沿袭至今。人们在西岱岛上流连忘返,概因朝拜巴黎圣母院而大发思古之幽情:"敲钟人安在否?"这座领欧美建筑史一代风骚的哥特式的"石头交响乐"大教堂,始建于公元 1163 年,屋顶、塔楼均筑造尖塔,高达 90 米的主尖塔及两侧高达 69 米的钟楼,蔚为壮观,历时 182 年而落成,犹如一位巴黎老者颤巍巍地穿行于历史的隧道之中,见证了无数的岁月沧桑,历久而弥坚。

塞纳河穿城绕行,恰如一串熠熠生辉的项链挂在巴黎的胸前。显而易见,在人类历史由农业文明向工业文明演进的过程中,航运代表了当时先进的生产力,塞纳河两岸抢占先机,因之商贾云集、游人如织,手工业作坊星罗棋布,遂连成一片市场,楼宇鳞次栉比拔地而起,正是印证了中国的一句老话:近水楼台先得月。

我被巴黎的艺术气派震撼了。巴黎无愧于世界艺术之都。卢浮宫、罗丹雕塑博物馆、毕加索博物馆、奥赛博物馆、蓬皮杜国家文化艺术中心……每一座建筑奇特、风格各异的博物馆都堪称人类文化艺术史上的凯旋门。在卢浮宫,人们为《蒙娜丽莎》、《米洛岛的维纳斯》、《萨摩屈拉克胜利女神》等名画名作慕名而来,观者如潮,那种虔诚、执著与仰慕,完全不亚于远赴麦加朝圣的信徒们。而漫步在巴黎街头,你又会感受到一种优悠而浪漫的氛围,广场绘画师、地铁吉他手以及沿街展示的琳琅满目的艺术橱窗,令你左顾右盼目不暇接心旷神怡。

自欧洲文艺复兴以降,巴黎的文学艺术长河壮阔而喧腾不息。雨果的《巴黎圣母院》、《九三年》、《悲惨世界》,巴尔扎克的《人间喜剧》,福楼拜的《包法利夫人》,莫泊桑的《漂亮朋友》、《羊脂球》、《项链》,司汤达的《红与黑》,大仲马的《基督山伯爵》,小仲马的《茶花女》……人们可以如数家珍般地排出一长串名家名著。正是法国的文学巨匠们与艺术大师们天才的光环,让巴黎名满天下誉满全球。我忽然领悟,一个国家、一个民族的文学艺术自有其标志性的巅峰之作,进而成为全人类所共享的文明成果。显然,巴黎的雕塑与绘画,堪与中国的唐诗、宋词相媲美。

夜巴黎无疑是梦幻天堂。埃菲尔铁塔通体透亮,闪闪生辉,像一艘浮在夜色里的船,据说在中国传统农历新年夜,它还会释放出一片喜庆的红光。这座于 1889 年为纪念法国大革命 100 周年而建造的铁塔,高 320.775 米,钢架镂空结构,直插霄汉,巴黎人引以为莫大的荣耀与自豪。伫立在埃菲尔铁塔下，浮想联翩，你无论如何很难想象到近在咫尺的宁静、祥和的协和广场，215 年前所掀起的那一场狂飙突进的革命风暴，让古老的法兰西王国猛然撞开了新时代的大门。此刻，怀想万里之遥的大变革中的亲爱的祖国，我忽然萌生出一种强烈的冲动：为纪念中国自改革开放以来的和平崛起与民族复兴，北京一定要建造一座具有中国气派民族特色的恢宏的里程碑式的建筑，我在心中大声呼喊："她的名字就叫——1978！"

选自《厦门文学》2004 年 12 月号

怀师录

俞兆平

先生走了。在我有生以来心境最为暗淡的时日里，先生走了。师母走后，先生曾在百日之祭写下一篇令人潸然泪下的情性之文——《怀清录》。而今，我亦仿先生，为此文题曰"怀师录"。

在先生的告别仪式上，我脑中闪现的是"功德圆满"、"实至名归"这八个字。"人生非金石，岂能长寿考？"若按自然规律而言，先生走时九十高寿，乃人世间难得的"金石"之寿，况且先生毕生传道、授业、解惑，所哺育的弟子遍布海内外，其功卓著，其德崇然，口碑载道，众望所归。若论学术，先生著述丰赡，40年代评中外小说，神思通达，博辩纵横，自成一家风采；80年代，先声夺人，挟古凌今，开中西方"钱学研究"之先河。从教者、为师者，若能如此，亦不愧己一生。但先生还有一手，他与众不同的是还有一支生花妙笔，其散文承"清华"一脉，醇净绵密，情文融和，内里的功力只有品味再三，方能悟得。先生常说，"理论靠勤奋，创作靠天分"，他在内心深处崇奉的更是"灵性"、"神思"，所以在我的心目中，先生首先是一位诗人，而后才是授业者。也正因为如此，先生才会在1957年"以言语获咎，困顿三年，幸免沉沦"（《怀旧》）。为先生策划出版《梦痕录》一书的香港三联书店编辑梅子先生曾与我谈及两辈人文笔之差距，他认为奠定先生那一辈人国学根柢的环境氛围，如家学渊源、文脉气韵等，断难追回。所以能把西洋文化与中国文化融为一体，拓出新境的，如钱钟书、宗白华、郑先生这样的学人，恐怕吾辈永难企及。此说我甚赞同。我想，这可能就是《读书》、《随笔》等杂志的编辑们一拿到先生的文稿，便爱不释手，赞叹再三，不敢妄加删动，唯恐佛头着粪的原因吧。

但是，望着灵柩中先生瘦削而安详的面容，我又不愿意相信这一切是真实的。20年的时光难道就这么匆匆地逝去？带走了先生，也带走了我们的青春！1979年，先生与许怀中先生联合招收了八位厦大中文系首届文艺理论研究生，我也有幸忝列于内。在鲁迅纪念馆楼上，先生诵读吴宓作《海伦曲》神采飞扬之状，先生讲解《管锥编》"心同理同，正缘物同理同"时洞瞩明察之貌，迄今仍历历在目。印象犹深的是，先生以七十高龄赴京参加全国第四次文代会，回校之后，神情振奋，多次以"中国的文艺复兴时代到了"为题进行演讲，让你绝对想不到先生已是古稀之人。

先生在讲课中，除了对鲁迅、钱钟书先生推崇备至之外，对宗白华先生也赞赏有加。他说："《美学散步》中《论〈世说新语〉和晋人的美》一文，乃空前绝后之作。"这是我唯一一次听到先生用"绝响"之标准来评定一篇文章，我觉得从中透露出先生的人生价值取向：超然澄澈、淡泊明志乃极致之美。先生一生，经战乱，遭困顿，大起大落，历尽沧桑，故而看透功名利禄，鄙视名实难副之徒。先生谈到留学剑桥未拿学位提前回国之原委时曾说："中国人研究中国文学，却要到英美去拿博士学位，岂非怪事？"或许这便是他和写《围城》的钱钟书先生成为莫逆之交的缘由之一。

先生对于哲学、宗教等，多取顺其自然之道。师母信佛，温良慈善，其时因住房狭小，从北村搬到西村，却不幸身染沉疴，终成不治。先生为此，曾两次对我感叹道："若师母还住在北村，不致于此。"我知先生之意，因先生在北村的寓所（我后来亦住于此楼）打开窗户，近旁便是一高僧之墓塔，师母虔心，必获益良多。先生为人可贵之处，便在于此，他宽容、顺和、尊重他人的选择，而不是刚愎自用，强加于人。在对弟子学业的指导上，亦是如此。我们撰写硕士毕业论文，在选题上先生的一条原则是：依性之所近而择。我早年写诗，亦喜诗论，故先生赞同我以闻一多为研究对象。我终历数年辛劳而成"正果"。

在先生执教60周年纪念之际，我写了篇散文《"梦痕"中的先生》，得到先生首肯，他笑道："你算是踏上散文的门坎。"先生为人宽容,但对弟子学业要求却极为严格,极少赞许,以至年届半百的我听了这句稍微算是表扬的话后,竟有了点飘飘然之态。此后,不知是有意,还是无意,先生在与我交谈中多提及往事,但当时我并不在意,仅以为闲聊而已,未留下只字笔录,现才追悔不及。这些往事,我曾与数人谈及,他们均未闻之,可见有录下之必要,以便为将来系统地研究先生的生平著述(愿有这么一天)提供点线索。

先生缘何应王亚南校长之聘离英伦回国呢?个中原由在于他俩神交已久。先生说:40年代,他和王亚南校长都在上海一家进步杂志(刊名待查)上发表系列论文,王校长写的是政治经济学方面的文章,先生则是关于中外小说的评论。两人的政治倾向、价值取向默契合拍,人未相会,神却交应。王亚南校长到厦大后,便遥望海天,力邀先生回国,主政中文系。

先生离英之际,因政治倾向过于鲜明,护照等被亲蒋的台湾留学生(实为特务)偷走。先生从香港抵达广州后,深怕补办的证件手续不齐全,惹出麻烦。未料到广州后,负责此事的军代表在会见先生时,则对先生大为赞扬,高度评价先生与台湾特务斗争的勇气,肯定先生对新中国、对共产党的一片忠诚。

先生说:他回到厦大后,一下就戴上了五顶"红帽子"(我记得大概是中文系、厦门市文联、厦大工会等五个单位的领导职务),没想到时乖命蹇,1957年"以言语获咎",一夜之间五顶红帽子竟变成了一顶"白帽子"。在此之后漫长的20年中,先生动辄得咎,忍辱负重,历尽人间磨难,尝遍世态炎凉。对知识分子而言,精神上的摧残,尤为酷烈。先生辞世前的一年,偶尔会发生意识迷惑现象,有时竟会问及:"中文系运动搞完了没有?"闻知此言,我无法抑制眼眶中的泪水,此等心灵的创伤绝非你我所能感受得到的。遥想当年先生意气风发、挥斥方遒之英姿,与今对照,判若两人。当然,历史是不会为个体承担些什么,但对历史的是非功过,我们这一代人应作出判断。

先生还告知,《记萨本栋先生》一文中顺笔提及的在长汀与萨校长争吵的那位教师,乃现在上海某名人。此文发表后,该名人曾在《随笔》杂志上刊登两篇文章,对先生发难,颇有泄私愤之态,有失名家风范。当时,我曾问先生:"弟子们是否应战?"先生阻止了。因此,也透示出先生一贯信奉的"无欲则刚,有容乃大"的人生宗旨。

人可以被客观所扭伤,但绝不可以被客观所扭曲。历尽磨难的先生从未放弃过自身的信念与追求。1978年,先生从黄山归来,写了一首七绝述怀:"八闽文献久消沉,敢有豪情继严林?已分冥顽同槁木,山灵触我旧时心。"先生毕生尊重他父亲的前辈朋友林杼、严复、陈衍这几位老先生,他"生平深愿是使本省文化恢复到严复、林纾时代居国内前列的水平"(《海夫文存》),"使落后的福建再度蜚声全国"(《记林纾》)。先生的遗愿,我们能做到吗?能使先生安息吗?

选自《厦门文学》2005年9月号

枭 鸣 者

岳建一

我冒昧地认为,值得一谈的鸣者有三类:一类搏击长空,必伏乃厉,敢于深入苍茫和黑暗的极限,长鸣独立之见解,是为枭鸣,亦谓之鸣啸。二类善于鸣啭他人见解,是为鹩鸣(另称鹩鹩学舌,或八哥学舌),亦谓之聒噪。三类则无视一切独立见解与他人见解,大凡来自宇宙间清浊、明暗,方圆深处的一切宏大、庄严、优美、微妙的声音,皆欲霸控,唯嗡嗡嘤嘤乃正宗、权威、绝对的美鸣,振翅追逐权腥与铜臭之时,尤擅长鸣叫放之四海而皆准的大话、假话、套话、空话、废话,是为蝇鸣,亦谓之叱咤。

枭鸣者,乃汉语真精神最辛劳、最虔诚、最坚韧的打工者。

每一枭鸣者,都是一个事业,一个时代,一个文化;于是,以人类精神的永恒指向是寻,以文化、历史、时代、社会真相的守夜人是任,以烛照自身的黑暗是荣,以精神天空的自由翱翔是求。枭鸣者渺小,因为作为有生命的血肉,永远不能拥有绝对真理;枭鸣者宏大,因为永远充满希望地追问着。

枭鸣者全部的痛苦、真实、尊严和善良在于思想,或涉思深远,或想入非非,或不平则鸣,或驰骋于时空最遥远最无限的混沌中,因此使自己拥有了崇高和孤独。这种精神上的孤独,必然导致智力上的更加孤独。

真正枭鸣者的作为,不是轻薄妄为,而是在文化危难时,即使个人为尘埃之微,也要慷慨力争。

枭鸣者心灵中进行的自然过程,比逻辑过程更恣肆、更精致、更高级、更空灵动荡而又深邃而渺远,因为逻辑过程仅是科学过程,纯粹理智,属于有限和有序的一种普通;而心灵过程无限自由、深阔和不可征服,是流放的、超越的、充满激情与永远年轻的。

争鸣是对话的良心。

精神上的优越所赋予的最艰巨的使命是思考。

理性生活是一切终极价值的归宿。

唯有真淳地承认人类在不懈追求真知过程中的全部无知和全部弱点,才有表述真知的平等、自由、深度和快乐,才能真正做到海纳百川、浩荡入溟阔。

一如雷电,痛彻地跃入光明中固守的黑暗。一如命运,坦然接受人生的全部难度与强度。一如信仰,皈依唯是属于自己生命的真醒。

世界上最伟大的精神事件,乃是文化意义上的觉醒。

中国文化,比任何时候都需要建设的立论精神。

多元的文化观念,不仅是一种理念,更是不息而生生而磅礴数千年的中国民间文化真精神,是穿越坚硬的黑暗的一束束奔腾的夜光,是累微尘以崇其峻的博大胸襟,是屡弱屡强、屡败屡战的希望的力量,是对抗一切专横、贪婪、罪恶和野蛮的文明资源,是时而蔚蓝时而殷红地驰过的思想创新史,是太久太痛太血腥的空茫和荒寂,是运行于宇宙间的史诗般不可抗拒的疾霆。

人类最高贵的善良便是恪守文化的真知,最卑贱的德性便是凌迟文化的良知。

时间终将宽恕人的一切,人的一切终将化为文化或精神。一纵万物逆旅,一任沧桑迁化,未来更新的人类种族,将会像勘探遗迹一样,考察文化于每一先祖的天堂和地狱。他们会惊异于文化曾经有过的兽化、痞化、商化、腐化、异化、脆化和沙化之因由吗?会检索出文化的艰难光复于每一事件的精神意义吗……

文化的目的,只有用文化的力量实现。

文化的历史,惟有以文化的目光透视。

文化的目的在于文化自身。文化自身有一种终极价值、一种哲学精神、一种批判锋芒、一种博远的情趣、一种永远的启蒙、一种自为的使命。文化是一再丧失崇高地位的神圣。文化超越一切机构，蔑视一切禁锢，洞透一切绝对精神、绝对真理和绝对操控。文化的自然秩序，终将高于人为秩序。

我们的文化即我们自身，我们遭遇我们自己。

以不学为术，以无知为知，以无耻为无畏，以不知所云为深刻，以经营绝对精神为旨趣；同以娱乐为文化，以信息为知识，以逐利为信仰，以权术为智慧，以傍势为尊荣，以纵欲为人生，以善诈为诚信一样，皆根源于文化结构的深刻崩解。中国文化真精神的持续畸变与离析，已经使之正在丧失整合文化、精神乃至社会的能力。

文化的进步来自积累，而不是来自颠覆。颠覆文化，便是毁灭人所以为人的全部高贵与尊严。

具有少许真理的谎言，比一切谎言更具有对文化的危害性、破坏性和颠覆性。

知识分子的根本危险在于意义与价值体系的自毁自弃。

丧失终极意义与核心价值的追求，必然极功极利，极取极欲，直至社会全人格的彻底丧失，直至尊严丧尽后依然卑鄙而优雅，直至无痛无觉，直至以雷霆万钧般的步伐深入史诗般的无耻。

敢问今日之中国文人：天夺魂魄，瓦全者有几？

知识分子乃民族之精神泄泻的最后防洪大坝，一旦集体放弃坚守，自甘堕落，整个民族精神的崩毁指日可待。可以想见，昏昏惨惨、颠颠倒倒中，惊飙怎样地勃发？浑洪何等地山立？鱼龙必悲啸其下，游魂将呜咽其上，虫相鸣不及举翼，鸟狂顾不能求群，林木尽淹，天地荒旷，呜呼！

一旦洪荒，身将焉托？

中国文化的灵魂和骨血，唯在具有民间精神的知识分子之中。

与其在愚昧的天堂做奴隶、奴才，莫如在思想的炼狱求自由、自立。

为思想而上下求索，尤如奴隶为自由而前赴后继。

哪里有思想，哪里便有能动的历史。

思想者最深刻的悲哀是无奈于愚昧者的惩处。愚昧者最忘形的得意是傲慢地强迫思想者自新。

思想超拔于知识之上，信念超拔于智慧之上。

自由不是目的，高贵的自由才是目的。因为只有高贵的自由者才懂得承担，并且不将一己理念强加于人。

一旦灵魂与自由结合，知识和理性便会精致、博大而又充满了无限的情趣。

怀疑是心灵的一种态度，是知识更新的动力，是登高临远地洞视一切知识、文化、信息乃至真理的方法。

以自由的心灵，直抒不被混杂、组合、分割、操控的声音，乃是一切自由中最自然的自由，如天有常行、地有常数皆来自元自由，此理在宇宙间，故不以人之明不明而变易。

精神是历史的创造者，也是一切历史的归宿。

没有被思想过的历史，是没有生命力的。

真知始于异端，终于迷信。

一群失去终极追求的精神流浪汉，必"枉道而从势、曲学而阿世、出士而入仕"，并且勤于为自猥制造包装，善于为自利找到崇高的理由。他们徒剩形骸，万勿指望其为现代文明的进行提供精神动力与智力支持。

历史的目的在于知识。历史的对象在于事实。大胆求证，小心确认。珍视民间记载，慎析统编文字。不滥用判断的权利，不使历史屈从于想象。留心因果关系，注意运动结构，尤注意大大小小的细节，以穿透遮蔽，以洞透骨隙，以勘探事件以外更广阔、更深隐、更丰富、更本质、更血肉鲜活的世界，以探索逝去历史的当代意义，以寻找达到崇高未来的信心、博见和合理依据，以战胜自己精神的荒芜与黑暗。

一切事实的真实，皆拥有理论的巨大真实。

历史写作，可以使我们从历史中解放出来。

我们的全部尊严与耻辱，皆与历史联系在一起。

一个民族，只有通过本真的历史，才能以更深远的思想视野认识和酷省自己历史和现实的全族格、全结构、全精神、全质量乃至血管里流动的全基因，自究以自强。

一切都是似曾相识，一切都是伏而复起，一切都是变古常新。

求证历史的学者，一旦拥有人类的终极信念，才能摒弃偏见，真正深入比客观历史更为真实的历史。

一个人的审美情趣，便是一个人德性的全部。

一纵万物逆旅，一任星月枯荣，人类文字记录的蒙昧时代、野蛮时代、黑暗时代乃至一切时代，都可以在今天找到行迹；人类的一切罪恶都会被有所涂抹；人类的一切创造都将荡然无存而被重新创造；人类的一切认知都会消失殆尽而需重新上下求索不息。时间在空间穿过，历史在历史中重演，气有终尽，形无不散，我们是何等的渺小，何等的微不足道?! 重要的是在于有别宇宙间一切生息的过程中，我们曾经是什么？活成过什么？喧哗过什么？供奉过什么？充当过什么？挚爱过什么？担当过什么？暴施、暴虐、暴殄、暴政过什么？有无自省、自立、自究、自尊？有无枭鸣、鸽鸣抑或蝇鸣？我们每一躯体和灵魂在这颗蔚蓝色的星球上有过怎样的本色和重量？

生息悠悠尔，一气聚散之。

我不敢深想：未来岁月里，可怜的子孙们将以怎样艰辛的努力，才能克服我们这几代人曾经予以文学的禁欲化、物欲化、嗜欲化、性欲化所激起的深远厌恶。

文学批评的最高境界，来自灵魂深处最纯正的本色。

绝对的理想，意味着绝对的黑暗。经营绝对的理想，意味着经营绝对的黑暗。

寄生于我们血液中的语汇究竟是什么？几千年来，洗劫我们精神直至痛到不堪回首直至奄奄以就尽直至荒芜、荒诞、荒乱成东方的传说的绝对力量究竟是什么？朋友，请以热爱大汉语言的心意，共同追问到永远吧。

我们亲爱的母语呵，曾有春秋的百家争鸣，汉唐的恢宏气象；曾有"为天地立心，为生民立命，为往圣继绝学，为万世开太平"的不朽抱负；曾有包容无数日常经验和超验体验的襟怀，有教无类，海纳百川；曾有亘古绵延的安详、灵动、自由、血性、博大、智慧、独特、雄肆、深邃、精致的生命力；曾有太阳系这颗最壮丽行星上磅沛数千年的天性、天赋和天良。天穹可以荒老，星光可以变色，汉语在这片东方古大陆上始终是生命的律动、归宿与信仰。曾几何时，汉语遭遇霸控、阉割、挟持、兼并、伪饰和经营；曾几何时，仁、义、礼、智、信从汉语中一再灭迹；曾几何时，汉语以谎言使人盲从、以恐怖使人屈服、以喧嚣使人狂乱、以僵化使人愚昧、以轻薄使人腐化；曾几何时，汉语日渐失去神圣、精髓和生机……

逝日不可追，来日犹可期。

承担汉语的疼痛和忧患，领罪汉语的苦难和巨创，接受汉语严峻的精神使命，找回汉语的天性、天赋和天良，复活汉语精神天空中的自由和创造，还原每一汉字的骨血、灵性、博蕴、品质和足令天下苍生敬畏的尊严。

知识者只有自立，才能立言；只有自救，才能救世。

我以虔诚之心，期望组织起智识与洞见，力显博远的诚实和锋利的知觉力、审美力；期望有吾独往矣的精神，有浮冰般热烈撞击的文字，有开宗明言，有文化良知的恪守，有运行其间的自由求索和探险意识；期望无话语霸权，无似是而非的学问，无文体结构（本文甚拙，亦力求无结构），无理论与学术研究的广告化、口号化、拼盘化，自辟一隅个性时空，以趋向尽可能高尚一些的意义。

文化的生命在于阅读。阅读的生命在于民间。

选自《厦门文学》2006 年 2-3 月,合刊

老乡黎丁

赵家欣

我的老乡黎丁，为人随和，做事认真，建国后，担任《光明日报》文艺副刊《东风》编辑三十多年，认认真真地写下作者"摘记"近千人，信稿必复，热情为作者服务。作者中有文化界知名人士、党政军各界名流，更多的是全国各地寄来稿件的文学青年。作家穆欣在写黎丁的奉献精神《甘愿为作者"作嫁衣裳"》文中，举一个事例："一个在广东湛江的作者，从1960年向《东风》投稿开始，一直同黎丁保持联系，他和一些外地文友，都说黎丁爽朗、诚恳、热情、交往广，文艺界的朋友上京，都喜欢往他家跑，捎带连吃的睡的都解决了。"这位作者名叫艾彤，后来成为该市文联和作协的主席。他在《翘首京华说黎丁》文中说："几十年来，我向不少报刊投过稿，从没有见过像黎丁师这样的好编辑。我也当过多年的报纸副刊和文学刊物的编辑，对待作者的态度和工作热情，如果和黎丁师比，差之太远，万万不能望其项背的。每念及此，深深感到惭愧。"他称黎丁为终生难忘的好老师。

黎丁的作者名单中，老一辈作家郭沫若、茅盾、老舍、曹禺、冰心、巴金、沈从文、丁玲、夏衍、聂绀弩……都是他的朋友。他广交文友，本是好事，而在以知识分子为对象的政治运动中，好事成了坏事，正常关系成了黑关系，吃了不少苦头。他认识胡风，反胡风运动中，他成了"胡风分子"，受到牵连。肃反运动中被抄家，逮捕关押一年多。"文革"一来，在劫难逃，新账老账一起算，受审查时，军宣队勒令他交代"黑关系"，他交代了近百名"反动权威"。"三名三高"人物，把军宣队吓了一跳，虽抓不到什么把柄，却也挨整得不轻。

"文革"一开始，著名文艺家大都被扣上"反动权威"，"黑线人物"等帽子，抄家、游斗、罚跪、挨打，老舍就因不堪凌辱自沉太平湖。当时人人自危，连亲友都不敢来往，黎丁虽处境危殆，却甘冒风险，到一些文友家去，给他们送去温暖。他和茅盾解放前就认识，一直保持联系，"文革"一开始茅盾就在文化部宿舍闭门索居，与世隔绝，迫切盼望了解外界情况，牵挂各地文坛老友和爱国文化工作者的安危，黎丁常去探望，成为茅盾家唯一的常客，尽自己所能所知的向他传递友人信息，告知友人情况，使茅盾得到安慰，也多少拂去离群索居的寂寞。

1973年，茅盾书赠黎丁一首《读稼轩集》，咏的是南宋爱国词人辛弃疾，从诗中可窥见作者在十年浩劫中沉痛、愤慨和充满信心的感情。

黎丁记惦远在上海的巴金，巴金是老作家中受尽凌辱和折磨的一位，"文革"中不敢和别人来往。1973年稍有点自由时，即接到黎丁的信，一颗枯寂的心热了。此后，他俩保持书信往来，互通京沪亲友信息，关注彼此生活情况，洋溢着真诚的友谊。1994年出版的《巴金全集》收进写给黎丁的信27封，其中14封是在"文革"中写的。

"四害"就擒，"文革"落幕，我怀着试试看的心情写信给在茫茫长夜中断绝音讯的老乡黎丁。1978年12月14日接到黎丁手书："骤接来信，狂喜！我也未问到你的地址。《光明日报》刊过郭老给我的字，收到许多朋友来信，没有你的，我以为你被四人帮害了呢？彼此未死，可以祝贺！"附信寄来《书怀》十六句，其中四句："喇叭狂吹新朝曲，脂粉厚抹老魅颜"，"升天鸡犬云中坠，横行螃蟹锅里看"。当时北京几乎家家户户到市场购买一母三公四只螃蟹，煮熟下酒。诗章表达了老知识分子对四人帮的蔑视、憎恶和看到他们可耻下场的欢快心情。

上世纪80年代初，我几次到北京，得以与阔隔多年的黎丁欢叙，这位老乡，满头银发，身材瘦削，一口乡音，十分亲切。在京期间，照例是他陪我买东西，访朋友，有了这位北京通，我通行无阻。他陪我探访文学界前辈，有一次半开玩笑地说要带我这个曾经也是"胡风分子"的去医院认识一下胡风。可惜因事未去，失去了认识这位鲁迅器重的大作家的机会。

在北京,黎丁既是连续30多年的大报副刊老编辑,也是坚持40多年的冬泳界老前辈。即便是零下十多度,照样冬泳不误。几十年来游遍北京的龙潭湖、玉渊潭、什刹海、太平湖,这些都是他活动过的"据点",近几年北京展览馆后湖则成了新的落脚之地。

2006年6月16日清晨6时,北展后湖热闹非凡,北京冬游俱乐部泳友聚集这里,准备了蛋糕,祝贺冬泳界的老寿星九十寿辰。黎丁像往常一样准时来到码头,立刻被热情的泳友们包围了起来,合影、切蛋糕、外加无数的祝福,一位内蒙古的泳友专程赶来为他祝寿。对于泳友为自己准备的这份惊喜,黎丁连称没想到!"我本来都不记得了,这样隆重也太麻烦大家了。"

北京市冬泳俱乐部给黎丁颁发了"北京市冬泳之最"的荣誉奖杯和证书。黎丁表示:自己冬泳完全是因为爱好,因为冬泳能够带给自己健康和快乐,尽管现在已是盛夏,但早上的水温还是比较低的。切蛋糕后,黎丁下水畅游,还玩了一招"水上飘",引起岸上泳友的齐声喝彩。

为答谢冬泳网上网友对他的祝福,黎丁为网友题词:九十老小孩,浮沉江湖海,有人讥讽斥野蛮,我偏爱天然,东流水钱塘返八闽,西入川峡温泉南,转瞬匆匆四十年,游兴尚未减。6月21日《中国体育报》以《九十老小孩游兴尚未减》为题,报道了这次活动。

有一年冬天,我到北京,黎丁也从休养地杭州回来,看到我,津津乐道他在杭州期间,每天清晨到钱塘江游泳,偌大江面,只他一人,岸上尚无行人,衣服不怕被偷。这位老乡,不仅游遍北京的江湖海,所到之处,也不放弃这一爱好。"东流钱塘返八闽"。闽浙相邻,流水有情,看来,钱塘游惹起了这位八闽游子的乡思。

选自《厦门文学》2007年6月号

怀念耿庸先生

林贤治

雪落在中国的土地上。

时值岁暮,雪灾的消息,有如大雪般覆盖每天的报纸。然而,即使冰雪塞途,列车停发,电力中断,满城烛光,人们仍然忙于营造节庆气氛,在黑暗中期望看到荧屏中的"春晚"。我们的人民是喜剧性的人民,何况遇上春节,热闹自然是少不了的。

就在这熙熙攘攘预备祝福的时刻,有一个人悄然走了。

耿庸先生去世的消息,最早是萧玉英医生告诉我的。1988年春节前后,正是在人民北路萧医生的家里,我陪孙钿先生,一同拜见了偕同路莘女士刚从上海南来的耿庸先生。此前,拙著《人间鲁迅》出版时,曾给上海方面寄出三册,收件人是"胡风反革命分子",我所敬重的三位长者,他们是:贾植芳先生、何满子先生,再就是耿庸先生。在他们的文字中,我获得一种确信,认定他们的身上存留着鲁迅的骨头和血脉。见过耿庸先生,我欣喜于我的判断没有出错。

钦定"胡风集团案"发生后,耿庸先生便一直在牢狱里生活,时间长达十一年之久。夫人王皓,在两年后的反右运动中跳江自杀,当时的说法叫"自绝于人民"。遗下三个孩子,在一个举目无亲、充满敌意与冷漠的世界里如何过活呢?可以想见,当时整个家庭所担受的苦难,以及加之于耿庸先生精神上的痛楚。几十年沧桑,留下一头银发,满脸皱褶,可是,他那儒雅的风度却掩盖了这所有一切,乍见之下,丝毫觉察不到灾厄的痕迹。他严肃、庄重,说话却是随意的,机敏而幽默。说时,他一面抽烟,一面透过眼镜片定睛看你,你可以感觉到他对问题的专注。对于世事,常有犀利的批评,说到激烈的时候,他会睁圆了眼睛,像是与人争辩的样子。但是,更多的时候,他是常常微笑着的,流露着诚恳、友善、温厚,有时说着说着,还会像孩子一样,被自己的话头惹得咯咯地大笑起来……

孙钿先生和他一样,同属"胡风集团案"的要犯,蹲过监狱,干过苦役般的重活,相聚的机会于他们来说是极为珍贵的。我虽系初识,毕竟有过赠书的前缘,所以,大家一起谈话也就无须太避忌,感觉是愉快的。

此后,我常常一个人去看望耿庸先生。他后来从萧医生家里搬出,和李晴先生在达道路合租了一幢小洋房,我仍旧是那里的常客。

那时,李晴先生在一家出版社任职,计划出版我的一部诗集。我约请耿庸先生为集子作序,一来看重先生的道德文章,二来,也想给这段往来的日子做个纪念。

序文很快写好了。意外的是,我喜欢的几首抒情诗并不为他所欣赏,倒是明白表示喜爱《贝多芬》和集中的几首长诗,说是这些诗引发了他的"别样的感应"。他特别称引了叙说司马迁的《蚕室之一夜》中的两段,其中一段的开头是:

> 一千次思考只为一次选择
> 我选择了苟活
> 而不是庄周式的永生……

仅为评说一首诗,就费去了数页稿纸,关键词就是这"苟活"。他是一个坐过囚室的人,深感不自由的苦痛,难怪司马迁的古魂灵,会让他这么心意难平。只是,他并没有陷没在历史的悲剧里,在文中引了"士可杀而不可辱"一语,指出:"正直、正义、正派的士即知识分子"即使被不免神经衰弱的帝王式人物置于不是死就是活着受辱的境地,始终怀着"无可旁贷"的使命感。但因此,生命也更有光彩。

耿庸先生是我见过的人中最有尊严的人。

我们见面无所不谈,包括臧否人物。耿庸先生在后来写成的著作《未完成的人生大杂文》中,记下不少跟他有过关系的人，当然也有好些未及记，或不能记的。在他谈及的人物中，我印象最深的有两个人，就是周扬和张中晓。

对于周扬，我们都不抱好感。耿庸先生说了两件事。一件发生在1979年召开的第四次文代会上，周扬在作大会报告，当说到"社会主义文艺的春天"时，萧军从后排站了起来，高声喊道："周扬同志的春天，就是我的冬天！"记得耿庸先生说完，当即开怀大笑。他对萧军的这种近于莽撞的行为，是颇为赞赏的。

还有一件事是，在中国作协第四次代表大会的开幕式上，主持人宣读了周扬在医院打来的祝贺电话，全场鼓掌长达数分钟。随后，由一班中青年作家起草了一封致周扬的慰问信，悬挂在会议大厅里，让众代表签名。有站着签的，有蹲着签的，因为人数太多，原信纸又太短，就又找来白纸续了上去，以致拖到地上，那结果，弄得后来签名的人只好趴着写字了。耿庸先生说到这里，又咯咯地笑，到最后，用了很有点骄傲的口气说："全会场只有我一个人没有签名！"

至于对张中晓的态度就大两样了。

我曾多次听他说起张中晓，称赞张中晓的明敏多思以及为常人少有的批判的勇气。说到张中晓和他在新文艺出版社同一个编辑室里面对面办公的情景时，总是极力回忆着各种细节，有一种沉湎于其中的深情。赞叹、惋惜、缅怀、哀痛、沉默无语，或竟泪花闪烁，神情显得很复杂。说到往事，我发现，耿庸先生的记忆力好得惊人，描述起来，历历如在眼前。引述书本的东西也如此。与其说这是一种天赋，毋宁说是长期的牢狱生活对一个人的自由意志的锻炼和考验。他是看重经验的。几十年来，想必他一直在顽强地对抗遗忘。后来，读到他的一篇自述文字，说及他和张中晓分住隔壁的囚室，听到张中晓吐血之后轻叫着"报告"的声音，隔着牢门而无法前去救助的自责的话，实在叫人感动。

他在出狱之后，一直打听张中晓的下落，曾试寄一张《解放日报》给在绍兴下关邮局的张中晓的父亲转交，希望张中晓看到笔迹会回应他的无声的寻唤。这个希望，终于在"文革"初期从"外调"人员口中得知张中晓的死讯而彻底破灭。他

写道："然而三十多年来依然是26岁的中晓时常地显现在我的眼面前。"这样的患难交情，非是一般文人的惺惺相惜可以比拟。

在"胡风骨干分子"中，毛泽东最重视的就是最年轻的张中晓。对此，耿庸先生曾经表示过相同的意见。半个世纪来，确实还不曾有人像张中晓这样，反对把《讲话》当作"图腾"。这个十八九岁就得了肺病，且被切去五根肋骨的"反革命"，获释后仍一面失业、挨饿、咯血，一面不停顿地阅读和思考，堪称"韧战"。他把他的反专制主义的思想断续地记录到拍纸簿上、火柴盒上、废纸片上。死后由他的家人送给何满子先生保存，最终由路莘女士整理成册，名《无梦楼随笔》。我有幸最早读过稿本，并对全稿做了摘录，然后重新编序，发表在《散文与人》丛刊第一集上。

张中晓的书信，也是由路莘女士设法出版的。出版前，在北京晓风家里看到这些书信，借阅了一夜晚，感觉其中的锋芒，并不稍逊于随笔。我拟选出几封，登到《散文与人》上，晓风的意见是由路莘女士作注后再交我刊用，只好作罢。这些书信后来印了出来，不过并没有注释；印象中，有个别信件似乎也没有收进去。也许是言辞过于锋利，尤其涉及个人的批评，编者觉得有必要为尊者讳，或者为死者讳的罢。

耿庸先生是执拗的。

这种性格的人，一旦同所追求的真理，或所坚持的信念结合起来，就变得非常刚硬，坚不可摧。当然，执著于真理和信念，已经成了上一代人的事，到了我们这一代，几乎全数沦为实利主义者了。倘若仍旧套用"真理"一类的词，那么，也即等同于霸权话语，等同于权力、财富、声名，等同于主流、时尚的东西。有谁要是独行其是，使用熟习的理论或工具，一定要被讥为保守主义者、落伍者、等待被抛弃的人。

我曾经同一位上海的青年学者谈到过耿庸先生，结论果然是"老派"。这是无可奈何的事。从根本上说，中国还停留在前现代阶段，而后现代的理论已经大行其道了。对耿庸先生来说，中国是仍然需要"启蒙"的，这启蒙就是前现代话语，当然要被后现代理论家看了笑话。文学理论也如此。耿庸先生大谈其"现实主义"，说得浅显一

点,即鲁迅说的"睁了眼看",明显是针对中国文学的"瞒和骗"的传统的。他和何满子先生所作的"文学对话",也都重在现实主义的本质的阐发。然而,这在满嘴"现代性"的学者看来,还不是土得掉渣了吗?

使用什么样的理论、概念和语词,耿庸先生是作过严密的思考和慎重的选择的。他的文风,从来不肯随俗,喜欢使用长句子,让不少习惯于抄近路的人看了感到别扭。只要打量一下就知道,那其中的逻辑是极其缜密的,而内含的诗意,更不是一般的理论家和批评家所有的了。

究其实,他倒是一个喜欢"咬文嚼字"的人。比如,他在文章中说的"被做成'胡风反革命分子'"这个"做"字,我就没有见过第二个人如此用过。对于建国后的第一起文字狱,用"做"字来表现是极为准确、生动,而又意味深长的。有一次,他同我讨论到拙文《五四之魂》的部分内容时,电话那头突然蹦出一个"激退"的词,让我敬服之至。鉴于五四新文化运动被蒙覆"激进主义"的谥号而被攻讦,用"激退"形容这些论客的本质,实在说得上一以当十。后来,我将此文整理成书,即采用了他的提示,将"激退"一词加入相关的段落中。

突出的,还有对 80 年代的一个流行词"反思"的态度。他是拒绝使用"反思"的,说时,还语带讥讽。当时听起来,不免觉得太拘泥了点;后来觉得,对于一个本质主义者来说,他的反对是有根据的。正如"反理性"一词,孤立来看,似无可挑剔,甚至大有先锋派头,倘用于未经理性训练的民族或人群,则大谬不然了。又如,在没有自由或自由并不充分的国度,"反自由化"也是极其荒谬而且有害的。"反思"始于"思",倘若连起码的政治常识都不具备,连正常的思考力也丧失掉,"反思"将从何谈起?

然而,耿庸先生的朋友竞相"反思"起来了,他能不为所动吗?

也许由于长时期地被禁锢和被隔离,他不害怕孤立。他忠实于自己。他固然不想做鲁迅描写过的那种脖子上挂着小铃铎的领头羊,但也不想昏昏然混杂在羊群之中。

他不阿世。

1989 年初夏,我和耿庸先生、路莘女士一起,赴武汉参加首届胡风文艺思想座谈会。与会者中有大批的"胡风分子"。据我所知,他们劫后的第一次聚会,是在胡风先生的追悼会上,这次座谈会当是第二次了。我发现:"反革命集团"的莫须有的罪名,非但不曾使他们互相规避和疏远,反倒增进了当年的"钦犯"之间的一种集体情谊。他们相见时那么热烈、亲切,真像是一个大家庭,连对文学的认识,以及为之献身的热忱,都是那么相似!

会议期间,阴云密布,闷雷轰鸣,却又欲雨不雨。盛夏未至却是无比酷热,这种气候,我是从来未曾遇到过的。午间,呆在房间里实在窒息难耐,便一个人遛了出来。

在大厅里,恰好遇见耿庸先生。

前些天,他和朋友们在一起,显得那么忙碌而愉快,奇怪的是,此时神色凝重,一副心事重重的样子。他匆匆说道,他有事,得去开一个小会。我觉得,他的话间很有点神秘的意味。后来见到他,人变得沮丧起来,不再如先前般的活跃了。再后来,我们都已经回到了广州,他告诉我说:当时一帮人商议要建一座通天塔的,结果意见不一致,这塔也就建不成了……

从此,他对"集团"中人产生了一些新的看法。武汉之行,在他的乖舛的人生中又当增添了若干未曾经验的经验罢。

看到了裂痕,又顾惜"同袍之谊",耿庸先生这种近乎矛盾的心态,不禁使我联想起鲁迅在"左联"解散前后的情形。他不满"左联",却又极力维护"左联"的存在。这是一种苦境。他说,细嚼黄连而不皱眉,这种味道,大约是只有一个人自己知道的。

一年多以后,耿庸先生和路莘女士一同返回了上海。

我们仍然保持着多年的通信和电话联系。自"文革"开始以后,我一直害怕写日记和存放朋友的信件,耿庸先生的来信,仅存 1991 年 1 月 15 日的一封,是因为开头自白有关健康的态度问题,曾经感动过我的缘故。

普通信封,信纸用的是上海市群众艺术馆的稿纸,背面是印了字的,两页纸都用手裁掉了一小截,露出粗糙的毛边。耿庸先生是患有慢性支气管炎的,有一段时间很严重,像是住进医院里了。可能我曾在信中劝他珍惜身体,练习气功,所以他写信一上来就答复说:

"气功也许比流行歌曲强一些,我也不想学。道教是'国教',上海年前成立了协会而且恢复了沉湮久矣的道观(这在全国可能是率先的),于我则毫无吸引力。懂得中国人独不憎道士者,懂得中国大半——鲁迅此语足以令现代中国人感慨系之……"

鲁迅说他佩服孙中山,并非因为孙中山革命的缘故,而是因为作为西医出身的他,病重至死也一直坚持不吃中药。这里关系到一个信仰问题。信仰讲究彻底,讲究始终如一。耿庸先生也是一个有信仰的人。在我看来,他是中国少有的坚定的西方化知识分子之一。因为憎恶"国粹",所以连同国粹有关的所有东西都要遭到他的唾弃,哪怕这些东西会给他个人的肉身生命带来实际上的好处。

《散文与人》停办以后,我还曾编过几种丛刊,但都接连的无疾而终。因为少了约稿的事,我和耿庸先生后来的联系便少了。前年与何满子先生通电话,何先生告诉我,耿庸先生得了脑梗,麻烦得很。随后,我还是给耿庸先生去了一个电话,但听起来,头脑是清楚的,声音也一如从前,这多少给了我一点慰安。

10月份到上海参加一个会议,原意多留两天,顺便看望一下耿庸先生和别的几位老人,结果提前赶回了广州,留下永久的愧憾。

如果可能,惟愿编辑出版一部耿庸先生的遗著。在我,这并非出于私谊而已。无论忆述、杂文、评论,他的文字都是有温度,而且有深度的,见证了作为一个知识分子作家的良知,人格、爱,和神圣的仇恨。只要人间还有黑暗,还有鬼魅,战士之书就不至于沦为文献,虽然文献是学者所宝贵的。

一个人来到世上,生命中的黄金时代被劫夺了,丧失了自由、幸福,以至写作的权利。即使留给他一点有限的残年,也简直来不及恢复,——实际上他已经加快了脚步向前走,然而没走上几步,一生就这样完结了!

今夜,听着窗外零星的爆竹声响和更广大无边的寂静,除了感慨,我还能说些什么!

2008年2月大年三十至正月初三

选自《厦门文学》2008年6月号

回忆童晴岚

耿　庸

1

大抵就在四人帮破碎三年的时候吧,在厦门的老李同志忽然来找我。作为一个闽南人,我在闽南生活过的零零碎碎的春春秋秋,总共不到我的年龄的五分之一;作为一个在上海的福建人,我可以说几乎没有一个互相交往的老乡——尽管我知道有着不少的福建同乡在上海。

老李同志来了,就用闽南话交谈了,于是,我感到了分外的亲切。在那苦难十年的最初几年,我在路上偶尔遇到看来是"大串联"来的说家乡话的人,总是情不自禁地跟着他们走一段路。我那时和许许多多的人共同着一个著名的绰号,叫做"牛鬼蛇神",在被"扫除"之余,是已颇受了"只许规规矩矩"的勒令教育了的,所以,我跟着他们走一段路,实在并非想放肆寻机会同看来是"大串联"来的同乡搞"串联"认乡亲,——我不过是被他们所说的家乡话牵引着罢了。乡音能有这样的魅力,这对于我——说也惭愧——正是新鲜的体验。这回和××同志自由自在坐在业已发硬的沙发上用家乡话畅叙,我内心是愉悦的激动,想必他是会感到溢于言表的。

没想到,在漫谈中,××同志忽然问起我认不认识童晴岚,而这正是我要向他打听下落的朋友啊。

"童老已经过世了",他说,眼睛一下子似乎灰黯了。我惊愕了一阵。我本来是冀望能和晴岚重新取得联系的——我们阔别超过40年了!

这以后,我面前多次出现晴岚的白皙的面庞和比我17岁时候还短一巴掌的身材——我不曾看到过不是青年了的诗人童晴岚。

2

1936年下半年还是1937年上半年——记不清了,总之是我还在厦门双十中学新闻科做学生的时候,由于常常到《星光日报》去,有一次就在那里遇到童晴岚,也就相识了。那个时候,他是《星光日报·星星》的一个诗作者;我,同在《星星》上发表过一些幼稚又是胡乱写出的小说和杂文。他的名字和作品,在这以前大约两年我就熟悉了,我还知道他参加了蒲风等人组织的中国诗歌会,为中国诗歌会厦门分会的筹组成立和活动花了心血。他倒也是知道我的,刚听了我叫做"丁琛"的时候,他说得我臊红了脸,他赞许说,他读过《江声报·大众谈座》上我"抨击苏雪林污辱鲁迅的杂文,很好,是应当这样重重地刺她几下的",但这话也使我感动,觉得这个雅静地微笑着、说起话来又轻又慢、显得十分平和的诗人,原来内心里面是弦着强劲的、搭上利箭的弓的。我们第一次相识,竟能在《星光日报》社楼上那个宽敞的编辑部门外的过道上站着谈了总有半小时——虽然大半是我唠唠叨叨回答他的简单的问题。我一直能够记得的却只有他要走了,下了楼梯两三级又回身踏上一级,迟迟疑疑地对我说的一句话,"不晓得怎么讲",他对站在上面的我仰起面,眼睛直盯着我的眼睛,似乎总是文静地长在他脸上的微笑没有了:"也许,我想,你在《大众谈座》发表的那些文章,不如给《星星》登。"

我当时完全不懂得他这话的意思。于是成为一个疑问,执拗地盘结在我的心上许久,我本来可以在当场或者在往后几回和他相遇见的时候向他询问的,但我从没问过,仿佛我很了解他的意思似的。当然,我不问他,是愿望由自己来解决问题。后来,我自以为我多少明白了问题的所在了。

问题,用"史无前例"时期的流行语之一来说,就是"派性"。但我并非说晴岚那里沾染了什么派性。在左翼文学队伍内部发生的所谓"国防文学"和"民族革命战争的大众文学"两"派"论争那时,在厦门也没有激起使我此刻留有印象的风波。但厦门文学界的朋友们那时缺乏一个联合的组织——当然可能是我不知道——是一个事实。就我所知而又能记得来说，郑书祥负责编辑的《星光日报·星星》那时确实团结着较大的作者群，蒲风、叶可根、晴岚和听说不久之后被国民党政府逮捕了的丽天，就都是它的经常的写稿人。《江声报·大众谈座》不是每日发刊的，编者姜种因是个被认作安那其主义者的人，但它这个报纸副刊照样受到国民党政府的虎视。《华侨日报》有一个叫做《天竺》——如果我没记错的话——的每一期的副刊，是天竺文艺社的马寒冰，即50年代流行过的歌曲《骑着马儿过草原》的歌词作者编辑的，它的倾向是很明确的。还有一家报纸及其副刊名称被我忘记了，编辑是翁朗云，也是个写诗的朋友。这四个报纸副刊，就我当时近乎无知的幼稚的认识看来，以为是一条战线上的弟兄。我向他们都投过稿。但它们，也许除开《天竺》，相互间似乎并不协同作战，倒是为一些我早也忘却了的什么问题在你一篇我一篇地争论，这特别是发生在《星星》和《大众谈座》之间。那时，厦门还有一个文学"花圃"，名为沉吟的人编辑的《江声报》的"正规"副刊（不记得名称了），不知怎么，以我那时的眼光去看，总感到这一个报纸副刊在旁不出声，欣赏地观赏前面两个副刊的"斗争"。

1937年7月6日，我在前往上海的"济南"号轮船上碰巧遇到了也坐这条船去上海的姜种因。他已经辞去了《大众谈座》的编辑职务，并且作了这个副刊的寿命不会长了的预料。我把我以上的了解和认识告诉了他，他沉默了好一阵子，然后沉沉甸甸地说：

"我们也有错误，因为有偏见。本来，大敌当前，大家是应当联合起来的。不过，反抗日本帝国主义侵略的战争一定会爆发，战争一定会教大家立刻团结起来。"

第二天，轮船还在大海上航行，芦沟桥事件发生的消息传来，抗日战争确实爆发了。

当晚，我在动荡着的、破浪前进的轮船上，在昏昧的、然而不失为一种光芒的灯光下给晴岚写信。我把姜种因的话告诉了他，并且说"既然我在《大众谈座》发表杂文是《星星》也可以登出来的，那么，这两者不是也有共同之点吗？"

这信从上海出发，两天后我却去了南京，待到我再回上海，已是八一三全面抗战展开了。

我没有收得晴岚的信。

3

1937年11月尾，我从上海回到漳州，和朋友陈青园编印了四期文学刊物，自己很不满意，却招惹了特务的关注，于是出奔闽西。那是1938年春天的事，大约8月，我又到漳州。听我姐姐说，我们在上海文化界救亡协会训练班的同学邓家梁，在厦门青年战时服务团，改名邓贡直，也到漳州来了。我打听到厦青团住在原来的龙溪师范学校里面，就去看邓家梁。

那个学校，我算是熟悉的：当我刚学会走路的时候，我母亲邵倩侬是它的校长。但那时，它对于我是陌生的。那里面，放肆的知了们竞赛着歌唱，房子那里却是寂静得很，望过去没见个人影。我想一定是我来得不是时候，人家正在午睡呢。我看一眼我自己的影子还不到一尺长，想走了。但真叫鬼使神差，我却走过球场，走进南边那一片小树林里，我很快发现一株青松树下，一个人靠着它坐在地上聚精会神地看什么书，从茂盛的树叶滤过的斑斑点点的阳光有如白色花似的在他的周围和他的蓝布裤子上热烈地开放。我感到这个景象的诗的庄严和美丽，生怕骚扰了这情境中的人物，我于是轻轻地绕开走，不料，我的胸口立即挨了不轻不重的一击——一只冒失的蝉儿飞过来撞了我了。我"哎"的一声还未叫完，连忙回头去看是不是惊动了那个读书人。我立即看见他望着我，并且一下子站起来，同时叫出了我的名字。

原来这个人是童晴岚。

这个邂逅真叫我们两人都兴高采烈，然而谈起话来，仿佛没有分别过似的。我马上就告诉他方才我把有如坐在白色花丛里全神贯注的他设想做了一幅魅人的油画中的人物，而且想因此作一首诗，他呢？他轻轻笑了两声，算是回应了我的话，却立即翻开他手里的《反杜林论》，拿出夹在里面的一张纸递给我，说："刚才写了个十四行，你看看。"我当场读了两遍——后来还抄过，此刻也还记得。

为什么人们热情讴歌的春天这么寒冷

挺着流血的胸脯悲唱的知更雀倒下了

我还不曾知道晴岚写过十四行,写过这样沉郁而愤慨的诗,它使我惊讶而激动,觉得这比我先前读过的他的诗集《南中国的歌》和发表在报刊上的诗更具有深刻的思想和激情。我知道,晴岚在厦门沦陷后到了海沧,再从那儿到漳州。厦青团正面对着凶厉的国民党政府的刀铖。

我怂恿他把这十四行寄出去发表。

"你太天真。这诗和你想象的那幅油画一样,现在都不合时宜。"他微笑,缓慢地说。我感到,他的微笑不是以前我所熟悉的那样带着柔的喜悦,而是一种控制着忿懑的特殊形式了。我于是也发觉,大我十岁光景的晴岚,这时不过二十七八岁吧,形貌竟有将近40岁的样子了。他精神上一定担负着过多的现实人生的苦恼。然而他仍然给人一种谦和的、镇定的印象。

这一回,我没有看到我特意去寻找的邓家梁,但却看到了赵家欣,也看到了洪学礼。

4

这一年初冬,由于在厦门大学旁听得不到文学要求上的满足,我离开长汀到了龙岩来,借住在一个亲戚在那儿工作的汽车公司的宿舍里。当时的龙岩集合着几个汽车公司,使得这一个从前的革命根据地成为"交通枢纽"而呈现出一种膨胀的、虚幻的繁华忧愁。我所住宿舍边的宽长的甬道里经常通宵达旦地发出麻将牌的劈里啪啦的声响。夜晚,所有的酒楼饭店都拥挤着来自专区公署和各个汽车公司的各等人物和花枝招展的妓女们。但是,这里也有如伊·爱伦堡所说的那样,和荒淫无耻的这一面相对,活动着另一面的庄严的工作。每一期地下出版的共产党刊物《前驱》都被宝贵地从这一人传给那一个人。机智、勇敢和活跃的斗士竟然能够动员失身卖笑的一些年轻妓女为支援抗战卖鲜花,甚至能从她们当中发现并培养出在一个似是叫做《星火三千万》的话剧演出中担当主角的戏剧人才。

就是在这期间,在这样的龙岩,有一天将近晚饭的时候,一小队卡车从南边驰进了龙岩。在它们停下的地方,有着不少看来早就等候在那儿的荷枪的士兵。正在大街上的我忽然看到,以"音乐家"身份活动的军统特务蔡继琨出现在那儿,挥着手,仿佛在指挥什么交响乐,对着一个穿得整整齐齐的胖子说话。我看见从车上下来随即被押进那个大屋子的人当中,有几个面熟的人。当我看到晴岚也被押着,我怔动了。我想那些受难的人一定是厦青团的。我慌忙回汽车公司去找王尚玉先生。

王尚玉先生是龙连汽车公司的常务董事,听说早年在东南亚什么地方做过什么教师。他这个人也常常在那条甬道里打麻将,但也总是和职工们很近,还曾经参加大街上搭起的舞台上演出宣传抗战的话剧。当我看到晴岚落难的时候,能想到可找寻帮忙救出晴岚的人,只有他。可是我刚刚向他说出我看见晴岚被押着,王尚玉的脸色一下子严峻起来:

"你这个婴仔,你管人家这个做什么,走走走。"

我无奈,怨恨自己怎么会求这个"老狐狸"。

夜里,我失眠了,徒劳的失眠,觉得自己无能为力。想不到第二天,一个我并不很熟悉的年轻职员跑进我的宿舍,拍拍我的肩膀说:"憨人,你好出去放鞭炮了。"我莫名其妙,而他却又神秘地眨眨眼睛走了。

好几天以后,公司里一个熟人告诉我,晴岚的朋友终于把晴岚救出来了。"不过,现在还不能让他出来,过几天你再和他见面吧。"这天晚上,我居然和我的亲戚和他的伙伴上了酒楼,喝醉了酒。

几天以后,晴岚就以童霖(他本名童霁霖)的名字在这家龙连汀汽车公司当了职员。在我离开龙岩去赣南以前的不多的日子里,我算是和晴岚生活在一个所在,听他背诵普希金和马雅可夫斯基的诗,谈论《冰岛渔夫》和《安娜·卡列尼娜》,为对现实主义和浪漫主义的理解争论得我气得要死,而他却少有地哈哈大笑。

5

1939年我在江西,1940年我在桂林几个月,又回到福建沙县,不久就到建瓯《闽北日报》当编辑。因为兼编副刊《闪击》,在共产党地下工作者的协助下，组织起"闪击文艺社"，闽浙赣三省都有该社社员。这时，我和晴岚才有较多的通信。我要他给《闪击》写稿并参加这个文艺社，他说绝不能说用他写诗的名字"童晴岚"给我写稿，原因是易于理解的，这不仅会使《闪击》受到来自国民党政府的更多注意和威胁，而且使晴岚暴露了踪迹。那时，我的确也没在什么报刊上看到这童晴岚这个名字。但他并非没有写作生活，事实上《闪击》就发表过他的一首诗，非常遗憾的是我忘却了他所用的名字，也没法寻到《闪击》来查找了。1941年3月，皖南事件后，我在建瓯站不住了，跑到永安小住一个时候，便前住桂林，却在赣州留下了。大抵在我经过瑞金的时候，我看到几天前龙岩的《闽西日报》，那上面使我吃惊地刊登着龙连汀汽车公司的几个朋友的"自新启事"，我又为晴岚担起心来了。这个汽车公司瑞金站的人倒知道童霖还在公司里。五六月间，我收到晴岚寄到建瓯而终于从桂林转到赣州来的信，说他"不久将往西南"。没有地址，甚至没有确切的地方。我和他失去联系了，而且从此没有得到他的下落，直到老李同志告诉我他已经逝世。

6

应当说，有一天，我本来是能够知道晴岚的下落并和他联系上的，然而没能够。那时，我正在看守所里坐班房。由于十分偶然的机会，我在一个刊物——不知道是《人民文学》还是《文艺月报》——上读到了晴岚的诗。如果我印象没模糊，它是写农村风光或什么植物的。我能够比较确切记得的是，我当时的心情是复杂的，又喜悦苦痛，既被回忆也被想望绞缠着……

现在晴岚的肉体的生命已经不复存在，他的谦和、热情和执着追求真理的诗的生命，应当和他的还在积极活着的友人们的心灵共同搏动着。那么，感谢你，晴岚。

1981年2月　上海岚皋路寓所

选自《厦门文学》2008年6月号

散文卷

那里有一方心灵的净土

——林庚先生对我的影响

钱理群

回顾自己的一生,最大的幸运就是在 70 年代末,文化革命结束以后,能够回到燕园,直接受到承接了五四传统的一代学人的精神熏陶与学术训练。我在一篇文章中曾谈到 70 年代末与 80 年代的北大中文系,"拥有一大批真正是一流的教授,他们无论是治学,还是为人,都有不同的追求,而且把这样的追求,发展到极端,形成极其鲜明的个性,他们之间既相同又不同,既相互对立,又相互补充,形成了兼容并包的格局。在这个格局中,每一个教授都是偏至的(既有明显的长处和特色,同时也有明显的偏颇与不足),但由于他们的相互制约,即从整体上保证不会将某种倾向发展到极端,从而达到较为合理的学术生态平衡","这正是最有利于学生的健全发展的。他们可以从有着不同的追求与风格的教授那里,各有所取,又各有所不取,他们与每一个教授的关系,都是既受其影响,同时又保持独立的批评态度。当然,在实际的教学过程中,每一个学生和教授的关系,也会出现不平衡状态:学生会根据自己的气质、性格、爱好、知识结构、自我设计与选择,对与自己有着更多共鸣处的教授产生更大的亲和力,受到某位教授的更大影响,这自然会产生某种特殊的崇敬感,但他也会受到其他教授的影响,并从其他教授的不同的追求中,看到这位教授的某些不足,这就会有效地保证不会将崇敬发展为盲目崇拜。这样就既可享受追随自己心仪的教授的'从游'之乐,又能够保持自我精神与学术的相对独立性,师生之间的关系,也就能够达到'亦师亦友'的境界。我和我的同代学者之所以得到较为健康的发展,可以说全仰赖于这样的学术传统与环境"(《中国大学的问题与改革》)。

我在说这番话时,心中想到的,就是文学专业的"三巨头":吴组缃先生、林庚先生与王瑶先生。他们之间是那样的相通——不仅私交很好,而且都同是五四精神的传人,有一种内在的心灵的契合;但他们的精神气质,为人处世的方式,以及学术的追求,以至治学方法,又是那样的不同:都是不可重复的活生生的"这一个"。有幸作为他们的学生,我从内心对他们怀有同样的崇敬之情,但彼此的关系与所受影响,却又不同。王瑶先生是我的导师,我毕业留校后又长期担任他的助手,交往自是十分密切,先生作为一个"鲁迅式"的知识分子与学人,其精神与治学态度、方法对我的影响,也非常明显,我曾写有《从麻木中挤出的回忆》等多篇文章。因为我的大嫂是吴组缃先生的老学生,我与吴先生也就有了更多的私人的家庭式的交往,吴先生的"敢说真话"与学术、创作上的"务去陈言滥调,绝不人云亦云,无论如何要有自己的东西,言他人所不能言,写他人所不能写"的独立创造精神,一直是我追求的目标。这些在我所写的《吴组缃"时代小说"序》及一篇未发表的悼念文章中都有所论及。

唯独林庚先生,我个人和他接触并不多,也从不写像写王先生、吴先生那样的文章;却不断地鼓励我的年轻朋友与学生去接近他——我曾经建议郭小聪写研究林先生诗歌理论的学术论文;介绍我的学生谢茂松去拍摄有关林先生的录像片;我的最年轻的学生张慧文则在我的指导下,作过关于"林庚与北京城"的研究,她写的读书笔记至今我还保留着。我总是这样对他(她)们说,不了解林庚,你们对北大及中文系的精神传统与学术传统的理解就是片面的,作为北大中文系的学生,你们会感到终生遗憾。而学生们一旦直接、间接地接触了林先生,就都毫无例外地为先生的风采与智慧所倾倒,在我面前讲个不停,而我总是默默地听着,发出会心的微笑……

我愿意就这样在一定的距离之外,"远望"林庚先生。这里其实是存在着一种颇为微妙的心理的:我自知自己在精神上与林庚先生的亲近,我早就在心中将他圣洁化了,或许保持这样一种欣赏、赞叹而不过于密切的关系,从而获得一种自然而松弛的感觉,是更美好的。

那里有一方心灵的净土。

我赞叹的是林庚先生身上诗人与学者的统一,我欣赏的是林庚先生将诗学术化与学术诗化所达到的人生境界、诗歌境界与学术境界。林先生有深厚的学术功底,他的《天问》研究就足以显示他的考证的功力。但更让我动心的,却是他的学术研究中表现出的感悟力、直觉判断力与想象力。我曾经半开玩笑地说过,学术研究也可以分为"现实主义"与"浪漫主义"两大流派,林庚先生就是"浪漫主义学派"的代表。我曾经饶有兴趣地注意到王瑶先生写的《评林庚著〈中国文学史〉》(文收《王瑶文集》第二卷)中的批评意见,在王先生看来,"这一部《中国文学史》不仅是著作,同时也可以说是创作","贯彻在这本书的整个精神和观点,都可以说是'诗'的,而不是'史'的",其主要理由就是全书出于"沟通新旧文学的愿望",贯穿了"反映着五四那时代"的"生机的"历史观,"作者用他的观点处理了全部文学史,或者说用文学史来注释了他自己的"文艺观"。因此王先生举了许多例子批评作者"由自己的主观左右着材料的去取"。这大概就是过去通常所说的"六经注我"与"我注六经"之争吧;用今天人们习惯的语言来说,就是所谓"主观"与"客观"之争。如果去掉学术批评与论争中必然有的"主观"色彩,"客观"地看两位先生的文学史观、研究方法和实践,作为学生辈,我是分明地感到先生们的研究既有相通的方面,更有明显的不同,而又都各具特色,各有魅力,又多少有些不足,正可以相互补充。因此,如何最大限度地学习、吸收两位先生的长处,又警惕可能存在的偏颇,就成为我在学术研究中经常考虑的问题。但吸取什么,怎样吸取,又与个人的精神气质直接相关;我因此而折服于王先生治学中的历史感,同时又对林先生的诗化学术有着情不自禁的向往。

而最让我醉心并深刻地影响了我的教学工作与学术研究的,是林庚先生最后一次讲课所提出的文学观与学术观。大概是1985年,当时的系主任严家炎老师让我参与全系性的"学术讲坛"的组织工作,其中一个重要任务就是约请已经退休的林庚先生作演讲。林先生非常重视这次重上讲堂的机会,足足准备了一个月,反复斟酌讲稿,讲题都换了好几次。上课时,先生衣着整洁大方,神采奕奕,一站在那里,就把学生震住了。先生开口就问:"什么是诗?"然后,随口举出几首唐诗,逐字逐句赏析,先生讲得有声有色,学生听得如痴如醉。先生这才缓缓点出这堂课的主旨:"诗的本质就是发现;诗人要永远像婴儿一样,睁大了好奇的眼睛,去看周围的世界,去发现世界的新的美。"此语一出,所有的学生顿有所悟,全都陷入了沉思。而先生一回到家里,就病倒了。我这才明白,这是林庚先生的"天鹅绝唱",他把自己一生写诗、治学、做人的经验、生命的追求,都凝结在这句话里了。也正是林先生的这句话,照亮了我的人生道路与治学之路。以后,我几乎每一次向研究生、大学生或中学生讲课,都要反复地申说林先生的这一观点,"这里所说的'婴儿状态',就是要保持婴儿那样第一次看世界的新奇感,用初次的眼光和心态去观察、倾听、阅读、思考,从而产生不断有新发现的渴望与冲动",这里的关键词是"好奇"与"发现","只有有了对未知世界的好奇,才会产生学习、探索的热情和冲动:这正是一切创造性的学习、研究与劳动的原动力";"发现"则"包含了文学艺术、学术研究、科学、教育与学习,以至人生的秘密与真谛"。我还这样对年轻人说:"如果你每天都这样像婴儿一样重新看一切,你就会有古人所说的'苟日新,日日新,又日新'的感觉,也就是进入了生命的新生状态。长期保持下去,也就有了一颗人们所说的赤子之心。人类最具有创造性的大科学家、文学家、艺术家、诗人、学者,其实都是一些赤子,永远的赤子。北大'大'在哪里?就因为有一批'大学者'。这些学者'大'在哪里?就因为他们始终保持'小孩子'般的纯真、无邪,好奇心与新鲜感,因而具有无穷的创造力,这就是沈从文所说的'星斗其文,赤子其人'"(《与南师附中同学谈心》)。这些话在不同层次的青年学生——从中学生到研究生中都引起了强烈的反响;其实我所做的,不过是在向年轻一代宣扬林庚先生的精神与思想,林庚先生的基本创作经验和治学经验。

而这正是显示了林庚先生对我们中文系,对

北大,以至对当下中国文学界、学术界、教育界的意义。在某种程度上,这是一个逐渐消失,因而弥足珍贵的传统。最近,我在一篇为巴金先生一百岁而写的文章里这样写道,"无论如何,巴金老人仍然和我们生活在这个世界上,这个事实确实能够给人以温暖","因为这个越来越险恶、越来越令人难以把握的世界,太缺少像他这样的人——这样的好人,这样的可爱的人,这样的有信仰的,真诚的,单纯的人了",因为"经不起各种磨难,我们心中的'上帝'已经死了,我们不再有信仰,也不再真诚和单纯,我们的心早就被灰尘与油腻蒙蔽了"——这也是我此刻对林庚先生的感情:幸而还有他,不然,我们就太可怜,太可悲了。

每当我陷入浮躁,陷入沮丧、颓废、绝望时,想起了燕南园那间小屋里的那盏灯,我的心就平静下来,充盈起来,有了温馨与安宁,有了奋进的力量。

是的,那里有一方心灵的净土。

2004 年 12 月 10 日急就

选自《厦门文学》2008 年 7 月号

一部红楼梦天下

刘醒龙

任何历史,政治的、军事的和文学的,距离远,视野总会相对开阔一些。后来者总是幸运儿,因为通过读书,可用前辈们的灵与肉来进行探索。当然,那样的前车之鉴,也还需要善于理解和运用。文学总会首先与她所处的时代共命运的,从现代文学的出现,到当代文学的兴起,中国文学一直在承担着国家兴亡、匹夫有责之责,承担了太多本不应该由文学来承担的重责,这是由阶段性的历史决定的。文学经典性的重要方面,就在于她与本民族的命运休戚相关。

只顾抱着那些实用书籍的实在算不上是读书,我们所说的读书其实应该是为了让人的思想开窍。所以,对多数人来说,读文学书才是最好的首选。譬如,因为太注重实用了,对于鲁迅,无论是生前,还是身后,对他的研究与表述,一直存在着深刻的片面。在这一点上,我所读出来的鲁迅,并不是那个普遍认同,只会将文章当作匕首和投枪的鲁迅。我想这一点很重要,鲁迅精神不能理解为只是某种阶层或者执政当局的天敌。

唯有阅读文学才会让我们明白,高贵是社会价值的重要标准。我们这一代人深受俄罗斯文学的影响,最普遍的又是受到高尔基的影响。当我开始遐想高贵是如何与文学互存时,曾经因高尔基的出身与他的写作而困惑不已。关于高尔基,中国文学一直是这样介绍他:"前苏联无产阶级作家,社会主义现实主义文学的奠基人。他出身贫苦,幼年丧父,11岁即为生计在社会上奔波,当过装卸工、面包房工人,贫民窟和码头成了他的社会大学的课堂。他与劳动人民同呼吸共命运,亲身经历了资本主义残酷的剥削与压迫。这对他的思想和创作发展具有重要影响。"从这些话中,可以很容易地理解他所写作的那部著名的三部曲,然而,对于年轻的中国学生来说,影响更大的是那部似乎更能体现其灵魂风范的《海燕之歌》。那只高贵的海燕,无疑就是高尔基的人格写照。

很多年后,真到儿子也像我当初那样年轻,有机会去到高尔基童年和少生时代生活过的喀山市的一所大学留学,我才了解到一些关于俄罗斯人的生活真相。儿子后来告诉我,喀山当地治安情况十分糟糕,走在街上被暴徒抢劫的事,多得就像中国任何一个地方随地吐痰的情形。在那所大学里呆了十几年的中国教师传授了一个秘诀给他们,男生们如果有事出门,一定要请一位女生做伴,因为,俄罗斯男人可以在家打老婆,也可以抱着酒瓶醉卧街头,却断断不会在当着一个女人的面抢劫另一个男人。于是,我才恍然大悟。俄罗斯文学高尚无比的地位,正是来源于日常生活的种种小事。回头来看,中国的发展与世界的发展的不同步,姑且不从宏大事物去观察,仅仅是生活本身就已经落伍了一大步。也就是说,如果社会中真有什么输赢的话,赢者也好,输者也罢,是成者为王,还是败者为寇,一切皆由起跑线上那一步所决定。在一个将垃圾奉为鲜花的环境里,决无产生瑰宝可能。在一个不知何为羞耻的人心里,也决不可能孕育出传世佳作。

如同近代史上的一部佳作,上海在中国乃至世界的地位,也是由于她所拥有的高贵气质。财富的积累并非太难,难的是人在任何时候对文学艺术的信仰与恒守。按照现在人喜爱以地域来划分某类文学,对于中国人来说,那些从古典中明确区分出来的新文学,几乎可以说成是"上海文学"了。而在事实上,上海的人文形象和口碑,则大大地得益于文学。完全可以这样说,是上个世纪二三十年代的小说、诗歌和电影戏剧,奠定了上海这座城市比许多东方城市更为高贵的身份与高雅的名声。在信息传播滞后的年代,作为不夜之城的上海正是仰仗着文学的丰富魅力,让许许多多未曾有机会一睹城市英姿的人,开启了人生的向往之旅。

为什么说《红楼梦》之外没有好小说,就因为

《红楼梦》骨子里的是高贵，是一种高处不胜寒，它的人物也好，它描写的生活也好，是一个时期的精神结晶。缺少这个根本点，仅靠道听途说的模仿是靠不住的。人对美好生活的向往，也是内心藏而不露的高贵之心在作怪。就像生活中，有的人靠粗鄙可以得逞于一时，但能如此粗鄙一生吗？

所谓中坚，当然是少数，更多的人是否只是跟着某种概念潮流四处泛滥？真理有时候只可能掌握在少数人手里。那些借以文学名义的离经叛道，就像当年搞"反右"和"大跃进"，将自以为是的东西，无限地浮夸。再用不惜消灭肉体的办法，消灭那些自以为不是的东西。一切为了欲望，再将欲望作为一切，包括替代当年那些屡屡置人于死地的暴力手段。这种疯狂追逐暴利和决不放过任何蝇头小利的趋势，所考验的不仅是文学，而是人为了生存而必须具备的那种大智慧。

所以，在那部几乎被所有当代中国人阅读过的红色经典里，保尔·柯察金即便真的就是斯大林所说的那种用钢铁做成的人，也有理由让我这样的后来者在深思熟虑之后，不能不发出拷问：人类的品行高贵，不应该再有受到世俗非礼的时代，更不能以暴力相向。如果没有意识形态因素，依这部小说所提供给我们的种种文学元素来分析，我们阅读到的主人公实在没有不爱冬妮娅的理由，就这样将人的生命牵强地塑造到钢铁的程度，实在是一场天大的悲剧！在现实中，现代中国史上的第一次离婚潮发生在1949年国民党败退台湾岛，中华人民共和国政府在北京成立之后不久，从解放区来的军政干部，纷纷休掉同一意识形态阵营里的黄脸婆妻子，转过身来投入到众多有资产阶级背景的女人怀抱。以中国国情来看，在这一点上，这部红色经典有主题先行的嫌疑。还可以说，这种文学的无良因素，间接导致当代中国文学出现了一段让人闻之色变的无良行为时期。

文学所需要的高贵，存在于作家的骨子里。如果写作者本人都不能意识到高贵之紧要，怎么能要求他的作品高贵起来呢？但是，往往很多人把高贵理解为矫情，或者是反过来，将矫情当成了高贵。真正的高贵是人的心灵质量的一种标志。

回过头来再看我们的日常读书，曾经盛行的民间故事与民间文学，它所表达出来的，是人在内心潜藏着的种种不满与反叛。譬如，以著名的《刘三姐》为例，过去流传的民间文学几乎千篇一律：愚蠢的有钱人总被聪明的穷人所戏弄；满腹经纶的秀才举人，也就是后来被称为知识分子的，总是被塑造成一副食古不化的书呆子模样，吟诗不行，对歌也不行，就是将孔圣人抬出来，也不过是一个更大的笑话。从这一点上，我们的民间文学中有一种潜在的暴力倾向，那就是，当一种东西无法得到时，百般无理的抹黑与诋毁就开始了。既然自己得不到，别人也就休想独自占有。这种流氓无赖者心态所带来的恶果，不仅屡屡出现在世界历史上，当今世界里，文明程度越低的地区，越是还在层出不穷。

人类的高贵，在过去时期需要借助诸多奢侈品以及奢华的生活方式来展现；在物质生活差异正在变小的当下，精神气节的关键性就显得更加突出；在生存质量将会变得越来越小的未来，这一点就难免会成为至关重要的了。

包括阅读在内的中国问题在于，人人都希望一分努力马上要得到一分回报。欧洲一些地方，一百年前开工的艺术馆，到现在还在建设中，中国人还稀里糊涂地嘲笑他们。前几天，在台湾的国民党，输了高雄市长选举。党主席马英九遭到了铺天盖地地批评，绝大多数人指责他，在高雄拼选举，不肯使用下三滥的招数。我很为这样的指责悲哀。如果马英九最终听信了这样的建议，那会更加令我悲哀。为了获得一张横行天下的卑鄙通行证，宁肯身陷卑鄙的泥潭，这样的马英九将会在历史的选举中输得更惨。卑鄙者貌似肆无忌惮，其实是惶惶不可终日，这也是陈水扁等一些人，拼命想将马英九抹黑的真实心理。在高贵面前，任何卑鄙都明白自身的卑贱。供世人阅读的文学不是用来解决问题的，但一定要成为世界的良心，所以，站在文学的立场上，总在自诩的李敖先生虽然会读书，却实在算不上是好的读书人。

江 山 妖 娆

陈世旭

兴安岭森林

在整个世界,除了水,我最喜欢的就是森林。

繁衍自强的森林是生之意趣,森林收容了一幕又一幕悲喜剧。

弥漫在森林间的沉寂与神秘,为艺术提供了深沉、宁静的心理背景。多少个世纪以来,森林始终滋润着人们的乡愁与诗心。我想,这就是为什么索尔·贝娄会说:"艺术从森林开始。"

森林多么好。森林有花有草,森林有云有雾,森林有风有雨,森林有泉有湖……

森林有诗。

要摆脱无名的羁绊,我最想走向森林;要拯救疲惫的灵魂,我最想走向森林;要吟唱隐秘的心曲,我最想走向森林。

因为森林有诗。

花与树的缠绵,云与雾的交融,风与雨的相伴,泉与湖的交响,无处不是诗的流淌。云聚云散是诗,花谢花开是诗,草飞草长是诗,月圆月缺是诗。森林是诗的宠儿。

走向森林,常常是我的梦想,我的渴望。

在森林任何一个无人知晓的角落,都会有风吹落潮湿的种子。季节更替,在森林到处荡漾的,是人的自由意志。倾听森林的语言,你将成熟,聪明,坦荡,洞悉真理……生活的困惑与感伤随风而逝。走在森林,你会发现你是快乐的,森林是无声的呼唤,充实了你原本空洞的灵魂。

因为惰性和缺乏勇气,我任从自己常年被囚禁在嘈杂的城市。城市也是森林,是变异的森林。楼群像树林,却没有枝叶没有花朵没有果实,没有令人恋眷的仅仅是狗尾巴草的清香。孩子们长大了,不会唱"采蘑菇的小姑娘"。楼群的颜色顽固,隐去了季节的界限;窗口在夜晚筛下星星,挤窄了无边际的想象;钢筋水泥傲然挺立,带来了坚硬工具的压抑。在这片化工森林里,躺着的心事结成青苔,站立的思想竞争阳光,人们掩起私下里表情丰富的脸庞,让善意和温情在陌生中蛰伏窥望。

只有森林才会有真正的歌唱。森林的歌,嘹亮、清逸而深远。森林里最多的是树,每棵树都是一位歌手。

走进森林,走进歌声,走进激动的曲调和流畅的节奏。带着幻变的梦境,灵感和鸟语花香,离开城市的喧嚣,演奏自己的乐章。让漫天的音乐的羽毛,化作无边的新绿与嫩黄。等待心灵的撞击,等待一次灵魂的再生。

我见识过世界不只一处的森林。每次我都会力图进入森林的深处,穿过茂密的、散发着浓郁的树脂和草莓香味的松树林,心里泛起一种甜丝丝的快感。林中的湖泊像美人的镜子,波光粼粼地闪烁在无边森林的怀抱,映照着蓝天的纤尘不染和青山的雄浑与妩媚。

那些树林是没有猎人也没有伐木者的,这里的鸟是不害怕被人惊扰的。头上树桠上,这儿那儿站着不知名的鸟,它们大大方方、满不在乎地站着,不时懒洋洋地一跳。有时候落到离你很近的地方,然后又扑扑地飞起,它们拨起的风,直朝你脸上吹过来。柔顺的,毛茸茸的松鼠就在附近无忧无虑地跳来跳去,有时候会突然停下来,蹲在离你最近的树枝上和灌木丛中,睁大眼睛滴溜溜地打量你。所有的生灵都充分享受着作为这片树林的天然主人的特权。

风在沙沙地响,不甘寂寞的虫子在鸣唱。在这样的树林里走路,就像在彩色的,水声悦耳的溪水里游来游去的鱼。这是沉思默想的最好时刻。你会不由自主地回想起遥远的已经忘却的童年,脑子里充满了种种孩提的甜蜜和喜悦。

潮湿的凉意从四面八方袭来。鸟悄悄地离开被太阳晒得温暖的树梢,振起翅膀,依恋地、默默地飞进树林深处。雾在林中飘荡。雾是半透明的，并不妨碍仰望树缝中的天空。被树枝分割的天空特别明亮，让我想起南方家乡闪烁的星光，被星光照亮的丰沛的河流、绿树中的城市和织锦般的田地。让我想起世上所有我经历过的美好事物。我记起莱蒙托夫的话："当我们远离尘世而跟大森林接近时，大家都不由得变成孩子了，心灵摆脱了种种负担，恢复了本来面目。"我记起契诃夫是那般动情："不可思议的大森林啊，你永远放射着光辉，美丽而又超然，你，我们把你称作母亲，你本身包括了生与死，既赋予生命，又主宰灭亡。"我记起托尔斯泰给森林赋予的道德意义："置身于这令人神往的大森林之中，人心中难道能留得住敌对感情、复仇心理或者嗜杀同类的欲望吗？人心中的恶念应该在与作为美与善象征的大自然接触时消失。"当艺术家用圆舞曲为森林染上一片圣洁，"手风琴也打不破的宁静"的抒情节拍展现着快乐与忧伤，有多少人已经如梦如幻，走进博大与深邃。

我多么愿意住在这样的树林：在森林幽静的小径徘徊，鼻翼里全是青涩的气味，看或枯或荣的草在夕阳下泛着柔柔的光，像长发飘逸；在绿叶沙沙的伴奏下唱歌，唱消失的爱情和不可知的未来，听或深或浅的水在林子的深处汩汩流动，像精灵呢喃。等有一天终于唱不出声音的时候，就安静地面对树叶的私语。风拂过思绪拨动迷离的眼神。卷起的红松皮被阳光照耀，摘它一片，发现东风沉醉于此的秘密：暗香诱着彩蝶，在树木之间传递着甜蜜。绿肥红瘦都被遗忘，而你将保留森林中的这一缕暗香；等有一天终于不能呼吸的时候，就溶入树下的泥土，无声地悠悠地去到森林的漩涡深处，肃穆，庄严，神秘，而心，颤栗。然后在返青的季节，同蚂蚁、蚯蚓和飞虫，同所有卑微的生命一起，用柔软的头颅叩开泥土的门，迎接春天的来临。一声鸟鸣，心便永不寂寞。

尽管他的房屋坐落在乡村。
他不会看到我停留于此，
望着他的林子白雪冰封。
我的小马一定觉得奇怪，
为何在最黑的夜晚，
停留在森林和冻湖之间，

没有农舍的野外。
……

直到中年才被公众认可的美国诗人罗伯特·弗罗斯特描写过一个打算在雪夜结束生命的老人，是怎样被美丽的森林，动听的风声和铃声唤醒了对人生的热爱，老人与马默默交流，将森林的启示融入人生。

森林无疑有一种凝重的隐喻性质，暗示出生活最为深沉的一面。森林是生命的典范，告诉人们生命的原始法则。

如果有一天，你坐在森林之外的地方，梦想曾经的家园，你便会知道，失去绿荫，灵魂就失去了庇护。混浊的噪声从耳边掠过，你将嫉妒并且哀怨，谁曾拥有过那片森林？

走进森林，去谛听森林吧，在那里体悟沉郁，博爱，以及令人低回的文化精神。

感谢那些保护了森林的人们，感谢他们卓越的理性，他们是那么清楚地懂得："无理性的人在摧毁大自然时，也在道德上摧毁自己。"

克什克腾草原

你从哪里来？要到哪里去？你的眉头像未解的结，你的脚步疲惫而蹒跚。

我把喧嚣的城市留在身后，我把拥挤的人群留在身后，我把所有的躁动和冲撞留在身后。

把自己交给苍茫。

你失落了什么？你要寻找什么？你想得到什么？

我问蓝天，我问大地，我问草原。

草原，向我张开博大的襟怀。从两边涌到路上来的、被露水淋得透湿的花枝和草棵子殷勤地拂着我的裤腿，像默默地爱抚。

古老而烂漫的克什克腾草原。埋藏无数卜骨、陶片、断简、残碑的土地；站立长城、寺庙、黯淡的宫阁和拓荒者废墟的土地；横亘叱咤风云的康熙大帝平息叛乱、如狼似虎的八旗壮士演习杀戮的古御道的土地。

乌兰布通，红色的山。大清王朝的十二连营埋进深草；抚远大将军的鹿角枪炮没入沼泽。方尖碑如断锷。水泡子是宵遁的噶尔丹饮恨苍天的眼睛。从刀光火石到金戈铁马，从血流飘杵到冠盖如云，皆杳然如苍狼呜咽。帝王的霸业连同古战场一起退出历史，一个鞍马部族的史诗在季节河道声息干裂。

而草原依旧。

高耸的大陆板块空旷恒大，弓起球面的脊线。草原把最广阔的空间留给七彩泛滥。芳草年年绿，碧色直铺天涯。千万种花如潮水，汹涌漫卷草原。乳汁洗出的天空，云舒云卷如峨峨高髻、荡荡裙裾。苍鹰盘旋，大道似瀑布。

真静啊。天地间是一片亘古的肃穆。远远的什么地方，好像有人在动情地唱歌。那是幻觉。只有风，只有白桦林，只有不甘寂寞的杜鹃、野百灵和蜜蜂在私语。

思想就像徘徊在迷离草莽的孤马，你会一再地想起那些似乎遥远的、已经忘却的过去，心里无端地涌起一种莫名的、淡淡的却是幽深的甜蜜或忧伤。你会感到好像早就有过这种体验，要不就是做过一个和眼前的情景极为相似的梦。但是究竟是在什么地方、是在一生中的哪个幸或不幸的时刻，你怎样也记不起来了。生活就像流水一样，淙淙地从你身边流过，你失落了很多，却不知道那是些什么。

最远的地方，热浪蒸腾的高坡，号角悄然耸起。最初是一对，然后是一簇，然后是一片。然后，草原生命交响的高潮赫然君临。

万种天风骤然狂作。骏马雄壮的肌群，突起为跳跃的峰峦。马群纵姿跋扈，从远方或更远的远方潮涌而出。

大宛汗血天马从西极承灵威、涉流沙而来，从黄河负图而来。与犁铧一起耕耘生民的艰辛；与刀斧一起划破凝滞的血海；与香车一起装点贵胄的荣华。你为文明所依赖，你也为文明所驾驭；你为文明所恩宠，你也为文明所束缚。

什么时候，文明放逐了你，文明解放了你！

于是你重又成为草原的王者至尊。自由与奔放重又成为你的特权。铺张扬厉的野性重又回到你的身上。天风滚滚，海山苍苍，真力弥满，万象在旁啊，你重又行神如空，行气如虹，走云连风，吞吐大荒。

狂舞的铁蹄在我的血管里奔腾，惊心动魄的轰响是冰河破裂一泻千里。我忽然明白了我的沉重；我忽然知道了我的寻找；在地震般的颤栗和闪电般的快乐的瞬间，我忽然领悟了生命的开端和终结的全部欢乐和痛苦的奥秘：挣脱欲望的缰索，卸下诱惑的鞍辔，去呼应草原生命大气磅礴的抒情，一种另样的、博大的爱情——爱生活、爱生命、爱大地，直到永远！

夜要来了，多情的落日在吐力根河对岸向草原告别。暮色像紫丁香，有一个骑手在火红的天边向远方顶礼。

公主湖丝绸一样温柔。草原的水像人的心灵——当心灵纯净而充满幻想，它就变得无比深邃——深邃得能容纳整个世界。

我走在七月黄昏的草原，草原的路通向一切道路。远处是辽阔明亮的地平线，身后是觉醒的脚印。

这一天多么好！整个世界像在童话里变了样子。这样的日子一生也许只能遇见一次。这样的日子一生只要遇见一次。

感谢你，草原！感谢你金灿灿的光，蓝湛湛的水，甜丝丝的风和轰轰烈烈的生命。

在怒放的花丛中尽情流连吧，在熊熊的篝火前尽情跳跃吧，在生命的潮水里尽情徜徉吧。火在颤栗，酒在燃烧，舞在踢踏，灵魂在响着黄钟大吕的律动。当黎明再来，金子般的朝霞又会喷薄而出，我又将远行，让圣洁的大光明永照朝觐生命的虔诚。

选自《厦门文学》2009 年 2 月号

播种者胡适之

何 况

我最近对胡颂平编著的《胡适之先生晚年谈话录》一书发生了很大的兴趣。这本书收录了胡适先生晚年的言谈，大到国际局势的演变，社会背景的探索；小到一个字的读音，一首诗词的字句，无所不包。我细细地读了几遍，获益匪浅。

容忍比自由更重要

毛子水先生在为《胡适之先生晚年谈话录》所作序文中说，《胡适之先生晚年谈话录》与《歌德谈话录》有许多相似之处。其一，中国的胡适与德国的歌德，才性虽不完全相同，但各人对于国家文化的影响则极相似。其二，这两个谈话录所记的都是他们二人晚年的谈话。其三，胡颂平对于胡适，和艾克尔曼对于歌德，不但特殊身份关系相同，即相互的信任亦相同。如果从艾克尔曼所记的谈话录可以看出歌德老年时的智慧，无疑的从胡颂平所记的谈话录，亦可以看出胡适老年时的智慧。

胡适与歌德能否相提并论，我不敢下断语，但说从《胡适之先生晚年谈话录》中可以看出胡适老年时的智慧，我是极表赞同的。我感觉胡适先生晚年的一些思想的确很了不起，"容忍比自由更重要"即是其中之一。

《胡适之先生晚年谈话录》1958 年 12 月 16 日条下记：胡适先生和胡颂平谈起有一年在美国去看从前康奈尔大学的史学老师伯尔的故事。那天，伯尔和胡适谈了一天的话。胡适说，伯尔的谈话他至今都没有忘记，印象最深的是伯尔说的这句话："我年纪越大，越觉得容忍比自由还更重要。"

"其实容忍就是自由，没有容忍就没有自由"，胡适接着感叹道："我自己也有年纪越大，越觉得容忍比自由还更重要的感想。"

书中的 1958 年 12 月 26 日条下又记：胡颂平忽然想起"六十而耳顺"的话。胡适便问："耳顺"怎么解释？胡颂平说：不是"耳闻其言，而知微旨"的说法吗？胡适说：从来经师对于耳顺的解释都不十分确切的，我想，还是容忍的意思。古人说的逆耳之言，到了 60 岁，听起人家的话来已有容忍的涵养，再也没有"逆耳"的了。还是这个意思比较接近些。

读《胡适之先生晚年谈话录》，我深深感到，胡适无论在为人为学方面所体现的中正平和的精神，最符合中国传统文化定义的君子标准。不说大陆曾发起"批胡运动"，就是在台湾，胡适也经常遭遇一些批评，有些批评还相当"轻薄"。但胡适对待批评时总不乏一种平和理性的风度，他不像一些人那样以眼还眼、以牙还牙，一个都不宽恕，他走的是恕道。他是这么说的："有些人真聪明，可惜把聪明用得不得当，他们能够记得二三十年前朋友谈天的一句话，或是某人骂某人的一句话。我总觉得他们的聪明是太无聊了。人家骂我的话，我统统都记不起了，并且把它们忘记得更快更好。"

现在大家都说要建设和谐社会。我想，无论是人与人之间，还是人与社会、人与自然之间，要真正达成和谐的局面，都不能缺少"容忍"的气度。

散播智慧的种子

《胡适之先生晚年谈话录》是一本不足 300 页的书，但我每读一遍都有新的发现。比如这几天重读，我突然注意起书中所记胡适向来访者赠书的材料。

胡颂平是胡适的秘书，本书所记的谈话，都是胡颂平根据 1958—1962 年的日记整理而成，比较可靠。在这本谈话录中，记述胡适向来访者赠书的材料随处可见。比如，1958 年 12 月 30 日条下记：给金门士兵寄赠《胡适文存》、《四十自述》；1959 年 5 月 6 日条下记：胡适把私人从东京买来的五册《中国算学史》送给台湾数学研究所某某；1959 年 5 月 23 日条下记：胡适送贾景德及同来女青年签名著作若干本；1959 年 11 月 17 日条下记：胡适关照胡颂平送美国人鲁道夫一本《师门五年记》；1960 年 3 月 4 日条下记：送来访的韩国青年尹永甲等 6 人每人一本《四十自述》；1960 年 3 月 15 日条下记：高宗武的朋友傅安明来看胡适，胡适送给他每种著作一份；1960 年 11 月 21 日条下记：某君带"写本音韵考"的稿子来请教，胡适送他一部《聊斋志异》；1960 年 12 月 30 日条下记：彭楚珩带来一篇《神会禅师》的文章请求指正，胡适认真指出他的错误，临走还送他《问答杂征义》、《易林判归崔篆判决书》各一本；1961 年 1 月 17 日条下记：金承艺来访，胡适送他《胡适文存》、《神会遗著两种》、《问答杂征义》各一本；1961 年 4 月 13 日条下记：意大利一本有名的怕老婆故事书，胡适一起买了六七本，分送董显光等朋友；1961 年 6 月 20 日条下记：《韩国日报》特派员金永熙来访，胡适送他一本《四十自述》；1962 年 1 月 28 日条下记：胡适送给汪克夫一本《圣经》，并在扉页上题了话……

查胡适向来访者所赠书目，有他自己的著作，有别人写他的书，还有他自己的藏书。有次闲聊时说起赠书一事，胡颂平称赞胡适是"散播智慧的种子"，胡适则说：书，是要它流通给人看的，宁可让人把书看烂了，总比搁置在书库里烂了好些。这道理看上去很平常，却不是人人都能明白的。不是有爱书人振振有词地说过"唯书与老婆不外借"的名言吗？从胡适对待书的态度来看，他的确是个有大境界的人！

泰山原来是地狱

我很早以前就登过泰山，却从来没有听说泰山在历史上还有"地狱"一说。我只知道丰都是鬼城。

读《胡适之先生晚年谈话录》，见 1961 年 9 月 14 日条下有记：胡先生说昨夜有一个大发现，非常高兴。什么大发现呢？原来是胡先生看《法苑珠林》这一部唐朝人写的书，说泰山就是地狱。渊博的胡先生也是第一次见到这个说法，初时不敢相信，再翻《大藏经》里的《六度集经》，发现里面说到泰山地狱的有好多处。先生说，《六度集经》是三国时代译的，那时民间已有死上泰山的迷信，所以译者就利用这点译泰山地狱、地狱泰山了。胡先生认为，有了这个发现，就可以把"十殿阎王"里的泰山王和泰山府君连起来了！

胡适 1961 年的大发现，我在时隔近半个世纪后才得知，可见自己读书之少。为了理清此说的来龙去脉，我开始翻书、上网搜寻材料。

泰山的人神化，始见于东汉年间的纬书，如《孝经援神契》、《龙鱼河图等》。《孝经援神契》曰："太山天帝孙，主召人魂。"又说："东方万物始，故主人生命之长短。"近代于东汉墓出土的"镇墓券"中，也有"生人属西长安，死人属东太山"、"生属长安，死属太山，死生异处，不得相防（妨）"之语。此外，史籍中又多记人死后赴泰山任泰山府君、泰山令、泰山录事等事。《南史》卷三十七《沈庆之传》称，沈僧昭少事天师道，"时记人吉凶，颇有应验。自云为泰山录事，幽司中有所收录，必僧昭署名"。而在民间，东汉时期就有人死以后魂归泰山的说法。魏晋年间，主管地府、治理鬼魂的神被称作泰山府君。

明清以来，关于东岳大帝的身世来历，有两种说法比较流行。一种即《神异经》所说的金虹氏，它受到了道教的承认，被载入道经中。另一种出自《封神演义》，即小说虚构的人物黄飞虎。由于东岳大帝主宰幽冥十八层地狱及世人生死贵贱，职务繁重，所以庙中一般还配有七十五司（一说七十二司，或说七十六司），分司众务。其中最有名的是速报司，司主或说是包拯，或说是岳飞。

既然有"人死以后魂归泰山"之说，那么"泰山"怎么又会成为岳父的别称呢？为了弄清这个问题，我继续搜寻材料，终于在宋人晁说之所著读书笔记《晁氏客语》中查到如下记载："呼妻父为泰山：一说云，泰山有丈人峰。一说云，开元十三年，封禅于泰山，三公以下，例迁一阶。张说为封坛使，说婿郑鑑以故自九品骤迁至五品，兼赐绯。因大酺宴，明皇讶问之，无可对。伶人黄幡绰奏曰：'此泰山之力也。'今人乃呼岳翁。又有呼妻母为泰水，呼伯叔丈人为列岳，谬误愈甚。"大意是说，唐开元十三年前，唐明皇决定去山东泰山封禅祭天，便令大臣张说为封禅使，前往泰山修庙铺路以便前行。张说领旨后,火速赶往泰安,把任务交给其女婿郑镒办理。原来郑镒是个贪官,偷工减料,将碧霞祠的面积缩小很多,把铁墙改为砖墙,金瓦换为铜瓦,省下银两揣入腰包。郑镒还仗依岳父权势,由九品官擢升为五品,绿衫改着红袍……开元十三年,唐明皇率朝廷文武百官前往泰山举行封禅大典。唐明皇见碧霞祠筑得不像样,气恼不已,指着侍立身旁的郑镒问群臣:"诸位爱卿,尔等可知郑镒官升五品靠的是什么?"慑于张说权势,群臣面面相觑,缄默其口。此时,伶人黄繙绰灵机一动,立即用手指脚下的泰山,并用眼瞄着张说,一语双关曰:"我看郑镒是凭'泰山'之力高升的!"唐明皇与群臣听后,心知肚明,黄繙绰之言,明说"泰山",但暗指张说。尔后,"泰山"作为岳父别称,便被传承下来。《辞海》、《现代汉语规范词典》以及其他辞书皆有"泰山"作为岳父别称的诠释。原来,称岳父为"泰山"还与腐败弄权有牵连呢。我想,在反腐败的呼声越来越高的今天,还是少把岳父当作"泰山"为妙啊。

这次查找与"泰山"有关的资料,我还意外地发现,不止一个人对把成语"有眼不识泰山"中的"泰山"认作山东的泰山提出质疑。质疑者公开撰文认为,"有眼不识泰山"中的"泰山"并非山,而是鲁班大师的一名弟子,其名为泰山。据说,鲁班的弟子泰山天资聪颖,心灵手巧,做活总是别出心裁,但常常耽误师傅的事儿,这就惹恼了鲁班,被其逐出"班门"。时过数载,一次鲁班去逛集市,但见有人摆放着精巧别致的竹器出售,非常惊愕,一打听,原来正是其徒弟泰山所为。鲁班深感惭愧,不禁感叹道:"我真是有眼不识泰山啊!"尔后,人们把"有眼不识泰山"用以比喻地位高或本领高强的人就在眼前,而自己却认不出来。譬如《水浒》第二回:"师父如此高强,必是教头,小儿有眼不识泰山。"《官场现形记》第25回:"到如今你拿他当古董铺老板看待,真正有眼不识泰山了!"质疑者据此认为,"有眼不识泰山"中"泰山"并非泰安岱山,而是人名"泰山"。如果此说成立,成语词典中对相关词条的释义就要修订了。但此说始终未见可信史料记载,恐不足为凭,只能作为一家之言存疑。

童年:油坊埕、书院与六路口

朱水涌

在我的记忆中,童年连接着油坊埕、马巷书院和六路口三个空间,这三个地方流淌着我生命最欢快自由的时光。

我出生在闽南古镇马巷,我家从祖父开始便开始经营榨油厂,用家乡的说法是"开油坊"的。老家门口辟了一块很大的晒花生用的广场,左邻右舍称它"油坊埕"。我们家族中年龄与我相差一两岁的孩子有近二十个,每天下午放学后,在学校关了一天的兄弟姐妹们把书包往床上桌上一甩,就奔到屋外的"油坊场"上,一二十位孩子一汇合,就组成了一支颇具规模的玩耍队伍。那时虽没有电视看,没有电子游戏打,但屋外的世界很热闹,在天空与大地之间,孩子们可以尽情地嬉戏游乐。我们玩"钉"陀螺、撞壁线、过五关、跳"状元",还有打野战、斗蟋蟀等,名堂很多,玩法各一,时令有别,男女有分。在闽南,男孩子很早就有了男子汉意识,早早就不跟女孩子"过家家"了,也不玩女孩子们玩的踢键子、跳绳之类的运动,他们热衷的,是带有厮杀意味的"钉"陀螺、撞壁线、打野战之类的游戏,如此方显英雄本色。

油坊埕上玩得最热烈的是打野战,打野战必须要数十人一起玩,一仗打下来也得有一定时间,所以常常是放在星期六、星期天的下午或有月亮的晚上。几十名孩子分成两支对立的队伍,或者是这个家族的孩子为一方,另一个家族的孩子为另一方,将油坊埕分成两个阵地,双方各据一方领地。先是打阵地战,用松软的小土块对打,土块满天飞舞,砸到地上墙角树干便尘土飞扬,也颇壮观,自然也要砸到人的,甚至砸出了血,但是没人会哭,或退出火线的,打野战实际很能培养出一种英雄主义精神。阵地仗是打不久的,孩子总心急火燎地要战胜别人,要当战斗英雄,便开始有人"冒着敌人的炮火前进"了,或冲锋在前,或绕道偷袭,这时阵地仗就发展到肉搏战阶段。"肉搏"是短兵相接,用的武器是我们用木头竹片自制的

大刀宝剑,此时,从戏剧舞台上、从连环画上看到的加上想象的杨家将岳家军的本领就派上用场了,刀砍剑架枪刺都是动真格的,只是不能太伤人,招架不住就跑,对方就追,这时战场就扩大到"油坊埕"外的野地上。这一跑一追有人就被抓了俘虏,送到对方的领地,不能再战斗了。如此地玩下去,倘若有一方当俘虏的人多了,失掉了战斗力,最后总归要认输的。赢的一方就是八路、游击队、解放军。输的一方就是矮日本、白匪军、汉奸队。赢的一方掌有指定下一轮野战开战时间、地点和人数的权利,输的一方只能等待赢方的命令,直至在另一次野战中胜利了扳回了面子才能罢休。这是一种不成文的孩子规矩。打野战是孩提时代游戏时空最广阔的节目,在这项活动中,不仅要勇猛,还得机智,得有听将令的习性,尚且对方也不是真的敌人,动起武来也不能全凭野性呼唤,激战中有温情,情谊中有抗争,是很有趣很开思路的童年游戏。但正是这种游戏,最让大人们操心,怕野地里四处乱跑,怕摔了怕伤了怕由此野了。凡遇到玩打野战,就有几位母亲、奶奶要出来阻拦,出来作出种种限制,但既然我们已经走出了屋外,到了野地里,我们就只能按我们的天性,去冲呵、杀呵、狂奔乱跳了,待到一身泥土一身汗地回到家里冲凉时,我们一边听着家长唠叨,一边却还沉浸在一晚上战斗的精妙细节中。

当年马巷中心小学的初小设在马巷书院,这是清朝时期建起来的书院,是我的故乡"紫阳过化"的一个象征。我的小学一二年级就是在马巷书院度过的。书院离我家只有 200 米左右,下课时跑回家再跑回去上课也来得及。那时马巷的孩子到冬天要玩"推车圈"游戏,那是用一根铁线折成小"U"型铁勾,装上竹柄,用这铁勾推着一个铁圈跑,看谁跑得快铁圈子又不倒地。这样的游戏既要精力集中又要求腿撒得欢,一个课间跑下来既热身又欢畅,是极有益于下节课的课堂质量的。

我常常一下课就推出"车圈"朝家里跑，一路推到"油坊埕"，让"车圈"拐个弯，再推着跑回书院。这时刚好响起"当、当、当"的钟声，于是走进教室，把"车把"和"车圈"放到脚下，又很自觉地进入到"读册"的世界里。由于书院离家很近，我还做过一件当时很羞愧现在却觉得很有趣的事。那是一年级期末考试时，正逢马巷过"普度"。马巷过"普度"，家家户户要绑粽子。我极爱吃祖母和母亲绑的粽子。那天上学前知道家里绑粽子，第二节下课铃一响，就快步跑回家里，踏进大门就叫起来："粽子熟了吗？"冲到厨房却见到一大鼎的粽子还在"滚水"中冒烟翻腾，心中是无限的遗憾。这时大人们却笑将起来，"溜溜"起我的"贪吃"。被大人们笑"贪吃"是一个男孩子最为羞耻的事，我的脸瞬时红得像关公似的，拔腿跑回学校上课去了。那一天，不论母亲如何劝说，我强忍着垂涎，一个粽子都不吃。后来这个故事成了我们家族的一个话题，逢年过节一家老少聚在一起，便会说起我的这件不甚光彩的事，只是随着岁月的变换，话题换了个角度，由"贪吃"的话柄变成"聪明"的例证："他读书轻松，上课时还跑回家吃粽子，成绩照旧很好。"小学三年级，我就到马巷中心小学上课，马巷人把中心所在地叫六路口，那是因为那里有一座年代悠久的"大六路"建筑的原因。到六路口上学，离家就比在书院远了，自己也越来越有了背书包的样子，再也没有发生课间飞跑回家的事。

从家到六路口上学，等于从马巷街头走到街尾，必须经过当时一道拱门廊，穿过马巷中心市场。拱门廊右边是一间长房，里面住着一位叫阿花的说书人。阿花肤白人胖，坐在椅子上肚子上的肉会相叠在一起。市场大致上午9时就散市，这时阿花就一边摇着葵扇，一边饮吸着一壶茶，开始"讲古"了。阿花"讲古"很好听，抑扬顿挫，有声有色，一讲就是一个上午。当时小学上三节课，上完三节课后我就跑到阿花那里，听他讲狄青平南、薛仁贵征东、张飞大喝长坂坡……下午，阿花的房间里就会聚集着一群老人，操琴击节，咿咿呀呀地和着南曲。因为"讲古"的吸引，下午放学后我也会在阿花的长房逗留一阵，久而久之，也就应了那句"猪母近戏鼓边也会击拍"的俗语，跟着哼

几句《八骏马》、《梅花操》之类的曲调。现在想起来，我的那么一点点民间文化的底蕴，还是与阿花的长房子分不开的。

那时小学上到四年级叫高小，与中学的初中高中相对应。孩子上到高小，玩的游戏似乎也没有减少，只是兴趣有所转移。课间课后常玩的是"钉"陀螺，一场你死我活的决斗：一个陀螺在地上转动，另一个陀螺便瞄准它，借着主人甩开绳子的势能，往地上转着的陀螺劈将过去，既要将地上转着的陀螺劈倒在地，让它转动不得，更要努力削掉它的肉体，使其伤痕累累不再拥有旺盛的战斗力。所以陀螺的螺钉都是锋利无比，要么是斧头型的，要么是尖锥体。一场陀螺玩下来，原本光滑美丽的陀螺便面目全非，千疮百孔，更有甚者，被别人一陀击中要害，三下五除二就被从正中劈下，身首两半分开，这在陀螺竞技中，成为"劈大柴"，被劈了"大柴"者，自然脸上无光，只得再削一粒陀螺伺机复仇；劈了人家"大柴"的，是得了大胜，捧着陀螺喜笑颜开。我们玩的陀螺，都是自己削刻出来的，所以无论是打了胜仗杀伤了别人还是被别人的东西削了一片凿了三两洞者，自己的陀螺都是极珍爱的，并不随便将它们丢弃。到小学要毕业时，我历年玩的陀螺聚拢了一木箱……

这些伴随我孩提时代的一幕幕游戏，正在日渐消失掉，已经很难再在如今的孩子生活中见到了。今天的孩子书包越来越沉重，游戏的空间却是越来越逼仄。除了学校，他们回到家里，即使不累在作业里，也要累在电视那无休止地文化复制中，在电脑的游戏辐射中耗散，童真的天性因此愈来愈少受到野地大自然的陶冶。我常思考一个问题：人类延续已久的游戏倘若失传了，是否也是人的某种能力、天性的失却呢？

一位大美学家曾经说过：童年的游戏是最无功利的，是审美的，因此也是艺术的。或许正是这样的原因，人到了他该回忆童年的时候，是不会避开那些令他快活令他自由自在的童年游戏的。玩的就是心跳，在回忆我的童年生活时，我便写下这些"玩"的文学，以追忆那一段人生旅途中难以再出现的日子，追悼人类日渐消失的童年。

过 河

周 涛

我突然发现我骑了一匹极其愚蠢的马。一路走了二十多公里，它都极轻快而平稳，眼看着在河对岸的酒厂就要到了，它却在河边突然显示出劣根性：不敢过河。

它是那样的怕水，尽管这河水并不深，顶多淹到它的腿根；在冬日的阳光下，河水清澈平缓地流着，波光柔和闪动，而宽度顶多不过十几米，但是它却怕得要死。这匹蠢马，这个貌似矫健的懦夫！它的眼睛惊恐地张大，前腿劈直胸颈往后仰，仿佛面前横陈的不是一条可爱的小河，而是一道死亡的界限或无底的深渊！

我怀疑这匹青灰色的马儿对水一定患有某种神经性恐惧症。也许在它来到世间的为期不算很长的岁月里，有过遭受洪水袭击的可怕记忆，因而这愚蠢的畜牲总结了一条不成功的经验，像一个固执于己见的被捕的间谍似的，任凭你踢磕鞭打，它就是不使自己的供词跨过头脑中那个界限。

我想了很多办法——用皮帽子蒙住马的眼睛，先在草地上奔驰，然后暗转方向直奔河水，打算乘其不备而奋然驰过。结果它却在河沿上猛地顿住，我反而险些从马头上翻下去。不远处恰有一个独木桥，我便把缰绳放长，自己先过对岸，用力从对岸那边拽，它依然劈腿扬颈，一用力，我又差点儿被它拽下水。

面对如此一匹怪马，我只好长叹：吾计穷矣！但今天又必须过河，我必须去酒厂；倘要绕道，大约需再走二十公里。无奈之下，只得朝离得最近的一座毡房走去，商量先把马留在这里，我步行去办完事再来取。

一掀开毡帐我就暗暗叫苦，里面只有一位哈萨克族老太太，卧在床上，似有重病。她抬起眼皮，目光像风沙天的昏黄落日，没有神采；而那身躯枯瘦衰老，连自己站起来也很困难似的。看样子，她至少有八十岁；垂暮之年，枯坐僵卧，谁知哪一刻便灵魂离开躯壳呢？可是既然进了门，总不好扭头便走，我只好打着手势告诉她我的困难和请求，虽然我自己也觉得等于白说。

她听懂了（其实是看懂了）。摆摆手，让我把她从床上挽起来，又让我扶她到外边去，到了河边上，她又示意，让我把她扶上马鞍。我以为老太太的神经是不是也不对劲儿了？

她连路都走不稳，竟然"狂妄"得要替我骑马过河，这不是拿我开玩笑吗？我无论怎样钦佩哈萨克人的马上功夫，也不能相信她眼前这种可笑的打算。

可是当我刚把她扶上马背，我就全信了。她那瘦小的身躯刚刚落鞍，那马的脊背竟猛然往下一沉，仿佛骑上来一个百十公斤重的壮汉，原来的那种随随便便满不在乎的顽劣劲儿全不见了，它立得威武挺直，目光集中，它完全懂得骑在背上的是什么样的人，就如士兵遇上强有力的统帅那样。（这马不愚蠢，倒是灵性大得过分了）它当然还是不想过河，使劲想扭回头，可是有一双强有力的手控住了它，它欲转不能，它四蹄朝后挪蹭的劲儿突然被火烧似的转化为前进的力，踏踏地跃进河中，水花劈开，在它胸前分别朝两边溅射，铁蹄踏过河底的卵石发出沉重有力的声响，它勇猛地一用力，最后一步竟跃上河岸，湿漉漉地站定。

我把老太太扶下马，又把她从独木桥上扶回对岸。然后在她的视线里牵马挥手告别（我不敢当她的面上马）。她很弱，在河对岸吃力地站着，久久目送我。

此事发生在1972年冬天的巩乃斯草原，而天山，正在老人的身后矗立，闪闪发着光。

选自《厦门文学》2010年2月号

野草档案

曹征路

野草的生命是自然赐予的，生命的闹钟也由自然拨响。在大地的边缘，在巨石的缝隙，贫弱饥渴的种子有一天小心翼翼地探出了脑袋。它出身寒微，没有谱系。它相貌丑陋，又粗又糙。特别要命的是，它居然没有名字。这样的"东西"，显然没有经过恩准，也想活着？也配活着？

是的，它的根须是那样细小，它的叶芽是那样稚嫩，可是它也有活一回的愿望，它是多么地需要分享雨露和阳光，哪怕是一丁点。一丁点就能让它缓过劲来，挣脱胞衣，伸展腰脚，慢慢长大。

但雨露和阳光是听命于春风的，春风这会儿正在度假，雨露阳光只能去照顾秀木和奇葩。秀木出身名门，来路端正。奇葩孤独美艳，符合正典。不像这个"东西"，呲牙咧嘴，浑身带刺，说不准还给你闹出点事儿来呢。

可是野草已经等不及了。饿，令它死过去一百回。冷，让它连哆嗦都没有力气，连哀求都没有勇气，那是一种由里向外的透心寒啊。但它没有理由死，生命的闹钟既已拨响，就会滴滴答答地走完这一生。于是，它想到了自己的根须和叶芽，这不也是营养吗？与其完美地等死，还不如自噬其体，活下来才是硬道理。于是它吃掉了自己一片叶芽，它感到生命又回到了体内，它听见了血液汩汩地流淌。然后，在冲出冻土的那一刻，它又吞下了自己的两条根须。现在它终于站起来了，它看清了这是个大千世界，谁跟谁都不必一样。于是它想，我有权活着。同时它也看清了，和自己一样伤痕累累的还有很多的同类，丑是它们的共同标记。可丑又算什么罪过？难道野草需要别人赞美吗？连丑一下都不可以吗？

是的是的，它们是这样的残疾这样的丑陋，甚至是这样的自卑。喂，你好吗？还好还好，总算还剩一条腿一只胳膊。没关系，你可以用我的腿，我可以用你的胳膊。于是它们互相搀扶着生长起来，组成了这个世界最奇异的景观：尽管残缺愚钝却是顽强蓬勃，虽是弱小丑陋却也千姿百态。

当然，它们也有爱情，它们的爱情并不比谁缺少精神含量。因为它们清楚地知道，这场爱情绝对短暂，它来不及卿卿我我装腔作态玩出各种欲擒故纵的花样。因为它的全部要义就在于延续生命留下后代。它们爱得是那样迅猛那样炽烈那样悲壮，它们甚至大胆想象，悄悄地商量着要把孩子生在阳光雨露多一些的地方。

但这时春风回来了，春风说难道你们不知道生命是划分等级的吗？你们不懂食物链吗？你们想破坏和谐吗？听着，游戏是有规则的，规则不是为你们准备的！羞辱像毒蛇的信子一样舔着它们，毒汁像大雨一样淋湿了它们，野草只能一瘸一拐地搀扶着逃回原来的地方。

这时它就要生产了，它一点力气都没有了，甚至连活下去的勇气都没有了。它问，亲爱的，你觉得这样活着有意思吗？另一个却说，有意思，太有意思了，为了他们的羞辱你也应该活下去。一个说：可是我们怎么活啊？另一个就说：现在，请你把我的身体吃下去吧，吃下去你就能养活咱们的孩子了。对，就这样吃，一点一点吃……再见了亲爱的，现在我的心跟着你去了，把我的心传给我们的孩子吧。

于是，在大地的边缘，在巨石的缝隙，野草就这样繁衍了后代。离离原上，岁岁枯荣，野草终于建立起自己的档案。出身：贫寒；籍贯：边缘；职业：生存；学历：自噬其体……

选自《厦门文学》2010 年 5 月号

当众人都哭时，应该允许有的人不哭

莫 言

大会的议题是"中国文学的本土经验与海外传播"。中国文学有无本土经验？斗胆认为，经验还是有的，即便没有成功的经验，但失败的经验还是有的。总结这些成功的亦或是失败的经验，需要专家和学者，我不具备这样的能力，因此不敢置喙，只能洗耳恭听。

至于海外传播，其实我也了解甚少，基本上没有发言权，但如果我不就这个问题说几句，我的发言就该结束了。就这样结束其实也挺好，但心里总觉得不多说几句就愧对了朋友似的，凡事总是先替朋友着想，但结果多半是适得其反，这就是我的悲剧，当然也是光荣。

文学的海外传播，最重要的环节是翻译。在没有政府基金资助的情况下，翻译也在进行。吸引了这些无赞助翻译的，一方面应该是文学自身的力量，一方面有可能是某种社会需求的促动。这其实包含着选择的艺术。一个翻译家选择了张三的小说而没选择李四的小说，是因为他喜欢张三的小说，是因为张三的小说满足了他的审美需求。当然，如果李四的小说写得其实也很好，那自有另外的翻译家来选择。也就是说，在很长一段时间里，中国文学在海外的传播是被动的，是被选择的。

近年来，国家拿出了基金，向海外推介中国的文学，好像已成立了好几个专门的班子，选出了一批向外推介的书目。终于由被别人选择变成由自己选择。任何选择都是偏颇的。鲁迅先生曾说："选本所显示的，往往并非作者的特色，倒是选者的眼光。"一个人的选择必受到他的审美偏好的左右，一个班子的选择也必受到某种价值观念的左右，因此多一个班子就多一种眼光，多一种眼光就多一些发现，多一些发现就可能让海外的读者较为全面地了解中国文学的面貌。我看到有些报道里说我是被翻译成外文最多的中国当代作家，也是在海外知名度较高的中国当代作家之一，我想这个事实的形成有复杂的原因。这很可能是个历史性的错误。我深知中国当代有许多比我优秀的作家，我向西方翻译家推荐过的作家不少于二十人——如果在这里报出他们的名单即有邀功之嫌——我盼望着他们的作品尽快地更多地被翻译出去，将我这样的老家伙尽快覆盖。北京师范大学中国文学海外传播中心的成立，多了一个选择的平台，多了一种选择的眼光，企盼着各位目光如炬的高人，能够披沙拣金，把真正的好作品选出来，把真正的好作家推出去。

文学作品被翻译成外文，在海外出版，实际上才是传播的真正开始。书被阅读，被感悟，被正读，被误读，被有的读者捧为圭臬，被有的读者贬为垃圾，在有的国家洛阳纸贵，在有的国家无人问津，对于一个作家，想象一下这种情景，既感到欣慰快乐，又感到无可奈何。俗话说："儿大不由爷"，书被翻译出去，就开始了它独自的历险，就像一个人有自己的命运一样，一本书也有自己的命运。上世纪30年代有人讽刺鲁迅，说拿了他的《呐喊》到露台上去大便。鲁迅说《呐喊》的纸张太硬，只怕有伤先生的尊臀，将建议书局，下次再版时，用柔软的纸张。

我这样的作家，自然不具备鲁迅的雅量。听说别人用我的小说当厕纸，嘴里不敢说，但心里还是不高兴。听到别人赞扬自己的小说，嘴里不好意思说，心里还是很舒坦。我是俗人，各位见笑。但我心里还是有数的，对过度地赞美和过度地贬低心里始终保持着警惕。尽管我作为一个作者，根本无法干预西方读者对自己小说的解读，但总还是心存着一线希望，希望读者能从纯粹文学和艺术的角度来解读自己的作品。米兰·昆德拉就他的新书《相遇》在台湾出版，特意写给台湾地区读者一封信，他说："所有我小说的故事都发生在欧洲，也就是在一个台湾人所不能了解太多的政治与社会状况当中。但我更感幸运能由你们的语言出版，因为一个小说家最深的意图并不在于一个历史状况的描写。对他来说，没有比读者在他的小说中寻找对一个政治制度的批评来得更糟的。吸引小说家的是人，是人的谜，和他在无法预期的状态下的行为，直到存在迄今未知的面相浮现出来。这就是小说家为什么每每在远离他小说所设定的国家的地方得到最佳的理解。"

我不敢说在米兰·昆德拉之前我说过类似的话，尽管我确实说过类似的话。尽管我不敢说米兰·昆德拉说出了我的心里话，我只能说我同意米兰·昆德拉的话。尽管我知道在座的朋友们有人不同意米兰·昆德拉的话，甚至讨厌米兰·昆德拉这个人，但我还是要说，我同意米兰·昆德拉对他的海外读者解读他的作品的期望。

我多次说过，文学不能脱离政治，但好的文学应该大于政治。好的文学能够大于政治的最重要的原因，就是因为好的文学是写人的，人的情感，人的命运，人的灵魂中的善与美，丑与恶，只有这样的东西才能引发读者的共鸣。政治问题能够激发作者的创作灵感，但作者最终关注的是在这个特殊的环境中的人。我知道有一些国外的读者希望从中国作家的小说里读出中国社会的政治、经济等种种现实，这是他们的自由，我们无权干涉。但我也相信，肯定会有很多的读者，是用文学的眼光来读我们的作品，如果我们的作品写得足够好，这些海外的读者会忘记我们小说中的环境，他们会从我们小说的人物身上，读到他自己的情感和思想。

推介是选择，翻译是选择，阅读也是选择。尽管作为作者我对读者有自己的希望，但也仅仅是希望而已。尊重别人的选择，是社会进步的一种表现。

我的讲话马上结束，最后讲一个小小的关于选择的故事。

元旦期间，我回故乡去看我的父亲。我父亲告诉我，我的一个小学同学，因为跳到冰河里救一头小猪，自己却被淹死了。这个同学的死让我感到十分难过，因为我曾伤害过他。那是 1964 年春天，学校组织我们去公社驻地参观阶级教育展览馆，一进展览馆，一个同学带头号哭，所有的同学都跟着大放悲声。有的同学跺着脚哭，有的同学拍着胸膛哭。我哭出了眼泪，舍不得擦掉，希望老师能够看到。在这个过程中，我偶一回头，看到我那位同学，瞪着大眼，不哭，用一种冷冷的目光在观察着我们。当时，我感到十分愤怒：大家都泪流满面，哭声震天，他为什么不流泪也不出声呢？参观完后，我把这个同学的表现向老师做了汇报。老师召集班会，对这个同学展开批评。你为什么不哭？你的阶级感情到哪里去了？你如果出身于地主富农家庭，不哭还可以理解，但你出身于贫农家庭啊！（补充一句，有几位家庭出身不好的同学哭得最响亮。）任我们怎么质问，这位同学始终一言不发。过了不久这位同学就退学了。我至今也不明白为什么大家都哭他却不哭。我后来一直为自己的告密行为感到愧疚，并向老师表达过这种愧疚。老师说，来向他反映这件事的，起码有二十个同学，因此这行为不能算告密，而是一种觉悟。老师还说，其实，有好多同学，也哭不出来，他们偷偷地将唾沫抹在脸上冒充眼泪。

这个不哭的人就是作家的人物原型。就像我的小说《生死疲劳》里所描写的那个单干户蓝脸一样，当所有的人都加入了人民公社，只有他坚持单干，任何威逼、利诱、肉体打击、精神折磨都不能改变他。这两个人物，不哭的人和单干的人，都处在政治的包围之中，但他们战胜了政治，也战胜了那些骂他、打他、往他脸上吐唾沫的人。

文学可以告诉人们的很多，我想通过我的文学告诉读者的是：当众人都哭时，应该允许有的人不哭。

我们为什么读书？

雷 达

常问作家为什么写作，也就常问作为评论者的自己为什么读书。为了心灵？为了生存？为了功利？为了消遣？为了改造世界的抱负？在我看来，从来不问这个问题的人不是读书的人。凡是在这个浮躁的时代，追问这个问题并陷入苦恼的人，也许才是真正靠近了读书意义的人。"我思故我在"，书的魔力是任人皆知的，人生苦短，存在无涯，幸亏有了书，人类在时间和空间上才能把见闻扩大无数倍，有的甚至等于多活了几个人生。在书中流连忘返，善于汲取菁华者，是珍视人生的本质与自由的人，是心灵的向上者。当然，人们读书的目的不可能是单一的，应是多样目的的交叉并存。可是，当根本性的需求变得茫然的时候，就会出现阅读的危机。

3 岁的时候，父亲因病故去。从北大求学回来的他，留给我们的似乎只有沉重的书了。几个大书架立在屋子里，像矗立着几尊巨大的雕像，占去大半空间。我从梦中醒来，常见光柱裹着微尘照到书架和屋梁上，将整个屋子衬托得既明且暗。小时候的我很孤独，常在书架间独来独往，虽然这些书我根本看不懂，但它们似乎给了我一种神秘的力量。

及至能读一点书时，记得首先翻开的是梁启超、鲁迅、河上肇、苏曼殊们的老版书。那时当然不知好在哪里，直到渐老时才意识到，其实他们已经触及了我的灵魂，在悄悄开启我的心灵之门。大学时代有几年是读书最充实的时期，1960 到1963 年左右，社会处在休养生息中，出现了 17 年中少有的比较讲究艺术规律的特殊时段。我得以有相对完整的一段时间沉潜于古今中外经典的学习，真是不幸中的大幸。我像"恶补"一样，一面几乎将能找到的俄罗斯大师们的作品读了个够，一面徜徉在中国古典文学的海洋里。我能时时感应到那些已故的、只留下文字的大师们的存在，他们没有死，他们活在读他的书的人心中，他们的作品或许比他们本人更伟大更久远。

工作以后，也有过好几次读书的高潮，像五七干校后期待分配时，70 年代末百废待兴时，80 年代观念大解放时，我仍像一个饥饿者，读哲学、读历史，读西方社科译著，同时密切关注当代中国文学的创作。我把这样的读书统称为心灵的阅读。因为，虽然带有求知的，应试的，为写作而吸吮营养的急迫目的，但能读得进去，灵魂是投入的。于是，面对春潮澎湃的新时期文学，我毫不犹豫地拿起了笔。

可是近年来，情况发生了变化，不是我所能驾驭的，我的读书生活也随之出现了危机：想读的书，永远没有时间读，不太想读的书，却占去了大量时间，而且永远也读不完。我好像在进行着一场永无尽头的长跑。有时会产生荒诞感：看似永远在读书，又好像永远没有读书；或者，不知我在读书，还是书在读我？我也想好好地读一批好书，把它们放到书桌最显眼的地方。可是一年了，两年了，除了翻过前言提要，还是顾不上细读。它们已摆了很久，好像对着我冷笑。

这种情况当然与我的职业和生存密切相关。我是习惯于面对创作思潮和文学作品发言的人，可现在作品数量激增，动不动数以千计，即使选择很小部分，也是惊人的数字；更要命的是，真正经得起阅读的没有几部，大部分书因为贫血和缺乏真切体验而不好看，却又不能不看。于是，我的读书姿态常常是：一卷在握，正襟危坐，每个细胞都很紧张，为的是在最短的时间抓出一些要领，形成一个评论的框架。所谓艺术的直觉，沉醉自失，含英咀华，都谈不上了。我读得专注，读得累，可就是没有发自深心的感动。这不能不说是读书的异化，我把这种阅读叫做"实用阅读"或者"功利阅读"。

我不知道，像我这样得不到阅读快感却又不停地大量读书的人，现在到底有多少，这个队伍是否还在扩大？但我知道，为了拿硕士、博士头衔和教授、研究员职称，天天硬着头皮读着并不爱读的书的人，还是不很多。至于为了出"学术成果"，为了发"权威"，发"核心"，殚精竭虑，刻意把文章弄成一种标准模式的，天底下真不知有多少。这些文章大都不是为了让人看的，而是为了拿来"实用"的。也许这一切情有可原，但总得给心灵的阅读留出空间，让读书回到读书的本义上去：不再是精神的桎梏，而是在精神原野上的自由驰骋。

现在，我很怀念这样的我：在书店的一角斜倚着，默默地读着，不觉天已黄昏；在图书馆坐了一整天，闭馆的电铃声响了，周围的人都走了，我满足地伸了一个懒腰；午睡时看书，书掉到地下了，我也沉沉睡去……，所以，有一天，当我的一个学生问我，我们为什么读书时，我说：为了心灵的自由。

选自《厦门文学》2010 年 11 月号

那个与我同名同姓的人

衣向东

"衣"姓在百家姓中没有位置,千家姓靠后的位置才能找见。全国姓衣的人,也就三万人左右,有三分之二集中在我的家乡山东栖霞,也就是衣家的发源地。在栖霞有这样一句话,"先有衣马营,后有栖霞城"。姓衣的原本姓马,后有一支马姓人,被皇帝赐为衣姓,延续到今天,也就二十几代。我听说的最小的辈分,是第二十二代。在20多代的繁衍中,衣姓人名字的字号已经混乱了,根据名字推断辈分不甚准确,但衣姓人只要说出自己是第几代人,很快就能找到自己的位置。全国衣姓是一家,辈分从不混乱。

我当兵的时候,团里的副参谋长姓衣,看到花名册上我的名字,立即到新兵连找到我,问我哪里的家,在多少代上。问清后,他说自己应该叫我叔叔。后来我去他们家中,他很认真地让孩子叫我爷爷。前几年,我们村子的一位跟我年龄相仿的人,到北京办事,我们在一起吃饭,酒桌上我一直恭敬地叫他爷爷,在座的人都很吃惊。我解释后,他们说私下叫爷爷,场面上叫名字就可以了。他们不知道,我们衣家人是不可以提着名字叫那些比你辈分大的人。不敢叫出口。我每次回家乡,遇到比我辈分大的人,无论年岁大小,都要恭恭敬敬地称呼对方。前几天在老家酒桌上,遇到一位衣姓老板,五十开外了,双方论了辈分,那人应当叫我爷爷,于是他当即端起酒杯,很恭敬地叫了我一声,而我也理所当然地接受了他的敬酒。这就是衣家人的规矩。

这些年,我在外地出差,偶尔也能遇到衣家人,相识后非常亲热。还有很多从没见过面的衣姓人,一直跟我保持电话联系,那种亲密程度,跟亲人没什么两样。有一年,我在桂林市音乐大厅开文学讲座的时候,一位70多岁的衣姓人,一定要拽着我回家吃饭,如果不是日程安排紧张,我真会去的。还有在南京,几位衣姓人得知我在南京开会,特意设宴款待了我。大概这么多姓氏中,比我们衣姓更亲近的,实在不多了。

今年8月份,我接到从厦门来的一位衣姓人的电话,他说这么多年一直想见我,前不久终于在一次酒场上,遇到我同学的弟弟,从我同学那里找到我的手机号码。他和老伴儿到北京送女儿去巴西工作,同来的还有几位衣姓人。我听了很高兴,前去拜见了这位大哥。见面后,大哥给我介绍了他的家人,让女儿和女婿恭敬地叫我叔叔。

大哥接下来介绍身边一位女士,故意不动声色地说:"这是衣向东。"我愣了一下,急忙纠正说,我叫衣向东。在场的人都笑了。大哥重新介绍说:"这位也叫衣向东,从新加坡回来的。"后来我才知道,这位跟我同名同姓的漂亮女士,老家也是栖霞的,祖上从栖霞去了厦门,后来又去了新加坡,是一家旅游公司的老总。她认真地递给我一张名片,表示自己确实叫衣向东。她这次回国,是组织一个摩托车队到中国旅游,她的弟弟一家,也从厦门来北京旅游,跟我一同见面了。

巧合的是,她的弟弟跟我弟弟也同名。就这样,她成了我的姐姐,她的弟弟成了我的弟弟。我的这位姐姐,很多年前跟新加坡中国大使馆的官员打交道后,这位官员在邮件中称赞我这位姐姐不仅长得漂亮,还写得一手好文章。姐姐挺奇怪,自己什么时候写文章啦?后来回厦门跟弟弟说起这事,弟弟笑着说,你傻吧,确实有个人跟你一样的名字。弟弟20年前就从《小说月报》上阅读我的小说,对我非常熟悉了。姐姐听了介绍,非常吃惊,自然就有了要见我的想法,只是她在新加坡,要寻找我还是有难度的。

现在我知道,这是一种缘。在新加坡的某个地方,我的名字每天都被别人呼喊着。人生就是这么奇怪。现在,我的这位姐姐偶尔也会给我打电话,张嘴就说,我也是衣向东。我在这边会心一笑。

前几天,在厦门的大哥又打电话给我,说他跟几位衣姓的一家子又在聚餐，并且让我跟几位一家子的人通了电话。尽管我并不认识他们，但听着他们的话语格外亲切。

在这里我盛情邀请我们衣姓人，如果有机会到北京，就请给我说一声，满汉全席请不起，请一碗北京炸酱面总是可以的。真心祝福我们天南海北的衣姓人，家庭幸福，事业有成，万事如意！

选自《厦门文学》2011 年 2 月号

诗 歌 卷

我爱祖国

童晴岚

我要用一颗烫热的心
爱我们新兴的祖国，
我要用一颗纯真的心
爱我们已经强盛起来的祖国。

因为祖国是这样辽阔广大，
因为祖国是这样自由幸福，
因为祖国是这样光明灿烂，
因为祖国有远大前途。

我爱祖国，我爱祖国的
从劳苦中锻炼着壮大起来的人民，
大家许下了建设美丽祖国的志愿，
大家坚定了保卫世界和平的信心。

从昆仑山，从大戈壁，
从每一条江河，从海岸上，
每一滴力量都集结起来，
前进，朝着毛泽东的方向。

我爱祖国，我爱祖国的
为人民而进行着的一切事业，
工厂里的机器日日夜夜在转动，
工人们为生产而流汗从不停歇。

田野上飞腾着农民的歌唱，
斗倒地主，消灭了恶霸，
被抢夺的土地还了家，
从此饥不愁，寒不怕。

我爱祖国，我不让祖国
给帝国主义来侵害他。
美帝！你想把日本强盗再扶起，
我们就把你粉碎，把你打垮。

希特勒的徒子徒孙们——
杜鲁门，麦克阿瑟，奥斯汀，
历史已替你们挖好了坟墓，
发狂吗？人民绝对不答应。

我爱祖国，我爱祖国，
永不让谁来侵害他。
把我们的所有都拿出来吧，
坚决地巩固他，捍卫他。

1955 年 2 月 26 日

选自《厦门文艺》第 3 期，《厦门日报》1951 年 2 月 12 日

我这支枪

——记一个民兵的话

郭澹波

一

十八年前，
一个没有月亮的晚上，
爷推开后门进来，
妈掩着我的嘴，
叫我站在窗口，
"看有谁来？"
我看着窗外，
我偷看爷；
我看见爷把一叠红军票*交给妈，
妈把钞票小心塞在屋梁上。
爷说话的声音那么低，
妈尖起耳朵，东张西望，
屋里的火被妈吹熄了。
屋外狗一叫，我心一跳……

那夜：
爷抚我的头，
　吻我的脸，
叫我要乖乖听妈的话……
就推开后门走了。

鸡刚啼头趟，
我们的大门被踢得像鼓响，
妈被门槛绊住碰倒了灯，
我吓得睁大眼睛不敢哭……

妈打开门，
拥进一群虎狼——
地主带着民团，
闯进我们的房，
翻柜倒箱……

我不敢问妈他们来干什么，
因为我叫了五六句"妈"，
妈没有应我；
妈紧搂着我，
我搂着妈的头，
妈的脸好像火烧……

地主贵仰站在我们面前，
用手电射妈的脸，
用这支枪指着妈的鼻尖，
呲着黄牙，瞪着眼，
我把头埋在妈胸前。

那夜，
妈说少了一对银手镯两件棉袄
和外祖母给我的银圈……

第三天我拾粪回来，
后排站着好多人，
我知这民团又在杀人，
我跑向前去看，
天啦！我爷满身是血！

地主贵仰推开民团，
向我爷连开两枪，
我喊着冲向爷，
我抱着倒在地上的爷。
地主踢了我一脚，
我晕了过去……

醒来，
我看见自己躺在床上，
二婶坐在床边，

妈在厅堂里哭。
想起爷,
我喊了一声,
又晕了过去。
醒来,
妈抱着我在哭,
二婶也在哭……

那时候我才七岁。

半年后我才知道,
爷被一个叛徒出卖,
被剐了三十多刀没有哼过一句,
爷被害死后,
地主还叫民团砍下了爷的头!

二

土改时村里开斗争会,
两个女工作同志扶着我妈,
妈指着她的眼睛,
说:"贵仰!你赔我的眼睛!
你赔我呵,
我丈夫的命!……"

我说:
"你那支手枪藏在哪里?"
他说十年前就把枪卖了,
卖给一个死了六七年的乡长。
地主的话比狗屎还要臭,

他到死还想要耍阴谋。

经过了三天的调查,
我们移开了地主楼房里的米缸,
在三尺深的土窑的铁箱里,
找出了一本簿子和这支枪。
簿子上写着区、乡和农会干部的名字,
我的名字也被写上。

那一日逢墟,
公审台上飘着红旗,
我看着旗,
我想起了爷的血……
血,要用血来还!

上级把这只枪分配给我。
在它的柄上,
我系上了一条红布,
我写着:
为了保护人民的利益,
就要无情地向反革命分子射击!

从此我带着这支枪,
日夜巡逻在田间、路口、山上……

1951 年 11 月 25 日　龙岩

*龙岩群众叫土地革命时期中华苏维埃共和国国家银行
发行的纸票为红军票。

选自《厦门文艺》第 25 期,《厦门日报》1952 年 1 月 21 日

杏林湾畔之夜

碧　沛

杏林湾畔之夜

杏林湾畔之夜，
流星追逐着渔火，
长堤怀抱中，
一片稻浪的欢歌……

杏林湾畔之夜，
淡红色的天空盘旋着淡红色的云朵，
茫茫大地震荡着马达雄壮的洪波……
每一盏灯呵，都在思索，都在战斗！……

杏林湾畔之夜，
农业和工业巨人并肩携手阔步走，
大寨和大庆的战旗呵！
飘扬在咱们急行军的最前头！……

记得那临别时的嘱咐

在厂房与厂房之间的夹道上，
碰上了工宣队的老师傅，

他那双炯炯有神的眼睛微笑着，
褪了色的工装沾满油污！……

他伸出那厚大粗糙的手掌，
紧紧地把我的手握住……
一股暖流流遍我的全身，
我感到革命友谊所带来的幸福——

记得两年前那河滨广场，
记得那飘扬的彩旗，节日的欢舞，
记得那"斗批改"的激战的日夜呵！
记得那凌晨急行军的山路！……

记得那临别时对我的嘱咐：
"世界观改造要彻底，生活要深入，
工人阶级要战歌啊！
敞开胸襟，大声地为它唱出！"

选自《厦门文艺》第 5 期，1972 年 10 月

种 豆

王者诚

擦亮大枪后，
咱们去种豆，
连长背豆种，
战士扛镢头。

云开天气晴，
春雨下得透，
海上扬白帆，
岛上一片秀。

桃花开得密，
梨花开得厚，
桃花梨花中，
耸立瞭望楼。

回想上岛时，
小岛脏又丑：
毒蛇草上飞，
狐狸崖下走。

人民子弟兵，
敢与困难斗，
皆因党领导，
雄文不离手。

斩草翻土地，
土地黑如油；
凿石引泉水，
泉水美如酒。

劳动再劳动，
丰收复丰收，
警惕再警惕，
战斗复战斗！

擦亮大枪后，
咱们去种豆，
革命好传统，
永远记心头……

选自《厦门文艺》第 5 期，1972 年 10 月

给老支书照相

谢益美

记者老王下了乡，
要找支书照张相。
照相有啥用？
要登报刊上！
老王找了好几趟，
没见支书是啥样：
第一趟呀天没亮，
支书引水上山岗；
第二趟呀正晌午，
支书带饭抢插秧；
这一趟，又没在，
急得老王无主张。

老王忙把社员访，
小伙子们笑声爽：
"给老支书照相理应当，
他一辈子艰苦没照过几张相！"
大眼睛姑娘唱反腔：
"老支书照过多疆疆的相！" *
"这……这话怎么讲？"
老王瞪大双眼问姑娘。

姑娘不慌又不忙：
"村头清溪长又长，
河面像镜拍倒影，
一年拍下千百张，
张张有老支书把锄扛！"
小伙子抢着把话讲：

"妙呀！这样的相疆疆，
让我也来说几张：
不管盛夏和严冬，
夜深人静那时光，
瞧！老支书房里的玻璃窗，
还映现他埋头挥笔的侧像……"

"说得好，让我也来讲一张！"
知识青年高声嚷：
"有一个暴风雨的晚上，
山洪汹涌水猛涨。
忽见水堤决了口，
支书奋勇下水把缺口挡……
这时候，雷声轰隆闪电光，
摄下老支书英姿勃勃的形象！"
呵！老支书的相！
叱咤风云，英武豪壮！
呵！老支书的相！
一个带头人的榜样！
呵！老支书的相！
拍在贫下中农的心房！
贫下中农的双眼呵，
胜似照相机镜头万倍亮！

*"疆疆"是上杭方言，意即美美。

选自《厦门文艺》第 8 期，1973 年 7 月

闽南渔乡曲

琼 琳

夜海短笛

夜泊渔洋，
桅头月正明。
短笛儿轻轻吹，
陶醉了捕鱼人。

谁能信，这嗓门，
风口上喝令，
潮头里呐喊，
却吐得这腔好笛声。

笛声儿急促，
如波涛奔流；
笛声儿悠扬，
似海风抒情。

一曲《渔家乐》，
激动弄潮心；
一支《大寨歌》，
吹得海沸腾……

采珠谣

天色蓝，
海溢翠，
渔家女来采珠，
海鸟贴着水面飞。

潜水镜，
鸭趾鞋，
小辫子束起来，
氧气瓶儿身上背。

海底下采珠贝，
水母躲，鲳鱼儿追，
墨鱼忙吐烟，
虾蹿惊跑大海龟……

采得满船贝，
珍珠嵌心扉——
顺手折根乌海柳，
给老社长雕烟嘴。

晒鱼小景

烈日烧，
鱼在日下烤——
银晃晃，
腥味随风飘。

昨夜出渔通宵，
今日晒鱼辛劳。
老婶子依墙角，
轻打鼾声半睡着。

风涛入梦乡，
嘴边微微笑——
网拖大海走，
鱼在眼前跳……

忽见她翻身起，
挥篙打跑墙头猫——
"才梦第二网，
都怪你馋叫！"

选自《厦门文艺》第 21 期，1978 年 1 月

扎 营

刘瑞光

黑石崖、白云峡，
崖顶峡畔搭棚架；
铺盖摊在云雾间，
大山处处都是家。

百十个昼夜瞬息过，
房基在冰雪霜中扎；
多少座峭壁石花飞，
房梁在硝烟雾里搭。

进门，炭门堆前烤烤鞋，
来争一争山怎开，田怎挖？
饭后，收音机旁筛碗茶，
再说一说路怎走，步怎跨？

茅草铺上打个滚，
赶走一天疲乏；
选条石块枕头睡，

梦见百里山洼——

百层云头走铁牛，
百座平川落深峡，
百个工棚扎营处，
百里霜花变稻花。

竹棚里装着新天下，
山沟里想着农业现代化；
祖国把偌大的山区托付给咱哟，
咱怎不在荒山野岭安下家！

想未来美景喜煞人，
睡梦中也不禁把歌发，
一声唱，哎呀呀，
墙缝里挤进一朵五彩霞。

选自《厦门文艺》第 21 期，诗歌专号，1978 年 1 月

梨花卖梨

朱家麟

远远近近百十里，
谁不知梨花寨的大香梨。
皮儿薄，肉儿脆，
含在口里赛蜜汁。
待到七月南风起，
漫山黄梨压弯了枝，
运梨的担儿好几里。

这一天，
梨花领队卖梨完，
才记起，十筐等外梨，
错放了和好梨算一起。
梨花急忙转身往回去，
只见得"秤杆子"王义，
又摆手来又努嘴，
两只小眼笑眯眯：
"干吗去？——
这不是白白拣便宜？"

"什么！拣便宜？
咱社员怎能骗国家，

二是二来一是一……"
"傻闺女，
多收入还不是为集体？
再说哪，何苦来——
千筐万筐早就混一起。"

"你呀！——马桶改水桶，
改不了那股臭熏味，
断不了小经纪的旧习气！
咱种梨卖梨为人民，
不是光为了几张人民币！"
话没完，她拥着社员进门去……

远远近近百十里，
谁不知梨花寨的大香梨。
卖梨的事儿传出去，
人都说，如今尝这大香梨，
多出三分香甜味！

选自《厦门文艺》第21期，诗歌专号，1978年1月

小鹰飞去了

刘溪杰

我的手艺巧，
折纸你来瞧：
折小船，
折小鸟，
折一只小鹰飞去了！

去找山顶的标杆，
有信号旗——
向它把手招；
去找叔叔的帐篷，
帐篷门口——
白云轻轻飘……

我想跟着叔叔们，
大青山里去探宝。

我还想——
去量一量远方的雪山
腰多宽？
身多高？
花衣衫，
我来裁一套——
换下大雪山
那冰雪的大棉袄！

我的心思呀，
小鹰全知道。
它先替我——
勘探队里去报到！

选自《厦门文艺》1979 年第 3 期,《厦门日报》1979 年 6 月 2 日

一代人的呼声

舒 婷

我决不申诉
我个人的遭遇:
错过的青春,
变形的灵魂,
无数失眠之夜
留下来痛苦的记忆。
我推翻了一道道定义;
我打碎了一层层枷锁;
心中只剩下
一片触目的废墟……
但是,我站起来了,
站在广阔的地平线上,
再没有人,没有任何手段,
能把我重新推下去。

假如是我,躺在"烈士"墓里*,
青苔侵蚀了石板上的字迹;
假如是我,尝遍铁窗风味,
和镣铐争辩真正的法律;
假如是我,形容枯槁憔悴,
赎罪般的劳作永无尽期;
假如是我,仅仅是

我的悲剧——
我也许已经宽恕,
我的泪水和愤怒
也许可以平息。

但是,为了孩子们的父亲,
为了父亲们的孩子;
为了各地纪念碑下
那无声的责问不再使人战栗;
为了一度露宿街头的画面
不再使我们的眼睛无处躲避;
为了百年后天真的孩子
不用对我们留下的历史猜谜;
为了祖国的这份空白;
为了民族的这段崎岖;
为了天空的纯洁
和道路的正直,
我要求真理。

*"烈士"墓:"文革"期间因武斗死亡的青年,曾被各派葬在自己的"烈士"陵园。

选自《厦门文艺》1980 年第 1 期,增刊,2月

海边自白

蒋夷牧

大海呵，你使人希望，也曾使人绝望，但是，在这风暴过后，我依然要对你这样说——

既然我是你的一朵浪花，
即使被风撕得粉碎，
死，也死在你蓝色的怀抱。
既然我是你的一只水鸟，
哪怕被雷打断翅膀，
活，也不愿到屋檐下去寻找
家鸽和春燕的暖巢。
金色的沙滩多么宁静，
没有大海的一切喧嚣。
但那里不是我的世界呵，
没有希望的岁月，
没有追求也没有烦恼；
没有痛苦的生命，
没有眼泪也没有欢笑。
谁能忍受这死一般的寂寞呢？
除了做一枚被大海抛弃的
没有血肉和灵魂的贝壳……

然而假若有谁说
我们生性就喜爱风暴，
哦，不，不，
这只是诗人笔下浪漫的高调。
须知那苦涩的海水
至今还使我的伤口余痛难熬。
我愿一千次地呼唤
呼唤白日永远给我一片蓝天；
我愿一千次地请求

请求这黑夜永远赐我一轮明月。
再没有雾遮挡我的视线，
再没有雨打湿我的羽毛，
可是大海已三千次地提醒我：
生活决不会听命于虔诚的祈祷！
我将不会再在雷电下战栗，
因为我懂得阴晴圆缺
本来就是大自然的面貌；
我将不再为日落而懊丧，
因为我坚信明天太阳还将升起，
而且会升得高高……

除了前进，我们没有别的选择，
大海呵，这就是你对我的忠告。
就像一息尚存的水手
哪怕只剩下空空的双手，
这双手也就是希望的橹篙！
昨天失去的一切固然美好，
但它再不能在哭声中回来；
明天绿色的彼岸虽然遥远，
却不能在殊死的奋划中达到。
大海呵，我既然把命运交给了你，
那么，即使有一天我倒在前进的船头，
也要向着前方，报以一个最后的微笑……

选自《厦门文艺》1980 年第 2 期，增刊，4 月

落　叶

舒　婷

一

残月像一片薄冰
漂在沁凉的夜色里
你送我回家,一路
轻轻叹着气
既不因为惆怅
也不仅仅是忧郁
我们怎么也不能解释
落叶在风的撺掇下
所传达给我们的
那一种情绪
只是,分手之后
我听见:你的足音
和落叶混在一起

二

春天从四面八方
向我们耳语
而脚下的落叶却提示
冬的罪证,一种阴暗的回忆
深刻的震动
使我们的目光互相躲避
更强烈的反射
使我们的思想再次相遇

季节不过为乔木
打上年轮的戳记
落叶和新芽的诗
有千百行
树却应当只有
一个永恒的主题:
"为了向天空自由伸展
我们绝不离开大地"

三

隔着窗门,风
向我叙述你的踪迹
说你走过木棉树下
是它摇落一阵花雨
又说春夜虽然料峭
你的心中并无寒意
我感觉到我是一片落叶
躺在黑暗的泥土里
风为我举行葬仪
我安详地等待
那绿茸茸的梦
从我身上取得第一线生机

选自《厦门文艺》1980年第2期,增刊,4月

致缪斯

陈仲义

记得在浪的枕上
　我多想吻你
　　飘逸的发丝，
记得踏破夜的浓雾
　我追寻你
　　躲闪的秋波，
还有扑向春的斜雨里
　我渴求吮你
　　醇酒般的乳汁。
十年了，我的爱人，
　我常借胆怯的想象
　　去捉摸你云端上
　　　隐隐的琴音。
我常伸出双手等待呵
　等待掬满你叶尖下
　　流淌的诗。
可是，我的爱人，
　你呀，只在春天的尾梢
　　才从凋谢的枝丫
　　　露出淡淡的笑姿……

我畏惧了
　畏惧夏日峥嵘的云

终会被太空的雷霆
　　打成雨丝，
我战栗纯真的帆
　抵不住大海的颠簸
　　终要被风暴
　　　撕成碎纸。
呵，渐渐离去了，
　我的模糊的爱人，
　　是你残忍的负心
　　　还是我的怯懦？
是你早先
　本是一个缥缈的梦
　还是我自幼
　　陷入不幸的迷痴？
只是我这淤血的灵魂
　不甘沉沦的灵魂呵
　　还在悄悄等待
　　像等待遥远的哈雷慧星
　　等待着你
　　　再次返回的步履……

1975 年 2 月

选自《厦门文艺》1981 年第 1 期,2 月

海之歌

顾 工

浸进另一个世界

从办公室，
从挤车的街道，
从人与人之间，
从心与心之间，
我被抛进大海；
阳光和月光，
都被我的形体击碎。
浪花，像一万双
晶晶亮亮的眼睛，
像白天出现的繁星，
把我团团包围。
哦，我浸进另一个
无拘无束的世界……

鸽子,落满胸脯

如果海水
能够溶解痛苦，
我就永远在海上，
随意地漂浮；
如果海滩，
能够曝晒幸福，
我就永远在海滩上，
舒展开双足；

如果鸽子和水鸟，
能够落我肩上，
或者落满胸脯，
那么，我永远
不把它们惊动，
只把心底的声音，
轻轻吐露……

勾勒出海岸

金黄和碧蓝，
酷热和轻寒，
这曲曲折折的交界线，
勾勒出海岸，
勾勒出渐渐邻近的
房屋和木船……
有人在织新网，
有人在补旧帆，
有人在围着观看。
生活在风暴里的，
生活在避风港的，
在这一瞬间，
获得互不理解的微笑，
获得暂时的团圆。

选自《厦门文艺》1981 年第 3 期,7 月

鹭之歌

鲁 藜

我回来了,故乡。

我是一只白鹭
我最爱绿的江岸
最爱白的沙洲
最爱我那喜鹊山里
大榕树　小小溪流

我是一只白鹭
不是倦鸟
我没有垂下双翼
虽然我飞越过千山万水

我是一只白鹭
不是彩凤
我没有五颜六色
虽然我闯进过万花筒的人生

啊,故乡
今天,我终于回来了
还得感谢时代的狂风暴雨
冲洗过我每片毛羽

让我没有玷污你——我的故乡
没有给你带回一滴尘垢

我是一只白鹭
我走时一身轻盈
我回来一身清白
不因为没有金翎玉翅而惭愧
却因为保持了本色而自豪

亲爱的故乡
我永远怀念的勤劳的故乡
我回来了
我仍然是一只白鹭
用我那飘逸的长袖
给你带回清风
也用我一颗赤心
噙着一棵绿枝——
几瓣我的生命绣织的诗叶

1984 年 5 月 10 日于鹭岛

选自《厦门文艺》1984 年 3—4 月,合刊

题一枚心形的红叶

颜如璇

山后边错落的竹林
怎么也走不到头的月光小径
飘落海滩的呢喃细语
都不曾忘记吗？还有
合欢花香缠绵的树荫

一枚心形的红叶
落在我冰凉的手心
标志一个庄重的时刻
代表一片执着的柔情

来自孤岛的风
播送着你
遥远的亲近
你说
隔着浩渺的大海
夜夜我都潜入你的梦境
你让我，抛下一切
不犹豫，不反顾

随着你远行

是的，有你
人生的路上还会有无数
海滩，树荫
竹林和小径
可我终有
抛不下的一切呀
我有饱经磨难的
衰老而年轻的母亲

一枚心形的红叶
飘离我滚烫的手心
托付给风吧
请收回你
"永恒的忠贞"

选自《厦门文艺》1984 年 3—4 月，合刊

邂 逅

黄秋苇

南下的和北上的特快列车
交会于高速煽起的激情里
掠过眼前的一组组画框中
有张轮廓熟悉的人物头像
是朝夕怀念的你

匆忙间你掷来惊鸿一瞥
慌忙中我只能挥手致意
久违的目光刚撞出重逢的欣喜
无情的车轮已拉开彼此的距离
唉！两排车厢构成的河床中

有一条急湍的小溪

多么令人茫然的邂逅啊
如隔银河，却近在咫尺
才感到相遇的欢乐
却像涵洞一样闪逝
唯留长长长长的怅惘
宛如长长长长的铁轨
蜿蜒直至本次列车的目的地

选自《厦门文艺》1984 年 7—8 月,合刊

命运三部曲

黄汉忠

一 矿石
——致原料工

这是力的世界，
锤头对着矿石
　　唱着力的歌。
堆场，是坦荡的心胸，
　　多么爽朗、宽阔，
不分地北天南，
　　阳光下是欢乐的聚首。
忘掉吧：
　　往日沉积的悲伤，
　　痛苦的埋没。
马达擂响进军的鼓乐，
　　扬弃那无耻的混杂，
叫冥顽的
　　在精选细筛中碾成匀匀的粉末。
喷枪上的烈焰，
　　是冲锋的信号弹在闪烁。
为了明亮的人间，
　　向着熔窑——
　　　　快按比例，飞速集合！
为了炼就纯净的精灵，
　　火啊，让我们热切拥抱、
　　　　紧紧结合！
火啊，我们来了！

二 火
——致熔化工

启开火的唇，
　　歌唱战士的气魄。
飞舞火的旗，
　　呼唤勇猛的搏斗。
进与退，呼啸着，
真与假，厮杀着。
毁灭的，是化作烟尘的浮渣，
熔化的，是流成琼浆的石头。
　　静静而不停地牵引向上，
多美啊，明玻！
光明的世界，
　　分明是烈火中结出的硕果。

三 命运
——致切片工

穿过火的殿堂，
就将命运拜托给你们啦
　　——亲爱的伙伴！
让切片台摆开坚硬交锋的战场，
任金风传来金鼓齐鸣的喤嘟。
刀下有流水般平滑的欢畅，
刀下有巧手剪裁随心的舒爽。
赠摩天楼——
　　一身迎锦霞的新衣裳；
赠新婚洞房——
　　满目耀眼甜蜜的光亮；
赠远洋巨轮——
　　片片闭风锁浪的舷窗……
命运，踏着醉心悠扬的旋律，
　　步入熙熙攘攘的世界；
命运，插上鹏程万里的翅膀，
　　飞向心花怒放的地方。
集装箱啊，
　　容量分明太小，太小，
装不尽美好的祝愿，
　　光辉的理想。

选自《厦门文艺》1985 年第 1 期，1—2 月，双月刊

心血来潮

余光中

心血来潮，摇撼着远方的岛吗？
岛上的岩岸真会觉得
今晚的潮水特别的高吗？
一排又一排，溅着白沫
浪头昂得马头般高
是为了此刻我心血来潮吗？
潮水呼啸着，捣打着两岸
一道海峡，打南岸和北岸
正如此刻我心血来潮
奔向母爱的大陆和童贞的岛
这渺渺的心情，鼓浪又翻涛
至少有一只海鸥该知道
这一生，就被美丽的海峡
这无情的一把水蓝刀
永远切成两半了吗？

前一半在北浒，后一半在南岸？
千古的海水啊拍不醒的顽石
要拍到几时才肯点头呢？
看海鸥回翔的姿态
是谁，不肯放弃的灵魂？
我死后，哪一只是我的灵魂所依附？
徘徊在潮去潮来的海峡
追不尽生生死死的浪花
开开落落在顽石的绝壁
那样的无情，唉，又壮丽
就像此刻我心血来潮

1984 年 4 月于沙田

选自《厦门文艺》1985 年 5—6 月，双月刊

初绿时节

田家鹏

再 生

全世界
为你一瞬的辉煌而侧目

曾经如枯骨
横陈荒野
当瑟索的五指
抖落最后的依恋
连寒风也为之沉默

也曾无数次
荣受诗人歌赞
当你复活在
注定要复活的时候
每一粒嫩黄的芽苞
都是一颗含泪的启明

决不因辉煌而自炫
也不因沉寂
而饮恨终生
该去时　无憾而去
才会在今日
含笑而生

我思索着
两眼噙满泪水
默默地注视
远处　近处
一个死亡过千百次的婴儿
在每一方
被黎明濡染成血红的土地上
庄严诞生

萌 芽

在左拉的小说里
我没能读到你如花的笑容

只因渴望自由
而切断任何牵挂
没有脐带连着的母腹
所有的基因
非遗传而从自我中诞生
也许只为一个没有缘由的夙愿
而拒绝永垂青史的荣耀
甘愿面壁黑暗　独享寂寞

风脚轻轻
雨脚轻轻
在时间解冻之前
你抢先破门而出
世界为此寒战了许久

就这样
一个长长的美丽的故事
为一只神奇的手所牵引
在千山万壑之间
蜿蜒起伏
似梦　还是非梦

我的歌也随风而起
不负这一夜之间
灿然怒放的青春

选自《厦门文学》1985年第4期,双月刊

消　逝

顾　城

消　逝

你默默地看着我
看着遥远的天空
仿佛已熟知一切
仿佛又陌生

你无声地告诉我
不必过多询问
社会就是这样
谁也不是超人

既然总有一天
却又何必匆匆
这会使人想起
还未消散的不幸

十字涂满鲜血
便成为仁慈的象征
在生活的路口

总有命运的哨兵

没有泪，没有叹息
没有电，没有暴风
静静逝去的
是一片白云

小　贩

在街角
铺一张油布

前边是路

他们很灵敏
是网上的蜘蛛
他们很茫然
是网中的猎物

选自《厦门文学》1985 年第 3 期，双月刊

哈萨克！哈萨克！

杨　牧

——啊哈，原来"哈萨克"就是自由的意思……

1

那么我们都哈萨克起来
我们哈萨克着歌唱
用这歌
用这剥离皮革的长歌
解开拴马桩上的血肉
任灵魂哈萨克着我们
　　哈萨克！哈萨克！

2

我们哈萨克着歌唱
任它今夜到什么地方
任优美的星光划开湖水
任松针荫绿我们的形骸
任一帧月影，两朵游云
掠过冰层、断崖和大坂
在长长的睫毛上
长长地盛开
　　哈萨克！哈萨克！

3

阳光是个美丽的字眼
夜莺是夜晚的阳雀
松林，很青
草坡，很软
流水，很平滑很自然
夜风很粗很哈萨克
夜雾很细很哈萨克
盈盈的露珠和慓悍的鼻息
把每一片芳甸
都哈萨克成
无数的肉孜和各种古丽
　　哈萨克！哈萨克！

4

从此我们不再忧伤
我们有哈萨克不再死亡
冰冻的哈萨克，我们不要
尘封的哈萨克，我们不要
饮泣的哈萨克，我们不要
我们只要一只鹰
和一匹马
在天空和大地新颖地放浪
哈萨克！哈萨克！

5

有一个阿肯说生命很重要
同时也说爱情很崇高
他说如果为了哈萨克而死
宁肯抛弃前两种宝贝
像甩掉一双破袜子
　　哈萨克！哈萨克！

6

还有个巴图尔也说
人的大门紧关着
犬的洞口大开着
有一个声音叫他出来
他说哈萨克是人
　　哈萨克！哈萨克！

7

那么我们都哈萨克
哈萨克着就是我们
铜锈的哈萨克不是我们
铁锈的哈萨克不是我们
锦锈的哈萨克也不是

我们只是一只鹰
或一匹马
或一首哈萨克的歌谣
　　哈萨克！哈萨克！

　　　　　　　　8

啊吼——啊吼——

有一只金乌飞向四方
　　（哈萨克！哈萨克！）
落在我们的琴弦上
　　（哈萨克！哈萨克！）
落在这里就请你做窝
　　（哈萨克！哈萨克！）
我们的歌声就孵出翅膀
　　（哈萨克！哈萨克！）
啊嗬口依…………
我们敬你如自己的父亲

我们亲你如自己的儿子
我们爱你如隐秘的情人
我们奉你如公开的阳光
哈萨克，鹰！
哈萨克，马！
哈萨克天空大地云彩森林
哈萨克玫瑰夜莺江河海洋
哈萨克，盐；哈萨克，钙
哈萨克，耳坠，日光
胸坠，目光，首饰，月光
维生素，稿纸，铱金笔，砖茶
林基路，丝路，长城，长路
阿不列肉孜，古丽，汗
　　哈萨克！哈萨克！
　　我们哈萨克着歌唱

选自《厦门文学》1987 年第 6 期，双月刊

清明雨

王性初

我想起了爷爷

爷爷　是我肚脐上的太阳
他已经睡在风中
今天　是清明
空中没有烫金的阳光
然而　天色并不晦暗
无轨电车　正在散步
涂脂抹粉的霓虹灯
疯狂地追求着上帝

迪斯科的腰肢
使胶轮车的脚跟
有了节奏
铝合金柜窗里的山东梨
眨着高贵的青睐
使我的嘴唇
不敢亲近她鹅黄的脸蛋

天空　清明的天空
开始落下珍珠　几粒
那是　睡在风中的太阳
我的爷爷滴下的泪

这珍珠　这泪
是枪伤引起的隐痛
是痴呆症馈赠的苦涩
是咬紧牙关造成的酸溜溜

这清明时节　这雨

望了望天空　哦
我知道　爷爷的泪
要滴
　　很　很　很
　　久　久　久

雨中清明

牵着　泪汪汪的清明
来到你的床前　早早地
　　脚步　轻轻
怕惊醒你　怕你惊醒

　　梦长　梦短
都在床前的葛藤上　缠着
　　梦缺　梦圆
都在床前的野花上　艳着

爆一串　红辣椒
吓得床前草　直抖
撒一把　白蝴蝶
压在床前　翅膀很沉

这时节　连太阳也泥泞
泥泞的太阳　湿在上床
把你的床　湿成
半个地球　地球
泪一半　雨一半
爱一半　恨一半

选自《厦门文学》1988 年第 2 期,双月刊

速写梵高及其他

鲁 萍

速写梵高

红头发梵高
你就在我的墙上
阴森森的眼睛
像两个最深的黑洞

红头发梵高
你就在我的墙上
你在黑暗中隐去
只留下一团火焰

安徒生

安徒生
你是一棵树
我们是一些孩子
环绕在你的周围

安徒生
你是一首歌曲
每颗神秘的音符
都是彩色的水滴

安徒生
你是最富有的老人
我们从你那里
带回美丽的传奇

安徒生
我们是一些孩子
在最深的夜里
我们轻轻地读你
静静地听你

纪 实

书堆轰地倒了
很多很多的书
把我推翻

铅字从书里爬出
爬满我的身体
它们狠狠地
咬我 啃我

若干时间后
我剩下一堆骨头

风 格

一些水纹
一些木纹
一些飞鸟

风 格

银的钟声
金的蔷薇
我们离风格很远

掌 纹

森林来的女巫
森林来的女巫

求你把我的掌纹抽去
我知道我的手上
写着灰色的命运

给我一件披风
给我一件披风

我要躲开掌纹
流浪他乡异地

海上来的女妖
海上来的女妖

求你把我的掌纹洗去
我知道我的手上
刻着短暂的行旅

给我一只小船
给我一只小船
我要走出掌纹
漂泊到更远的地方

风　景

黄昏以后
便是一滴一滴的淡墨

一滴一滴的淡墨
由远而近而远
滴于棕榈
滴于渔村
滴于海的对岸

风自海上来
吉他自海上来
吉他时隐时现

朗诵着遥远的孤独

月光将出
风景已成水墨

朋　友

两个老朋友
一高一矮
在阳光下站着
像两只杯子

高个从北方来
矮个从南方来
他们许久未见
突然相遇他乡

他们去喝酒
面对面坐着
他们默默无语
还是像两只杯子

桌上也有两只杯子
他们举手碰杯
嘴巴还未张开
他们已泪流满面

选自《厦门文学》1990 年 4 月号

真正的诗人

汪　威

《厦门文学》60年作品选

212

流　浪

跟着一条河走下去
毫无目的看看山或者水
流浪从来都是这样

流浪的人从不知道自己的年龄
风轻轻地吹过花园
大概二十七八吧
流浪的人都这么想着

有关家和村落的意象
有关妻子和儿子的意象
流浪的人走到哪里
都会想着这些
都会把它深深地记在心底

流浪的人都是一本沉重的书
记着一些经历
记着一些辛酸
流浪的人走在高原之巅
总是想着大海

真正的诗人

有关受挫折的故事
有关欲望的故事
真正的诗人
在小路上推动情节的发展

真正的诗人走在小路上
小路跟在他们后面
真正的诗人站得很高很高
洞察事情的全部经过

真正的诗人总会回来的
即使他走得很远
真正的诗人把手轻轻地一挥
就站在故乡的田园

如果哭
真正的诗人都孩子
花开花落
月缺月圆
真正的诗人从不落泪

选自《厦门文学》1990年5月号

向你说些什么

陈所巨

向你说些什么

看着你如看着葵花叶上
渐渐长大那时间
明天闰五月
两个生日被烈酒浸成标本
总恐惧深渊般的日子
　　　渐渐临近
在梦中冻醒
然后大汗淋漓

酒太多
洗过无言黄昏一切重于生铁
注定有某些期待丛生烦忧之中
额头在满月般年华之外
承受情感生命
水退去皱纹太深
干涸季节千万别龟裂自己
千万

冬 天

写信时废话丛生
中国文字人口一样泛滥成灾
鸡鸣狗吠和许多干瘪语言
　　和许多古老骸骨
　　在纸张上饱和

窗外
猎户座束紧腰带
原始的狩猎者在天空留下记忆
那个不抽烟不饮酒的汉子
只会弯弓射日
并被天文学家抓住把柄

烟有气无力
读一本诗集和一份商品广告
　　　一样乏味
在远处在冬之边缘
情书与征婚启事津津有味
门窗沉默　钥匙振振有词
下雪之后白茫茫无涯之境
在一分钟之内被彻底弄脏
今天或明天
生日蛋糕被积雪覆盖

名 片

名片背面那句古老格言
花朵一样的痛苦挣扎之后成为青果
我的名字染着新鲜稻花
在六月或七月
被太阳月亮关注
知名度如微风摇动的树叶
诗歌泥土一般高贵

只有一些人读懂我的姓名
只有一个人为之激动为之痛苦
我只是我自己
只是我自己在某种状态之下的意念
忘我工作或谈情说爱
机智或是幽默
都只为我的名字
　　　重合
那沉甸甸的格言啊

选自《厦门文学》1990 年 11—12 月号

云水之外

范 方

禅 坐

年来,忘记一些事情,一些电话
　　号码
一些名字

只晓得风怎样卷入石头　和
松子落地

一二三四……

和雨后的不言中　听
云的生长

茶

泉
　至
　　壶
至杯

在一举之中
谁识　千山万水伴着几片香茗钻动

那人微闭双目
顿悟
甲与乙　如此
乙与丙　亦如此

摩崖石刻

在冉冉的水雾中
只听钟声随青苔去远

剩下一些文字
留给勇者

抑或山道上
那把不可收回的脚步

诗
——怀洛夫

怎么　这些盘桓于几世纪孤峰的月光
以及你不动声色而正面人生的
水果刀
就那么在众鸟惊叫中
跌落成霜

怎么　你的双爪总不肯离开
那些枝条
甚至怀中还揣有
一双布鞋

怎么
你的泪珠　却去找一张可以滴落的脸颊
咆哮

中 秋
——与姜穆夜话

莫非一些耳语
落在十五的圆月上
莫非一些轻唱
落在嶙峋的骨骼上

而你喃喃地细数着
那最痛处
一束束桂花开放的声音

选自《厦门文学》1991 年 3 月号

《厦门文学》'90 年作品选

流经乡村的海水

江　熙

我饲养的鸽子

我饲养的鸽子
在天空一闪而过
白色的太阳缓缓撤离我的屋顶
全世界
一个声音低低抽泣

夜色来临
一个瞎子经过漆黑的村庄
姐姐站起来
停止手中的针线
蜡烛缓缓燃烧
闪烁温暖的泪水
窗外还是那条普通的道路
又脏又长

高高的篱笆上绿色的篱笆上
我饲养的鸽子呵
已经睡着了

一滴水里

冬天的声音
藏在一滴水里
就像一个可怜的孩子把圣诞礼物
藏在破旧的皮鞋里
风,伸长手臂
伸进水里　　伸进皮鞋里
伸进不见里
冬天的声音不见了

冬天的声音

长眠不醒我们低头不语
和可怜的孩子一起
因为寻找
而忘记了哭泣
冬天的声音
一滴水在歌声里下沉
昨天和今天一样的真实
我们只是忘记而已

我被牵着　和
一滴水　一个可怜的孩子

海水还没醒来

宁静覆盖清晨
宁静是一件银亮的睡裙
覆盖海水平滑光洁的皮肤

海水还没有醒来
海水含着一首新鲜的渔歌
温柔芬芳四溢
吐露纯洁的秘密

船只彻夜不眠
抖落浪花的低语
海水的呼吸起起伏伏
一个美丽而值得期待的日子
正渐渐拍岸而来

宁静覆盖清晨
海水就要醒来

选自《厦门文学》1991年5月号

诗歌卷

215

靠近冬天之门

刘志峰

靠近冬天之门

冬天之门
仅是一片木板
隔天冬天的一些现象

靠近冬天之门
可以贴着木板
听屋外驿动的声音

打开冬天之门
首先要靠近冬天之门
凑合冬天

第九封信:感恩

我从门里探出头来
张望冬天
如棉絮的河面

你终于在冬天之前
带着我的许诺和错误
挥袂而去吗

黄昏开始不着边际地
美丽起来,想念如
感恩之光熠熠发亮

选自《厦门文学》1991 年 7 月号

这个世界

詹文忠

黑东西

无椅可坐,只好站着
　　　　　　——题记

找不到森林　你
无处逃避
脚下是发光的雪线
软软的

这是你栖息之所吗
远处,有舌头隐隐闪现
犬牙摩擦之后
你耷拉下无言的黑脑袋。雪地殷红

暴风雪覆盖了阿 Q 的 O 型血
你幸运在梦中走不出来
世界依然洁白

孤独之鸟

原地站立却在走着
走着抬头时却在飞着
飞着四顾却发现双翅已折
折了翅膀后只好坠立原地
人生给你的
就是这无限的轮回
你还想发现什么?
你这孤独之鸟

冬天没有雨季

我已走惯了掖伞的日子
我已尝尽那冰凉的钻击

我已把上苍赐给我们的那片黑色天穹
潇洒地折起　扣死
别抖动怨恨的风衣
别拧痛滴泪的发丝
那一脚踩出的雨
将淋透我整个世纪

原谅我吧
这遍体鳞伤的黑伞
再度撑起
又能为你遮挡什么
呵迟到的雨

第一级空阶

一路跌跌撞撞
双兜抖出许多诗句
结结实实地生长
爱　哲学　世界
在咫尺之中
又在咫尺之外

金顶在石阶之上遥远成
痴迷的风景
跛脚奔去的七色鹿
却一脚踩空
结结实实地栽下
便有了许多飘坠的诗行

第二天　你早早
伫立阶前却寻不到那个脚印

选自《厦门文学》1991 年 9 月号

黑色瓷马

哨　宇

祈　祷

请让我深入这碎瓷散布的青草丛
听血液在自己质朴的胸膛飘荡

请让我的手指
在低音区的琴键小憩
通过你甜柔的歌唱
请让我相信蛐蛐、流萤和合欢树
同着星河之波编织夜岸

春天已经过去，秋天多么遥远

这样厚重的村庄黄昏里
再没有你月晕似的呢喃与背影
呵请让我拒绝感觉命运的种种
恩赐以至苦痛
请让我咬紧一节草根宁静啜泣
并且
满怀梦寐地触折这些瓷片

爱情闪烁着
生命又是多么孤单

像雨，或者雨后的虹
请让我握拢些微的哀愁以至激情
一步一回首接近阳光

为一匹黑色瓷马而作

谁步步逼近，来到我们中间
暗示我们的归宿
同一的一小块天空
谁切入一个人的窗
让道路嘶鸣不已
让烛光下的飞虹灿若星辰

谁？在暮春的芳菲之外
每天生活着时间的枯枝败叶
周身涨满风暴而神态自若

失去骑手的时刻多么自由

至于我，或者我受创的手
却不曾沾过任何一种荣耀
它叩击吉他
只为寻找音乐背后的那个和弦
它掷笔啜泣
只因深入不到你的心

它恰似一个人和他的黑色瓷马
带着悠远的泥土气息
和飞翔的隐秘愿望

选自《厦门文学》1991 年 9 月号

城市夜和雨的变奏

方　行

海滨车站

波涛的翅膀拍打着城市的傍晚
而铁轨是沉默的
有如海滨两行美丽的槟榔树

候车室黛褐色的长椅上
他等着午夜的列车
窗外有阳光一样的小雨

旅行袋疲倦地睡在眼镜里
而离别是失眠的
睁着那双亚热带的黑眼睛

(哦,请把夜悄悄地给我
我不愿不愿看故乡的芒果林
怎样追逐这北方的列车)

谁不知道？一剪票将是另一种季节
那没有站台的季节　朝朝雨雨
而雪,会是海的妹妹吗？

芒果林

站台和站台的流水线

扬旗变幻着风的颜色
而他缓缓地拉开窗帘
夜岚就这样散开

车外　小雨和城市做最后的握别
琥珀色的山岗上
穿风衣的芒果林　等着
为他送行

南方哦,将是遐想中的晚间新闻
抓住季节温暖的手
挥一挥　顿成那封镶边的家信
纯洁得还未盖上邮戳

而明信片一样的芒果林
青青的芒果
怎么寄也寄不到他的手中
那些守护着冬天的雪橇
该是有他的吗？

选自《厦门文学》1991 年 10 月号

秋冬无题

鬼中叔

A

无知的老汉浮想西天乐土
抱经苦诵
旧日怀恋的女子奔进梦中
我吻了她冰凉的手背
雨蛙此起彼伏
鬼宿庙门之外
木窗上的光,使你柔肠寸断
老鼠嚼坏谷仓和我的思想

B

北方大地一马平川
光秃秃的枣林灰溜溜的墙
姑娘裹着厚厚的花袄
尘土飞扬
南方贩的杂货　驴车晃荡
赶集之日满野冬霜
无论如何　你要一壶烈酒飘零外乡
穷的出血　富者流油

百年不遇的一场天灾
把百姓逼上坟岗与蛇共眠

C

人民筑土而居
门口放一木盆
长久以来在其间生育
度过农闲

女人采菖蒲沐浴
柴门虚掩
情欲就如一团火
情欲就如弦上箭

猫跳进怀中
直到把你抓伤为止

D

种瓜得瓜　种豆得豆
黄昏响起娶亲的唢呐
驮草的妇女赶路
边怀想嫁时的欢喜风光
她乳房垂耷如袋

万物在八月都因结果而憔悴

E

从北方的长城
到南方的土楼
以及诸侯们的城堡
自古都画地为牢
我还不遁入村庄
和老祖商谈关于修造自家围墙
以便世代安居那方风水宝地
固紧大门　并种植葡萄

胜者为王　败者为寇
过去高手如林
谁都无法猜中谁的诡计

F

人类在冬天的薄晖里
不堪一击
冬天是要命的季节
冬天催人泪下
人类的婴儿嗷嗷待哺

选自《厦门文学》1992 年 1 月号

窗子打开（外二首）

黑 枣

窗子打开,春天的大路扑面而来
我只看见半瓣桃花
其余的美,要一生过后才能领悟

这是瞬间。爱人刚刚离去
我目送她的背影在那片林子消失
杯里的水凉了
但我的四周是静静的暖意
这是瞬间。但我已经一脚踏入春天

我听见流水,眼睛里的微语
松针上阳光的叮咚作响
好像美妙的圣乐
细腻的草叶比鸟的啼音要长
这是瞬间。爱人刚刚离去
我悄悄呼唤她的名字:真
我看见半瓣燃烧的桃花
其余的美,在爱人飘忽的裙裾之间闪烁

正午的街口

正午的街口。一个个面孔使我想起
春潮退后的桃花
阳光高远莫测,我的心寥落无边
我应该牵挂一个人,或者
抛弃一些可能的愿望
许多的车子在方向里疲倦不堪
茶色玻璃窗门。天空。
一只鸟的声音贯穿整副羽毛缤纷的翅膀

阳光高远莫测,我的心寥落无边
正午的街口。我远离拥挤的人流

和一颗熟透的苹果
躲在这个孤独的角落
意料的芳香使我感动不已
想起爱人的笑容,被美丽切割的伤口
被我珍惜

火车进站之前

火车进站之前
火车进站之前,猛烈的马蹄
把我推入一场暴雨
站台就有了轻轻的酒意
我渴望的伞,在那群百合花的手中
迟迟不肯撑开

一只灰色的鸽子,美丽的眼惊慌失措
飞起,又降落
在一片绿色的菜园消失
上学的孩子,红领巾的光焰
使我记起一次在海边遇见的日出

沉重的票根,和我的行囊
火车进站之前,我唯一的办法
就是用目光
把站牌上的名字擦去,又写上
写上,又擦去

火车进站之前,我希望我的爱人
用一个谎言把我挽留在家乡

选自《厦门文学》1993年1月号

裸露的海

汤养宗

虎斑贝

对海洋的敬畏老虎交出它的
第一张皮　山和海
啸荡苍穹的故事最后只剩下
这些瑕斑海水浪来荡去
血冷成倾城的美人痣
一颗金灿的牙齿弄疼了天空的口腔

夜汐里是什么在海底咆哮
海草倒下去的同时一股雄风
拿走了我手上的玫瑰
接受这种启发我想盘踞一个壳内
我的变形和深过寺院的隐逸
将注定成为大海的最后居客

我因此出击
比雏菊更具火候地成了许多蓝宝石的死敌
我让一切宫殿都得了病
猎人读错典籍
在渔女双掌内我大吼一声
整个花苑黑掉

鱼　唇

鱼唇　与性感无关的火焰
雪是我注视它的距离
没有谁看见鱼
语辞为何枝繁叶茂
我只感到海洋被吻痛时的颤动
娇媚的唇印是海上又一轮日出

我最深的梦触及那两层时
诗歌开出第一朵玫瑰
如今回想那些吻过的女人就想到日食
如今这扇门为谁所守
鱼唇之外爱情虚假无比

不要在我死去之前使我
与鱼一句也攀谈不成
我要稳步,到深水的密室
学习爱恋和洁净
我亲一亲大海最温柔的部位
鱼交出了琴
我交出了十指

选自《厦门文学》1993 年 4 月号

水　殇

林　霖

一

我们收集一生的圣水
这些澄澈的液体　无限地温柔下去
让我们无限地坚强起来

雨水经过的地方
百草丰茂　爱情迅长
祈望和拒绝都无济于事
多少人以手承接
迎水的队伍　世代延续

大地上有最美丽的女子
头顶陶罐　用一生展现水的光芒
一边是迎亲的队伍　一边是祈雨的场面
阴沉的天空　布满精致的献辞

为一场假想的爱情
我们将水挥霍殆尽
少女最终以水自沉
泪水纷涌而至　沿恋人的脚踝
淹没最初的村庄
双泪枯干　继而泣血　赤野千里

家园散落大河两岸
依次敲打沿途的石头
打听在水一方的恋人
为寻找水源　我们的父亲永远不在了
惊恐的目光　将水擦伤

二

大河奔流
桑叶形的故土孕育血脉旺盛的龙

东方神秘的水系如凤髻文身
千年难解　载舟覆舟的古训
溺死在茶杯里
纸上的龙却腾空而起

江河倒立……

三

谁的一生与大河并行
却始终握不住一朵实在的浪花
与水对峙又与水交融
像仇恨的爱情
水是留在我们血液里
最亲近的敌人

四

大河枯干
泪水便决堤
大水泛滥　我们却没有了泪
最终又是谁一跃而起
他们水中的容颜已越走越远
让我们躲在风调雨顺的侥幸里
如一只因水日渐红润
也因水日渐腐烂的苹果
手中的笔再也挤不出芬芳的泪滴
覆水难收　覆水也难离
该轮到我们裂身为岸了
一个声音在水里吼：
要以水为镜哟
龙的子孙！

选自《厦门文学》1994 年 7 月号

墨水瓶与少年

南　河

少年昨天我看你端坐在墨水瓶边
把自己多色彩的情感
栽种在雪白的素笺上
爱的小鸟从心中飞出
挣脱天花板沉重的压抑
走向窗外长满油菜花的田园
走向陌生的从前

墨水瓶的口圆圆的
如你顽皮的小嘴嘟着
又如一泓玲琮的古井
你不停地从中打捞
那些沉积于井底的故事
在夕照的剪影里
你的样子多么忧伤

今天我端坐在台下
看你风度翩翩
站在幽深莫测的镜前
侃侃叙说着昨天的记忆
窗外的田园铺满积雪
你的墨水瓶已空空

不知是谁　不知是谁
让这一束自然的花
绽放在惊奇的瓶口
生出一屋子的清香
于是你和昨天的墨水瓶
便成了少女梦中
唯一的风景

选自《厦门文学》1994 年 3 月号

我眺望你们

荒 林

原 地

我在原地踱步、慢行、跑
我在陌生人的原地
我看见一团着火的长发和一团兽毛
我一直踱步、慢行、跑

我看见一只动物的身影
在陌生人的原地
我看见一团着火的长发和一团兽毛
我一直踱步、慢行、跑

我看见天空的笼子和阳光栅栏
在陌生人的原地
我看见鸟的踱步、慢行和跑
悬置的笼子趁夜移行……

日午的离别

灿烂的分割线从天而降
整齐切分建筑、花草
昨夜巨大的空间
缩小为一朵摇曳花蕊

这些蜂蝶起起落落
那些离合重重复复
来到此地之前
我谁也未曾相遇
连同自己的影子
在灿烂的年龄下像水滴被忽略

此刻我们与万物相对
许多事物诞生　死亡之声
谁的呻吟能传达
这日午的苍白比灿烂更灼人
一朵脆弱的花蜷曲了
露珠在日出一瞬已干枯

像一枚风中落叶又像一阵蜇痛
阳台裸露在分离高处
像守住一只花篮又像守住一夜月亮
我伫立的姿态意味什么
幻想像阴影撤出白昼又退进夜

选自《厦门文学》1995 年 1 月号

难以入眠

萧春雷

这场瘦削的雨

我把这场瘦削的雨关在门外
让它扑在最低的叶子上哭泣
其实　我是个隐秘的同谋
这种时刻也让我不由自主地战栗

我听到它在久久漫步
反反复复抚弄我初生的皱纹
整个深秋我都沉泡在灰白的泥浆
和那双痛苦的水靴一样难以入眠

谁能从容穿过失眠的胃

谁能从容穿过失眠的胃
谁能追回一截断舌
谁能把自己再次播在地里
谁能像贝壳一样掏出内脏

那些已经丢失的血块
将会永远失去
如果世界必须撕裂
将从我们颅骨的缝隙开始

欢乐短暂得不容人翻身

又一次　漆黑的断肢
被干渴的斧头惊醒
我留在水上的指纹已经抹去
但我仍将一再张开嘴
嚼烂痛苦的盐
如同霜雪反复砍伐的树干
必须在龟裂中接近星辰

一粒石子犹如一句格言

一粒石子犹如一句格言
它被种下　坚定不移地等着被掰开
在时间中恰如其分占据一个位置
高傲的人将生命摊开在海岸线上
让那些黝黑的水焦渴的水死亡的水
跪倒在一种更壮观的景象前
我在欲望之渊游移不定
被岁月宽大的黑裙密不透风裹着
然而信仰会浮起来　只有它见到光

选自《厦门文学》1995 年 1 月号

城市意象

赵 然

城市已有好些年岁
红玫瑰被季节支走
玩具及启蒙课本
早已安眠
那个时候
大家还很年轻

城市现在有人牵马
学会多种游戏
规则成堆如垃圾
以百元的钞票
购买被流放的生活
连同爱情一道搭配

城市经历一场冰雪
这一切无可指责
只是少了一部电影
向后人叙说
咖啡馆里有白色的手套
还有原装进口的牛奶知己
躲不开的忧患

上等的美国蓝带啤酒
成为追逐的对象

季节雨来得不是时候
城市的情侣接吻好久
看星星看月亮
最终才看上鲜红的太阳
城市避雨的人群
最后总是应该离开的
新闻联播正在预告
寒流越过西伯利亚
突然南下

城市的门开了一半
天黑时又紧紧关闭
市长吐露城市的所有真实情况
不久的将来
城市将有一位新闻发言人

选自《厦门文学》1995 年 1 月号

走在背后的人

陈道辉

走在背后的人

走在背后的人
形同尘埃
眼瞳斟满空洞的距离
他的衣袖随风拂动
他的身影　印在大地上
像是光拉大的蝗虫
阔大的落叶飘入旷野
走在背后的人步履散漫
在他的头上　出现
昨夜梦境里的一只鸥鸟
落伍的鸥鸟　天空又是怎样在它的翅膀上

把月亮撕成波浪的昏暗

寂寞和虚惊　是什么原因
使他走在背后失去前面的机遇
前面就是黎明和歌声
唯一使一个人无法到达

失去诗篇和歌声
走在背后的人
将像一个跳动的黑点
消失

直到他坚持走路的背后
出现一只行色匆匆的禽

风、手和灰烬

面前的风同时在想象中出现
蝴蝶的翅膀或一盏点亮昏暗的灯
吹箫的行者匆匆把碎石踢向路边
对着它们　我写出手中的灰烬
撒往天空　乌鸦和乱云获得重生

多少只蝴蝶紧随着逼降的黄昏
栖在我手上　美已无援
想象的风和遥远无足的波浪
同时被我捉住　我醒来　灯把面前点亮

更多的只是梦想和相见　有多少蝴蝶
经历昏暗到达蹒跚就使生命获得新生
风赋予载体　人用手种植花草

火焰和树叶遮掩的絮语
已成为灰烬　成为禽兽之间细小的动作
以至一轮落月的遭遇迅速得
它自己也无法想到　光会被光破坏

选自《厦门文学》1995 年 2 月号

内心的责任

西 川

最初的工业

黑夜降临于最初的工业
贫穷的工业。黑夜降临于
梦想的工业：被风雨剥蚀的
蒙昧的铁

围墙起院落，不见人类
熏黑的烟囱侵入天空
大神看到了喷涌的火星
在这北方空旷的原野

这是人类的看得见的胜利
遮蔽一个空心的老太婆
还需要痛苦的乌鸦来喝彩
既然所谓进步便有点邪恶

乌鸦贴地飞翔
一架飞机飞向远方
下沉的太阳被蚊蝇追赶
野草中偃卧肮脏的羔羊

既然黑夜不仅仅降临于
无声的废墟、地契和百日菊
它也降临于最初的工业
贫穷的工业

因而在北方空旷的原野
那看不见的被遗忘的人类
捏造出最后的梦想
有似当年的大神把炉火吹旺

一再推迟的黄金时代

一再推迟的黄金时代
请接受这一篮水果，

请戴上一脑袋鲜花；
在你那简略的史册里，
请开辟一个篇章，叙述我的野蛮

今天我的指甲里有泥
为了取火和还击
我还在箱中储存了坚硬的石头
今天偏远的乡村落下纯净的雨
而你将在那里首先呈现：

宽敞的宅第，被阳光
鼓舞的大道和白云
牧童的望远镜、匆匆过客的
图书馆，以及一间
传授修辞学的阶梯教室

我愿在这样的时代
看护羊群，横笛在口
注视着红日缓缓西沉，而当我
靠近夜晚的篝火，我也就是
靠近了火焰的壮志雄心

但是过于美好的事物
将会灭绝希望：你预言它
它就会振翅飞得更加遥远
因此我唯有将生命一再延续
再费些唇舌，谈论黯淡的往事

我唯有安于这不适于
灵魂的生活，在内心祈求
风暴旋起，却不能爬上
屋顶的烟囱，眺望曙色中的东方：
那旷野之上一颗黄金之星

选自《厦门文学》1996 年 1 月号

祖 国

梅绍静

秋 歌

谁的遥远
亲近的遥远!
谁季节的金币
闪耀簇新的光
谁在想念那最初的吻
最后的呼唤
裸露的拥抱

谁更像梦
是水晶那沉静的焰
是赞美和诽谤无法追逐的云
如果孤寂
谁更不怕回忆!
谁在珍惜的深处?
歌唱的形象中
爱的桂冠上?

寂静的山谷

永远在年青的甜美里
它的灵魂天真
水发出爱的喘息
树就是身体
画出葱茏的笔画
却没有过影子

它是命运不可靠近
带着温和的陶
沉寂的脸
时间的眼睛

祖 国

那段过去不会成为历史
它像愚蠢的婚姻
压抑的幸福
你无法用语言把它
讲述给任何人

除了岁月知道
他怎样伴你穿过许多行黑字
那流水如黄土翻涌的地方
让一切缓缓
写进黎明的纸张

你不期冀天空更亮
树会更茂盛
云朵下的虹
也不会扯动你的衣襟
但你乐观如初
你的过去总是开始

是什么滋味呵
无数次地看爱
凄楚如一条影子
孤独好像一个无意识
等待奉献

似一件包好的礼物
那段过去不会成为
历史

大敦煌

叶 舟

十万雪花

十万雪花载入的敦煌,远若马匹。
十万羔羊,十万今夜美丽的月光
风吹草低漫上山冈。
十万红铜寺院,静静燃烧。
玉门关前,十万只灰烬的灯笼——
像爱情之下的婴儿,美不胜收。

十万刀光点点滴滴。
十万洞窟,只向你开启
草原:银饰之下空空的羊圈。
十万神明奔走相告。
十万飞天犹如果园,秋天坠地——
一个村庄归入寂静。

让我醒来,吹气如兰。
十万歌喉身披丝绸,十万星辰
睡入天鹅的尽头。

井台高悬,十万雪山灿如琴弦
十万沉默的嘴唇,瞧瞧
好似公鸡唤起了栅栏。

十万经卷字迹全无。
那隐隐约约的大路,十万脊梁
以及十万鹰头的低低怒吼——

当黎明万丈
当十万雪花载入了敦煌。
嗅,其实只有十指之下
　一腔热血疯狂归入。

谣 曲

麦捆的腰身

蜂箱的腰身
羊圈里头抱住妹妹的腰身

奶茶的脖子
一个夏天的脖子
就是你怀里折断的鞭子

酥油的嘴唇
羊脂灯的嘴唇
就是红牡丹破了的嘴唇

羊毛的乳房
刀尖上的乳房
半个天空剩下的乳房

靴子里的爱情
漫歌的爱情
就是这个黑夜里吃青的母羊

流 沙

只有流沙。只有遗落的星辰
只有秋天小小的王冠——
奔跑、破碎、内部黑暗。

只有空虚的丰收,只有马上的废墟
当生命的雨夜大浪淘尽
当敦煌如门,万箭齐鸣。

我所不能面对的是一粒死亡——
面部清晰,游刃有余
在秋天的建筑、梦想和歌喉中

在不朽的阴影下,只有
这世代的灰尘和杀机
只有黝黑的脊背上,万物凋零。

只有九月高挂,大地如铜
那在整个夜晚哭泣的孩子
拾取了美、脚印和内心——

并且以生命为乳,与光明共饮
只有大地依然归入
只有十指的盛大节日。触摸如初。

噢,我还记得那只细沙的筐子
那本流失的旧书
那罐爱情的净水,那柄刀刃

当心灵的船队起碇,当风之破晓
当十万细沙集体吹鸣

告诉我,这敦煌的城镇、黎明和诞生

是不是重归?告诉我——
是不是一束恩情格桑正在记取
青春大道,灯火摇曳。

但是只有幼神高叫,喊出你的名字
只有不窟贫瘠
只有这幻象的大海翻卷。世界堆积

只有一座敦煌
只有一个人类秘密行进——
用血、用燃烧,用这秋天最小的一颗沙粒

选自《厦门文学》1996 年 1 月号

日 课

秦巴子

日 课

每天结束我们都要
洗脸上的尘土
洗手上的异味
还有鞋子带回的污垢
脱掉衣服
赤裸着面对墙壁
如面对强大的年代

一个人在窗外窥视
一个人在马背张望
一个人在纸上挣扎
一个人在玻璃下面
剪裁着时间
这都是我每日的功课
这都是我眼里的景象

一个正在结束的夜晚
还是不是夜晚
一个正在结束的年代
要被人们反复涂改
时间,空茫的时间
年代,浮华的年代
我能否系紧自己的鞋带

现在我点燃一支香烟
面对斑斓的墙壁
在空白处写下心中的空白

机器时代的爱情

穿着铁皮上路,我寒冷
但我不看谁的脸色
我就是阎王的半只面孔

无线电波高过眉毛
速度高过心脏
我的每一根神经都在跳舞
但铁制的皮肤经不起爱抚
焦灼的时代
需要交叉的高速公路

更人性的经济,心更寒冷
但是不看谁的脸色
面对面。就像阎王看见阎王

遁世者

忧伤并非利刃
但在对水的众多想象中
它却是最有力的一击

踉跄的身躯单薄。易碎
骨头在收缩
他无力稳住内心的战栗

隔着一道影子的栅篱
市声与红尘远去
他已经追不上赤裸的真理

像一个溺水者
他已经追不上鸟鸣
追不上唱诗班的嘴唇

一步踏空,就要幽闭半生
当遁世者从遥远的郊外醒来
阳光又迷失于午夜的星辰

生与死只隔一步

柏　桦

诗人病历

盛夏也黯然神伤
你没有头盔,没有遮阴的草帽
你走进花园,赤裸着冲动

这青年是一个小儿子
这青年扮演刁钻的角色
这青年承认迷惘

唉,你太瘦,太干
善良的风景也帮不上忙
你还得迅速熟悉各种礼貌

受惊的两耳,一张发票
崩溃的肉体逻辑
全面服从了火热

就放在你眼前吧
一本书或日日夜夜
你的脸已被怀旧选中

瘦乏啊,子弹啊
这镜子处罚着敏锐
这一切难以弥补

你准备向谁挑战
列车飞驶,服装日新月异
生与死只隔一步

你就是沙漠之子
失血、缺水、怀乡
你就是一个技工
在沙上建筑你的语言之墓

纪　念

少年人来到异乡
老年人梦见了牛角
请问吧,无头之牛
这年是盲目的
这年是疯狂的
披雪的羊群齐声高歌
当看风人不能下种
看云人不能收获
多么中华的一个插曲
在这青春的四月
看,那蛇成了舞蹈的领袖
看,它已吃掉自己了
看,它已变成了什么

白头巾

那边有个声音在喊我
准备着一次见面
一场突然的哭泣
在深夜点起两炷神秘的香

那边有个声音在喊我
准备着一次见面
秘密的眼睛没有哭
在深夜点起两炷神秘的香

此刻,我俩将创造一个陌生
并属于这个陌生
也许不会有太多的笑容
但我们得承认
有三个夜晚已经死去

《厦门文学》90年作品选

234

现世之城

大　解

楼　下

楼下是人车混杂的马路
是移动的身体　脑袋上的窟窿发出叫声
楼下是肉和肉　在钢铁中躲闪
冒烟的石油使轮子滚动

太阳照耀着硬邦邦的大道
多少人被影子紧紧地追踪

从楼上到楼下等于从天到地
一个人走上街道　就是进入了社会

而楼是什么？我们的巢穴
是泥造的　我们的身体也是泥造的
多好看的泥啊　当一个少女走过
她优美的姿态简直无法形容
真想拥有这样一块泥巴
摆在家里　让她洁白的皮肤在深夜发光

在楼下　美人成群结队
由于世界的丑陋　更使她们漂亮

从楼上到楼下　是灵魂在下沉
一个高处的诗神降为动物
一点也不圣洁

他被噪声和废气包围
又被灰尘蒙蔽　显得多么疲倦

我下楼　迈步　挤入人群里
看见匆忙的人类进进出出
而楼不动　在持续的消亡中
为我们的生存作证

过夜之风

过夜之风来自秘密的树林
那是一团空气在奔跑　周围的空气
也跟着奔跑　抢占一座山头又立刻放弃
整个夜晚大地上风声不停

风声不停　肯定有一个强盗在某处
做背后操纵　指使轻风翻墙入室
抚摸少女的皮肤　掀动红色的窗帘
并把梦游者悄悄带走

把他领到荒郊野外
让他在梦里说出埋藏的金子
但浮生之财并不可取
过夜之风只带走时光和尘土

过夜之风使人衰老　距离往年
越来越远　消逝是不可抵挡的
一个人在风中站不多久　一个种类
也是极其短促的　但风依然在过夜

吹凉了村庄的石头
和城里的高楼　多少人沉在梦里
多少星辰飘在空中　只有风
在大地和天堂间奔走

只有空气　从胸中到密林
整夜流动　没有人见过风的脚印
没有人知道风的力量　它吹动着
我倒悬的肺叶和血里的激流

选自《厦门文学》1996 年 2 月号

1993,散失的笔记

马永波

一

"那一年你见过的大海,如今只是梦中的一滴。"
加速俯冲的落日下,一只鼹鼠与一列快车相撞
"远处升起的是那孤零零的大海。"
一个蓝色的圆桌
嵌在胸骨里。
蜡烛在海滩上爬行,尺蠖一样昂着头颅
我的血在温度计里上升,或者一个液体的夏天
在我的血管里升温。树荫下冷落起来
阔叶树吸收的噪音,将在傍晚释放成一场雷雨
散步带来的遐想和灰尘。在晚些时候
被电视的闪光所吸收。寂静,从窗外的白杨开始
传递到书房里缺席的耳朵。大地上不断有人失踪
而山上的树木却越来越多。镜子里下沉的倾听者
他听到的飞翔,是否只是血液中不曾存在的翅膀?

二

而最初的倾听是一无所听,从嘈杂开始
追溯灵魂成长的历史,大头向下冲入光中
我们是否能够恢复一个党派?玫瑰和尘土
归于相同的火焰。一座新楼在半空里落成
它的基础,来自另一些日子的损害。大工业
火红的脾气,吹干了泪水。谁将在那里居住;
谁把写好的诗又写了一遍?一场小雨
使你看见的一切恍如隔世。一生落在纸上
被一滴墨水轻易覆盖。越来越多的酒瓶堆在头上
谁把日子又过了一遍,用同一个身体同一个情人
"谁将选择生活的完美,还是艺术的完美?"
那砰然坠地的,是空想的还是真实的结局

三

从傍晚开始的散步。直通向月色迷蒙的山顶
黑夜的水声徐缓,水中的心跳
被运送到南风开阔的峡口,月色

一层层剥去被大面积水草变黑的水面
你迷人的南方口音,打听一个棕黄开裂的身体
山楂坚硬的乳房。我们登上风声摇撼的梯子
蓄满灯光的水库被端向唇边,像乙醇在天空燃烧
波浪中下沉的屋顶,曾经是我们温馨的家
晚年的隐居高得不可想象。水中立起的树枝
向我们冷冷注视。下山路上的啤酒和凉意
鬼故事刚刚落地,便有飞蓬追逐我们的脚跟
是否回到生活的只是一个幻影,
而海伦一直留在埃及

四

一小时的写作,覆盖的不止是一个夏天
被车站终结的散步,在又一个年度得到恢复
只是同行者已换了面孔。
那刻骨的谈话是否有过?
我们中肯定有人没有回来。
仍然在那些群山间散步
身边空无一人。午夜的寂静被岩缝的水滴覆盖
一件硕大无朋的白裙子遮住石头上沉默的夜色
我应该回去找你。你一定还躲在路边的谷地里
等着大喊一声。跳出来抓住我,笑着摇我
深夜我们满身泥土回来,偷偷洗好衣服
"让你独自留在那无人的山中未免残忍。"
谁的余生不断地转回那个方向?你的女儿
在南方的水盆和船篷间长大。
我回到的过去空无一人

五

大海幽灵性质的回音,
海中伐木的声音必须被倾听
没有必要惩罚陷入脑髓的耳朵,
那大西洋神秘的渗漏处
没有必要将难以忍受的事实,推迟到午后
"愤怒的天鹅胡乱捧打着骸骨。"明镜滴落下来

在大理石手掌上，来自地下的压力
和承接自天空的绿色意象，融成一片
白色的激潋波光。没有必要推开毛茸茸的光荣
从至高无上的胸脯接受寒冷的知识
在松林里长啸，或者喝退大海的波涛
我能对你说些什么——水池中的影像
转眼就模糊了。只有欲望白得刺眼，倚入午后
微风的松弛之网。没有必要倾听早已失传的语言

六

亡灵在针尖的光芒中聚集，
在舞台的灰尘中踉跄，咳嗽
把我们引向中世纪的一幕喜剧。
圆形的草地旋转起来
我再次听到的，是地下无人指挥的合唱
持续到蝉鸣结束，短暂，微弱。但足以支持到
携蛇杖的人在树林边缘出现。
地下升起的石头剧场
漏斗形状的秩序，统治者的威严来自退化的听力
我的怀古之思持续到一首诗的结束
还要多久的歌唱，才能超越混乱重新变成整体
喝下去，你就能同时倾听两个世界：远的和近的
蚂蚁的胃液喷洒在白色花瓣上，马车从空中驶过
鞭影和饥饿。歌唱是徒劳的。风，轻轻吹拂
肩膀上的泪水。谁的歌唱是徒劳的？

七

"我听到玫瑰的开放是连续的。"
车站。广场。码头
许多光点连接的夏天。
不是为了休止，而是暗中的转移
磨薄的价值，和街上的红色标签保持一致
在此处沉默的，在彼处开始移动。诗中
故意的含混，对应于白日的真实
它的方形的根与我们躯体的面积相称
至少需要一生的昏晕，才能换来片刻的清醒
可是戏没有第二场。
年龄的增加没能减少错误的发生

只是多了一份惶惑。那老年的智慧在哪里
是否应该留在红海那边，用双手养育心灵
拜占廷是个回不去的地方。
我们的祖先也不是鲑鱼
"把我算作一个疲倦的人，一个被买卖的奴隶。"

八

假想中的书房半埋在地下，四壁的空白
等待一个名字。其中的交谈是听不到的
它可以方便地改造成小酒馆的厨房
让蒸汽模糊水平线以下的视力，
和人行道上的落日
蝴蝶透过铁栅带来夏天的消息，不久
燕子的窄脸也将出现在窗口。黑皮肤的读书者
他的历史感来自昨天的一场雨，他的现实感
是坐在椅子里追赶童年。
圆形的火焰。瓶子。羊角
盛满昨日黄花。回忆在书架背后簌簌地宽衣
阅读是晚年的色情行为。在整个下陷的城市里
一座书房的坚持是微弱的。"我只是一颗心，
只能去爱。"一个坐得过久的人已无力起身

九

你有一个说德语的过去，一个一厢情愿的未来
筑起高墙的夏天，拔掉玫瑰露出了地狱
大风呼吸，泉水进流，钟声把一天结束
和女人的争吵在床上结束而欢乐显得勉强
孤零零的灯笼在两腿间升起，照高肉的海洋
用书本作压舱物的日子，在泡沫中倾覆了
架在深渊上的彩虹，那明天的和解
眼睛看到的，心灵却不肯承认
"从前你需要一个大海，现在只需眼泪一滴。"
音色明亮的正午。沉思是天使也是人的职责
在生存都需要解释的时代，
最深的交谈恰恰是沉默
在回声放大的牢房中，倾听与交谈将合而为一

选自《厦门文学》1996年2月号

幻手之握

周伦佑

幻手之握

置身于石头的结构中
一些冷血的方块动物
把你和世界隔绝开来
亲人的悲痛在石头外面
朋友音讯断绝。还有
书籍，诗歌和音乐
都被石头隔着，离你很远

但每夜总有耳语在枕边轰鸣
惊疑中你试着伸出手去
石头慢慢移开。一道巨大的
缝隙后面，你看见许多手
从空无中涌现出来
那是生者与死者的手，相识
或不相识的手，不同肤色的手
穿过死亡和时间。来与你相握

一滴血的体验深入肉体
比梦更真实。你把手伸向空中
凭空一握，那些幻手消失了
书籍在音乐中重新被放置
妻子的呼吸变得舒缓而平稳
诗歌纯正。朋友们安然无恙

以这样的经历，你每天
在石头外面散步，在更冷酷的
结构中，与老虎谋皮
　　与机器手对弈
凭空想象的一种姿势
在你身上生出万千手来
你悚然而惊

公元一千九百九十八年
天鹅绒在远处完成了一次革命

石头再现

从时间里消失的意象
在语言中重现。石头石头
石头，坚硬而多变的异物
从词语的缝隙中挤身进来
使刚刚开始澄清的世界
重新变得捉摸不定

这不是很简单的一件事
石头再现，暗示着某种危机
如履薄冰的日子无限期地推延
生命的紧急状态
随时担心头顶的巨石砸落下来

想避也避不开了：与生俱来的
沉重，成为你生命的主要部分

我曾经写过石头，含铁的石头
暴虐的石头，从二维到三维
打破镜子而脱离手写的石头
在写作的过程中反复遭遇
人与石头相互进入，互相侵占。
石头克制石头
我才得以抽身而出

再次看到离弦之箭破空而来
石头在语言中重现。含铁的石头，
包含了黄金的成分
两种金属的合谋
使你内外受敌。石头敲门
读书人的手黯然放下书卷

石头进门，窗外雷声大作

选自《厦门文学》1996年3月号

同乌鸦交替歌唱

林 染

我和乌鸦共同的栖息地
当我走进刺树林
就碰见乌鸦
乌鸦是我的必经之路

陈旧的黑色
在时间里更久地停留
感性的羽毛,严肃,乖巧

巢散发气息
有爪子的乌鸦,它不能脱衣服
它喜欢发出
美丽、尖锐的乌鸦笑

闪电的嗓子,合拢了乌云
刺树熄灭那么多的花
搬弄石子一样的思维
一颗接一颗投进瓶中,喝水
智慧的乌鸦
年久失修的嘴巴是执着的

就那样地爱着它的巢
不厌其烦地看着我,使我生动
相互推测着
我同乌鸦交替歌唱

选自《厦门文学》1996 年 4 月号

向内或向上

柏铭久

鹰

我必须奋力鼓荡双翼
斩断物欲的引诱和自身的堕落
要告知每个人
我天天咀嚼木头的滋味

抚摸着气流波动的体肤
我喊着另一个人的名字

除了一身写满风雨的羽毛
从天空的口袋里还能掏出什么

大地上都是一些享受阳光的人
谁会注意有一小片阴影
从你面前无声无息地滑过

匿名的枪口正确的扳机
真理的指头 谁会注意
指甲下残留夜之污垢
就像一个哑剧
上演的还在上演
翻翻山岭的日记
一年只有一页是真的

思 索

闪电还在频频催问

雨哪里去了
天空冷冷像个债权人

在鸽子啄食的两颗谷粒中间
古城门外码头形形色色的人
手里攥着背上背着肩上肩着
几乎全是掰不开卸不下躲不了的债务
我的瞭望也要支付利息

下游建造一道大坝
河水里几乎没有鱼
我凭什么停留轻轻吟唱

我必须放弃
否则会毫无立锥之地
贪婪还在计算
英雄已经站起

历史是一本旧账簿
要从火里引种多么不易
我的血液里已燃烧三天三夜
在去年相逢的地方
我要还给你
让我发光的东西

选自《厦门文学》1996 年 4 月号

纽约,纽约

严 力

没到过纽约就等于没到过美国但纽约不是美国

路过纽约
可口可乐的喷泉四季汹涌
吹口琴的姿势
消费汉堡包内在的音乐

成功地路过
包括没有被抢被骗
没有被染上艾滋的病毒
但也包括被抢被骗
被染上艾滋病毒

纽约不断需要新移民充实最低的台阶
在一般的历史学家的论文中
财产的蛋糕基本上是每一代重新切一次
但纽约有自己的历史课
每天都有重新切割的机会
舞刀人的表演遍布各个领域

美丑和才智
人类有天生的划分不均
路过被划分的种族
路过种族里面被划分的贫富
路过被划分的不分种族的贫富
路过哲学

路过纽约就等于延长了生命
一年就可以经历其他地方十年的经验
集人类社会所有种族经验的那个人
名叫纽约

路过纽约
没钱也可以路过
纽约需要更多的人留下廉价的体力

路过纽约
发现自己被自己的恶毒扭曲成弹簧
许多世界有名的弹簧
都出自纽约的压力

所以每天都有人胜利地扭曲了自己
并充实了报纸和杂志新闻的版面
新闻是纽约最能煽动人心的戏剧
加上百老汇大街的歌喉与舞蹈
街上的音乐家
立体的纽约大音响
让你的肌肉在皮肤底下跳舞

钱可雇到的各类博士足以使生活丰富
金钱买不到的已经引不起哪怕政府的痛苦
纽约在极端的两头鄙视消费的平淡

纽约是人类通往天堂的地狱的最后一站

在汽车的文化中
及时的刹车和突然撞上的机会
丰富了命运的演变
股票和房地产的司机
带领潮流闯过了许多传统的红灯
路过纽约社会大学的老少学生都知道
这是一个充满了犯罪学老师的地方
学生里面混杂着不少将要一夜成名的
未来的老师
人与人之间最大的
但不是神与非神的差别
是不同价格的区域
从富人区到穷人区
巡逻警察的神经从紧到松
富人有更多的财产需要保护

啊
只有法律才是真正的人体解剖学
纽约拥有最多的病人和最好的医生
法律条款的针剂
为原告与被告注射着最急需的营养
是啊
法律的漏洞是律师们最喜欢的
表现智力的靶心

曾被纽约洗礼过的大师们
来自世界各国
搓泥搓到骨头的都市不少
但纽约搓完了之后
还会为你补上几块流行的泥

所以还可以再盖一些楼
纽约要把自己的双肩再度垫高

喔
纽约　纽约
纽约在世界的心脏里洗血
洗成可口可乐在其中顺畅地流淌

苏荷艺术区的菜肴按食客的口味排列
华尔街金钱大饼的叫喊响彻云端
游客在大都会博物馆惊叹它那
世界性文化食欲的收集
百老汇和服装街
珠宝街与第五大道
十七号码头和四十二街
啊
每天要灌入多少人
才能让纽约的地铁吃饱

空肠而过的地铁还切断了
顽强的植物从纽约水泥地上
渗透下来的根
所以战场就是战场
纽约早就学会了把战场和别墅分开
免费不免费纠缠在一起
纽约为商业诡计出谋划策
几乎所有的免费都是鱼钩
几乎所有的鱼钩都不免费

常常是太瘦的民主的钥匙
在膨胀的预算里打转
但选举依然是民主唯一的希望
尽管税收的光荣被许多届政府挥霍
那就去竞争挥霍者的地位吧
厨房首先要让厨师吃饱

路过纽约后还要去往哪里
我在清醒中沉迷
习惯并依赖着兴奋剂一样的纽约
欲望多么真实地融入并享受着
纽约千变万化的娱乐和表演形式
这个缩小的地球
演习着人类共处的所有交流

纽约每天都会出现新的场景需要路过
纽约有最多的矛盾让你理解人生
纽约是用自由编织的笼子
我克制不了作为一个文学创作者的需要
克制不了去路过它的诱惑

　　　　　　　　1995 年 6 月至 7 月写于纽约

从远古到明日

海 上

以归期为盟

来到冬季　想起鳄鱼的黄昏
河岸恐怖的静物
知道我的归期

候鸟溅起血色的寂寥
脊背上凛冽的咬噬
像鳄鱼的咒语
我的创伤流出东方的乌血
大陆架在肋下苏醒
回归线以往的痛痒纷纷涌出
它们的肌肤
牙龈上的吃水线淹没了
蛀虫的龋洞

河水穿过静物绕开宗祠
背着我的黄昏
离开冬季

火，伸向宇宙树

蹿动的　一度给生灵启蒙的
火。它代替了许多牢骚
或叛变。践踏着幼小的元素
将天空填进私腹
并与水作对。或平分世道

它显得比水毒辣比水迅速
水始终窈窈窕窕

唯一的大树受到威胁
着火的黄叶
带着诞生不久的文字纷纷坠海

树根掀起一阵飓风
时间被误伤

日子像没有着色的原版
显得逍遥
而整个世道的背景却
成了失去界限失去秩序的
乌烟
宇宙树在摇晃中
星球五脏紊乱
蚁群似的人流和人流似的蚁群
东逃西窜怕死得要命
半岛扩展　孤岛增多
珊瑚的浴姿赤裸着
人面鱼和文身鱼窜进了最后的漩涡
失踪的万物领袖
带走了一只船

选自《厦门文学》1996 年 6 月号

门的左边或右边

马　莉

门的左边或者右边

在许多个夏天之后
门敞开着
门的左边或者右边
离椅子很近
或者　很远
那一切都非同寻常

没有谁会知道
在那个忧虑纷纷的下午
房间里有这扇门
门　敞开着
或者通向花园的深处
或者通向蔚蓝色大海

我坐在离门很远的地方
或者很近
我坐在椅子上
门的左边或者右边
感受着露台上的光芒
没有一丝风
我蓦地站起来
因为　这足以证明
什么事情都可能发生
当我转身的时刻
但　早已悔之莫及

我注视着门
门　由来已久
门的左边或者右边
你不觉得我需要这种体验吗
你没有找到任何一种表达方式
你的眼睛里有一只苍蝇
你正注视着它

它的左边或者右边
只有一只

我想　这真是一个奇妙的圈套
我已预感了这一切
需要有制服的对手
或者　花园的深处
或者　蔚蓝色大海

一切都在
门的左边或者右边
优美又惊人
并以强烈的意味阻止一切
没有谁会知道
也没有谁会侵入

尽管我无法忍受
却也没有足够的力量
发出反动的声音

影子落在了蝴蝶的翅膀上

这不过是一场阴谋
我早已有所觉察
但谁也弄不清楚这究竟何故
或者在暗中摸索
或者逃之夭夭

但是　从清晨　直到黄昏
影子依然遮盖着都市的上空
乌云密布
人们惊慌失措
还指手画脚

现在　影子
落在了蝴蝶的翅膀上

一对橘黄色的翅膀　一声不响
以它的橘黄色　涂抹着天空

我早已注意到了这一细节
并意识到此间的距离过于悬殊
我必须坚持到底
一切　取决于我

影子是巨大的
蝴蝶的翅膀也是巨大的
在影子下面
它显出了应有的姿势
我默不作声　注视着进展
我知道　蝴蝶正在寻找
对于激情的深刻理解

但　翅膀太骄傲了
它倾斜着　已达到了极限
却依然故我

人们或者在暗中摸索
或者早已逃之夭夭
我不能够激动
我必须坚持
我必须　屏住呼吸

这一切看起来是那么遥远
不可思议
那么浪漫不固执　仿佛
梦想着一场伟大和光荣

影子　落在了　蝴蝶的翅膀上
翅膀此刻纹丝不动
但突然
以香气
以尖锐的香气
袭击着天空

选自《厦门文学》1996年9月号

而且，整整一个下午被哭泣掉

郑单衣

而且，整整一个下午被哭泣掉

而且，整整一个下午被哭泣掉
她的信仰已找不到子宫可以停留一个下午
她走向我
就像我不多的血走向来世
这肿的颓废者
这鱼样的笑
而且，她的耳朵只倾听一种声音
她听着我
就像她胎中的孩子听着来世

而且，整整一个下午被哭泣掉
当护士们飞翔在雪白的走廊里
而且，她胎中的孩子正忙于咯血
就像我们的血被咯出

控诉，控诉着虚无！
在那雪白的与死亡相通的走廊里
控诉，控诉着虚无！

当孩子们像云朵在天空奔跑
在打进心脏的拳头里

玫瑰，玫瑰！
——这肿的颓废者
也只有在心里哭给自己听

而且，整整一个下午被哭泣掉

被遗忘
请尝这死亡之汁

如今……
——M

如今，大面积的血已沦为石头
如今，生命陷入神话

在来苏尔的气味中
医生们忙于操作
用盐，用礼貌，用忧郁的三角铁

如今，孤独是一种气味嗅着它自身
如今，无休止的愤怒
已毁去左脸

病的收容所！
药的集中营！
如今，这发亮的决裂者继续上升
在脸的深处
在脸的深处
那红色内伤多么难闻！

他决心已定
他正在翻阅死亡课本

选自《厦门文学》1996 年 9 月号

无　形

阳　子

来自无形的忘却
尘埃只是拼命损耗着内心的秘密
它睁开眼睛望见赶路的灯笼

光明出演了神的独幕剧
开始时一把银匙
和健康的想法保持平衡
无形在新的激情中陷落
年轻和蓬勃的生命张开双臂

生和死的舞蹈类似会飞的夜晚
热浪不断将人们抛向天空
呼吸和嘴唇之间
星颗染上幻觉
无形在另一种影响下移动

这时我感受世界
就像梦液最深层的回声

我感受消亡：花瓣离开花朵
一片片细薄的寂静和倾听
干涸的天鹅湖裂开无形的形影

无形的启示
一匹匹奔驰的小马
像是死亡获得不可触摸的呓语
在深夜　我吟诵倾诉
用奢侈的呼吸代替阴暗发言
月亮塔尖的诗篇像是在撕裂
漫天飞翔的夜之黑色
转过头去　高高的意义和象征
将被绞痛的智慧收拾干净
将把荒凉悬挂在空中
辨认鸟类睡眠的方向

花朵作为经典
诱惑了一片情绪的芳香
而陈旧的痴子还在疾呼：怎样
让我遇见诗句的作坊？
高高的刑场像是羽翅的平静
临着风声掀开微小的猜疑和悲壮
一句话轻轻弹掉人们身上的风霜
无形怎样命名一座被毁弃的乐园？

关于孤独　用彩虹的隐喻
这黑暗的芳馥像一枚草莓
从未被提起
它把门窗推向空旷的回音
和歌声的飞翔一样
随手把激烈和干燥挥抹至尽

我饮用风声切身处地低头神伤
鲜红的血脉里无形到达
被众鸟填入幻象
我望见增多的果浆似乎阻碍了透明
刀刃一样的手掌是花朵
我飘离灵魂之外
孤独时听见另一个声音
随着鸽子的栖落拍打花香

光芒把我轻轻收藏
一些声音和润泽进入鸟的神情
花朵朝向未来之门
天空挤满无形飘游的人群

一句话还给宁静出卖记忆的时辰
书页记录着生命其中的一部分
同时也掩盖了伤口
我被感动的脸容仰起来
收集风尘的白手套

把蝴蝶的歌声印在玻璃窗上

我的内心从此留下无形的一半
痴子用半只耳朵倾听闪烁
我用寂寞把空气的提醒隐隐忍受

偶尔静止不动的声色
沾带太多无声的假眼
那些焚烧的树木吸引了神的唱祷
它们起身像一扇门
手甲的银匙开启欲望的需要
像是我从梦中波及一粒灰烬的颤抖

我根本没有想象的可能
语词发出声音的四周都是蔚蓝

做成的玻璃杯子　饮水的人
从月亮上坠落像经过一次破碎的危险
水仙的贞操慢慢伸展
到明天它要把空间的神秘掩埋

而我无从约束的饥渴暗中直见血管
让无形的水进入岩石深处
每前进一步都预告死亡和时间
最后竟然是我身旁的惩罚
仿佛一节钢管在月光下敲响
这时突然的情节昏厥过去
并且被堆积在蜡像馆的左侧

选自《厦门文学》1997 年 6 月号

节 律

安 琪

1

允许我见一见风中的水,对面的水
在停顿的三日里
我们被阴影扩充的花容失色
万物失去它的迟缓,坚硬转动
犹如一本摊开的书
白色蔓延,有几次我听到空空的掌声
我们不能充当悲哀的方框
玫瑰在方框。玫瑰是太古老的承诺
转眼就要流成灰烬

而我们在锁链中的欲望必将挣脱
你改变了一只豹子的颜色
你看到光舞蹈
光自由地提升了你
你说你的句号在时间之外

"这逝去的第一乐手是谁?
阳气下降,这击沉正午的白屋宇!"

熟悉的春天就这样砸下来
稀稀疏疏的注视,我提前进入
总得有一些意外让我们复活
高烧的梦幻者,允许我化为行动
在圆形夜晚洗身,心怀怜悯
反射一面镜子的香气
究竟在两声对话的寂寞里我的苦痛
我潮湿的草叶是否已迎向你?

2

轻和重,和输给死亡的爱情
我们决定了今夜荒凉
今夜像一个大写
使梦幻感到古老的仇恨的种子

我们闯进,怀着难于解释的恶意
和世界边缘的隐形
"在两条姿势错杂的蛇之间,放入糖
一小粒沙,一声喂,一次即逝的欢乐"

是的,还有你。你是最后一盘
你对我呈现的灰色无法食用
你有自己的泡沫,自己的重量
你尽力维持的平静没能使你自信
你靠近我。仿佛我是一个虚无

我们不能漠视心中走动的小银
波浪在手中握成。我们从何而来
预言枯竭,婴儿提前死去
这是爱给我们的唯一赠品
我们的星期天!

如今我独享三杈树上的纸蝶
叫不出内心的名字
我们有过的黑色风暴
是否还是我们繁殖的风暴?

3

再次接受红玻璃的垂询
我们互看,像一对傲慢的火狐
那喧嚣不是来自阳光堆积的深渊
就是无名肿痛的第二次证实

在向阳高地我们种下蚂蚁
一只蚂蚁的爬动将带走五种绝望
清晨我们写诗,黄昏我们做爱
夜晚,铃声中止,万物不息唯留人类
我们的孤独是孤独的全部
我们醒了,醒在青草巨大的呼吸里

那时你并不知道你放走的那个日子已经返回

思想被迫中断,有几种方式让你长大
你取下橘子,你害怕墙上橘子的亮泽
你自己就在墙上。背后是风
你会看到冬天正加速搬走暖意和神圣
你看到我!这一个造诗养雾的人
这天真的理想构图者!

总得有一些火焰让我们永生

谁为我们的服饰缀满星星,谁让盐
遍撒灵魂的每一个角落
一切都在不可知的微笑中。某只鸟
非常优美地断裂,某个人形单影只
我们所唤起的现实与虚无
我们习惯沉浸其中的谨慎与压迫
我们为什么炫耀,为什么毁灭
又为什么爱着!

4

花　在倾听,我们最好远远逃掉
那破碎的羊群最好把惊慌一起带走
光,和有罪的感觉。音乐突然变成石子
我们的果实歌唱的身体
音乐突然坠落,它遗下的秘密葬仪
平放在冬日的 1995.1.16

我们等待,手放在心上,眼睛闭上
我们翻身一个时代只剩下一口井

嘶吼的孔穴,和漫漫寂寞的延续
你提到天鹅在黄昏闪现。你干涸的唇
你被呼应的按键拨出的 9064134
你通向我的墓地层起的风衣
没有谁,雷霆像一片暗红的远景
你在哪里,哪里就有放大的欲望
放大的群岩诗篇

"歌者追赶往昔,爱着的人为此得病
请许诺我一座星宿
一次不能成行的旅程"

我们重新沉落的杯盏执在锋刃上
时间消融成水
我们被游戏扇起的水,幸存的水
自阴郁中心深入。我们埋下习性的钟铙
我们疯狂的语言养育出精神和衰老
我们为谁死去!

5

分出另一半废墟,承认这坍塌的幸福
仅留一只蓝色的手指向灯芯
仅仅如此!我们引渡寒鸦过江
又同时被它引渡
时空弯曲,有一种忧伤在里面

我们已不得不说出,说出是有痕迹的

你的长廊堆砌着什么?
邮票收集思念
胡子穿越玫瑰
空气空而且满。你的长廊不善掩饰
你认定的那声虫鸣已经荒凉
连同枝丫间的拥吻。风景依旧
我们偶尔培植一些低音
一些丰富的表情移动着,苍白使我们不安
我在你的魂中散步,你最精彩的开启
你搭着夏臼和我一起麻木

我们已不得不期待,像钥匙一样
谁得以和我们一同度过这简单的
锈迹斑斑的老日子
而一个词的说出又将带出几个天才
你不是结果
在我们的一生只能做好一件事!

生与死的距离

叶逢平

打开水面

我只想一同打开水面，我只想
把做梦的马车从安静的三月驶过
行走在春天遥远的铜镜里
行走在你双肩的月光　普通的泪水上

我只能赶到三月安静驶过之后
假树叶向你点燃一滴水
点燃生命的跳动和呼吸　那斜身的今夜与流逝

我只想把这一滴水　悄悄地越过
我把这一滴水越过失踪的羽毛
越过另一支光明的笛声
像纯洁的屋顶我把我越过

比天空高远的三月
我只想一同打开水面　以及骨根　以及你　不变
的航程
这一滴静止的水　静止的思想和声音

在树与棺木之间

树站着　使我们难以倒下
远方指望着我们
让我们的左脚在棺木之内右脚在棺木之外

树在秋天往往被砍去
做成无生命的棺木
拭去润湿的年轮
我们总想看见　朦胧其上的
鸟群的飞翔姿势　番薯的墒情

以及先人们瘦削的背影
虽然树已经成为过去

我们知道这不是一个简单的过程
树靠阳光生长
我们靠路成长
我们想起发芽的高度
我们想起树的苦难和正直
这比我们想过棺木的复杂情感
单纯得多得多
这时　棺木如激流的船只
无帆无舵　逆流而上

一棵树　不仅仅是一棵树
它的存在
涵括我们生命向上的旗帜
拥抱树的形式
通过根　让我们领悟许多

树站着　我们也站着
死亡装敛于棺木
从树到棺木　需要整整一生
直到棺木埋入土地
以无根的形式　化为泥土

树站着
它使我们难以倒下
让我们接近天空

选自《厦门文学》1997 年 6 月号

从远处看

简 宁

雨季的干旱

下雨的时候总会有人伫立窗前
脊背微伛，嘴里吐出烟雾
外面雨丝霏霏，而他的眼睛是空的。
空的，多年前的一场大火劫掠了全部葱茏。

在一双枯涩的眼睛里你将看不到照耀
在一双枯涩的眼睛里戈壁滩上波涛的残骸凸凹。
我瞪眼目睹爱情在我的怀里
像一条失水的大鱼或我最小的儿子
抽搐着死去
而我束手无策。

夜是湿的。哪里有水
什么样的水，洗润我的眼睛？
我如果发问，四周漆黑的群山
将响起许多笑声。

从远处看

这里的一滴水广大，这里的云朵
翻滚着尘沙
深潭起飞于幽谷，而城在下陷
下陷的庙宇朝向落日
投掷一群群屋瓦

有一片落在我的头上
就是我这里的厄运：乌鸦
青松守卫着大海，我如何
能抵抗这坠落的晕眩

转眼之间，早春已是盛夏——
一个疯婆子在山冈上插遍鲜花

这里的远处，这时的家
从远处看的惊愕就像害怕
从远处看的害怕仿佛谈话
这里的儿子，远处的爸爸
这里的痛苦渺小，这处的云下
奔跳着一匹闪亮的白马

老人肖像

毫无惊奇之处，天天如此
着一件透明的羽衣隐身人群
急匆匆遗失在他们之中
他们愤怒的喧嚣如溃逃的树影

幽暗的拱门敞开，吐出
鼠群的车流。他来到河边
亮闪闪的石头浮游在溪水里
仿佛云朵的痛哭
桥是河的舌头，他站在桥上
孑然一个逗号
被不能停留的句子省略

在往昔中讲述往昔瞩望的
此刻，一如往昔
他的唇边凋谢了的逝者的
唇边，响起他的名字

选自《厦门文学》1997 年 8 月号

惊 喜

——送给桑晔

鲁 亢

1

我生活在回忆当中
对于昨天的时间是一种结束
抑或一种启示。对于不曾
接触过的纯粹的臆想
一张信封上油污的墨迹
墙上的字母,或一道深深的沟痕
我总不能产生清晰的感觉
当我穿过广场的时候
内心的体验丝毫也不轻松

我逗留此地
权衡着各种抉择
就你来说这是一次意外的收获
我说出你的姓名
你的愿望、爱情和你手工那只鸟的颜色
我细心地在自己的语言里
寻找火种,为在一个注定要
交付我们的命运的时刻
不至过于感到被潮湿的阴暗笼罩

2

我听见各种各样的脚步声
在我的生活圈里来去自如
我聆听着,我在判断
我要在其间放置一只夜莺的鸣唱

此时此刻我的面孔显得安详
仿佛得自水神们的恩赐
我变得目光短浅,期期艾艾
我结识的河流将我洗濯得近乎透明

我已经送走一批批轻飘的影子
我自己的影子如一面凋残的旗

它是否经历过一次真实的决斗?

3

让我为你讲诉
水神们的故事,讲星空之下
它们纷纷上岸,悄然无声的气息
石头里滚烫的灵魂碰碰撞撞
苦涩的嘴唇热烈地吮吸着
树木和尘埃、怪鸟和我的脸颊
大脑中那理性的神经
如何在醇酒的擦拭下发出丁丁当当的声响
我尚不知你是属于哪一个星座
你的时间之矢,已射中灰兔的脚踝
他发觉重复的一切既美妙又伤神
他在他落居的地方修窝蓄食
在每棵巨树下,以你的光作为生命之源
我诉说着这些紊乱的梦境
这些不可靠的却是我日夜索求的
一种暗示。它直接来自你的一个姿势

4

只要归来的人是我们的亲人
我们的眼泪就代替了我们的话语

只要是我们自己开垦的田园
我们就会祈盼天降甘雨,精灵护佑

只要我们的腰间悬挂着弯刀
作为一个女人,你会有怎样的荣光

只要言语的一部分
必将归属你所描述的那方天地

我自然会恳请你同饮
这最后一杯酒中仅存的一滴

5

雨还在下,生命还在延长
人类寒冷的心窝内缩着一窝窝雏燕;
各种浑浊的气味令人窒息
每一座都城都如一列夜行货车
向一个无法抵达的车站拉紧汽笛

天空依然是我们的
云中的植物,气流中的野马狂犬
闪电在太阳的背面展开一个大阴谋
而太阳本身,单薄如锡片
正被无数的黑点渗透

人类该说的还在畅诉
它的河流,它的山丘,它的积雪的荒原
一头梅花鹿死在连续发射的枪口下面
那是我们第一次嗅到这血
在火堆边,我们第一次吃到煮熟的肉团

为我们相互欣赏自己裸裎的一半
被另一半紧紧粘合,人的绝对完整,而大放异彩

时间若被遗忘

就会像蹒跚的孕妇

6

我死于我选定的那个日子
当我穿越广场,走至尽头
我脚下无一寸土可供人们安息
我的头上是一片浓积着乌云的天空

我知道我必须死于那个时辰
就像田纳西州围绕着斯蒂文斯的瓮而肃穆
我围绕着我的死,作漫长的旅程

死是机遇,它改变你的一切
我站立在那条黄如尸布的古老的河边
它正抑制自己的咆哮,一叶渔舟颠簸其上
随即是树叶,随即是风风火火的一个舟之族

我感叹对死的争取是如此波澜壮阔
我是卑贱的
我的血不敢迎接着灰色闪电的袭击
我的血像一簇白色的虫黏结着,嘤嘤啜泣

选自《厦门文学》1997 年 9 月号

十二个时空里的诗

伊　路

忘不了的事件

两个母亲在大街打架
扯乱对方的胸衣和头发
然后在地上撕咬
　　　扬起尘土
　　　遮天蔽日

世界顿时成了废墟
倒了教堂　碑和上升的
　　诗章

我的双手
最多只能挡住
两个孩子的眼睛

康乃馨

谁注意过康乃馨边缘的锯齿
知道这温馨名字掩盖的血性

一朵花从什么时候开始磨炼利器
怎样在生命里设了栅栏
说过一千次不要

美在悬崖的中途
香是渊底磐石
渴望碰弯一次强风
谁敢用这样的花瓣
　　　比喻红唇

全身的血紧握在拳中
举在命定的结局之上
不让我的思路通过

不让危险的眼睛看穿

树

我坐在木制的椅子上
看着窗　门　远处的铁轨
猜测它们是哪一棵树的尸骨
想象它们生长嫩叶的丰采
它们曾是鸟的巢　花的床

树如果因疼痛而呼喊
世间有多少惨绝人寰的声音
我们生存在树的骨骼里
借落叶发表无聊的悲叹
没看到牺牲无所不在

比我们高大的树
没有发表演说
没有纪念碑
我们不要担心它会走开

按照天性
它要永远直立
可它躺下被肢解
我们每个人的手
都曾拿过树的生命

这种伟大人类难以企及
当我看到苍野上孤立的树
就仿佛看见
站在混沌中央的王

选自《厦门文学》1997 年 9 月号

悬崖上的百合花

蔡其矫

悼 亡

冬天公寓的夜晚
最初陌生的感情
幸福沉睡的呼吸
以及黎明温暖的目光
那不再的柔情、温馨和笑容
都不知不觉远去了
春天桃花的长堤上
编造花冠戴头顶
整日欢乐感染云天
最初的热爱、魅力、纯洁
都不知不觉远去了

夏天刚刚过去的挚爱
秋天郊野的散步
冬天炉前互相取暖
初次尝到生活的舒心、沉迷、眼泪
都不知不觉远去了

铁道旁边的坟地
藤蔓攀延的墓碑
亲爱的人不再醒来
青春、热望,悲惨的生命
都不知不觉地远去了!

空 山

注目凝视刘海下面
睫毛闪射的黑色光芒
相逢在大地这样晚
我感到悲伤

诗中沉默的雪
黄昏苍茫坡道独自彷徨
青春暴雨迟迟不来

生命彩圈只绘冰莹想望

应是山中花的姊妹
和光明的白昼一样漂亮
溪水映照如血的衣裙
浸染中午金色阳光

心灵和心灵接触
要诉说竟无言辞
灼伤灵魂的渴念
照在无人知晓的黑暗

悬崖上的百合花

暮春百花争妍的高潮季节
在飞泉和青苔的悬崖上
开着一丛又一丛的百合花。

当风吹动强劲的花蕊
它幻成飞舞的雪
纷纷扬扬如在梦境。

当雨扫过密集的花丛
它化作满海的浪
仿佛在热情中不得安宁。

当金色的夕阳照射岩壁
它变为夏夜的繁星
沉默中诉说多少深情!

勇敢的人到崖顶上摘下一朵
但在险路上花瓣破碎了
因为它不愿离开那危崖上。

选自《厦门文学》1997年10月,诗歌专号

都市节气

舒 婷

立 春

羽绒被里微微出汗
半夜起来关暖气

对面那些内地民工
在日夜拔节的脚手架上
发芽

雨 水

今天公共汽车一定很挤

倒扣阳台上的
腌菜坛子
很酸

老乳妈守着邮所退回的雪里红
担心我吃不下饭
童年乡间的路
很湿

惊 蛰

雷在摩天大楼上怒吼连连
找不到缝隙落地
憋不住把闪亮的根
繁殖在夜空里了

忍辱
令霓虹灯嘲笑

春 分

邻居的女猫穿门入户来求爱
自家的俊男并非不解风情
也不阳痿　只是
阉过了

妻子伸过雪白的臂膀
电话铃声勃起

清 明

儿子摊开课本考问什么叫
"路上行人欲断魂"
因为从前人在这个时候去扫墓
……现在呢

想找一张老爹老妈的照片
翻箱倒柜找不着

谷 雨

在钢筋水泥上
排下亮晶晶的卵

那只饶舌的乌
游手好闲
被罚在一家餐馆的钟摆上
打工

立 夏

满街来不及地
亮出短裙
眼睛享尽快餐

小 满

篱墙开始有点自由倾向
花剪即刻执行
统一政策

江河年年犯错误
大坝老是修改检讨书

看完电视

刚要动手收拾
单位通知
今年救灾不要旧衣服

芒　种

本季度超生率：零

夏　至

总经理在冷气下搋鼻子
工人们开始
领取防暑降温补贴

一拨一拨孩子
被舀到高考磨盘里
汗出如浆

小　暑

喝绿豆汤
听女儿练习电子琴
打蚊子

不忘瞄一眼对面阳台
踮脚晾衣的女人
肚子那一段白

大　暑

打假运动

报职称考外语临时恶补

股市行情长一大片
痱子

频繁约会

台风过境

处　暑

门打开
背后吹进一股习习凉风
从公文堆里转头

正看见领导奖许的笑容

立　秋

不过揪了一根白发就
给镜子
抹两倍防皱霜

白　露

现代人剪了舌头
犹吐不出
那个泣血的名字

流行歌曲使所有爱情
拉稀

秋　分

田野和女人
都在此时
曲线毕露

瓜老
米新
菊花依旧
蟹很贵

寒　露

男朋友久久不来赴约
跟女伴诉苦；
女伴忿忿不平
我帮你讨个说法
下次他们一起把
说法
写在喜帖上给我

霜　降

被老婆缴获私房钱
洗碗拖地　柔声
打电话向丈母娘请安

太太大人呀
连柿子都红了

你那张脸
怎么还不绵软

立　冬

婚前向他要天上的月亮
他惋惜地说
今天的还不够圆

婚后想买一件皮衣
他的脊梁
整夜寒气侵入

小　雪

南方沾睫的雨
下在北方
就是插队时
那个女孩的名字了

大　雪

老母亲揉着
蒙了白翳的风泪眼
想要看清
出嫁前
她绣的那一对鞋面

冬　至

给糯米汤圆点红的早晨
丈夫要去茶楼应酬
孩子约了同学在麦当劳

外婆同情地坐在

镜框里

那就再喝一泡减肥茶吧

小　寒

寂静无处存身
上帝呀
我只是一朵雪花的重量
上帝给它一片荒原
它打了个哈欠
睡下

一个人被梦压醒
捂着胸口
他听见自己的鼾声了吗

大　寒

没什么了不起的
诗人早告诉过我们
既然冬天已经来到
春天还会远吗

躲在各种流派的蛹里
他们将安全越冬
可能脚丫子是凉的
因为

许多鞋子对他们都不合适

选自《厦门文学》1997年10月,诗歌专号

称之为一切

翟永明

永久的秘密

它几乎让我难受 那个秋季
淌满腥气和阴天的味道
人们包围着我 心灵卓越
他们的手是特殊的材料
使我急于起身躲避

我几乎警觉到这是别离
你俯身向我 抓住我的摇篮
你的呼吸和我接上头
使我生气
我将改变个人的历史
(三十来年他日益耐心
控制脾气 在日常生活中变得聪明)
现在我 仅八个月 无依无靠
我被包裹着
哭声充满世界 感动四邻
头脑也在紧张地寻找
我的心具有多样性
天生的下午 这灭不掉的生命
是我的因果报应
与你休戚相关 身体也需要你
我是这样小 没有心计
被人带到这里
我的脸掠夺成性
因此露出无限的憧憬
这个阴天如此危险
破坏我一生的心情
我几乎看清你 的确是你
流泪的眼睛 就像我第一次听见
死者当中无休无止的哭声
你怎么忍心离去？留给我一份天大的痛苦
梦里也情绪低落 难以忘记

何等的年代

这是何等的年代？我的乡梓
有人痛风 有人暧昧
全是出自爱好
幸运的人理发修面改变孤独的状态
开朗的心情交给整个夜晚
你我生于此地 为人熟知
密集的肤兆被事先安排
姑娘们的嫁奁丰厚
慢性的折磨在每年出现

男人的谎言 女人的泪水
使我们操心
父母也眼光疑虑
一些时刻厉兵秣马
另一些时刻听天由命
将红烛高照
去看新娘的奕奕真容
她们全是女儿身 一半的本色
敛衽端坐 如此气馁

吹拉弹唱与外界的风声打成一片
使她们开怀 客人们沉湎其中
婚礼一向如此
这时我们趴在窗外
全部的皮肤有着压迫感
入睡的时刻不能代替坏心情
穿过自己的想象力
心怀嫉妒 注视着要命的事情
这是何等年代？另一些节日我们完婚
以身相许 感到红颜薄命

选自《厦门文学》1997 年 10 月，诗歌专号

纪　念

王家新

1

又是独自上路：带上你自己
对自己的祝福，为了一次乌云中的出走。
英格兰美丽的乡野闪闪掠过，
哥特式小教堂的尖顶，犹如错过的船桅
曾出现在另一位流亡诗人的诗中。
接受天空、墓碑与树林的注视，
视野里仍是一架流动的钢琴
与乐队的徒劳对话，而你自己
曾在那里？再一次丘陵起伏

2

虚幻的旅行。下午两点钟，
唯有检票员怀疑的眼神，表示了
某种肯定。"梦里不知身是客"，
在另一种语言中把它复述出来，
而在对面，窗外的天又亮了一下
在另一种主客置换中，幸福的人
正悲伤地读着一本罗曼史……
直到从车厢过道的地毯上，开始飘散
被吸收的乌云的气息（它好似
做爱后留下的）。"看在上帝分上"，
买下一份《泰晤士》吧，不是为了读
是为了把脸藏在它的后面。
而铁轨，如同一个被反复引用的句子
承受挤压，不再发出呻吟。

3

这就是众神的土地？"我来到这里
为一首十四行诗。"从凯撒大帝的
踟蹰不前（他的力量已为
另一片大陆所耗尽），到弥尔顿、叶芝
相继在他们自己的词句中受阻，
历史一次次扬起骑者的滚尘

在历史里一个帝国的意志形成却失陷在
对它自己的叙述里……
列车再一次摇晃着周末度假的人们
朝向永不可及的地平线。
而何时，那让人暗自神伤不已的"蓝花花"
已化为一个满脸雀斑
在中途上车的女大学生。

4

于是另一个旅程浮现（如果你学会
以宇宙的无穷来测量自己）：从北京
到一个个缓慢无尽的外省……
如同履行一种仪式，在节前
回老家看望父母的人们，期待渐渐
让位于恐惧（"良知"是它的学名）
尘埃中一声河南梆子响起：到站了
而你茫茫然不知走向哪里。
（你将再次回到那里，作为陌生人
或者永不？）春节。"穷人的宗教"
父亲的咳嗽。一片无神的干燥土地
到处是尘埃的金色手艺与祝福，
泥土的酒与伪造的三五牌烟，一起
呛入你的灵魂……

5

"不是在异邦学会了讥讽，是人到了
讥讽的年龄。"回忆如一支冗长的挽救
在寻求与讽刺的平衡。
雀斑女孩又在轻晃着她的双腿
眼中发出了物理的蓝色（而不再是梦的）
随着耳机中那无以领略的节奏。
你想到了家乡，父亲的咳嗽传来，
你想起"祖国"，奥德修斯却在风暴中闪现
（而荷马是否应该修改那个虚假的
史诗的结尾？），你放下《泰晤士》

于是母语出现在泪眼中……
——远远地,从风云陡起的天空下
升起一个审判的年代
强烈有如音乐,迎面又错过去了……

6

偶尔的出游,伦敦远了(乌云
仍在反复地修辞着那个乌云中的城市)
这是时间中的逆行:火车向北、再向北
为的是让您忍受无名。
"在叶芝的日记中我遇上面具,他总在
他不在的地方。"而火车照行不误,
火车不再抽着那种十九世纪烟卷
哈代的沼泽却在你的头脑中燃烧
火车绕开了呼啸山庄,为的是空出另一条路
让你自己通向那里。
当它再一次停稳时,你终于
想起了可怜的拉金:"像从看不见的地方
射出密集的箭,落下来变成了雨。"

7

那么找是谁? 一个僭越母语边界的人
音乐对话中骤起的激情? 永不到达的
测量员? 被一只乌鸦所引证的
隐喻? 那么又是谁,为了哈姆雷特
永不从自己的葬礼中回来
最后却发现这并不是一出悲剧?

"当北中国一扇蒙霜的窗户映出黎明
浊雾扑向伦敦那些维多利亚式街灯"
——而你曾在那里? 不,那已是
另一些人。永远有一种风暴
在记忆中进行;永远有一只未被杀死的
信天翁,在你的船后追逐……
而我宁愿做个幸福的人。看在上帝分上,
让它摇着我,摇着,直到我能听出
一种我从未听到的话语。

8

短暂的旅行,长于百年。
人在一首诗的展开中就历尽了沧桑。
车过约克郡:它更空了
而树木退向天边,犹如正在消逝的和声
车更空了,空得就像为你一人而准备的
旅行,空得使你几乎就要听到
从空中发出的声音……
"需要抑制怎样的恐惧,才能独自去成为?"
我已不再去问。
其实我已不在这列车上:为你祝福吧——
终点即是斯卡堡海岬,它通向无地
那里,一座座承受狂风的童话式小旅馆
如同诸神丢弃在夏天的玩具。

        1993 年 11 月于伦敦　1994 年 12 月于北京

选自《厦门文学》1997 年 10 月,诗歌专号

界 线

余 怒

一把锁,一次交谈

雾里埋着眼睛,瞪着窗外,瞪着一把锁
直到锁吧嗒一声,一道关于身体的问答题
被解开,旧的暗号被遗弃

而新的尚未出现。他打开门,他把门
通通卸下。他和他:孤独除以2
门框;窗框;寂静

雾里,唱针空转,他转身
在诸多舌头中他尖尖地,一把锁的窗外
在诸多时辰里他限制了黄昏

盲 影

他让她打开玻璃罩
他说:来了来了
隐在声音里的无头妇人,打乱了蝙蝠

一只手   引来无数只手
在她的手上乱抓
她退缩到她的肿块里

一年四季,她的肿块
温暖而红
那是妇人之红,聒噪和雪耻之红
屡屡相遇之红
金色的无头妇人

一丝不挂的道具

傍晚,有一句话红得难受
但又不能说得太白
他让她打开玻璃罩
他说:来了来了
他的身子越来越暗
蝙蝠的耳语长出苔藓

蜗牛的痕迹或恋爱史

在大房间里,他想,他渐渐微弱
一件事的孤立部分,那些未知数,正在
熔化,他辨认并区别

一张流淌着的脸,一块青春期霉斑
他区别两件衣服:白天穿的和
夜晚穿的

把一个人简单化:死亡,为了一只手
而用整个身子表达,这不是好办法
因为闹钟,正是闹钟,构成了钟和声音

他在大房间里,在曲线中说话,听起来
十分费力,你听:如果我的生活中
爬进一只蜗牛:如果她

选自《厦门文学》1997 年 10 月,诗歌专号

群山之中

吕德安

时　光

闪电般的镰刀嚓嚓响，
草在退避，不远处一只小鸟
扑的一声腾空逃窜

到你发现草丛里躺着一颗蛋
我已喊了起来——草歪向一边
光线涌入，它几乎是透明的

现在我们喝酒谈论看这件事：
那时你弓身把它拾进口袋
不加思索，而你的姿态
又像对那只远遁的鸟表示了歉意

群山之中

半明半暗的山谷，
月亮高挂，星星低垂，
一条溪水旁边，
悠悠几户人家。

"我熟悉黑暗！"——
不过是说我刚刚
熟悉一小段山路
和那几块溪间卵石。

我到溪边拾干柴，
供冬天的壁炉烧烤，
让你在屋里等着，
似乎已睡意笼罩；

窗口隐隐放光。就在
那棵树和藤条后面，
如今，我独自一个人
继续拾着干柴，冷风

袭来，一束车灯照亮，
仍旧与那天一样；
我又不由得说出：
"我熟悉黑暗"——

想来还是对你说的，
意思仍然是那样：
一小段山路是我
刚刚熟悉，那一天

我没跟你说：远处
山峦上盘绕的货车扫来
车灯，照亮了半截房子
都朝圣似的向城里爬去

安 慰

朱必圣

安 慰

在我失去平静的地方，
听到的一定是你。
你就是能够让死亡听从拯救，
叫强盗顺从爱情。
囚徒，他都能从锁链上面
觉察出你温柔的心灵。

当绝望缠上我，
原来只有灰烬滋味的心，
也会突然闻到香膏。
从婴孩开始，
我就已经熟悉这样的气息了，
这也是一切压伤的芦苇可以心怀喜悦的原因。

自 由

是谁蒙住了鹰的眼睛？
让它一生都相信黑暗。
除了随处可闻的锁链，
还要顺从欲望。
它的声音像雷霆一般，
来自自小就已胆怯的内心。

让鹰听从谁的教导？
是迷惑它，还是爱它？
与世界所有穷苦人相处，

空气都传播着不幸。
已经习惯于软弱，
也习惯于世间的一切谎言。

从来就没有自由，
听信现实，心灵麻木的鹰，
又是谁？揭开黑幕，
你睁开眼看到首要的事实就是爱；
又是谁？击开捆锁，
天上的云都是家园，每月都有生命树的果子。

黑 夜

黑夜是一群惊弓之鸟栖身的地方，
请不要再惊扰，
它们都已怯弱难当。
勇敢的心已被人猎取，
难道身躯也要侵夺？

你可以闻见孤独在风里面，
它像风尘一样吹进人的心灵。
清除它，
需要另外一颗慈爱的灵魂；
就像要清除眼中的沙粒，
需要另外一双眼睛一样。

1996 年 6 月 8 日

选自《厦门文学》1997 年 10 月，诗歌专号

思想者

叶玉琳

1

我需要一把粮食
分送给心灵的各个部位
需要一些玩具
向每一扇黯淡墙面投去一击

乞求施舍吗？肯定不是
你所能给予
我愿在黑夜划破的尾翼上
添上浓浓一笔：
"生活和爱情。"

2

有时,神灵也需要明察暗访
在漫漫索道中变成另一些神灵
风沙取决了方向,紫桑葚漫卷典籍
血光中,一个水乡在漂
另一个水乡是静止
与一个时代的呐喊保持距离

大师！永恒的美梦
借此建构永恒的居室
一个世纪的诤言在高阔中升起
从纪念碑长久的雕刻看
我们的笔原来就是一蓬青草
替自己揭开　替别人修复
所以它能扩散　持续
在有人类和水的地方
高过烁动的剑戟

3

诗歌不是一切的财富
但它使人们蓄养了
至少十年以上的大好光阴

苍冥突然收紧了琴弦
无人能够释解
再一次泻落
隐藏着它怎样积极有效的传送之渠

世上的幸存者
至今拽着一个不能高飞的气球
快乐似一个孩童

4

我的山野从此孤独得只剩下宿命
而二次臆想中的汇聚
又好比蝴蝶大军纷纷倾巢
谁在按揭那大团大团的标语
那里高悬着世纪末的梦想
和文化官员倾心的一握

是大地赐予的时候了
树叶　红墙和星体的天籁
一切自由结合
天上云雨暗中助长了气候
当我们把自身的意志拆开
就是一件接水的彩陶

5

我的抚摸越来越高
与空中灰币纠结成仇
诗歌,原谅我
为了你,我要说出一半的厄运——
跳槽　炒股　傍大户
这些扁扁红唇里的时髦意象
对于我的未来一无所知
我需要通往城市的一串密码
也需要一件炫耀性情的夜衣
但是原谅我

生活毕竟不是一根长线
若是我一手遮天　扯断它内部的关联
我就拉开了末日的序幕

你是卑微的
我也装扮不了华丽的贵妇

6

我听见你在远处
紧闭窗门　长跪不起
你也有自己的声音　思慕和忏悔
倾诉与谛听
树干和溪流　搅动昏睡中的孩子
同样流出屈辱的泪水

坚守,决不是一场记忆所能掩埋的游戏
在春天的舞步跌落之际
京城的那场朗诵会　神秘而又高远
需要一些和风吹送

7

为了让孤独拜谒孤独
让宁静占领宁静
我们穿过大地
让鞋子和手中的蜡烛
保持相同的热量

这是五月,历史的芽尖
经历了从梦到梦的季节
不管怎样曲折　迂回
一个凭栏老妇人
也能准确地朝天一挥——
"看,太阳徒劳地高高升起

它必定带走明日的香甜!"

啊,我们就为这片刻欢呼
支撑着茫然而空洞的家园

8

辽阔啊,辽阔!
在万物凝聚的吉兆里
我们的呼唤得不到一丝回声
那个赢弱的孩子瞬间跃入了大海
他像这个时代最早熔融的词汇
挥霍着自己的灯和塔尖

——对于岸上人来说
在理想的高度
眺望和殒落
难道不是同一种付出

9

最后的赞颂是蚂蚁的巢穴
焦黑的门窗斜倚布福者的窥视
这一生,在运土,在流血
交换着风暴里的旧轮胎
这一生,在大地的一角
贪心地走过,细数沉醉的时刻
推开牢牢吸附的黑尘

吃我的名词吧,兄弟!
这一生,不等我端出
生活的米粒又在诗中往返出没

选自《厦门文学》1997 年 12 月号

最后的瞬间

傅天琳

平静时回忆疼痛

你的面孔犹如一幅现代派绘画
在一个夜里
模糊地飘走

被滞重的色彩困扰
痛苦从麻木的四肢
移动到心
玻璃碎了,不能用手去捡
一切伤害都可以致命
鸟都飞到书籍以外
挤在绘画般的人群中
你再也认不出
那么熟悉的歌声

永永远远
许多东西是学不会了
最学不会的是仇恨
在弱者的衣袖里
只有从时间深处的撤退

平静时
回忆痛的感觉
就是苍老
就是全身的骨头生锈
锈在肉里、血里、脉搏和心跳里

失落的果子不能回到树上

而阴影一旦翻过去
就成了虫鸣
成了阳光下的大衣

寻找雪的感觉

在盛夏,我想起峰巅
那至高无上的雪

绸子的感觉,瓷从天空游来
树枝诞生银光
仿佛一只诗意的手
摘走我身上炎炎的呼吸

槐花飞扬,静静的往事
从一个冬天
转到另一个冬天
在这个夏天
我才靠近古典的雪域

我找回的雪已不是雪
感觉落在肩头
没有重量
在夏天的最后一刻
人开始融化

鱼群一浪一浪地
涌向大街

选自《厦门文学》1998 年 2 月号

在秋风里

邹静之

在秋风里

在秋风里听往日回响
收获的声音熄灭
长长的队伍走向村庄
伤痛后谁会再去田野,听

遗落的麦粒轻声呼应
谁用目光包扎土地
想到花朵和深藏的蛹
还有宿根上彷徨的秋阳

丰收在远处喘息
一个失落的人空着铁镰
那上面清水的印迹
已经结出锈斑

干吗你没把草铡好

干吗你没把草铡好
没把麦粒掺进草料
干吗你饮过了那马
让她面对空空的食槽

你没记起她刚生过小马
没记起她拉过秋天回家
该放下手里的水桶
对着她的耳朵说会儿话

早上我们一起上山
篱笆上正开着野花
快的种子已经破土
坡上的香蒿也已发芽

不知哪天她将远去

像一朵云飘过山顶
那时空了的食槽
只剩下满满的凄凉……

我梦想

我梦想回到北方
做一名浪子被此刻流放
再一次扶住犁把,紧跟着马
把摘下的小花摆在田垄上

我等待播种时低下头
让轻快的籽粒滑过手掌
倘若此时看一眼天空
明亮的云正经过头顶

多少风已熟知了我们
多少伤口被秋天掩藏
等待大雪封闭了道路
就把薄酒传向远方

犁铧

在春天,犁铧碰伤泥土
像一些坚利的军团,犁铧
整齐地前进,埋下种子

比银子要冷,比垂老的
刀刃锋利,犁铧
把土地划开,伤口上长起庄稼

甚至不能拒绝,犁铧
日渐锋利,它划破泥土时
上面没有血迹

选自《厦门文学》1998 年 4 月号

苍白的皮肤

吕 约

我带走了我苍白的皮肤

我带走了我苍白的皮肤
像牵着一条小黑狗。

这车上我谁也不认识。
有个人从过道上走来
惊讶的目光
把我抽成一截烟灰竖着

我一笑灰就飘到他脸上
我想告诉他
我宽恕他，要他
也宽恕我
苍白的皮肤，吃下了
太多黑暗
有人在苍白的皮肤下站立
月亮漆黑地行走

我沿途生下楼房
吻响了孤坟和空气

铁轨在月光下铺开皮肤
火车动了。我感到
皮肤一阵剧疼。

被语言抛弃的人

现在。语言的愚蠢
与我的愚蠢无关 我的沉默
也不再打动任何人。
嘴唇这道伤口裂着 陈旧的伤口
它已不再在人群中辨认
类似的尴尬。

上帝一定也给我分配了

一位天使。要不
我怎么能安全地通过那么多
交叉路口。怎么能自信地上班。
怎么能准确地把钥匙涌进门里。
怎么知道在危险的时刻撒撒娇。
怎么能爱上我的邻人，
同她说了一晚上的话。
说这么多话，怎么不受到惩罚

月亮和婴儿 他们多好
恐怕是世上最后的好了
牵动了我的呕吐
但就是吐不出
情人或母亲的言词。

多么挑剔，在商品面前。
所有的成衣都后悔见到我。
像对待自己的男人一样
对待工业，严厉而温柔
爱不爱已经不知道。
不知道拿着一枚镍币是什么意思。

漂亮与快活是什么意思。
"天啊"是什么意思
说人坏话什么意思
"宽恕你"又是什么意思

语言被我纠缠得
偏头痛。今晚
我的彼此逃避
空虚的大眼睛 看得天空嗥叫起来
我还能不折磨谁

选自《厦门文学》1998 年 6 月号

民 工

邱滨玲

你想读懂民工这部书吗
让我先为你解读目录

干涸而沉滞的眼睛是序言
作者是他们不出名的父母
干涸揭示贫困的背景
沉滞积淀无奈的痛苦

手是这部书的主要描述
虽然粗糙但内容丰富
十指展开跌宕的情节
老茧刻画苦难的插图

脚是这部书的压卷之作
沉稳厚实且脉络清楚
弯弯的路线是奔波的曲折

深深的脚印是日子的感悟

嘴巴这一篇可有可无
城市没让它有太大用途
耳朵这一章不可跳过
所有训斥都在里面记录

看完目录你得随他们上路
民工故事要在劳动中阅读
瞧瞧钢筋如何被坚强压弯
看看水泥如何把廉价浇铸……

好了,当你读完民工这部书
请你告诉我:在叹? 在哭?

选自《厦门文学》2003 年 9 月号

可爱的岁月

成　金

我面前出现了一些事物
食堂　开水房　烟囱　可爱的鼻子
可爱的岁月　两条腿支着一个人
另外两条腿　支着另外一个
所有人无忧无虑　就这样轻飘飘地
被腿支着　在合肥南郊　屯溪路以南
傍晚生动的场景
校园里的泥土被再次翻开　再次浇水
有时我希望工人们重新种植的是庄稼
开一些实用的耐看的花

可是图书馆前面的各种植物
都被我们惯坏了　书包放在草地上
为了躲避带电的线
梧桐树每年剪掉一些枝条
足球场也曾经被雪覆盖

再过些日子　我们该去火车站
你一定记得火车站吧
火车一列一列　缓慢地开
车窗外的脸一张张被撕走
像食堂山墙上示意一场电影的纸
简单地概括情节　尽量背着风

再后来　我看到自己
坐在老地方　喝啤酒
很多事物还在身边
可爱的岁月可爱的人可爱的烟
静静地静静地　静静地冒

选自《厦门文学》2003 年 11 月号

爱情曲

韩　东

在深圳……

在深圳,他们谈论着物质
有一种隐约的兴奋,隐约的意义
房子、车,在那里是不同的
做事在那里是美德本身
高大的物质结构,细微的物质流体
供观赏和呼吸,必需品和奢侈品
"每一件作品都有它的实用价值
每一个面,每一个细节……"
无用者最后被精神所利用

爱情曲

让我们把脑袋互换
比彼此进入要美妙许多
当我们彼此进入
脑袋并不安于立在各自的肩上

我多么爱你! ——那人说
拎着他的脑袋,要换回你的
这时躯干们扭结在一起
腰与腰彼此粘牢

他们得意洋洋地唱着:
我们爱着自身,也爱着对方

从里向外看,也从外看到了里
我们是共同的男人和共同的女人

机场的黑暗

温柔的时代过去了,今天
我面临机场的黑暗
繁忙的天空消失了,孤独的大雾
在溧阳生成
我走在大地坚硬的外壳上——
几何的荒凉,犹如
否定往事的理性
弥漫的大雾追随我
有如遗忘
近在咫尺的亲爱者或唯一的陌生人

热情的时代过去了,毁灭
被形容成最不恰当的愚蠢
成熟的人需要安全的生活
完美的肉体升空、远去
而卑微的灵魂匍匐在地面上
在水泥的跑道上规则地盛开
雾中的陌生人是我唯一的亲爱者

选自《厦门文学》2004 年 2 月号

回 家

鲁 羊

结 论

我体内的火焰变弱了
就要熄灭
它的动力屈服于一种趋死的重量
就要熄灭,要把这抓举多年的身体
遗弃在尘埃里

历史说出:一些
而文学要说出:一切
夜里做梦时,仅仅梦见
一些抽象的东西
曾经拥有的丰富的物象
均已丧失

一扇移门从吊轨上
落下来

我仅仅记住了一个结论

回 家

秋天的黄昏我走在回家的路上
秋天的黄昏众人也走在回家的路上

一切不可见的,正可见地增减着
如同一种短暂的想象

请让众人长久地如此行走
请让我延耽于此,逗留于此,徘徊
于此,且想着:
有家可回

噩 耗

那个人坐在厅里
瞪着眼睛
沉默不语
他在等
属于他的噩耗

那个人坐在厅里
他知道一些真理
会平静,不再惊惧
可他做不到
他只能

那个人坐在厅里
他在等
属于他的噩耗
要层层剥开
此世的根基

选自《厦门文学》2004 年 2 月号

夜行火车

黄 梵

夜行火车

雨像彻夜不歇的马蹄
它敲打的褐色土地彻夜不醒
一块褐土的皮肤上，一列火车正驰过
我瞥见车窗里的倩影，仿佛一根华丽的羽毛
火车报答了做梦的皮肤

倾 听

闭上眼睛，这座山就消失
消失了夏天，收割后的空闲
仿佛夜，收割走了所有人的影子
我感到某片树丛中的某种离别
就像一只鸟，觅食中丢失了太多的时光
树丛的黑暗把剩余的幸福隐藏

黄昏即景

站在山上
看紫色的晚霞像灾难过去
夕阳像海豚跃过一些山脉
一些村落，一阵车鸣，一股晦气
它跃过燕子的忧思
跃过今天的陈词滥调
跃过撞向它的弯月的兽角

我的隐痛已像春天腾起
今夜它是跃不过的

选自《厦门文学》2004年2月号

诗
歌
卷

孤独者

北　村

孤独者

精神的上面是火
以及所有闪光之物
向上一跃
即便断成两截
也在该到达的地方

殚心竭力的孤独者呵
你还有孤独的自由
在世界之脸的另一侧
能看到他还在那里

哎哟　我的心已经很近了
只要它不过分要求
总有一天这唯一的供奉
会在灵魂与灵魂之间闪耀

罪

那世代相传的
呈现罕见的重力
使灯相继熄灭
一切妥协

从此涌起的盼望
都变得黑而细长,孤独
细长的不是道路
孤独的亦非兄弟

每一个恐惧都想离开另一人
每一次远行都成了私奔
凝望着的是另一次更黑更深的凝望
死亡也不过如此

爱人之死

你躺在临终的床上
最后的微笑使花努力盛开
开完了痛苦的,再开喜悦的
它们一个紧紧倚靠着另一个

但你吃力地挂在我的泪珠上迟迟不落
使两个绞在一起的灵魂更加修长

昨天的草如何生长
我也曾如何爱你
它滴进这愁惨的午夜
将我们缓缓送出

我们居住过的窗口灯火明亮

无　题

昨天经过村庄听人说起
那个怀乡的病了
说她用长辫子探出窗外
寻找幸福已经很久了

她说她的心是年轻的渔民
一个大海能把它点着
它说它要长期住下
人们却迫它学习行走

也许是心还没有习惯美好
不过一切还得继续
但要把脚步放轻
以便穿过一些不懂的东西

《厦门文学》09 年作品选

天堂之花

周 丽

天堂之花

她,大概是一朵花,一夜之间
纯白地,富有魔力和烟雾缭绕的神谕
从一切角落里,布帘的折缝里
竟向她扑来,疯狂而又穿起盛装
有条蛇在翩翩起舞
在钉死神灵的祭坛前,她
就是一朵花,她爱他
她一看到那流血的男人,便爱上了他
如同抽尽丝线的霞霓
放荡着爱抚与反叛
她如絮似烟地祈祷
让她在圣徒中间微笑
让融雪从石头的眼帘上淌下泪水洗涤尽
她的罪孽,割开了静脉
并写下这些诗行
喝吧,这是我的血
极好的补品,那危险的芬芳——恶之惊觉
月亮像镜子般碎了
互相寻找的脚与互相接近的手
那样的锐利而又令人断肠

她

她在那里安静地坐着
透过黄昏的眼睛
沐浴着凉风
吸着略带鸦片的烟草
仿佛只有一会儿,但
你在时间中,时间是漫长的
她总是做自己不喜欢的事
她如此被爱着
她忘记了她要忘记的,她在物化状态
她想要百合花,许多的百合花
给她些百合花

她在冬天很冷,真的很冷
为了得到一暖阳光,出卖了影子
她瑟缩一团仍手脚冰凉
你是大夫,是吗?
她想要百合花

她日夜重复这句话
她没有病,如果
那是你奇怪的逻辑想法
她不是第一次感到寒冷
这个冬天就要过去
事实上,四季在镜子里
她把疲倦的风情悄悄溶解在
流水般透明的镜里
她的微笑向何处沉没
她没有向你乞求吗?
她想要百合花

如果再仔细观察,她
穿着一件黑格子长呢裙
她喜欢纯白的,却总是束一身黑色
宛如黑暗所产生的苍白幻像一般
她那挑战的眼神和姿态
怒蛇的身子,透露出阴郁
一种有罪的喜悦,一个钟情人之所以醉
一而再地她想要百合花

她等待着,她总在想……
她头上戴着发圈,在镜子的背景上
你一定有种感觉从脸到脸
她没有花园
她依附于尖利的骨架
她将每一次呼吸起伏包裹成
一阵虚假的激昂为自己催眠入寐

她在那里安静地坐着
透过黄昏的眼睛
有些事情很简单
当她屈从于另一个时辰
冬天有雪，春天
风还是有点凉
总不是你想要的那种想象

顺便说一句，别忘了
她想要百合花
现在她甚至要哭了
给她些百合花吧

选自《厦门文学》2004 年 6 月号

今天的天空

江 浩

用死亡威胁自己

在春天,我用死亡威胁自己
我故意听不到沙沙的雨声
也没有人会听得见我的私语
我把自己置于世界末日之中
血液汩汩流了一地
脸色苍白
我这凡人的气息
要还给大地
我要在春天拥有死亡的意识
哪怕有人不适应
哪怕是你说出了我的名字

今天的天空有点灰

我是说可能有雨
空气闷热　从早晨就开始
水蚂蚁在往窗玻璃上撞
很悲壮又有点滑稽
我笑不出来
我觉得天空有点灰

下午果真下起了雨
我关掉空调让雨后的空气进来
我要用词语填满我的空间
那只杯子已空多年

咖啡或茶
已不能激起我的欲望
生活的味道必须加入烈酒

我坐在那幅画的下面
醒来或睡觉
灵魂出入躯体
如入无人之境
我摸到了我的思想
如天空一样潮湿

阅读乡村

阅读乡村如阅读古老的诗歌
在一片废墟与文明之间
众鸟高飞
静静的村庄
处子般落雪无声
清凉如水

穿行在山与山之间
一颗稻谷一滴圣洁的水
在星光闪烁里
在柴门与粮仓之间
春梦如初　生命如初

诗歌卷
279

选自《厦门文学》2004 年 6 月号

茫茫之书

巴音博罗

暴雨中哭泣的孩子

那个在暴雨中哭泣的孩子
也是这瓢泼大雨的一部分

那个在暴雨中哭泣的孩子
眼泪多得叫暴雨也羞愧

断断续续,不是为了伤害
不是为了让成年人揪心和讥笑

这浑身颤抖的花儿,上气不接下气
像雷击一样——他哭着,哭着

人们啊,为你痛哭的东西尽情哭上几次吧
有时痛哭,比歌唱更珍贵

更适合心灵的忍耐和跳荡——这幼鸟
童谣,这广漠人间的场景

在理想被乌云遮蔽的苍穹下
与暴雨同时争夺太阳!

麻　雀

在枪口前,一只麻雀的心脏
比麻雀要大。你瞄准了它
你抑制住自己的心跳和慌乱
时光漫无边际。生活是否还在原处?
而在冰冷的空寂中
一只心脏的开花到底有多响?
一只被那些阴毒的瞳仁啄咬得遍体伤痕的
小小心脏。当血液的原汁
像怀孕多年的花蕾在一瞬间轰然开放

这辉煌四溅的光束和雪片一般的灵羽之蹈啊……

现在这滴溜溜尖啸着的子弹碰到了
比它更强硬的麻雀的
心壁——这饱满得就要爆炸的
灼烫,它折回来了
它同样无比精确丝毫不差地穿过准星的凹口
使射击者只要一扣动扳机
开花的是麻雀,倒下的是自己!

运劈柴的马车穿过城市

沉静的,准备冬眠的城市
严寒贴着街面呼啸扫过

没有叹息。灰色的楼群高耸入云
所有的门廊都板着冰冷的面孔

运劈柴的马车孤零零地
蹒跚而过,像一个沿街乞讨的乞丐

这行将燃烧的满满一车温暖的炉火
从冷得缩紧了颈项的城市之间,多余地穿过

而人们还在酣睡,梦呓在天边堆积
如果朝霞呈现,会一下子点燃遍地的白霜

和车老板花白的髯须。悲哀吗?
也许人们早已失去了对火的渴求

也许这座沉默的荒凉的大城
本来就是一堆燃尽的灰烬!

突现的绯红色的曙光
颤抖的无情的焚炼!

长亭外及其他

丘有滨

长亭外

这里仅有了细雨,以及
我身旁这高高的上上塔

从这里往下看
可以看到城外一些熟悉的村落
以及你说过的,那座长满了常青藤的古长桥

一个人,一个
有所思的下午
听着隔壁师范女生的合唱"长亭外,古道边……"

芳草碧连天……

已经过去多少年了
这塔依旧这般的挺拔、峻峭、又伤怀
和着山下沉默的江水,和着

一场细雨中的歌声

这么多年都已经过去了……

想

窗外已是黄昏　蟋蟀在搬家
它在秋天的深处唱着我听不懂的歌
我想着　我听着　我感到深深的渴

别怪我　许多时候我就这样陷入了灾难
像孩子一样看不清自己应有的模样
三年? 五年? ……熟悉的人渐渐远去

不要责备我忘了许多　此刻谁在哭
好似世界仅有了他的哭声　多么静啊
看看欲望的狂沙弄瞎了多少明眸之眼

谁也不会像我这样傻的　蟋蟀在歌
还是在哭? 还有几步我就会爱上它的
蟋蟀蟋蟀　一场大雪可否解了你我的干渴?

选自《厦门文学》2004 年 12 月号

倘若的夜

李伯庠

倘若的夜

今夜，倘若我能，倘若我愿！

我必把星光采下，必把朗月采下！

今夜，倘若我能，倘若我愿！

我把睡鹰的眼睁开，

我把春桃的脸唤醒

我把爱人的发绾起！

我必要四方的友人一聚

我必要把手边所有的歌都唱

今夜呀，倘若我的今夜，

倘若我的今夜

我必把最美的诗篇写出

我必把这最美的诗篇给你

我的夜

我夜中的友人

我夜中的花里新婚的妻！

泮境泮境别为我哭泣

泮境泮境别为我哭泣

横竖我都记恨着你

有些什么山

有些什么水

有些什么人

有些什么事

我都不在意

横竖我都不喜欢你

有些什么样的记忆

何必为我哭泣

泮境泮境别为我哭泣

我在远远的远远的地方

想念你

选自《厦门文学》2004 年 12 月号

失 语

李迎春

爱字怎么不出口

你是我的朋友,因为你是我朋友的妻子
你不是我的朋友,
因为你是我朋友即将离婚的妻子
从前一个月起,
我们不再点头微笑讲话
因为,从一个月前起,
我朋友不再和你同床同梦同乐

我们没有原则,朋友的原则就是我的原则
因为我爱朋友,所以也爱朋友的原则
朋友的原则不是一二三,
朋友的原则是个抽象的爱字
我的原则也不是一二三,
同样写着个抽象的爱字
你的爱字从没有对朋友说出,
朋友的爱永远是抽象的汉字
我的爱从没有对朋友说出,
我的爱却到处闪烁着脉脉温情
一个爱字,为什么你总是没说出口
一个爱字,为什么我不需要说出口

朋友为了一个爱字,到处乞讨到处流浪　直到
心脏一片一片　从建设路撒到解放路
他的爱还静静地
躺在破旧的汉语字典里
我在街上碰到他　一不留神
爱就钻到他心里

失 语

海鸟以不同的姿态翻飞
面对大海如歌如诗
一个诗人的下午平淡而烦闷
钢马向我们奔驰
向这个古老的村庄和森林奔驰

我的家园于三千年前诞生
等待我的是文物或古迹
乌黑的稻田和碳化的稻米
门前的流水潺潺　　如今
被权威的学术名词代替

这是规矩被定势的时代
我的猛兽于笼内长嘶
生命中多少长嘶之后
走向终极
我们爬行　与甲虫做伴
与时间无关　与路程无关

失语的不仅是语言
正如悲哀的不仅仅是诗歌
我想在春的繁茂下能看到什么
其实冬雪也非看到的纯白
我能说明什么

选自《厦门文学》2004年12月号

羽毛划过空气

南 方

请原谅我柔弱

是的,这是我描述的事实
月亮已很久没有出现,沉入厦门的浅海
远处更深更有远虑,我藏在里面
与欢乐无关,与制造悲剧无关
海水谦卑地一退再退。
我把眉头皱紧的人们,不安分的瞌睡
努力盖住,事实上,我听见你们小小的挣扎
但还能干什么,像水里的泡泡偶然
浮起来。时间一节节自焚,哦,请原谅我柔弱
除了自己,无法托住别人的重量,我想起
亲友和陌生人,犁地的声音,开机器的声音
下错站的声音,患癌的声音,我来不及站直
但我已经听见,我说,别怕,别怕
类似羽毛划过空气
是的,我藏在里面,从没有过的空闲
覆盖你们,已经三十余年

三分之二时间

如果你已有机会站在死亡面前,把来生往前推移
允许母亲再生一个孩子,让童年回到人群
像一只心满意足的小兔子,跑遍四野
你随手指向的色彩,会和每个病人手牵上手
这些迷途知返,在潮汐里打滚作乐的沙蟹
允许他们站在海平线上,吐露久埋心胸的宏愿
允许一个人寄宿在另一个人的身体
冬天的火盆,温着一杯爱情,可以缓慢
把剩余的时间挤成小小炭块,骤然痛快地呼喊
我们试着把生活推翻,结识满世界的陌生人
他们储藏上季的水果,手里握着不为人知的底牌
允许每个人纷纷赶回三分之二时间
把镜子打碎,把身体安放在童谣旁边
你可以安然入睡,在母腹里重新构筑未来。

选自《厦门文学》2005 年 5 月号

切开灵魂如同切开金苹果

皇 阳

切开灵魂
如同切开一只金苹果
夜色里总有这样的印象
灵魂坚硬如铁
在黑夜里闪闪发光
我打开袖珍多年的歌喉
尽情地吟唱
那把多年前磨得锋利的刀
径直切向我的灵魂
顿时鲜红的血
漂满整个房间
还有一面旗帜
在腥风血雨里猎猎作响

切开灵魂
已是多年前一直想做的事
灵魂的阴暗角落

会驻足多少苍蝇和毒蛇
在吞噬你善良的心
吸尽你精良的血
而你在一丝丝看似美好的声音里
缓缓下沉
污血浸至眼睛
而你浑然不觉
这将多么危险

切开灵魂
如同切开金苹果
让它在绚烂的阳光中
尽情地与健康翩然起舞
一定会有更多的人
朝你张望

选自《厦门文学》2005年5月号

玫瑰礼服

蓝 蓝

失 去

橡皮不见了。孩子放声大哭
指缝里涌出泪水。

树叶离开枝头。树摇晃着
鞭子的抽打下,风抖开痛苦的宽度。

这一切我都不能做。

我的失去里有吹掉的一双手
被死亡的猫叼着拖走。

玫 瑰

她是礼服。离开
植物学或修辞学的戏台后也是。

洗碗布旁过于洁白的封面。

即便没有别的鲜花,她们
仍然是女王。

每一个都是。
被卑微加了冕的。

有一瞬间

有一瞬间,我停住手
没叠好的衣服像是跪着的人
脑后受了致命一击,慢慢倒下……

我愣神,
望着不知道什么地方:

墙角,幽暗的往事一圈圈织着迷失于自身的蛛网。

选自《厦门文学》2005 年 6 月号

双倍的乡愁

路 也

候 鸟

我是候鸟,我有双倍的乡愁
我的南方和我的北方总在相互思念

身体里温度计和指南针很精确
天凉的时候,我会沿京沪线往南飞
在所有铁路线里我不爱别的,独独只爱这一条

我一点一点地往南,用翅膀书写所见所闻
祖国正弥漫着粮食的香味
我在一个叫蚌埠的陌生地方稍做停留
为了使心变得安宁,以迎接下面的激动
再往南,很快就看到长江了
这版图上最长的诗句,从青藏一直写到了江南
在所有河流里我不憧憬别的,只憧憬它

我俯瞰地形,在江上找寻江心洲
看到暮色中的水杉林和清贫的屋顶
在所有岛屿中,我只认得它
最后我又找到你这棵大树,缓缓地栖落在枝丫上
在一望无边的树林里,我只挑你这一棵
你的身体是我所见过的最好的居所
没有屋顶没有墙壁
却永远充满新婚的气息

屋顶上的南瓜

哦,那些面色红润的磨盘状的南瓜
已经爬上屋顶,压住了江心洲潮润的灰瓦
藤蔓像绳索,攀援过屋檐去,在风里开一朵皱皱的花
宽大的叶子过了七月开始变黄,有了一丝哀伤
景泰蓝的果实骄傲地照亮半空
而根还远远地埋在墙根儿,在西窗下

一个个南瓜就这样站在屋顶上放哨
朝不远处的江面瞭望
让人担心它们会不会把房子压塌
它们接受着太阳的祝福
在灰色脊瓦上摆出一盘盘随心所欲的棋局
向着晴朗的天空吐露内心的好意
从见到它们的那刻起,我就开始想念家乡的土话

如同领养孩子,我想抱起它们中最圆最胖的一只
和你一道在暮色中回家
上面最好是沾着一点露水,一点点亲爱的泥巴

我一个人生活

我一个人生活
上顿白菜炒豆腐,下顿豆腐炒白菜
外加一小碗米饭。
这些东西的能量全都用来
打长途,跑火车,和你吵架,与你相爱
我吃着泰山下的粮食,黄河边的菜
心思却在秦岭淮河以南。
我的消化系统竟这样辽阔
差不多纵横半个祖国
胃是丘陵隆起,肠道是江河蜿蜒。
我就这样一个人生活着
眼睛闪亮,头发凌乱
一根电话线和一条铁路线做了动脉血管。
我就这样孜孜不倦地生活着
爱北方也爱南方,还爱我的破衣烂衫
一年到头,从早到晚。

致朋友书

老 皮

水做的年
—— 给马兆印、聂书专、邱天、邓祖光

火焰在血管里行走
横空出世的喜悦更适宜于想象
高高举起龙海的肝胆
我脱口而出:水做的年

夜空中河流闪亮　一个动词
裹紧了另一个湿漉漉的名词和它的暗香
此刻,我的幸福是麦芽的幸福
开始是苦涩　接着是甘甜

仿佛我姓氏里的洪
策马扬鞭扇动着八瓣桃花返回春天
而我所消解的　正是我所暗恋的
试一试风速　才发觉一切是多么的短暂
这是 2006 年　我高昂起自己的头颅
我的目光越过了许多日常的碎片

蔚 蓝
—— 给朱静

离我远一些的海浪如同梦呓
琴声悠扬的时刻　我取消了
瞭望　更远处是比蓝更深的蓝
再退后几步是三角梅最柔软的梦乡
六月前倾　黑白相间的细节
让我沙哑的歌声更加遥远
仿佛绵绵细雨对应了内心的渴望
但你不是一个守着相思树就可以流泪的人
身穿印花蓝布的女子　暗香浮动
在私奔的无眠中想象白鹭亮翅的模样
而如今我已无力挥霍激越的爱
把最后的手势省略
就像另一种手势　一点一点地
从音乐深处　渗透出无限的蔚蓝

选自《厦门文学》2007 年 3 月号

高处的秘密

浪行天下

娜雅：废弃后的高贵

鼓浪屿，就像一颗小小的石子
投进她的胸中。那些浪花唱出的，是
一只只慌乱中展翅的白鹭
而涛声尚未真正到来。我在一架旧筝上
调校着内心的琴弦。这平躺着的波浪
总有一天，它们会借助音阶
站得很直，很高大，也很威武

鼓浪屿，就像一颗小小的石子
而她，是脆弱的杯子。储满昨天的痛
在大海平静的桌面上
静物般，展示着忧伤的身段
当浪花的舌头，翻开新的季节

鼓浪屿，这小小的石子，滴血般坠落
她，清晰的破碎声，触耳可闻

高处的秘密

石塔七层，四面漏风，鲜有人至
我们自由蜷曲，接吻，说着大胆的情话
西南方向，那些寒冷中瑟瑟发抖的植物
搂着她们的北风，一定很用力！
瞥见惠女水库上，泊了一艘破旧的木船
我连忙将你的目光，拽往别处
我用宽阔的脊背挡住日照，不让阳光
看见幸福，也不让它偷走，我们高处的秘密

选自《厦门文学》2007 年 3 月号

沉 香

冰 儿

你若再进一步，我将无法保持自我
但你停留原地
雨水仍停留在树叶上

笔却管不住自己。它在纸上不舍昼夜地奔走
是为了让怀疑得到确立。
我并非矜持之人，笔对纸的态度也是我对你的态度：
"爱不是梦游，不是一瞬间的事。
爱是恒久忍耐，是两个在人间
互相寻找的伤口对称愈合。"

我的袖里灌满风沙
手里抓满孤独，而你一无所知。
你用一块旧橡皮，将我的夜擦得千疮百孔
残缺之美，灵肉分离之妙
深入浅出的过程，我一个人独享：
灵魂有取之不竭的暗香，肉体有用之不尽的悲怆
此生何求？夜非完整
我却兼得植物之情和动物之欲。

冰凌持续滴漏，意味着消瘦将取代丰满。
除了你，无人能让水在夜里自动流向低处。
无人熟谙闪电的速度，对尖锐有软硬兼施的决心。
无人能让我以血管代替十指弹奏。
无人具备让心灵死而复生的能力。

我是个不抽烟但一生都在
几何学里兜圈子找出口的人。
左三圈，右三圈，进退两难
最后只能在墓志铭上这样写：

"英雄壮志未酬，佳人芳心已灭。"
亡国奴
我的灵魂总爱与身体唱反调
它们一个被天使认养，一个被魔鬼认养
被天使领养的喜欢飞翔，
被魔鬼领养的喜欢沉湎
而动物性的我更喜欢前一种姿态
因此可以与擦肩而过的风比比谁更轻，
与风中的云比比谁更柔软
与云中的露水比比谁更饱满和润泽

整整三十年保持这个姿势
却不知能否生活在高处
就像我不知笔在纸上来来回回行走
能否永不生锈
被这些燃烧的熔浆泼溅非我所愿
我仅想认识自己残缺的部分
灵魂完整，肉体残缺
一个天上，一个人间
正好省却跋山涉水直接于词语里相爱

但今天我打算抛弃最后一丝尊严
用尽所有快感来模拟一次飞翔
在这满月之夜，涉足桃花流水深处
让肉体呼啸着与灵魂相遇
让火从纸里窜出，让桃花纷纷坠落
让裙裾下的江山彻底失守
今天，我也要尝尝当亡国奴的滋味

选自《厦门文学》2007 年 11 月，诗歌专号

左手枯萎,右手绽放

吴银兰

凡 心

今日大风,有湿度。
我写我的肋骨,
写我的左中指和右食指
我纯粹,不想四肢行动。
一伸弯,疼就多出一寸。
风花开的这个午后,我仅
凡心一动,便滑出母亲的子宫。

旭 飞

我住在深冬还有充足阳光的鹭岛,
旭飞在暗处。
他应该在寒冷的北方,
或是哪个温暖的小镇。
我们各自想象,各自冷漠而热切地相爱。

我应该种一株仙人掌,
少水,有空气,便会自由成长。
旭飞,它多像你虚无的脸,
坚强,寂寞,固有一脸满刺的温柔。

兰,我叫兰,南方女子,80 年代生。
固执,决裂,貌似美好,记忆短少。
停不下来的女子。
偏爱白色,时冷时暖。
这是爱你的女子,你爱的女子。

将来,我们要一起走很远的路,不背行囊。
我们淡定微笑,宠辱不惊。

死亡之诗

苍白不是我要的结果,
我骄傲,任性,不可理喻。
左手枯萎,右手绽放。

在冬天飘雪的荒野中
想念炉火、毛衣和拖鞋
在万花园中刺杀幸福。

药片过后,不是安静地存活,
就是像烟花一样漂亮地死去。让我
在这荒凉而又繁盛的尘世间,
似曾来过,却又好像从来没有出现过。

无银兰

长发、睡裙和凉拖,
咖啡有些冷,台灯有点旧。
银兰读红楼,红楼女薄命
黛玉葬花,坟墓留给我
在我躺下去之后,人世间的
银兰,其实她从不曾出现过。

请允许

允许我看一部小说,从结局看到开头
允许我把酒观月,越饮越清醒,
甚至允许我错入你满是带水的眼眸中
允许我即使明知会淹死,都义无反顾。

选自《厦门文学》2007 年 11 月,诗歌专号

皮肤上的信仰

黄 橙

皮肤上的信仰

橘红色的风吹过时
我没有看见翅膀
时光宛若一串串风铃
在窗前絮叨着

如果皮肤上的字
能成为别人的课本
我希望
心灵上的字
能成为你一生的温暖
将你变成神

晨昏轮换得这么迅疾
有千只手
也抓不住美好时光

阴晴转换得这么频繁
有千只眼
又怎能将你看够

所以我选择了宗教
将你变成神
放在心头

谁为一朵花的盛开耐心等待

花瓣上的雨珠
静静地与你对视

你远去时
它才滴下来
像克制不住的伤感

盛开的清香
已氤氲了整个院落

这个世界的苍老
是因为
不再有人
为一朵花的盛开耐心等待

选自《厦门文学》2007年11月,诗歌专号

荒诞海

威　格

潮　汐

把脸皮揉成一团
丢进马桶
哗的一声
冲走
用了四秒钟

隔壁房间
面膜躺在昨夜的谎言上
等待美化的效果
还要四十分钟

这种时差　形成潮汐

渡　轮

渡轮上
一条黑内裤
回头看了我几眼
其间
用纯白发了几条信息

舷窗外
锦绣花园一闪而过
靠岸之前
舵盘摇摇晃晃地想

浪花为什么要如此堕落

当萨特站在海边

如果鱼类全部死亡
你　还会叫什么海
我是说你存在的由来

如果潮汛还在涨落
你　还能负什么责
我是说你自由的选择

如果人类迁居海底
你　还将蔚什么蓝
我是说你本质的色彩

如果你觉得这些问题荒诞
那么你已经选择了一个答案
我是说被动是主动的景观

有时　自由的高度
需要搬些垫脚的砖瓦
就像签了契约的波伏娃

所以　我用病眼　看着海面

选自《厦门文学》2007 年 11 月，诗歌专号

麻雀掠过我的头顶

岸　子

麻雀掠过我的头顶

一群麻雀掠过屋顶
我说不出它们飞行的方向
它们不知道
人类的灰色地带
也从来不去读
它们爱恋天空和没有律文的白云
它们让我或更多人看懂
实在和虚无的东西
它们用尖尖的嘴搬运五谷
说着鸟话
穿行在春天
我想，人类在母体中
早已卸下翅膀
用脚走路，为了爱上这土地
它们俯视我们像蚂蚁爬行
它们不停顿，不比划
掠过我们的头顶
就像我一直要说

说不出一串又一串的省略号……

地　瓜

我在城市里吃到的地瓜
早没有家乡的味道
我的思绪是地瓜上无头绪的藤纠缠着
究竟是什么纠缠着我们生活呢
这大地结出的瓜果
让我想起母亲怀里的甘甜
那一季的地瓜比母亲的乳房大
大的要命，可是
母亲的骨头一次比一次轻
钙也渐渐像水土流失
甚至佝偻着身子，像风中枯黄的草
你没看过她
那双手堆满着皱纹
那深陷的皱纹里
长满了就是那样的草

选自《厦门文学》2007 年 11 月，诗歌专号

梦想的河流

舒　城

谈到诗歌，就想起河流
想起河流之上的天空
大地生长万物，同样生长爱情
这些繁衍生命的元素
和春天的名字靠得很近

正午的阳光正好
在有波浪的水面泛起金币
大河奔流，水天一色，河边青青草
光明的景色，美得让人超出想象
所有感动生命的意象
芦花一般纷纷扬扬
飘落在你的歌里梦里

而我的心若止水，我的视野辽阔
候鸟从远方飞来
落下一支忧伤的羽毛
生命不能承受之重
大地——承受

我的眼里含满泪水。此刻
静静的河流，正从我的心上缓缓流过

我的梦想高于天空
镀金的翅膀美轮美奂
天空行云流水，爱情漂泊不定
物我两忘的梦境无边无际
大河大河，天空和你真诚相遇
一朵浮云，就决定了我的命运

我的梦想深入河底
快乐像一只吉祥的小鱼
花开花谢与我无关
五月，我只关心河流的走向
诗歌的分行
在有端午节的地方
大河大河，我和春天汇合

选自《厦门文学》2007 年 11 月，诗歌专号

在祖国各地，在厦门

叶　来

都是祖国各地的人民

你们人民提前热衷于短打一身，
脸上涂满了油漆。
晚十一点多钟，我看了一眼马路对面的一群女人，
小腰肥臀暴胸。
他妈的，差点和身边的车子撞在一块。
之前给诗人陈小三发一短信：月亮与星星共存，
我和工地同在。
好大的月亮大于两京一十三省。
两京一十三省的月亮
照着短打一身的女人
和一位晚间劳作的布衣。
其实，都是祖国各地的人民，
爱劳动，爱祖国各地的夜晚，
爱祖国各地的人民和币。

县后上空一枚温润饱满的大月亮

我认真地数一下对面的别墅，大抵七八幢之多
再细细算了一笔账
每幢楼盘约五六百万之巨
好啊。我内心美好了一下：
我何时拥有一幢这样有天有地的屋子。

欢乐吧。人民以及我
热衷于揣测。

这些建筑的上空有一枚又大又圆的月亮
温润，像极了我熟睡妻子的身子
光辉的余温，饱满得让我热泪盈眶。

又使我看到工地饱蘸着它的清辉，
及许多人泥巴的脸
更使我备感焦急
唉，月亮可以再大些，大过数省人民的赞美

而我却心中惭愧
如此疏朗的夜空，今晚我贬低了你。

是的，正如你白日的消失
老妇人挂着沙袋的乳房出现在工地旁
她不再有温润的脸庞
有着初夏的忧郁，像极了薄暮下的流水
在挖掘机的吊臂下移动
这一刻和四周的零乱，让我无言。

好吧，这一刻，让我回到今晚的月圆
花好，像往事一样浮在洁净温润的初夏。
由此，我向月亮致敬，
我将百感交集地说：这里逝去的一天都静止吧。

啊，我邋遢的母亲

我一定要关心一下这位妇女，
因此我足足盯着她十多分钟。

挖掘机的臂擎
在她的身边移动。那致命的晃动
她需要躲着它，
只为拾那些废弃的水泥袋，
它们在地下埋了不少时日了。

烈日啊，
工地旁的乱景就像她一头乱发，
微弱的风一吹，送入我的体内。
像针，这夏日的寒霜啊
凉得我打了个寒噤。

啊，我邋遢的母亲，国度里众多的人民，
透明得如我眼中饱含的泪珠。

桃花途经我的前额

陈 功

玻璃内部

正午,外面耀眼的光如同桃花
散发昏眩的美
事实就这样的简单
我感到自己接近玻璃上的尘埃
而玻璃很容易看穿我
哐当一声,玻璃开始流血了

我来到这里玻璃并不知道
玻璃内部或许有另一条道路
我耳朵里住着一万只蜜蜂
我害怕影响它们甜美地生活着
而我更像是那只没腮的鱼
居留在许多假设的波纹里
正午,通常围观的猫不会太多
一朵朵桃花途经我的前额
我对自己说我们回去吧

乌石埔

在厦门最低廉的出租房
聚居着两三千画师
他们调制一些渗出异味的颜料
涂鸦声名,并把家养在
一张张薄纸上
我也住在乌石埔
可我没有飘逸的长发
不懂得把画卷背在肩上
不懂得在众目睽睽中架起风度
更不懂得装裱生活
但是,我能写一两首小诗
像昏黄的灯盏
舔出乌石埔夜色的芬芳

选自《厦门文学》2007 年 11 月,诗歌专号

感念那些不说话的人民

黄白水

锄禾日当午

只有我的兄弟还在坚持
当农村即将成为虚构的城市　田地被厂房和高楼
　　霸占
当庄稼即将被与我们遥不相关的产品替代
我的兄弟把农具搬进家中
在余生不知着落的床上
反复温习种田的姿势
好像担心遗忘　某种祖传的技能

每天把锄头擦亮　正在成为一种消磨生命的方式
那些汗流浃背的正午
逐日远去　还有那些成为习惯的劳作与汗水
正在变成惶恐和噩梦

我相信禾苗已经不再
一如我们曾经如此崇拜的绿色了
他们汹涌的离弃
顺手摧毁着生命的根基！

汗滴禾下土

再没有人被称之为农民
当我们已被迫与祖先失去联系

除了坟墓
那些曾经生长在土地上的记忆
他们已经缩小　成为一种狭窄盒子里的杂物
二十年后我回到故乡
在祖父母的墓前欢呼

天可怜见　他们至少仰躺着一片土地
默默与苍穹私语

更多的亲人被束之高阁
他们如此珍爱土地
却被无情地戏弄与没收
没有人再珍惜我们曾经流下的汗
土地没有了　一个人没有根了
难道我们不是一无所有吗？

谁知盘中餐　粒粒皆辛苦

没有一个盘中
盛装的不是父老逐渐老去的岁月
你所看到的食物
曾经是一个时代的辛勤　是一个老人日渐逝去的
　　背影
我们早已习惯挑食
仿佛我们已经不再在乎背叛
那些祖先在田间刨锄的美德
从前只是一种偶然

我会感念那些不说话的人民
它们用沉默表达悲情
似乎坦然　却无法用金钱计算它们的真诚
它们躺在餐桌上
成为龙虾　鱼　蔬菜　成为某种有营养的食物
它们被我们所挑食
慢慢被遗忘直至慢慢被我们抛弃！

选自《厦门文学》2007 年 11 月,诗歌专号

我去过冬天

张小云

我去过冬天
看见母亲
在那里洗澡

麻雀在母亲的发上踱步

太阳正红红地在湖的尽头摇摆
上下都有一个太阳

我记不起是黄昏还是早晨
但我相信

游到湖底
很快就到西半球

母亲站在湖里
一半早晨一半黄昏

母亲在洗澡
麻雀在她的发上来回走着

选自《厦门文学》2007年11月,诗歌专号

若干年之后

张漫青

路 遇

多年前
我们在他的鬓发边偷偷遇见
父辈们珍藏的星火
当年的那些小路已漫过了 2002 年的腰围

暴风雨来临的夜晚
像是这个城市
裸露在这些灯光下的行道树那样
我们默读对方,想在对方的嘴角里获悉
微笑和自杀的征兆

让我们举起明烛来
让我们举起序曲来
让我们举起那个夜晚

趁着还有些年轻的时候
彼此用力拔出,对方那些眼神里
借以藏身的白发
然后在他人的影子里一声不吭
直到若干年之后
偷偷断气

乱

寂寞是一种自由
即使空气在你手中断裂
即使你酒杯里的月光
起伏不定

我举着灯盏
风叫了
我骑着灵魂的剪影
贴墙,连夜奔走
为什么要驻守黑夜

黑夜已被飞蛾点亮

我想投进你的湖泊
让所有沉沦的
在今夜弯曲地醒来

阴 影

夏夜,小巷悠长
雨水就在屋外
而你有比屋外更深的阴影
然后你露出额上的光芒
这日子,草长莺飞
而我一如从前,秋毫无犯
秋毫无犯啊
然后是发丝轻垂
雨水在屋外
而我有比屋外更深的阴影
有更深的
窝藏身体罪

病 中

天空圆润
白刀子安静
一个人的身子从广场绕过

妈妈
我是一个湿漉漉的被套
妈妈,你指给我看
画里的人披着长发,沉默不语
画里的人被暮色吞噬

妈妈
全世界都不疼了

选自《厦门文学》2007 年 11 月,诗歌专号

站台的歌声

米 晨

站台的歌声

为了你的到来
我坐了很远的火车
这黄昏无人的站台

为我唱一支歌吧
为这个苍老又贫穷的女人
唱一支歌吧
让我相信，这世界上还有歌声
属于我

门 牌

他决定给我一个空位置
在石碑上刻下我的门牌
这顽固的幸福
是他自私的句号

多年来我拽着一堆错误的地址
迎来一个个不是他的陌生人

静 物

我开始想念她性感的耳垂和
黑色的吻
我喜欢她的脖子以及另一个侧身
我从不让你感到孤单，为了你
我给她黑纱巾，给她
一条阴暗的小巷

或者惨烈的呻吟

我不介意光，并不在乎
因此成为岩石

可我在一个黄昏难过起来
在我的画布上，
我搁置过一根颤抖的手指
一条鱼
它有着花朵一般鲜艳的眼睛

病 房

越过门廊，白花熄灭
走道的尽头，站着红衣人

我燃起暗淡下去的灯火
上前亲吻他冰冷的额头
给他甜蜜的黑眼圈
和另一个女人温存的手

这就够了！

我成为你怀里的烈火
而藏起来的木板
门与门正互为灾难

选自《厦门文学》2007 年 11 月，诗歌专号

在我熟悉的城市

白 珀

征婚启事

最初的泪滴
在最初的感动里风干
留下纯白的盐
看见盐我想起你的肤色
想你的单纯
盐使后来平淡的日子
有滋有味
使我像一条腌干的老鱼
倒挂在屋檐下
终生眺望水的来路

如果涌过来是海水
请从我看不见的方向
绕道而行
如果淌过来的是河水
请从每一叶鳞片开始
进入我苦难的深部

在我熟悉的城市

在我熟悉的城市,从早到晚
蚂蚁成群
如果遇见它们
我一定会冒充神仙
在它们必经之路
我撒下碎屑
以此见证自己的善行
我一定要等到一只蚂蚁
顺着裤管往上爬
就像朝圣者在攀越崇山峻岭
它一定认为上面就是天堂
它一定和我一样从没去过天堂
它必定与我同样认为
只要不断保持这种苦难的姿势
就能印证未来无量的光明

选自《厦门文学》2007 年 11 月,诗歌专号

风 中

庄永庆

一面湖水

一面湖水，镶嵌在大地的伤口上
宝石一样的泪珠
在明灭的光芒中隐隐作痛

一面湖水，固守着自己
内心的疼痛和念想
固守着澄净、寥落以及
时时变幻的风景。默默
收留天空和落叶，收藏
被季节冻伤的种子

一面湖水，怀抱碧玉
蛰伏在秋天的深处，就像
诗歌——被俗世遗弃的事物
蜷缩于时间的谷底
在尘嚣之外独自明亮

风 中

刮风了，越来越猛的气息
一些东西正在聚集，另一些
东西正在散去。风中
遥远的沙砾迎面扑来

褪色的阳光坠向远方

这宏大的吹动经久不息
吹拂万物亦颠覆万物

风中，人们忙着寻找回家的路
庄稼弯下腰身寻找掉落的果实
寻找从前深埋的种子

城市模糊，乡村隐匿
无形之手掀起大地的衣衫
一些隐秘的事物在风中
——呈现

这或许是个缓慢的过程
在风中，生命中磨损的部分
在某个瞬间展开
而后又悄悄合上

风中，行走他乡的人
体内传来木头断裂的声音

选自《厦门文学》2007年11月，诗歌专号

因为缘分

老 茂

远去的粽香

小时候,小小的米团
被母亲的巧手拿捏
捏出童年香喷喷的口水
而今那口水,只在梦中出现了
再也不用去摘竹叶
不用在锅边不停地问母亲
粽子熟了吗
今天,雨不停地,滴落
在屋檐下伸出手去
手指依然是凉丝丝的
今天,粽子熟了
只是棕叶的清香,在哪呢
糯米的香味,在哪呢
只听见这五月的雨

依然如童年时节的滴答

旧书店

旧书店,在陌巷一角
店面小,满墙满地破旧书籍,拥挤不堪
看店的是位老者,或温顺姑娘
看书人则是三个,或两个
看店的和看书的,都静悄悄
我最喜爱那静悄悄
那静悄悄里有爱情和溪水,有牛羊和云彩
我常生怕惊动那静悄悄
生怕那静悄悄
忽然像镜子破碎了去

选自《厦门文学》2007 年 11 月,诗歌专号

多雨的日子

夏 敏

短信里的爱情

短信里的爱情　短
短信里的爱情　用拇指
一下一下地按

短信里的爱情
不用通话键
爱情还是随之攀缘

短信里的爱情
很便利也很麻烦
几个字就能激起波澜
几个字就能将它中断

短信里的爱情短啊
无法用心丈量

多雨的日子

火红的雨伞穿过街路
像一只红狐踩着带菌的脚步
为人们布下目光的陷阱
皱纹密集的苍穹
甩下来细密的雨线

垂钓大地散发暗香的蕊

又一个季节拉开了帷幕
生命开始了新的逃逸
你这城市最后的守望者
用忧郁的眼神
还是看不穿蒙尘的窗棂

立交桥　距离最古典的交媾
并不遥远
呻吟来自满街情爱的疮痍
金钱的寒流
凝固并雄立为
直插苍穹的建筑
城市　人类最宏伟的陵墓
拥抱着智慧再一次死去

雨丝溅起一路的暗香
完成唯一的送终仪式
估计不用多少年
你们的国都
真正的诗人彻底逃亡

选自《厦门文学》2007 年 11 月，诗歌专号

2007,春夏之交记事

华晓春

在春天里生病

像蜜蜂把刺遗留在蕊中
在遒劲的枝上蹭破点皮
有光合作用溅出

我却没有那样的力量
以偏头痛咳嗽和牙疼的症状
要了些五颜六色的药丸
服下一种色泽
轻了一斤身体
眩晕和胃疼成了饕餮春天
最明显的副作用

我因此一次次上了柳梢
或者那人的面
有着很好的脾气
和絮叨
我看见草地的姿势和我一样
平躺着
我们轮番将花呵翅膀呵赶出身体
看谁飞得更高

只是渐渐迷离

不知是谁生了病
谁探了谁的病
自己想掏出的愈来愈多
要治愈
需用温水服下:
一声雷
两次惊心
三片鹤影

重 量

在外几日
女儿打来电话
我问:闺女,想爸了吗?
闺女说:想爸爸
我问:怎么想?
闺女答:
我把爸爸的照片全部找出来
好多照片都有爸爸
我把它们都放在袋子里
好重哦
我搬都搬不动

选自《厦门文学》2007 年 11 月,诗歌专号

热爱冬日吧

陈彦舟

凄 清

雨夜。摸黑的小道
左拐。进入一间充满凄清的灯光的工场
男主人手握小电钻,或者钉枪喷枪
像个敌后工作者
瘦小的倒影。紧紧拽住他

热爱冬日吧

树差不多掉光了叶
荒芜小道微微晃动
可以感觉到一小片云
施施然,
施施然翻阅着

如果四十岁前读懂
那是天才
五十岁前,颇有天赋
六十岁前,还好,也不赖
一辈子不懂
像个白痴,幸福极了

踢跶踢,踢跶踢
这条两头翘的三明路
清冷,三五片卷曲的倦容
不黄也不红
易碎

选自《厦门文学》2007 年 11 月,诗歌专号

在闽中

沈 河

越来越远的河流

不想闭上眼睛被黑布蒙上,被劫持到陌生的地域
各种尖锐的声音
在堆积,把我覆盖
远处,有序、响亮的水声
仍然蔓延岸边我空出来的位置

越来越远的河流

横后垄

出生地:横后垄
我深入进去,发现荒凉
虽然地基上的蔬菜是绿的
曾在上面跌倒的鹅卵石已覆盖一层泥土

一间矮房子站在原处
我找到寒风
找到儿孙满堂却独人居住的金兰婆
就要失去白天
她仍有力气,拨开油灯的芯

让光强大,一些光藏在房里
一些光洒在我的出生地:横后垄

在闽中,我听友说虎啸

虎啸比友人更早离开
虎啸似沙,掉进十万亩大山
友人似沙,掉进世间,几十次落下
几十次扬起

似沙的友人落在闽中
在烛光的深处,酒意四起
酒令声声,取之20年的酝酿
虎啸,似沙,擦拭我的身体
我卷地而起,似乎华南虎的
斑驳的身影、粪便和蹄印
从大森林浮现
酒醒之后,烛光熄灭,日光移到天上
友人似沙,虎啸似沙
又从眼前消失

选自《厦门文学》2008 年 1 月号

枕在潮上

哈 雷

其实今夜我很忧伤
远方的你穿过了高原,冷雨打在铁轨上
电波时续时断。我开始憎恨时间,憎恨距离
憎恨我原以为可以给我自由的空间

现在我开始吸烟
岛上风很紧,手中的火点了又灭,灭了又点
思绪就这样明明暗暗地
好像遗漏了哪些的叮咛,心总不能
放下。你知道独自远行的风景在哪儿吗?
在我牵挂的那头

我这里月儿圆了半边
心形的沙滩布满了情侣清晰的脚迹
这时为什么你不来,为什么在蜜月里和我分别
为什么让我独自枕在潮上,让我
把梦寄在相思林中
让海风吹送。那朵无力的云
能否飘到你的床沿,亲吻你
此时的睡眠

选自《厦门文学》2008 年 1 月号

聂小青

颜 非

1. 聂小青一定和青色有关

聂小青,我不知道她是谁
但她总缠住我,在我的思维里进出
我想定是我的记忆出现了遗漏
聂小青,她或许是唐传奇、聊斋里的
女人,或是古代的侠女、戏子
小姐、丫鬟、风尘女子
还是我曾遇见但未熟识的谁?
这事一直困扰着我,我向许多人问及
却无人知晓。可以肯定的是
她和我有着什么瓜葛,一定和青色有关
是我遇见过的一尾青蛇吗
我像失忆症患者突然记起什么
她却一闪而过躲进一首诗里
我伸手拽住的仅是
一件薄如蝉翼的绿衣

2. 绿衣聂小青

聂小青绿衣、长发、细腰。花树下
一匹良驹喷着响鼻,刨着泥土
鬃尾一甩一甩的。杏花落满她的双肩
她在江南太平乡,我在大雪翻飞的乌旗镇
酒幡被雪压弯,误了行期。她在等我
那时还没有手机或伊妹儿这玩意
千里外一纸信笺要跑累几匹马
掉落多少雁翎。那时还无杜牧柳永晏几道
我已有诗词在青楼里传唱,可她寄来
"柳衣娉婷露华凝,荷锄葬花沉香亭"
让我惊为是我兄弟雪芹笔下的黛玉
又"残枝哭归鸿,洁芷嫁幽冥。
颦儿休断肠,料得荒冢上,明年草又青"
仿佛苏小小。我羞愧得不再写诗
如果见不到聂小青。她典当焦尾琴,蛇形玉簪
来信"青骢马,西泠松柏下"

那场大雪后,我策马赶往西泠,不见聂小青
有个女子在氤氲水面缓缓消失——
多年后,来这里的游人经常会遇见
一个喃喃自语的疯子,他四处询问聂小青的下落
问哪里又是太平乡。其实那人就是我

3. 青 蛇

她斜倚,浅笑。一缕发丝垂下
身子像蛇一样逶迤,她说,看见一件青衣了吗
我收伞,提着草药走过断桥,天空变绿
跟我说话吗?她游过来牵住我的衣襟
恍如前世我曾牵过她的小手,我一阵晕眩
她吐气如兰,让我感到她曾在山谷
或是在水洞里和草药在一起待过
她喃喃道,梨花伤心落,镜里颜非昨
莫以为你现在变成颜非我就不认得
青衣还在你那里哪。我心里一惊
伞落入水里飘着,绽若莲花
我逃进肆井里的酒栈,小二端酒、上菜
许是饿了出现的幻觉吧。我在人声中
静下来,填饱自己。雨又开始下了
我藏好草药,跟跄着走进雨里
断桥、残柳、青板石都湿了。窸窣的
声音在后面像蛇一样跟着,她湿漉漉地
撑着那把伞移过来,说,别淋坏身子
我落荒而逃,逃进旧宅院,闩上门
井边竟搁着一条长长的蛇蜕……
等我醒来时,一个女子站在床前
端着青瓷碗幽幽地说,把这药汤喝了吧

4. 刺 客

江南客栈,她喝下大碗酒,丢下碎银
腰间的短刀嗜过 7 个头颅的血
留下 7 朵梅花。她的马在城墙外
嘶叫。她将系着青色蝴蝶结的长辫子

甩向身后。雨、梨花，一路飘落
此去塞北要经过多少河流山脉
马蹄换了又换。聂小青，我在公元 2005 年
第 16 天的下午叫住她，她下马
和我到河里洗脸，翻晒衣服
暮色突然四降。她在长满青苔的木屋里
和衣小憩，月色翻过女墙
我带上的三个酒囊空了，一只老鼠舔着
干稻秸上的酒滴。远处传来几声狗吠
我抽出短刀，短刀上有 99 朵梅花
她说只有 7 朵，你别再耽误我的行程
短刀渴了，我还要去找血喂它
聂小青趁着月色挽缰上马
辫子比短命的王朝还长，马蹄嗒嗒
黑暗中扬起尘土，我看不见聂小青了
她还在赶往几个朝代

5. 小青的痛楚

小青。姊姊和母亲多像熄灭的烛
被一缕烟带走。连怕冷的影子也没留下
父亲在黑暗的房间喝酒，你看着他
多像头素食的动物，眼里一片枯黄的草原
小青你又要离开他了，他连话也没有
一个家就这样，人各在异乡栖息或者劳作
你说在这世上每个灵魂都是孤冷的
在这冬天，你又爱上一个不能给你幸福的人
一场大雪落在肩上，小青
你的长发像树叶一样掉了好多

6. 远　古

远古。聂小青，那时她还没姓聂
我和子民们围猎时发现了她
她身后的针叶木刺穿了乱岗石上的云朵
一只巨大的绿蜥蜴在玄武岩上
吐着舌头。她是这里最年轻的巫女
一尾青蛇在手臂上游动，腰间
系着兽皮，两片绿叶遮住高耸的胸脯
结满黍谷的长发垂地，我想
她会给我的子民带来食粮。她遇见我
像是要来征服一个王国，我的座骑独角犀牛
发出幽远的嘶叫，一群猎物四处逃窜

我下来牵起她的小手，她的腰好细
我扛着她飞跑，她在我肩上挣扎
子民们用青铜器皿敲响原始部落里
第一支颂歌。一片片黍谷倒下
她躺在怀里，我喜欢咬她戴着鱼骨头的耳垂
我封她姓聂，说，你现在是
这片国土上的后了。她说，年轻的王
天空在慢慢地变红，黍谷也红了
子民们安居乐业，而我要用这份爱情
来治理我们的国家

7. 小裁缝

裁缝店，月色抖瑟着爬进木格窗
青衣巷显得落寞，打更的人回去煨酒了
再没有人打这里经过，我在店里
对着一匹苏州绸缎想象着女人的躯体
就像老铁匠想用毕生精力打出一把
削铁如泥的刀一样，我只想做一件世上
绝无仅有的旗袍，穿在她的身上
她应该有细腰、修长的腿、挺拔的乳房
"小裁缝"，她叫声像针尖般细
怕我受到惊吓似的，"给我做件旗袍好吗"
怎么进到我的店里来了，门是虚掩着吗
她莞尔一笑，蛇形玉簪在发髻上闪着幽光
绿衣垂地。这镇上，从未见过她，我寻思着
而她脱下绿衣，她冰冷的手牵着我
触摸比绸缎还细滑的肌肤，我多想是只
啃雪的羊。我默记尺寸。"明天把旗袍
拿到西泠街聂记铁铺的小青吧"

她系好绿衣，眼里一丝绝望，在柜上
搁下几个银元。然后在月色下消失
第二天清晨，我拿着旗袍到聂记铁铺
老铁匠涕泪交流地说，小青十年前就不在
这世上了，但她确实想要件旗袍的

8. 女　鬼

心脏在她手里跳着，滴下几滴稠血
她又把心脏按回我的胸腔
说，还没变黑。她垂下头发
伸长舌尖舔了舔血迹

她弥漫着青草味,蛇腰好细
我把她抱到坟墓上,妹子
磷火提着灯笼飘过来了
那是人生前骨头里的灯盏
而你的骨头尽是些雨水,怪不得
那么怕冷。妹子抱紧我吧
我们到树上去,那里有雀儿搭的窝
妹子,我们死掉好久了吧
她咯咯笑着,夜行人跑得飞快
露水初降,湿了她的柳衣
她透体通明,乳房上落满月色
她撕开我的青裳,上辈子
欠你的,赶快拿去吧,死鬼

9. 花　妖

乌旗镇,雪花落在湖面上消失

我的青骢马躲在马厩里睡去
她轻蹑地从一株绿芍药的花瓣中
走出,房间顿时弥漫着一缕
介于花香和药之间的气息
她是我就着红泥小火炉煨酒
相伴的花妖。绿莹莹的身子移过来
丢掉我的一卷线装书,咯咯笑着
我喜欢上她的细腰,一嘴细牙
绿色的手撕开我的衣裳,看着我冷
我也一叶一叶地剥开她的花瓣
直至看见她绿莹莹的花蕊
看着她冷,然后战栗着抱紧我

选自《厦门文学》2008 年 2 月号

倾听 24 节

子梵梅

1

为听，要在耳朵里养天鹅。
其实不必。
为听，今世可以无视咒语。

2

怎样留住隔夜的箫声？
那黑郁金香？那狐假虎威？那金黄的耳垂？
原谅全部的消弭吧。自然的法则摧枯拉朽
来不及的
来得及。

3

我们擅长打赌，实无输赢之心
比画着手，虎豹对峙
虎豹相欺，相忘于山林

4

不要紧张日出东窗
在异地，我们也可以好好回家

5

不消说，你不在。
你在听筒里，齿缝里，肚肠里，良知里，制约里。
梭罗里。九湖里。桃子里。魂魄里。日暮里。
里。

6

他听。整个世界只有他的两只耳朵。

7

你遭遇了什么？虎狼之心？妇人之仁？老来纯？
或者后山的一只瓮？厨房的一把葱？阳台上一条
孤零零的三角裤？

不要轻易取笑他人,落下现代人的毛病
不要点着檀香打麻将
虽然你阻止不了坦克
阻止不了槭树在夜间发红
起码你得阻止你向自己屈服

8

身怀绝技的人不需要策马扬鞭
他没有鞭子,绝不使用风声

9

安静,使我们无声地急驰,又在原地相爱。

10

雏菊的影子欢畅
我的倾听者,他在睡去
眉毛和胡子沉静
你听,海洋骑在机翼上
你听。让我爱你
那拥有的。那将要失去的

11

在闪电的缝隙,贴身拥抱后只求速朽
这样才不会遭致突然出现的月光的嘲弄
听见细微的声音了吗？它正在取得胜利
后来得知,这胜利在十步之内
是你体内弄出来的声响

12

"没有我倾听谁倾听"
"没有我诉说谁诉说"

13

有摧有折。有毁有灭
有枯有荣

有不听有听
有听有静静地等
荣耀地生

14

能有什么风光，能够把你从身体里拔出来
转向对它的欣赏？
他者是他者的雕栏
我们才是我们的故国

15

从荒凉中浮起来
从礁石的背后浮起来
捕鱼人还未出海
晨曦还在睡觉
礁石有它的香火和子嗣
海水有它的器官和古训

16

你的身体奇痒无比
必须到我的身上解痒
东方渐渐暴露它的欲望
白日，人们致力于改写的白天
那么快地
就要来了

17

我们坐在翅膀上，大海蔚蓝，儿女如花
看他们长大，我们衰老，所幸无人能识
我们把金币抛入大海
如此交代此生：以我们的爱
赢得垂老，再垂老

18

今天气温适中
花粉适中，未见过敏现象
小李继续在阳台练习飞刀
箭矢没墙二寸，尾翎颤巍巍

19

半夜起来上卫生间，从窗口望出去

城际快捷酒店的房间窗帘飘忽
灯人扶墙，影影绰绰
他们尚未睡去，或开始干活，人体坍塌
或充满白昼将临之忧

20

加冕。
无冕。
丰碑不能轻易命名
碑文要有些许的磨灭
这一生到最后，要让它只剩下我们两人的故事
在绸缎里
在绳索里
在梅花里

21

第二年
我爱你的肉体胜过爱你的灵魂

22

稍事停留，继续滑翔，你到哪里我到哪里

夜彻底暗下来
万世万物有的是时间
浓稠的黑
泼墨的黑

23

怡庭！
她不出声。
我的女儿，她圆润，洁净。
那么好吧，
木书！我叫，我的儿子。

三月怡庭，谣曲在响
六月木书，檀香在睡

我们双双隐藏在人间
继续使用隐身术
继续儿女环绕，玉佩叮当
满大街滚动着我们的松果

我们抚慰，这一对或几对小美兽。

小美兽啊，
填满院子和箩筐

                    24

他们的园子荒废了

我们的海洋无须建设
在海面上，我们永存一个家
陈设有如下物品：
云彩。飞机。火车。岛屿。喷头。发丝。
晚年。

选自《厦门文学》2008 年 3 月号

上 升

荣 荣

上 升

炊烟上升　是因为孩子们饿了
海面上升　也许它想在陆地上四处走走

山脉上升　不想再守着原有的高度
大地上升　缘于太多的人们踮起的脚尖

天空上升　是因为星辰显得遥远了
屋顶上升　是因为云彩也在设法上升

而气流上升　一定是春天干的
每年　它都带回了一万匹马的热力

春天也让热血上升
留下花朵的温暖和小草的善行

听说天堂的台阶也在上升
有人便事先在身体里窝藏了几只鸟

同时上升的还有阴影和孤独
这一辈子撇不掉的命　将鸡犬飞升

真实的麻雀

成群的　大起大落的
这些会飞的心脏
将清晨的肺运往树巅

这些干净的肠胃
开始消化第一批露水
这些干净的身子
一路收腰
分开恰如其分的好看雀尾

它们在集体转弯

有一会儿几乎全歇在那根电线上
对着嘴　捕捉彼此身体里的火
而晨光是耐心的窥视者
如果它们用小小的肝胆争吵
我很想知道哪一只会受伤

温 暖

想起她被收留的残破身体
正发出的那个悦耳中音
想起施暴之后
阳光在伤口里的充盈

想起寒天里的一道热汤
踏踏实实的绿
想起一块诚实的水晶
想起许许多多的魔术苹果

想起施舍的那只手
温润厚实的嘴唇
想起那颗金质的星星
刚好落在凄苦的眼睛里

想起那些白费心机的阴谋
正被黑暗无声地卡住
在善良和博大的基石上
我的孩子正一点点长高

夕 阳

那些炽热总让人无法正视
一整天了　她都在那里独步
天空的舞台未免太空旷

现在　像舞者敛身歌者敛声
她收回那些强光　只留下羞红
她在谢幕　这是一天里

最让人感慨的时刻

她一定不知道　大地上有那么多
追随她的观众　否则
她不会急于结束　那么快
消失在晚霞的幕帘后

一个渐渐落在暗中的人
正眼光迷离　望着空空的天边
像走错了门的陌生人

柳营小语录

柳营说：
"你们老女人毛病真多，
为什么不能越老越值钱？"
柳营说：
"其他不重要，你的好意温暖。"

柳营说：
"写作是阴性的，
男人应该干点别的。"
柳营说：
"写了一辈子垃圾的人，是一堆更惨的垃圾！"

柳营还说：
"保持心灵的宁静。"
"读那些与内心相通的书。"
柳营强调说：
"要普及佛教！"

这娇小的女子说的时候，
我正盯着另一个女人的背影，
——唉，这走样的生活，
也没什么太大的秘密！

选自《厦门文学》2008 年 4 月号

中学女生

林忠成

露天电影

一场露天电影像一阵久旱的雨,不失时宜地下在
操场
天还未黑透,一群中学生就迫不及待地开始蜕壳
像一群群河蚌,整个操场都是膨胀的声音
有的女生三三两两凑在一起,把空气咬碎
空气相当潮湿,泥土温润
她们甚至听到了树干内液体飞快流动着

这群女生,没遮没拦地张开
想减缓成长速度,却又希望自己像一粒子弹
早些被学校打出去
平时,她们被教育政策压缩成一块块饼干
不敢舒展自己,弹性太大
砰的一声不仅会胀破衣服,还会撑破空气
在众多男生注视下,她们得使劲摁住自己

现在机会终于来了,一场春雨过后的露天电影
在半山腰的乡村中学,被几排龇牙咧嘴的锯齿草
包围
草丛下的虫子蠢蠢欲动,一股暧昧的欲望弥漫开
来
没有谁愿意再表演哑剧,
"今晚我们一定要解放自己。"这句口号飞快流传
树内的输液管、土里的导管在帮忙传播消息
往四野扩散开去

一道白光杀猪般打在银幕上,激起阵阵涟漪
也在女生们身上溅起轻微的浪花
温度渐渐升高,仿佛有人往整个校园下面加柴火
机器发出低低的嗒嗒声,造成幸福的假象

变幻莫测的白束光,其实就是一把手术刀
在黑夜的盲肠上动手术,女生的青春得了炎症
被应试教育击穿了肠壁
之前,有大批女生长得越来越像甲骨文

一个高能量的物理场就这么形成了
四面八方的空气朝风暴中心涌进
有的女生幸福得口吐白沫
有的当场被花草抬入森林急救

美丽

女生被某种东西涨得满脸通红
"老师,我全身都痛,用什么止痛,梦幻、爱情?"

校园变得透明了
时常听到窸窸窣窣的声音
是她们在撑,撑
使劲儿撑,像打开一把太紧的雨伞

深夜,年轻的男教师们
会听到哗啦啦的碎裂声
是某些女生把自己打破了

太痛了,没想到蜕掉一层壳这么辛苦
还得遮捂着,扯紧衣襟
装着什么事也没发生的样
微笑着上课、跑步、跨栏
正是这些疼痛让她们更加美丽
让她们更加灿烂地傲立于人群中

下午的母亲

熊永富

下午的母亲

外面的阳光无法切入
深深幽邃的院子杂乱无章
下午的母亲静坐如禅
吃足水草的老黄牛 想起田野
阳光折叠成无法抓握的伤痕
在母亲的脸上蔓延成长
我站在阳光下
用泥色的语言描述城里的女孩
母亲却用阳光色的枯手
摘录我四年半的情绪
镀了千年雨露的犁铧
千百年来翻新着一个又一个秋天
老黄牛的哞叫惊醒了睡梦中的母亲
城市的文明超越了我的防线
因为田野需要阳光
母亲的眼光里消失了我离家时的背影
站在村口的松树下遥望

下午的母亲握紧镰刀
她的儿子留在村外
村庄里

我想我的故事里的母亲干瘪的乳房

我的中午

我的中午,冬天的扩张
她原有的版图和忧伤
金属的色彩与冬天的太阳一样:如虎
一直延伸到白昼的边缘

我极力挽留
某些早已被人抛弃的故事
这个冬天的中午:阳光,田野和山坡
无一例外地成为我诗中的意象
寻找一个更加温暖的家
过冬,不以冬眠方式
在阳光内外
我和诗一样站着

这个中午,是诗的中午
我收集他们浪费的阳光
晒晒六斤重的棉被
到夜里一齐拥抱着太阳

选自《厦门文学》2008 年 7 月,诗歌专号

南 蛮

然 墨

一双手在房梁上打出节拍
帷幕还闭着
很多次合唱之后　他表情夸张地笑
如果我醒了

如果我醒着　能看见逼近的岛屿
火烧云划过封冻的洋面
从南到北　鱼群都在仰望
越过水草　也望向我
嘴唇轻轻啄击水面安静得像一场战争

我穿肥大的军装手指一直缩进袖里
甲申年十二月　火车广播一遍遍重复
零下二十六摄氏度　零下的
雪地里坠满乌鸦的尸体
束紧双翅　像束紧一片乡土
纸做的红花拥挤着
我们拥挤在异乡人中　上楼
多繁华的生命呵
行李是家具
亲近水　水就布满窗户

还有多少个拐弯　我跑在队伍的最后
喉管里的喘息
比风暴更剧烈
比柳树更低
沙砾　咬进鞋底
操场上空旷得只剩下尖叫
我想起饮毛茹血的年头风满成弓形
抬起头　眼中是桑葚的颜色

从前　年轻的神农氏在山林里游荡
那时候你还是被围猎的小兽
一些披散头发的男子呐喊着掷出绊绳
那时候　大地上铺满枯叶和苔藓

斑斓的光在树冠间飘移
他带你渡河　教你发音和刺绣
他笑你含着骨针的神情
怎么　也不像个贤良女子

楼宇高处撩动一面红旗
她在怀抱马蹄铁的岁月消瘦
"即便如此,我也不会半途离去"

烟花腾起嘴里还是满满的饺子
这是过年了不用跑体能　查着数儿挺腿
我们是刚被锤过的面团摊在床上
福字拉花弯过窗框
浅红色的天空
小战友鼻息浓重　像一头牛
俯下身子犄角抵入淤泥
是的我也有这么长的一天
咀嚼风沙和渗入衣领的重量
过年了班长都笑了
我们声嘶力竭地喊着号子
我们积攒了那么多沉默

扬鞭纵马三千里
不问花柳几成荫

"渐渐已是昼长夜短的季节"
我在信里这样写
关手电　钻出被窝　呼吸
猎户座经过　低悬着
多像我挺胸收腹时眼中藏起的锋芒
沙场远吗　你许我的月光杯蛇影动荡
每个清晨　我弓起身子轧被青色染上手臂
你合上信　看天空
想象我就是卡夫卡笔下巨大的甲虫
对着人群挥舞第六条胳膊

二月二十日　再一次　我叫喊出声
两枚军衔戳入肩膀
诗歌的血浸湿脊背
二月　舀一瓢溪水煎茶
在南方　母亲微微含笑
她掀开竹帘　走入内室
柳条箱里　那深藏了十八年的
不是酒　是分娩时挣断脐带的两片逆鳞

等吧　柳絮飘下来就扬着火机追呀
伪装成一帮得意的盗天火者
更多的日子　我们拔草　运土　种树
偷偷刻下名字
春天和夏天很快过去
一门古老的语言在电波里晒得发亮
秋天　我们擦玻璃
越来越多的枯叶堆满了空中哨岗

他们说院子都拆迁了
你还赖在藤椅子里
烟蒂比来不及刮掉的胡子更长
你从井里捞上她的塑料枪
瞄着臃肿的白云
"叭"一枪
想象她怀里的猎犬突然撒腿狂奔
然后笑得像个傻子

指甲长出来　我们剪去指甲
头发长出来　我们剪去头发
当生命静滞地像一块琥珀
我轻轻哼起楚歌
南蛮们高举双臂
看黑夜黏稠着喷向战鼓

选自《厦门文学》2008 年 7 月号

鼓浪屿

黄静芬

在海边

在他乡他处
声嘶力竭的光
一定无法穿透我

在鼓浪屿
在鼓浪屿海边
在鼓浪屿海边的清晨
一阵一阵的浪
突然击溃我
击溃的漂浮感觉
如东升旭日
碎成万道金芒
漂浮的浅薄心意
如岸边花树
渴望全力开放

在他乡他处
张牙舞爪的风
一定无法撕裂我

在鼓浪屿
在鼓浪屿海边
在鼓浪屿海边的黄昏
一排一排的潮
缓慢淹没我

淹没的沉堕感觉
如夕阳西落
不留一缕余晖
沉堕的松弛心意
如海边礁岩
渴望水滴石穿

在他乡他处
急如马蹄的雨
一定无法踏伤我

在鼓浪屿
在鼓浪屿海边
在鼓浪屿海边的夜晚
一波一波的雾
紧紧包裹我

包裹的温柔感觉
如情人怀抱
严密不透丝风
温柔的迷幻心意
如纯净爱恋
渴望海枯石烂

在鼓浪屿
在鼓浪屿海边
我在如我不在
我在空茫之中如我在空茫之外

老房子

颓败老房子
在茂密杂草里
在葱郁大树里
静默无语
将上世离乱和今世安宁
将上世安宁和今世离乱
混合一起

多么好
如果我是上世女子
净过手　焚炷香　弹着琴
引来门外知音

即使我是今世女子
架墨镜　斜背包　拍着照
惊动门内蛱蝶

多么好
如果我是一阵清风
打个旋　转个弯　跳个舞
变幻各种笑颜
即使我是一缕秋阳
暖洋洋　银闪闪　金灿灿
铺洒一地光芒

颓败老房子
我静静看你在时间流光里
老成厚实一段历史与时间对峙
意义暧昧　不动声色
你默默看我在季节转换里
老成老房子一件摆设与季节抗衡
淡然平和　内心清决

选自《厦门文学》2009 年 6 月号

住在台风里

高　盖

这风云豪宅，就叫"珍珠"
我们带着房子去旅行结婚
我们的行踪捉摸不定
甚至，随意改变爱的方向
但从不忘掉，表达力量的形状
我们阳光明媚
人们为何如此慌张
一大堆人不停分析我们爱的节奏
有人危言耸听，有人期盼精彩的惨烈
厦门卫视像狗仔队艰难跟踪
为了不厌其烦地直播我们的快乐
分明是快乐的汗水，为何被说成是暴雨
分明是爱若潮水，为何被定义为豪雨成灾
我们的愉悦冲毁高速公路
分崩离析红土、绿树、黑屋

我们放荡的笑声引诱全城失眠

快乐终有归期，我们是否该降落了
城里人为我们准备了沙包
为我们停航，甚至绑住飞机的大翅膀
他们都有无厘头的假期
我们还住在台风里吗
快乐终有归期
于是，我们倒卖"珍珠"豪宅在海的北边
我们还是住在忠孝里吧
也许这里的安静
方便我们寻找下一次快乐的高点

选自《厦门文学》2011 年 1 月号

评论卷

从一首诗看土改后的农民生活

黄　风

1950年4月23日,《人民日报》副刊《人民文艺》刊登了张明权所作的一首题为《我要把粮食堆成山》的抒情诗。在这首短短的仅三四十行但却极其动人的诗篇里,诗作者真挚而生动地刻划出打垮了封建压迫,在政治上、经济上翻了身的农民的充满活力的情感。从地主手中收回了土地的农民是怎样热爱着他的胜利果实。他爱田地,他爱干活,他爱劳动生产。这些都是他自己的了,没有人能够非法地从他这里夺去即使是一颗粟。他生活在追求一个美好将来的喜悦中,在梦里也看见他辛勤劳动换来的丰收了。让我们看看他是怎样沉浸在这种欢喜劳动的欢喜之中的:

窗外头鸡叫三更天,我梦见粮食堆成山;

槽头上驴叫四更天,我急忙起来把衣穿。

这一个分得到土地的老农,再也没有什么能比干活使他更开心的了:

大小子才娶了新媳妇,闩着屋门睡得甜;

二小子今年才十四,喊上几遍听不见。

但是不管这样,他还是把——

全家大小都喊起,收拾好犁耙套老犍,

出村来风吹精神爽,到地里黑土软绵绵。

可不只他一个人开心着干活呀,你看:

多少人早已下了地,一个比一个干得欢。

为地主老爷干活送粮的日子一去不复返了。农民们不再担心着欠的租要在什么时候还。心里头的重担卸掉了,他们干活是起劲的,成为一种喜悦,因而也就不知疲倦和困乏。他们从——

清早做到南晌,上午做到太阳偏西南。

你看那犁铧、耪脚、锄面、铁锨,一晃一晃像打闪;你听那"得得""夭夭""吁吁""咧咧",东地西地到处喊。身上的汗浸湿了袄,脸上的汗滴脚前。做到太阳落下去,做到星星出满天。老婆喊我回家吃晚饭,我说乘着好月亮,这块地今夜收拾完。老婆说我年轻了三十岁,我说:"今天不干等那天?"

没有地主老爷骑在头上,没有封建压榨的枷锁紧紧束缚住他,精神上的豁然解放、人格上的自由独立就可以使一个上了年纪的老年人特爱劳动,而且,使他年轻了一半了。什么使这老农着魔似的这么起劲劳动,甚至快活地喊出"不干等那天"呢? 非常之简单,因为——

这地是咱们的地,这天是咱们的天;

咱们还惜什么力和汗!

这样的实力是有保证的。打来的粮不再是地主囤里的好货色了。美丽的景象就在他面前展开了,他老人家的辛勤努力不再是白费的,不会是没有结果的了,他——

单等今年秋天到,干出来一个好丰年!

那不会是梦,而是最现实的生活。那时候是——

大囤流来小囤尖,缸里柜里都盛满;你看那小麦、大麦、谷子、豆子、高粱、玉米、棉花、红薯……

所以,现在,这位狂喜的老农有自信地:

我要他一堆一堆堆成山!

还有什么比这更有说服力的? 这是一首难得的好诗,是今日老区农村生活和农民情感的最生动和最深刻真挚的写照。它告诉我们,在土改后得到了自己的土地的农民就是这样地以不知疲乏的劳动生产来迎接着自己的美好的来日、他们的生活,这才是人的生活,这才有了真正的幸福与快乐。

1951年1月21日夜

选自《厦门文艺》创刊号,《厦门日报》1951年2月12日

知识分子应该从头认识鲁迅先生

郑朝宗

我们说知识分子出身的同志应该从头认识鲁迅先生，这有两个原因：其一是我们自己就是一个知识分子，又其一是我认为知识分子对于鲁迅的看法一般的是不很正确的。就我所接触过的一些知识分子来说，不佩服鲁迅的确实很少，但他们（包括我自己）所佩服的只是鲁迅的学问和文章，他们说鲁迅是一个很好的学者、小说家、诗人和散文家，如是而已。对于鲁迅，知识分子们还有一种看法，便是把他当作一个"屈原式"的人物，或者把他比作"绝代佳人"，其德行是——遗世独立，孤高自许！

为什么会有这些看法呢？毛主席早就告诉过我们了："小资产阶级出身的人们总是经过种种方法，也经过文学艺术的方法，顽强地表现他们自己，宣传他们自己的主张，要求人们按照小资产阶级知识分子的面貌来改造党，改造世界。"换一种说法，小资产阶级出身的人们总喜欢以看自己的眼光来看别人（特别是自己的同行），也喜欢借称赞别人来歌颂自己。他们大捧鲁迅的学问和文章，意思就是说世间唯有能做半篇考据文字或写几行像样的诗文的人，才是最了不起的。他们称赞鲁迅骨头硬、"性情高傲"，意思就是说读书人必须成为脱离群众的绝物，才是最有出息的。

伟大的"三反"和思想改造运动真像当头一棒，把知识分子从"愚人的乐园"里引渡出来了。他们这才抚着半清醒的头颅，第一次睁开眼睛面对现实，在群众的教育下，承认自己以往所十分自满的学问和文章实在是一文不值的教条和八股，也承认自己以往所念念不忘的"清高"、"超阶级"等"美德"实在是秽不可言的奴才德性！

这样的认识是好的，但单单如此还是不够，必须更进一步地去求取积极的认识。我以为从头认识鲁迅先生就是一种争取改进的好办法。我们必须认识：鲁迅绝不止是一个普普通通的学者、小说家、诗人和散文家，而是比这些伟大得不知多少倍

的一个杰出的革命思想家和战士。我们更应该彻底认识：鲁迅绝对不是什么特立独行、孤高自许者，而是完全与此相反的另一种人物。

说到这里，我想顺便推荐冯雪峰同志的《回忆鲁迅》（人民文学出版社），定是一本很不易读，但却十分结实细致的好书，是我所看过的有关鲁迅的最好的一本书。读了这书，对于正确地、深刻地认识鲁迅是大有帮助的。雪峰同志告诉我们："在鲁迅先生的性格上，就有几点是很明显的：一是不把一切对人类有益的理论和思想单单当作学问一类东西看待，也不单单把那当作知识看待，而是更把其当作武器来用的。一是他对于工作总要自己处于主动的地位，同时对于社会或对于人民，他始终以自己所服务为天职。"（P75）这就是说，鲁迅决不会犯脱离实际的教条主义的毛病，也不会提倡"为艺术而艺术"，学问和文章在他手里只是积极为人民服务的武器，因此他也就不仅是"纯粹"的学者、小说家、诗人和散文家而已。在这本书里，雪峰同志还不断地告诉我们，鲁迅一辈子是"和人民一起作战"的，中间只有极短的几个时期是例外，这也就可见他并不寂寞、孤独，如一般人所想像的，因此特立独行、孤高自许等等想头他是决不会有的了。

鲁迅在学问上、创作上之所以有那样伟大的成就，主要是由于他不会脱离实际、脱离群众去从事著译和创作，"他一生的思想和文学的发展道路，是完全和中国人民的革命发展道路相吻合的"，也可以说，他的毕生的著译和创作几乎全部是为了中国人民革命而产生的。这儿我们摸到了他成功的秘诀了：从不断的战斗的生活中，他吸取了那贯彻在他全部作品中的崇高的思想性；从一辈子"和人民一齐作战"的实践经验中，他"随时感到人民的力量，并把这力量在自己身上不断地生长"；这力量和思想性，通过他那巨匠般的手，终于变成了丰富的、灿烂无比的文学形式。"内

容决定形式"的真理在这儿得到证明了。

"天下几人学杜甫,难得其皮与其骨?"过去曾经有不少的人学写鲁迅形式的杂文,成绩却不大好。有些人专学他那绕弯子说话的格调,结果更糟糕,真是所谓"刻画无盐,唐突西子"。推原其故,正由于但从形式上去学,学形式的结果必然

的是连皮毛也得不到的!

在纪念鲁迅先生逝世 16 周年的时候,让我们以从头认识先生,再进而学习先生的崇高的品质,作为我们对于这伟大日子的献礼吧。

选自《厦门文艺》第 31 期,《厦门日报》1952 年 10 月 26 日

议论"多",为什么不觉得概念化

陈 恬

每读一遍短篇小说《班主任》(《人民文学》1977 年第 11 期),总有着不可遏止的激动之情。它使读者真切地感受到时代的脉搏。它具有一种内在的热力,能够燃烧起读者的心。

很明显,这篇小说从头至尾充满着极为浓烈的政论色彩。作者在一系列议论中,对于"四人帮"毒害青少年的罪孽表示了极大的愤慨,对于受害者寄予深切的关怀;他把教育青少年问题作为尖锐的社会问题提出来让读者思考,同时也鲜明地陈述了自己对教育战线上两条路线斗争的深刻见解……

读后不由令人想到:议论这么"多",为什么不觉得概念化呢?

究其原因,在于作者善于对普遍的易于被人忽略的生活现象进行观察、分析、研究,挖掘出事物的本质,提炼出富有时代内容、足以震撼人心的主题;善于通过人物的议论帮助揭示人物的个性及其典型意义,使思想和形象更完美地结合起来;善于结合着对人物的塑造,用议论,用人们普遍关心的社会问题来拨动读者的心弦,震动读者的灵魂。

首先我们看到这些议论是那么和谐自然地融进对主人公的心理描写,成为揭示主人公性格不可分割的组成部分。作品着力描绘的班主任张老师是一个目光敏锐、思想深刻、善于思索、具有高度责任感和丰富内心世界的形象,作品通过众多的议论来帮助揭示他的这些素质。为什么他不是笼统地给小流氓宋宝琦贴上什么"满脑袋资产阶级思想"的标签,而是得出了"出乎一般人的逻辑推理之外"的结论?为什么他既看到团支书谢惠敏有着"可贵的闪光素质",又没忽略"四人帮"用残酷的愚民政策打下的黑色烙印呢?他是怎样从宋、谢两人对《牛虻》表面而相同的"怪论"看出"四人帮"对两人不同的毒害呢?他是如何洞察日常生活中真正惊心动魄的东西,从而交织起对

丑类的恨和对人民的爱,掀动他的"醒悟、深思、信心、力量",乃至"内疚"、"决心"等"激昂的感情波澜"呢?作品中的议论给了我们清晰而切实的回答。这些议论不但没有游离人物形象,而且还描写了主人公深刻的心理过程、思想过程;只有透过这些议论,我们才能更好地深入主人公的内心世界,分享他的爱憎,从而受到感染、受到教育。

我们还看到,这些议论不但帮助揭示了主人公丰富的内心的世界,而且还帮助揭示了一些富有典型意义的人物形象;帮助刻画了那"被'四人帮'的污水泼得变了形的、拒绝接受人类文明史上有益的知识和美好的艺术结晶"、"相信能折腾就能'拔份儿',什么书也不读而堕落于无知的深渊"的"畸形儿"宋宝琦;帮助塑造了那虽"具备了强烈的无产阶级感情、劳动者后代的气质",但"却被'四人帮'害得眼界狭窄、是非模糊"的团支书谢惠敏;还帮助勾勒出石红、尹老师、曹书记以及宋石两家的父母等真实生动的人物形象。它们使我们透过主人公的眼睛对这些人物更好地进行观察、分析、研究,引导我们去接受主人公的看法,对这些人物作出正确的评价。

其次我们看到这些议论本身具有强烈的震撼人心的力量,它们绝不是平庸的、空洞的、外加的、标语口号式的东西,而是来自对生活的辛勤探索,来自对斗争实践的真知灼见,它们体现着强烈的爱憎、鲜明的是非、敏锐的分析、深刻的哲理,触及读者普遍关心的社会问题——那些意识到并不一定领悟了、感觉到并不一定理解了的问题。当我们咀嚼着这些精辟的议论,灵魂不能不受到强烈的震撼,不能不和主人公发生强烈的思想共鸣,由震怒而呼喊出:"救救被'四人帮'坑害了的孩子!"不能不"惊醒起来,振奋起来",义不容辞地投入当前伟大的斗争。

这样的议论体现了作品特有的技巧和表现方法,使人不觉其多,但觉其新,不但不使人觉得概

念化，反而能够使人获得某种新鲜、独特、真切的艺术感受。

谈到这里不能不使我们联想到，大家所反对的概念化的作品，其中也有不少是喜欢发表议论的。但它们使我们觉得概念化，并不仅因为它们有大段的议论，更主要的原因还在于那些抽象议论是外加的、强植的、标语口号式的；它的出现，离开了形象，违反了文学是以艺术形象反映生活的这一根本规律。

不能不使我们联想到，也有些人对于作品中的议论，作了机械、绝对化的理解，似乎作品中的议论一定是讲解政策条文、社会科学原理或是介绍什么先进经验之类，殊不知作品中的议论是完全可以为刻画人物的性格服务的，它们可以帮助读者进入作品所描述的生活场景和艺术境界，更好地理解作品的思想意义。

不能不使我们联想到，还有人在反对公式化、概念化的同时走向另一个极端，把形象思维和逻辑思维绝对对立起来，把形象思维神秘化，认为作品中如果出现了有关政治的议论，就必然破坏形象思维；较多地表现了人物的思想，就难免影响人物的形象……殊不知如果英雄人物的性格已经在典型环境中有了形象的刻画，那么根据主题的需要，结合英雄人物性格发展的需要，结合情节发展的需要，那种有真正的深刻的思想性的议论不仅不是概念的，而且会起画龙点睛的作用，促进形象的完善，揭示美的实质和丑的本相；帮助读者认识到那些散漫着的、掩盖了的或是萌芽状态的时代特征，引导读者从原有的认识水平进到更高的思想境界。

学习《班主任》，可以在这方面给我们许多有益的启示。

选自《厦门文艺》第 23 期，1978 年 8 月

"朦胧"之美

吴思敬

在近来的新诗创作的讨论中,关于"朦胧"的议论颇为不少。有人把"朦胧"当成含混、晦涩的同义语,有人认为"朦胧"的诗意反映了思想的"朦胧",还有人索性把"朦胧"称之为"锈斑"。

"朦胧"果真一无可取吗? 否。

什么是"朦胧"? "朦胧"就是"模糊"。在一般人的传统看法中,"模糊"总不太好,是个贬义词,因此"朦胧"似乎也就不值得肯定了。实质上,"模糊"并不总是消极的,不一定都是贬义。在科学领域中,自从1965年美国控制论专家查德第一次提出"模糊集合"的概念后,已出现了"模糊数学"这一新的学科,并有了"模糊概念"、"模糊逻辑"、"模糊语言"的提法,这里的"模糊"便丝毫没有贬义。现实生活中的绝大多数概念,都不是确切概念,很多概念都不能要求每个对象对于是否符合它作出完全肯定的回答,在符合与不符合中间,容许有中间状态。从语言来讲,语言的基本组成单位是词,列宁说:"任何词(言语)都已经是在概括。""感觉表明实在,思想和词表明一般的东西"(《黑格尔〈哲学史讲演录〉书摘要》),客观事物本是千差万别的,词的概括却必然要舍弃客观事物的某些属性和特征,也就是要有所"模糊",有所"朦胧"。

在文艺领域,这种"模糊"也就是"朦胧",也是普遍存在的。就以绘画来说,画远景固然是"远人无目,远树无枝,远山无石,远水无波"(荆浩《画山水赋》);画近景,为突出对象的本质特征,也往往有意识地"模糊"某些部分,为突出前面的主景,就有意识地把背景"朦胧",为突出主要人物,也有意识使衬托的人物叫"朦胧"。要求绘画像照相一样,须眉毛发丝丝逼真,是毫无必要的。何况照相也不是绝对的实录,也要通过光线、景深、位置、角度的选择和调节,一样要有所"模糊",有所"朦胧"。可见,"朦胧"与"清晰"总是相辅相成的,绝对的"清晰"是不存在的。那些相对来说是清晰、易懂的诗歌,如果仔细分析一下,这中间也一定离不开"模糊",离不开"朦胧"。

如果作者为表达某种特殊的感情,追求某种特定的效果,不仅仅是使背景和次要人物"朦胧",而且在所表现的主体和整个画面上也涂有较重的"朦胧"色彩,那就成了所谓"朦胧体"的作品——请注意,我们这里说的"朦胧体"与某些同志的看法有所不同。有人是把晦涩、怪僻、含混、难懂的诗都总称为"朦胧体"的。我们却认为晦涩、怪僻、含混、难懂有种种情况:比如生造谁也不懂的词句,堆砌典故,语法不通,过于简古或欧化,这些是属于文风不正或语言修养太差,不宜全笼统称之为"朦胧体"——我们所说的"朦胧体"是指具有较浓重的"朦胧"风格的作品。这种作品早已有之,并非这两年的新发明。我国古代有的画家为追求"朦胧"的效果,特意"摊烛作画"。明代董其昌说:"摊烛作画,正如隔帘望月、隔水看花,意在远近之间,亦文章法也。"他还明确地提出:"画欲暗,不欲明,明者如觚棱钩角是也,暗者如云横雾塞是也。"(《画旨》)意大利作家薄伽丘也说过:"如果一件东西好像被罩在一块面纱下面而完成,而且出色地完成,那么,它就是诗,而且也只能是诗,不是别的。"(《异教诸神谱系》)我国的诗人和作家也多次写过"朦胧"的情景,创造过"朦胧"的意境。古代诗歌的佳句如"东风袅袅泛崇光,香雾空蒙月转廊"、"淡淡著烟浓著月,深深笼水浅笼沙"、"水光潋滟晴方好,山色空蒙雨亦奇"、"谁家吹笛画楼中,断续声随断续风"。现代作家中鲁迅的《社戏》描写的缥缈得像仙山楼阁一般的舞台,朱自清的《荷塘月色》描写的笼着轻纱的荷塘,杨朔的《金字塔夜月》描写的沉沉夜色中略带神秘的金字塔,又如柯岩为摄影作品《黄山》的题诗"不知是云,不知是雾,哪里是山,哪里是谷? 好像山在飘浮,又似云在寻路……呵,黄山,你——梦中的去处",这些作品写的都是"朦胧"的景物,具有浓重的"朦胧"色调,是那样的优美、迷人,而且很容易理解。这也说明"朦胧"的不一定就难懂。

当然,也有些"朦胧"的诗作,乍读之下,不那么好懂。然而不同的读者,仁者见仁、智者见智,同样可以得到"美"的享受。鲁迅的散文诗《好的故事》写梦中的情景,带有强烈的"朦胧"色彩,它的含义虽难以明确解释,但读来却感到美丽动人。又如《湘灵歌》,注释者有说是"对革命事业的热烈歌颂",有说是写反动派"大规模的围剿",有说前半首是写革命根据地,后半首是写国民党统治区。理解尽管纷纭,但在肯定这首诗的强烈美感上却是一致的。

"朦胧"的东西为什么会让人有美的感觉呢?

所谓"美感",按高尔基的说法,是"理性和直觉、思想和感情和谐地结合在一起"的东西。欣赏作品,不仅要用感觉器官,更重要的要用思维,要发挥创造性的联想。人们的思维活动极为丰富,瞬息万变,任何语言也难把它详尽地表达出来。所以在艺术欣赏中常有一句话,叫"只能意会,不可言传",这倒不是故弄玄虚,而是说明在艺术欣赏过程中想出来的要比说出来的有趣得多,也丰富得多。正因为如此,凡优秀作品总是要给读者留下联想和想象的广阔余地。作品给读者留下的思考余地越多,也就越有看头。"朦胧"的作品,恰恰由于表达得不那么明晰确切,一般说来,给读者留下的创造性联想的余地也较大。由于"朦胧",事物的非本质属性可以很自然地"模糊"掉,而事物的本质属性和对读者刺激最强烈的部分,却又可以通过读者的创造性联想来补足和加强。月下看美人,为什么别有韵致?正是由于在依稀隐约中看得不甚真切,观者便可以充分发挥创造性的联想,用自己心目中的理想的美人去补足,因而觉得对方更为风姿绰约、光彩照人。

由此可见,"朦胧"不是什么"锈斑",而是一种美,把"朦胧"等同于"含混"、"晦涩"是没有道理的。

那么,"朦胧"的诗意是否反映了思想的"朦胧"呢?这要作具体分析。

有一些"朦胧"的诗作,确实反映了作者思想的"朦胧"。诗人,尤其是优秀诗人,多是站在时代的峰巅,最为敏感,往往在大的社会变动到来之前,就能"一叶落知天下秋",预感到某种社会事变的发生。由于此时新事物尚孕育在旧事物的母体里,因此诗人对它的感觉也往往不那么确切,要想穷形尽相地反映它还有待于社会事变的进一步发展,这种情况下写出的诗往往带有"朦胧"色彩。某些处于上升时期的阶级的诗人,往往在作品中表现了对未来、对光明的憧景和追求,尽管朦胧,却是真诚的、可贵的。

更多的情况下,"朦胧"诗的作者思想并不朦胧,但为什么会写出"朦胧"的诗呢?

一方面这与诗人所处的政治环境有关。诗人洞幽烛微,对现实有冷静的认识,但由于有形无形的压力,诗人无法直说,只好用隐晦曲折的笔法吐露自己的心声。这种诗尽管"朦胧",如果我们联系诗人所处时代及本人经历加以考察,也还是不难寻出其中端倪的。

另一方面又与文艺发展的内部规律分不开。文学艺术发展到近代和现代以后,有些艺术家往往不再满足于详尽无遗地表现客观事物的具象,而是要求表现自己对事物的特殊感受以及作者最感兴趣的某些特征。在表现手法上则强调表现作者的主观认识,表现作者的个性。由于对主观因素的强调,往往便出现一定程度的"模糊"和"变形"。诗歌由于是写情的,在这方面往往比小说、戏剧等走得更远。黑格尔认为,"抒情诗主要地表现内心的情绪,因此在涉及外界时,不须把它写得明确详尽"(《美学》第一卷)。实际上,诗人们为强调表现自己主观上的一种意念、印象或情绪,往往有意识地"模糊"事物的某些具象和细节,舍弃一些关联词语,运用最经济的方法反映事物之间的关系,让读者运用自己的想象力搭起桥来。初接触这种形式的读者往往感到"朦胧",不好理解;如果接触多了,也逐步可以同作者取得共鸣。

自然,也有些作者思想并不清楚而故作高深,或一味追求"朦胧"而坠入晦涩的魔道。这是不足取的。不过我们不能因为这些劣作便把"朦胧"的美、"朦胧"的艺术风格也否定掉,那是不利于新诗的发展与繁荣的。

选自《厦门文艺》1980 年第 26 期,《厦门日报》1980 年 12 月 16 日

对"政治标准第一、艺术标准第二"的质疑

——论文艺批评的标准

林兴宅

文艺批评必须坚持"政治标准第一、艺术标准第二",这是长期以来人们深信不疑、不可动摇的准则。但是,纵观二十多年来我国文艺批评的实践,唯心主义、形而上学的批评愈演愈烈,在掌握批评标准方面出现许多混乱,这不能不促使人们思考这样的问题:"政治标准第一,艺术标准第二"的提法是否准确、科学? 有些同志把过去在掌握批评标准上出现的问题仅仅归结为对这个提法理解上的偏差,这是否符合实际? 为了引起人们对文艺批评标准问题的注意和讨论,我把自己对"政治标准第一、艺术标准第二"的提法的几个意见提出来,就教于大家。

第一,"政治标准第一、艺术标准第二"的提法概念不明确,过去的几种解释都会导致错误的批评。

什么叫"政治标准"和"艺术标准",过去一般有三种解释。其一,政治标准就是对作品进行政治批评的标准,艺术标准则是对作品进行艺术批评的标准。在这种解释中,"政治"与"艺术"的含义是指意识形态的两种形式。我们曾经把毛主席提出的鉴别人们言论行动的是非的六条界线作为文艺批评的政治标准,就是属于这种理解。但这六条适用于衡量一切言论行动、检验一切工作的政治是非,并不专指对文艺作品的批评。因此,这种政治标准与其说是文艺批评的标准,不如说是一切工作的基本原则。现在党中央提出的四项基本原则和一切为了四化,正是全国人民必须遵循的共同的行动准则,而检查各项工作的好坏,则要有各自符合自己工作规律的标准。科学的文艺批评的任务就是按照文艺自身的规律性对作品进行科学的分析和评价,它只能根据文艺的特殊规律来制订自己的标准。至于政治上的鉴别则是在这种分析之后得出的结论。对于多数作品说来,主要任务不是进行政治的批评,而是认真的艺术分析。"政治标准第一"的提法,却要求批评者首先

对作品进行政治的鉴定,并且花费最大的力量进行政治的批评。这样做就把文艺与政治关系的考察作为文艺批评的首要任务,而忽视按照艺术的规律评论作品。这正是文艺批评工作长期存在的用政治的批评冲击或代替艺术的批评的不良倾向。其二,认为"政治标准"是指衡量作品政治内容的标准,"艺术标准"指衡量艺术形式的标准。过去的文艺理论教科书和有关文章大多是这样解释的。必须指出,文艺作品的内容有政治的内容,也有非政治的内容,形式有艺术的形式,也有非艺术的形式,内容与形式不能完全等同于政治内容与艺术形式。因此,"政治标准第一,艺术标准第二"的原则充其量只适用于那些具有明确的政治内容和艺术品的基本条件的作品。如果要用这个原则来囊括和评论所有作品,那就必然要在没有政治内容的作品中挖空心思地寻找政治隐喻或影射,把某些思想内容无限上纲到政治斗争的高度,或者根本排斥没有明确政治的健康艺术品,同时又把某些缺乏艺术性的东西作为好作品来吹捧。这也是长期以来文艺批评存在的不良倾向。其三,把"政治标准"作为衡量思想性高低的标准,把"艺术标准"作为衡量艺术性的标准。众所周知,作品思想性的高低除了政治上的正确与否外,更重要的是决定于真实性、典型化和艺术表现力的程度,而这些都是艺术标准的重要内容。因此,"政治标准"与"艺术标准"在概念上已发生了交叉。把政治标准说成是衡量思想性的标准,这是一种非常有害的说法。按照这种错误的理解去评论作品,,必然导致用政治条文去硬套或者诠释文艺作品思想性的简单化做法,必然导致对作品打政治棍子的粗暴批评。这也是长期以来文艺批评存在的恶劣倾向。

至于"第一"、"第二"的含义也是不明确的,一般可以作为如下三种理解:第一种是指先后次序,即首先分析思想性,然后分析艺术性。过去许

多评论文章正是这样做的,今天大家会反对这种做法。第二种是指重点与非重点,即着重分析作品的内容。过去许多评论文章也是这样做的。今天大部分人也反对这样做。第三种是指抓矛盾的主导方面,认为内容决定形式,内容是矛盾的主导面,因此评论作品主要根据作品的内容,首先看它的政治倾向如何而分别采取不同的态度。这是迄今坚持"政治标准第一"的同志最过得硬的一种解释。但既然是抓矛盾的主要面,那末按照辩证法的观点,矛盾的双方是可以互相转化的,谁第一,谁第二,决不是固定不变的,怎么能在任何时候都坚持"政治标准第一"呢?至于说首先要看作品的总倾向,一般说来总倾向不是用赤裸裸的政治口号写在作品中,而是隐蔽在形象体系的背后。因此文艺批评首先要进行艺术分析,政治倾向的鉴别在文艺批评的过程中倒是最后的工作,那末你又如何"首先看总倾向"呢?如果硬要这样做,那只能抓住作品的片言只语来确定作品的总倾向了。这不正是长期流行的文艺批评的错误方法吗?

总之,"政治标准第一,艺术标准第二"的提法概念不明确,缺乏科学的规定性,给人留下任意解释的余地。不管按照哪一种解释,贯彻"政治标准第一"的原则必然导致形而上学唯心主义的错误批评。因此,它不是一种准确的、科学的提法。

第二,"政治标准第一,艺术标准第二"的提法,是建立在形而上学的理论基础上,它必然导致"政治标准唯一"。

唯物辩证法认为,一个作品的内容和形式,思想性和艺术性是不可分离的,共处于一个统一体中的矛盾的两个方面,孤立的内容(或思想性)和孤立的形式(或艺术性)都是不存在的。正因为这样,正确的文艺批评应该是内容与形式,思想性与艺术性之间关系的辩证分析,也即分析作品的内容如何决定了形式,而形式美又如何加强了内容美。这里不存在单纯的内容(或思想性)的分析或单纯的形式(或艺术性)的分析。实际上,分析作品的内容不仅仅是政治是非的鉴别,还要分析它的真实性、典型性的程度如何,分析作品的形式也不是创作技术的鉴定,而是衡量形式适合内容的程度,包含着政治思想方面的判断。因此,我们不能把文艺作品人为地划分为内容与形式两个部分,然后运用政治与艺术两种性质不同的标准,分别进行分析和评价。这应该是马克思主义文艺批评的基本认识。

但是,"政治标准第一,艺术标准第二"的提法恰恰违背了这些基本认识。文艺批评为什么要立下两种性质不同的标准呢?这意味着文艺作品包含着内容与形式两个独立的部分,存在着政治与艺术两种本质:内容表现出政治的本质,因此要用政治的标准来衡量;形式表现出艺术的本质,因此要用艺术的标准来衡量。这样一来,作品的内容与形式就不再是统一体中矛盾的两个方面,而变成表现不同本质的两种事物了。因此,用两种性质不同的标准来观察一部文艺作品,实际上是肢解了文艺作品。这是形而上学的艺术论。过去很多人把内容与形式完全等同于政治内容与艺术形式,从而进一步把内容与形式混同于政治与艺术,这种概念上的混乱正是形而上学艺术论的表现。另一方面,两种标准的说法还意味着文艺批评存在着两种不同的分析:用政治的标准对作品的内容进行政治的分析,用艺术的标准对作品的形式进行艺术的分析。这样一来,评论作品就不是从内容与形式的联系中去考察,而是机械地区分为内容分析与形式分析。这就破坏了文艺批评的科学性,是形而上学的批评论。过去讲解文艺作品流行所谓主题思想、人物形象、写作特点等分门别类的分析方法,像分解一架机器的零件那样来分析文艺作品,就是典型的形而上学的分析方法。最后,用两种不同性质的标准评价一部作品,其结果只能分别得出两种不同的结论:用政治标准去衡量,得出政治是非的结论,用艺术标准去衡量,得出艺术高低的结论,而无法得出一个统一的关于作品成就的结论。因为人们对一个事物尽管可以运用不同的标准作出各种判断,但在一次判断中不能同时运用两种性质不同的标准。比如"这是红花"的判断是用颜色作标准,"这是香花"的判断是以味道为标准,但当我们要作出"这是不是红花"的判断时,不能同时运用颜色和味道两种标准。文艺批评必须对文艺作品的成就作出整体的评价,分别运用内容的标准和形式的标准去衡量，是达不到这个目的的。因此，用两种性质不同的标准评价一部作品必然导致文艺批评的二元论。

"政治标准第一，艺术标准第二"的原则在实际运用时还会导致"政治标准唯一"。"第一、第二"的提法在生活中并不少见，一般情况是用来强调某种事物的重要性，并不要求全面反映两者的关系。例如，"健康第一，学习第二"、"安全第一，生产第二"，等等，它们的含义只是强调健康和安全的重要，至于学习和生产应摆在什么位置上，则是另外的问题。所以有时干脆省略"第二"，单提"健康第一"、"安全第一"，作为"第二"的事物往往是从属于"第一"的。文艺批评的"政治标准第一、艺术标准第二"，客观上也是突出政治标准的重要，艺术标准是从属于政治标准的，因此，就某种意义上说，"政治标准第一"即"政治标准唯一"。请看实例：面前摆着两幅画，一幅是齐白石的山水画，技巧很高，但没有政治内容；一幅是宣传"四个现代化"的普通宣传画，政治性强，但技巧较差，现在要你作出孰高孰低的比较。假如严格按照"政治标准第一"的原则去评判，毫无疑问应把宣传画摆在第一位，但这样的判断实际上只是根据政治的标准作出的，艺术上的高低并没有顾及。这不正是"政治标准唯一"吗？有人可能会辩解说，"政治标准第一，艺术标准第二"并不是不要艺术标准，因此全面考察两幅画，还是齐白石的画为优。可是这种判断又是根据艺术的标准作出的，而政治上的功用或者政治性方面的差别则姑且勿论了，这不是又变成"艺术标准唯一"了吗？在评价那些政治性与艺术性存在矛盾状态的作品时，这种情况是不可避免的。有人还会进一步辩解说齐白石的画政治上无害，先有了这个前提才从艺术上论高低，所以这种评价还是"政治标准第一"。但政治上无害是两幅画共同的前提，政治性的高低并不参与两幅画成就高低的比较，根本不作为评论两幅画的尺度，怎么能说是坚持"政治标准第一"呢？从简单的逻辑分析中就可以看出，过去流行的"政治标准唯一"的错误倾向，实际上是"政治标准第一，艺术标准第二"这个提法本身造成的必然现象，而不是因为人们的错误理解引起的。这是用政治的批评混淆和代替艺术的批评的具体表现。

第三，"政治标准第一，艺术标准第二"的提法在文艺批评的实践中弊多利少。

"政治标准第一，艺术标准第二"，长期以来被当成文艺批评的法律，谁也不能违背。然而实践是检验真理的唯一标准。在长期的文艺批评实践中，这个提法已越来越暴露出它自身的缺陷，可以明显感到的弊病主要分如下几个方面：

在文艺的领导方面，政治家过多地不恰当地干涉文艺。因为"政治标准第一"，政治家虽然在艺术方面是外行，但政治上却是行家，他们最知道如何掌握政治标准。因此，他们最有权利运用政治的标准去评判文艺作品，他们的意见理所当然地是第一位的权威意见。由此产生了对文艺作品实行所谓"政治把关"的制度，不管懂不懂文艺，各级的领导人都是拍板定论的人。至于如何按照艺术本身的规律来评论作品，因为是第二位的事而显得无足轻重，往往被人忽视，艺术家对文艺的意见也只能居于服从的地位，文艺领导工作中的这些现象不正是"政治标准第一"的原则在组织领导方面的体现吗？

在文艺创作方面，片面追求政治的实用性。作家们在"政治标准第一"的压力下，努力从政治上趋时、避过，在"第一"上狠下工夫，轻视或避开对艺术的追求，以适应越来越严格的政治标准的检验。同时政治标准是多变的，作家为了使自己的作品顺利通过政治关，只好紧跟政治中心，揣摩政治风向。所谓"但求政治上无过，不求艺术上有功"，实际上是"政治标准第一"的合乎逻辑的发展。

在文艺批评方面，忽视艺术的规律，对文艺作品打政治棍子。把政治上的功利主义原则规定为文艺批评的第一标准，这就要求人们不作具体分析、一律用政治的眼光看待一切文艺现象，忽视用艺术的特殊规律去观察文艺现象。过去文艺批评盛行的政治索隐法、引申法、上纲术等等荒唐的批评方法正是在这种情况下发展起来的。人们纷纷把政治的批评作为文艺批评的第一位工作，很容易把政治斗争的规律不恰当地搬用到文艺斗争中来。这一切正是强调用政治标准衡量作品的必然。

在评价文学遗产方面,片面强调思想内容的政治性和现实针对性,把"古为今用"片面理解为文学遗产要为现实的政治斗争服务。因此常常把二三流的作品作为代表作,甚至用现成的政治观念或条文去套古代作家和作品。这也是对文学遗产实行"政治标准第一"的结果。

综上所述,"政治标准第一,艺术标准第二"的提法,不管在概念上、理论上,还是在实践上,都是有缺陷的、缺乏科学性的、有害的,今天我们应该对它重新认识和评价。

选自《厦门文艺》1980年第1期,增刊,2月

形象思维论

陈照寰

"形象思维"的问题在世界文坛上还是一个颇有争议的学术问题。"文革"前在我国文艺界曾理所当然地引起过热烈的讨论。但在"四人帮"横行的日子里,文化专制主义窒息了人们正当的讨论,他们不但妄图把"形象思维"这个词儿从世界上抹掉,就是对抽象思维以及思维的一切方面,也不允许自由地议论,人们只能以"帮"是非为是非,其目的就是为了贯彻其荒谬的思想路线,为了在上层建筑领域对工农兵及其知识分子实行"全面专政"。

粉碎了"四人帮",打破了万马齐喑的局面,学术空气活跃起来了,自从《毛主席给陈毅同志谈诗的一封信》发表之后,关于形象思维的谈论一度热闹起来,又逐渐冷落下去。但我觉得不但对于否定形象思维的意见还没有给以足够的必要的回答,就是在肯定形象思维的时候,立论也多有值得商榷之处。如不少人把形象思维说成是写诗的基本规律,从而也是文艺创作的基本规律,不少人把形象思维作为逻辑思维的对称,好像二者是一对矛盾,不少人则把形象思维与艺术思维等同起来,甚至说艺术就是形象思维等等。最近郑季翘同志又在《文艺研究》重申了自己的观点,看来讨论很有深入下去的必要。这里提出一些不成熟的看法就教于大家,希望通过讨论,探索真理,共同提高,并不敢自以为是,抱残守缺,固步自封。

形象思维是客观存在的

世界上究竟有没有"形象思维"?迄今为止,除了毛主席在给陈毅同志的信中,周总理在多次报告中曾经提到并予以肯定之外,在马列主义经典著作中还找不到明确的承认。而现有的马列主义哲学课本倒是大都按照斯大林同志的说法主张思想"只有在语言材料的基础上……才能产生和存在","只有唯心主义者……才能谈到没有语言的思维"。谁都知道,语言是词,也就是由概念组成的。而概念又是抽象的,思维要是离不开语言,当然也就离不开概念,离不开抽象,哪还有什么形象思维呢?书上一切写得那么清楚,似乎没有任何讨论余地了!难怪反形象思维论者会引经据典地指责形象思维论"不用抽象,不要概念,不依逻辑"是"最根本的错误",并断然宣布形象思维论是"一种违反常识,背离实际的胡编乱造",是"一个反马克思主义的认识论体系",是"现代修正主义文艺思潮的一个认识论基础"。

且慢,实践是检验真理的唯一标准。我们讨论问题要从实际出发,而不能从定义出发;要唯实不能唯书。"没有语言的思维"究竟存在不存在?这个理论性的根本问题尖锐地摆在我们面前,是不容回避的,也不是那一个人说了算的。我们应该从人类的实际,历史和逻辑统一地来观察这个问题,重新检验这个理论的正确性。

首先让我们从语言的起源来考察。恩格斯在《自然辩证法》一书中写道:

> 随着劳动而开始的人们对自然的统治,在每一个新的进展中扩大了人的眼界。他们在自然对象中不断地发现新的,以往所不知道的属性。另一方面劳动的发展必然促使社会成员紧密地互相结合起来,因为它使互相帮助和共同协作的场合增多了,并且使每个人都清楚地意识到这种共同协作的好处。一句话,这些正在形成中的人,已经到了彼此有些什么非说不可的地步了。需要产生了自己的器官,猿类不发达的喉头,由于音调的抑扬顿挫的不断加多,缓慢地然而肯定地得到改造,而口部的器官也逐渐学会了发出一个个清晰的音节。

从引文我们可以清楚地看到恩格斯认为人类的祖先在还不能发出一个个清晰的音节之前,就已经能够不断地发现自然对象的属性,并且也能清楚地意识到共同协作的好处了(社会的属性)。这种对自然属性的认识显然是思维的成果。这时不是还没有语言吗?思维怎么成为可能呢?我们不妨揣度一下:先民虽然还叫不出"鸟"、"鱼"、"鼠"等词汇,但是一见到鸟,就知道它是会飞的,一见到鱼,就知道它是会游的,一见到老鼠,就知道它是会钻洞的。这里他完全不需要"语言材料",只需要回忆起他曾经历过的一个(或一组)画面就行了。同样,他们虽然还说不出协作有什么好处,甚至还根本没有"协作"这个词,但他们清楚地记得结群猎获了野猪,独自却追失了兔子。这里也完全不需要"语言材料",只需用两个(或两组)画面进行对比就行了。我们没有任何理由怀疑恩格斯的论断的正确性。思维不因没有语言就不存在,而是靠头脑里映现的(叠现的)画面而产生了,存在了。我们说这种现象(运动形式)就是"形象思维"——没有语言参与的思维。

斯大林同志自己在《论语言学中的马克思主义》一文中也曾正确指出:"语言是同思维直接联系的。它把人的思维活动的结果,认识活动的成果用词和由词组成的句子记载下来,巩固起来,这样就使人类社会中的思想交流成为可能了。"人类在社会协作中产生了思想交流的需要,个人头脑中思维活动的结果,认识活动的成果(当然只是在形象材料基础上的思维和认识)怎么传达给别人呢?在工具和其他手段尚未发达起来以前,人们只能用身体的器官来传达讯息的条件下,虽然手势、面部表情、舞蹈或形体动作等等都是可用的,但最方便的无疑还是声音,因为声音有着复杂变化的广泛可能,在黑暗中或在远处都可以实现其传达的功能。于是从音调抑扬顿挫的不断变化,从发出一个个清晰的音节,由全体社会成员约定俗成地逐步丰富发展了语言。开始只是用以巩固、记载人们(形象)思维活动的成果,达到思想交流的目的:随着语言的发展和越来越多地伴随着(形象)思维而出现,逐步发达到足以离开形象单独地成为思维的材料和手段。这时,只是在这时,人们才终于学会了用语言进行思维;抽象思维才终于成为人们思维活动的一种方式。

可见,从语言发展的历史看,语言的存在并不是(形象)思维存在的前提,思维也不一定在语言材料的基础上才能产生和存在;相反,倒是没有语言的思维——形象思维——促进了语言的产生和发展。这里,因果是不容倒置的。当然我们也应辩证地看到语言的产生和发展极大地促进了思维——特别是抽象思维——的发展。

谈到不用语言材料能否进行思维,很自然地容易令人想起聋哑人(还有婴儿)来。我们知道聋哑人不但能够判断、处理好日常生活问题,而且会画画、看戏,还会用手势彼此交谈。显然他们是能进行思维的。斯大林同志在复别尔金和富列尔的来信中,自己也正确地补充说明了聋哑人的情况。他承认聋哑人的"思维是在活动,思想是在产生",但"既然聋哑人不能讲话,他们的思想就不能在语言材料的基础上产生",而"只能根据他们在日常生活中由于视觉、触觉、味觉、嗅觉而形成的对于外界对象及其相互关系的形象,知觉和观念"。这封信被收进《马克思主义和语言学问题》一书,说明他认为必须包括这点才能避免片面性。不幸,这十分重要的一点不但没有受到重视,给予发展、充实,反倒被多数人给忽略了。这才造成了哲学课本上迄今为止的片面论述。现在是重新研究、检讨这种片面论述的时候了。

对于不能运用语言的人,问题似乎是十分清楚了。但是不是当人们发展了语言并学会用语言进行思维之后,情况就有了根本的变化呢?是不是人们在思维时就不再用"形象材料"而只用"语言材料"呢?不然,直至今天,在一切正常人中间,在学会了用语言进行思维的人们中间,仍然必须大量地经常地在形象材料的基础上进行思维。而在有些时候,有些方面,如果舍弃形象,使用语言去思维,倒是无能为力,甚至显得笨拙、荒谬、可笑的。

在日常生活中,我们常常根据感官感受到的外界刺激(形象信号)直接做出判断,做出反应,而无需运用语言去进行思维。如我们凭借颜色来判断钢铁(火花)的质量、作物成熟的程度,凭借声音来辨认不同的乐器、不同的脚步、炮声的远近、机器的毛病,凭借气味来识别不同的花、不同的药、不同的食物,凭借触觉来感知针灸的力度、面团的韧度,矫正粉碎的折骨、预测天气的变化等等。

"这是好钢"、"稻子熟了",从表面看,从结论看,这种判断似乎是运用语言材料在进行着抽象的思维,但就其实质,就其思维过程看,无疑地,这是形象思维的过程,而不是抽象思维的过程,我们据以做出判断的是形象材料,而绝不是语言材料。我们必须用正在感知的形象与记忆中的形象进行比较、鉴别。语言材料在这种判断过程中倒不是非用不可的。

如果我们一定要用语言按三段论法来思维:凡是稻子黄了,稻穗沉甸甸地垂下头来——就是成熟了。这稻子黄了——所以它是成熟了。那就未免太笨拙了。至于对力度、韧度等诉诸经验而不可言传的微妙的感觉,则语言更是使不上劲了。

不但判断是如此,甚至推理也是如此。如当一只精致的瓷瓶眼看就要掉到地上去了,你一见马上就会做出反应,冲上去接住它。而绝不会慢条斯理地去进行逻辑推理:"啊呀,这是一只精致的瓷瓶,掉下去就会破碎。多可惜啊!要挽救它免于破碎我能做些什么呢?说不定冲上去还可以接住。对!下定决心,冲吧!"如果这样来理解思维过程,那不是十分荒谬吗?当然,做出反应的速度,因人而异。在激烈的斗争场合,如战场、竞技场,在错综复杂瞬息万变的条件下,根据感官接收的信号,做出正确反应的速度,常是决定胜败的关键。这时,人们的头脑处于极度紧张状态,必须调动其毕生的经验来作抉择,像电子计算机一样,瞬间不知要计算(选择)多少次,那里来得及用语言去思维呢?

再如当一个顽童为了偷摘梨子而进行思想斗争时,他脑海里交替出现着一系列的形象:梨子金灿灿的颜色、甜滋滋的香味、梨汁顺喉而下的快感、看守者发现后暴跳如雷的模样、万一被逮住的狼狈情景、严父的巴掌或鞭子的味道、老师责备的眼光和同学们耻笑的面孔等等。这些形象的出现,由于比较缓慢,也可能伴随着语言,却也不是非借助语言(概念)不可的。

但无可否认,这是在进行推理,是一种思维过程。这种形象材料基础上的思维是比语言材料基础上的思维迅捷而生动得多的。

谈到艺术上的事,就更是如此。试想,在语言材料的基础上,无论你多么善于思维,你能思维出具体的美术、音乐、舞蹈、电影……形象来吗?读了白居易的《琵琶行》,我们尽管十分激动,毕竟体验不到琵琶的具体旋律;读了杜甫的《丹青引》、《剑器行》,不管对曹将军和公孙大娘的艺术多么倾倒,毕竟想象不出玉花骢和剑器舞的具体形象。正因为如此,才有各种艺术形式存在的必要。离开了各自的形象材料,还有各该艺术形式存在的可能吗?就语言艺术中的小说来看,不管《水浒》、《红楼》的语言是多么精彩,对于没有那种生活体验、未曾有过形象感受,因而缺乏形象材料的人,也是难于唤起具体生动的生活景象的。语言文字在这里,也像乐谱对音乐一样,只能对作者感受到的生活景象、艺术形象起一种巩固、记载的作用,而不能完整地复制、再现它们。只看乐谱而没有声音材料基础上的想象、思维,是不能欣赏音乐的;只看语言文字而没有形象材料基础上的想象、思维,同样是不能欣赏文学的。

可见,语言材料是不能代替形象材料的,在语言材料基础上的思维也是不能代替在形象材料基础上的思维的。语言是思维的成果,并不是思维的前提,它可以是思维的材料,但不是一切思维的材料。形象思维先于语言,先于抽象思维而存在,直至今天仍然大量地经常地为一切人所使用着,特别是在文艺领域里。不管反形象思维论者如何反对,不管现有的哲学课本如何论述,它是客观存在着的。

毛主席、周总理对形象思维的肯定对我们是巨大的启示。我们应学习毛主席在矛盾论中"说明和发挥"了列宁关于辩证法的要素的论述那样,来研究探讨这个问题。

形象思维的性质

现在我们必须面对这样一个问题:上面讲的那些"形象思维"究竟能不能算是"思维"呢?会不会只有"形象",并没有"思维"?会不会只不过是"直观"或"感觉"罢了?这里我们必须先弄清楚"思维"的性质,弄清楚什么才算是"思维"。

马克思说:观念的东西不过是被移置于人类头脑中并在人的头脑中改造过的物质的东西而已。

我们都知道，物质的东西被移置于我们的头脑，并不是以其原型移置进去的，这是不可能的。这种移置是物质以其外部的现象（不同的属性、不同形式的能）作用于我们的感官，刺激我们的神经，使我们有了"感觉"并传导到大脑皮层，在那里把不同感官接收的不同感觉综合成物质世界的近似的模拟的映象，我们于是有了"知觉"。这些"感觉"和"知觉"，在未被思维组织起来之前，还只不过是直观的、单纯的、消极的反映，只为思维提供材料，本身还并不是思维。但人们并不满足于单纯感知客观事物的存在，而是需要知道它们彼此之间有着何种联系，它们各自的内部存在着什么样的矛盾，它们以什么样的规律在运动着，而这一切又都对我们有着什么意义，我们要怎样才能处理好我们和它们的关系，使之为我们的需要服务。这就需要在这些感性材料的基础上进行一番"去粗取精、去伪存真、由此及彼、由表及里"的改造制作，需要"思维"。

"思维"就是在实践的基础上，头脑对感官所反映的大量的丰富的外界映象，给以"去粗取精、去伪存真、由此及彼、由表及里"的改造制作，从而对事物内部的矛盾、规律性及其与他事物的联系，达到某种本质的认识。

反对形象思维论的同志问道："只是一些形象，没有任何概念、判断和推理参加；只是把眼睛从这一形象移到另一形象，如何进行思维呢？又如何可以叫作思维呢？"

我们说，把眼睛从这一形象移到另一形象不正是"由此及彼"吗？由看到客观事物的整体再看到其细部不也是"由表及里"吗？在我们视野里的东西何止万千，有的我们视若不见，过眼辄忘，有的则引起我们的关注，我们在移动视线时，略去那些无关紧要的、没有矛盾联系的、偶然的、非本质的现象，而把关联到事物本质的现象组织到一起，不正是"去粗取精、去伪存真"吗？当只有一个孤立的形象被移置于我们的头脑，那只不过是"感觉"、"直观"，是不能叫作思维的。但只要从这一形象到另一形象（包括从总体到细部、从当前反映的形象到记忆中的形象），在两者的关系上，思维就成为可能。你可以从其内在的联系上（这时虽未抽引出其本质，但是毋庸置疑

的是意识到它的存在的）去判断两者是有着何种关系的。这种情况可以方便地用电影来说明：一个孤立的镜头是没有什么意义，或只有较有限的意义的（这种意义需要观众用眼睛的运动代替摄影机的运动，或是用记忆中的画面来作比较、补充，才能获得），但当两个以上的镜头按照蒙太奇（电影的语法）的规律组织在一起时，就获得了全新的意义。这里孤立的镜头就好比是未经思维处理的被简单移置脑中的形象材料，而一个蒙太奇句子就是在形象材料基础上经过思维处理的思想。在抽象思维来说，情况难道不也是一样吗？凭借一个孤立的词（概念）是不能进行思维的，只有把这个词与另一个（些）词放在一起并按照语法把它们组织在一个句子里，才有了思想。

让我们来举个例子：比如你在人群中一眼认出了多年不见的老同志，双鬓已经斑白，眼角舒展着皱纹，脸庞更加瘦削，鼻梁上平添了一副花镜，但眉宇间的英气、嘴角坦荡的微笑显得更加深沉，脚显然是瘸了，手里还拄着拐杖，但步履却依然那么稳重坚实。你的眼睛从这一形象移到另一形象，而在脑子里每一个形象材料又都与你记忆中的形象材料进行着迅捷的对比。于是脑际又叠现着他在过去岁月里给你留下的美好印象，这些年他可能经历的严酷斗争，这些零碎的形象材料（这里只能用语言形式来表述）被思维组织在一起，就产生了新的意义。你发现它们内在的联系、矛盾、规律性，达到了一定的本质的认识。这种认识可以用"老而不衰，身残心壮，这些年的折磨并没有把他摧垮"的概念形式来表述，也可以用上述的一组画面来表述。显而易见的是：概念要比形象确定、巩固，形象要比概念丰富、生动。但无论如何，就整个思维过程来说，概念是可以完全不用的。至于判断、推理在这里完全是凭借形象材料进行的。

明确了这一点，我们就可以更好地弄清楚"表象"和"概念"这两个环节。而弄清二者的性质对我们弄清形象思维与抽象思维的性质是十分重要的。

表象区别于知觉的关键在于知觉只是对事物的直观的反映，未经主观的改造制作；而表象则要经过复杂而细致的分析和综合，经过头脑"去粗

取精、去伪存真、由此及彼、由表及里"的改造制作。这就是说当我们在实践中对事物的知觉重复多次时，特别是在其自身的运动中给以考察后，在与其他的（包括类似的和不同的）事物比较鉴别后，那些被我们（反映的主体）认为是无关紧要的、偶然的、非本质的因素被分析出来忽略掉了，而那些被我们认为是重要的、本质的、更带普遍性的因素被分析并综合起来成为对该事物更概括、更本质的映象，存储于记忆之中。需要强调的是这里还只有分析、综合，还说不上抽象。只有当反映的主体感到需要与人进行交流，而又没有足够手段，没法将表象传达给别人时，他才不得不用抽象的方法、用语言的形式来表述。初级的、简单的概念就是表象的相应的语言形式。

初级的、简单的表象与概念都反映着客观事物在某种较小程度上改造过的内容。它们既是思维的初步成果，又是复杂的、更高级的思维的材料。它们是思维的零件、半成品。它们各自经过千百次的转化，可以向二级、三级……更高级的观念发展。这是它们的共性。在这方面两者具有同等的品格。只是过去囿于没有语言、概念，就不能思维，所以不承认表象也是思维的成果和材料。这是不符合实际的。

表象与概念在人的头脑中可以是单独出现的，也可以是共生的，同时出现的。譬如说一个第一次吃荔枝的人，如果没人告诉他，他完全可能叫不出这是什么，因为虽然他从实践中有了真知，但没有继承人类社会的思维成果，没有掌握它的语言形式——概念，但毫无疑问，荔枝生动的表象单独地在他脑子里留下来了。而一个只听说过荔枝好吃却从未亲口尝过的人，可能完全想象不出它的味道，因为没有从实践中得到真知，脑中没有它的形象，但由于继承了人类社会的思维成果，获得了间接的知识，荔枝是好吃的这一精确的概念却毫无疑问可以在他脑中单独存在着。只有当荔枝的表象和概念在脑中发生过联系的条件下，它们才可以是共生的，互相转化的，否则就是不可能的。对于人或其他事物的认识也是一样。你可能很喜欢一个陌生人，头脑里也可能经常出现他（或她）的形象，但你完全叫不出他（或她）的名字。你又曾听人常常说起过某个著名人物，但你

完全想象不出他是什么样子，有朝一日你发现你所慕名的原来就是你所倾倒的人。这时，只有在这时，关于他的表象和概念在头脑中才可以共生和互相转化。有一点是十分清楚的，无论在二者发生联系之前或之后，你都可以单独以其表象或概念作为思维的材料。

当思维越是往高级发展时，表象与概念就越是发展各自的特殊性。表象发展了它丰富、生动、鲜明、善于反映（本质的）现象的形象性，概念发展了它精确、稳定、巩固、善于反映（现象的）本质的抽象性。比如"运动"、"飞跃"、"物质"、"价值"等较抽象的概念就未必能有相应的、确切的表象。我们要想用表象来反映其精确的内容就显得十分笨拙，哪怕用大量的表象（如《戏剧资本论》），还难以精确地表现。同样的，像音乐、舞蹈、人物的性格等复杂的表象，虽然在人们熟知之后，是可以用一个"简称"加以概括的，但如果我们想要用概念来反映其全部生动的内容，也会显得十分笨拙，哪怕用大量的概念（像舞蹈说明、舞台提示）也难以生动地体现。

所以当我们需要深入事物的稳定的、巩固的本质，求得对客观事物的深刻的理解时，我们就主要地用抽象思维，用概念做材料去造成理论系统。而当我们需要了解事物的丰富的、生动的现象，求得对客观事物的强烈的感受时，我们就主要地用形象思维，用表象做材料去造成形象体系。当然这并不排斥辅以他者，交叉进行。我们如何思维、用什么材料去思维是由我们的需要、由思维本身的性质决定的，并不是由我们的主观愿望决定的。

又是抽象思维，又是形象思维，这不是在搞二元论吗？不能这么说。因为二者都是观念的东西，都是客观物质世界在人脑的移置和改造，只是使用的材料、采取的形式不同罢了。它们在反映论的基础上是统一的。我们从来不说中医与西医是医学上的二元论，第一信号系统与第二信号系统是心理学上的二元论，思想性与艺术性是文艺批评的二元论，农轻重是物资生产上的多元论……

为什么不同形式的思维就成了二元论呢？

形象思维有别于艺术思维

有人说艺术就是形象思维,这是极大的误解。先不说艺术除了是"思维",更重要的还是"实践"(本文未能详论)。即使这里说的"艺术",指的是"艺术思维",那也是明显的谬误。首先,在形象材料基础上的形象思维并非艺术所独有,它在广泛的实践领域里都是完全必要的。

一位外科医生在设想手术方案,脑中必须出现病人的肌体、病灶、可供选择的手术步骤、可能出现的复杂情况以及必须采取的应急措施等等。这些要是只靠概念而没有凭借形象思维看来是不行的。

一位军事指挥员在战斗之前,不但要熟悉地面、沙盘、地貌、敌我力量的部署情况等等,在他脑子里还必须预演战斗的场景,包括炮火准备可能取得的战果、我军的进军路线、可能遇到的阻击,以至我军的战术动作,等等,毫无疑问,这些都是需要凭借形象进行思维的。

马克思关于"建筑师以蜂蜡建筑蜂房以前,已经在他脑筋中把它构成了"的论述更是可以广泛地适用于一切工业部门。

科学家们要在微观世界里去发现什么新的粒子,不但要从理论上去探索,更重要的还必须得到实验的证明。而这种实验就是用艰苦的劳动去和粒子的形象打交道。

即使政治工作也不例外。中央提倡对下情要"了如指掌",这就是说要有形象的掌握——掌握干部、群众在实践中的形象,在什么样的条件下他们会怎么样地运动。

可见形象思维不但在艺术领域,而且在科学领域和其他领域也同样是必要的。它无论如何不能与"艺术思维",当然更不能与"艺术"画等号。它们是两个不同范畴的概念。形象思维与抽象思维这对矛盾区别的是思维的形式,是用形象或概念做材料进行思维的问题;而艺术思维与科学思维这对矛盾则区别的首先是思维的内容问题。

这里权且不去详细批判"艺术与科学的区别全然不在于内容"的谬论。它的谬误是十分明显的。它只强调了两者都是对客观世界的反映,强调了它们内容的共同性、矛盾的普遍性,但却有意无意地回避了它们内容的差异性、矛盾的特殊性。艺术与科学反映的虽然都是客观世界,但却是它的不同方面。科学研究的是客观事物自身的矛盾、自身的运动规律,是客观世界的"真",以及人们如何利用这个"真"去实现自己的目的,应该是尽可能客观的。而艺术虽然也离不开"真",但更着重"真"中的"美"。它摹写的是作者(一定时代、一定民族、一定社会阶层的代表)对客观事物的主观映象,是作者心目中的客观事物的"美",带有很大的主观色彩、感情色彩。所以忠实、逼真地摹写现实的画面、音响、文字、影片等等,真则真矣,美则未必,并不都是艺术。而一部艺术珍品从科学角度看,则完全可能是荒谬的。

所以绝不能说艺术与科学的区别全然在于用不用形象思维的形式,其真正的区别还应该是它们所反映的内容。

另一方面,艺术思维也不是只有形象思维而没有抽象思维参与的。否则,它就不能提炼主题思想,不能确定作品的社会意义,不能理解人物的精神世界,摹写人物的心理状态,不易继承运用前人的技巧经验和艺术理论。

毛主席给陈毅同志谈诗的信,虽然三处谈到"形象思维",但一开始就讲的是"律诗要讲平仄"。平仄涉及的虽是听觉形象思维必然不依逻辑"以及"(与形象思维对称的)抽象思维都是合乎逻辑"的错觉,从而怀疑形象思维论的正确性。因此,今天提出辩证,就绝不是在大家已经习惯了的概念上搞烦琐哲学,而是为了克服概念的混乱与谬误。这必将有利于形象思维的确立。

电子计算机的启发

现代科学的发明在一定程度上用机器模拟了人类的某些思维现象。对这种过程的分析将有助于我们更好地理解人类的思维过程

我们知道,一般电子计算机(电脑)的工作,无论是输入据以加工的指令或是有待加工的信息,都必须事先按确定的编码译成计算机的特殊"语言"。我们说它是以编码的特殊语言的形式模拟着人类的抽象思维。

现在已经研制成能听话的机器。它不用事先编码,而是可以直接接收人的话语,进行加工,执

行工作指令。这就更逼真地模拟了人类的抽象思维。

我们还知道,随着电子计算机的发展,人类已经创造出装有各种传感器的计算机。它们完全不需要语言或编码的信息,而是模拟人的感官和脑的部分功能,凭它们捕捉到、感受到的各种"形象",按照事先存贮的指令直接加工。不同的机器可以根据视觉、形象(还可与望远、显微、红外线感知等光学仪器结合),分选苹果,识别云面,辨认真假导弹,鉴别癌细胞;可以根据听觉形象,监视潜艇活动,为乐曲搞和声配器,根据嗅觉形象鉴别污染情况……这时机器所模拟的思维现象应该说就是形象思维。

计算机有着不同功能的元件——逻辑元件,用以存贮人们事先输入的指令,这是处理信息的逻辑依据,相当于人脑的功能;传感元件,用以接收输入的有待处理的信息,相当于人类的感官;效应元件,是执行工作指令的部件,相当于人类的肢体。

与计算机相比,人脑是个远为复杂的大型、综合的"计算机",它的思维过程就是用脑中已形成的(主观)逻辑,对感官输入的(客观)信息进行加工的过程。

人脑所能接收并处理的信息,比起计算机来,要远为复杂多样。信息的内容可以是艺术的、宗教的、政治的、经济的,也可以是物理的、化学的、生物的;信息的形式可以是抽象的、理论的、语言的、数字的、符号的,也可以是形象的、经验的,采取光、声、味等诉之感觉的物质形式的;可以是单纯的,也可以是综合的;可以是真相,也可以是假象。

而人脑的"逻辑"的形成,更不像电脑完全是被动的、一次或多次输入的,它是在长期的社会实践中,自觉地(通过总结经验)或被动地(通过教育训练)逐步存贮积累起来的。外部输入的客观信息,经过加工,不断地存贮转化为主观的逻辑。它有时是以经验的、形象的形式存贮进来,有时则是以理论的、抽象的形式存贮进来。它可以是正确的,也可以是错误的,甚至还可以是并不那么绝对纯粹,而是互相矛盾的。这就是人们的思维有时正确,有时错误,有时自身会有思想斗争,有时在不同场合会用不同逻辑处理问题的复杂的思维现象的根由。人们出身、教养、经历的不同,必然形成不同的逻辑。就其大端分之,固然只有无产阶级(辩证唯物主义)和资产阶级(形而上学的唯心主义)两家,就其细节分之,则人心之不同如其面,虽父子、夫妻、师生、同志,全然相同是绝不可能的。而且与机器不同,它不是机械的、僵化的,而是能自觉地随着客观条件的推移,随着实践经验的积累,随着思想成果的交流,在改造客观世界的同时改造自己的主观世界。

选自《厦门文艺》1980年第1期,增刊,2月

作为上层建筑的文学之特殊性

蔡厚示

一

文学是不是上层建筑？这个问题的回答应该是肯定的。这不仅由于马克思列宁主义的经典作家们对此已作过明确的阐述，而且它已被一部文学的发展史所证明。也就是说，它是一个已经过实践检验被充分证明了的马克思列宁主义原理。这方面已有不少同志发表过意见：马克思列宁主义经典作家们的一些有关论述，也纷纷被引用过。本文不打算重述这一问题，只打算就作为上层建筑的文学之特殊性问题，谈一点自己的看法。但在触及这一问题之前，有必要先谈一谈上层建筑与意识形态两者的关系问题。

朱光潜先生提出："我坚决反对在上层建筑和意识形态之间画等号，或以意识形态代替上层建筑。"[①]这个说法我是赞成的。但我之所以赞成这一说法，是因为有些意识形态的确是不属于上层建筑之列的，如自然科学、语言等；至于上层建筑中的政治、法律等设施不属于意识形态的范畴，那就更为明显了。可见，上层建筑和意识形态是两个不同的范畴，他们两者之间有共同的部分，那就是指既是上层建筑又是意识形态的"政治、法律、哲学、宗教、文学、艺术等等"[②]观念。因此，把这些意识形态排斥于上层建筑之外，我以为是错误的。

但是，在作为上层建筑的各种意识形态之中，有些是人类在其一切社会发展阶段中都有的，如哲学、文学、艺术等观念；有些，则仅存在于一定的阶段，如政治、法律、宗教等观念，到共产主义社会完全实现时，便将消灭。

除了这些以外，每一种意识形态又各自有它专门的特点。这些专门的特点，是由于客观事物本身的丰富性和多样性，以及人类意识本身在反映客观事物和反过来影响客观事物时有着各种不同的形式和方法而产生的。

社会意识形态的专门特点，对于一门科学来说是最重要的。正如斯大林所指出："社会现象……还有着自己专门的特点，这些专门的特点使社会现象互相区别，而且这些专门特点对于科学最为重要。"[③]正因为社会现象有着自己的专门特点，才使它成为各门独立科学的研究对象。

文学是反映社会生活的意识形态之一，它是人类精神活动的产物，也是一种被经济基础所决定又反过来给予基础以积极影响的上层建筑。但我认为：文学在上层建筑中有它的特殊性，而且包含了某些非上层建筑性质的成分。现分述如下：

一、文学跟自然科学、语言不同。它和生产及人的生产行为没有直接联系，生产的变化不直接反映在文学的质的变化中，而是通过经济基础的变化间接地和曲折地引起文学的质的变化。因此，它反映生产力水平的改变不是直接和立刻发生的，而是在经济基础改变以后，通过经济基础中的各种改变来反映的。正如社会主义的文学首先出现在十月社会主义革命前后的俄国，而不是出现在生产力水平更先进的美国，就是这个缘故。列宁之所以劝告高尔基把《阿尔达莫诺夫家事》的写作推迟到十月革命后才进行，也是考虑到当时资本主义的经济基础尚未被摧毁，因此无法准确地描绘出资产阶级的没落和灭亡来。文学适应经济基础的变化而变化，于此可见。

二、虽是上层建筑的一种，但它不同于政治、法律等观念和制度。如果说，作为上层建筑的宗教、哲学等意识形态曾被恩格斯称之为"更高地浮在空中的思想领域"[④]，那么，文学则更是如此。政治、法律等观念往往只反映某一阶级的思想和要求，而文学，特别是伟大的文学作品，则必须真实地反映全社会，因此往往触及各个阶级和各种人的生活和思想。正如列宁论列夫·托尔斯泰时所指出："如果我们看到的是一位真正伟大的艺术家，那么，他就一定会在自己的作品中至少反映出革命的某些本质的方面。"⑤因为文学的专门特点在于形象地表现现实生活，它必须描绘整个社会的情况，对各种人的生活和思想作具体而又综合的反映。同时，为了它的艺术说服力，它必须真实地再现现实。这样，就使它具有和其他意识形态不同的性质了。

政治、法律等观念及其设施都随着经济基础的产生而产生，随着经济基础的变化而变化，随着经济基础的消灭而消灭。任何一个新社会的诞生，必须粉碎旧社会的政治、法律设施，扬弃其政治、法律观念。而在文学史上却往往有这样的情况：某些伟大的文学作品经历了好几个社会阶段而仍旧保存下来，且被各个阶级的人们所爱读。这是为什么呢？我以为有下列几种原因：

第一，文学是反映现实生活的，它能帮助人们更深刻地认识生活。因此，一部伟大的文学作品，虽然它所反映的时代已经过去了，但它仍然可以帮助后代人们对它所反映的时代有所认识。如《诗经·豳风·七月》反映了周代奴隶的劳动和生活情况，对我们具有历史的认识意义。

第二，一部伟大的文学作品，往往反映了当时人们对未来的理想的追求。虽然，它所追求的理想可能已成为过去，但它追求未来理想并为之斗争的那种精神，却仍旧可以鼓舞我们前进。如屈原那种上下求索的精神，就至今对我们仍有教育作用。

第三，一部伟大的文学作品，往往含有极其复杂而丰富的内容。因此，在不同时代和不同阶级的人们看来，各有不同的解释。譬如同是一部屈原的作品，以往的封建文人读它，取其忠君的思想（如王逸说"今若屈原，膺忠贞之质，体清洁之性……"⑥）；而我们读它，则取其爱人民、爱祖国及追求未来理想的伟大精神。

第四，一部伟大的文学作品，大都具有优美的形式。在文学的形式中，某些部分（如结构、韵律等）是没有阶级性的。因此，伟大文学的优美形式往往为后代人们所继承，作为后代作家从事创作的借鉴。

三、文学作为上层建筑，又具有非上层建筑性质的成分。文学是一种语言艺术，它跟语言有密不可分的联系，一切民族的标准语言都是文学语言，语言是文学不可或缺的要素之一。既然语言不属于上层建筑的范畴，则文学必然也包含着某些非上层建筑的成分。像汉代某些为封建统治阶级"劝百讽一"的辞赋，就其思想内容来说，至今已觉陈腐不堪，但它使用了大量词汇和发展了以铺叙为主的"赋"的手法，因此至今仍被保存，作为研究古代语词和文体变化的珍贵材料。这种非上层建筑性质的成分，更添加了文学的永久性价值。

四、随着经济基础的更换，并不是一切旧时代的文学、艺术成果都要消失。在旧基础上形成的某些文学、艺术作品跟新时代之间，并没有一条不可逾越的鸿沟。这是因为在文学、艺术作品所反映的社会生活中，我们可以遇到许多现象，它们并不随着产生它们的那个时代的消逝而消逝；相反地，它们继续在其他的历史条件下存在。如人和自然的关系、男女之间的爱情，或者像勇敢、毅力、谦逊和崇高等性格，这些在任何时代都被人们根据一定的观点加以承认。例如，我国古代寓言《愚公移山》中的愚公形象，它所体现的人们对克服困难的毅力，在任何一个时代，都是被人们根据一定的观点加以承认的。

此外，在作家、艺术家根据一定的历史特点塑造的人物形象或典型性格中，往往能揭示出为其他历史时期的人们所共有的东西。作家、艺术家对这种历史特点反映得越深刻、越鲜明，那么他所描写的性格就越会远远地超出它所产生的时代。因为在社会生活中，一般的东西总是通过一定的历史特点呈现出来，在一定的历史特点中也包含着为其他历史的人所共有的东西。正如车尔尼雪夫斯基所正确指出："在鲜明的、有趣的、独创的人的身上，有力的是表现在他的性格的坚强特点上的全人类共有的品质，因此这样的个性就有普遍的意义，成为一般人的代表。"⑦

我们知道，在每个典型的艺术形象中，都体现出某种相对真理。这种相对真理构成艺术形象的客观内容。体现在伟大的文学、艺术作品中的形象的客观内容，也往往作为历史的遗产而为以后的文学、艺术所继承，并继续保持着它的永恒的魅力。尽管作家某些过时的、错误的观点对我们会失去意义，但是作家所塑造的某种程度上使我们感到兴趣的性格，仍然会保持其认识和教育的作用。例如，北朝民歌《木兰诗》中的女主人公形象，其爱国主义的英雄气概和天真、活泼的儿女情状，就至今仍深深地感动着我们。尽管木兰的性格被民歌作者高度浪漫化了，但从中仍可窥知当时社会的现实情况（如战争、兵役制度等）和察觉当时人民的普遍愿望。这些都构成文学、艺术的历史继承性（也称历史持续性）的丰富内容。

朱光潜先生说得对："各个领域的意识形态都有自己的历史持续性和相对独立的历史发展。"[8]但文学、艺术的历史持续性的内容，要远比上层建筑中的其他意识形态更为丰富，不注意到这一点，便不能很好地理解文学、艺术的特殊功用。

二

把文学作为上层建筑的性质和特点弄明白之后，文学应否从属于政治和文学，是不是阶级斗争的工具等问题，便可迎刃而解了。我以为，在阶级社会中，政治作为经济的集中表现，是任何人也回避不了的。一个作家想脱离政治、脱离现实，就正像鲁迅所说恰如一个人"用自己的手拔着头发，要离开地球一样"[9]，是无论如何也离开不了的。任何阶级都希望并要求文学、艺术为它的政治利益服务，任何作家也不管他自觉或不自觉，实际上也都在为一定阶级的政治服务。因此，文艺为政治服务的命题是正确的。当然，"我们所说的文艺服从于政治，这政治是指阶级的政治、群众的政治，不是所谓少数政治家的政治"[10]，更不是所谓的"长官意志"。"四人帮"强调所谓"文艺为政治服务"，也是从他们的利益出发的，

因此出现了种种为他们的"阴谋政治"服务的"阴谋文艺"。我们不能因为批判"四人帮"的险恶用心而走向另一极端，把文艺为政治服务的正确命题也一股脑儿抛弃掉。至于对政治的理解不应过于狭隘，不应把文艺作品变成某些政策条文的图解，那是不正确的。今天，实现"四个现代化"就是我们最大的政治，一切有利于"四化"的文学、艺术作品，包括那些有益无害的山水诗、花鸟画等，毫无疑问，都应被看作为当前政治服务的作品。当然，山水、花鸟一类题材不应取代，也无

法取代重大的政治题材。如果文学、艺术作品中"连篇累牍，不出月露之形；积案盈箱，唯是风云之状"，那就连封建时代有远见的政治家和文学家都懂得反对，难道我们还去重蹈这一覆辙吗？

至于"文艺从属于政治"的提法，我以为是不够准确的。因为文学、艺术跟政治都是建立在一定的经济基础之上的上层建筑，它们之间的关系是平行的关系，而不是主从的关系。在上层建筑中，政治跟经济基础的联系比文学、艺术跟经济基础的联系更紧密，政治对文学、艺术的影响也远较其他意识形态如哲学、宗教对文学艺术的影响强大，这些都是不容否认的事实。但文学、艺术作为上层建筑的意识形态，毕竟有它相对独立的地位，它归根结底是适应经济基础的需要而发展变化的。在上层建筑中，除了政治对文学、艺术的强大影响外，也还存在着其他方面如哲学、宗教的明显影响。文学、艺术所反映的社会生活，也不仅限于政治方面。更何况"文艺从属于政治"的口号极容易造成误解，正如罗荪同志所指出的："其结果则是把文艺的社会功能、文艺的认识和审美作用，或加以简单化，或一笔勾销，文艺变成了政治的附庸，变成了政治的传声筒，变成了政治概念的图解，一切生动活泼的艺术消失了。"[11]

我们说，文艺应该为政治服务，事实上，政治为了使文艺能更好地为自己服务，也在为文艺服务。从古至今，一切有远见的政治家大都懂得这一点。如唐代以诗赋取士，实际上就是用政治力量来扶植文学，这对造成唐诗的繁荣局面，不能不说是一个重要因素。我们制定的"百花齐放，百家争鸣"的政策，党对文学家、艺术家的关怀和鼓励，党和政府为发展文学、艺术事业所作的种种设施，又何尝不可以看作用无产阶级的政治为繁荣无产阶级的文学、艺术所作的服务呢？我们这样说，丝毫没有贬低政治作用的意思，那么，为什么一提"文艺为政治服务"，有些同志就忧心忡忡，觉得把文艺看成比政治低了一等呢？

文学是不是阶级斗争的工具问题，已有不少同志发表过种种看法了。我赞成不把这句话看作文学的定义，因为它不可能完整地概括一切文学现象。这也就是说，把它当作文学的定义是不科学的。至于在阶级社会中，文学往往成为阶级斗

争的工具,那么无论作家承认与否,它都是客观事实。

　　我想着重就"政治标准第一,艺术标准第二"的提法,谈一点个人意见。诚如毛泽东同志所指出:"各个阶级社会中的各个阶级都有不同的政治标准和不同的艺术标准。"⑫但不能认为从古以来对哪个放在第一位、哪个放在第二位的问题就无争论。据我所知,在中国古代文论中,就多次出现过"质胜"和"文胜"或"重道"和"重文"的争论。两千多年来的中国文学史证明:任何偏执于一隅的理论都不曾给文学事业带来良好的后果。主张"文胜"或"重文"的如梁代萧纲、萧绎兄弟,他们的理论助长了形式主义和唯美主义文学的恶性泛滥,"宫体诗"的大量产生即其明证。相反地,主张"质胜"或"重道"的如宋代理学家邵雍、周敦颐、程颢、程颐、真德秀等人,完全视文学为"载道"、"贯道"的工具,其结果怎样呢? 我们只须翻一翻邵雍的《击壤集》,就可以赏到其中滋味了,那真是枯涩无味到了令人厌憎的地步。两千多年来争论的结果,看来还是孔子所说"质胜文则野,文胜质则史(指浮华)。文质彬彬,然后君子"⑬的话,更接近真理一些(当然,"君子"一词表明了孔丘的阶级偏见)。这就是在中国古代文论中占主流地位的"文道合一"说。我以为无论从事文艺创作或文艺批评,用"第一,第二"的提法都难免产生消极效果。最好还是用毛泽东同志所说"我们的要求则是政治和艺术的统一,内容和形式的统一,革命的政治内容和尽可能完美的艺术形式的统一"做标准,会更切合实际一些。

文学的内容和形式是不可分割的。没有艺术性的作品首先就不是艺术品;没有健康的思想内容的作品,也理应受到我们排斥。我们不宜像某年高考作文评分标准那样规定个百分比(比如说,政治标准占60%,艺术标准占40%)来要求作家和艺术家。因为这样做的结果,势必造成政治和艺术的分离,内容和形式的分离。"四人帮"统治文坛期间出现的《虹南作战史》一类作品,不正以"政治加艺术"的方式弄成非驴非马、荒谬绝伦、成为历史的笑柄了吗? 这种教训,值得我们引为殷鉴!

①《西方美学史》上卷第17页。

②恩格斯:《给斯他尔根堡》,见《马克思恩格斯关于历史唯物论的信》。

③《马克思主义与语言学问题》。

④《给施米特的信》,见《马克思恩格斯选集》第四卷第431页。

⑤《列宁论文学与艺术》第281页。

⑥《楚辞章句·序》。

⑦引自依·萨·毕达可夫《文艺学引论》第165页。

⑧《西方美学史》上卷第18页。

⑨《南腔北调集·论"第三种人"》,见《鲁迅全集》第336页。

⑩⑫《在延安文艺座谈会上的讲话》。

⑪见《文学评论》1980年第1期第3页。

⑬《论语·雍也》。

选自《厦门文艺》1980年第2期,增刊,4月

中国新诗自我形象的演进及其流派初探

——与孙绍振同志商榷

傅子玖　黄后楼

作为丰富多彩的艺术品种之一,舒婷的诗,以其新颖的构思、飞驰的想象、奇巧的比兴、柔婉和妩媚的情调,奏出了富有个性特征的心曲,颇为引人注目。

孙绍振同志赞赏舒婷的诗,誉之为"一支月下的提琴曲",萝卜青菜,尽可各人自爱。然而他认为新诗的自我形象,应"展现人的独特心灵的真实",新诗的抒情个性,应从欧美诗作中吸收"主观色彩极浓的抒情逻辑";并断言舒婷的诗"恢复新诗根本的艺术传统","代表着我们的未来"(见《福建文艺》今年第4期),这就令人难以苟同了。

一

既讲"艺术传统"且冠以"根本"两字,那它就不纯系表现手法问题,而是涉及诗的源和流、诗的内容和形式、诗的创作方法和风格诸问题。那我们就应该全面回顾新诗自产生以来的整个历史发展过程,才能总结出带有规律性的东西,才能触及本质,与"根本"两字挂上钩,否则,就容易误入歧途。

我国诗歌走过漫长而曲折的发展道路,它是随着各个历史时期现实生活的发展而发展的。继格局拘谨的四言《诗经》之后,便有形式比较自由的《楚辞》。几乎是在汉魏古诗兴起的同时,便出现形式活泼的乐府歌行。在格律非常严谨的近体诗全盛时期,民间长短句的词也跟着兴起,更加自由轻便的散曲继之勃兴。随着历史的发展、生活的丰富,旧体诗词的改革是势在必行的了。到了近代,"诗界革命"的口号已提得很响亮,黄遵宪就是当时一员勇猛的闯将。鸦片战争以后,在捻军起义和义和团时期,民间出现许多反帝反封建的歌谣,明显地突破了古代民歌常用的五七言的格式,以清新而富有思想性的口语入诗,灵便活泼,内容和形式都有所创新,可说是一种自由体新诗。五四时期的新诗,正是应时代革命的要求,在民歌和古典诗词的基础上发展起来的。自然,它也受到外国诗歌的影响,但把新诗当成"舶来品"的观点显然是近乎无视历史,割断艺术渊源的。

自我形象无疑是抒情诗最基本、最主要的艺术表现手段。五四时期,新诗探索者们一样在反对文言文、提倡白话文,反对旧文学、提倡新文学的洪波激流中奋斗。他们在注重吸取民歌的养料,继承中国古典诗词表现内心真实感受的传统,在借鉴欧美资产阶级诗歌形式灵活和大胆幻想的技法上,各显神通,在努力实践我手写我心方面,也作过种种有益的尝试,创造出众多的抒情诗的自我形象。但是,由于诗人的世界观和生活道路各异,他们笔下的自我形象也各有不同的本质含义和表现特征。

作为资产阶级右翼的代表胡适,他的《尝试集》虽然出版得最早,是中国第一部新诗集,但这本诗集,极少反映现实生活,偶而触及资产阶级革命,也只是些狂妄的自我膨胀和虚伪空洞的叫嚷。在这本集子里,胡适抒发的是一种公子哥儿颓废、浅薄、轻佻、无聊乃至反动的感情。他的自我形象出现在花红柳绿的游山玩水中,在醉生梦死的寻欢作乐中,在悲哀失望的无病呻吟中,在改良主义的自我陶醉中,在庸俗无聊的轻佻《一笑》中"十几年前,一个人对我笑了笑,当时不懂得什么,只觉得她笑得很好",在他和老婆打情骂俏的《我们的双生日》中"我们常常这样吵嘴,每回吵过也就好了,今天是我们的双生日,我们订约,今天不许吵了。我可忍不住要作一首生日诗,她,喊道:'哼,又作什么诗了!'要不是我抢得快,这首诗早被她撕了"。他的自我形象还出现在奴颜婢膝地颂扬"洋大人",吹捧哈佛大学、华盛顿、纽约,歌唱他在美国过着"清柔胜似酒,面包充早饭"(《"赫贞旦"答叔永》)的生活。尽管胡适在五四新文化运动中也做过一些工作,但就是在当时,他已把西方资产阶级的揩脚布挂在自己的胸坎上当领带了。他的自我形象给读者的只是"买办资产阶级思想掺和着封建士大夫思想喷发出来的臭味"（臧克家：《"五四"以来新诗发展的一个轮廓》）。

新诗自我形象的逆流，从胡适的阴沟里流到"新月派"的代表徐志摩那些腐朽下流的"腰身、酥胸、香唇"的色情诗中，还卷起了一股反革命的黑浪。徐志摩叫嚷，"花尽着开可结不成果，思想被主义奸污得苦"（《秋虫》），"俄国革命是人类历史上最惨刻苦痛的一件事实"（《列宁忌日——谈革命》）。这也是徐志摩的一个自我形象吧！他那些刻意雕琢的"诗"，散发出腐朽不堪的思想毒素，生搬硬套西洋十四行诗的格式，对新诗的腐蚀、毒害极大。

这股逆流流到30年代，在"现代派"的代表人物戴望舒的诗作和"第三种人"杜衡的评论文章里，化成一种神秘、朦胧的自我形象。杜衡说："一个人在梦里泄漏自己的潜意识，在诗作里泄漏隐秘的灵魂，然而也只是像梦一般地朦胧的。"（《〈望舒草〉序》）他们认为："诗是一种吞吞吐吐的东西，术语地说，它的动机是在表现自己与隐藏自己之间。"从戴望舒的自我形象中，我们看到的是他有数不尽的烦忧和愁怨：在夕阳下，"像山间古树底寂寞的幽灵"，在朝霞里，"感到我落月的沉哀"。他看不到民族革命的遍地烽火，却躲在江河日下的个人小天地里，发出绝望的悲鸣，欣赏着"荒冢里流出幽古的芬芳"，觉得"在死叶上的漫步也是乐事"。他有着无限的叹息，无限的惆怅，无限的孤独，无限的冷漠。他所追求的，也只是"希望逢着一个丁香一样地结着愁怨的姑娘"（《雨巷》）。即使到后期他看到了"灿烂的微笑"，听见了"明朗的呼唤"，也还没有遗忘"这些迢遥的梦"（《偶成》）。尽管他"用残损的手掌"摸索大地，"寄于爱和一切希望"，讴歌过延安是"温暖，明朗，坚固而蓬勃生春"，盼望出现一个"永恒的中国"，但在他的主要诗作中，他的主调依然是表现空漠、虚幻、荒芜、悲哀的灵魂。这就是戴望舒梦游神似的自我形象。

这种个人主义的自我形象繁衍到30年代末，随着灾难日益深重的冲击，血与火的洗礼，终于逐渐分化。哪怕是戴望舒，也已开始协调旧的个人哀怨和新的民族社会意识的开拓。这自然是可喜的突进。不少当年和戴望舒一样受过法国象征派和英国浪漫派影响的青年诗人，也努力改弦易辙，趋向积极、明朗。何其芳不再"画梦"，唱"夜歌"，而急管繁弦地奏起"白天的歌"，赞颂着"生活是多么广阔"。艾青也收起他那把从彩色的欧罗巴带来的芦笛，举起"火把"，"向太阳"发出"黎明的通知"。闻一多先生尽管曾沉醉于唯美主义之中，也有过浓重的虚幻色彩，但他毕竟以鲜明的爱憎开掘旧中国的一潭"死水"，进而高举"红烛"燃烧起炽烈的爱国主义火焰。他的自我形象寄托了奋发图强的宏愿和"抗彼美人"的自信，虽较微弱乏力，但仍蕴含着现实主义的思想闪光。闻一多先生继承中国古典诗词的优良传统，吸取了外国诗歌的精华，创造出一种精练、谨严，讲究意境和"音尺"的独特艺术风格。更为可贵的是，他为新诗理论的建树花过大量心血，做出了一定的贡献。他写下了《诗的音节的研究》《诗的格律》等一系列论文，探索新诗继承古典诗词，吸取外国诗歌精髓，与民歌相结合，走向现实、走向人民的发展方向。

30年代至40年代间，抒情诗自我形象中个人主义"小我"因素渐次匿迹，"大我"形象日益扩大，这一新觉醒意味着郭沫若草创的《女神》时代精神的复甦和猛警。没想到时至今日，年历已翻过四五十本，抒情诗自我形象中的"小我"的断弦竟有人再接，更有人将这把戴望舒们用旧了的，已挂在历史残墙上的独弦琴再拿出来，弹奏起所谓"代表着我们的未来"的"根本艺术传统"的"诗论"，这只能诱使新诗重蹈复辙。

二

中国新诗的发展趋向在于使诗歌深植于社会现实土壤，使诗歌走向人民。从这个大前提出发，中国新诗的根本艺术传统在于民族化、大众化。

五四时期，当个性解放的呼号震荡革命文坛的时候，郭沫若以雄伟瑰丽、气势磅礴的《女神》奠定了中国新诗革命现实主义和革命浪漫主义相结合的第一块艺术基石。当时的个性解放和西欧资本主义上升时期的个性解放，有共同点又有差异，两者是相互联系又相互区别的。在要求"人本"、表现"自我"这方面，没有什么不同；但由于不同的国度和不同。的社会历史条件，其内容实质是不同的。五四新文学阵线是由初步具有共产主义思想的知识分子、革命的小资产阶级知识分子和资产阶级知识分子所组成的。共产主义文化思想在诗坛上的传播和日趋壮大，必然将个性主义置于被削弱、被改造的地位。由于"民族压迫和封建压迫残酷地束缚着中国人民的个性发展"（毛主席：《论联合政府》），五四时期火山爆发式的个性解放运动在特定的历史条件下就带有反帝反封建的积极意义。于是，一边扩张个性主义，一边改造个性主义，这互相对立的意识形态和文艺思潮在反帝反封建的共同战斗中统一起来了。郭沫若曾经说，"我们都想亲近民众，但我们又都有些贵族的精神"（《沫若书信集·与成仿吾书》）。亲近民众说明已有共产主义思想的因素，贵族精神则仍是脱离民众、自我孤立的个性主义。但郭沫若的主导思想是明朗积极、向前进击的，"我们的运动要在文学之中爆发出无产阶级的精神，精赤裸裸的人性"（《沫若文集》第十卷《我们的文学新运动》）。因此，五四时期以表现自我为中心的个性解放运动，正如新民主主义革命有别于一般资产阶级革命一样，具有和资本主义上升时期"人本主义"不同的本质精神和历史作用。表现在郭沫若的新诗中，便有这样的自我形象：

> 我是一条天狗呀！
> 我把月来吞了，
> 我把日来吞了，
> 我把一切的星球来吞了，
> 我把全宇宙来吞了。
> 我便是我了。
>
> ——《女神·天狗》

这是一个长期被压迫、迫切要求解放的自我形象，这是一个狂怒的、反抗的、无限扩张的自我形象，它以奇伟、恢宏的气势表现了对旧世界的极端仇恨，显示出要摧毁一切的坚强信心和毅力。

但这种基于泛神论神力无限的哲学思想和人本主义个性解放的自我扩张，也不是神圣不可侵犯的：

> 我剥我的皮，
> 我食我的肉，
> 我吸我的血，
> 我啮我的心肝。
>
> ——《女神·天狗》

"我"不但要吞噬一切，也要吞噬自己，不但要毁灭一切，也要毁灭自己。这种既肯定又否定，既极端地夸大"自我"，又无情地消灭"自我"的诗思，正是诗人一面倡导浓重的个性主义，一面主张改造个性主义在形象中的自我冲突，是一种矛盾的自我形象的真实写照。待到诗人高唱"快向光明处伸长……不断地努力，飞扬，向上"（《心灯》），高唱"太阳的光威，要把这全宇宙来熔化了……快把那陈腐了的旧皮囊，全盘洗掉！新社会的改造全赖吾曹！"（《浴海》）诗人才明确地展现他积极向上、追求新生的自我形象的发展趋向。在《凤凰涅槃》这首别树一帜的长诗中，诗人以无限热烈的激情赞颂涅槃的凤凰，这不仅象征着"旧我"的彻底毁灭与新生，同时也象征着"旧我"与旧中国、旧世界一起毁灭，"新我"与新中国、新世界一起诞生。几经周折，改造"自我"和改造社会现实，否定"旧我"和追求"新我"终于和谐地统一起来。诗人正在突破"小我"，跨越泛神论的思想束缚，积极向"大我"过渡。从个性主义的淡化到共产主义因素的浓化的过程，正是"小我"形象的爆炸和"大我"形象在轰隆隆雷霆震响中诞生的过程，是自我形象的新突破、新飞跃，是新诗的大革命、大胜利。而这个"大我"的凯旋门既经搭就，走过这凯旋门的自我形象，便是：

> 我自由创造，
> 自由地表现我自己。
> 我创造尊严的山岳，
> 宏伟的海洋，
> 我创造日月星辰，
> 我驰骋风云雷雨，
> 我革之虽仅限于我一身，
> 放之则可泛滥乎宇宙。
>
> ——《女神·湘累》

这种无限的创造威力，已不再是个性主义的"小我"形象的自我扩张，而是共产主义"大我"形象的自然伸展。"我"不再作知识分子"泛神"的喧嚣，而是以无产阶级崭新的面貌磅礴于新诗艺术天地。接着，诗人以粗犷豪放的格调"立在地球边上放号"，以汹涌澎湃的感情颂扬"地球，我的母亲"，赞美农人是"全人类的保姆"，工人是"全人类的普罗米修斯"。在《匪徒颂》里，诗人热烈歌颂革命导师马克思、恩格斯、列宁。在《巨炮之教训》中，诗人振臂高呼："为阶级消灭而战哟！为民族解放而战哟！为社会改造而战哟！"至此，郭沫若式的自我形象经历过痛苦的磨炼和改造，冲垮"小我"的镣铐，终于胜利地到达闪耀着共产主义思想光辉的"大我"。尽管诗人自己说他当时"连无产阶级和共产主义的概念都还没有认识明白"（《沫若文集》第七卷《创造十年》），但他还是自觉接受共产主义思想的领导。也正因为这样，诗人才能从社会现实斗争生活中吸取灵感，他创造的自我形象才能如此白热化地升华，才能自觉冲破"小我"的躯壳，飞腾到"大我"的自由的广阔天地，抒革命之情，抒人民之情。毛主席指出："由于无产阶级的领导，根本地改变了革命的面貌，引出了阶级关系的新调度，农民革命的大发动，反帝国主义和反封建主义的革命彻底性，由民主革命转变到社会主义革命的可能性。"（《矛盾论》）正是这种现实土壤，孕育了诗人崭新的自我形象，使《女神》以鲜明的现实性和人民性，以雄伟深邃的意境和高亢激昂的格调，开我国新诗的一代诗风。

20 年代末至 30 年代初，以强健的自我形象在新诗坛上做出杰出贡献的，是 22 岁的白莽。鲁迅以极大的热情称赞他的诗："这是东方的微光，是林中的响箭，是冬末的萌芽，是进军的第一步，是对于前驱者的爱的大纛，也是对于摧残者憎的丰碑。一切所谓圆熟简练，静穆幽远之作，都无须来作比方，因为这诗属于别一世界。"（《且介亭杂文末编·白莽作〈孩儿塔〉序》）白莽的诗，正是以它崭新的有重大社会意义的自我形象扬起他的爱的大纛，一扫资产阶级、小资产阶级诗歌的无病呻吟和个人哀怨，因而"是有别一种意义在"的。

30 年代，一大批青年诗人继承了新诗忠于生活、走向人民这一革命传统，在批判地继承中国古典诗词和借鉴外国诗歌的同时，以极大的注意力努力吸收中国民歌的营养，力图使新诗民族化、大众化，在民族革命战争中充分发挥了作用。1932年，蒲风、任钧、杨骚等同志在"左联"的直接领导下，组织了中国诗歌会，"最热心，最活跃"地以大众化的诗作和诗论，促进了中国新诗的发展。蒲风以《六月流火》似的反抗、复仇的自我形象和《钢铁的歌唱》，使"新月派"、"现代派"风靡一时的风花雪月、消极颓废的诗风日益没有市场。他领导中国诗歌会倡导并身体力行诗歌的"斯达汉诺夫运动"，创作了许多与民歌结合的街头诗、名片诗，从理论和实践上，对新诗的革命化、民族化、大众化做出了积极的贡献。

新诗的自我形象壮实成长和全面成熟，是在延安文艺座谈会之后。毛主席在《讲话》中强调指出："我们的文学艺术都是为人民大众的，首先是为工农兵的，为工农兵而创作，为工农兵所利用的。"于是大批诗人、作家主动到工农兵群众中去，到火热的斗争中去，创作了许许多多"新鲜活泼的，为中国老百姓所喜闻乐见的中国作风和中国气派"（毛主席：《中国共产党在民族战争中的地位》）的好诗。新诗的自我形象，更加鲜明地闪耀着共产主义的思想光芒，在这方面成绩卓著的，首推李季。毛泽东文艺思想照亮了李季的创作道路，他在民间文学的丰富的乳汁哺育下迅速成长。1945 年，他运用信天游的形式写出长诗《王贵与李香香》。1953 年，他又以湖南民间盘歌的形式写出长诗《菊花石》，随后又广泛吸取民歌和古典诗词的优良传统，创作了许多"石油诗"。他的另一部长诗《杨高传》，是战斗英雄、劳动模范等新人形象的结晶。而在艺术表现方面，他努力在民歌和古典诗词的基础上，适当吸收外国诗歌的长处，加以融汇创新，"给我国的新诗运动打开了从来没有出现过的新风气"（邵荃麟：《门外谈诗》）。在与劳动人民结合、运用民间形式方面，李季提供了极为宝贵的经验。茅盾在第三次全国文代会上给他给予了相当高的评价，说："李季的《杨高传》三部曲从土地革命、解放战争写到社会主义的工业（石油）建设，规模宏伟，故事复杂，有各式各样的人物,这些都比《王贵与李香香》前进了一大步。而在艺术形式方面,也有新的发展,《王贵与李香香》是采用了信天游的曲调的,两句一组,《杨高传》却采用了我国传统的说唱文学的章法,四句一组,一、三句为七言,二、四句为十言,二、四句尾押韵。这样的章法和句法比信天游更能表现复杂的故事和人物,更能适应长诗结构所应有的开合和起伏,诗的语言朴素而遒劲,不多用夸张的手法而形象鲜明,情绪强烈,不造生拗的句子以追求所谓节奏感而音韵自然和谐,这都是李季的独特风格。"

全国解放以来,新诗和时代、现实、人民保持着血肉联系。石方禹以雷霆万钧之势赞颂"和平的最强音",贺敬之为民族的繁荣昌盛站在长城"放歌",郭小川为造就革命后代发出"告青年公民",公刘、李瑛歌颂战士闪光的刺刀,傅仇赞美绿色的森林,周良沛在蔚蓝的大海边沉吟,白桦则高唱"如期归来的秋天"、"阳光谁也不能垄断"……诗坛群星璀璨,云霓交辉。革命抒情诗的自我形象日益丰硕壮美。除"文革"十年受到严重破坏以外,新诗的优良传统大体上延续到今天。1976年的"四五运动",是人民奋起反抗窃国篡党的阴谋分子和悼念伟大革命家的政治示威,诗和花圈是他们的主要武器。人民诗歌能在这场划时代的伟大斗争中起到如此重大的作用,强有力地说明了新诗为最广大的人民群众服务,为社会主义服务,言人民之志,抒人民之情,已成为谁也阻挡不了的历史潮流。

三

回顾中国新诗走过的战斗历程,我们不难看出这么一个发展趋势:新诗的自我形象,从"小我"开始,逐渐在斗争实践中扬弃那些非无产阶级的东西,向闪耀着共产主义思想光芒的"大我"演进。新诗的艺术表现形式,是在继承中国民歌和古典诗词的优良传统的基础上,批判地吸收了外国诗歌的有用成分,逐渐熔于一炉,向创造一种广大群众喜闻乐见的民族化、大众化的新诗体迈进。我们的理论来自实践,我们的理论要接受实践的检验。那些割断历史,离开中国新诗发展道路而主观臆造出来的"诗论",是经不起实践检验的。

在风云变幻的30年代出现的何其芳的自我形象,孙绍振同志可以武断地认为他"自然不是革命者",而在"四人帮"覆灭后,在新长征中出现的舒婷的自我形象,有些同志不过是在一片狂热的喝彩声中持点异议,觉得它"较低沉",竟被孙绍振同志指控为"从抽象的概念出发轻率地对作品作法官式的宣判",这种诗评逻辑难道不是只许州官放火,不准百姓点灯吗?

众所周知,抒情诗的主人公是作者自己。自我形象是抒情诗基本的表现手段,自我形象必须能够引起社会美感,抒情诗的作者必须按照正确的美学理想,从现实生活出发,高度地集中、概括、提炼、熔铸出带有生活真实性、本质性和规律性的具体生动的自我形象。这种自我形象,不管它对现实的评价是热情颂扬或辛辣讽喻,它必须符合马克思主义美学的基本原则:忠于生活,反映生活,指导生活。生活就是美,生活的基本内容是高尚的情操和理想,劳动、革命、斗争和一切能推动社会历史发展的因素。只有塑造出这样的自我形象才算是按照美的规律创造出来的艺术。也只有这种艺术,才能引起积极、健康的社会美感。这种自我形象触动起来的美感,是带有我们社会、我们时代的素质的,它具有一种明朗的、坚定不移的生活目的性、生活创造性和生活进步性。这种自我形象,和20年代西方那种"迷惘的一代"和随后的"被挤垮的一代"以及当代西方那种专嗜描绘直觉、幻觉和错觉的现代派艺术,是尖锐对立的。前者明朗清新,后者晦涩朦胧;前者积极乐观,后者消极颓废。所以,当代中国抒情诗的自我形象,如含有过分烦忧、浇薄、伤感、落魄,如同西方的那种病态感情毒素的,它所继承的,绝不是五四以来革命文学的优良传统,也不是当代西方那些具有先进性的艺术传统,而是相反。既然出现这样一种文艺现象,文艺评论的职责就必须认真地加以探讨,从理论研究的角度出发,实事求是地指出其弱点和不足,而不该一味地捧场和喝彩,以致那种不健康的自我形象恶性地膨胀起来。

艺术传统的继承和借鉴,素来存在相辅相成和相反相成的种种可能。同是写"落叶",徐志摩是"这音响恼着我的梦魂(落叶在庭前舞,一阵,

又一阵),梦完了,啊,回复清醒,恼人的——却只是秋声!"(《志摩的诗》)舒婷写的是:

> 我感觉到我是一片落叶,
> 躺在黑暗的泥土里
> 风为我举行葬仪,
> 我安详地等待,
> 那绿茸茸的梦,
> 从我身上取得第一线生机。
>
> ——载《厦门文艺》增刊本期

而跟舒婷同代的傅天琳,一个很有希望的女青年诗人,她却别出心裁地从这种"悲声盈秋"的"落叶"中表现出搏动的时代气息,一种乐观进取和坚韧意念明朗地蕴蓄在诗情画意中:

> 秋天,当最后一朵晚霞飘过,
> 树上,当最后一个果子收获,
> 叶子也跳起了旋转的舞蹈,
> 一片一片从枝梢飞落。
>
> 落叶死了吗?不能那么说,
> 不要再唱秋风落叶悲凉的歌;
> 此刻,它又听见春的召唤,
> 要紧的,是赶快与泥土汇合……
>
> ——《星星》去年第十二期

"落红不是无情物,化作春泥更护花",在傅天琳的诗中,清朝诗人龚自珍的这一诗意得到自然的发展,而又明显地反徐志摩的诗意自成,比舒婷明朗、健康、积极向上得多了。这样的一种自我形象,虽然袅袅年青,却是我们时代的心声,足以引发社会美感而大动人心,这是一种值得珍视的青年一代的自我形象,一种可贵的创造。

我们不否认舒婷在她剖白的心曲中,有她的独特气质。舒婷既然是诚实地捕捉"那些更深、更细、更微妙的心灵的秘密的颤动",那么,在她的自我形象中灌注了自己足量的思想感情自不待言。"秘密"既然"颤动"了出来,也就不成其为"秘密"了。郭启宗同志认为"舒婷的诗,作为十年浩劫在一部分青年心灵上留下的伤痕的反应,

是真实的,有意义的,但是,作为一代人的精神面貌以及他们在党的领导下走上新的道路的歌者,舒婷是不足为训的落伍者"(《抒情诗要抒人民之情》,载《福建文艺》今年第6期),我们同意这个评价,这个评价是实事求是,一分为二,而又旗帜鲜明的。孙绍振同志为了给自己的诗论作例证,有意地把舒婷诗歌的自我形象乔装得冠冕堂皇,说她的情调不属低沉而是"很高昂",说她是又软弱又坚强,有一个"高音区"、一个"低音区"。这似乎很符合艺术辩证法,但却不切中舒婷诗歌自我形象的实际,不过是以主观臆想代替客观事实罢了。我们不妨看看,从舒婷那把"月下的提琴"奏出来的究竟是一种什么心曲:

> 是花木掩映中唱不出歌声的古井。
>
> ——《呵,母亲》
>
> 一题清纯然而无解的代数,
> 一具独弦琴,拨动檐雨的金珠;
> 一双达不到彼岸的桨橹。
>
> ——《思念》
>
> ……一粒珠贝,
> 仿佛大海……的眼泪。
>
> ——《珠贝——大海的眼泪》
>
> 也许有一个约会,
> 至今尚未如期,
> 也许有一次热恋,
> 永不能相许。
>
> ——《四月的黄昏》
>
> 我的痛苦变为忧伤,
> 想也想不够,
> 说也说不出。
>
> ——《雨别》

留多少给自己顶礼膜拜,誉之为"这是现代中国人精神状态的一个很重要的侧面"。不!这绝不能代表我们的时代,我们的人民!"无论在什么情况下,文学一步也不应离开自己的目的。这目的就是:把社会提高到自己的理想——善、光明和真理的理想的高度!否则文学就会失去它全部良好的影响,而招致最为可悲的结果。"涅克拉索夫尚有这样精辟的见解(见《杂志概评》),20

世纪 80 年代我们的社会主义文艺评论家却可以置文学的目的和影响于不顾，甚至摆起"法官"的架势，指责别人提出不同意见便是作所谓"法官式的宣判"，这不能不令人感到奇怪！

艺术不能单纯陶醉在"诚实"的莲花宝座上。从五四以来新诗自我形象的演进中，我们清楚地看到，胡适、徐志摩之流也相当"诚实"。胡适不也主张新诗要"有什么话，说什么话"吗？然而，这只是他们自己的阶级感官的"诚实"。对我们来说，有一个作家的社会责任问题，有一个"团结人民、教育人民、打击敌人、消灭敌人"的武器作用问题，在今天，更有一个鼓舞人民斗志、促进"四化"建设的社会效果问题。孙绍振同志以《伤痕》中的王晓华为例，说明"在小说中非英雄人物已争得充当某一具体作品主角的权利"，以此喻诗，推论出谁也没有权利"在诗歌中宣布非英雄的抒情主人公为不准出生的人"。这种推理逻辑是站不住脚的。小说和诗歌，叙事诗和抒情诗各有不同的艺术规律。在小说、叙事诗中，中间人物、反面人物可以而且应该有一席之地。然而，抒情诗的主人公就是作者自己。倘若作者的自我形象与中间人物、反面人物无异，那它是怎样的作品？宣扬什么主题？抒发的是哪一个阶级的思想感情？再说，小说和叙事诗塑造中间人物、反面人物时要服从无产阶级世界观的指导，抒情诗的自我形象又怎么能摆脱无产阶级世界观呢？难道可以用中间人物、反面人物的思想感情来教育读者吗？"诚实"未必是"真实"，更远非"典型"。艺术典型必须是现实生活的必然的、本质的、规律的形象反映，而不是偶然的、表面的现象罗列和杂陈。孙绍振同志摘引了中国作家协会编选的1953—1955 年的《诗选·序言》中的一段话，指责强调诗人要努力改造世界观，做一个像毛泽东同志所说的"毫无自私自利之心"的人，是一种"更加突出的概念化的诗歌创作理论"，是"把思想道德的原则和典型化的艺术原则完全混同起来了"，会导致诗歌创作的自我形象"缺乏个性"等等。我们认为《诗选·序言》这段话是正确的，抒情主人公就是作者自己，强调作者努力改造世界观，才能提高抒情诗自我形象的教育意义。在这里，并不是什么"把思想道德的原则和典型化的艺术原则完全混同起来了"，而是坚持世界观指导艺术创作这一马克思主义文艺理论的基本原则。"混同起来了"的倒是孙绍振同志自己，他把叙事作品（包括小说、叙事诗等）的人物形象和抒情诗的自我形象"完全混同起来了"，认为既然允许小说塑造中间人物、反面人物，那也应该允许诗歌的自我形象——抒情主人公即作者自己可以有各种各样非无产阶级的思想感情。这种故意违背文艺理论的基本常识，以便为自己的错误观点立论的做法，实在令人吃惊。至于说，强调世界观的作用，就会导致诗歌的自我形象"缺乏个性"、公式化、概念化，那也是不符合客观实际，没有说服力的。难道毛主席和周总理的诗没有艺术个性吗？朱德和陈毅的诗没有艺术个性吗？鲁迅和郭沫若，李季和闻捷，郭小川和贺敬之，乔林和阮章竞的诗没有艺术个性吗？诗的自我形象不该昏迷，而应该清醒。要清醒，就必须遵循艺术最起码的两个原则：忠实地反映生活和正确地指导生活。反映生活是为了指导生活。否则，为何称文艺为"生活的教科书"呢？孙绍振同志离开作家的阶级立场和世界观，空谈什么"展现人的独特的心灵的真实"，那和胡适、徐志摩之流的诗作和诗论又有多少差别呢？我们的同志千万不要忘记，胡适正躲在阴暗的角落里，拿着一面"风月宝鉴"在向有些诗人招手呢！

若论风格，"风格即人"。郭沫若粗豪，何其芳娴静，郭小川深沉，贺敬之奔放，艾青高雅。而舒婷，读完她目前在新诗坛上出头露角的一些主要篇章，总觉得她的自我形象和风格，好像戴望舒在《雨巷》里希望逢到的那位"丁香一样地结着愁怨的姑娘"，她有丁香一样的颜色和芬芳，也有丁香一样的忧愁和哀怨。我们并不认为抒情诗都要有叱咤风云的强威，或金刚怒目式的搏击，只要情愫明朗、健康、积极、向上，即使是恋歌、小夜曲，人民也是欢迎的。但是，在全党全民同心同德，争分夺秒大干"四化"的今天，广大读者实在没有时间来陪"丁香"们抹泪呜咽，沉湎在无限的哀愁中。而当孙绍振同志把"丁香"乔装打扮一番，朝读者来个"醍醐灌顶"的时候，有的读者只是说一声"且慢"，嫌它"较低沉"，就被戴上"谋杀"新秀的独特个性的高帽，这未免太残酷了吧。

我们也不否定从近代欧美浪漫主义象征派和意象派中借鉴某些描绘生活、概括内心感情的艺术手法。但是，一要于我们真正有用，不能"言必称希腊"，全盘欧化；二要经过消化吸收，不能囫囵吞枣，生吞活剥。无产阶级的诗美，要求理性和直觉、思想和感情的和谐统一。近代西方现代派（包括意象派、象征派等等）的艺术论和诗作最突出的特征，却是排斥和否定理性，强调表现个人难以捉摸的感受和幻觉，宣扬悲观绝望情绪。这正是和我们社会主义的文学艺术本质上针锋相对的。孙绍振同志居高临下地耳提面命大家，说："不管持什么观点的人都有一个从根本上让艺术思想再解放一点的任务。"而他自己却竭力吹捧舒婷诗中那种"直觉、幻觉，甚至是错觉"的自我形象和幽暗晦涩的神秘主义诗风，并且讥笑吸取民歌营养、继承中国古典诗词的优良艺术传统为"世俗的潮流"，这岂不恰恰暴露了他的思想尚未解放，至少他的艺术观已被西方现代派所俘虏了吗？

1980 年 6 月 5 日草于厦门

选自《厦门文艺》1980 年第 3 期，增刊，8 月

《海囚》作者谈《海囚》的创作

——洪永宏同志访谈

彭一万

洪永宏同志最近由福建人民出版社出版的长篇历史小说《海囚》，我翻开一读，心儿马上被那紧张而富有传奇色彩的故事情节所吸引，为书中主人公的命运所萦系。小说写的是发生在故乡——厦门的故事，使我倍感亲切。读着读着，我联想起我国近代史上那屈辱的一页——惨绝人寰的"卖猪仔"。

作为我国近代史开端的鸦片战争，以清廷的失败而告终，签订了丧权辱国的《南京条约》，开放了广州、厦门、福州、宁波、上海为五个通商口岸。从此，西方殖民势力蜂拥而至，吮吸着我国的民脂民膏。随着资本主义的发展，西方殖民者需要大批廉价劳动力，于是，他们便勾结洋行买办，进行"人口贸易"。这是一项比鸦片和商品走私更为恶毒、更为卑劣的罪行。从1845年起，厦门便有华工出口，1845至1852年，厦门出口华工达12151人，成为当时全国最大的华工掠卖中心。洪永宏同志的长篇小说《海囚》，即以这一历史事实为依据，描写厦门人民反对掠卖华工斗争的故事：清咸丰二年（公元1852年），兼任英国、西班牙、葡萄牙三国驻厦门总领事，新记和盛记洋行总老板查理士，勾结地方买办潘汝非，制造唐、潘两姓的大规模宗族械斗，趁火打劫，在半个月内掳掠了500名华工，用英国快船飞鲨号运往澳洲。途中，华工们忍受不了"浮动地狱"的非人待遇和侮辱，在了解了事实的真相后，释嫌合作，打死船长，夺船逃生。不幸，又被随船押运华工苦力的新记洋行协理泰勒将船炸毁，不少人落水丧生，只有少数人生还。腐败的清政府却屈服于洋人的淫威，屠杀了侥幸生还的华工领袖。其余生还华工，投奔了厦门"小刀会"，割下泰勒的头颅，进行报仇雪耻的反抗斗争。

读罢小说，合卷闭眼，从历史到小说，从抽象到形象，从人物到事件，在我的脑际萦回。为了更深刻地理解这一作品，我特地拜访了洪永宏同志。

洪永宏同志从1960年起，就在福建省歌舞团从事诗歌、歌词、戏剧创作。早在1963年，他便以此内容构思和创作了七场歌剧《碧波红浪》，后来因为感到时间、空间跨度太大，以歌剧形式在舞台上不易表现，暂时搁笔。十年浩劫期间，根本无法动笔。粉碎了"四人帮"，文艺得解放。1978年春天，中央有关负责同志指出，文学要反映和表现时代，中长篇小说是最好的形式，有了好的中长篇小说，就能改编为戏剧、电影、曲艺等多种形式的艺术作品，这是木之本、水之源。于是，洪永宏同志着手构思，想从更广阔的时代背景中，反映出生活的一个纵断面。他在创作札记上写道："这不是写黑奴恨，而是写中国封建社会解体，半封建半殖民地社会初期的各种人，展现那个历史时期的画卷。"

写这样的历史小说，需要知识的积累和深化，要有生活的阅历和体验，具备艺术的素养和手法。好在洪永宏同志已有十几年的文艺创作实践，祖上是航海世家，本人少年时代当过见习舵手，到过基隆、福州、汕头、广州等港口，熟悉海上生活。他又是游泳健儿，谙熟水性和大海的脾气。这些给他提供了良好的写作基础。同时，洪永宏同志抓紧一切时间贪婪地学习，他的二哥——历史工作者洪卜仁同志，为他提供了大量的历史资料；大哥——语言学副教授洪笃仁同志，为他提供了厦门方言资料。他阅读了大量的中外古今文学名著，诸如《斯巴达克斯》、《基度山伯爵》、《牛虻》、《海盗》、《小城春秋》等，做了大量笔记和摘录，从中汲取艺术营养。他悉心钻研《船体结构》、《帆船》、《神经精神病》、《福建通志》、《厦门志》以及海洋学、气象学、族谱等有关科学知识和历史资料的书籍，使小说所涉及的人、事、物都能言之成理，持之有故。为了写好这本21万字的小说，他查阅的史料、资料及阅读的小说共有800多万字，他写下的手稿、提纲、摘录有60多万字。此外，他跑图书馆、博物馆，临摹早期厦门地图，自行设计和绘制飞鲨号快船的图形……这是多么浩繁的精神劳动啊！

洪永宏同志说："最后，我从这些纷纭复杂的资料、文献、事件、人物当中，理出一条贯穿线索——对华工的掠卖和反掠卖，并把故事发生的时间集中在清咸丰二年的七月至九月的两个月中，通过这面三棱镜，反映出 1840 年鸦片战争至 1852 年太平天国革命风起云涌 12 年间的历史面目和社会风貌。

"我觉得，非写血与火的洗礼、生与死的搏斗，不足以惊心动魄、感人肺腑。所以，我选定以华工暴动为主线，以船上斗争为中心情节，从唐、潘两姓族人被挑唆欺骗，酿成械斗的惨祸开始。在华工们被掠上快船以后，唐、潘两姓苦力同受外国入侵者的侮辱和欺凌，这就激起了他们的阶级感情和民族感情，促使他们觉醒。经过复杂的、剧烈的斗争，他们终于弄清了械斗的真实原因和挑唆者的本来面目，心贴心地团结起来，奋起反抗，报仇雪耻，最后，还同小刀会起义军取得联系，壮大了自己的力量。他们的命运，在当时具有一定的代表性。而我，是怀着强烈的民族感情来写这部小说的。"

我插话问道："你在艺术上注意了哪些呢？"

洪永宏同志答道："我力图在下述三个方面作一些尝试。第一，在结构上，运用戏剧手法于小说创作中，采用大悬念套小悬念，大冲突套小冲突的表现手法。"

我想了想，对！小说的开头，写飞鲨号在七洋洲海面发现七具浮尸，却扬长而去，下文转入描写远宁号，这就造成一个悬念。而远宁号副火长唐金龙，带领水手捞尸，并救活其中一人，此人竟是个疯子。接着，又写这个叫潘元坤的疯子被掠走。而一直到了第二十九章，约全书的四分之三处，才交代潘元坤漂浮海上的来龙去脉，这是一个罕见的大悬念。在中华民族和外国入侵者的大冲突中，又套入了唐、潘两姓的宗族冲突以及买办走狗之间的狗咬狗斗争。我赞同地说道："这样写来，确实能扣住读者心弦，令人非看下去不可，大有章回体小说请听下回分解的味道。那第二个方面呢？"

"第二，我采用白描手法，纯用讲故事、交代情节的办法进行叙述，而铺述的地方很少。各种人物外形，服饰的刻画，内心活动的描写，环境气氛的渲染，山川景物的描绘，乃至叙述人的议论和抒情，是不多的。我主观上想使语言凝练、简洁、干净，但却带来粗糙、单调的毛病，不少该刻意着笔的地方，忽略过去了，显得很不细致。

"第三，我想把厦门方言糅进规范化的汉语中去，让丰富多彩的厦门谚语、俗语在文学作品中得到表现，占有一席之地，以丰富汉语语汇宝库。特别是讲以厦门话为标准的闽南方言的，在全世界有三四千万人，包括台湾骨肉同胞在内。台湾作家在这方面很注意，作了大胆的、可贵的尝试，并已逐步推广，受到广大读者欢迎。这证明这条路是行得通的。这是我们讲闽南话的文艺工作者的共同职责。"

我颇有同感地补充道："真的，我读《海囚》时，字里行间有一股故乡泥土的芳香，似曾相识，非常亲切，大概与此有关吧！当然，我认为还可以发掘得深一些，选得更精一些，向规范化靠得更拢一些，使之成为闪光的语言，令人读罢拍案叫绝，久久不能忘怀。"

末了，洪永宏同志告诉我，《海囚》即将由北京电影制片厂搬上银幕，由他本人和北影厂的高振河、李文化改编，由李文化任导演，不久将到厦门选景筹拍。

我们祝愿这部好小说能变成一部激动人心的好影片。

选自《厦门文艺》1981 年第 2 期，6 月

蒲松龄《促织》与卡夫卡《变形记》

李以建

《促织》是清代文学家蒲松龄《聊斋志异》中最优秀的佳篇之一，历来为人传诵。记得小时候翻阅连环画册，看到成名之子变为促织，颇觉得好玩。近日偶翻再版的铸雪斋本，再读这篇小说，孩提时的心情却无处寻觅，只感到内心充满压抑的痛苦和无名的愤恨。掩卷静思，顿悟出作者在《聊斋自志》中的一句话："集腋成裘，妄续幽冥之录，浮白载笔，仅成孤愤之书，寄托如此，亦足悲矣！"纵观评论文章，大都指出它"揭露了封建统治阶级对人民群众的超经济剥削，逼害人命与以人命为儿戏的罪行"。对小说中的"一人飞升，仙及鸡犬"的描写，或认为"深刻挖苦了统治阶级"，或认为"破坏了悲剧气氛，削弱了对统治阶级的谴责力量"。各家之说不无道理，但对成名之子变为促织却大都一笔带过，唯何满子先生在《〈聊斋志异〉及其作者蒲松龄》一文中谈到《促织》时曾提及："这个人，这个幼小的生命，就成了一个虫豸，成了统治阶级淫佚的嬉戏的玩物和牺牲品。"然而未作深入剖析，有点令人遗憾。我认为，《促织》中描写成名之子被迫"身化促织"这件虚幻怪诞之事，恰是这篇小说最独到之处。

由此想到被誉为西方现代派文学的大师——奥地利作家弗朗兹·卡夫卡（1883—1924年），他的代表作之一《变形记》（1912年）是公认的反映异化主题的先驱作品。将《促织》与《变形记》作比较，就可看到西方的卡夫卡提出的"异化"主题，早在17世纪东方的蒲松龄笔下已经涉及，可说是殊途同归。

异化，原是德国古典哲学的术语，其意系指主体在一定的发展阶段，分裂出它的对立面，变成外在的异己的力量。黑格尔最早提到异化理论，费尔巴哈、马克思和萨德尔都作了不同的阐述，自19世纪末至今已引起人们的普遍重视。卡夫卡是将"异化"主题，通过别出心裁的艺术形象鲜明地反映在文学作品上的先驱。他在《变形记》中描写了一个普通的旅行推销员，某日清晨，"从不安的睡梦中醒来，发现自己躺在床上变成了一只巨大的甲虫"。躯体虽变形，人心尚在，但没有人能理解和同情他，他感到现实世界是"灰色的天空与灰色的土地浑然成为一体的荒漠世界"，以致最终在"羞愧与焦虑得中心如焚"和外界的百般折磨下愤恨死去。资本主义社会，由于生产资料私人占有性和生产社会性的尖锐矛盾，造成在现代化的大生产中，"物的世界的增值同人的世界的贬值成正比"（《马克思恩格斯全集》第42卷第90页）。人的价值在不断消失，人成了物的奴隶，无法掌握自己的命运。同时，人逐渐失去本性，变成物，成为对自己，对别人来说都是异己的力量——"精神上和肉体上非人化的存在物"。从《变形记》中不难看出，卡夫卡用象征主义的表现手法，通过主人翁格里高尔内心的扭曲，甚至整个肢体的变形的悲惨命运，异常深刻地揭示出资本主义社会迫使人的异化的可憎面目。

同样，在《促织》中成名之子被迫变为促织，这岂不是另一个生活在封建社会中的格里高尔吗？一个是甲虫式的人，一个是促织式的小孩，二者都是虫形人心，都是对人的异化这种现象的一种独特的典型概括。在中国的封建社会中，"宫中尚促织之戏"，就利用其庞大而腐朽的官僚机构及如狼似虎的爪牙，层层勒索，"每责一头，辄倾数家之产"，置人民于悲惨困苦的非人境地。成名最后也只得"早出暮归，提竹筒、铜丝笼，于败堵丛草处，探石发穴"，去捉这博皇上一笑，令百姓千死的玩物。灾难的阴影也笼罩着天真无邪的童稚心灵，成名之子不慎弄死了父亲千辛万苦才捕获的促织，厄运马上扑向这无辜的小孩。他被逼投井，身不由己地变成了促织。在封建社会的深重压迫下，人的存在价值和人的本性都荡然消失，人只是物，甚至连物都不如。蒲松龄饱含着极度的孤愤与凄楚辛酸的泪水，把这一现象通过小说形象地表现出来，比同时代一般作品更尖锐地提出了引人深思的"异化"问题。

人的孤独感，这是人剥削人的社会普遍存在的精神危机。《促织》中成名之子不小心弄死促织后，遇到的是母亲"面色灰死"地大骂他"业根！死期至矣"和父亲的"怒索"。人世间对这弱小的心灵没有丝毫的安抚和体谅，恐惧、哭泣、孤苦无告，最终被逼投井一死了之。作者用犀利的笔锋，强烈控诉了封建社会中人与人之间，甚至亲人之间的关系是如此冷漠、残酷，这是封建社会制度所造成的恶果。同样，《变形记》中格里高尔变为甲虫后，上司对他的怀疑与威逼有增无减，父亲"主张对他采取严厉措施"，妹妹认为他"就是我们一切不幸的根源"。虽然"他怀着温柔和爱意想着自己的一家人"，但是躯体的变形，使他无法再养家糊口，就被家人视为异类，周围的人"非但不帮他和他家庭的忙，却一个个都那么冷冰冰"。格里高尔不得不在极度的孤独的寂寞中含恨死去。这难道不是对资本主义社会的人与人之间赤裸裸的金钱关系淋漓尽致的揭露吗？当然，《变形记》中格里高尔变为甲虫后，即遭到社会的歧视和家庭的冷遇，因为他已失去了使用价值；《促织》中成名之子变为促织后，反而得宠，"一人飞升，仙及鸡犬"，因为他有了使用价值。乍看二者似乎迥然不同，其实他们作为人的价值已丧失则是相同的。无论是资本主义社会还是封建社会，它重视的都不是人的价值，而是统治阶级的使用价值。当人的使用价值丧失，就遭到排斥和嫌弃；当人虽然失去人的价值，但有了使用价值就能得宠飞升。两篇作品异曲同工，从各自不同的角度反映了社会对人的异化这一实质性的问题。

或许有人会指出，在蒲松龄的时代，中国以至全世界还没有一位哲学家曾系统地指出异化的问题，只是在将近一百年之后，德国的黑格尔才首先提出的。诚然，这是事实。但是，哲学并非上帝先知的启示，也不是某个天才的先验预言，而是从人类社会实践中概括出来的。生活中的许多现象，只有在人类实践和思维发展到一定阶段，理论上的探讨不断深入完整时，才能作出比较正确的解释，而这是一个无穷尽的发展过程。现代哲学已阐明，异化现象是人类自有社会以来存在的一种普遍现象，因而马克思在《1844 年经济学哲学手稿》中提出共产主义社会"人的复归"的问题。他说："共产主义是私有财产即人的自我异化的积极的扬弃，因而是通过人并且为了人而对人的本质的真正占有……"作为比普通人敏感一些的文学家，是有可能从生活感受中朦胧地察觉到，并在作品中提出后代哲学家归纳为系统理论的问题的，当然作家本身不一定就明确意识到，或系统认真地思考过这些问题。

应该说，《促织》只是不成熟的雏形，《变形记》则较成熟、较深刻、较完整地反映了异化主题。由于封建社会儒家和道家思想的束缚，蒲松龄的笔端不可避免地濡染上封建迷信的愚昧色彩。纵然他大胆地运用浪漫主义的丰富想象，仍无法像卡夫卡那样完整地塑造出虫形人心的形象。比如他在描写成名之子变为促织之后，没有着力去刻画促织仍富有人的真实思想和感情，这就必然削弱了促织这一艺术形象的感染力。作为进步的封建文人蒲松龄，他也只能将成名之子的出路寄魂于促织，这无疑是他的时代和阶级局限。

仔细推敲，《促织》与《变形记》艺术手法虽不完全相同，亦有相通之处。《变形记》运用大量心理描写与剖析来塑造人物形象、表现主题，在极不和谐的怪诞中引人发笑；这笑是哭，是无言的揪心悲泣，蕴含着作者极大激情和义愤。《促织》却是运用现实主义和浪漫主义相结合的表现手法，通过外在事态发展的客观描绘，直至篇末才通过"成子精神复旧，自言：'身化促织，轻捷善斗，今始苏耳。'"来说出成名之子曾被逼变为促织，同样也是悲愤的无声控诉，堪称"孤愤之书"。两篇小说的作者各自通过对社会和人生的独特观察与感受，相继在文学作品上反映了异化现象，同时不约而同地运用象征的手法，达到了"借虚幻写真实，寓严肃于荒诞之中"。

当代外国学者在论述卡夫卡的创作思想时，曾追溯到他深受中国道家思想影响，根据是他生前曾一度攻读过老子的《道德经》及其哲学思想体系。再如，直到 19 世纪上半期，西方文学艺术中"汉风"亦很盛行。20 世纪初中国古典诗歌创作技巧对英美意象派诗人也产生过巨大影响。这些文学现象都说明东西方文学之间的姻缘关系。

各国文学虽受语言障碍而有所阻隔,但随着经济、文化的日益密切交往,障碍正在不断消失。可以说,文学是无疆界的,它是人类智慧长期发展的共同结晶,是一个有机联系的整体。因此,我们应打破固有模式的偏见,从束缚中走出来。伟大古老的中华民族,有着悠久的历史和极其丰富的文化遗产宝库。今天,我们应把它放在世界范围内,运用当代发展的新理论和现代科学方法重新加以认识、研究和探讨,不断去发现与挖掘出它的真正价值。正如我国著名学者钱钟书先生所指出的:"古典诚然是过去的东西,但是我们的兴趣和研究是现代的,不但承认过去东西的存在并且认识过去的现实意义。"

选自《厦门文艺》1981 年第 4 期,10 月

限制的艺术和生长的秩序

——散文诗艺术谈

杨匡汉

置身于空前的动荡的变革,使最平静的灵台也卷起风暴。深沉地告别昨天和热烈地憧憬明日,使我们在自由创作的天地里驰骋。正是由于这样适宜的气候和时代的动因,我们看到了诗和散文的复兴,也触到了介于二者之间的"边缘体裁"——散文诗的潮动。在这个艺术领域里,人们欣喜地发现了圣洁的土地上开出的一朵朵紫荆花,发现了深海的追寻中获得的一颗颗珍珠,发现了趋于表面的沉寂却孕育生命的欢乐,发现了暂短的一瞬和万象的一点竟然集中生活中那么多的阳光……真是令人神游逸飞,禁不住要发出"不知天上宫阙,今夕是何年"的赞叹了。

那么,散文诗是什么?它和诗、和散文究竟有何异同?这个问题不妨暂且摆着,留待学者去作深入的研究。我只是想说,当你在这一个王国里漫游时,令人难忘处,首先不是单靠了"定质"便觅得"妙谛",也不是那种徒具炫人耳目的伟辞丽句,而是一个个从生活土壤里生长出来的平凡又罕见的精神现象,它们就如同生活本身那样朴素、自然、淳厚和旷达。当散文诗人用自己富有创造力的生命去主动拥抱它们时,云纵千脉,情横万里,作品中也就注进了崇高、惊奇、愉悦、舒畅、雄健、飘逸等等多样的元素。那运笔行文,那格局风致,定然不可用某种单一的模式来规范。正由于如此,鲁迅在论及散文小品时讲的"其实是大可以随便的,有破绽也不妨",大体是不差的。再从诗的历程来看,旧时韵、散对立,及至近世,自由体新诗是对格律诗的一种"反叛",而散文诗又是对自由诗的一种"解放"——脱去了诗素有的躯壳,穿上了为诗所忌的散文的外衣,自然又没有丢却那颗纯净的诗魂。这样,如果不是因内容的空泛和思想的贫困而求救于形式上的过分雕琢,散文诗在取材、构思、造语上该有更多的自由,大可不必仰仗诸如"起、承、转、合"的硬性规定,或者笃信"天衣无缝"一类的刻板告诫。既然是在野生的天地里有生命的一个活体,就让它自由地生长发育吧。不过,"信马由缰",并非不要缰;"为文无法",亦非不求法。文学艺术的确具有令人惊异的多样性。然而,多少世纪以来屡屡发生着以无限制的"不定型"对于有限制的"定型"的反抗或拒绝,这种反抗或拒绝的意识愈强,并不证实无限制的自由在艺术领域里的胜利,反而愈能证明适度的限制对于艺术的必要。小说几乎愈来愈近于不知任何约束的"无定型"特性,但对这一多样性和流动性的生命作过度的"自由主义"理解,往往会迷失了小说本质的所在,因为小说中由诸因素所构成的全体,其行动的走向终究要持续地对准某一审美归结而挺进。戏剧的"三一律"作为一种历史遗风完全可以并允许突破,但任何一种现代戏剧同样无法忽视如下的条件:舞台本身的限制,观众注意力的限度等等。诗当然可以越写越自由奔放,但一概地排斥韵、律、行数以及内在的节奏等等,未必是真正的诗解放。如果你细细探究一下艺术的奥秘就不难发现,一切创新者(指真正意义上的)对于"自由"的尝试,常常是暗中以一定的限制为前提的。这样,我以为散文诗在本质上也是一种"限制的艺术",当然,这种"限制"并非意味着只限外形的规律或陈古的残骸。

是的,这是一种"限制的艺术"。循名责实,散文诗,散文体之诗也。它兼有散文和诗的特点,却是诗的一种。它篇幅短小(有的论者规定它为三五百字,实属一家之说,但说明要短小,则无疑是对的),有诗的意象与情境,但像散文一般既不分行也不押韵,其诗之律动和感情,不在于文字表面而须于内部求之。这种独立的文学体裁,不是散文向诗运动,而是诗向散文运动的产物。前者散文为魂,诗为形体;后者诗为灵魂,散文作外衣。这种文体也是"舶来品",本世纪初在我国开始出现。刘半农、郭沫若、鲁迅等先后有散文诗的创造性实践。特别是鲁迅的《野草》,堪称中国现代文学中第一部散文诗集，并为这一文体奠定了稳固的根基。以建设理论而言，有西谛（郑振铎）对这一富饶而有潜力的艺术世界的概括与开拓，其代表作是发表于1922月元旦《文学旬刊》上的《论散文诗》，所论甚详，述之精当。郑振铎考察了"诗确已有由'韵'趋'散'的形势"，指出诗之魂在散文诗中的重要性。他写道：

> "只管它有没有诗的情绪与情的想象，不必管它用什么形式来表现。有诗的本质——诗的情绪与情的想象——而用散文来表现的是"诗"，没有诗的本质，而用韵文来表现的，决不是诗……
>
> 而且散文诗的成绩也已足证明散文决非不能为表现为诗的情绪与情的想象的工具——也许表现得比韵文还活泼，还完全呢！"

这是切中腠理之谈。如果说，徒具诗形而无诗质的分行文字是"非诗"，那么，徒具散文的形体而无诗质的东西，也不能称之真正的散文诗。

就拿鲁迅的《野草》来说，除了打油诗《我的失恋》和微型剧作《过客》外，都是相当典型、精妙的散文诗。它们除了形式上有散文的斑斑留痕，可以说具备着诗的一切特质——包括运用了诗歌的技法。不妨看一下《影的告别》。在这一短章里，作者展开了奇特诡异的诗的彩翼，使影子向形体的告别，全在一种朦胧的意境中进行。那一系列的象征和隐喻，使诗的情绪布满了迷人和令人遐想的气氛。这是一个徘徊于明暗之间，彷徨于朝夕之间，挣扎于希望与绝望之间，最终又沉入黑夜之中的灵魂的撕裂人心的呼喊！抒情主人公无疑是一个悲愤沉郁，不停止地追求真理、探索光明的典型形象。它只有四百多字的狭小篇幅，然而，巨大而复杂的思想内涵，以及奇诡的想象、启迪性的象征、谜一般的暗示，加上浓缩到极致的精粹语言，均为诗之特质的明证，确非一般散文之属性。因此，散文诗不是散文，而是诗的一种，是一种兼有散文和诗的特点，向诗的方面跨度很大的独特的文学样式。

这样，正由于散文诗是更接近于诗的，自有其难度，要求也更严格。它作为一种艺术样式，需有一定的艺术规律所制约，自己也在这些"限制"中

得以生长。歌德在1800年写的十四行诗中有句："在限制中才显露出来能手，只有法则能够给我们自由。"对于散文诗来说，"限制"和"法则"自然不是外加的和外在的，而常常是结构本身所固有。

这种"秩序"，首先表现在散文诗的总体构思上，是遵循诗的把握方式。它常常是从一粒沙看大千世界，从一滴水看汪洋大海，无论是短暂的一瞬抑或广宇中的一点，都要把握得像诗那样单纯、集中，单纯到细微的程度，集中到能穿透时空，并且在这一"微"一"点"上构成诗的意境，驰骋诗的想象。柯蓝写海上的浮标灯，把诸如过程铺叙、背景交代统统撇开，让一种生活的真理向光点汇聚："海上的浮标灯，很谦逊地站在最远的地方。第一个迎接凶险的风浪。海上的浮标灯，永远沉默地埋头工作，日夜不停地指示方向。天色愈黑，浮标灯的灯光愈亮。"郭风的《叶笛》，旨在传达对故乡新生活的挚爱，也抽去许多具体的场面和人物的活动，集中到自己心灵面对叶笛时的一种微微的波动："啊，故乡的叶笛。那只是两片绿叶。把它放在嘴唇上，于是从肺腑里，从心里的深处……那笛声里有故乡的绿色平原上青草的香味，有太阳的光明。"声音里有"香味"和"光明"，不合常理，却是诗。美，就产生于这种单纯而集中、自由而严肃的想象之中，且有动人的乡土情趣。同样，刘湛秋在《广场在审问》中，先是为灯火通明的广场而感到幸福、满足、骄傲，紧接着把思绪收缩于一个生活的焦点：那曾经淌过英勇的血，流过悲愤的血，响彻过斗争的呐喊的时辰。作者让广场发出庄严的审问："同志，在妖风迷漫的时刻，你是沉默，是斗争，还是出卖自己的灵魂？"像诗一样，散文诗包容不了太大的生活和历史的场景，它就凝聚地写，集中地写，以小见大地写，从多个侧面去写，经过情绪的滤色镜过滤了以后去写。这样的构思方式，就带来了散文诗总体形象单纯集中，情绪和思想飞腾跃动，结构形式往往由一个画面转到另一个画面等特征。也因此，它的弹性要超过一般的抒情或叙事散文，它留出了更多的"空白"。它的感性或理性的意义得以不受时空的限制，而不断地在读者心目中生长。

这种"秩序"，还表现在散文诗对于内涵力和外延力的交切相融、相克相生的追求上。由于这

种多少带有"戏剧性"的张力的存在,使散文诗走向严密、深广和富于力度。这里所谓的"戏剧性"并非全指矛盾冲突,在散文诗里,则是指内涵与外延的不同乃至相反动向的元素的组合。也就是说,它往往组合杂繁相异的元素于一体,通过"涨落",从无序运动到有序,从不和谐运动到和谐,从而支撑着散文诗的"高层建筑"的整体存在。

以刘再复的《山顶》为例。它写作家自我意识中带着少年时代那种刚勇和青春的赤诚攀登。在这首散文诗里,作者不用文字去直接或表面地指涉物象或事件,也让读者全然撇开对攀登的具体行动和过程的关注,而是一下子把心灵内在的整个"基形"呈露给你——丢却那些成败得失的荣辱,在对真理的寻找过程中获得生命的充实。这是对人生的深沉思考,比一般地抒发献身热情有更为深广的内涵。但作者所写的"山顶"并不是确指的意象,"望不见山顶,只知道看山顶",而且"也不知道山顶上有什么",可能有白鹤和雪莲,绿茵和花丛,也可能只有焦土和死草,云雾或枯骨。那山顶或代表理想、成功,或指涉失败、苦果,外延有其相当的随机性。然而尽管有这种不确指、不稳定的自由度存在,作者始终对准着一个思绪的目标——"生命的源泉,就在这日日夜夜的攀登旅程中"挺进。这一思想的秩序,引发出语言的反射性,意象也就"山山相连"了。

这种"秩序",又体现在散文诗间织回环的构造上。这一点,构成了我国散文诗的一大特色。在西方和东欧,无论是波特莱尔、屠格涅夫还是普里希文,他们的散文诗多是写实的,有的甚至是有情节的。在那里,散文诗和抒情散文的界限并不那么明晰,当然,在艺术构造上,它们自有对于由时空和因果律所形成的艺术统一性的追求。中国的艺术传统与西方不同。自战国时代以来,"阴阳交错"、"相辅相成"等回环意识盘踞人们心绪。因此,中国传统美学就以"互涵"、"交叠"等观念为重点,反映在文学表现上,往往以"绵延交替"、"反复循环"等意向去构筑艺术的楼台。在这种美学思想支配下,便产生了这样的艺术理论层次:依循环顺序的客观现象和"长歌当哭"的情发特点,架构为"多项周旋"、"复相重叠"的轮状形式,使之绵延不绝,绕梁三日。这一艺术传统冲淡了直线发展和时空表层统一的印象,获得了表现人生经验的细致关系,在间织回环中将绵绵情思注入人们的心田。现代散文诗深受这种艺术传统的影响,不少名篇依仗这种反复回旋,构成一唱三叹的诗的内在旋律,因此也使散文诗具有某些诗的特点。鲁迅的《影的告别》自然是突出的例证。请看这段文字:

> 有我所不乐意的在天堂里,我不愿去,有我所不乐意的在地狱里,我不愿去,有我所不乐意的在你们将来的黄金世界里,我不愿去。
>
> 然而你就是我所不乐意的。
>
> 朋友,我不想跟随你了,我不愿住。
>
> 我不愿意!
>
> 呜乎呜乎,我不愿意,我不如彷徨于无地。

接连的排比重叠,接连的用"不"字构词,如此回环往复,宛若行云流水,像奏鸣曲那样一层进一层地重现着主旋律,诗的情绪也跳跃性地前进。这种情状,在茅盾的《白杨礼赞》里有,在郭风的《风力水车》里也有,在许多好的散文诗作中均未或离。这也使人想到,一切艺术高层次的发展,是向音乐靠拢。散文诗的这一"秩序",无疑是语言的音乐性的一种表现。

迨至今日,多样的艺术探索在散文诗领域里庄严地进行。尽管我们还不时接触一些"不成片段"的"七宝楼台"式的平庸空泛之作,但就其主导方面而言,我们多数作者越来越自觉地迈上散文诗自己的轨道——艺术的轨道上来,并以各自的进取,共同为使散文诗形成开放的艺术系统而努力。记得苏东坡曾指出文章要有"大略如行云流水,初无定质;但常行于所当行,常止于所不可不止"的境地。我以为,散文诗也应具有这种美质,既自由,又有所"限制",既开放,又有所"秩序",那么,散文诗的生命将无限地延伸下去,获得真正意义上的生长、发展和勃兴。

选自《厦门文学》1986年第1期,双月刊

风格小谈

郑朝宗

19 世纪英国文学批评家丕德（Walter Pater 1839—1894 年）在他的《论风格》一文中，主张风格的种类有二，即意匠与神韵。根据他的分析，我们不妨假定世间有两种截然不同的文风，即意匠的风格与神韵的风格。

所谓意匠的风格，就是一种经过千锤百炼制造出来的风格。这种风格的特点是有计划，作者于开始写作之前，好像建筑师打图样似的，把作品从头至尾细心擘画了一番，然后照着所拟的去实现。在写作的过程中，他丝毫不肯苟且，一定要使所下的片言只语都能恰当地表达出心中的意思。这种苦心经营的作品，成绩自然很显著，借用金圣叹的话来称赞，便是"字有字法，句有句法，章有章法"。

神韵的风格与此相反，它是一种不费经营而自然优美的风格。这种风格的形成纯粹由于一时的灵感，用旧时的说法，便是所谓"神来或兴到之笔"。如果说意匠的风格给你的是一张图案，一种形式，神韵的风格给你的便是一团光气、一堆彩色了。利用意匠的风格，作者让你一步一步地去认识他；利用神韵的风格，作者叫你像触电似的一下子里被他迷住了这种风格的妙处。倘也要用古人的话来形容，严沧浪的"透彻玲珑，不可凑泊"，比较还算贴切。

真是无独有偶，普天下的诗心、文心果然一致。在中国古代的文论中，早已出现和丕德大致相同的主张，这就是"伫兴"和"苦吟"。"伫兴"者，等待灵感之谓也。这派作者相信诗文不可硬作，硬作是白费工夫的，即使勉强作成，也一定平庸呆板，不值一看。好的诗文都是在一种特殊的心理状态下奔涌出来的，刘勰在《文心雕龙·神思》篇中所描写的那种"登山则情满于山，观海则意溢于海"的心理状态大约与此相同或类似。作者必须耐心等待这种心态的出现，然后下笔，才能产生佳作，这就叫作"伫兴"。与此相反，有些作家主张写作是严肃的事情，不能凭一时的意兴信手涂抹，而必须下苦功字斟句酌，仔细推敲，才会产生好作品。于是乃有十年作赋的左思和"二句三年得"的贾岛。这与丕德的崇尚"意匠"不是很相像的吗？

以上说的是以创作为安身立命的专业者的高论。我们这些非专业的作家，于辛苦工作之余，偶尔有些见闻感触，也想用文艺的形式把它记录表达出来，依我看，能做到文从字顺，条理清楚，不夸张，不空泛，也就可以了。但有一点必须注意，千万勿装腔作势，拖沓冗长，或模糊晦涩，令人不忍卒读。这可是一切专业和非专业的作家必须共同遵守的公德。

1989 年 11 月 11 日

选自《厦门文学》1990 年 2 月号

作家与批评家

南　帆

作家与批评家是文学王国规模最大的两个集团，他们之间的差异不仅在于工种和社会待遇，而且还在于看待问题的不同方式。尽管作家与批评家的对抗程度不如党派、文学团体或者不同门户，但是，某些基本观念的分歧使得他们难以长期和睦相处。作家与批评家经常处于冷战状态，拌嘴、赌气、牢骚与抱怨则是这种状态的伴奏。将作家与批评家的关系单列为谈论的题目，这当然不仅是对于人际关系的兴趣。我想借此考察一下，作家与批评家之间的纠纷究竟症结何在，这种纠纷究竟含有多少理论意义？当然，不难发现，为数不多的作家与批评交家情甚笃。假如不是圈子某种庸俗的宗派甚或相互利用，那么，他们之间是否存在了某种新型的关系？

在许多作家眼里，批评家是一群迂呆的冬烘先生，他们言辞呆板，看法保守，缺乏机智和幽默，但又好为人师。批评家常常以作家的保护人自居，任意地奖掖什么，提拔什么，裁定某人犯规，指责某人误入歧途。从批评的语气到发言的姿势，批评家俨然一副真理在握的模样。可是，他们所做的一切得到了谁的授权？批评家充当保护人的资格是未经论证的。随心所欲地拨弄几个索然无味的概念，发表几句不得要领的议论，这难道就成了教导作家的理由？掌握了某种理论操作程序之后，批评家就以为拥有了解释一切的前提，这真是自不量力：他们莫非不知道，世间有一些事是不可解释的？批评家总是习惯于搬运古代作家的事例论证当代文学的情形，他们是否真正懂得了当代？人们说，文学谈的是世界，批评家不过是谈书。作家的灵感来源于自然，批评家却只能乞灵于荷马。批评家所宣谕的文学教条经常同他们所置身的文学环境格格不入。在写作上，多数作家并不屑于批评家喋喋不休的那套，这就像军人看不起文官政府一样——后者似乎只能玩弄一些纸上谈兵的把戏。一些风度考究的作家经常觉得，对于批评

家的过分客气未免有失名家派头。他们在与批评家的相处中得到了一条经验：谦逊未必会得至更为谦逊的回报，就像傲慢也不一定会遭到更为傲慢的还击一样。于是，鄙视与讨厌文学批评，这几乎成了流行于作家之间的一个传统——仿佛这种鄙视与讨厌才是正宗作家的身份证明。从举世瞩目的文豪到末流的无名小卒，他们常常在奉行这个传统时达成了统一。事实上，这个时候的天才作家通常与凡人并无二致：他们所需要的同样是对于天才的赞颂，而不是失敬乃至诋毁。由于作家描绘形象的擅长，批评家有幸地领受了一副又一副生动的花脸：猪舌检疫员，文学太监，吸血虫，牛虻，鳄鱼，如此等等。按照这些作家的断语，评论本来就是一门不堪至极的行当。

对于作家这些长长短短的数落，批评家时常感喟不已，不少批评家觉得作家薄情寡义。作家依靠批评家而成名，但成名之后却粗暴地要求批评恭敬伺候。一旦听到不合心意的言论，作家则以严辞呵斥表示他们的刚愎乖戾。这时，批评家往往感到自己像个背时的婆婆，他们的一片苦心只能从时髦的新媳妇那里收到挖苦与奚落。批评家经常在自己一本正经的音调后面听到作家的窃笑之声。不少批评家愿意承认，无视批评可能是一些天才作家的权利——天才在本质上是不可指引的。但是，问题在于另一面：天才作家真的那么多吗？并不是每个表示厌恶批评的作家都是天才，相反，这些厌恶常常成为某些作家掩盖无能的障眼法，或者成为他们被击中要害之后恼羞成怒的证明。文学无疑需要个性，但许多作家在人际关系中竟然将个性强调到矫揉造作的地步。如果某个作家不得不和公众一道承认玫瑰花是香的，那么，他至少也要补充说他是用耳朵感觉到的。这显然阻碍了许多作家对于公平之论的接受。批评家几乎弄不明白：一些道理并不复杂，不少聪明伶俐的作家为什么迟迟不能理解？对于批评家的

不满与挑剔,作家惯常用一个反诘作为抵挡的盾牌:你们为什么不试图自己写一部作品看看?事实上,这已经近乎一种耍赖式的答辩了。这就像要求男人也要当一回母亲才能评论别人的孩子是否漂亮一样。尽管如此,不少批评家还是表现出逆来顺受的品质。他们甚至将作家对于批评的嘲讽之辞当作专业资料加以收集和储存。批评家常常历历地诵读作家的辛辣形容,从而显示出自己的勤勉与渊博——这些可怜的人。其实,他们倒是有理由向作家反问一句:先生,既然评论如此无聊,那么,你们为什么老是急不可耐地评论我们的评论呢?当代作家对于批评界的气恼无疑被今不如昔之感所加剧。批评史上曾经盛行过传记的批评,作家主体占据了批评家的研究中心。批评家巴望从个性、生平之中找到解释作品的依据。从作家的饮居起食到作家的手段,从作家的家谱、籍贯到婚姻、艳史,有关作家的材料巨细不分地为批评家所重视。这时,仿佛作家的所有历史都蒙上了天才的光辉,作家从童年开始就成为所有文学爱好者的崇拜偶像。这理所当然地使作家身价倍增,并且产生了以自我为中心的幻象。他们将自己想象成文学王国唯一的太阳,他们君临一切,颐指气使,批评家不过是步趋于他们之后的一群侍从。然而,这种优厚的待遇慢慢结束了。当文学批评过渡至现代阶段之后,作家的地位开始下降了。虽然精神分析学派仍然细细地研读作家的生平,但作家无法继续享受毕恭毕敬的景仰。相反,这些批评家自作主张地分析潜意识,查找恋母情结,并且将作品看成欲望、本能、力比多——这真是些可恶的术语——的宣泄。这就是说,作家再也没有昔日的威信了,批评家不再仰起头看待他们了。倘若进入现代批评的另一侧翼——结构主义者的阵地,作家发现他们的状况更为糟糕。结构主义的批评家坚定地将文本确立为研究对象,同时明确地将作家主体排除于考察视野之外。批评家只谈论语言叙述、模式、结构,但却将行使这一切的有血有肉的作家撇下了。好像是报复作家曾经给予的压迫,这些批评家必然声称:"作者已死!"专心致志于物质的存在而无视造物主,这种批评方式让作家无论如何也想不通。回顾祖辈们曾经有过的好时光,当代作家不能不深感委屈。

对于中国的当代文坛来说,现代批评观念的真正流行仍然有待于时日,但是作家与批评家之间关系的消长却早已开始了。作家与批评家仿佛坐上了跷跷板的两端。不长的时间内,他们之间的此上彼下已经好几个回合。法官、被告、尊贵的王子、卑微的仆人,这些角色在他们之间不断地轮换,而且每一次轮换还要求修改脸上的表情:或者是声色俱厉,或者是唯唯诺诺,或者是目空一切,或者是洗耳恭听。尽管他们之间的关系变化如今可以汇入现代批评,但是,这个变化的肇始却不能不提及中国某一阶段的特殊文化环境。谁也不会忘记,文学批评一度在当代文坛拥有决定作家政治命运的大权,批评是和一系列非文学的制裁措施配套而行的。许多时候,批评即是制裁的信号;慑于批评的威力,作家时常在某些权威批评的不同意见之下瑟缩成一团。及至70年代末80年代初,社会文化环境好转之后,作家索回自己权利的同时也对批评表示了怨气。也许批评家多少有些冤枉,批评当时也不过是个工具。但是,牛羊多半只是怨恨抽打它们的鞭子,而不是执鞭的手。待到直接的指责过去之后,作家对于批评家的怨气慢慢转成了一种居高临下的姿态。他们往往以一种成人看待孩童游戏的方式对付批评家的作品诠释,或者干脆在公开场合表明他们从来不读任何评论,这当然使批评家感到十分难堪并且自惭形秽。但这种局面并未持久,经过两段短暂的理论自救之后,批评家开始反抗了。他们自称20世纪是批评的时代,并且坦白地声明他们的批评是为了他们自己。他们昂然宣布,批评家再也不是文学王国的三等公民了。不久之后,甚至有一种专事挑剔与否定的"骂派批评"应运而生。[①]这就是说,在一个新的意义上,批评家重新有了足够的胆量和作家分庭抗礼了。

作家与批评家的第一轮争夺无疑是围绕着作品的主权展开。每当批评家试图开始解释作品的时候,双方的争论就开始了。作家的逻辑看来简单明了:既然他们是作品的创造者,他们就该拥有支配作品的一切权利;为了抗御文学批评的包围,作家尤其应当强调作品的解释权。这并不是说作家愿意出面纵横指点,自我评说,而是说他们自认为口袋里备有一份解释作品的标准答案。任何作品的解释必须经由作家作出最终的审核。能得到作家首肯的解释，如果不是悖谬的，那就是自作多情的。

在作家的想象中，构思作品的原初意图即是这一份标准答案的来源。所谓的作品不就是作家意图的外化吗？了解作家的创作初衷，了解作家所欲阐明的意念，这就像得到一道密授口令，从此可以在作品的各个部分通行无阻，纵情领略每一片断的奥妙含义。所以，这个看法在作家之中很有代表性，批评的头等任务就在于阐释作家的意图，批评家应当竭力剥除形象装潢的表层，还原作家意图，进而昭之于众。这个过程中，作家总是单方面要求批评家的忠实和服从。批评家必须站在作家的立场上研究作品，尽管某些超出原意的见解曾经得到作家的嘉评，但是，倘若需要，作家随时可以出示他们的意图作为驳斥批评家的充分理由。他们理直气壮地说"我从不这么想"，一句话就够了。在这种观念的主导下，一些批评家的行径真是让作家大吃一惊：这些批评家根本无视作家的指南，他们似乎将作品看成一块无主的处女地，纵横驰骋，无拘无束，他们骄横地曲解、误读、臆断，这难道不是一种侵权行为吗？

当代批评家通常对作家的这方面恼怒报以一笑，在批评家看来，作家的创作意图远不如他们自己所想象的那么重要；作家关于创作的自我表白已经大为贬值了。在文学写作过程中，作家的原初意念未必总是举足轻重的，这种意念更多的只是作为一个旁证材料而已。作家经常有一厢情愿的毛病，他们很少看到意图与意图实现之间的差别——对于某些作品来说，这两者的距离可能是相当漫长的。一位批评家说得十分俏皮：就个人意图而言，大多数作家都想写出杰作来，但世界上的杰作却只有那么寥寥几部。② 当然，中国的批评家应当充分理解中国作家对于创作意图的偏执强调——因为这种偏执经常是政治恐惧症的表观。通过扭曲原意把作家推到政治、批判的火力网底下，这样的例子在他们记忆中保留得太多了。王蒙曾经半开玩笑地拒绝了对《春之声》的某种象征解说，因为这种解说很容易蒙上"含沙射影"的罪名。③ 也许批评家不该真的将这种声明视为玩笑之辞，但是，假如批评家已经脱下政治审判官的

袍子，那么，他有理由向作家告知现代批评所形成的一些基本观念：文学虽然是作家的产品，但作品的美学价值只能真正实现于读者的阅读接受之中，读者是作品完成不可或缺的最后一环。每一部作品都有许多空白之处留待读者的经验填充。由于语言符号的多义性与自主性，由于读者经验与作家经验的差异，读者心目中的作品经常逸出作家的意图，面目全非。另一方面，作家倾入作品的也不仅仅是意图。除了所欲表现什么，作品同时还显示了所欲隐瞒什么——后者常常是无意识的，作家自己也未能察觉。这个时候，批评家毋宁说恰恰要看到作品怎样突破意图，形成另一重作家意图之外的意蕴。少数作家要比他们自己估计的更为伟大，多数作家要比他们自己估计的更为渺小；在评论他们确切位置的时候，批评家总是将文本作为首要依据。作家的意图当然可以视为一种解释，甚至是一种重要的解释，但这决不是唯一的解释。否则，一种新的独断论将借助作家的名义偷偷地传播，事实上，如果标准答案已经为作家所知悉，那么，批评不是成了多余之举吗？

作家对于批评家的反叛似乎无可奈何，除了世风不古的慨叹外，作家确实也无计可施。倘若过于固执地否认某种见解，这种固执又可能成为批评家感兴趣的新材料。精神分析的批评指出，不断回避可能恰恰意味了某种相关的秘密。有了这样的见解断后，批评家已经立于不败之地。抛开了作家的制约后，批评家如入无人之境。他们源源不断地生产批评文章，自得其乐。许多批评家看来，作品的阐释不再悬有一个拟想中的指定目标。阐释不必看成某种潜在意蕴的还原，相反，阐释即是意蕴的创造。作品的默默无闻或熠熠生辉无不依赖于阐释之功。换言之，批评家的智慧与想象力很大程度上也就决定了作品阐释可能走得多远。当然，这种智慧与想象力应当包含对于证据材料的使用。种种毫无根据的臆想不该看成思想活跃的证明，而该看成缺乏正确思想方法的表现。沿着这条理论线索走到终点，作品的客观性消解了，作品不再是一个坚实自足的客体，作品的真实面貌只能呈现于批评家的主观解释之中，尽管这些主观解释可能选择了这种或者那种理论模式作为后盾。在不同的批评家那里，作品不再

维持一个固定不变的基本意义。作品已经拆除了围墙,撤掉了门卫,批评家的各种结论都可以自由地进进出出。

现代批评的这种状况必然导致相对主义——相对主义乃是许多人文学科望而生畏的陷阱。阐释的自由究竟有没有一个限度,真知灼见与任意猜测甚至胡言乱语之间有什么界限?恪守作家的创作意图已属过时之举,但维持作品的一个基本面目是否仍属必要?如今的批评家对于作家的抗议已经置若罔闻,但批评家应当扪心自问:对于这种人言言殊的状况,他们真的能够心安理得吗?批评家真的已经说服自己了吗?

作家竭力维持作品领土的独立与完整,这当然有很大的感情成分。但作家经常擅长把感情化成思想,譬如说,在看待文学的时候,作家习惯于将他们个人的作品置于中心位置。作家的思维通常是聚焦的,个人化的,以个人乃至单一的作品作为基本视点。从第一个细节的突然触动、想象过程的神秘体验乃至援笔写作,作家沉溺于个人的情愫。喜悦与苦恼,他所遭遇的甘苦是不可重复、不可分享的。因此,作家很难作为局外人旁观文学整体全貌,并且将自己的作品视为这个整体之中一个极为微小的局部。作家通常携带了自己的作品参预文学史。他们将自然而然地把自己的作品作为一种尺度,纵横衡量周围的同类文学现象。在作家的意识中,文学史不是沿着时间之轴顺序展开,他们的作品成了过去文学与未来文学交汇的一个端点。不论平庸与否,作家都不会让自己的作品淹没于文学史。作家的激动、喜悦、痛苦、满足已经同时铸入某个文本,使之有了特殊的分量。对于作家个体来说,每一部作品都是独一无二的,没有哪一次艺术创造的经验应该被遗忘。

在这个问题上,批评家又一次不识趣地和作家唱起了对台戏。批评家因为不要亲身参与创作而显得超然,这可以使他们冷漠,也可以使他们清醒。如果说作家看待作品犹如母亲之于婴儿,那么,批评家就像那个无动于衷地填写出生证的护士。在护士眼里,婴儿之间的相似之处总是超过独特之处。即使在谈论单一作品之时,批评家也习惯于把它引入某种作品系列,从而用集体的眼光评价个人。批评家的思维是发散的,他们的评说就是作品之间互相比较、联系,将作品置于某个传统之间加以定位。批评家多半盘踞于大学讲坛或者研究机构,他们所受到的学识训练,很大程度上就是将零散的作家、作品加以秩序化、组织化。文学史的讲授无非向批评家提供一份经典作品名单,这份名单表示了一个文学等级制度,一个文学王国的秩序。批评家同时服役于某个理论模式,这个模式如同保护文学制度与文学秩序的武装力量。一旦楷模与批判方式确定之后,批评家通常将貌似自由个体的作家安置于纵横网络的某一交叉点上。批评家的一个强烈欲望即是将作家个体吞并到某种文学系列、文学母题或者文学流派之中去。他们总是千方百计地将作家拔出个人状态,使之编入文学史链条之一环。批评家经常忽略了——甚至是有意省略了——围绕个别作品的活生生的感情波澜,他们更急于将作品送入文学殿堂,在一个特制的玻璃柜里陈列起来。自从结构主义批评盛行以来,批评家对于"个性"或者"主体"这样的概念持极为怀疑的态度,他们倾向于仅仅从庞大的文学结构之中考察作家的意义——个体不过是结构的分子。因此,每当作家陶醉于自己作品的独创之功时,批评家却毫不留情地一路指出前人作品所留下的标记。这种观点趋于极端之后,一些批评家甚至提出"互交性"的概念。他们认为,"独创"的说法是很成问题的,其实所有文本在语言上都是相互沿袭的。新旧文本同属特定的语言序列的统辖制约,没有别的诗或小说在前头,作家很难写出新的诗或小说。他们断言,独创性诗人与模仿性诗人的真正区别在于前者更深刻地模仿。④

不可否认,超越个人经常是深刻洞见的起点。较之作家,批评家的重要职责即是要摆脱对于作品的个人成见。然而,一旦批评家过于迷恋伟大的概括以至抑制了对于个别的兴趣,那么,他就开始违背文学的本性了。批评家为学院派的迂腐之见所腐蚀,他们就忘了文学首先是一种个人至情的产物。这时,批评家就会用一种僵死的方式对待文学有机体——更为形象的说法是用解决数学难题的方式分析诗的花朵。这样的例子在当代文学之中简直俯拾即是。譬如说,批评对于作家创作行为的研究常常为一种可笑的热情所主宰。作家构思的开始通常是不拘一格的，或者由于一个意会先行，或者由于一个悬念的引导，或者由于一个萦绕不已的性格，或者由于一段生动难忘的对白；然而，批评家却费尽心机地试图从形形色色之中提炼出一个标准模式四处印发，即使在无数例外面前依然不屈不挠。如果说这种提炼徒劳无功，那么，"主义"的滥用则几近于偷懒了。信手摘取一些褒贬性言辞编织成几种"主义"的箩筐，这是许多批评家所满足的分类工作，作品一旦投入某个箩筐则意味着贴上一张终身的品行鉴定——这种草率的批评方式怎么可能让作家心悦诚服呢？

既然一些批评家因为大而无当遭到作家的耻笑，那么，另一些批评家则会因为关心实际而赢得青睐——我指的是一些教练式的批评家，这些批评家多半对某些具体而细微的艺术技巧甚有心得，他们不仅可以提供范例分析，协助战前准备，有条件时还可以充当临场指导。文学与意识形态，文学与社会，文学与历史，文学与哲学——尝够了这一类大题目之后，作家乐于听到一些更为务实的东西，他们希望批评家能够对表达、叙述、节奏、视点这一类技巧问题作出专门研究，这些研究将有助于艺术实践中的具体操作。高行健的一个建议深得作家们的赞同：与其每篇评论都划出十之一二的篇幅谈论技巧，不如从十篇评论中划出一两篇作为专论。这表明，教练式批评因为富于实用而有助于改善作家与批评家的关系。

成功的经验往往也就是成见的温床，教练式批评很快导致了作家对于批评的狭窄看法。作家欣慰地感到，只有这种批评才是他们忠实的骑士——只有这些批评家能够在他们艰难之时慷慨地仗剑而出。于是，作家转过手来向其他非教练式的批评提出了质问：你们这些不切实际的夸夸其谈何益之有？这种看法显然是实用观念的产儿，作家显然忘记了，除了在车间里研究产品的具体制作，人们还将在商店的橱窗面前或者在用户的家中继续讨论产品的用途和质量。后者的意义是前者所不可代替的；许多时候，后者甚至更为重要。文学，难道仅仅是写作吗？

对于那些天资出众的作家来说，教练式批评的威信可能是短暂的。教练式批评通常是这些作家的启蒙读物，这些作家的文学观念成熟之后，他们将力争成为文学竞技场上的一流选手。这时，通常意义上的文学教材反而可能成为一种无形的障碍，一种必须戒备与破除的艺术惯性。教练式的批评不仅分析出已完成的文学，批评家还将从中总结规律，向未来的文学献计献策。这就是说，教练式的批评是搬运古人的经验教诲今人，搬运一流作家的成功教诲三流作家。他们提出规范，谕示法则，分析技巧，这一切都将以前辈作为基础。但是，真正的一流作家是前无古人的。尽管一流作家不可避免地袭用前人的语言、母题、典故，但是，在一些最主要的方面，反规范、反法则、反技巧乃是他们之所以成为一流作家的根本理由。杰出的作家原本天马行空，所谓的规范、法则、技巧不过是后世批评家试图将他们捆缚在偶像位置上时所使用的绳索。在这个意义上，一流作家永远在孤独地探索，他们熟悉前人更多地是为了避开前人。教练式的批评应当意识到，归纳与预言不能混为一谈，前者为过去负责，后者为未来指路，但是怎么能肯定未来必定是过去的翻版呢？倘若总是借古人开药方，批评家难免庸医之嫌。很多时候，批评家应当明智地节制自己；可惜的是，他们经常因为小小的成功而失去节制。

每当批评家向作家提出诤言，他们通常将读者作为后盾。也就是说，他们作为读者的代言人向作家表示异议。然而，一些不服气的作家会立即发出尖锐的反问：你们那些苍白枯涩的文章真有那么多读者吗？这一瓢冷水经常浇得批评家沮丧无言。无论如何，批评家的读者远不如作家——即使是一个平庸的作家。争取读者的愿望开始使批评家有意无意地向作家靠拢——不少批评家也开始考虑批评的文体或文本。虽然批评家这一分努力确有成效，但这并不能让作家感到满足。作家经常指点出批评中的一些专业术语不依不饶地责问：这些语言疙瘩连我们都解不开，遑论普通读者？假如批评为了趋迎读者在专业方面继续退让，那么，批评则将丧失作为一门学科的意义。专业术语乃是一门学科的象征，它将与特定的专家，特定的研究对象、研究方法共同组成本学科的整体。批评只能在无损于学科庄重的前提下普及与通俗，如果要求批评在生动性上与文学作品媲美,那至少是混淆了菜谱与菜肴之别。按照黄子平的分析,批评与作品文体功能上的混淆乃是由于两者媒介材料的相同。人们不要求音乐批评有"音乐性",舞蹈批评有"舞蹈性",这是因为批评与对象所使用的是异质媒介。⑤然而,一旦批评与文学共同以语言为操作工具,那么,文学则被有意无意地制定为批评的榜样——归根到底,这仍然是"作家中心"观的顽强表现。

"作家中心"观的颠覆导致了一系列批评观念的调整,这并不是说批评家即将取代而成为新的中心——尽管有些批评家正在跃跃欲试。在作家与批评家之间,"中心"是一个有待消解的概念。在我看来,解除了对中心的依附之后,对话乃是作家与批评家之间的合理关系。对话,这是否意味了作家与批评家之间的一个新的关系史?主体的独立是对话的前提。在平等的基础上,作家与批评家分别发出自己的声音,相互交流。除了肯定共同看法,双方还将坦率地阐明分歧。这改变了某种意见执导文学舆论的局面,多种声音的并存使文学王国的舆论结构从金字塔型转向网络型,这种结构是相互参照、相互平衡、相互吸引的,而不是定于一尊。

对话是对对方话语的积极反应,而不是一种不断重复的简单回声。回声只能在单调的回荡中越来越弱,对话却因为相互刺激而不断开始。这使双方的接触范围不断扩大,从而使一个话语制造出另一个新的话语。对话无法阻止偏执乃至谬误的看法传走,但对话机制却常常使偏执乃至谬误成为阐发公允与正确观点的起因,这是对相对主义绝对化的一种有效遏制。诚如蒂博代所说的那样:"对话在增多的同时形成了一种等据交换所,在这里,互相对立的意见犹如互相借贷所形成的私人债务一样,相互抵消了。"蒂博代同时还指出对话对于文化进步的帮助,对话"聚集了与智慧和理智完全背道而驰的思想,调动了所有狂热和仇恨,并且在调动它们的同时,又使它们相互抵消。因此它释放出有益的东西,当然是在一个不可避免地最后要有污垢堆积的机体能够消灭这些有害的东西的条件下,智者"从中获得智慧"⑥。也许还可以作出一个补充:对话是预防批评家独断倾向的一条重要途径。这种预防不是注重于批评家的人格——譬如,强调批评家的兼容思想,强调批评家的心胸博大。将作家的安全维系于批评家的人格,这是经常靠不住的。对话是一种个人之外的社会性措施,对话取消了某个批评家最后定夺的机会——对话可以是没有终结的,每一种意见都可能为新的后继意见所评论。新的评论可能是一种商量、一种补充,或者一种反驳、一种抗拒。总之,任何一种结论在出场之际都不可能完全摆脱必要的监核与校正,这将阻止某种结论沿着一个斜坡愈滚愈快。有了对话的制约,尽管某些个别意见可能走到极端,但无数话语的聚合、交会却基本使整个社会维持了大多数合理认识的水准。说到底,批评最终不同样也是向社会负责吗?

在智力量级相近的对话者之间,不同的看法往往更富有吸引力,这是使对话者真正感兴趣与激动的原因。众口一词地重复某种见解,这反而是对话即将结束的标志。如果认为不同看法将破坏文学王国的融融气氛,那么,一个俗气的比拟有助于说明问题:一对过于相像的夫妻往往不能长久,相反,适量的争吵则可能是活跃家庭的调节器。无论如何,沉寂决不是生机的证明。当然,围绕对话还有许多问题值得研究:怎样避免对话之中的误解,怎样避免对话之中的抬杠或互相吹捧,怎样使对话更为简洁有效。但是,这些问题已经越过了一个界限——这就是说,这些问题已经肯定了对话的前提而进入对话技巧的范畴了。

①参见罗强烈《"骂派批评"及其意义》,《文论报》1988年5月15日
②参见马尔科姆·考利《文学批评是开着许多窗口的一幢房子》,《外国文艺》1982年3期
③参见王蒙《关于〈春之声〉的通信》,《小说选刊》1980年1期
④参见茨维坦·托多洛夫《批评的批评》,P103~104
⑤参见黄子平《文学批评:专业态度和大众效应》,《上海文论》1987年3期
⑥蒂博代《六说文学批评》,P27~28

选自《厦门文学》1990年3月号

关于现代都市小说的一点思考

——夜读札记

许怀中

纷繁的生活节奏把许多时光耗去,用于读书的时间被挤到小小的角落。只有到夜静客散时,抖落满身疲意,赶快在灯下展卷夜读;近日来夜雨连绵,客人少有,便读了几本产生于我国 20 年代末 30 年代初叶的现代都市小说丛书。

所谓现代都市小说,是我国现代小说流派中的一派,它多半以反映都市现代生活为题材,展示现代都市人物的生活方式和心态,透露出对这种生活的厌弃和反常情绪。有些作品虽取材于历史或异域,但也笼上一层现代人的浓厚色彩。探窥其中奥秘,明显带着西方现代派的烙印,是吸收西方现代主义文学思潮的产物,它不同程度地渗透着弗罗伊德精神分析学派的思想,吸取西方现代小说技巧,形成了一个表观现代都市生活的小说流派。

这流派在新文学发展中是一个不可忽略的环节。但它的产生期,正是我国现代文学中无产阶级文学运动勃起阶段,严酷的现实斗争,阶级和民族矛盾日益加急,所以现代都市小说发展地盘和可提供的读者层就很狭小,无法得到更大的施展。开放改革的十年来,各种外国文艺思潮流派奔涌而来,外国现代派是受到青睐的文艺流派之一。我国现代都市小说流派,重新得到审视与注目,这原是无可厚非的事。但问题在于:必须对我国受西方文艺思潮影响的流派,给予科学的、实事求是的评价,放在恰如其分的历史地位,特别不能以抬高这个流派而作为过分夸大西方现代派的手段。任何西方和外国的文艺流派,都必须进入民族文化的消化器官,达到有利于弘扬民族优秀文化,建设有中国特色的社会主义新文化的彼岸。

前几年,对待外来文化的错位,是在"全盘西化"的浪潮中,偏离了社会主义方向。有人曾搬出鲁迅的"拿来主义",为毫无批判地照搬外来的东西作辩护。其实,这是违背了鲁迅的原意的。鲁迅关于"拿来主义"的思想内蕴,是一座丰富深刻的文化宝库,采用简单片面、绝对化的观点,进不了这宝库的殿堂。鲁迅明确地说,"拿来主义"的"拿来"不是"抛来"、"送来",这里的"抛来"、"送来"是带有帝国主义文化侵略的意味。用现代的眼光看,便是所谓国际敌对势力的文化思想"渗透"。鲁迅提出了这个历史教训,中国人吃了不少苦头,"所以我要运用脑髓,放出眼光,自己'拿来'"(《鲁迅全集》第 6 卷第 59 页)。"拿来主义"者不是盲目地把一切"废物"都"拿来",必须"占有,挑选",有鉴别地"或使用,或存放,或毁灭"。鲁迅还指明,"拿来主义者""首先要这人沉着,勇猛,有辨别,不自私","拿来"的最终目的是为了"新人"和"新文艺"。

鲁迅这些谆谆教导,时至今日,仍然发出熠熠的思想光芒。自然,我们和鲁迅曾经嘲讽的那些一股脑抛弃中外文化遗产的人不同。但是,用正确的观点,无私地去占有和挑选、分析和鉴别,却是万万不可偏废的。

我们应该用这样的原则来审视现代都市小说流派,既要肯定它可以"使用"之处,也要看到要"存放"的方面。

我认为,我国现代都市小说,尽管有这样那样的差别,但也可以寻找出其中的共同点来。这便是如下几点:

强调主观感觉。作品中无论是状物写景或抒情叙事,都带有作家主观的浓郁色彩。如果把现代小说大体分为重主观派和重客观派两派,那么现代都市小说即是属于重主观派。这里的例子俯拾即是,如叶灵凤的《红的天使》,这"红的天使"便是太阳的拟人化。他在描写海面日出时运用了"通感",把色彩写成一种声音:"刚升的太阳透过晓雾在远处的水平线上浮着,一个红色的半轮形,一面转动着一面向上移动,刺目的光芒不时像利箭一般的从雾中透出,似乎在猎猎的发响。"描写阳光的刺目,形容成"利箭",进而想象出"猎猎的发响"。又如穆时英的《烟》，把风当成有颜色的："生真是满开着青色的蔷薇，吹着橙色的风的花圃啊！"这种表观手法固然独特到有点奇特，但只要运用恰当，可避免描写中过于平实之弊。作家强调主观的感受，只要那些畸形病态的东西，能够使笔上描摹的对象，造成一种强烈的艺术效果。

着重心理分析。这类小说的另一个特点是细致的心理分析。上述叶灵凤的小说《红的天使》写了地下工作者健鹤和表妹淑清、婉清的三角恋爱关系，着力刻画了人物的心理活动，爱情所产生的妒嫉心理被写得淋漓尽致。健鹤和淑清恋爱而结婚，可惜年幼的少女婉清也爱上健鹤，后来，健鹤也对婉清倾情。作者刻画了婉清的心理活动："若在早三个月以前，健鹤能每天到此地来，婉清恐怕要感激得什么都可以牺牲，但是此时健鹤是结婚过的了，是同自己的姐姐淑清结过婚的了，这结过婚的健鹤，在婉清眼中看来，真是再可恨不过的一人，她不怨健鹤结婚，她唯一伤心痛恨的缘故是健鹤同自己的姐姐淑清结了婚。"爱和恨、爱和妒交织在一起，而因为她之所爱又偏和她姐姐结婚，这就更加复杂，更加难以排遣，故此就更妒恨。由于妒嫉而生报复，婉清故意引诱健鹤，又故意向姐姐"告密"。她姐姐淑清为了报复丈夫，和丈夫的朋友树藩发生性的关系。树藩为占有淑清，向当局告密，健鹤被捕，造成悲剧。婉清后悔莫及，自绝于人世。最终健鹤被营救出来，和妻子同归于好。人物围绕着一恋二复三合的过程，开展着心灵的动荡，可说是惟妙惟肖。

突出性欲和病态心理。这类作品，细腻描写心理，是很可以借鉴的，可以补足我国小说中心理描写不够充分的缺陷。但问题在于人物心理活动被性欲所占有所驱使，由于性欲甚至变态。施蛰存的小说集《将军底头》便是典型的代表作，他在《自序》中告诉读者："《鸠摩罗什》是写道和爱的冲突；《将军底头》却写种族和爱的冲突；至于《石秀》一篇，我是只用力在描写一种性欲心理；而最后的《阿褴公主》，则目的只简单地在于把一个美丽的故事复活在我们眼前。"其实，这四个短篇，不但《石秀》，而且其余三篇也都浸透着性欲的心理。如鸠摩罗什那样大智的法师，性欲的冲动就像魔影似的一直纠缠着他，支配着他。他敌不过

性欲的诱惑，和表妹结婚。妻死在途中，他后在讲经中被一个荡女、长安名妓孟娇娘的美色弄得神魄颠倒、心旌摇荡。他又接受国王赐予的宫女为妻，又被赐妓女十余人。作者所说的"道和爱的冲突"，实际上"爱"便是"性欲"的代名词。《将军底头》中的少年英俊的将军，出征途中爱上一个美貌少女，使他无心恋战而死，这里种族和爱的冲突，"爱"仍然是性欲的躁动。

施蛰存的《石秀》，正如作者说的，是着力在描写性欲心理，《石秀》中的主人公和杨雄结为兄弟，宿于杨雄家。通篇写着石秀爱上杨雄妻子潘巧云并受巧云的挑逗，不仅细致刻画了石秀的性欲，也描写了巧云的性心理。石秀屡受巧云肉的诱惑，决心和她发生性关系，闯到巧云房中。但石秀一到她房内，见杨雄的敞头巾，"在石秀心里，爱欲的苦闷和烈焰所织成了的魔网，这全部毁灭了。呆看着这通身发射淫亵的气息来的美艳的妇人，石秀把牙齿啮着下唇，突然感到一阵悲哀了……"石秀的性的冲动，虽碍于义兄的伦理道德而压抑了对巧云的肉体占有欲，但他去找妓女发泄性的苦闷，欣赏妓女手指被刀割破，活剥出变态心理："在那白皙、细腻而又光洁的皮肤上，这样娇艳而美丽地流出了一缕朱红的血。"而这种变态心理像海绵吸水般地一直膨胀，直到石秀发现巧云与和尚通奸，妒火冲天，唆使杨雄杀妻，发泄性结，见巧云被杀而快感："石秀对潘巧云多情地看着。杨雄一步向前，把尖刀只一旋，先挖出了一个舌头。鲜血从两片薄薄的嘴唇间直洒来，杨雄一边骂，一边将那妇人又一刀从心窝里直割下去到小肚子，伸手进去取出了心肝五脏。石秀一一地看着，每剜一刀，只觉得一阵爽快。"这种变态心理简直到了惊人的地步。接着作者又描写石秀的奇异心态，把变态心理推至无以复加的顶点："看着这些泛着最后的桃色的肢体，石秀重又觉得一阵满足的愉快了。真是个奇观啊，分析下来，每一个肢体都是极美丽的。如果这些肢体合并拢来，能够再成为一个活着的女人，我是会将不顾着杨雄而持着她……"石秀对巧云肢解的血淋淋的快感，从这变态心理喷出惊人的、异乎寻常的爱，而这爱的发动便是强烈的性欲的燃烧。

直接用精神分析学派观点来写小说的是徐讦

的《精神病患者的悲歌》。作者向我们叙述这样一个故事："我"被有名的精神病学家E.奢拉美医师招为助手，这医师也是精神分析学派的，但与弗罗伊德有所不同，他"以为这种用弗洛依德的说明是太旧了，他以为这个病人的思想并没有系统，昨天的欲念，他已经忘去"。他并以为它存在于潜意识，都必须以精神引导的办法来医治。这位病人是一位富家的独女，小姐因婚姻的不满，加上外来的刺激而患了精神病。医师派"我"到小姐家，遵循医师所嘱，治好了小姐的病。然而"我"在小姐家与女佣人海兰发生了爱情，小姐白蒂同时爱上了他。海兰以自尽来成全他与小姐的爱情，但白蒂病愈后却进了修道院。她再三申明："现在可以治疗她未复的健康，安慰她已碎的心灵的只有上帝了。"小说揭示性的压抑和苦闷，虽也产生了种种心理变态，但并不完全是原始性的冲动或动物性的本能，只是把性欲夸大而变形。

有一类小说如徐霞村的短篇《烟灯旁的故事》，人物的心理变态，却是良知的觉醒。作品里的当过营长的孙大叔，"一提到性欲他要退避三舍"。原来是他曾经玩过130多个女人，自从奸死了一个可怜的少女后，那少女死时的恐怖一直牢牢地笼罩在他心中，所以他变成另一种性恐惧———靠近女人就打冷战，"怎奈那个可怕的鬼脸永远离不开我"。现代都市小说的形形色色的变态心理，却正是都市生活的变形和畸形的缩影。

这类小说的情节是顺着人物心理活动和心理矛盾展开，不是事件情节，而是心理情节，这是它的另一个共同点或特点。

我国现代都市小说流派，作品中情节的开展，往往和人物心理活动、心理矛盾紧扣一起。叶灵凤的《红的天使》以丁健鹤、淑清、婉清三者的心理矛盾为主线贯串全篇。施蛰存的小说，除了上述作品之外，其他篇章也是这样，如《阿褴公主》写的大理国天定贤王九代大理总管段功，在大败明玉珍之后，受梁王把匹剌瓦尔密的招亲，和梁王女儿阿褴公主结为良缘，感情正笃。但眷恋故国之情未泯，又念前妻高夫人，逃回大理城。但他回去之后，常常在见到高夫人的时候，却又立刻就想起阿褴公主，"而尤其是在这样的幻想中的阿褴

公主，格外显得美丽"。他带了一支精兵又回到梁王处，为公主美色所动，忘了报仇，终为仇敌右丞相驴儿设计杀死。情节顺着主人公段功心理矛盾冲突以及他和阿褴公主的爱情、他和驴儿的冲突多条复杂心理线索展开。这种心理情节打破了我国古典小说传统的表现手法、结构框架，是在小说创作上淡化情节（准确地说是事件情节）。

这种心理情节，不仅和作家重主观的特点相联系，而且与为了表现作家对现代城市生活的厌恶情绪有关。这种叙述方式，较容易直接表达作者的心态，如刘呐鸥的《游戏》从人物心理透露出一股不可抑制的对城市生活的不满：那"探戈宫"军的旋律、男女的肢体、五彩的灯光、光亮的酒杯、纤细的指头、石榴色的嘴唇……"使人觉得，好像入了魔宫一样，心神都在一种魔力的势力下"。透过这城市的喧嚣和热闹，"我觉得这个都市的一切都死掉了"，"最奇怪的，就是我忽然间看见一只老虎跳将出来。我猛吃了一惊，急忙张开眼睛定神看时，原来是伏在那劈面走来的一位姑娘的肩膀上的一只山猫的毛皮"。通过对山猫毛皮的幻觉描写，将城市畸形生活传神了。

类似这种将心理描写作为结构线索的写法，淡化事件情节或有头有尾的叙述故事的小说模式，浓化了人物的精神世界和内心活动，其中虽不乏性的描写，然而，公允而论，一般还比较含蓄，并不露骨。如刘呐鸥的《风景》中的燃青和一个女人发生关系，也只以淡笔去写，没有故意渲染。回想这几年来，在"性大潮"的恶浪中，小说作品中关于色情、淫污、低下的性描写要比这派小说走得远得多了，但现代派中不健康的东西，也不能低估。

穆时英的短篇《圣处女的感情》、《某夫人》、《玲子》、《墨绿衫的小姐》也都是以散文的笔调写的情绪化的小说。如写墨绿衫的小姐有着绢样柔美的声音，她像一朵墨绿色的罂粟花似的，"透明的眼皮闭着，遮住了半只天鹅绒似的黑眼珠子，承受着那芦笛里边纷然地坠下来的，缤纷的恋语，婉约得马上会融化了的样子"。作者使用如此抒情的散文笔调，把人物的美貌描绘得出神入化。而这种描绘并不是精细的肖像描写，而更主要的还是主观的感受和情感的渲染。

现代都市小说还经常渲染离奇、怪异的事物，情节和氛围，《将军底头》是这方面的代表作之一。作品中的花惊定将军爱上了邂逅的少女，竟忘记了自己的纪律，甚至忘记了现在正在战争，因而在战中被吐蕃将领砍下了头，将军也将吐蕃将领的头砍下。将军失头不死，依然恋着少女，想到溪边洗涤，少女在对岸见到，不觉失笑，"这时候，将军手里的吐蕃人的头露出了笑容。同时，在远处，倒在地上的吐蕃人手里提着的将军的头，却流着眼泪了"，这是简直如神话般的离奇的故事情节。类似离奇、怪异事物的渲染，在这流派其他作家的作品里，也随时可见。这种描写，是和心理变态相应的。将军对少女爱到变态，因此产生出断头不死的怪异来，只因少女哑然失笑，才使将军的头落泪而死。当然，我们也不能以偏盖全，笼统地把这流派小说都归结到怪异里去，写城市日常生活的平常事物的，也并不鲜见。

读了这流派小说之后，总的感到它是受西方现代派影响下的产物。这在当时半封建半殖民地的畸形城市这一特定环境下出现，特别是作品里那些对下层人民所表现的同情，多少有些积极意义。其中突出和渲染主观作用所造成的强烈艺术效应，细致入微的心理分析，不注重事件而注重情绪，这些表现手法都有可取之处。但是，那种接受精神分析学派的影响而过分夸大和渲染性意识，却是这类作品的消极因素。我们今天在批判文坛上曾出现的"性大潮"的倾向时，固然不能归咎于现代都市小说，但正确分析和审视这流派的得失，不是无关紧要的。

写于 1990 年 1 月 20 日雨夜

选自《厦门文学》1990 年 4 月号

评
论
卷

幻觉中的心灵裸照

——读《习惯死亡》

曾镇南

在经过了近两年的沉默之后，张贤亮发表了他的长篇新作《习惯死亡》，这无疑是一部向人们的生存习惯、感知习惯和审美习惯进行尖锐、大胆的挑战的力作。无论对张贤亮本人的创作生涯，还是对我国当代文学的发展进程来说，这部惊才绝艳之作，都具有碑碣的意义。

小说的主人公没有名字，在小说展开的极富变幻又极为精致的叙事结构中，他被作家交替地用"你、我、他"三种人称叙述着，描写着，捏塑着。他的生存的现时态的故事是在美国的西岸和东海岸巴黎等异国背景中进行的，这些现时态故事又处处触发主人公对他残酷的生命历程的可怕的回忆。而笼罩着这一切现实的感受和过去的回忆之上的，则是主人公似幻似真的生命结局——发生在他 65 岁那一年的开枪自杀以及他临终得到的慰藉和向世界发出的最后的微笑。这种对主人公生命归宿的描写当然是属于未来时态的。

就这样，在艺术的幻觉中，张贤亮以异常的透彻和坦率，为他的主人公摄下了一幅心灵的裸照。这个心灵在生活碾压下已经破裂成无数的碎片，每一个碎片都负荷着太沉重的死亡的记忆和生存的恐惧。这些有感觉的灵魂碎片却因此产生了一种新的凝聚力、新的组合欲、新的梦幻感——但这一切只有经历一次真正的自杀之后、结束了旧的生存悲剧的轮回之后才能开始。现在我们看到的这幅幻觉中的心灵裸照，还只能是病态和破碎的。

尽管主人公没有名字，但熟悉张贤亮的作品的读者却很容易从他身上辨认出石生（《土牢情话》的主人公）和章永璘（《绿化树》和《男人的一半是女人》的主人公）的胎记。一个从地狱中生还的、经历了特殊的感情历程和生命体验的中国知识分子的心灵创伤和内心矛盾——这就是张贤亮这一类作品的总的主题。这一次，《习惯死亡》又回到了这个最能激发张贤亮的才情的主题上来了，不过是带着新的人性深度、新的现实忧患，还有新的艺术形式回到这个激动人心的主题上来。

在《土牢情话》中，张贤亮描写了中国知识分子对自己在政治压力下的软骨病的耻辱记忆，在《绿化树》和《男人的一半是女人》中，张贤亮描写了中国知识分子在食与色这两大人性原欲上的创伤记忆。而在《习惯死亡》中，张贤亮则集中地描写了中国知识分子在生与死这两种生命形态中的病态体验。

张贤亮坚持用《习惯死亡》作为他的这部新作的标题是有道理的（小说曾一度要改名为《落帆之桅》），对死亡的回忆、死亡的幻觉、死亡的气息弥漫于全书之中。在张贤亮笔下，死亡问题不是作为抽象的哲学问题被思索着、辨析着，而是作为主人公活生生的生存经验，作为中国特定历史阶段某种畸形的生活形态的特殊产物，被具象地描绘着、感受着的。主人公经历过自杀未遂的茫然和痛苦，经历过假枪毙的恐怖，被抛进过停尸房又侥幸生还，和劳改犯们一起挖掘过一具具人骨。这些可怕的记忆纠缠着他，使他对死亡有了一种习惯性的生理和心理的病态反应。对死亡的锐利的感觉，对幻觉中的枪口的恐惧，对头皮上将有而未有的血窟窿的欠缺感，这一切形成了特殊的生存习惯存在于主人公的机体之中，有如虐疾原虫之在患者血液中一样。这种陈发性的死亡痉挛使主人公不能进入正常的生活，甚至也不能进入非正常的堕落。这是一种潜意识或无意识中的死亡情结，现实的一切生存的情趣都不能消弥它，只有幻觉中的未来的自杀才能释放它。张贤亮在当代文学中第一次具象地描写了中国知识分子心理上的这种死亡情结，从中透露了当代历史中曾经存在过的非人道的罪孽，透露了从劫难中幸存的中国知识分子鲜为人知的身心创伤。他一如既往地表现出了真正的艺术家的勇气。

但是,如果以为主人公的习惯死亡仅仅是生命个体面对死亡的生理恐惧,那就把张贤亮对中国知识分子心理中的死亡情结的揭示看得太表面了。实际上,在这个亲历和目睹了太多的死亡的知识分子的灵魂中,"习惯死亡"与其说是对死亡的恐惧,毋宁说是对某种生存状态的恐惧。对于他来说,被批判、被迫害的生存比死亡更可怕。因为这种被虐的生存会"一步一步地剥夺了你的尊严、爱情、自尊和自信,最后,直到你患了被虐狂,脑袋掉地上滚了几丈远,你会对杀人者抱着感恩之情,向他高呼万岁"。在持续的、不断重复的思想批判运动中,批判者的声音会习惯地变为被批判者的自忏,批判者的文字会习惯地变为被批判者的语言,批判者与被批判者的冲突会习惯地变成被批判者自己内心的冲突。开枪者的枪口与早已植入被杀者脑中的子弹形成了习惯性的感应,批判就这样成了主人公心外心内一起颤鸣着的死之说教。当张贤亮沾着灵魂的血丝的解剖刀刺进了主人公极为个人性又极为普遍性的心理层次的时候,他实际上是对当代知识分子精神生活中迁延难愈的"批判"习惯和阵发性"运动"病作了最严峻的诊断。在这里,小说表现出它强烈的现实针对性。深沉的历史内容和敏锐的现实感应作为小说相辅相成的两种美学特性并存着。在某种意义上,甚至可以推断:如果不是由于现实的触发,张贤亮就不会获得新的冲动、新的勇气去掀动他沉积着血污和骸骨的记忆。

对小说中大胆而脱俗的性爱描写,也只有从作家对"习惯死亡"的心理疾患的揭示的角度,才能充分窥见其潜在的意义(这里要请崇尚"感觉"而厌倦一切"意义"的作者原谅,评论的本性就是要执拗地从作品的感觉堆积、感觉集合中发现某种新鲜的"意义",普用恰当的理性语言将它表述出来)。小说主人公那种怪异的对死亡的习惯性心理反应,往往是习惯性地出现在他与女性做爱并获得快感之后发生。这真是可怕的床笫悲剧!性爱原本是生存最有情趣的表现形式,做爱并享受性高潮更是生命最沉醉最饱满的瞬间形态,但恰恰在这一生命的瞬间巅峰之后,就接踵出现了死亡的深谷!昔日积贮起来的死亡记忆像狂噬健康肌体的癌细胞一样吞噬、败坏着现在追求并领略着的一切生存乐趣。对于这位几近荒唐心实自虐的主人公来说,性爱中一切灵的方面已经被"习惯死亡"的心理疾患耗损净尽,剩下的仅仅是肉的欢娱。如果主人公是那个劳改队中粗鄙的杂技演员(在他心目中,女性仅仅是人人都能"戳"的"眼眼"),那么,对死亡这一人生大限的敏感,就可以成为他忘形纵欲的借口了。求灵者得灵,求肉者得肉,他也就不必有这样多的病态而敏感的自忏、自剖和自求心理平衡的紧张思索了。但是,悲剧恰恰在于,主人公的性爱的苦涩和幻灭,就在于这种性爱中潜伏着与他的知识者天性俱来的矛盾:他一面沉溺于性爱的肉欲方面,一面又悲悼、追怀、悔恨、眷恋着已永逝不返的性爱的灵的方面。在主人公的这种矛盾的性爱生活中,张贤亮极其直率而细腻地展示了生命在这一暗面里的无比复杂的表现形态。在这一方面,张贤亮那强悍的、富于暗示和质感而又相当有节度感的描写,使二三流小说中流行的所谓性爱描写相比之下黯然失色了。

主人公的生命历程是以一个个女性的关系为界碑的,主人公的记忆是借一个个女性而鲜活起来的,主人公收集了一个个女性的背影,缅怀着一次次诀别。一直到最后,在主人公的言杀幻觉中,仍有一双女性的手轻轻合上了主人公的眼皮。当幻觉散去,主人公作为小说的叙事者的意识清醒了时,仍然有他年轻时的老情人在陪他。而他闭上眼睛,就会"陡然看见她在月光下非常美丽和年轻"。这真是一个彻头彻尾的女性崇拜者,一个离了女人无法生存的男人。也许有的人会耸耸肩嘲笑说:"这不过是个既怜花惜玉又折柳摧花的旧式才子罢了。"对于这种俗恶的嘲笑,主人公如果有机会自我辩护,他也许会说:"我不为生活的形式和别人的观感而活着,我只为生命的实质和自己的感觉而活着吧。"事实上,正是主人公曲折的生命历程和感情历程铸成了他对性爱的这种悲剧性的感觉。

主人公当然也有他的青春,也有他美好而苦涩的初恋。一位年轻的出身不好的女医生深情地爱上了他,"她的笑总像燕子低低地掠过池塘,一闪即逝以后你便会嗅到雨前的湿润",她会把这样的情书寄往劳改队:"我觉得我是这样小,你一下子就把我爱完了，你又是那样大，我爱你总也爱不完。"她不但节衣缩食，在饥馑的年月里不断往劳改队寄包裹，而且不顾压力和流言，到劳改队去探望他。但是，这样纯真的爱终于被生活的沙漠窒息了，在求生的挣扎中发展起来的劫物性的"现实主义"和对未来的绝望毁坏了他对爱情的信念。他让牢友发出了他已死去的信，她也在绝望中沦落凡尘。当他历尽千辛万苦再寻到她时，他看到了使他永远伤心的大肚子，看到了"一个白色大破纸箱的旯旯里装着她身上散落的零件"。就这样他把她爱完了，然而他同时也在她小小的身上付出了全部的爱，以至他在此生与别的女性遭逢时再也无爱可以支付。

是的，对于第一次动情的男人来说，纯洁的，或者说纯灵的爱是精美的薄胎瓷器，它经不起哪怕是最轻的震击。一旦这样的爱不管由于什么原因被毁灭了，一旦这样的爱成了肌体中隐秘的痛阀和"心中的古诗"，那么，他往后和女性的关系，就绝难再唤起纯精神性的倾慕。

在主人公的海外游踪中，有过这样几次性爱的遭遇。他到西海岸去寻找一位在国内结识的情人，这位前电影演员因为处境凄凉，连一间属于自己的小屋也得不到而跑到美国。当主人公在旧金山幻想着和她重逢的喜悦和激动时，她却为了打入美国的生活已经决定和一个洋娃娃式的美国老头儿结合了。根本就不想离婚的他连嫉妒的权利也没有。后来，在东海岸他又结识了一个台湾来的离婚女性，这个女性属于自己的太文明而被他身上的野性吸引，但她的爱情原则是"我们有时间就相爱有机会就相爱"，而相爱又几乎是做爱的同义语。这个女性后来为了谋生跑到了南美，她最后成了他死亡前赶来慰藉他的唯一女性。在巴黎他还有一个情人纳塔丽，在国内又有一个长辫子的歌舞演员。所有这些女性和他的关系虽然也有相互同情与关切的精神性联系，但都失去了爱情的那种特有的诗意的氤氲。性爱中那种生理性的快感和满足，淹没了精神性的爱慕和愉悦。长期劳改生涯中培养起来的生物"现实主义"，不自觉地驱使着主人公不失时机地去把握瞬间的感官酣醉。正是在这种酣醉中，他既追寻着失落已久的母性的温暖，又感受着自己劫后余生的成熟

生命的力量。他知道这样的生活方式有些"堕落"，但他破碎的身躯和灵魂已经无力抗拒这种"堕落"。这已经是一种"习惯性爱"了，一如他的"习惯死亡"一样。或者说，这种习惯性爱就是习惯死亡的心理疾患的一种自疗方式。但是，他已病入膏肓，无法自疗。每当他气喘吁吁地在做爱的高潮中体验着生命的酣肠时，死亡的感觉就袭击了他。所以，"在别人看来他已寻找到了幸福的时候他却只感受到痛苦……他的破碎已无可救药，他必须要重新制造"，作家就这样为他安排了一个自杀的结局。这样的自杀结局是不可避免的，因为自我疗救既不可能，甚至去一趟"东方佳丽"作自我沦落的尝试也失败了。一个既不能为善又不能为恶的生命等于废物，这是人的最深邃的又最无可言说的悲剧，只有自杀才能把破碎的人从这悲剧中超度出来。在这里，主人公的自杀获得了双重的意义（又是"意义"！）：它既是自己对自己的厌恶和诀别，又是自己对自己的希望和拯救。小说的死亡主题和性爱主题就这样在生命的涅槃的幻觉中统一在一起。

《习惯死亡》再一次雄辩地证明了张贤亮这位天才作家的艺术魔力，这种魔力在艺术形式上从两个方面发射出来：一是这部长篇小说的独特的艺术形式。在编织自己的艺术幻觉方面，张贤亮显得腾挪变化、兔起鹘落、随心所欲但又整然有序。在一种以心理时间为叙事经纬的现代小说结构中，张贤亮仍能使他的小说保持着一贯的雄浑、厚重、绵长苍凉的气质。这是了不起的。二是这部长篇小说独特的艺术语言。当小说叙事的帷幕一层层地开合舒卷在我们面前时，时时、处处都有语言的珠玉在自然天光的投射下闪出了异彩。独特和准确的艺术感觉，每一次都能寻找到灵敏、新鲜、惬意的语言形式来表现。在这里，语言不仅仅是句式的营造词汇的辨析、调动，而且是作家的气质和才情的凝结。一切都让我感到：这是只有张贤亮才能这样想这样写，而且也只有他才想得出来也写得出来的。这里有性情独绝所至，也有诗艺研磨所臻。纵横的才气在精研的诗艺控制下，结晶在每一个新颖的句子里，那样干净、准确，演绎平畅而又包蕴密致，朴野渊茂而又极富词采——当代作家中写得像他那样出色的实在罕

见。在这一切的背后，我看到了作家绝不浮躁和疏忽的严肃的艺术劳动。

故事的贫困是小说改良运动的必然事变，故事的贫困是旧有的抵达终极之路日渐途穷的结果，故事的贫困是怀疑主义精神以虚伪的面目在小说革命中的又一次失败。

选自《厦门文学》1990年7月号

论诗的哲理性抽象

俞兆平

抽象是人类智力发展至一定阶段的成果，它是一种重要的心理能力，不论是在哲学的逻辑思维过程或艺术的形象思维过程之中，都存在着抽象的程式。我们要寻求的是有别于哲学认识论抽象的、具有美学意义的艺术抽象。但在文学批评的实践过程，人们常常把二者混淆。

李商隐《锦瑟》一诗的论析便是如此。"锦瑟无端五十弦，一弦一柱思华年。庄生晓梦迷蝴蝶，望帝春心托杜鹃。沧海月明珠有泪，蓝田日暖玉生烟。此情可待成追忆，只是当时已惘然。"此诗寄兴隐微，解人难索，甚至有人认为李义山"其意不自解"，连诗人都难以自解，何况说诗者。但再难解的诗，亦有所解，主要看解说者从何角度出发，作何抽象概括。若单一从义理方面推演，势必穿凿附会，若从审美方面悟及，则易切近诗意。

《锦瑟》诗的一解是：从一般认识论角度出发，以时事附会之。由此而作出的诗的抽象概括，只能是一种政治斗争中善恶对立的抽象，使作品变成政论式的演绎，而决不可能是艺术的抽象。《锦瑟》诗的另外数解为"阵亡之诗"、"义山自题其诗以开集首者"、"以古瑟自况"，钱钟书认为此三家之说"皆差能紧贴原诗，言下承当，取足于本篇，不抄瓜蔓而捕风影"，即此三说能从诗歌艺术所具有的审美特性出发，不脱离诗的艺术形象，不作概念性的捕风捉影的演绎、归纳，如言及"悼亡"，并未说明亡者何人，仅是指明诗之"意向"而已，所以这三说的抽象均为艺术的抽象，均可成立。

朱光潜生前对艺术抽象作过论析，可惜未引起学术界的注意。他说，什么叫作"抽象"？"作为动词，这个词的原意是从整体中抽出某部分，例如从金矿石中抽出纯金"，"抽象就是提炼"，因而文艺中的抽象、文艺的思想性，不等于概念性的思想，而相当于马克思主义创始人屡次提到的"倾向"，倾向"具体地、形象地隐寓于人物性格和情

节发展之中"，也是作家"毕生生活经验和文化教养所形成的，它总是理智和情感交融的统一体"[1]。艺术抽象的具体形象性及其与理智、情感浑融一体的审美特质，在此又一次得到强调。

这样，我们似可对诗的抽象做出如下的界定：它是诗人凭借着一种具有"知性直观"的审美判断力，直接由外物的假定形象、形式要素或内在情感生活、生命经验，提纯出的一种不脱离感性形式的，具有意向性的情感的涵括或"经验的一般"。

诗的抽象，有多种存在形态，如音乐性抽象、绘画性抽象、情感性抽象、哲理性抽象。本文仅就诗的哲理性抽象进行论析。

诗歌主要展现诗人主体的情感生活，但并不排斥它传示思想，特别是一些诗人有着深邃的哲学意识，甚至他们当中的个别人同时也是思辨型的哲学家，这就使创作出来的诗篇往往带有强烈的哲理意味。那么，这类哲理诗的抽象，是否便成为逻辑推理式的概括呢？

对此，不能一概而论。钱钟书主张哲理诗有"理趣"与"理语"两类之分。诗能使人在具象与情趣中透彻地悟及义理，为有理趣之上品；而仅以箴铭格言、教义道理充塞诗篇，则为僵滞的理语之作。沈德潜在《说诗晬语》卷下以实例释之："杜诗'江山如有待，花柳自无私'，'水深鱼极乐，林茂鸟知归'，'水流心不竞，云在意俱迟'俱入理趣。邵子则云'一阳初动处，乃物未生时'以理语成诗矣。"很明显，杜有的诗句皆为具象之语，但透过物象，你能感悟到某种深邃的哲理。如末句"水流心不竞，云在意俱迟"，则使人悟及心与道的契合："吾心不竞，故随云水以流迟，而云水流迟，亦得吾心之不竞。此所谓凝合也。"[2]至于邵雍的诗句，则以道教的思想假以外象呈示，实为理语，难以称之为诗也。

富有理趣的哲理诗才是我们论述的对象，钱钟书认为这类哲理诗在诗的创作中是必要的。首

先,因为"盖任何景物,横侧看皆五光十色,任何情怀,反复说皆千头万绪,非笔墨所易详尽"。诗之写景抒情,难于穷尽对象,且易挂一漏万,也不便举一反三。但哲理诗在这点上便优于前者,"道理则不然。散为万殊,聚为一贯,执简以御繁,观博以取约,故妙道可以要言,著语不多,而至理全赅……理趣作用,亦不出举一反三。然所举者事物,所反者道理,寓意视言情写景不同。言情写景,欲说不尽者,如可言外隐涵;理趣则说易尽者,不使篇中显见。"③洋溢着理趣的哲理诗能聚万殊为一贯,御繁博于简约,使人在所举的物象中悟及流贯万物的道理,但这种道理不能明显地在诗篇中出现。此为哲理诗的第一要质。

哲理诗的第二要质是必须具象,在象中明理。钱钟书指出:"惟一味说理,则于兴观群怨之旨,信道而驰,乃不泛说理,而状物态以明理,不空言道,而写器用之载道。拈形而下者,以明形而上,使寥廓无象者,托物以起兴,恍惚无联者,著述而如见。譬之无极太极,结而为两仪四象;鸟语花香,而浩荡之春寓焉;眉梢眼角,而芳菲之情传焉。举万殊之一殊,以见一贯之无不贯,所谓理趣者,此也。"④理为冥漠无形的形而上的东西,在文学艺术中,它必须附着于具体的形而下的物态上,以物明理,以器载道,就像派生万物的本体、本原(无极、太极),势必呈示于天地、阴阳(两仪),或春、夏、秋、冬,或金、木、水、火(四象)一样,因为"词章异乎义理,敷陈形而上者,必以形而下者拟示之,取譬拈例,行空而复点地,庶堪接引读者"⑤。

第三,对于哲理诗人来说,一方面须有哲学家笼括天地的理知,另一方面还须有诗人体察物象之情趣,只有两者融合,才能写出富有理趣的诗篇。例如,程明道《秋日偶成》第二首云"道通天地有形外,思入风云变态中",便为理趣之诗。因为"有形之外,无兆可求,不落迹象,难著文字,必须冥漠冲虚者结为风云变态,缩虚入实,即小见大,具此手眼,力许诗中言理"⑥。理是冥漠冲虚、不落迹象的,当它融入具体的"风云变态",才能化虚为实。因此,只有具备有化理入物、渗道于情的大"手眼"的诗人,才能创造出真正的哲理诗。

试引张若虚的《春江花月夜》为证,该诗的中间一段是:"江畔何人初见月?江月何年初照人?人生代代无穷已,江月年年只相似。不知江月待何人,但见长江送流水……"闻一多给予它以极高的评价,他指出,这里"有的是强烈的宇宙意识,被宇宙意识升华过的纯洁的爱情,又由爱情辐射出来的同情心,这是诗中的诗,顶峰上的顶峰"⑦。这种宇宙意识是什么呢?一是自然的永恒,星月轮回,江水长流;一是生机的不灭,人生无穷,代代传衍。诗人并不沉溺于感性的自然状态,一味陶醉于春江花月的美景,而是有着更高的理性思索;他也不滞留在人生有限、生命短促的感慨中,使自我与宇宙对立,而是领悟到人生与自然的体合,有限的自我与无限的宇宙的和谐,达到理解人与自然关系的最高层次。当然,诗人并非没有个人的悲欢,"昨夜闲潭梦落花,可怜春半不还家",但这情怀是一种"被宇宙意识升华过的纯洁的爱情",请看诗的结句:"落月摇情满江树",情、月、江(人、天、地)三者静谧地融为一体了,和谐而完美。

综观全诗,我们似乎在朦胧中,却又是真切地感悟到诗中深蕴的自然与人一体的宇宙意识,但是,这种涵盖万有的哲理意念却始终消溶于春江花月的具体物象之中,始终化解在诗人的情怀意绪之内。象中有理,理中有情,情中有象,情、理、象三者,互相渗透,混茫难辨,这才符合钱钟书所标举的"理趣"。

纵观我国70年新诗创作,似乎可列为上品的哲理诗为数寥寥。如果说在40年代,冯至的27首十四行诗把中国的哲理诗提高到一个新的层次,那么60年代以来,当数台湾的覃子豪,他的《瓶之存在》《金色面具》等哲理诗作已达到圆熟洗练、炉火纯青的高度。这里引其《域外》一诗为例:"域外的风景展示于/城市之外,陆地之外,海洋之外/虹之外,云之外,青空之外/人们的视觉之外/超 Vision 的 Vision/域外人的 Vision//域外的人是一款步者/他来自域内/却常款步于地平线上/虽然那里无一株树,一匹草/而他总爱欣赏域外的风景。"

《域外》先是展示了一个奇特的画面:空旷杳远的空间里,横画着一道无开端无终点的地平线;在这单调、寂寥的横线上,晃动着一个黑点。诗人像是抽象派画家，以单纯的线条勾勒出一幅平凡简要却又引人注目的几何图形。抽象派绘画理论家康丁斯基十分强调这种图形通过视觉效应造成的直接精神效果，这效果即是要求审美者从"形"去感受它的"内在脉搏"，去发现它新颖、陌生、神秘的"质"。《域外》一诗以文字所唤起想象中的几何图形，给了读者一种幽深玄远、空寂清旷的审美感受。它使人从尘世的纷扰中脱身而出，进入一种虚融超悟的境界，去追寻那更为深邃、广袤的抽象哲理。

这晃动的黑点，这"域外的人"，在清寂的毫无风景可言的地平线上欣赏着什么呢？他所追寻的"域外"究竟是什么呢？"域外"在城市、陆地、海洋、虹、云、青空，人的视觉之外，即在世间一切实体性存在之外，在现象界之外，它甚至也在人的虚幻性想象之外，它是"超 Vision 的 Vision"。因此，从某种意义来说，覃子豪的"域外"似乎接近于柏拉图的"理式"、康德的"物自体"、黑格尔的"绝对理念"，或是《易经》的"太极"、老子的"道"是宇宙最原始的、无形无象的本体。

诗人在其诗集《画廊·序》中谈及此诗说："是由抽象到抽象，没有观念，没有情感，没有感觉的无中之无。无中之无，万有的极致。抽象为具象至极的纯化所造成的一个纯粹的美的世界。"就是说，诗中具象的"域外风景"，已是一种抽象，因为它是具象至极纯化后的世界。但这抽象之上仍有一重抽象，是"无中之无"，这后一重的"抽象"——"无"，即是指视之不见、听之不闻、搏之不得的，非感官所能把握的宇宙原始本体。但这种"无"，却是万有的源。《老子》四十章曰："天下万物生于有，有生于无。"黑格尔也说："这种'无'并不是人们通常所说的无或无物，而是被认作远离一切观念、一切对象——也就是单纯的、自身同一的、无规定的抽象统一。"[8]黑格尔认为这种"无"是"存在"的对立面，二者是相反相成的，相互转化的，"虚空之被认为是运动的泉源，不仅在于地方空着这个意思，而且还包含有更深一层的思想：在否定的东西中一般都包含着生成的根据，自己运动不安的根据"[9]。即"无"是存在生成的根据，亦即覃子豪言及的"有的极致"，它将创造出一个纯粹的美的世界。这"无"也就是

诗人所追寻所欣赏的"域外的风景"，可见在《域外》一诗的内里，潜隐着诗人何等深沉的哲学思考！正如台湾诗人、诗评家洛夫所评论的那样，诗人是"企图在物象的背后搜寻一种似有似无，经验世界从未出现的，感官所不及的一些另外的存在，一种人类现有的科学知识所无法探索到的本质"[10]。这一"本质"，难道不正是人类所永恒追寻的哲理吗？

但是，在艺术的展现中，这种哲学意义的抽象必须是具形的，因为只有这样，它才能取得审美意义的存在。所以，覃子豪在《画廊·序》中谈道："实际上抽象也具有形象的性质，只是这种形象我们不能给它以确切的名称。表现这种抽象的形象，是由外形的抽象性到内在的具象性，复由内在的具象还原于外在的抽象，从无物之中去发现存在，然后将其发现物化于无。"这便是诗人创作《域外》的表现法则。若细加体察，我们是不难发现诗人那蕴含着哲理思辨的艺术思维的轨迹。

在哲理诗的问题上，钱钟书是赞同黑格尔的"美是理念的感性显现"的命题的。他引禅语为例："禅如春也，文字则花也。春在于花，全花是春。花在于春，全春是花。而曰禅与文字有二乎哉。"黑格尔的理念若似禅意，亦似"全春"，"全春是花"，它必须在具体、感性的"花"中显现。钱钟书继而分析道："黑格尔以为事托理成，理因事著，虚实相生，共殊交发，道理融贯迹象，色相流露义理。取此谛以说诗中理趣，大似天造地设。"由此，他写下了为当代文论家们一再引述的名句："理之在诗，如水中盐、蜜中花，体匿性存，无痕有味，现相无相，立说无说。所谓冥合圆显者也。"[11]此即为哲理诗中的理、抽象之美的最佳表现形态。

①朱光潜《美学拾穗集》，P152～155。

②③④⑥⑪钱钟书《谈艺录》（补订本），P232，P227，P228，P229，P231。

⑤钱钟书《管锥篇》第3册，P1144。

⑦《闻一多全集》第3卷，P21。

⑧黑格尔《哲学史讲演录》第1卷，P131。

⑨引自列宁《哲学笔记》，P116。

⑩《中国现代作家论》，P38，台湾出版。

选自《厦门文学》1990年11—12月，合刊

地域文化与人类精神及其他

朱大可/北　村

北：《厦门文学》谢春池要我谈谈对福建文学创作现状的看法，这不是一个单纯的问题，我想就福建谈福建是有一个大限的。你也是福建人，你以为如何？

朱：这次去我的祖籍地武平县转了一圈，对这块土地有了更透彻的了解，或者说是对我自身的状态有了一种透彻的了解。回归武平使我成为一个流离失所的人，而现在才刚刚获得重返故里的契机。这其实就是我与中国文学的关系，我可以描述它，但我不是它里面的人。

北：正如我与福建文学的关系。因为这种疏隔促使我能以一种宁静的心态来描述它。福建的小说历来不发达，它的抒情传统导致了后期浪漫派诗歌的鼎盛，散文创作却凝滞不前。

朱：在我的印象里，福建诗歌的旗手就是舒婷，她在七十年代的解冻时期孤寂地出现，但以后并没有闽籍士兵的英勇追随。诗社的统计数并不低，但没有与之相当的诗人。前不见古人，后不见来者。

北：抒情传统对于福建文学的负面影响不是一个理由，就像它对于整个中国文学的影响。作家和诗人对于痛苦经验的感受完全可以是个人性的、私有和秘密的。这与他所处的地域并没有关系，而与文化有关系，可是福建根本不能形成独立的文化，这是常识。

朱：闽文化的闭抑性，是我此行的深切感受。地域文化丧失了活力，不能构成巨大的痛苦及其批判性，更不能把这种痛苦转换成文学或精神形态的有力形式，那么，当所谓"晋军"、"湘军"等诸种写作军队不可一世的时候，"闽军"的溃不成"军"是不可避免的。

北：当福建文学不能从地域文化中获救时，它同时又拒绝与人类精神发生关系，这正是"山地作战"的特点。文学的精神性是获救的唯一途径，舒婷诗歌的温柔的手正是由于触摸到了人类精神与时代精神那个衰弱的喉结，才开始了歌唱，这就是真诚。舒婷后的几个尚有名气的福建诗人却重新缩回了手，他们实际上丧失了起码的真诚，在一堆水意充盈的华丽文字中发出微弱的声音。

朱：丧失文学宏大性和人类性的一个原因，在于这种区域性对于作家精神信念的消解机制。地域，就是对作家想象力和创造力的最蛮横的限定，它把一切属于全球的思想扼杀在有限的风景里，民俗、风情、习惯，这些地域意识形态妨碍了个体精神的生长。我在永定县客家土楼里看到的正是这种机制，土楼既使我震惊，也使我厌恶，它的巨大、闭抑、自我圈定和从中流露出的永恒安定的理想，是客家或八闽美学的象征。

北：地域意识形态扼制了作家对新的价值和约定发出的声音。我坦率地说，福建作家是很少有痛苦经验的，或者说"痛苦"已被玩弄成一个空心的词汇。我不知道作家们为什么那么容易地找到一种轻松的转换机制，其实是消解机制，它凭借外在的文化景观（风情、风景）轻易地转嫁的痛苦，使其丧失了体验性。真正的转换痛苦的方式只有重新找回一套神性约定，否则，就是根本上取消了关于痛苦的问题，这是规避，打断一切对自由自觉的人的本质痛苦的严厉发问，存在（独在）变得无关重要了，他在占据了一切，他在就是人群，就是文化。

朱：在福建的历史上，诞生过理学大师朱熹，这是把福建地域意识形态上升到哲学高度的人；同时，福建也诞生了心学大师王阳明以及中国思想史的最高峰巅——李贽，这表明地域意识形态除了消解人的精神性外，有时也能够催发一种伟大的思想和信念，问题的关键在于闭抑的痛苦是被消除，还是被转换成精神飞跃的功能。在山重水复之中，个体生命向上一跃，达到生命辉煌亮度，这种先例也许是一种重要启示。

北：是的，这正是文化给予我们的启示。但是,是寻找一条文化中心的精神线索还是在消费文化本身,这是很重要的区别。更严重的问题是,仅仅把福建作为特区来理解,或者从民俗学角度来寻找,都是令人不解的,这不能找到任何有关个体生命的东西,这是从文化角度来寻找获救的方法。我觉得是否能从纯粹的寻找新的精神向度来确立方向,这才能使一切回到最初的思虑:其实,一切精神问题都是个人性的、私有的、不可告知的独在。这是我们走出文化的先决条件。

朱:这次对闽西的考察,涉及了大量与"客家"有关的事物,也会见了大量的"客家人",我最终意识到,"客家人"事实上包括两种人:"客人"与"家人"。"客人"早已离去,只有"家人"在这里永恒居留下来,把"家"的哲学发挥到令人吃惊的程度。宗族、姓氏、祠堂、祭祀,这些以"家"为核心的意识形态的发达超出了中国的其他省份。它必然对文学的形态产生最深刻的影响。

北:从词根上描述客家精神是一种有趣、准确和深刻的方法。客家以迁徙为特征,如果是肉身迁徙,那是毫无意义的;如果是精神迁徙,就有一个向度的问题,运动的、变化的和保守的、僵死的二种向度。迁徙的终结导致客家土楼的诞生,这种奇怪的建筑具有一切保守事物最集中的特征:固守、静止和防御。群聚而居使上升为其主要关系,它的中心就是一个舞台,在这里丧失了任何个人性的秘密,这是一个没有秘密的地方,因此没有独在。这是否暗示了福建文学的某种格局?

朱:把土楼当作一个舞台,这个譬喻是很有意思的。居于永定土楼建筑中心的正是戏台,也许这就是福建戏曲发达的原因。表演,这是一种非常深刻而有用的操作,这种操作使抒情性沾染了装饰的意味。戏曲、诗歌、散文或小说,这些样式在处理抒情事务方面有着各自的特征,但是我要指出,其中只有诗歌才是抒情性获得其最高高度的唯一样式,使我费解的是,福建人士却坚持把散文当作发展抒情传统的最好途径,这无疑是对散文功能的严重误解。

北:福建的确是一个有抒情传统的地域,必须承认,福建出现过许多好的散文大家和作品,正是居于此,我要说,抒情应该是一切自由语体的特征,无论诗歌、散文和小说的核心都是抒情,一种朴素、直接、粗砺的对精神亮度的赞美,对神性的关怀。各类文体都有可能走到这个终极。一种能照亮时代和人类精神的伟大的抒情性,在此,体验的痛苦转换成了欢乐,这就是神格的获得。所以,散文是其中的一个语体,几乎是最自由的语体,它不该为技术所阻碍。这样来理解抒情性是否更合适?

朱:不错,我可以援引一些散文大师的姓氏,如卡莱尔、蒙田和卡缪,他们在散文文体中企及了人类的最高精神事务,由于这一缘故,散文超出了一般的抒情或叙事范畴,而成为伟大情感和思想的一种见证。但是,我仍然坚持把诗歌当作人类抒情的最有力文本,如果福建文坛拥有良好的抒情传统,那么它应当从诗歌而不是散文入手。舒婷女士的方向,正是福建抒情传统的发展方向。

北:我还是认为散文也能够获得这样一种可能性,只要我们洞察了抒情性一词的真相。《厦门文学》推出1990年6月"散文专号",以一种博取众长的努力和随后发起的理论探讨预示了进步的探索,找一条出路。抒情性一旦回归到从精神向度开始思考,就有可能发展,而不是仅从文化向度来考察。这样便有可能理清一些所谓纠缠不清的问题?例如为什么福建小说无法超越湖南小说?这种混乱是毫无意义的,它像雾障一样遮盖了我们的眼睛。

朱:抒情的问题,最终不是文体而是内在精神性的问题,这是毫无疑问的,抒情的问题最终将落实在情感的价值上。市民的情感和乡愿的情感、无产者的情感和有产者的情感、平庸的情感和伟大的情感,这些情感拥有完全不同的质量和品级。如果只有一些庸浅的痛苦与快乐,那么,即使最完美的文体也不能拯救它的危机。

北:当抒情成为一种伪饰的时候,人的存在也就成了一种伪在,它是一种面具,一个优雅却空洞的手势。福建文学如果能重新获得对抒情性的新阐释,就有可能引发一次真正飞跃的契机,你是否理解我这句话的意味?

朱:是的,这样的契机随时向所有的作家开放。然而什么才是真正伟大的情感呢?构成情感的伟大性的因素正是在于它关怀着什么。一种人类的情感,如果仅仅关怀钱币,关怀日常生活中最琐碎的事物,它的下降是不可避免的。在散文里,我们还会看到这样的关怀物:花、草、树木、山谷、海洋、星辰和月亮,这些优美的自然事物充填着散文的空洞躯壳,然而它们仍然不是伟大情感的标记。恰恰相反,在更多的场合中,它们成了心灵苍白和精神匮乏的征兆。伟大的情感注定要从这些伪饰的陈词滥调中挣脱出来,去拥抱更有力的事物。

北:对星辰和太阳的关怀,应当引发对伟大事物的精神的关怀,然而是什么扼住了它的咽喉?我看到的是一些时下的文学市场的动人景观:对精神、价值和意义的彻底抽空,满布的相对主义的陷阱,技术主义的流行,市民主义无耻的膨胀,所有这些描述了一个正在解构的精神格局。一种没有信念的文学是阳萎的,一个没有信念的民族是空心的。

朱:从对散文的意象的分析可以看到,自然景物是社会意识形态的投射。例如,对蒲公英的颂扬,就是对一种卑贱事物的颂扬,而对河流、村庄、土地的颂扬,则流露出对民族、人民或祖国的社会情感。这其实就是对中间价值形态的一种关怀,这是中国当代文学的最普遍的特征,这种价值形态,以国家意识形态为内核,以"人民"、"民族"和"祖国"为词根,以"母亲"、"儿女"为象征,以"大河"、"高山"和"土地"为意象,贯穿于从"伤痕文学"、"知青文学"、"改革文学"到"寻根文学"的全部文学进程中。

北:蒲公英式的卑微事物使作家放弃对伟大而光辉的事物的注视,这是精神萎缩的标记。市民主义的心态造就了大量的文学赝品,他们把毫无意义的日常经验所呈示的某种无奈、小心翼翼和苟且的景象加以欣赏和玩味,如池莉和范小青等人的小说,其中丧失了起码的批判性。这种人格麻醉的小说是大众消费的,空洞而干瘪。在中间价值层面,游荡着这么一些枯干、贫困的灵魂,充满了肉性的芬芳。

朱:就连这种肉性的芬芳,也仍然是可疑的。正是从这样的普遍疑虑中产生了对终极价值的关怀,这也就是对人类生存壮态及其原因的最热烈的追问。在中国历史上,只有屈原发出过类似的三百四十多个追问。然而,即便如此,在问遍了世界奇迹的各种原因之后,屈原仍然没有发出对于那个最高事物的追问,他把这个权利推让给了他的后裔。然而,纵观中国历史,在屈原后面,没有任何人秉承了这一天赋的使命。

北:责任。某种对个体生命负责的使命,成了唯一值得关注的的事务,它将确立作为人的作家精神独在的最后理由。一个在者,就是一个精神的在者,他以什么方式来判断他与这个世界的价值(在的理由就是在的方式),他的精神与之相触时出现的景观,一个伟大的人格所放射出的光辉将照亮他独在的精神领域以及他与他的境域的最本质的关系。他永远不会停止他的追问,这是最高的事务。

朱:我此刻的思想停顿在历史的传统之中。我注意到人们对于李白特别是杜甫先生的颂扬。如果说李白是模仿而又最终离弃了屈原的人,那么杜甫完成了对屈原的伟大追问的最后消解。杜甫拒绝了追问,并且开始了一种严肃的中间价值的再造运动。这个疲惫老迈的身影,遮蔽了中国文学的一个奇异向度,使文学屈从于平庸的哲学。因此,对中国文学史,包括古典文学的清理,是我们赖以飞跃的一个重要支点。我们将从一个被重新判定的历史事实出发,来设定自身的存在和精神事务。

北:在当代文学中,困顿的根源在于中国作家能够轻易地找到一个消解机制,使精神萎缩不前。在一个更大的迷津里,中国的现代主义者遭遇了与市民主义者同样的沦陷,只不过他们寻找的是一个被称为形式的消解机制,害怕给出意义和拒绝给出意义使他们自囚于一项琐屑的事务之中:修葺小说语体的工程正在进行,在忙碌的劳动竞赛中,穿梭着工匠自适而阴郁的面影,以走肉形态再一次呈示了形式美,最后以向社会申请一本标志地位的职业写手证书获得了戏者的快乐。

朱:这与其说是劳动竞赛,不如讲是一种游戏竞赛,文学下降为一种优雅的玩具,它把痛苦消解为零,使文学呈现为零度痛苦。游戏所造成的这种危机使游戏变得十分危险,批评家的职责在于对游戏者耳提面命,把他们拉回到文学发展的正确向度上,这就是保持住痛苦的强度和深度,从而为文学的上升运动提供保证。

北：现在来谈形式和技术就有了理由和前提。作家先有了痛苦，而后使痛苦获得一个形式，这个作为转换机制的形式造就了欢乐。快乐和欢乐不同，快乐是戏者的结果，欢乐是游者的终局，正如对神来说，他洞察了人间所有的秘密，这就是一个具有超越性的文学大师洞见迷津格局时呈现的伟大情感的瞬间景观。一部伟大的作品正是如此地记录了人类精神突破大限的事实，由此成为不朽事物，这是终极体验。

朱：在谈痛苦形式之前，我必须首先谈论奇迹问题。一个极度痛楚的灵魂，他的全部指向都汇集到奇迹上。文学，就是诸多生命奇迹的序列，它们在我们的梦里无限地呈现。曹雪芹就是这样把《红楼梦》变成了生长各种奇迹的花园。瑰丽的石头，无限反射的镜子，它使存在的痛苦获得一个最迷人的意象。而这些奇迹最终又构成了心灵的伟大乌托邦，使痛苦得到有力的劝慰。

北：伟大的文本具有人本的终极意义，这是一个大师毕生的主题，有时甚至是唯一的。作为终极，它必然给出一个乌托邦，其中充满了神性约定。奇迹就是乌托邦，就是准确地描述时代精神的基本线条。只要能提供一个新的精神向度，便呈现某种伟大性。博尔赫斯与马尔克斯以各自的方式出示了奇迹，《红楼梦》在板结的章回语体中出示了幻境。奇迹是一种理想、一次英雄主义的召回和一个信念。因此，作家只能使自身排拒一切庸常事物的干扰，达到精神的纯粹。

朱：奇迹是从一个没有奇迹的地点起步的。在确从和寻找奇迹过程中，无疑包含着某种新英雄主义的气质。把问题拉回到福建文学上来，就是要充分意识到，这样一种新英雄主义气质是改变它的现状的重大前提。如果说这个省份曾经向历史提供过某些思想和精神大师，那么它也将提供一些真正有力的文学大师。我对此深信不疑。

北：虽然我们已经谈开了，但这是必然的，我说过就福建谈福建将遇到一个大限。福建文学拥有和其他地域文学同等的竞争起点，这是一个充满思想气质的地点。

朱：在福建山区的游历，使我对福建文学的现状与发展可能性有了足够了解。同时，对于《厦门文学》能够展开这样一种讨论，感到惊讶与高兴。

北：因为他们想做一点实事。

1990 年 8 月 22 日于福建省文联

选自《厦门文学》1991 年 1 月号

"闽南作家群"简论

谢春池

这是一个在无序中产生的集合体,并在无序的过程中逐渐地形成有序,进而达到一种绝非是微不足道的景观,尽管这一切都不是有意识地进行的,甚至有时是盲目,甚至经常是悄悄地,不太引人注目。然而,它确确实实是林林总总地或紧靠在一起或单个地站立在文坛上。是因了他们的作品同时也因了他们脚下那一块非同寻常的土地,他们缓慢地却着实开始多多少少有了些影响。于是,在这样的时候,我们极有理由也极应该在理论上对它有所阐述。

"闽南作家群"这么一个名称或一个概念倘若早些年有人提出来,似乎也不是把着眼点放在"群"的,真正有整体意识的且极为明确地推出"闽南作家群"当是《厦门文学》1989年11—12月合刊的"闽南作家专号",编者如此寄语:"可以预言,闽南作家群在形成,自然中带有必然,奋进中逐渐合力。""闽南作家群"的正式提出,无疑在召唤着厦漳泉三地的作家们同心协力去开拓一个新的局面,去达到一个较高层次上的整合,以期在海内外文坛上闪烁着闽南作家更壮丽的风采。

"闽南作家群"这一名称或概念逻辑上并不十分严密,其界定恐怕是比较宽泛的、有弹性的,他们是否能成为一个文学流派,并不是今天可以下结论的,唯有较长时期的艺术实践才有最终的印证。纵观中国现当代的文学发展,若没有赵树理和《小二黑结婚》、《李有才板话》、《三里湾》,就没有"山药蛋"派;若没有孙犁和《荷花淀》也就没有"荷花淀"派。即使是新时期十年以"群"命名的文学群体,情形也没有两样。没有王蒙、张洁、刘心武、谌容等人及其作品,就没有"北京作家群";没有周立波、莫应丰、古华、韩少功等人及其作品,就没有"湖南作家群";没有贾平凹、路遥等人及其作品,就没有"陕西作家群";没有梁晓声、张承志、张抗抗、王安忆、陈村、马原、陆星儿等人及其作品,就没有"知青作家群"。因此,能否

这样认为:假如闽南的小说创作仍然落伍,在今后的几年中仍然不能出现在海内外有较大影响的具有较高艺术水准的小说家和小说作品,那么整个闽南作家群是不可能成为真正意义上的文学流派,恐怕连"准流派"也谈不上的(当然,闽南的散文与诗歌若发展极好,各自成为散文与诗歌这两个领域中的流派也不是不可能的,但,那又是另一回事了)。

"闽南作家群"绝不是自觉形成的,它没有共同的组织、纲领、称号;与那种不自觉结合的群体也不太相同,他们又无自发以某个或某些有代表性的作家为规范创作出许多有共同特色的文学作品。然而,它的出现却是一种必然,一种客观的造就,一种地域文化积淀的结果,一种历史与当代生活的构成。中国的新文学运动迄今70多年,闽南亦有大作家出现,如林语堂,如许地山;解放后,也有各自以长篇小说《桐江风雨》和《小城春秋》闻名海内外的司马文森和高云览(他们因长期不在本土,所以也无法使本土形成文学的气候)。然而,不可否认,整个闽南的文学创作是冷清、落后的,只有进入新时期,这种现状才得到根本的改变(整个福建文坛的情形亦然)。新时期一开始,一批"文革"中毕业回到家乡执着于文学的大学生和一批插队落户也同样执着于文学的知识青年同时成为闽南文坛的两支生力军,前者有陈慧瑛、陆昭环、陈志泽、陈瑞统、万国智、杜成维、刘永乐、吴凤章、沈丹雨等,后者有舒婷、陈耕、陈仲义、张力、陈元麟、谢春池、陈志铭、林培堂、郑启五、王伟伟、海迪、杨少衡、青禾、施肃宗等。这两支生力军的形成一开始就带有"群"的特点。此外,"文革"前从事文学创作的那批人也成为另一支不容忽视的力量,他们中有郑朝宗、吴静吟、傅子玖、碧沛、郭建尧、洪泓、王者诚、杨钧炜、刘溪杰、王佳兆、陈文和、王钦之、李灿煌、曾阅、吴瑞聘、黄明定等,此外,从外地调回或调来者,外地大学毕业分配来的

或本地大学毕业留下者及不纳入上述诸范畴者，他们中有洪永宏、唐敏、林丹娅、阎欣宁、裴慎勤、徐常波、周云石、秋筱、刘小龙、方航仙、陆樯、林鼎安、史赋、倪森森、肖肖、王尔坚、蒋维新、任越等。新时期文学十年的中后期，闽南地区又涌现一批年青的作家，他们中有鲁萍、黄橙、黄秋苇、苏效明、陈金山、何光喜、沙封、赖妙宽、今声、黑楠、魏献宗、潇琴、蔡芳本、赵然、庄伟杰、林凌鹤、林轩鹤、杨世膺等。"乡情"在这里无疑成了二种"黏性"的物质，因此，我以为还可以把闽南作家群的范围加以扩大，将那些并不在闽南地区工作和生活的但写了不少闽南题材作品的闽南籍作家纳入这个群体，他们中有蔡其矫、单复、许谋清、斯妤、郭碧良等（显然，还有作家不慎被遗漏在这份不完整的名单之外，这也更能说明闽南作家群的实力）。闽南作家群中在海内外颇有影响的出类拔萃者也不乏其人。以作家而论当然是不够的，我们更把眼光放在作品上。"文革"前的闽南，黄远的一部《总有一天》的小说在《人民文学》一发，极为轰动；而这十年，闽南作家在《人民文学》发表作品乃为常事。"文革"前，闽南作家出书极少，简直是寥若晨星，而这十年据不完全统计，小说、诗歌、散文的专著和合集已有70多部之多（长篇小说就有10多部）。其中有获得全国第一届诗歌奖的舒婷的《双桅船》、获得全国第二届散文奖的陈慧瑛的《无名的星》、获得首届"中国潮"报告文学征文二等奖的陈元麟的《草原2号》，还有在海内外颇有影响的洪永宏的长篇小说《海囚》，傅子玖的长篇传记小说《陈嘉庚》，陆昭环的中篇小说《双镯》以及陈耕与人合著的电影文学剧本《血与火的洗礼》和《小城春秋》，张力与人合著的电影文学剧本《幸福不是毛毛雨》，等等。这些突出的作品构成闽南作家群的创作实绩，正是这不容忽视的创作实绩使得闽南文坛真正有一派繁花似锦的壮美景象。

"闽南作家群"的形成不言而喻首先和地域有极为密切的关系。闽南的自然地理环境，其气候、山川、水土、物产深深地影响了闽南作家的气质、感觉、情绪、意志，乃至个性，甚至那些离开闽南好多年的作家，也不能完全摆脱这一影响。不能说这样的看法已经是鞭辟入里了，却也不能完全给予否定，尽管它并非是唯一的原因。当然，风俗习惯、风情趣味的大致相同，还有共同拥有的那份极为特殊的语言财产——闽南话，使得闽南作家们在这一些共同的极为坚实的基础上走到一起。再则，对这块土地，他们中的多数人都有着深深的情感（主要是一种刻骨铭心的爱），这就使得闽南作家们于无形中逐渐地成了一个"群"。自然的人化是一面，人的自然化又是一面，闽南这块土地主体上的温馨明丽在闽南作家们的审美心理中长期积淀，于是，大多数闽南作家的文学作品也呈现出一种温馨明丽且充满浪漫情调和抒情风格。这也给文坛以闽南文学总体上是"柔美"的印象。

"闽南作家群"既然是以厦漳泉三地作者构成，就不可避免地会因厦漳泉三地之差异而使三地作者有各自的特殊性，在整体概述中，我们不应略过局部的梳理。有这么一个现象常使我们困惑：整个漳州地区，除个别较强的散文作家和诗人占有一席之位外，几乎是小说作者的天地，其小说创作在福建省内恐怕也是较为突出的。粗略统计，该地区的小说作者在30人以上，这是厦泉两地不可企及的，也因此有了这些年所冠之的"漳州小说作者群"之称。泉州也有写小说的，也不乏杰出者，亦出诗人，但，就整个泉州地区而言，它恐怕是以散文和散文诗著称吧?！擅长此文体的不仅有好几个出色的中年作家，在青年作者中更占大多数了。厦门，似乎是漳泉两个地区的融合，它不仅有较有影响的小说家、散文作家、散文诗人，还有一批较有个性的诗人，各种文体的创作似乎都比较活跃，没有明显的侧重，均衡地发展着。厦漳泉三地文学现状的定局的原因并非极其复杂，究其一二当然与该地区的文化氛围有很大关系，漳泉两地各自的创作趋向较为认同，似乎有一个"结"把两地作者各自往小说与散文、散文诗方面推进，而厦门则较"散"，有各自为文的现象，越靠近大海是否就越不那么容易进入"港湾"呢？客观地说，这三地的个别作家的强弱容易分，而三地创作的优劣则无法下结论。只有把闽南作家的创作力凝聚在"群"的整体中再加以辐射，才有可能真正展示闽南作家的风采与魅力。

仅仅把文学创作的得失归结于地域即使并无

偏颇也一定是比较表层的,江山有助,江山也会无助,江山甚至会有碍,说闽南的偏僻封闭有如边陲,也说闽南的开放面向港澳台和异域,能说言之无理?但,文学创作的主体毕竟是人。闽南的作家们在闽南经济突进的变革中,究竟有否使自己的文学格局也在变革中突进?当我们把视点放在这里,我们就会感到两者之间反差的巨大。文化上的守旧与经济上的更新是那么的不和谐,然而,唯有这不和谐才会产生碰撞,进而有质的飞跃。大多数的闽南作家已经感悟到自身的不足,他们正期待着超越与突破。然而,期待是不够的,主动地去冲击,即使挫折,即使失败,即使痛苦,超越与突破才有希望。纵观闽南作家的创作,我们总会感到,其深度是不足的,而且还缺乏一种大气派和大境界,至于敢于探索敢于创新者,就更少见了。这就提出:闽南作家群的座标系在哪里?站在家门口看到天安门,这没错;我们为什么不转换一下:站到天安门来看家门口甚至站到大洋彼岸和整个世界来看家门口呢?

毫无疑问,我们都在努力,我们都期望闽南作家群能真正地崛起,而真正的崛起首先有赖于闽南作家群中每个作家的精神升华。急功近利是否是我们精神升华的最大障碍呢?我以为,只有真正地沉到内在生活的源泉里,只有真正地融入艺术创造的追求中,去表现人类最普遍的经验和崇高的精神,我们才可能彻底地丢弃肤浅,达到一种高层的审美境界。这并不是一种无的放矢的空洞论调,当我们正视我们身上许多不纯粹的东西,我们才开始一个新的蓬勃期。我还认为"闽南作家群"的崛起十分需要唤起评论家的关注,首先是闽南和闽南籍评论家的关注。从某种意义上看,我更愿意把这些评论家当作"闽南作家群"不可分割的一部分。他们中的北京的何镇邦、曾镇南,福州的刘登翰,本地的林继中、郭启宗、林兴宅、俞兆平、朱水涌、徐学、陈仲义、黄后楼、曾焕鹏等已经把他们批评的眼光不同程度地投向闽南的文学创作,他们对此愿意捧一份心力,足使作家们欣喜。一个作家和批评家构成的文学群体一定会不断激活不断推进不断爆发生命力的。一种氛围正由平淡逐渐趋向浓烈,并朝整个闽南文坛漫开,闽南的作家陆陆续续会走出自己的小圈子参与闽南作家群的整体构建,目前创作和理论也开始携手并进,一大批极为年轻的小说作者又如初生牛犊闯入文学田园,令人欢欣鼓舞。势头极好,希望在前。最后,应该提及的是"闽南作家群"的构成与发展是一定得和中国当代文学乃至世界当代文学的大潮紧紧联系的,唯有这样,它才不会受到狭隘地域的束缚,也才可能有大的作为大的奉献大的成果。我想在这个我们十分注重的过程中所有倾心于闽南文学事业的人们,该不会拒绝"闽南作家群"在中国文坛独树一帜,甚至于海外文坛乃至世界文坛闪动一束的亮光吧?

1990 年 11 月 20 日 – 12 月 8 日于厦门

选自《厦门文学》1991 年 3 月号

历史小说:期待着新的突破

何镇邦

历史小说创作,尤其是长篇历史小说创作,在新时期文学中占有重要的地位。1980年前后,当历史翻开一个新的篇章时,一批长篇历史小说突破历史题材的禁区,雨后春笋般地出现在新时期的文坛上,它们以较高的艺术起点和比较集中出现的气势引起人们的注意。这批作品中,较引人注目的有姚雪垠的《李自成》第二卷,徐兴业的《金瓯缺》第一、二部,凌力的《星星草》,蒋和森的《风萧萧》,杨书案的《九月菊》,任光椿的《戊戌喋血记》,鲍昌的《唐子风云》第一、二部,顾政光、顾汶光的《天国恨》第一部(上、下卷)等等。1983、1984年,历史小说创作相对沉寂一些,有所突破的作品不多,但也出现了诸如巴人的遗著《莽秀才造反记》,刘斯奋的《白门柳》第一部《夕阳芳草》以及顾汶光的《大渡魂》等一批有新的艺术水平和新的艺术特色的新作。1985、1986年以来的五六年间,长篇历史小说创作又出现了新的高潮。凌力继《星星草》之后,推出了具有史诗品格的描写清代第一个入主关内的少年皇帝顺治(福临)悲剧遭际的《少年天子》;徐兴业则出版了《金瓯缺》三、四部,完成了这部宏伟的历史巨构,同时,他又同人合作写了《关东帅旗》、《李师师》等历史小说新作;他在身患绝症之际,还抱病完成了描述明末清初江南名士以及秦淮歌妓生涯的历史小说《心史》,在这些作品中,都洋溢着爱国主义的激情。余者,如蒋和森出版了《风萧萧》的续篇《黄梅雨》,杨书案出版了《九月菊》的续篇《长安恨》以及《秦娥忆》、《隋炀帝逸事》(又名《半江瑟瑟半江红》)、《风流武媚娘》、《李后主浮生记》(又名《几曾识干戈》)、《孔子》等多部长篇历史小说新作,吴因易出版了《宫闱惊变》、《开元盛世》、《魂销骊宫》、《天室狂飙》等四部作品组成的"唐明皇系列"和"则天皇帝系列"的前两部《皇天精魄》、《雀巢乾坤》,顾汶光在修订出版了《天国恨》的同时,又出版了描写抗清名将袁崇焕悲剧遭际的长篇历史小说《百年沉冤》。可以说,这些年来的长篇历史小说创作出现了一个新的繁荣局面,新作灿若繁星,不胜枚举。综观这一时期的长篇历史小说创作;除了题材的转换和开拓外,还出现了系列化的趋势。例如女作家凌力致力于清史系列,四川作家吴因易致力于唐史系列,湖北作家杨书案致力于文化系列(他的历史小说一面致力于文化沉积层均开掘,尤以《李后主浮生记》和《孔子》具有更浓的文化色彩)等等。这种系列化的创作趋势有助于作家对历史更加深入的开掘。

在简述了新时期长篇历史小说的创作概况之后,可以这么说,长篇历史小说创作的收获甚丰,我曾用庄稼人的口气把长篇历史小说创作的情况说成是"稳产",说的正是这一层意思。当然,这只是长篇历史小说现状的一面。另一面呢,历史小说作家与评论家都存在着若干困惑,历史小说的观念以及文体意识都有待突破和革新,历史小说创作中的若干创作美学问题正等待着我们去探讨,而整个文坛对历史小说多少存在着不重视或者漠视、歧视的倾向,这些是客观方面的种种问题,对长篇历史小说创作的进一步提高和繁荣,都带来了消极的影响。

历史小说创作如何进一步突破和提高?这是近年来创作界和评论界议论较多的问题。我参加过一些历史小说创作问题或某一历史小说作品的学术会议,大家谈来谈去,还是在历史小说究竟姓"史"还是姓"文"的问题上争论不休。我以为,现在我们谈论历史小说创作的突破、提高以及未来的走向问题,虽然还免不了要涉及历史小说的界定等基本常识和基本观念问题,但更重要的还是要超越这一问题,做一些更深入的学术探讨。评论家滕云同志曾著文描绘了历史小说故事化、心灵化和生活化等三种发展轨迹和发展前景(或者说三种创作终极),这是很有意思的。这种描述比前些时历史小说创作的研究前进了一大步。我以为,历史小说创作要进一步突破和提高,以下三个方面的问题也是值得注意的。

首先,历史观念的更新对于历史小说创作的突破具有重要的意义。历史小说创作,固然要尊重历史,要占有大量的史料,在此基础上进行艺术概括,创造历史氛围,但更重要的还是要用时代精神(或者说当代意识)去烛照历史,发现那些历史与现实的惊人相似之处,然后对历史进行深入的有新意的开掘。这样,历史小说才能写出新意,也才能让读者"鉴古而知今"。当然,强调用时代精神(当代意识)去烛照历史,绝不是要把历史现代化,或借用某些历史故事和历史人物对现实生活进行某种影射和比附。一句话,我们主张的是历史小说要有现代感,而反对把历史小说现代化。纵览新时期所作的历史小说,凡是作者能用时代精神去烛照历史而又不致于把历史小说现代化的就会写出新意,写出深度。例如徐兴业的《金瓯缺》,写北宋末年宋辽金之间的民族战争,作者用一种新的历史观去考察中华民族多民族大家庭中的各个民族的历史关系,不把辽金这些曾经侵犯过中原的民族简单看成侵略者,不把他们中的民族领袖漫画化,写成青面獠牙式的恶魔,于是较深刻地揭示了那个独特时代复杂的民族关系从而表现出时代精神,并且成功地塑造了辽族民族英雄耶律大石的形象,填补了历史小说人物画廊的某些空白。凌力的《少年天子》也用一种新的历史观来考察满族入关后的复杂的民族关系和阶级关系,把笔力集中在写顺治皇帝福临总结前明的政治教训,力图推行"满汉一体"的改革路线同满蒙王公大臣死抱"敬天法祖"的信条不放反对改革的尖锐斗争,从而较充分地表现了清初的时代风貌和时代精神,成功地创造了少年天子福临这个悲剧形象,因此既具有强烈的当代感,又避免了现代化,取得了较高的艺术成就。顾汶光的《大渡魂》,以浓墨重彩的笔触写石达开兵败大渡河畔的历史悲剧,也着重揭示其"愚忠"与"痴义"的性格悲剧,而作为一种历史的反思,对于我们今天来说也是很有警醒意义的。对于数百年前以至几千年前的历史需要从新的角度和以新的历史观点去进行观照,对于本世纪以来的现代史或者说革命史同样也需要用新的角度和新的观点去进行观

照,才能拨开历史的迷雾,逼近历史的真实,写出有新意有深度的作品来,黎汝清的《皖南事变》和赵蔚的《长征风云》的创作经历,也说明了这一点。令人遗憾的是,在历史小说和革命历史小说创作中,我们看到的大量平庸的作品,主要还是按照旧的历史观点演义历史故事。因此,要求历史小说创作有一个较大的突破,有新的艺术风貌,最重要的还是要求作家站在时代的高处俯瞰过去的历史,用新的历史观点去开掘历史,这样才能写出更多既有新意又有深度的好作品来。

其次,历史小说要对历史进行更加深入的开掘。写出新意和新的水平来,还要注意对长期形成的各种文化心态(当然主要是封建文化心理积淀)进行开掘。历史小说的心灵化,其中一层很重要的意思就是对文化心态进行深入的开掘。我国是一个文化古国,又是一个经历了漫长封建社会历史的国家,具有很丰厚的文化心理积淀,如不从开掘文化心理积淀入手,就难以更加深刻地反映各个历史时期的社会风貌、时代精神,难以创造更加立体丰满的历史人物形象,历史小说创作的突破和提高也就难以达到。这一点,不少作家在近年来的历史小说创作中已经注意到了。杨书案在其反映黄巢农民起义历史悲剧的《九月菊》及其续篇《长安恨》中,就很注意对唐代文化氛围的描写,并成功地塑造了晚唐著名诗人皮日休的形象。他的另一部长篇历史小说《秦娥忆》写秦始皇的统一六国、焚书坑儒以及修筑长城等历史事件,也塑造了李斯、淳于越等不同类型的封建社会知识分子形象,还大量引用《诗经》中的诗篇,同此呈现出较浓的文化色彩。关于他的历史小说近作《李后主浮生记》和《孔子》,前者把南唐后主李煜作为一位风流倜傥又充满悲剧色彩的诗人来刻画,后者把被尊为圣人的孔子作为一个平常的知识分子来刻画,因此文化色彩也就更浓烈了。刘斯奋的《白门柳》第一部《夕阳芳草》,写的是明季属于复社的江南名士黄宗羲、蔡襄、侯方域与秦淮名妓柳如是、董小宛等的生活遭际,其中对文化氛围的描写既不是作为背景也不是作为点缀,而是人物命运同整个时代的文化氛围融合在一起来写,于是,表现出更加浓烈的文化色彩。可以说,《白门柳》是一部致力于文化心理积淀开掘的历

史小说中的文化小说。但是也必须指出，无论是杨书案，还是刘斯奋，他们在其作品中虽然创造了属于特定时代的文化氛围，也不仅仅是氛围而已；他们在其作品中所创造的历朝历代的各种类型的知识分子形象，也程度不同地对他们的文化心态进行了开掘，但这种开掘也还是不够自觉的，因此其深度也还有限。近年来，不少反映现实生活的小说很注意对文化心理积淀的开掘，并形成了一种冠之以"文化小说"的流派。其实，历史小说在这方面更是大有可为的，因为它所面对的是几千年漫长的历史，而在这个历史的长河中积淀了各种各样的文化心态，因而，历史小说作家们如能更自觉地在这方面进行开掘，那将会找到一个富矿，历史小说创作也将会出现一个新的面貌。

再次，历史小说创作应该有更多样的艺术探求，在艺术表现手法上要进一步多样化，要大胆汲取一些现代艺术的养料，这样，才可能有艺术上新的突破。当然，新时期的长篇历史小说创作，艺术上已呈多样化的趋势：有的作家追求史诗规模和史诗的审美效应；有的作家则追求作品的传奇性和趣味性；有的作家主张要有真实的史料作为依据，纪实一丝不苟；有的作家则主张"七实三虚"或在历史大关节有所依据的前提下进行更多的艺术虚构；有的作家采用写实的笔法；有的作家则赋予作品以浪漫的诗情。因此，我们所读到的新时期的历史小说，还是相当多样的。例如蒋和森和杨书案，同写黄巢的农民起义，但蒋著的《风萧萧》、《黄梅雨》与杨著的《九月菊》、《长安恨》则风格迥异，具有不同的审美效应。即便如此，就总的来说，历史小说创作路数还是比较单一的，历史故事化的作品还占一个相当大的比重，创作手法变化不多，且都比较传统。唯其如此，在读到杨书案的《李后主浮生记》时，看到他有意识地进行历史小说叙事方法的革新，诸如采用多人称交替、叙事角度多变的方法以及省略人称跳跃式的叙述语调，就感到颇为新鲜，也颇为振奋。此外，在读到杨书案的一些历史小说和刘斯奋的《白门柳》时，看到作品中较多地穿插一些诗词的引用以增强作品的抒情性这一特色，也就备加赞许。但这毕竟是少数作家的艺术尝试，要求长篇历史小说在艺术上有长足的进步，有新的突破，还应呼吁作家们在叙事手段上有更多的革新和创造。创新是艺术多样化的一个重要方面，继承传统也是艺术多样化的一个重要方面。我国的历史小说创作源远流长，在明清小说中，历史演义小说占了重要的比重，积累了丰富的艺术经验，我们应该对以《三国演义》为代表的历史小说创作的艺术经验加以很好的继承。最近读广西作家黄继树继与人合作的《第一个总统》之后的另一部长卷《桂系演义》，感到这种用章回体写的历史演义小说仍然有着很强的艺术魅力，这实在是一个值得注意和研究的文学现象。由此我自然想到历史小说创作经验的继承问题，在这方面还是大有文章可做的。

长篇历史小说创作既然是新时期文学中比较"稳产"的部分，它们艺术起点较高，艺术水平也较整齐，又拥有相当广泛的读者，因此，只要作家们不断地更新历史观念和文化观念，进行多样的艺术探求，长篇历史小说创作的突破和提高还是指日可待的。

1991 年 1 月 27 日改定于北京

选自《厦门文学》1991 年 9 月号

艺术之思

林兴宅

蒹葭苍苍，白露为霜。所谓伊人，在水一方。溯洄从之，道阻且长；溯游从之，宛在水中央……

——《诗经·秦风·蒹葭》

这首诗是一种人生境界，也是一种艺术境界，它的双重境界的魅力向我们透露了艺术神秘性的真谛。诗中的"伊人"永恒地诱人前行，但又永恒地与人疏离，这不正是艺术精神的象征吗？艺术永远是可望而不可即的"彼岸之光"，它永恒地向人类发出诱人的微笑！艺术女神的扑朔迷离的容貌、勾魂摄魄的眼神，曾使历代的智者困惑不已。人类对艺术真谛的思索和追寻，都成了对那充满诱惑力的"彼岸之光"的观测记录了。

一 超越之梦

艺术审美是人类对痛苦的现实的超越，对天真、自由的天性的回归。艺术就深蕴于人类对生命自由的理想状态的渴望、对自身完善的追求，艺术实质上是人类本真的、自由的生存状态的幻想形式，艺术的精灵就是永不枯竭的自由生命。

人的生命是灵与肉的统一，因而是自由意志与自然规定性的统一。这种二重结构使人的存在成为一种远大的学论：人的肉体必须服从自然的规定性，而人的灵魂则永远追求自由的超越，所以人生就面临着现实与理想的矛盾，存在着一系列的二律背反，这就是人的生命运动和人生的辩证法。这种内在矛盾性使人的生命系统永远处于不平衡的状态，因此每个有自我意识的人都会体验到巨大的痛苦。人只要活着，痛苦就无所不在，这是生命本体论意义上的痛苦，因而是形而上的人生体验。人类对自身生命自由的追求形成一种内心的驱力，成为人类从事各种自由自觉的实践活动的心理动力，并通过实践活动的调节，动态地维持生命系统的非平衡稳态。这种非平衡稳态就是

生命自由的体验，所以，对生命自由的追求，就是生命系统非平衡稳态的调节。通过这种调节，人就获得一种愉悦感，艺术审美就是人类在实践的基础上建立起来的自我调节机制。

伟大的艺术大都出自艺术家对人类命运的巨大关注与对人类痛苦的深刻体验。古人说："千古绝调，必成于失意不可解之时。唯其失意不可解，而发言乃绝千古。"我国古代文论一直强调这一思想，所谓"哀怨起骚人"、"文章憎命达"、"欢愉之辞难工，而穷苦之言易好"、"秀句出寒饿，身穷诗乃亨"等等，无一不是强调艺术与痛苦的不解之缘。西人费尔巴哈也说过："痛苦是诗歌的源泉。"痛苦可以造成人的完备的个性、深沉的智慧和博大的同情心，这些正是艺术成功的基础。艺术是深深扎根于生命的根柢——痛苦之中的，艺术可以说是人类痛苦心灵绽开的花朵，人类正是通过艺术的创造虚化生存的痛苦、发展自己的个性。

在艺术体验中，人的心灵超越了现实的关系，陶醉在自己心造的、想象的世界里，一切不可能的事情都成为可能，一切不存在的事物都汇聚在你的眼前，你充分享受着心灵自由的快感，心理上产生一种人与自然和谐的自洽感。这时，生命系统就处于非平衡稳态，人们就暂时忘却生命的痛苦。这是一种虚幻的精神满足，是人类的超越之梦。这既是对痛苦的超越，也是对生命本体的内在矛盾的超越。

艺术审美的超越之梦决不是神谕的神秘之梦，而是人类的一种生存方式，它也不是纯粹的精神运演，而是现实的实践活动的一个环节。因为人类对生命自由的追求，对痛苦现实的超越，都是在实践中形成并逐步展开的。超越现实是人类实践的内在本性，因为实践就是人类改造现实，并导致对象最终发生有利于人的方向改变的感性活动。艺术审美活动不同于物质实践的地方只是在

于:它是在想象中改造现实,是一种虚拟性的实践,艺术家借助于神奇的想象力,通过形式的创造(即改变对象的外观形式),虚拟性地变革、改造对象世界,以实现精神对现实的超越。它在想象中把现实世界的秩序和结构打碎,而按自己的审美目标在新构造一新的世界。这是一种自由的精神实践,是在形式领域中展开的实践。

二 象征之桥

艺术发挥超越功能的途径是象征,它为人类架起了一座桥,引导人类的精神通往理想的彼岸世界——自由的天国。

"象征"一词的本义是:以物象预料和征验某种神秘的观念内容,即原始宗教的物占。后来,象征概念普遍运用于心理学、社会学、宗教学、艺术学等学科,内容逐渐深化。从汉字的语义角度看,象征一词可以理解为形象的表现,即凭借外物形象的隐喻或暗示性来表现主体性内涵的精神活动。它是一种特殊的人类活动,是主客体同构契合的一种状态。因此可以把象征提升为哲学范畴,用以标示主客体的一种特殊关系和状态。我们所说的象征指的就是哲学范畴,而不是指艺术手法或创作方法。由于象征概念包含着形象表现这一含义,所以我们就用象征来描述艺术的本质,即艺术的特殊性就在于:它凭借艺术形象来引发观赏主体的经验、情感或感性生命的表现,从而使人的内在的抽象无形的主体性内涵获得外化和升华。这是审美主客体对应交流的精神活动,是人类的一种文化心理仪式。艺术审美活动本质上就是一种象征活动,人类就在艺术形象上面直观自身象征活动是想象力的自由建构,人的经验、情感和感性生命就在想象力建构起来的艺术境界中获得对象化、外化、客体化。通过象征的活动,人就超越生命的自然规定性,而自由地直观自身的本质。总之,象征是人类自由的对象化活动,因而是一种自由的实践。

在孩子的游戏中,一根竹竿可以当作一匹真实的马;在地上画一条线,就成为一条河。而中国的戏剧表演则用马鞭代替骑马,用八个人跑龙套代表千军万马。这两种活动本质上是一样的,所用的方法都是象征。人类的童心经常处在一种象征的世界里,它们经常以客观外界的事物形象来隐喻自己的思想感情,表现人生的价值和生命的意义。一切包含着深刻意蕴的直观形式都可以称为象征形式;一切建立在主客体异质同构联系基础上、借助主体的想象力进入客体的无限内容,从而使主体心灵获得外化和升华的精神活动,都可以称为象征活动。艺术审美活动就是一种高级的象征,艺术家的心灵正是人类的童心,他用精巧的双手创造出具有表现力的艺术形象,作为人类生活和心灵的高级、复杂的象征形式。艺术的创造和欣赏,都是人类通过艺术形象来"能动地现实地复现自己,从而在创造的世界中直观自身"(《马克思恩格斯全集》第46卷P96)的活动,这就是伟大的马克思揭示出来的人类审美活动的秘密。

艺术与科学的差别在于:科学与大脑的认识功能相联系,而艺术则与人的整个生命活动的联系。艺术不是认识符号,而是人的生命情调与生命活动的象征;它是人的全面本质的对象化,是人创造出来的用以直观自身、玩味人生的结构。它的本体论意义是:艺术是人类自由自觉的理想境界,是人的生命追求的目标。艺术犹如人的生命活动的影子或幻象,给人以自我观赏的巨大愉悦。所以,艺术既是生命追求的目标,又是满足生命需要的手段,是目的与手段的统一。

象征实质上是人类在实践中建立起来的人与世界的一种关系,是人与世界的异质同构的联系方式,是自然的人与人的对象化的双向建构活动。象征作为艺术审美活动的内在机制,包含着两个基本过程:一是客体对象的符号化,二是主体人的审美个性化。这两个过程是两种超越:前者是超越对象的实体性、功利性,它是借助于审美知觉的简化抽象作用来完成的;后者是超越主体的现实关系、现实意识,这是借助于人的联想作用和情感升华功能来实现的。

艺术审美活动正是通过象征的机制来实现它的社会功能的,它通过社会群体的象征表现的中介环节,即社会性的情感交流,建立社会实践系统的动态平衡并影响社会实践的目的定向——向着真、善、美境界的追求与接近。因此,艺术不仅是人类个体生命的自调节机制,而且是人类社会系统的调节器。

三　艺术本体

作为文艺理论对她的文艺，到底是思想感情、内心意识状态的表达式（句），还是人类创造的，具有本体特性的时空存在物（第二自然），这是考察艺术本质的起点。我们的回答是：艺术是一种存在，是一种结构性存在，这就是我们的艺术本体观。

作为结构性存在的艺术本体与其他结构不同的地方在于：它是人类创造的表现性的结构，它在人的审美知觉中呈现为一种象征图象（即具有隐喻性、引发性的非指称性图象）。处于自在状态的文艺作品的文本，其内容和形式指的是作品所记述的生活题材（本事）与所使用的各种艺术手段的体系。进入审美过程之后，作品的自组织状态升华为一种具有隐喻性或暗示性的特征图象，它激发审美主体的表现活动，所以又称为象征图象。这是一种想象性或幻觉性的直觉造型（在文学中是想象性的，在艺术中是幻觉性的），即苏珊·朗格称之为"基本幻象"的东西，它是真正的审美直观的对象。由于它是直观的对象，所以我们不能，也没有必要，把它区分为内容和形式。它是一个不可分割的生命整体，一个具有象征性的整体，它不断激发着欣赏者的想象力，不断构建着、生成着新的艺术境界。

过去流行的"内容决定形式"等说法，是指一般认识论意义上的内容与形式的关系，在艺术审美中，这个说法是不运用的。同样的内容可以有不同的艺术形式，这不是作品的内容规定好了的，而是艺术家的自由创造。艺术形式实际上是主体生命的自由形式，艺术之所以是艺术，文艺作品之所以成为审美的对象，关键恰恰在于将内容转化为艺术形式，即将现实素材、生活事件或思想感情转化为艺术结构、艺术存在。而欣赏者在作品中看到了什么，体味到什么，即通常所说的作品的意蕴、意味，则是这个艺术结构引发出来的价值内涵，它是一种功能现象，而不是作品题材的意义。因此，在艺术审美中不是什么"内容决定形式"，而是结构决定功能，或者说艺术形式决定着它的表现性意蕴。

根据艺术本体的性质，我们可以把艺术定义为：人类创造的具有形象表现功能的虚拟性审美结构。简言之，艺术是人类创造的象征结构。理解艺术的本质，就必须把握四个要点：首先，艺术是一种结构，是结构性的存在，它既不是一般的物质存在，也不是纯粹的精神存在。它具有精神内容，又是一种物质实体，是人创造的结构体，因此它又区别于符号性存在（如社会科学著作）。其次，艺术不是一般的结构，而是具有形象表现功能的结构，即它具有隐喻性和暗示性，能激发欣赏者的想象和情感，积极地进行再创造，从而使主体进入内涵获得对象化。表现功能是区分艺术的真伪与优劣的重要标志。再次，艺术是人类创造的价值实体，它凝聚了人类的创造能力和实践技能，是一种特殊的产品。这是艺术与美的分界线，艺术和美都是表现性形象，但艺术是人工产品，是美的一种形态。最后，艺术可以是生活的模拟或再现，也可以是生活的变形或抽象，但不管是哪一种，都是虚拟的、假定性的形象，艺术中不存在认识论意义上的真实性。

艺术本体作为一种象征结构，归根结底是人的生命的外化形式或直观形式。它把人类生活的形象形式转化为人类实践主体性内涵的表现结构，也就是将客体形式转化为主体形式。所以，艺术是人类把"自在之物"转化为"为我之物"、把物性转化为价值、把必然转化为自由的中介，因而也是"自然向人生成"（马克思语）的中介。

四　艺术生命

艺术的生命是艺术结构的特征图象在审美接受运动中所产生的感觉效应和情感效应，或者说是艺术结构的表现功能的动态生成。归根结底，艺术的生命力就是艺术形象的表现力。

人的生命并不是人的肉体的物质性存在，而是一种机能。古人无法解释这种玄秒的机能现象，才产生关于灵魂的猜想。艺术的生命也是同样的道理，它也无法在文艺作品的物质材料中找到，而是存在于艺术表现活动之中。

黑格尔把艺术的生命理解为贯注于文艺作品的"内在生气"，中国古代文论则把艺术的生命说成是一种耐人咀嚼的"韵味"。那么这种"内在生气"或"韵味"又是什么呢？我们认为就是艺术结构的表现性。这种表现性是基于艺术的结构与人的内在生命结构的同构契合，这是艺术具有生命力的秘密。人的生命感就是艺术生命的内核，艺术创作就是赋予生命感受的形式。人们称一部作品是活生生的，富有生命的，就是因为人们在这部作品中能感受到某种生命情调、生命韵律、生命气息，能产生一种生命的体验。

艺术作品的生命特征实际上是一种生命幻象，因为作品本身是"死"的，构成作品的那些物质材料都是没有生命的，只是作品的形象给人以"活生生"的感觉，这其实是一种幻觉。这种生命的幻象不是作品客体的属性，而是主体生命感受的投射。它根源于作品的艺术结构的自给性、自律性和动态性。正如伟大的雕塑家罗丹所说："在我们的艺术中，生命的幻象是由于好的塑造和运动得到的。"的确，好的作品都具有与生命的同构性。基本的生命活动就是有机体的每一个器官、每一个细胞所经历的那种不断消亡和不断重建的过程。艺术也是一样，任何优秀的艺术品都是作为一个统一的有机体而存在，每一种要素都是有机联系的，都无法更替、不容损伤，而且具有动感或生命生长性形式，如音乐的呈现、展开、重复、加强，戏剧冲突的发展，小说的开端、发展、高潮、结局等等。艺术品与生命同构的最典型表现是节奏，人的生命是有节奏的运动，艺术也具备节奏的模式，如音乐、舞蹈中的节拍，诗歌的分行与韵律，戏剧情节的张弛，绘画雕塑的笔触的行止、线条的断续、色彩的参差、布局的疏密等。

艺术的生命力根源于创造艺术的人的生命力，真正的艺术就是艺术家用生命的感觉去感受、体验人生的真谛，去展现生命的韵律。艺术的灵性乃是人的天真而自由的秉性，它在作品中表现为自由和谐的生气和天真纯净的韵味。优秀的文艺作品都融铸着人类某种活泼泼的生命原型，它必定内蕴着一个生命流动的结构。当然，人类的生命活动不同于一般生物的生命活动，而是一种自由自觉的实践。在这种社会实践中，人的生命力连接着历史、文化、自然和社会的运动，它们外化在文艺作品中，就构成了深邃、广阔的空间，包含着丰富复杂的现实内容。但是，这个艺术的世界已不是那个客观存在的空间和它的现实内容的再现，而是人的生命自由舒展的境界。没有贯注生命的甘泉流水的作品只能是一具骷髅，它不可能具有生命力。在艺术家看来，艺术就是生命，生命就是艺术，只有艺术才能维系、确立生命本体。

选自《厦门文学》1991年10月号

台湾幽默散文综论

徐 学

一

有一首求爱的歌,叫《一无所有》,几年前在这里很流行的,歌中男子声嘶力竭地唱着:"我曾经问个不休,你何时跟我走。可你却总是笑我一无所有……告诉你我等了很久,告诉你我最后的要求,我要抓紧你的双手,你这就跟我走。为何你总笑个没够,为何我总要追求,难道在你面前我永远是一无所有。"

听着这歌,我常想,这个小伙子不够潇洒,难怪让姑娘笑个没够。他如果能更豁达幽默些,不用抓紧姑娘的双手,姑娘也"这就跟你走"了。人即便穷得身无分文脚无立锥之地,仍可以是个富足的人,只要他不曾遗弃幽默,他就绝不会一无所有。

那时,我正在台湾散文的园林胜境中漫游,那儿有达观而快乐的话语让我乐而忘返。当我从书中抬起头来,周围又充斥着寂寞、苦闷、孤独、无助的哀怨。这种强烈的反差唤起了我的一股冲动——编一本台湾幽默文选,给伤感朋友的生活增添一份亮色,至少,也能给热恋中的小伙子多一些讨姑娘喜欢的趣味和风度。

二

应当承认,在封闭的农业文明、专制的封建统治、儒家礼教精神和僵化的科举制度的多重禁锢下,中国文人的性格以板正矜持者居多,中国文学也长期在矜而多庄的理性重压之下,方正有余,风趣欠缺。但绝不能把封建禁锢种下的恶果当成民族的性格,得出中国国民性中缺乏幽默感的结论。中国绝不是一个没有幽默感的国度,中国人的后代也并非全是缺少幽默细胞的苦人儿。几千年来,中国文学中出现了无数的幽默文章、诙谐之作、讽谕喜剧,尤其在民间,风趣乐天的笑声从未停歇,显示了大众百姓乐观进取的活力和人生态度。这里让我们做一个简单的回顾。

先秦时期,思想自由,诸子里有不少颇具谐趣的话语,尤以庄子的幽默境界最为清远高洁。值得注意的是,中国的幽默家并不是普通的滑稽角色、优伶侏儒,以形体怪异或恶俗的笑料取悦宫庭者。《史记·滑稽列传》中记载的是,能干的外交官,如淳于髡,数使诸侯,以智取胜;渊博的学者,如东方朔,引经据典,舌战群儒,语惊四座。到了文学自觉时期的魏晋,士大夫蔑视礼法,扫除顾忌、扪虱谈玄之际,常常说出隽妙有趣的话来,《世说新语》中有很多这种资料。以后的幽默家,像写《毛颖传》的韩愈,诙谐博雅的苏东坡,更是一代文学宗师,在他们身体力行的倡导下,幽默文学绵绵不绝。

五四新文化运动,清除了文人心目中的许多清规戒律,幽默精神开始在中国文学中绽出新蕾。鲁迅、林语堂、钱钟书、李健吾、梁实秋、张天翼……这些在洋装书和故纸堆中用过功的作家,落笔行文每每出奇制胜,妙语解颐,在貌似玩世不恭的调侃笔墨中表现出对人生的热情和执着,一洗百年来文坛上的八股风与道学气。

这种笑声当然不为专制所喜欢,对此,鲁迅是敏锐地察觉到了,在《论语一年》中他说,"私塾的先生,一向就不许孩子愤怒、悲哀,也不许高兴。皇帝不肯笑,奴隶是不准笑的,他们会笑,就怕他们也会哭、会怒、会闹起来","目前在中国,笑是失掉了的"。诚然,鲁迅在那时也并不赞成大力提倡幽默,他觉得当时更需要的是呐喊和抗争,完成无声中国的要求——以文学为匕首、投枪去杀开一条血路。可就在当时,他也极力强调艺术的愉悦性和游戏性,反对充满死气拘谨呆板的封建文风。他感慨道:"外国的平易地讲述学术文艺的书,往往夹杂些闲话或笑谈,使文章增添活气。读者感到格外的兴趣,不易于疲倦。但中国的有些译书,却将这些删去,单留下艰难的讲学语,使它复近于教科书。这正如折花者,除尽枝叶,单留花朵,折花固然是折花,然而花枝的活气却灭尽了。人们到了失去余裕心,或不自觉地满抱了不留余地心时,这民族的将来恐怕就可虑。"(《华盖集·忽然想到》)把艺术趣味与民族存亡相提并论,并对缺乏活气、闲话与笑谈的中国文坛深表忧虑,这并非杞人忧天。鲁迅先生的忧虑今天也并没有过时,喜剧精神、嬉戏兴味、人生情趣,是一个民族生存和发展中必需的养分和补给,也是它(他们)具有多少生机与活力的标志。一人一家乃至一国,也是如此,如果没有娱乐,没有欢笑与休闲,没有幽默,精神就会枯死,就不可能有充沛的自信心和远大的前程。

三

中华民族终究不是一个缺乏笑声的民族。在台湾散文园地中,幽默的笑声随处可闻。

早在 60 年代,就有李敖、柏杨大写其充满游戏精神的杂文,希望借此纠正顽梗、板正的传统文化,健笑纵横嬉笑怒骂,辉耀一代文坛。70 年代以来,更有张晓风化名可叵、桑科,大笔勾勒世相漫画,从乏味的新闻到官场的霸道、交道、服饰等国民习俗无不涉及,颜元叔、王鼎钧、郎云等人化解其多年在西方社会华人圈中的生活经验,写出崇洋媚外者的笑话或处于中西文化夹击中海外华人的窘境。颜元叔含蓄诙谐于广征博引中,王鼎钧专长勾画小小的闹剧,郎云的幽默则带有浓郁的京味,夏元瑜、何索以勃勃生气的市井风谈天说地,在岛内赢得一片笑声。80 年代,特别在"解严"之后,台湾民主气氛更为高涨,幽默文章更是层出不穷,林耀德、黄凡、周腓力、老五(李南衡)颇为惹眼,前二者才气横溢,文中每见欧美黑色幽默之冷峭峻拔;后二者滑稽突梯,带有更多的愉悦游戏笔墨。

综观台湾幽默散文,可以发现,幽默总是与从容(或者叫闲适)相伴而行的,它与强词夺理、厉言疾色、"舍我其谁"的英雄气概是绝缘的,需要的是宽松的心态和沉潜宁静的情绪。或许有人讥之为逃避。文坛崇尚狂者斗士,以大呼猛进、焦灼愤懑为贵,久矣!然而,对于文学,一种同样要求精致飘逸的艺术,我们无法摒弃闲适宽松,或者

说,云无心以出岫,水无意而竞流正是文学创作中不可或缺的境界。台湾幽默家所极力追求的正是这种自由自在的精神。

随着工作效率与生活水平的提高,物质产品与精神产品的日益丰富,人们必然要求有更多的"闲适"。合理的现代生活应是高度紧张的生活,同时也是充分有闲的生活。这"闲"并非士大夫百无聊赖的消磨时光,也不是嬉皮士玩世不恭的醉生梦死,而是在辛勤劳作之余留有一些忘却利害、精神松弛的时刻,持有一种自得自在的心境,不仅求在时间上享受着暂时的闲暇,更指精神生活上有更宽广自由的天地可供驰骋。

当代台湾,竞争激烈,处处紧逼盯人,"忙"已成为社会生活中的癌症。过分强调功利使人们在精神生活中处处捉襟见肘,生活处于身不由己的团团转之中——上班唯恐挤不上公车误了打卡,出示微笑的礼节也显得多余,饮食仅为维持一日热量,咀嚼品味的工夫尽可省去;出行只望朝发夕至,怎有心思领略沿途风光美景,连男女相交也无心谈情说爱,只追求婚姻速成……

对此现代生活的种种窘态,台湾散文家以幽默的笔触加以调侃。张晓风的《恋爱盛业式微史》,赵宁的《计程车与我》,吴鲁芹的《置电话记》,郎云的《斑马线上的飞毛腿》等,都是针对都市生活的笑谑,明快而爽朗,寓庄于谐地表明了作者旷达的人生观。林耀德的《一加一的答案》和《十三个排队提款的过客》则犹如两幅精巧的幽默画,形象地表明了台湾都市人际关系间冷漠、隔阂和困窘。

高压政治及封建陋习依然是社会前行中顽固的障碍,富于正义感的台湾作家也将幽默感触须潜入方方面面,以漫画笔法加以勾勒,让人们在开怀之余作深深反省。

颜元叔的《我爱开会》、张晓风的《答词表里》、黄凡的《竞选大王》堪称 80 年代台湾官场现形记;余光中的《给莎士比亚的一封回信》、展鼙的《考场怕怕》对知识界教育界的陈规陋习予以夸张式的戏谑,漫画的笔法中透露出点点辛酸;影视圈卫生界中的不正之风,在黄凡的《地下电视台》、何索的《裙带武器》、颜元叔的《哀哉肉体》亦丑无遁形。在这些文章中,作者以强者心胸、智者

襟怀，俯视荒诞、丑陋、鄙下，悠然泰然的游戏笔墨里不失真诚严肃的理性，佯痴佯狂纵笔调侃，外谐内庄，妙语连珠。由于中国封建恶习及行业歪风在两岸亦有异曲同工之处，相信大陆读者亦能从中博得会心一笑。

四

有人说过这样的话，"试图给幽默下定义，是幽默的定义之一"，可见要区分幽默与讽刺是不易的。也许可以这样说，针对社会恶习而发的幽默可以说是温和的讽刺，而游戏性较强的嘲讽（包括自嘲）可以说是幽默。幽默是机智加温情，或者说是一种饱含诙谐的爱，一种以超越感和理解为基础的愉悦之情。只要你不把他人设想为低于自己，也不自惭形秽，而是力求化身于众人之中，以温厚的诙谐和同情的愉悦去克服各种隔膜，你就有了幽默的素养和气质。

在台湾幽默散文中，私心以为最见功力的当推这类饱含善意与谐趣的有情文章。文学大师们纵横不羁大智若愚的风姿，文学心灵的阔大与自由在此展露无遗。

这些幽默文章中总有一个达者的胸襟，这"达"是通达也是豁达。通达是世事洞明人情练达的智慧；豁达是心境，表现为开阔的眼界、爽朗的气度和宽厚的心胸。敏感地觉察到人性中那些小小的古怪和弱点，将自己与亲近者常有的一些可爱的缺陷夸张而集中地写出，让人们能体认到由于年龄、性别和家庭角色的不同，众人皆有一些难于逃脱的无奈、可恼与可笑，让人们能以宽容和温厚的态度去接受这些事实，正是这些幽默文章的通达与豁达之处．

著名美学家苏珊·朗格说过，"男人和女人的竞争——最普遍、最有人类特征的竞争，实际上也是文明的竞争，是原始的、欢快的挑战，是自卫本能和自我辩护，这些进程就是喜剧的节奏"。在台湾幽默散文中我们也听到了这样的喜剧节奏。林语堂、梁实秋、柏杨、何索都常以男人与女人所特有的弱点和互相间的"竞争"作为幽默的材料，这些文章风格有雅俗之分，但同样对于化解两性之间的"性沟"，甚至敌意，颇有助益，值得蛮不讲理的大男子主义者与霸气十足的"女强权主

义"者一读。

亲情是中国散文中的传统题材、拳头产品，以往的此类文章中，摆着道貌岸然、长幼有别的架子者居多，幽默轻快、嬉戏笑闹者少。随着家族制度的瓦解，家庭日益褪去了尊卑上下的宗法色彩，而追求一种朋友式的关切、尊重与沟通。在那些文章中，我们可以读到伴侣之间、长幼之间的谐谑之词和漫画肖像，爱情亲情在玩笑与戏弄之中溢于言表，家庭中的种种琐事糗事在作家笔下都成了永不衰竭的笑的话题。在《伴》、《我的另一半》、《我儿子的妈妈》和《"大"》这些亲情美文中，作者都以一种恢宏的气质去风趣地领略孩子、家庭带来的"爱的折磨"，对繁琐累人的家庭生活幽默一回。

幽默文章的作者总有一颗超脱的心灵，宇宙万象人生百态有严肃庄重的一面，亦有滑稽司乐的一面，全看你用什么眼光来观察。因此，有人说过这样的话，人们以悲剧情绪透入人生，以幽默情绪超越人生。世界对于情感型的人是一出悲剧，对于理智型的人，则是一出喜剧。这并非说，喜剧的制造者不需要情感，而是指出了，要赋予生活以喜剧色彩，需要有更多的理性，只有从自己的小世界中跳出来，摆脱种种利害得失之心，才会清醒地发现世界，包括自身和自己的一群的滑稽，发出幽默的笑声，这就是超脱的心灵。

只有超脱，才能以广博的智慧，洞照宇宙间的复杂关系，于伟大中发现它的狭小，在狭小里看到它的深远，从圆满处发现它的缺憾，从缺憾中又找出它的意义。

超脱首先是对社会上种种成文或不成文的习俗的超越，它"目无法纪"，无孔不入，每每侵犯和骚扰那些故作姿态、貌似神圣的笑的禁区。恋爱、婚姻是人之终身大事，需要以认真严肃的态度来对待，但在三毛、李敖、余光中的笔下，却成了自我幽默的材料。另外，还有对父道尊严的超越（《我的四个假想敌》），有对作家学者面子的自嘲（《我与眼镜》、《牛蛙记》），也有对追求婚姻形式排场的戏弄（《结婚记》）；在漫画式的笔墨后面，人们也可以体悟到作者关于人生、婚姻、家庭的独到见地。即便是"死亡"这个悲哀肃穆的领地，也为幽默散文家所驻足嬉戏，吴鲁芹的《死·讣文·墓

碑》、陈克环的《遗嘱》，便是对死神的"冒犯"，使人感到一种不同凡响的生死观。

在这些幽默文章中，还有一种生生不息的游戏精神。法国艺术批评家丹纳曾啧啧称道希腊人说，"他们以人生为游戏，以人生一切严肃的事为游戏，以宗教和神明为游戏，以政治和国家为游戏，以哲学和真理为游戏"。这段对希腊人推崇的话也是对人类文化中充满活力的游戏精神的赞美。人类为了确认个体生命的价值，为了表现自身的人格、才情和创造性，常会以一种近乎天真的游戏，一种赤子之心的顽皮，一种超越功利的谐浪笑傲，来充分享受自己的生命力，去打破拘谨——强制性的自我约束，去解放灰暗萎缩的心灵。这种游戏常常伴随着自嘲，桑科的《三个人里面聪明的那一个》，郎云的《洋文洋相》、《更上一层楼》等文，都以深厚的爱心和自己的同胞、乡亲开了一个玩笑，谈笑风生中伴以插科打诨，提醒华人认清西方文化步步进逼中自己可能面临的困境，既有趣味性又有知识性，并透露出女性特有的幽默感——机灵、狡黠、活泼俏皮。余光中、颜元叔、周腓力的幽默文章也都圆通潇洒，不但幽默别人，也会幽默自己，于释然自嘲、泰然自贬中欣然独笑，生动有趣的笑料中蕴含着种种神思、意韵、情致和理趣，招人启颜又耐人寻味。特别是余光中，每有神来之笔，机锋隽语，其幽默文堪称抒情诗，每每撮合茫无联系之观念，使之千里来相会，得成佳偶，只可品味而不易解析，宁静与嬉戏，姿肆飘逸与凝重温厚融为一体。

哭，是人类的童年；笑，是人类成熟的标志。随着人类社会的发展，急风骤雨般的斗争已不复成为时代生活的主调。在当今中国，海峡两岸同样渴求更多的欢笑与愉悦，文学味浓郁情趣盎然的幽默散文，作为快节奏生活中的调剂品，一定会引起越来越多的作者去尝试，也将在读者中造成更多的共鸣。

1990 年 11 月于厦门大学

选自《厦门文学》1991 年 12 月号

语言的韵律、意象及智力的舞蹈

蔡其矫

创作是一半表现，一半猜度，是实际和想象的互相补足。不可能如实描写，也不可能天马行空。生活和艺术，永远存在吸引和距离。完全写实，不是艺术，完全不写实，也不是艺术。内在世界和外在世界，只有配合和对应，而永无统一。

艺术固然是永久的，形式却是时代产物。中古的唐诗宋词，固然是古典诗歌的高峰，却无法在现代延续。昨天辉煌的里程碑，也许是今天的绊脚石。诗歌发展史，就是对愚蠢行为定期抛弃的光明记载。但是，诗有自己的生长规律，不管形式怎样变化，诗依然是语言的韵律、意象及智力的舞蹈。

诗的实质不在内容，不在形式，而在语言中。它不是一般的语言，而是精确的语言，具有个人信息的语言：通过语言，说出个人特有的体验，为要确切表达个人感受，而又不能直达，晦涩与神秘自属难免，却不可蓄意制造。

艺术的真正功能在于表达感情。我们不能虚构感情，我们只能发现与表达感情。正义、自由、快乐、美、伟大的欲求，都是激发感情的动力，全属诗的领域，又是诗的土壤。而所有这些感情，都围绕美和快乐行进。快乐又大都存在于向往、寻求和回忆中，美带来的快乐又是一种没有利害关系的自由的快乐。美在前面走，诗人后面跟。

诗的任务在于推倒自我与世界、自我与他人之间的墙壁，对时代的沉沦和异化不可调和。表现人们心灵中的诗，从人们心灵中发现诗，与人们心灵中的诗同命运、共呼吸。所以，诗人在作品中塑造自己，不超越自己的形象。生命的意义存在于我与他人的相互关系中，诗就是与他人私下的谈话，或共同的愤世嫉俗。即使年代贫瘠，诗也不可疏忽这个使命。

诗在生活中，生活在诗中，是诗人最高的追求。从生活的现象看出形象，或把现象变成形象，不可能陈陈相因，而肯定是变化无穷。既然生活是多面性的，诗风也不可能是单一的。傲雪的松枝与鼓声中的丁香，可以结成一体，不必一味娇柔，也不必故作粗壮。诗永远都在追求不可能的事物，永远不相信已成定局的命运，只要爱好坚定，道德焦点鲜明，则所有感情的云，最终都可能成为诗的江河，但记住，过多的诗犹如过多的人口，必须控制。对于国土和时代是这样，对个人也不例外，虽然不是以少为佳，但肯定不是越多越好。

1991 年 9 月 6 日于北京

选自《厦门文学》1992 年 1 月号

寻找着迷的感觉

孙绍振

中国现代小说的产生究竟是由于文化革命的需求,还是文学本身发展的必然呢?这可是个比现代新诗的产生更不那么容易回答周到的问题。因为中国小说与新诗不同,它早就以白话(而不是文言)写作了。记得我在做大学生的时候,我尊敬的老师杨晦先生曾经说过,文学与社会的关系,好比地球绕日公转,而文学自身的规律,则好比地球的自转。

没有地球的自转,自然也就不可能有公转。如果不绕日旋转,地球将逸出自己的轨道,不知化作何等的流星,但是仍然可以自转,那么推动地球自转的"第一推动力"是什么呢?连牛顿也无法回答,他最后把这归结为上帝的功劳。

但是对于小说发展的"第一推动力",并不那么使人过分困惑,它自然在文学本身,用辩证法的语言来说,在于它的内部矛盾。正是由于内部矛盾永远不会止息,才推动着文学不断地发展,不断地自转,不断地改变自己的形态,而社会的需要不过是激化了它的内部矛盾,诱导着、选择着它为发展方向。

具体说到五四现代小说,决定它必然诞生的内部矛盾是什么呢?

文学的特殊本质在于它是人类的一种审美需求,这种审美需求是以情感的不自觉的自我体验到自觉的自我表达为核心的。人通过对自己生命体验的感知去认识人与人的社会关系。对生命感知及其社会关系的感知,自然并不限于情感,它还包含着感觉、知觉、记忆、动机、语言、观念等等。但是所有这一切都与人的感情紧密相连,并且因情感的运动而发生变异。

文学的表现情感,是一种极其困难的事。

因为情感与人的外部感觉不同,外部感觉是可以明晰地被定性、定位,甚至在某种程度上相对地作定量的比较的,而情感却不能。由于脑科学发展水平的限制,大脑的情感机制至今仍是黑箱中的黑箱,而情感正像人的内部机体觉一样仍然是"黑暗的感觉"。正因为此,人要用语言(抽象的概念)表达"黑暗的感觉"就成为对某一种特殊才能的考验或者挑战。

最初,人类中的文学天才认识到,情感虽然是难以直接用语言表达的,但是可以间接表达,也就是通过人的动作。这就是史诗和戏剧的特点,所以亚里士多德在《诗学》中说,对于悲剧来说,最重要的是动作,它甚至比性格更重要。这的确很精辟,它揭示了初期文学的某种规律,具体来说,这是侧重于叙事文学的规律,或者说情节的规律。

在情节中,人的所有情感以及其他心理活动,主要通过动作来表现。动作的特点在于:首先它是外在的,可以感知的(看得见摸得着的);其次,它是不断变化的,最大幅度的变化是向相反方向"对转",因而"对转"就成了情节的核心,成了"高潮"。

这种初期文学的规律,正反映了初期人类自我认识的水平。

据皮亚杰研究,婴儿正是首先通过自己的动作把自己与客观世界区分开来的。

正因为这两种水平的互相对称,史诗和英雄传奇才为世界文学史提供了那么多至今仍然存在于人们口头和心灵中的文学形象。但是外部的行为动作有一个极大的局限性,那就是它的简单化,无声的身体语言比之有声的口头语言显得十分贫乏,就是比身体语言复杂得多的哑语借助的令人眼花缭乱的手语的活动,仍然难以传达抒情诗或科学推理,甚至连表述某种情节的变化都很不可能。

虽然如此,纯以外部动作取胜的《三国演义》和《十日谈》仍然成为世界小说艺术发展上的里程碑。这是因为,这些小说对人的主体的认识正与人类自身认识在当时的水平相当。当诸葛亮约定鲁肃三日后乘舟到长江去收取十万支箭时,他并没有任何没把握的一闪念，他一点也没有考虑过如果三日后长江上没有预期的浓雾，该如何作好第二手准备。他好像比现代气象工作者更有充分的、万无一失的自信，他邀请了鲁肃在大雾弥江之际向江北进发，一点也不为曹操心理中可能产生的越出常态的变动而担心；如果曹操不像他想象的那样按兵不动，而是以奇兵出击，他和鲁肃不是得准备当俘虏了吗？

一切偶然性、一切的意外、一切的随机性、一切多种可能性都被轻松地排除了，一切的事变只有一个模式，那就是一个原因导致一个结果。

从现代科学观念看，诸葛亮是一个毫无可靠性的气象学家。

从现代军事学观点来看，诸葛亮是一个拿自己和自己部队的命运开玩笑的冒险主义和盲动主义者。

从现代文学观念来看，线性因果情节是粗糙的。

从现代美学观念来看，诸葛亮这种自始至终万无一失的自我感觉是虚伪的、概念化的、不美的。鲁迅甚至批评《三国演义》的作者，为了强调他的"多智"，其结果是把他写得"近狂"了。

然而，这并不妨碍《三国演义》中诸葛亮的形象经受住历史的考验，历数百年而仍然不减其艺术感染力。

这是因为，大自然的变幻无常、军事胜负难以预测、人物心理的变动不定，当时的读者面临着这一切，他们对于自己的智能比今天的读者自卑得多。即使那些堪称才华卓绝的大作家，也缺乏对之直接把握的自信，因而为现代读者所熟知的那些偶然性、随机性、多方面的可能性几乎是自发地被排除在他们想象力以外，有时，即使活生生的事实发生在他们面前，也因为不能为他们"心理图式"（Scheme）所同化，因而也不能为他们的外部和内部感受器官所感知。久而久之，这种线性因果情节就成了他们的心理定势，成为一种相当稳定的感知临界线，在这以外的天地，对于他们来说是黑暗的。

对于作者来说，这样的心理图式是带有叙事文学成就的总结（或者用时髦的语言来说：载体）。有了它，即使很平庸的作家，也可以避免从零开始进行艰难的摸索，而是从当时已经普及化了的平均水平线上开始他们的创作。对于读者来说，这样的心理图式的熏陶，则大大强化了他对生活、对自我的想象力，他被引出了一个他的想象力从来没有达到过的天国边界，让他的想象享受到像鲁宾孙和孙悟空那样在陌生世界中历险的乐趣。

久而久之，一代代作家和读者都舒舒服服地被禁锢在这种想象的牢笼之中，文学经典的权威性越是上升，文学固有的心理图式对作家和读者的束缚越是严酷。当文学在这种情况下沉睡时，而生活、文明、文化却在无声地前进，当非艺术的科学的认识水平大大超过了艺术水平时，艺术危机就不但产生了，而且是接近于被意识到了，终于有一天，最聪明的作家和读者逐渐感到这现成的天国已经失去了心灵历险的乐趣，这就是曹雪芹的《红楼梦》式的情节出现的原因。关于贾宝玉和林黛玉的恋爱及其结局，有谁能用一条简单的线性因果去解释呢？有些学者用对待科举的否定作为贾宝玉、林黛玉爱情基础和林黛玉、贾宝玉与薛宝钗的分水岭，这说明他们仍然为线性因果式的情节所束缚。其实在《红楼梦》中，情节因果是多维的，既有神话的（如绛珠仙子还泪于神瑛侍者）又有生理的（林黛玉的肺病，在当时是不治之症），即使社会的因素也不像《三国演义》那样单纯。一些学者特别看重贾宝玉拒绝薛宝钗"仕途经济"的规劝，并说林黛玉从来没有这样劝过他，可是在贾宝玉与他父亲贾政最尖锐的一次冲突中，林黛玉明明劝过他"你改了吧"，这说明，林黛玉与当时社会秩序的矛盾并没有集中到政治性、社会性问题上，特别是没有达到自觉的程度。把这一点作为唯一的，或最根本的原因来解释《红楼梦》的结局是牵强的，因为《红楼梦》和西方19世纪后期许多伟大经典作品（如《卡拉玛佐夫兄弟》、《安娜·卡列尼娜》）一样，其情节因果是多维多向的而不是线性的。

线性因果已远远掉在当时科学哲学发展水平之后。

但是，就是《红楼梦》也没有从根本上改变中国古典文学，"特别是古典小说的危机，它并没成为中国现代文学的楷模。中国现代文学的先锋在艺术上几乎毫无例外地是师法西欧、北美和俄罗斯作家文学起家的"。

这是因为,在这些作家的作品中有《红楼梦》所没有的东西。

《红楼梦》固然抛弃了情节的线性因果,在曹雪芹笔下,人的情绪不像在《三国演义》中那样单纯固定化了,而是复杂得多了。曹雪芹甚至不依赖情节作为展示人物的重要手段,他精心构思的大量章节是没有情节性的。以上两点与西方现代小说在性质上是很相近的,但是《红楼梦》在艺术的根本性质上仍然是古典小说,而不是现代小说。

这是因为从根本上来说,曹雪芹仍然是从人物的外部表现他的人物的,读者看到的主要是人物如何在行动,人物如何在对话,这些都是外部可观察的情状,也就是可以看得着、摸得到、听得见的。虽然,曹雪芹也像中国古典作家有时也写到人物的心理活动,但那也是很简单的一个结果。例如《红楼梦》第三十四回,写宝玉挨打以后,惦记起黛玉,把袭人支使开去,偷偷让晴雯送给黛玉两个绢帕,黛玉"细细揣度,一时方大悟过来":

> 这黛玉体贴出绢子的意思来,不觉神痴,想到宝玉能领会我这一番苦意,又令我可喜。我这番苦意,不知将来可能如意不能,又令我可悲,要不是这个意思,忽然好好的送两块帕子来,竟令我又可笑了,再想到私相传递,又觉可惧。他既如此,我却每每烦恼伤心,反觉可愧……如此左思右想,一时五内沸然,由不得余意绵绵……

这样复杂的心理描述,在某种意义上可以称得上是心理剖析了,自然比之中国任何一部古典小说的心理描述要深刻而且细致。但是,尽管如此,仍然是比较简单的,甚至是单调的,因为,这里要写的本是黛玉的一种"不觉神痴"、"五内沸然"、"余意绵绵"的精神状态,其特点是"不觉",也就是"不自觉"的痴迷状态,这是难以用语言说清的(余意绵绵),她整个心理特点是一团混乱(五内沸然),可是这里用的语言却是非常明晰、非常平静、非常有条理的。

所用语言及叙事方式与人物的心理—情感特

点从最高的艺术要求上来说是不相符的。

这是一种局限。西方汉学家常常指出中国古典小说均系第三人称的叙述,而无第一人称的叙述,这是不确切的。中国许多笔记文言小说都是以第一人称写的,但是这种第一人称不是西方人心目中的第一人称,中国笔记小说中的第一人称,常常是表明故事系亲闻亲见者,其目的在于证明其真实可信。而西方的第一人称则是意味着第一人称的视角,从外部视听到内部感知去揭示环境和人物感觉、知觉的交流,以传达人物瞬时变幻的感知和思绪为特点。其要害是从人物的感性上去接触人物的内心的原生状态,而尽可能不以作家的理性逻辑去干扰。

从这个意义上来讲,曹雪芹所写林黛玉的心理并非其原生状态,而是经作家对她的多种感慨(可喜、可悲、可笑、可惧、可愧……)作了细致辨析的逻辑因果的整理(如,"宝玉能领我这番苦意",是因,"令我可喜",是果)。在曹雪芹笔下,读者看出了人物在活动,在对话,可是看不到人物的感觉过程;人物的自我感觉和相互感觉的特点在中国古典小说里是基本不存在的。可以说中国古典小说是一种行为和对话的艺术,而西方现代小说则基本上是人物感觉变幻的艺术,即使是在人物活动和对话中,西方小说的特点是带着自我感觉和相互感觉的特点的。

这就是为什么西方人强烈感到中国小说缺乏第一人称叙述者的原因了,这是因为他们习惯于以人物的内在感知为基础,离开了人物的感觉的对话和动作是缺乏血肉的。即使同样的动作情节,同样的对话,由于感觉的不同,也有了不同的价值,有时,瞬息之间人物突如其来的感觉本身就可以成为情节和动作发展的契机,把人物引向另一种结局(像在陀斯妥耶夫斯基的《卡拉玛佐夫兄弟》和托尔斯泰的《安娜·卡列尼娜》中)。

西方小说,非常强调表现人物内在的、深层的,甚至是处于无意识中的情感、动机、记忆,等等,但是这一切直接用抽象的语言表达,最多只能达到司汤达尔心理分析的水平,而且即使司汤达尔,也都没有解决用理性逻辑分析非理性的情感的矛盾,因而西方小说绝大多数用感觉去显示潜在的情感、动机、记忆等等。这是因为情感的特点是它的非明晰性，这是上个世纪构造主义心理学家冯特和铁钦纳早就断言了的，它是难以用明晰的概念(语言)直接表达的，因而它常有可意会不可言传的特点。正是由于表达的这种难以逾越的障碍，早期的叙事文学才借助外部的简单的动作、对话来表达内部的情感，但是对于复杂的情感来说，外部动作和对话是太简单了，因为同样的动作和对话完全可能有不同情感的意味。

而感觉则有一个情感所不及的特点，那就是它的明晰性，它比情感容易定性、定位，同时它又比之外部的动作和语言有更大的丰富性，任何语言都无法与人的感觉辨析力相比(人类关于色彩词语只有百个以下，可是人类所能辨析的各颜色的色阶不下千种)。而且感觉还有一个情感和动作语言所不具备的特性，那就是它的变异性，也就是它的弹性，这就更强化了它的表现力。所谓弹性，也就是感觉在情感、动机等内在心理机制的冲击下会发生奇妙的变异，而这种变异了的感觉和知觉，以它的外裹层到它的深层表现使人物的内心世界的传达变得方便，而且容易具有审美的感性色彩了。

正因为这样，中国现代文学的第一篇小说鲁迅的《狂人日记》就是第一人称的。在中国小说史上第一次出现了一篇完全没有情节的小说。虽然50年代个别研究者私下曾认为这是一篇杂文，但是历史证明，它当之无愧是一篇小说。这篇小说的骨骼和血肉就是在一种特殊疯狂而又特别清醒的情感冲击下的感觉和知觉的变异。从普普通通的月光，到路上交头接耳的人，从街上打儿子的女人所说"老子呀！我要咬你几口才出气"，到他看历史书上每页上都写着仁义道德，看了半夜，才从字缝里看出来满本都是"吃人"，这一切光从感觉和知觉来说是变异的，然而这变异的感知只不过是表层结构，而这表层变异的感知，作为一种结果却能激发读者去想象其深层的原因，正是因为这种变异的感觉有其深度，它才能取代情节的功能而独立存在。《呐喊》中的第二篇小说《孔乙己》也是第一人称的，第一人称不过是提供一种方便，让一个酒店伙计用不屑的眼光引出自己对孔乙己的变异的感知罢了。同时，也并不妨碍从他眼中看出孔乙己变异的自我感觉，如"窃书不

能算偷"之类。至于《阿Q正传》虽然已经是以第三人称写的，但是通篇一以贯之的是阿Q的变异感知，以阿Q由于癞头，而忌讳癞，忌讳光，忌讳灯，到被人打败了，认为是"儿子打老子"，然后就轻松愉快起来，这一切都是变异的感知。如果光通过情节，而没有这样变异的感知作为基础，则很难有那样的生动和深刻的。

这样一来，刻画人物就可以不完全依仗情节和对白了。为了情节而牺牲人物的危险也小得多了，要抓住人物的个性也容易得多了——只要抓住他特殊的变异感知就成了。

写小说、写人物一下子不是变得容易了，而且连情节的构成也不那么困难了，从那以后，中国作家再也不像古典小说作家那样困于构造情节，而反复前人留下的情节了。

小说家的主要注意力集中到人物身上来，而写好人物的起点，就是找到人物的变异感知。

由鲁迅所开辟的这条道路，把绝大多数中国作家引向了世界文学的潮流。

这虽然是一次引途，但却并非纯粹因外因而成功，其所以能有巨大的划时代的历史意义，其内在原因在于从外部动作和语言走向与内在感知的结合，本来就是中国小说发展的自然的或者说是自发的倾向。即使没有五四时期西欧、北美小说的感觉艺术的大规模引进，中国小说仍然会走向内部感觉与外在动作和对话的结合的。从《三国演义》到《水浒》，内心动作就有所增强了，到了《儒林外史》，外部动作则进一步弱化了，而到了《红楼梦》中，内心动作乃至感觉则有了明显强化的倾向。在有些章节中，则更有一些变异的感觉出现(如贾宝玉一见林黛玉就说，这个姑娘我见过的；又如刘姥姥对贾宝玉卧房陈设特别是她从未见过也无法想象的自鸣钟的感觉，则非常接近于西方近代小说的感知变异)。

不过，没有五四那一次大规模引进，无疑中国小说走向这样的道路不可能这么迅猛，可以肯定，那只会是缓慢得多。

不过，太过迅猛的引进，也带来了一个副作用：那就是在相当多的作家中出现了某种感觉泛滥的倾向，这不但在创造社诸作家的作品中(如郁达夫的、郭沫若的)，而且连巴金、茅盾的作品

也都几乎未能免俗，至于 30 年代以施蛰存为首的一批新感觉派作品纯以感觉组织作品，则完全忽视了动作的重要性。除了社会原因以外，在艺术上也影响了他们的生命力，正因为此，新感觉派和七八十年代之交的意识流的尝试都只能是昙花一现。

历史证明，解放了感觉并能对之加以控制，不使它自由泛滥的作家将取得更高的成就，这种追求后来被汪曾祺用一句简明的话表述了出来：小说要蒸发掉感伤主义情绪。

选自《厦门文学》1992 年 6 月号

诗：语言的歌舞

王光明

语言是诗意存在的家，也是阅读诗歌的唯一媒介。诗人通过语言，把饱含情思和想象的意象固定在一个秩序中，读者也通过语言的阅读，引起对意象的联想和想象，进行理解与再创造。因此，艾青说："诗的创作上的问题，语言是最重要的问题之一。诗人必须为创造语言而有所冒险——如采珠者为了采摘珍珠而挣扎在海藻的纠缠里，深沉到万丈的海底。"(《诗论》)

对于诗歌语言的特点，前人论述极多，名言警句极多。什么精练、含蓄呀，什么活呀、立呀，什么从千万吨矿物中炼镭呀，等等，我们可以抄它几大本来。但我觉得，咱们从"诗"字开始，可能对了解诗的语言特性更有帮助：诗，本基于"之"与"止"的共同来源，"言"字的加入便成为"诗"。这样，诗，同时含有了"言"——一种律动的传达，以及"止"之止，又是止之将行——一种舞蹈的律动。不难看出，诗，本是语言的歌舞，是通过语言来表现和捕捉乐舞形象的一种艺术形式。这样，便决定了诗歌语言的形象性、暗示性、音乐性、表演性。这些，与散文语言的实用性、叙述性形成了明显区别。

应该说，一切文学语言，跟生活中为实用目的服务的语言都有区别：它们都不仅仅是交流的媒介，还传达情感和想象。但是，与诗歌相比，散文的语言仍有非实用的实际目的：叙述某段经历，或讲述一个故事——它所表现的语言意义，更多是词的直接意义，语言具有较强的透明性，它消失在内容的美之中。诗歌语言则不同：由于诗是强有力的情感的自然流露，没有实际的经历或故事需要讲述，语言的意义就存在于词汇本身之中。在诗中，驱使我们使用的词汇，是我们对词汇所指对象的某种情感反应。当词被说(写)出的时候，这种反应就体现在词中，一个词不但通过词的意思反映一种事物，也同时把意识反应的一部分保存下来，传达全面的经验——不仅包容对象，而且包容自我。所以在诗中，语言包含着更多的东西，不只有字典中指出的直接的意义，还有联想的意义，不只指明，还有暗示。它不像散文那样是一种平面的、透明的语言，而是立体的、复合的和有感觉美的语言。正因为诗歌语言有如此的丰富性，有人在无法为诗下定义时，就干脆把诗定义为"在翻译中失掉的东西"。诗是无法翻译的，翻译只能再现诗歌语言里有限的意味，不能体现它的多重性和复合性。例如，比较文学学者叶惟廉先生发现王维的一行诗"涧户寂无人"，虽然有四种译法(1."涧边的草庐是寂静的，没人在家"；2."谷中的屋荒废，里面无人"；3."隐在峡谷中，无人注意"；4."没有任何人家住在荒谷中")，但都无法很好传达这行诗句的意味。诗意在翻译中失落了许多，它们只反映了词的基本含义，传达事物的方位、状况，只是在说明、描述事物，不能表现时空的多重性和隐含其中的极其微妙的情感意趣。"涧户寂无人"，远远不只表达了山里溪涧小屋中人的活动状况；在这行诗的语言组合中，还弥漫着一种气氛，表达着一种深致的心理感受和主观趣味，等等。对这行诗，且不说别的，仅拈出一个"寂"字，无论你怎么翻译，怎么转述，也道不尽它妙不可言、只能会之于心的意味。

诗无法用别国语言翻译，与诗意很难用散文语言转述是一个道理。我们平常向别人介绍一篇新读到的好小说或散文，即使自己再笨拙也总还有话可说，转述出某些情节、人物或细节来；可是轮到你向别人介绍一首好诗，哪怕你再聪明，除了说出诗名、出处之外，也许只能让别人自己去读了。为什么呢？就是因为散文的语言比较透明，指义比较确定，诗歌的语言却是柔软的、弹性的、多义的、情感的、音乐的，心灵化了的。像徐志摩的散文《我所知道的康桥》，我们可以说它的语言是美的、生动的、准确的，通过它们，我们会有一种如入其境、如闻其声的感觉。但很明显，这里语言的生动、准确和美主要是摹写，指向实在、真实的事物，语言的指义是透明的、向外的，虽然它也在努力逼近感觉和"灵性"，但须通过具体、精确的叙述和描写来到达其整体的效果。就文字来说，它还是一种精细写照的魅力，而不是主体情感反应的魅力。

同样以康桥为题材，徐志摩的诗《再别康桥》的语言特色就与他的散文很不一样：在诗中，没有康桥的真实、具体、完整的图景，只有从中提取的感觉和想象化了的意象，语言对意象的外部形态，也都是轻轻触及之后马上转化为心灵和情感反应，转化为主观想象和内心独白。它的语言也不像《我所知道的康桥》中的语言，不是一种精确的、向外的语言，而是指义丰富、被情感笼罩、向内的语言——直接显示内心感觉和"灵性"，这种感觉和"灵性"是诗歌语言的主要成分，它直接体现在语言中，而不像散文那样体现在对象中。

不难看出，诗歌与散文有不同的内容和运思方式，这些不同决定了语言的不同功能又在语言中体现出来。诗的语言具有丰富的联想性、意味性，它不仅通过意象来暗示和表现情感，还借助音乐节奏来加强和推动它。它是一种具有高度情感价值和意义的暗示性，充满感觉美和节奏感的语言。诗人总是把对事象的意念和感受不知不觉地渗透在词的组合中，使我们保持对词的秩序的注意，使我们在语言的歌舞中流连：从语言的意念、情感、声音节奏中获得一种综合的美感。

正是因为诗歌语言不同于一般的叙述、描写、议论的散文语言，有着最丰富的情感价值和美的意义，所以，艾略特说："我想我们都同意这样的看法：人们感到他们最深沉的感情是在他们本国语言的诗中，而不是在任何其他艺术或其他语言的诗中得到最自觉的表现。"（《诗的社会功能》）是的，散文、小说也有它们艺术的美和语言魅力，但是它们还有非实用的实用价值，我们接受了它们的内容，语言的好坏有时就不会过分苛求。像一篇小说，只要形象和情节站得住脚，语言表达差一点，人们也能将就，但一首诗，语言如果没有魅力，则将无人问津。臧克家的诗句"日头坠在鸟巢里／黄昏还没溶尽归鸦的翅膀"，为什么常被人们誉为美的诗句？就是因为它同时表现了事象的

状态和主体的内心情思，正如臧克家自己说明的那样："请闭上眼睛想一想这样一个景象：黄昏朦胧，归鸦满天，黄昏的颜色一霎一霎的浓，乌鸦的翅膀一霎一霎的淡，最后两者渐不可分，好似乌鸦翅膀的黑色被黄昏溶化了。"诗人灵动地从词的海洋里，独独拈出"溶"这个动词，把许多层面的感受都溶进去了，把空间的多重性显示出来了。同时，对"黄昏"这个词，诗人将它作为一个主词来使用（而不是写成"黄昏里"，作为介词来使用），与动词"溶"取得了完美的配合。此外，是"归鸦的翅膀"这个宾词修饰得好，用浓缩的语言技巧把归鸦的形象集中在有动感的翅膀上，以便与动词"溶"取得和谐。

既然诗歌语言有如此丰富的感受层面，如此讲究词与词的和谐组织，那么，我们可以说，如果只是觉得自己有感受与见解渴望表达，那还不一定能成为诗人。但是，如果有了表达的冲动之后，能沉浸在表达语言的美感生成和旋律中，他就可能成为一个诗人。诗人也是一个人，这和普通人没有什么不一样，他同样是一个丈夫或者妻子，同样过着常人的生活。他与别人不同之处仅仅在于，他是"一个向人们说话的人……他在其内在的精神生活中比他人更富有"（叶芝）。更富有的内在精神生活驱使他"说话"，驱使他必须成为语言的主宰，注意"说话"的方式，注意话语的美感和韵律，使内在的冲动转变为能与他人交流的诗作品。

这不是一件容易的事，让语言贴近情思和感觉本已不易，要表现得美和有想象力就更困难了。还说臧克家上面那句诗的例子，它可真说得上是上下求索才写成的。开始的时候，诗人写的是"黄昏里扇动着乌鸦的翅膀"，后来又改为"黄昏里还辨得出乌鸦的翅膀"，句子虽然都通，但也都很一般，画境是平面的、静态的；直到最后，诗人去掉一个"里"字，将介词结构变为主动宾结构，同时选取"溶"作为动词，画面的时空和色彩的明暗变化才栩栩如生地展现在我们面前。由此可见，驱遣语言完成诗的歌舞确不容易，虽然差别只是几个字词，只是语言排列组合方式的调换，但境界却往往相距十万八千里。

因此，对于一个诗人来说，综合利用语言的多

种因素,充分发挥它在表达意思与情感、线条与色彩、韵律与节奏、想象与修正中的作用,让芬芳、色彩、音响互相呼应,非常重要。中国诗人使用的具有独特表象功能的象形文字,是一种最适宜写诗的语言:它本身就具有某种形象性,便于以象运思,表现空间的多重性和意味的复合性,此外,它以单个的词为单位,是一种孤立语。在语句、文字安排上有很大的自由,不像抽象字母组合的外国语,语句和文字排列有较严格的语法规范。正是利用了汉文字的这些特点,我们的古代诗人写出了许多传诵不绝的精美诗章,把汉字之美发挥到了极致。本世纪初以来,为了冲破传统诗歌已经僵化的语言范式,解决恶性发展的思维与语言的分离现象,"适切表现现代人的情思",同时利于进行普及教育,"使最大多数的国民能够理解及运用国语,作他们各自相当的事业"(周作人语),我们的前辈对沿袭几千年的传统语言进行了革命。这种革命为汉语的发展和汉诗的发展注入了新的活力与巨大的可能性:首先当然是现代人的思维与文字的距离缩短了;其次,这种革命由于接受了外国语言的一些语法修辞规范,表象达意变得更加精确和细致(后来的发展中又还启用了文言中还有现代活力的词汇),从而使新诗在与古诗的对抗中,逐渐站稳自己的脚跟。当然,我们也不能不看到,由于语言革命之初带着过强的社会功利目的(传播新思想和普及教育),同时它发展和完善自身的时间也还短(还不到一个世纪),本世纪新诗的语言,还很难说是达到了足以代表民族语言最高成就的境界。因此,如何从现代汉语这种实用价值大、便于普及教育的语言中,提炼新诗的语言,使它成为"美的语言",让它的气势、情韵、色彩、节奏、张力等等得到完美的统一,成为文字艺术的最高表现,是当今的诗人必须努力探索的。

选自《厦门文学》1992 年 9 月号

八十年代新诗的历史进程

刘登翰

历史的发展不是按平均数等速地前进,有时候,一个短暂的、火花喷溅的事件,将照耀几个世纪,成为历史前进绵绵不绝的动力,而有时候,一段漫长岁月的迁延,只如止水一般停滞在原地回旋,甚至向后逆转。艺术的进程也是一样,生气勃勃的富于创造性的时期并不经常能够出现,它只在某些机遇中存在——有时恰恰是在最坏的情况下发生(因此,经典哲学家认为"恶"也是历史的动力),它如龙头一般牵动着缓慢向前蠕动的平庸的艺术发生激烈的突变。在中国新诗的发展上,五四以后不到十年的时间,是一个难得的艺术勃发的时期;而从 70 年代末到 80 年代中后期的近十年时间里,也是令人难以忘怀的一个富于艺术开拓精神的阶段。

历史是昨日的现实。只有经过时间的检验和淘洗,那份庞大、芜杂的现实,方能选精拔萃地呈现出它最主要的富有光彩和价值的部分。因此,当代人描述当代的"现实",总难免囿于某些偏见和火气。但当代人的这种评述,本身也为历史提供一份"同代人评价"的"昨日"的现实。在这个意义上,曾经遭到非议的当代人撰写的"当代史",同样具有一种文献意义的价值。

从这一观点出发,我们来描述被习惯称为"新时期诗歌"从 70 年代末到 80 年代中后期的这将近十年左右的历史,不能被视为是不合时宜的。

从 1976 年开始,当代中国文学的发展进入了一个新的历史时期。新诗创作,也走上了一个与前 20 余年既有着联系,但又有明显不同的新的阶段。尽管这个阶段的时间还不长,尽管诗仍继续为中国新诗发展中的一系列难题所困扰,并且,诗人们的创造,也普遍带着不稳定的特征,但是,这一时期诗所呈现出来的丰富、多元的艺术局面,新的诗歌观念、新的艺术因素的提出与生发,以及一批具有历史内涵和审美价值的不同风格作品的诞

生——这一切,都是前 20 余年所难以比拟的。可以说,这是自 50 年代以来当代新诗最有生命力的时期,对于 70 年代后期以来的诗,鉴于 70 年代末仍处于"复苏"的过渡性转变,真正产生重要变革是在进入 80 年代之后,为了行文方便,下面对这一时期我们统称为"80 年代诗歌",但在实际上也应包括在此之前两三年的诗歌现象。

说 80 年代诗歌出现了新的局面,这种估计的根据是:

首先,这一时期诗歌在它的发展中,逐步深入地对当代诗歌的进程重新进行历史审思,接续和重建了五四时期新诗建设的传统。中国当代新诗,是伴随着新中国诞生的炮火与欢呼掀开它的第一页的。社会政治的历史性变迁,给它带来了新的特征:诗歌表现社会变革和新的历史主人的形象的责任;诗传达人们政治观念与情感的重要性,得到前所未有的重视与确认。同时,在诗参与社会变革和在政治运动中作为战斗武器的职能上,提出了极高的要求。这种诗歌观念上的"规范"使当代新诗从 50 年代开始形成了两大类型、两大模式:颂歌模式和战歌模式。这种情况表明,诗的表现领域在某一方面得到拓展,它的社会政治职能得以强调;但是,这一有其历史必然性的"规范",则在一开始便包含着某种偏颇。它在很大程度上开始偏离中国新诗建设头一个十年的传统,后来更发生了严重的萎顿与变异。一方面,"战歌"在逐渐失去其建立在对现实真实感受、思考基础上的真正的批判性锋芒,另一方面,大量的"颂歌"演化成为相互雷同和粉饰矛盾的赞美诗。到了"文革"期间,当代诗歌的真实生命已被葬送,成为"造神"的工具和攻讦的手段,而成为"非法"。因而,这一时期诗歌迈出的最初步伐,便是诗人们对这一充满失误的历史进程进行严肃的深思。它首先在真实性的问题上努力恢复"真诚"这一诗歌的内在生命,继而,在诗人的个体创造性

上,在新诗对于现实拥有的个性化的体验、思考、发现的权利上,争取自身独立的文化存在的价值。接着,在对人所生活的世界和对人的心灵的探索上,在诗歌的审美追求上,呈示了要求多元发展的强烈的艺术意向……这样,曾经被阻断的五四诗歌建立的宽阔流向的传统,终于得到接续和重建。

其次,80年代新诗的创作力量发生了与前不同的若干重要变化。不论是诗人的数量,还是他们的艺术素质,以及诗人群内部结构,都出现了推动新时期诗歌走向历史深刻性与艺术风格多样化的趋向。70年代末,这是当代诗史上的第二次诗人大会聚。30年前,曾经有过一次会聚,即来自国统区和解放区的诗人的集合。当时,这些跨越两个历史时期的诗人们首先遇到的是社会现实对他们诗的艺术的检验和选择。而现在,诗人们在走出苦难之门以后,则以个人的和普遍的方式,包括他们特殊的生活经历和艺术经验,参与到对于现实历史的检验之中。这不仅是在政治的意义上,而且是在文学—诗的意义上,展开对当代社会现实和当代诗歌进行艺术反思的课题。

这一时期诗人的构成,主要有下述几个部分。

第一部分是一批在五六十年代始终活跃于诗坛的诗人,如臧克家、贺敬之、张志民、李瑛、严辰、邹荻帆、严阵、顾工、雁翼等。他们在十年动乱中也受到迫害,但在“四人帮”下台之后,他们最先用诗对社会生活做出他们的情感反应(其中,有的诗人在“文革”后期就重新发表作品)。

第二部分是在50年代以来的历次政治运动中,在“文革”之前,相继从诗坛消失的诗人,在新的历史转折中重新归来。他们包括1955年因“胡风反革命集团”错案而沉落的被称为“七月派”的诗人(胡风、鲁藜、绿原、牛汉、曾卓、冀汸、卢甸、彭燕郊、罗洛等),包括1957年扩大化的“反右派”斗争中被错误处置的诗人(艾青、公木、吕剑、唐祈、唐湜、苏金伞、公刘、白桦、邵燕祥、流沙河、胡昭、梁南、昌耀、孙静轩……),另外,还包括由于狭隘的艺术观念的钳制而不得不止声的一批受西方现代派诗歌影响的诗人,这主要指的是活跃于40年代,后来被称为“中国新诗派”(或“九叶派”)的那些作者(辛笛、杜运燮、郑敏、陈敬容、唐湜、唐祈等)。[①]上述三部分诗人后来被批评家统

称为“复出的诗人”。他们以坎坷的经历印证着社会史和诗歌史的曲折道路;他们创作中出现的“归来”主题,使当代新诗的历史反思,以个人的方式得到具有历史深度的表现,同时也使诗歌在寻回失去的个性的道路上前进了一步。

第三部分是70年代末以后涌现的青年诗人。他们出现时的朝气,他们以革新来对待“传统”的锋芒,这种姿态,使他们被称为“崛起的一代”。他们给新时期诗人队伍注入新鲜血液,改变着诗人的构成成分和内部结构,引起诗歌观念与艺术方法的变革。这个时期“青年诗人”的称谓所涵盖的面相当宽泛,如果粗略划分,那么,70年代末到80年代初走上诗坛的是一群,后来开始写作的“新生代”则是另一群。前者大都出生于新中国诞生前后,在“文革”十年中度过波荡起伏的青春岁月。当他们与上一代人共同经历着从狂热、迷惘到觉醒的历程,并且选择诗的形式来表现他们对社会、人生的关怀、理解的时候,他们更执着于从维护个性独立和人的尊严的角度来思考历史,在寻求中国诗歌在传统精神与世界性文学思潮的连接的座标上,表现出给人印象深刻的探索的锐气。他们虽然在70年代后期就逐渐在诗坛上露面,却于80年代初在一次次对峙严重的论争中迅速扩大影响。外界的压力反过来加强了他们的主观意识,于是,他们的活动和创作也就逐渐成为一场自觉的诗歌运动。至于“新生代”,指的是80年代中期出现的人数众多的青年作者,他们大都以“流派”或诗歌社团的面貌作为起点,其诗歌观和美学趋向更加复杂多变,但,其有影响的诗人的出现尚须待以时日。不过,名目纷立的艺术宣言和“先锋性”的艺术实验,给诗坛带来新的不安和躁动,而孕育着可能出现的某种变化和更新。

与50年代相比,这一时期诗人的构成有许多不同,出现了一些新的因素。对于在“文革”以前就开始写诗的诗人来说,社会和个人的曲折道路以及诗歌发展自身经受的挫折,使他们中的多数人获取了历史所赐予的经验和教训。他们对50年代以后占统治地位的诗歌观念和艺术方法的偏差、失误有了程度不同的认识,这使他们再一次执笔时,或多或少地会寻求对原来道路的突破。对于在这一时期成长的青年诗人来说,他们艺术创

造的主动精神，他们在文化上的修养和为艺术创造所做的准备，都要比50年代的青年诗人充分。更加重要的是，这个时期的诗人是生活在一个开放的文化环境中。他们的眼界开阔了。将自己的艺术创造纳入世界诗歌的大的格局之中，是他们中不少人的自觉追求。他们强烈的创造、革新意识，来自他们对传统的更加主动的审察的态度。他们重新评价中国新诗的发展过程，发掘了长时间受到冷遇，几被忘却的有独创性的诗人（如徐志摩、李金发、戴望舒、汉园三诗人，"七月派"诗人和"中国新诗派"诗人，也包括50年代以来台湾的诗歌运动和诗作者），给他们以应有的地位，从他们那里获得借鉴。而且，从70年代末开始，外国哲学、文学、诗歌理论和创作的译介，也使中国当代诗人的创作有更宏阔的视野。这不仅加深了对惠特曼、拜伦、雪莱、济慈、泰戈尔、普希金、海涅等的认识，而且，像波特莱尔、兰波、魏尔伦、马拉美、瓦莱里、庞德、弗罗斯特、T. S. 艾略特、里尔克、奥登、叶芝、茨维塔耶娃、阿赫玛托娃、帕斯捷尔纳克、埃利蒂斯，以至金斯堡、普拉斯、沃伦、布莱等诗人的名字，也逐渐为人们所了解，并在新时期中国诗人的创作中留下各种痕迹。在对世界诗歌状况有所了解的基础上，新时期一部分诗人回过头来以现代意识重新关注我国灿烂的古典诗歌，从中寻求他们艺术追求的根基和理想的美学境界。所有这些状况，都表现诗人在朝着建立独立的艺术个性的道路上迈进了一步。

对80年代诗的成绩作出积极评价的第三个依据里，在诗歌观念和审美特征上，出现了具有转折性质的变化。这种变化，可以归纳为"诗的自觉"：强调抒情、立体在这一文学样式中的主导地位，诗回到自身的艺术属性上来，逐步摆脱从属于政治和描摹生活表象的地位。使诗回到自身的审美属性上来的努力，在不同的阶段表现为不同的目标。最先，它在诗人必须"说真话"上，寻求诗从政治附庸的地位上解脱。其次，新诗创作普遍呈现为中国新诗史上不多见的"个人化"的倾向。诗人不仅以个人的方式加入对社会历史领域的审视中，而且在相当一部分诗人那里，重新开启了内视世界，表现为对个人心理历程的"自白"呈示的方式。诗人们逐渐认识到：一方面，诗是由诗人创造出来的人类世界的一种精神现象；另一方面，它又是超越诗人自我，同时也超越现实时空的特殊的世界。这样，80年代诗歌在艺术把握方式上，就更自觉地表现了对于一般的语言与思维逻辑，对于感觉与知觉常规的超越。这种认识，是"崛起的一代"及随后而来的更富于"先锋"精神的诗人的美学信念。

从上面简略的叙述中可以看到，80年代诗歌观念的更新，表现为从政治的自觉到创作主体的自觉，而后走向向诗的本位的自觉。这是在不同阶段和不同层次上的更新。它们相互交错，也相互促进，同时又相互冲突与抗衡，从而形成诗歌观念在总体更新的前提下存在着的差异与胶着的状态。

这一时期的诗歌已经走过一段路程。从时间进程上看，它的发展，大致呈现为三个小的段落。

从1976年10月到1978年底，是诗的创作的恢复阶段。从长达十年甚至更长的严酷禁锢中获得解放，备受摧残而几致荒芜的诗坛开始走向复苏。这一阶段，诗的内容和形式大体上是"天安门诗歌"的继续。在历史的大转折中，人民窒息的心灵爆发为狂热的欢呼，感情的闸门突然开启，大悲痛与大欢乐的潮水激荡而无法抑制。大悲大喜的社会性情感，伴随着对周恩来等老一辈革命家的怀念，和对"四人帮"的揭露和控诉，是诗歌的主要内容。粉碎"四人帮"之后，现实最紧迫的任务是清理被颠倒了的历史，而社会的情绪也普遍地为这一历史转折而强烈地政治化了。于是，诗便秉承它在当代被反复强调的战斗性特征，成为表达人们政治感情的重要形式。这一阶段的有影响的作品，如贺敬之的《中国的十月》（1976年10月）、李瑛的《一月的哀思》（1976年12月）、柯岩的《周总理，你在哪里?》（1976年1月）、白桦的《群山肃立盼贺龙》（1977年5月）、张志民的《边区的山》（1978年1月）、邵燕祥的《中国又有了诗歌》（1978年1月）、艾青的《在浪尖上》（1978年12月）等，广大读者对于诗的接受，首先不是审美的。因此，某些艺术上较粗糙，却直接呼唤出人们心声的作品，也能产生广泛的共鸣。这一阶段的诗，基本上沿袭着当代政治诗的轨道。自然，表现的政治内容、政治观点有了变化，但在诗与政治的关系的理解上,并未发生改变。诗对于人民情绪、愿望的表达,大多停留在比较直接的层面上。而诗人们在表现他们对社会历史的看法时,也仍然持一种绝对化的态度:或者把历史运动看作由某几个人决定、支配的结果(这导致当时的一些作品,又参与了新的"造神"运动),或者把历史发展的不同阶段看作可以截然分开、各自孤立的现象。诗人对事物所作的感情判断,也常出现非此即彼的绝对化状况。当代诗歌所缺乏的辩证态度并未得到改善,另外,诗的创作题材的狭隘性也并未有所改观,现实政治以外的更广阔的生活领域和感情领域尚未得到应有的关注。诗感受生活的角度、方式的变革,新的艺术因素的成为潮流,时机看来尚未成熟。尽管有上述的种种缺陷,作为从荒芜走向繁荣的最初苏醒,却是一个不可或缺的阶段。80年代的诗,就是经由这样热烈而又不和谐音的序曲,逐渐进入它的主要乐段的。

从1979年到1984年前后,是诗的发展的第二个段落。思想解放运动拓展了人们的胸襟和视野,动摇了束缚、禁锢思想的栅栏,解放了长期被压抑的想象力和创造力。这个阶段诗的发展的重要标志表现在两个方面。其一是一大批在过去政治运动和文艺批判斗争中受到不公正待遇的诗人,在经过历史的辩白之后重返诗坛。这是一长串的"熟悉的陌生人"的名字。他们以特有的感情与思想的穿透力,从富于历史纵深感和切身体验的角度,丰富和深化了"反思"的主题。艾青的《光的赞歌》、《古罗马的大斗技场》,公刘的《沉思》、《哎,大森林》,白桦的《阳光,谁也不能垄断》、《珍珠》,邵燕祥的《假如生活重新开始》、《中国的汽车呼唤高速公路》,林希的《无名河》,流沙河的《故园九咏》、《蝶》,蔡其矫的《祈求》、《玉华洞》②,牛汉的《华南虎》、《悼念一棵枫树》,绿原的《重读〈诗经〉》,曾卓的《悬崖边的树》,梁南的《我不怨恨》等等,或对社会历史的概括达到一定的广度与深度,或对事物的剖析表现了锐敏与胆识,或表达了在历史的错位和回归的艰难时代人们的复杂感受,而成为当代新诗富于光彩的创作的一部分。这个阶段诗的发展的另一重要标志,是一批年轻或已不那么年轻的新人的出现。从诗歌艺术上看,他们中有的比较接近当代诗歌

写实倾向或政治诗倾向的"传统",有的则表现为更大胆的探索与开拓。他们以不同于上一代诗人的人生经历和心理体验,从另一侧面加入诗歌"反思"主题的展示。他们身上较少传统诗歌观念和艺术方法的束缚,这使他们的创作一开始就表现出更强烈的前瞻精神。自然,这些诗坛新人对80年代新诗产生的影响,在所涉及的方面和影响的程度上是各不相同的。对其中的一部分青年诗人来说,他们的存在,不仅意味着原有诗歌现象的增殖和延伸,更意味着新的诗歌观念和艺术思维方法的勃兴。这些青年诗人作为一个整体为人们所瞩目,与下列事实有关:1978年12月至1980年7月,主要刊载青年诗歌作品的刊物《今天》在北京的出现;1980年7月,《诗刊》举办第一届"青春诗会"③并在10月号的《诗刊》上以专辑形式集中推出参加这次诗会的17位青年作者的52首作品,以群体形式展示其风貌;从1980年开始,围绕部分青年诗人创作的思想倾向与美学特征而展开的论争……青年诗人中一些人的创作倾向与美学追求中体现的新异特征所导衍的长达数年的所谓"朦胧诗"的论争,使本来分散的艺术探索,发展为一次自觉的诗歌运动。这一以"朦胧诗"的包含贬义的称谓作为开端,而后来用"新诗潮"这个概念作为概括的诗歌运动以及它对整个诗歌走向产生的影响,是80年代诗的一个值得重视的内容。

80年代中期以后,诗的发展显然出现了一些重要的变化。在这个阶段,诗人间的分化的现象加剧,即使原先有相近的艺术追求的人,现在也强调各自走自己的路。不过,观点和艺术方法的分歧、对立已较少呈现为表面化的论争。在这种情况下,美学追求的执着与艺术吸收的宽泛这两种状况,同时成为这一阶段的重要现象,甚至存在于同一人身上。在诗与读者的关系上,则出现了新的断裂和承接。相似的矛盾状况是:一方面,诗不断地惊觉自己在失去众多读者,失去往昔曾有过的社会的宠爱,广泛的读者共鸣那令人怀念的"光辉"历史;另一方面,遍及全国各个城市的数以千计的青年诗歌社团的诞生,说明诗这一拥有最多难题的文学样式,仍有不少人钟情于它,为它的魅力所诱惑,而构成中国新诗史上令人忧喜参

半的少见的现象。在这样的广泛性诗歌社团基础上的一批更年轻的作者的存在，无疑是这一阶段难以忽视的重要事实。他们大多是受到新时期一些青年诗人的启发并在有关"朦胧诗"论争的浪潮中走向诗的，但他们却逐渐离开了"朦胧诗"作者的轨道，在诗歌观念、审美心理和艺术方法上与他们的"先行者"的差异越来越明显。比较起作品来，他们中许多人似乎更重视"运动"；他们的写作与理论似乎是为了要引起一场新的"诗歌革命"。当然，如果要从他们那些五花八门的宣言和作品（其中不少显然是带有游戏性质，或故作惊人之态）中寻找主导倾向，那将是相当困难的。不过，更执着地以一个现代普通人的感觉方式，来表现他们在这个时代、这个社会背景下的心理真实，可以说是他们之间的共同点。与此相联系的，是他们以诗感知、把握世界的方式发生的相应变化，他们的诗的审美取向表现出强烈的对功利性的超越。这种变化，是对我国新诗长期过分强调社会、政治功利目的的合乎逻辑的悖逆。但是，绝对化的反功利追求，也可能会导致重新回返社会性诗歌轨道的趋势：是否出现这样的摆动，有待于历史发展的证明。需要指出的是，这种"摆动"并非无益，相反，从长远看，对诗的发展是有利的。在这种互相对立和转化的发展中，互补地使诗歌在把握人类现实世界与精神世界的广阔性与深刻性上，在使它的把握方式——人类艺术思维的丰富上，不断地达到新的高度。

上面对 70 年代后期到 80 年代中后期诗歌的历史进程作了阶段性划分并强调指出不同发展阶段的主要的诗歌现象与艺术因素。需要说明的是，希望这种分析不会导致对这个时期诗的发展的远为复杂的面貌作简单化的理解。事实上，不同的艺术观念、不同的风格流派，不仅自身在不断发展、变化，而且它们之间也处于既抗衡、分化，又吸收、融合的运动中。这构成了这个时期诗歌并立、交错的多元的复杂局面，这一点正是 80 年代诗歌应该首先予以注意的重要特征。

①他们中有的人，如穆旦、唐祈、唐湜，在"反右派"斗争中受到错误打击。
②蔡其矫、牛汉、绿原、曾卓等的这些作品，均写于"文革"或更早一点期间，但都在这一阶段才得以公开发表。
③截至 1987 年 10 月，《诗刊》举办的"青春诗会"已有 7 届。

注：本文原系作者与洪子诚合著的《中国当代新诗史》的一节，由作者执笔，此次发表时作了改写。该书即将由人民文学出版社出版。

选自《厦门文学》1993 年 3 月号

世纪末:中国知识分子的思索

——《二十世纪中国文学丛书》总序

谢 冕

新世纪的钟声即将敲响,我们已把20世纪的大部分时间抛在了身后。对于中国人来说,这一百年的长途之上,洒满的是汗水、泪水和血水。那是一条为苦痛和灾难所滋润的道路,那又是一条屈辱和创伤铺成的记忆之路。近百年我们中国人希望过,抗争过,也部分地到达过,但依然作为世纪的落伍者而存在。落伍的感觉残忍地抽打着中国,使我们站立在世纪末的风声中难以摆脱那份悲凉。

中国知识分子未曾辜负这一百年,他们和这个多灾多难的世纪共命运。自从上一个世纪中叶中国海附近出现了在当日的中国人看来是怪物的西洋舰队,那隆隆炮声中腾起的硝烟惊破了强盛的帝国梦想。随后开始的是列强为所欲为的践踏,中国从自认为天下第一的王国尊严下跌到负数,这造成了中国人(特别是中国知识分子)的心理重压。

这一百年有过无数志士仁人的奋斗牺牲,知识分子没有回避他们承担的那份感世忧时的沉重。小农经济汪洋大海般的保守麻木,使中国知识分子自然生发出文化精英意识,这使他们自觉地对时代和社会作出承诺。投身于社会变革的激情与作为精英的使命感的结合,造出了极为动人的精神景观。近百年的社会激荡之中有着中国知识分子的情感与智慧的投入。从戊戌变法、辛亥革命、五四新文化运动,直到本世纪下半叶为结束中世纪式的文化暴虐而进行的抗争,中国知识分子都付出了积极的劳绩。

艰难的时势加上历史的积重,特别是与外界接触之后返顾自身,一些新鲜的先锋的思考遭受封建积习的禁锢,促使知识界的先进人士对传统文化秩序持警惕的和怀疑的态度。当挽救危亡和变革现实的奔走呼号受到传统势力的扼杀和阻挠,这种激进的立场便获得了社会广泛的同情与理解。由此派生出来的革命性即寓于对传统的否

定之中的价值判断,也就成为当日普遍的思维倾向。

这当然是一种偏颇。中国悠长的文化传统是历代中国人创造实践的综合,它拥有的智慧性和沉雄博大都曾使世人为之倾心。在古代和今日,中国文化为丰富和促进世界文明所做的巨大贡献无可置疑。中国人理应为自己先人的建树自豪。但中国文化在它发展历程之中形成的封建性体系和价值观,作为维护过去社会形态的原则体现,已成为现代社会前进的羁绊,这当然具有消极的品质。基于这样的前提,对传统文化加以质疑而有所扬弃有它的合理性。

我们希望站在分析的立场上,我们愿认同于近代结束之后中国知识分子的呐喊、抗争以及积极的文化批判,因为它顺应了社会现代化的历史要求,它的功效在于排除通往这一目标的障碍。但我们理所当然地注意到保存和发扬那些优良传统的必要,而避免采取无分析的一概踩倒的激烈。

不偏不倚是庸俗的,因为这种想法迎合了所有人而可能掩饰和冲淡原本的积极动机。本世纪才智之士的文化批判是前驱的抉择,觉醒的知识者心仪于现代科学民主思想而决绝于陈旧的历史重荷。为图新而弃旧,因前进而义无反顾,他们把数千年的封建历史一律视为压迫而指归于反抗。要是我们认识到中国社会对自由人性和民主体制的戕害,我们当然不会对这种矫枉过正的言行感到意外。当然,我们希望当我们面对现代的诱惑时不至于忘却先世的辉煌——这并不意味着对它的膜拜。

中国文学的创作和研究受制于百年的危亡时世太重也太深,为此文学曾自愿地(某些时期也曾被迫地)放弃自身而为文学之外的全体奔突呼号,近代以来的文学改革几乎无一不受到这种意识的约定。人们在现实中看不到希望时,宁肯相信文学制造的幻象;人们发现教育、实业或国防未

能救国时,宁肯相信文学能够救民于水火,文学家的激情使全社会都相信了这个神话,而事实却未必如此。文学对社会的贡献是缓进的、久远的,它的影响是潜默的浸润。它通过愉悦的感化最后作用于世道人心,它对于社会是营养品、润滑剂,而很难是药到病除的万灵膏丹。

一百年来文学为社会进步而前仆后继的情景极为动人,即使是在文学的废墟之上我们依然能够辨认出那丰盈的激情。我们希望通过冷静的反思去掉那种即食即愈的肤浅而保留那份世纪的忧患和欢愉。文学若不能寄托一些前进的理想给社会人心以导引,文学最终剩下的只能是消遣和涂抹,即真的意味着沉沦。文学救亡的幻梦破灭之后,我们坚持的最后信念是文学必须和力求有用。正是因此,我们方在这世纪黄昏的寂寞一角辛苦而又默默地播种和耕耘。

文学回到家园的醒悟仅仅是最近十年发生的事实。以往我们花费在非文学上面的精力和时间太多了,在文学研究领域,这种花费表现在文学被指令无休止地为其他意识形态注释。他们借文学说他们的故事,文学真的变成了叫作传声筒的东西。现在我们终于有权力发问:文学难道不应关心自身?当然文学应该也可能关心文学以外的世界。但不论是权威还是神圣,他们要文学做的,必须通过文学的方式和可能,这包括文学的旨趣。

文学必须建设和完善自身而后才能建设和完善社会,文学也只能通过这样的途径关注社会。

这一百年的文学发展迅猛但并不健全,在某一个或几个时期(如60年代整整十年的"文化大革命")文学甚至成为社会的破坏因素,而这一切恶行却是以庄严和神圣的名义进行的。

作为20世纪的送行人,我们感到有必要把这一代人的醒悟予以表达,这种表达当然只能通过文学的方式。我们期待着放置于百年忧患背景之上而将文学剥离其他羁绊的属于文学自身的思考,这种思考不意味着绝对的纯粹性,它期待着文学与它生发和发展的背景材料的紧密联系。我们希望这种思考是全景式的,通过对于文学追求的描写折射出这个世纪的全部丰富性。

以往对于文学的描写大体总是在社会的、政治的、经济的笼罩之下进行。文学在批评和历史研究方面的独立的合法性并未得以确认,文学没有进入自由状态。20世纪中国文学范畴的提出为健全文学研究提供了契机,以一百年的文学为单位对文学的总体观照的方式自然地扬弃了非文学的干扰,从而有可能对文学进行独立的和自由的考察。我们希望这种文学研究不仅为纯粹学术品质的倡导提供可能性,还希望为下一个世纪的人们对我们所传达的世纪之交的情怀保留下一些特殊的记忆。

1992年11月1日于厦门美仁新村

选自《厦门文学》1993年12月号

《废都》别说

周政保

作为长篇寓言,《废都》对社会人性的颓丧与沉沦作了毫不留情的抨击,也对文化道德精神的衰败与扭曲倾注了沉重的忧虑。心中的愤怒无处宣泄,于是便找到了小说这种方式。所谓"废都",就是当代城市生活的一种象喻,一种把握文化趋向的意象——其中传达了贾平凹对于城市生活的感受与判断。在这里,既显示了贾平凹深刻独到的洞察力,也暴露了贾平凹捉襟见肘的偏激。

这种偏激的源头在哪里呢?

"废都"之所以是"废都",那是因为"人废"之故。《废都》描写了一批蝇营狗苟的人物,一批没落颓唐沮丧的人物,一批模糊了自己的信仰的人物。无论是官吏还是俗民或者是名流,全不是省油的灯儿。就"废都"这一小说的题旨而言,《废都》是实现了的:此"都"真的是"废"了!在这里,我们自然不能以御笔左史的口吻去问罪作者,甚至提出诸如"现实生活是这样的吗"之类的诘难。作为虚构的小说,绝不可能把生活的方方面面都写进小说,它可以写光明也可以写黑暗,可以写激昂振奋也可以写沉沦颓丧,只要创造的姿势可靠,那选择便是作家的权利。但我在这里要说的是另一角度的问题,即贾平凹为什么要写《废都》? 其主要原因就在于:贾平凹对城市生活或城市文化持有一种根深蒂固的不满与抵触。这种不满与抵触是如此强烈而难以克制,以至于包含了相当浓厚的愤怒情绪与怨恨气息。就某种角度而言,这种判断也许算不得过分。

贾平凹是乡村之子,乡村的文化精神哺育了他,因而他热爱乡村,热爱农民。他为那片可以称之谓"根"的土地诉诸了自己的全部爱心,他的热忱与忧虑。这,就是贾平凹的小说与散文,也可以说,这种创作景况基本上体现了贾平凹的难以改变的文化心理定势。虽然他在城市中生活了二十年,但他依然适应乡村而不满城市,以至于对城市文化采取一种来自灵魂深处的拒绝,或一种自觉

不自觉的排斥。而最终所导致的,便是他心目中的"废都意象"了。作为审美的警告或提醒,"废都意象"是富有价值的,因为整个人类正在营造的"现代社会"需要这样一副清醒剂。贾平凹无疑是一位乡土型作家,他在很大程度上只属于乡村。他从传统的乡村生活中发现了超越现实的美与善良,并从其中感受到了人性的绚丽多彩,而他从城市生活中却发现了同样是超越现实的丑与邪恶,并不无倾斜地听到了更多的人性杂音。

贾平凹对于乡村生活的喜好与偏爱是刻骨铭心的,而对于城市生活的厌恶之感也十分显著——当他浸泡在美好的回忆中抒写商州,甚至无奈地批判某些落后观念时,笔端的温情是那样柔和浓郁,但当他面对城市生活时,传达的态度便有点儿刻薄或狠毒了。

当然,这并不是纯粹的审美批评,但这里的思路可以使我们窥见一点儿《废都》创作的奥秘——它至少说明了贾平凹对于城市生活的感受与理解是存在偏颇的,或不全面的,甚至是荒唐的;但小说毕竟是小说,它与颇能顾及方方面面的社会学论文绝非一回事——在小说领域,片面的深刻往往是一种特色。所以从小说艺术的角度审察,这种偏颇或许就不是偏颇了,而艺术的悖论也常常是这样旁证的。

贾平凹看到了城市生活丑恶卑琐的方面,也感觉到了文化道德精神衰颓沉沦的方面,而且以低调的方式——类似于城墙头上的埙音,或类似于庄之蝶书房中的哀乐——叙述了一个关于"废都"的故事,究竟怎样评价与阐释这个故事,不同的视角自有不同的判断结论。而首先可能涉及的,便是《废都》中的性关系描写——特别是,性关系的线索已成为小说的重要结构内容。倘若《废都》剔除了这条线索,那作品也就真的是废墟一片了。从某种意义上说,《废都》所描写的,就是庄之蝶与女人的故事,而小说的题旨寓意也主

要是由这一故事的完成来实现的。我们不说庄之蝶与妻子牛月清的关系，就说庄之蝶与唐宛儿、柳月、阿灿的性关系——其中的纰漏与不慎也是可以感觉到的。

《废都》对于这三个女人的刻画，唐宛儿的落墨无疑是最多的，但刻画得最好的则是那个柳月。唐宛儿与柳月的描写，都不乏人生的命运感：一个被"废都"拒绝了，一个被"废都"接纳了（适者生存）。相比之下，柳月所传达的社会人性内容要比唐宛儿更丰厚更复杂。柳月放逐了自己，也收获了自己。在客观效果上，柳月自觉不自觉地运用"性"为自己营造了一座危险的桥。从小保姆至市长儿媳，其中的辛酸与"幸运"，蕴含了"废都"的重要声息，因而她是一个最富有"废都质泽"的女人形象——作为一面镜子，她的存在折射出了庄之蝶的灵魂。可唐宛儿呢？她是一个漂亮性感的女人，一个灵巧而富有心机的女人，然而她在小说中，又恰如一个"性"的符号。她虽不乏"废都质泽"的溢流，但她的审美意义毕竟与小说最终耗费的笔墨不相称。在《废都》的故事结构中，她的实质性"参与"并不多，似乎她的存在只是为了与庄之蝶偷情纵欲，即使是关于她的私奔与劫回，小说所采取的也仅仅是事后交代的传达方式。不过，唐宛儿即使是"性"的符号，小说依然是写出了一个不幸女人的活灵之相，且直接从"性"的角度反衬了"废都"及"废都"中的庄之蝶的面目，这就不能不承认贾平凹的描写功夫了。阿灿的刻画与唐宛儿、柳月都不一样，作品显然是为了突出更为激烈的"废都"生活内容，而且企图通过庄之蝶与她的性关系勾勒，以实现一个反抗女性的塑造，但终究来得快也去得快，显得急躁简单了一些。

其实，《废都》最可能授人以柄的，并不是那些超乎寻常的性关系描写，而是这些描写留下了套用与模仿中国古典言情小说的某些细节或场面的明显渍痕（且不止于性关系描写）——譬如，当庄之蝶与唐宛儿偷情做爱时，被早起了疑心的柳月发现，庄、唐为了封口，于是发生了庄之蝶与柳月的第一次性关系。这一场面的设计，极容易使人想起《金瓶梅》的某些描写。这仅仅是举个例子而已，实际上，《废都》于这方面的套用或模仿，还不止是《金瓶梅》。

贾平凹写过长篇小说《浮躁》，但我感觉到，在驾驭能力方面，贾平凹的长篇不如中短篇小说（及至散文创作）来得那样熟练自如。当然，这仅仅是指"驾驭能力"而言。同样，《废都》的创作也呈示了这种弱点。

不言而喻，结构的驾驭最能体现作家创造长篇小说的底气。《废都》的结构主要显现为寓意结构与人物关系结构的相融叠合——前者为虚，后者为实；而寓意结构必定是通过人物关系结构实现的——前者是题旨，后者是具体途径，无后者便无前者。《废都》的人物关系拥有一定的规模，而且倘无这种规模也难以抵达"废都"的揭示与展现。众多的人物先后登场而相互牵动，其纵横交错的生动繁复，也就构成了一种对于作家的考验，或一种测试作家驾驭能力的挑战。我们从《废都》的描写可以发现，倘若与浓墨重彩的庄之蝶、唐宛儿、柳月相比，贾平凹对于其他一些重要人物，如"四大名人"中的其他三位的刻画，便有点儿相形见绌了。而半是玄人半是闲人的孟云房，也只是起到了"穿针引线"的结构作用。据孟云房所言，龚靖元、汪希眠、阮知非——"这三位名人都是与社会闲人有往来的，只是合时则合，分时则分，主要的内靠官僚，外靠洋人"。这三位"名人"应该是营构"废都"的重要描写契机，因为在他们那里蕴藏着更充分的社会人性内容及文化道德精神信息。龚靖元自杀了，阮知非的眼睛被人打瞎了，而汪希眠则可能去坐牢，但可惜的是，小说因了如火如荼的"性故事"而导致了结构的倾斜，也造成了这些人物在刻画上的淡薄与苍白。这种情状，大约不能认为是贾平凹的一时疏忽，而只能让人感到，贾平凹在长篇小说的结构驾驭方面，确有力不从心之嫌。

选自《厦门文学》1994 年 2 月号

档次与秩序

林 焱

这是一个使人思路混乱的命题：大众化。

多少年里我们一直在试图确定一种文艺评价的揭橥——唯人民大众喜恶是从，也简称为"工农兵文艺"。记得还有一句生动的责问知识分子的话："化大众还是大众化？"意即不能用文艺家的态度去化大众，而应该抛掉知识分子的德性去大众化。

弄过来憋过去，人民大众终于不凭指令性意志的圈围，而自己去选择"喜闻乐见"的文艺，这才发现事情有点不妙。以前奉行的权威性概念，大众化、通俗、普及等等好像都走味了。讲通俗就意味着接近于庸俗、粗劣甚至还发点黄。

于是我们文艺家们又忙碌起来，到处去振兴严肃、纯文艺、"高层次"的文艺与谓之精英的文化。大型交响乐是精英，话剧是精英，源于意大利的美声唱法是精英，靠扶植给钱拍的影视作品是精英，印数 3000 册以内的文学作品是精英，印数800 册以内的理论著作更是精英。

反之，太有人唱的歌，太有人喜欢的影视，印数太多的文艺作品，都是通俗的、不精英的。

到底要大众化还是要化大众？

有种理论叫文化进化论，我觉得还有一种也很有道理的文化退化论。

一种已经被视为正宗的文艺形式，总是鄙视新的、普及大众一点的形式。到新的、普及大众的形式好不容易正宗了，又鄙视更新、更普及大众的形式。文艺形式好像老在不情愿地下楼梯。

辞赋看不起骈俪。四六骈俪成正宗了，就自称"两汉制诰"、"锦心绣口"，看不起通俗的五言七言。五言七言成了大唐正宗，看不起在歌榭（那时的卡拉厅）里唱的长短句。宋词看不起元曲，词曲韵文又团结起来看不起"小"说，弄得明清伟大小说家们总是隐名埋姓像搞非法出版似的见不得人。看不起的重要原因，就是认为后来的形式低俗，更多的人会"玩"，也包括看不起后者对待世界的精神态度。

五四新文学初兴时，一个特别喜欢小说的福州人写信给北大校长嘲笑说，新文学用"引车卖浆之徒"的白话，"凡京津之稗贩，均可用为教授"。林琴南这些话用现在的语言即，"那些玩意儿连的士司机和卖可乐的都会"，"凡各地的个体户都可以当作家、音乐家"。

总是用拒绝大众化的方式维护固有形式的权威地位。五四新文学成了正宗，一些正宗人士就有理由用林琴南式的态度嘲笑更大众、更通俗的东西，而忘了新文学当年也是被先人以这些理由嘲笑过的。我想，总有一天，电视连续剧、通俗小说、流行歌曲成为正宗，当它们将要被更新更大众的形式淘汰时，它们也就体会到现今话剧、交响乐、美声唱法的心情，也要去搞振兴，也要哀叹自己精英价值之不被大众接受。

哪一种形式不是这样从大众层次上升到精英层次的？大众化与精英化是一个过程的两个角度，所以我说文化退化论也有道理。今天的通俗文化、通俗文艺，勇敢点准备进入精英行列。

形式当然不是精英或大众的集装箱，以形式的角度讨论精英与大众，是比较肤浅的。然而，从整体的意义上来说，文艺的形式又总基本容纳着一种社会、道德或还有哲学的思潮，总标志着一种文化精神和文化品格。

以下放弃关于形式与精英、大众关系的讨论。

这些年，通俗文艺作惊涛裂岸之势，"堤岸"上的人惊惶之余难免思路混乱，凡"水"皆以为灾。

大众文学、通俗文学、流行文学、畅销文学、商业文学，这些词、这些概念全搅在一块儿了，好像就是一回事。义正辞严起来，可以随便用那个词替代这个词，或还从容不迫地把"低级"、"黄色"的概念也都搅将进去。这种现状，是"堤岸"上的人惊惶的原因，同时也是结果。

我们应该对这些词进行一点辨析，就像语文老师曾教我们辨析似乎近义实则意义差别很大的词语一样。

大众文学。这是个政治性词汇，是现代革命史中出现的，毛泽东所说"人民大众的、反帝反封建的文化"，这里人民大众与反帝反封建是不能分离开的。中国"左翼"文艺运动，也用这个词来代表进步的文学，"大众"的含义与"革命群众"相近。现代文学史上讲"大众文学"，绝不指那时在一般民众中流行的张恨水、包笑天、兰陵笑笑生等。大众文学的政治色彩明朗，老舍的《骆驼祥子》可以称大众文学，而他的《猫城记》则不能称大众文学，虽然读者数量可能差不多。

通俗文学。这是个时限较长的概念，郑振铎先生关于中国通俗文学的论著，把源于民间口头创作的文学称为通俗文学。这个概念，在整个社会文化水平较低的情况下，知识阶层与无知识阶层分野十分明显的情况下，那些在无知识阶层中流传的文学，我认为郑振铎先生的观点是基本正确的。注意，通俗文学未必流行——比如一些吴越方言小说（比如鲁迅弟兄皆欣赏的谐近于谑的《谐铎》）绝对通俗，绝对不流行。

流行文学。这是近代印刷业、报刊业大发达以后产生的概念。没有报刊业的发达，手抄本在几个臭文人中或在官场半官场中传来传去，何以称得上流行？印刷业的发达，同时带来知识的一次大普及，通俗文学的概念就向流行文学局部过渡。仅仅是局部，流行绝不都是通俗。毛泽东诗词是中国当代第一流行文学，总不能称毛泽东诗词是通俗文学吧。例子很多，一抓一大把，兹不一一列举。我的见解是，流行文学是借助书籍、报刊的繁荣，而在一种语言区域中相当广泛传播的作品。流行文学有通俗，也有很多不通俗的。

畅销文学。这概念基本限于书籍范围，这是个文化意义上的概念（不等同于商业意义）。由各种书评、评奖、传播手段的作用，印数相当大或相对大的文学作品，是畅销文学。我认为，大体说是源于西方畅销书排行榜机制的畅销文学，不但推出了一些上等的，至少是中等的文学作品，而且对广大读者的阅读起了良好的导引作用。畅销文学的经济效益是明显的，但由于这些文学作品中的一部分，艺术或社会价值更明显，所以不能将其归入商业文学。比如《麦田里的守望者》、《百年孤独》等许多好作品都登上过畅销书榜，虽出版商也赚钱，但不是商业文学。再比如我们近年看到的一些优秀的传记文学、纪实文学作品，特别是记叙领袖们生平事迹的非虚构文学作品，畅销，但不是商业的，也不能说是大众文学、流行文学、通俗文学等等。

商业文学。出版社以赢利为第一目的推出的文学作品，跟畅销文学不一回事。虽然其中一些作品也不错，也流行，但商业价值是第一位的。近年我们目睹过的扬言要获诺贝尔奖的诗人，其实是商业文学。国内这样由出版家蓄意制造出来的义理还通顺的商业文学不多，所以也弥足珍惜。多数商业文学是低水平的。

至于低级的黄色的文学，与商业文学更不是一回事。商业文学在艺术上较次，但绝对不违背道德规范。而且，随着市场经济的繁荣，随着人们对一次性消费的文化"食品"的需求之增加，商业性文学会繁盛起来，也应该欢迎它繁盛起来。商业文学与低级黄色文学的关系，中间有一道法律的道德的界限。如果我们简单地把商业文学与低级黄色文学等同视之，好说明我们还要受点普法教育，但可能有些法规暂时还没出台，我们得稍等一等。

还有一个重要问题只能简而叙之——与大众相对应的定义叫"精英"。如上所述，"大众"的概念不能一而论之，"精英"的概念也不能一而论之。上述每个概念都有个相对应的概念。

社会政治意义上的大众，相对应的是社会政治意义的精英；历史的"通俗"文化，相对应的是历史意义的"通俗"。精英还有流行意义的精英、畅销意义的精英、商业意义的精英，这绝对是有充分现象和理论依据的说法。有没有低级黄色意义上的精英？好像也有黄色文学进入精英层次的例子，西方通称《查泰莱夫人的情人》、《尤利西斯》、《洛莉塔》为三大黄色小说，都是精英层次的。文学以外的事咱们就不敢武断下言了。

"精英"也是令人思路混乱的命题。

文化与人生的抒说

——郭风《黄巷集》漫议

王炳根

1

《黄巷集》是一本从设计、装帧、排版、印刷到字体与纸张都十分精美的书，我之所以首先要说这句话，是因为它给我在这方面的印象太强烈了。我拿到书时，久久地欣赏、玩味，不曾去读它，我想首先应当享受一番作为书的本体艺术之美，这才不至辜负出版者的苦心与追求。

一本精美的书，就是一件艺术品。谁说的？

2

后来，我当然也就很认真地读了这本书。我在读过收入《黄巷集》中郭风先生的二十六组作品，就像开始拿到这本书，真又是一番艺术的享受啊。

这是否也可称之为"形式与内容的统一"？

关于前者，因我对出版、装帧等未有研究，谈过印象也就没有多少话可说了。对于后者，似乎储有比印象多一些的东西，但一细想，也不然。我那储存的一些儿东西好早就有人说过了，一本厚厚的《郭风研究专集》，收集的评论文章就有二十三篇，还有一大串的目录索引，况且《黄巷集》中，就有一篇大学者谢冕教授"代跋"的文章《良知的拒绝——浅论郭风》，那么，我还有什么好说的呢？

毕竟，对郭风先生作品的阅读，还是有一些积累，除《黄巷集》外，他的《晴窗小札》、《鲜花的早晨》、《灯火集》等都亲自题签赠送于我，我也认真地读过，我还在其他的一些报刊上读过他的作品。不仅是郭风先生的德高望重，不仅是出于一种尊敬，确实，我喜欢他的作品，尤其是喜欢他的叙述方式与抒情方式。记不得70年代末还是80年代初，我那时还在部队，一次和解放军文艺杂志社的编辑也是抒情散文作家王中才谈到那时郭风先生

在他们刊物上刚发表的一组描写山村夜色与雪景的散文，我说，多美啊，他写雪落在草垛上，落在树杈上，落在屋檐上，落在河滩的石头上，我们就随着他淡淡的叙述，在阅读中移动着视线，于是那一片山村的雪景就非常从容而抒情地在面前活动开来。他这种叙述与抒情的方式，当时给我以极清新的感受。因我未去查找那一期的刊物，不知道当时给我清新感的散文，是否就是收入这个集子中的《天上有一个冬天的圆月》等。

那时，正值文学的万木复苏，郭风先生大概也是从那下放的山村回城不久，虽经磨难，依然未改"叶笛"之风。现在读到的《黄巷集》中，也有几篇写到那个下放生活过的山村，但我发现，行文中，郭风不用"下放"而用"旅居"二字，这两个字的改动便使得那一段的生活，隐退了苦难而呈诗意。

在《从幼年到老年——致蒲公英》中，有这样一段：

> 仿佛是在一个雨后，我在一个山村的旅居期间，在石桥旁边的草地上，我看见你和野菊花一起开花？当时，我深深地感动了。当时，我想起一些什么呢？

在《秋的怀念》里，有"旅居于此小山村"字样，此文中，他这样写道：

> 我说不清楚，为什么我的心中忽地如许舒畅？为什么我忽地有一种感觉，觉得在这个早晨，我们村里的天空多么蓝，多么深远……
>
> 我走过村前的石桥时，一下看见桥边溪岸的石隙间有一丛野菊，开放许多蓝色的花朵，这一刻间，我心中一种朦胧的预感立时转成一阵惊喜，我想，使我喜欢的秋天，真的来

到我们村间了？

　　桥下清澈的溪水，照耀着在晨光中初开的蓝色野菊，我看了，十分感动，无端地以为这野花好像在水中向我含笑，向我致意；我看了，又以为这照耀在水中的蓝色野菊，仿佛和我一样，正在回忆着曾经在什么地方最初相见……

　　仅从引文，便会觉得，确实写得美，秋天、野菊和蒲公英，这些也是郭风在这之前就吟唱过的。有关这些，不少的论者写过很精彩的文章给以肯定和赞扬，因而，我也就不该多说什么了，我想说的可能是另外一些意思。本来是下放在此劳动改造，他却说在此旅居生活；本来是一种苦难，他却把它写得很美很令人神往，这中间是什么道理？在我看来，郭风这种以微笑看待、寻找与表现苦难中的诗意，除去延续他一贯的写作风格之外，更重要的是表达了他进入了某种境界的人生态度。这种人生态度是，经历过苦难之后的豁达与从容。因了这种人生的态度，便有了描写中自然的选择、弃除与留存，便有了一种从容的优美。我以为，这是作家在保持早年的风格时继续向前的迈出。

　　关于对待苦难的人生态度，并不是说，应该淡忘或忘却那一场给中国人民尤其是知识分子所带来的苦难，相反，应该记住它，不仅在一代人中而且应该在后代中永远记住。巴金以"说真话"留存《随想录》，杨绛以"诙谐"留下《干校六记》，还有许多的作品都写到了这一苦难，而且真切动情，读后无可忘怀。但是，作为作家的艺术思考与表现，却又是充分个性化的，以从容、豁达的态度对待苦难并作出诗意的描写，正是郭风对人生一种深刻的思考，对艺术个性的忠诚。显然，他也希望将这一切传达与世人、后人。

　　关于对待苦难的态度，有两位大家我想说一下。一位是冰心。1942年，韩素音去重庆的歌乐山上看望病中的冰心，言及战争和战争所造成的苦难，冰心这样对韩素音说："今日苦难不算什么，倒是成了中国人民永不可战胜的证明。"直到几十年后，韩素音还记得冰心说过的这句话及当时镇定和从容的神态，并认为这是一种力量。"文革"时，冰心自然受到冲击，批斗、关"牛棚"、

下放劳动改造都经历了，但冰心几乎没有直接去描写过她自己受过的苦难，就是平时与朋友与记者的交谈，也常是风趣地一语带过，纵然谈她被批斗，也平静得像是在讲述别人的故事。另一位是丰子恺。1937年"八一三"上海沦陷，他在石门湾的"缘缘堂"被炸，于是，带了一家老小，开始了长达十年的逃难，从浙江到江西，到湖南，到广西，到四川，其间苦楚，卒不堪言。但是，当丰子恺拿起他的画笔时，便画出了《炮弹作花瓶，人世无战争》，画中以炮弹壳作花瓶，瓶中插有盛开与含苞的荷花各一枝，两个童男童女平和地端坐于花瓶之下。这十年，丰子恺也画了许多的画，写了对被日本炸毁的"缘缘堂"的回忆等许多的文章，其间不少作品表现了这位大艺术家对苦难的从容。丰子恺在"文革"中所受的苦，并不下于三十年前的逃难。但当他偷偷地拿起笔来，所写的却是《缘缘堂续笔》，所画的是《敝帚自珍》等。

　　我之所以要离开郭风的话题来谈一谈这两位大作家大艺术家对待苦难的态度，只是想说明这样一个问题，当艺术在化解苦难并且能够化解苦难的时候，艺术家在他的诗意与诙谐中得到了感情的解脱与升华，这是一种人生与艺术的境界，并且是一种很高的境界。

　　郭风以微笑从容地寻找与表现苦难中的诗意，该属这种境界吧！

3

　　在这个集子中的另一组文章，即《关于健康》《漫话睡眠》《论老年》《论历史》《论宗教》等，这可能是郭风散文的新品种。仅从篇目观之已无诗意，所写也非"花鸟草虫"，大致已是人类终极的话题了，并且是话之论之，直白之意已是了然了。那么，这算不算散文（批评者总想发现新意，但批评者又极易被文体所困）？

　　郭风在这一组文章中提到了好几本关于这一类话题与文体的书，比如《西塞罗文录》中的《论老年》《论友谊》，郭风说这是他"在青年时期便喜欢读的两篇古罗马散文"，还提到施蛰存先生的《论老年》、培根的《论青年与老年》。这些文章，我只读过培根的这一篇，是在湖南人民出版社出版的《人生论》中，此书中有培根五十八篇冠之

为"论"的精彩篇章,如《论真理》、《论死亡》、《论爱情》等。《人生论》是中译文本的书名,英文版书名为《随笔》,拉丁文版本书名为《道德与政治论文集》,这是一本问世四百余年经久不灭、可称为世界散文与思想史中的绝世瑰宝之书。郭风以"论"为之的散文,看来也是"古已有之"了。这一类文章既有散文随笔之灵便,又有思想与人生体验之深刻。国内目前一些学者型的作家所写的随笔,便是取这一散文之道,比如我读到的韩少功的《夜行者梦语》、南帆的《文明七巧板》等。但这些以"论"为之姑且称之为知性的散文,就郭风而言,已是另一文本的散文了,或说是他的散文的新品种,这无疑丰富了他的散文世界。

知性散文,论说是少不了的,渊博的知识与广博的学识是少不了的,但纵是论说,纵是广引博证,它仍是郭风的散文,我是从叙述的方式与论说的态度中认出来的。他在谈吐学问引经据典时非常的谨慎和谦虚,一点不卖弄,不独断,论说常以商讨的口气,如他在抒情散文中常使用的"我仿佛"、"或许"、"……么"、"……吗"等等并不肯定的句式,这当然不表示郭风本人对他所引用的知识未有深入的理解,对他的见解未有真切的把握,它完全是一种个性化的风格。同时,郭风的"论"与"说",也始终没有离开"我"的视觉,不作无边际以显示自己学识的夸夸其谈,而是在"我"的阅读与理解的范围内,深入浅出、娓娓而谈,甚至会告诉你他所读的这本书是怎么得来的,他是什么时候读的,现在印象最深的是什么等等,从而把书本的知识用活,用出灵性与感性,使读者对他的论说产生了一种亲近感和生活感,维持了散文与读者亲切、平实与透明的对话形式。有关这一切,大致是与他的抒情散文相沿的吧。

在这一组知性散文中,郭风先生对人生的感悟与我前面讲到的似有不同,他多次写到"暮年"二字,作品中所谈到的也多为暮年的人生感受与人生回眸,它已不是诗意的而是实际的,不是含蓄的而是直白的,不是一种姿态而是较为系统的观念。在《论老年》中,作者直接表达了他对爱情、婚姻、家庭、健康和物欲等整个人生的基本想法。关于老年人的爱情,他认为:"老年人的爱情,往往是一种已逝的爱情,一种只合回忆的爱情,它也

许有点美丽,但也有些悲伤,有些辛酸。"进而他认为:"在我国,奴隶制时代以及封建时代出现的一夫多妻制,已从法律上消失。即使如此,一个人(当然包括男女)在人生经历中有过多次的爱情生活可能是不可避免的,或者说是很自然的。"在这一论点后,他引用了《红楼梦》中贾宝玉的爱情生活来说明,尤其是引用了他自己的作品《他和她》中的一长段文字,"他想,他一生中爱过两位女子","他在爱自己妻子的同时,的确曾经倾慕另一位女子",郭风先生说,这篇文章是记述了他的一位年愈七旬友人的爱情生活。但作为爱情观念,则当属于郭风先生的,这回直接地说了出来并且给予论证,美丽而真诚,读后深受感动。就我所知,在郭风先生的作品中,是极少描写爱情的,尤其不谈他的爱情观念,而在他的晚年,竟然这么直白地(勇敢地?)表达了自己相当现实的爱情观。这可不可以说是丰富和完整了他的艺术天地。对关于多次"爱情生活",作者最后还作了一个补充:"我顺便说一下,由于东西方历史文化背景以及道德教养的差异,东方人的爱情生活(至少在古代)比较隐秘和自约,西方人的爱情生活很早便有人文主义色彩,有时显得相当放纵。"这一补充,便使得他的爱情观相当完整了。而对于婚姻和家庭,他认为:婚后的男女爱情,渐向理智化方面发展,幻想与罗曼蒂克开始清淡,现实的因素增多,共同担负起家庭的义务,生男育女,教育子女,发展事业,同甘共苦,从而达到"恩爱夫妻"的境界,到了这个境界,便可说是幸福的婚姻和家庭了。还有关于人的健康,对历史,对宗教的见解,都极为精辟,这是晚年郭风积一生风雨而发之言。郭风先生在论及这一切时,又是相当的平静相当的平和,尽管他自谦"不可能从哲学的高度"谈论这一切,但我却从那平静与平和的叙述中,读出了许多深刻的人生哲理。

4

郭风说,直到晚年,他才有了出游的机会,这话听来多少有些心酸。作为一个主要描写大自然之美的散文作家,游历四方是多么的重要。既然有了出游的机会,晚年的郭风有了不少这方面的作品,我记得,他写过菲律宾,写过莫斯科,写得最

多的大概要数波兰。而我觉得,在他的出游作品中,多者抑或上乘者,还属对自己的祖国自己的家乡这片土地和景象的描写。

不过,就我自己来说,对目前文坛流行的那些浮光掠影式的游记散文一般不感兴趣。

我之所以存有如许偏见,可能是出于以下的考虑。由于电视这一传播媒体的强大,世界上许多地方对我们来说都已不陌生,从埃及金字塔、古罗马斗牛场、莫斯科红场,到非洲丛林的部落、某一个民族的奇风异俗、尼罗河边那一排小木盒等等,无不既壮观又细腻地出现在我们的面前,世界对于 TV 的观众,似乎无新也无奇,一一成了熟悉的面孔。因而,那种只是停留于"光"与"影"的散文,在 TV 面前就逊色了。但这又不意味着 TV 可以代替一切游记散文。余秋雨的一部《文化苦旅》,迷倒了多少人,震撼了多少人,造成了游记散文空前的景观。可见,TV 时代出游的散文,不在于见之如何具体如何新奇,而在于感之思之的独到与辽远,有一种历史的昌盛或苍凉之感、文化的甘苦之味。

《黄巷集》中描写出游的散文,近者如故乡莆田,远者如东南亚的菲律宾等,这些作品当然与我上面说到的一般的游记所不同。而在设定的 w 时代游记散文的价值取向上,郭风先生作为散文大家,其作品不仅体现出趋同的走向,而且对历史与文化的诉说,显得相当独特和个性化。关于妈祖与妈祖文化,以郭风先生的学识、研究以及人生与文化的积累,成就一部或二部专著,那是完全可能的,在他的散文中,也曾多次写到妈祖、多处妈祖庙殿的建筑以及由此形成的妈祖文化,从少年读书时的记忆到晚年游历的寻踪。妈祖及妈祖文化对郭风先生而言,可能是一生的伴随,甚至包括作家人格的形成,人性的修养都受到其很深的影响。这个集子中所收入的有关妈祖的篇目,则有《妈祖》《泉州天后宫》等。按说,郭风写妈祖真可能是扬扬洒洒的,可他没有,学识与积累,只是沉于心底,行之于文者,简洁而凝练。比如,他写妈祖庙,写他晚年拜谒重建于湄洲湾的天后宫时,只用了大致十行计三百字,便叙述了他三度登岛三次拜谒祖庙与升天处以及自宋以来历代祖庙的变迁,如在此展开,则非一篇二篇散文所能尽极

的,懂得极多的郭风行之于文的却极少。在这篇作品中,他还写到在烟台、在天津、在香港谒拜当地妈祖庙的情景以及对童年莆田城关妈祖庙的回忆,都是非常简洁。面对妈祖的故土与海天的沉思也是很有意思的,一种诗意、一种诉说却又不定而显出无边:"……在我的目中,似乎出现了一种为我一时所看不透的、值得思索的历史气氛。"在他看来,妈祖"是我国人民慈爱、博大和救苦救难的代表人物,是我国人民无限善良的一种象征"。这几乎是自小便开始形成的一种近乎宗教的信仰,故而,每遇妈祖庙,必谒拜之,"每至,心中往往像会升起一种正气之光,感念不已"。

由此可见,郭风先生的出游散文,文化是为积淀,却不事张扬,表述时极为节制,有时甚至不惜牺牲白话而以古文代之;在他穿越历史与文化的迷雾进入思索的境地时,婉约却很深沉辽远。这是我在读他的散文随他游历而得到的文化与艺术的享受。类似者,还可举《在武夷山自然保护区》,他写到这儿的万种珍奇昆虫,写到1937 年有个叫克拉克的法国人以及英人、美人、德人利用宗教外衣采集走十六万种动物标本时,久久地伫立于那座白色的教堂和古钟之前,"里面已不见外国神甫在祭坛上的说教、传道了,诵经的钟声也听不到了,但深深地想起旧中国的民族灾难和所受的各种屈辱,心中至为沉痛"。

在出游的带有较浓厚文化色彩的散文中所使用的表述的节制与感叹的婉约,自然可以看出此仍为郭风散文的一贯风格。但是,由于抒写的对象的区别,读者人生与文化积累的区别,这里可能会出现一些接受上的差异。抒写一般的自然景象,如若节制、婉约,读者较易以自身的经验补充,这种沟通还可能使得作品的天地变大;而抒写具有历史与文化意味的旅游景象,如太过节制与凝练,而一般读者又不能以更多的知识去填补,那么,阻隔就出现了,甚至不能或无法沟通,从而失去作品的感召力。就我自己的知识而言,那是有限的,因而,我读郭风先生的此类作品,便会生出不满足感,有时总希望他能多说一点。比如,在这一本集子中,他有两次写到朱熹的墓,一次是在蛇园参观之后,他知,就在对面高山之麓树木荫蔽之中,有一座一代宋儒朱熹之墓,但由于河水上涨之

故,"一个小小的愿望一时未能实现",留下一片惆怅。在后来的《名人墓》中,作家又一次写到朱熹墓,但仍然是舟不能渡,未能亲去哪怕看上一眼,留下一种遗憾。这种造访对象的空缺所留下的惆怅与遗憾是能感染人的,但感染的程度与发生共鸣的对象,却可能因为作家隐藏多显露少而产生深浅与多寡之分。作家在第二次描写时,固然也表述了一些个中原因,但是,很重要的一笔却未能写进去,这就是与墓密切相关的关于朱熹的死。朱熹作为宋代的一位大学者,他所创立的理学,影响是非常大的,其弟子几乎是遍于天下。但他的理学,在他晚年的时候,却被诬陷者判为"伪学",进而他又被判为"逆党",学生被追杀,著作被禁,官职被贬,最后落魄病死于建阳。朱熹死时,官府不准他的学生前来吊唁,但他散落于四处的学生还是纷纷来了,不能来的便在各地集会,纪念他们的老师。当时,辛稼轩有挽文:"所不朽者,垂万世名。孰谓公死,凛凛犹生。"这一切,都与朱熹的墓有密切关系,郭风先生自然也是知道的,但他沉于心,不作告示。作为作家自然有他自己的考虑,但是作为读者,我想如果将这种悲剧的色彩染于墓地,那么就不仅仅是未能亲见一处古迹了,其惆怅与遗憾便有了更深刻一些的内涵,同时,也可能让更多一些读者了解这么一位大学者、那么一段历史上和文化史上的悲剧。

如许的议论显然是有些不太合适的。实际上,我只是借此想说,郭风先生如能将他深藏于心底的学识,在保持他的叙述方式与抒情方式的时候,稍稍多露一些,这对于我们广大的读者,则意味着更深一层的文化和艺术的享受。

1994 年 11 月 20 日午夜

选自《厦门文学》1995 年 3 月号

后现代:精英与大众的混战

陈晓明

现在,对"后"的迷恋与恐惧正在学术界争相蔓延。在各种名词(甚至动词)前面加上"后"的前缀,已经变成一部分人的职业爱好,却让另一些人痛苦不堪,以为词汇学的末日行将到来。人们大声疾呼,恶语相加,最常见当然也是最违背常识的指责无非是说:中国还不够"现代","后现代"就臭了街。这当然是夸大其辞的说法,所谓后现代研究在当今中国不过几滴零星小雨,它却引起如此普遍的恐慌和猖狂的诋毁,却也可见它的潜能。这是一个文化通货膨胀的时代,后现代的"通货膨胀"似乎也不可避免。当然,后现代也不是所罗门的瓶子放出的文化妖孽,完全失控而不可规范。事实上,"后"并不仅仅是舶来品,它在当今中国尤其有生长的土壤——日常生活和流行文化的普遍"后现代化",人们对此却视而不见,装聋作哑。对"后"的抗拒和指责恰恰来自据说是最具有文化创造精神的知识精英,而"后"们也不见得在文化中间如鱼得水。"后"穿梭于精英与大众之间,而后现代变成这样一个领域:精英与大众都在这里扮鬼脸。

"后"是一个最容易被误解的词,通常认为它仅仅表示了在后工业文明时代的时间界线,而这正是引起误解的症结所在。"后"固然标明了"在……之后",但它更重要的意思在于描述一种空间性的错位状况,不同时间的东西被堆放在同一个空间或平面中;它揭示了与先前经验存在某些细微的差别;或是某种歪斜的、扭曲的、拼贴的、过分的以及失真的状态。它表明人们已经无法在习惯的和常规的意义上去描述或理解某些事物,无法给予明确的界定而又不得不做出区别。它通常是中性的,但它时常也有戏谑的意味。以这样一种眼光来看"后",则没有必要把"后"与经济发展水平简单混为一谈,第三世界或发展中国家也有可能出现"后"。例如,被推为后现代标本的 60 年代美国实验小说,就捧经济欠发达的拉美的小说(如博尔赫斯、马尔克斯的小说)为范本,而后者也被公认为后现代小说。如此看来也就没有理由坚持认为当今中国不可能有后现代的东西存在。

后现代在中国出笼,率先基于理论的引介与先锋派研究,这两方面的话题都带有很强的精英色彩,这使人们以为后现代是一些高深莫测的理论难题。实际上,后现代包含五花八门的文化现象,它广泛涉及哲学、文学创作、文学批评、流行艺术、行为艺术、大众娱乐、影视传媒等等诸多领域。早期的后现代研究偏向于先锋派的实验,晚近的研究则更多转向大众文化。据说当今的后现代大师,如杰姆逊、哈贝马斯、列奥塔德、纽曼等人,尤为关注大众文化。德里达则时常与搞建筑的为伍,弄些莫明其妙的几何图形以表示大师非同凡响的反潮流精神。对大众文化的关注可能是受了福柯的影响,福柯就是对一些边缘性和日常性材料的发掘,道人所未道,而成为"法兰西最后一位大师"。这也表明后现代研究的反精英特征。当然,"反精英"是相对的,不过是区别于传统和现代主义的立场和姿态,这些"反精英"的人物也日益变成这个时代的精英分子。

所谓先锋文化的后现代性,主要是指那种反现代性的文化策略,有意识对传统及现代主义进行解构。在艺术方面经常采取仿古手法,看上去是在复古,其实是对现代主义进行戏弄,当然也是对"古典"的损坏。巴思、巴塞尔姆和品钦等人都玩过仿古手法,而在后现代建筑方面,这种做法则更常见。就一般的理论意义而言,后现代策略主要表现在打破统一的中心,破除完整的结构,拒绝历史的连续性并且不愿意把人看成历史和现存的的主体,放弃超越性的价值观念,等等。而大众文化的后现代性,则是指与传统经典文化完全不同的流行文化。它显然是后工业化社会的产物,文化不再被少数精英垄断,也不再是精神的导引或心智的陶冶,而仅仅是快乐的满足和一次消费行为的完成。早在1957年,英国画家理查德·汉弥尔顿归结流行艺术的显著特征如下:普及的(为广大群众设计的),短暂的,低廉的,大批量生产的,年轻的(对象是青年),浮夸的,性感的,骗人的玩意儿,有魅力的,大企业式的。

五六十年代的流行艺术某种意义上也是带有激进实验倾向的先锋艺术——早期流行艺术以其反现代性特征、反中产阶级趣味而走向大众。随着实验性的常规化,所谓的先锋性也就荡然无存,它也就日益变成工业化(以及后工业化)社会批量制作的娱乐文化,或是消费社会的文化快餐。

西方60年代激进的批评家们热衷于鼓吹填平鸿沟,越过界限。鼓吹大众文化不过是反资本主义意识形态的一种策略。它为左派知识分子提供了政治与专业混为一谈的空间。激进的知识分子乐于做出与大众同歌共舞的姿态,菲德勒、巴特等人甚至在《花花公子》杂志开过专栏。那些颇为莫测高深的激进理论,在反对资产阶级意识形态与掩饰精英主义立场两方面都显得捉襟见肘。填平鸿沟显然不是激进理论的成就,而是文化扩张的必然结果。后现代批评尽管放低了姿态,也一再表示了它区别现代主义的反精英主义立场,但是后现代批评在理论上无法抛弃它的积极意义。正如查尔斯·纽曼所说:"'后现代主义'蕴含一种对经过电子技术的渗透而在战后美国达到顶峰的原子化的、麻木冷淡的大众文化的理性抨击。"这种"抨击"的立场,对文化的虚假和浮华进行冷嘲热讽,使后现代理论和批评还是难以完全抹去精英化的色彩。因而,既不能认为后现代批评没有任何立场,也无须指责后现代批评偶尔还拖着一点精英主义的尾巴。应该承认,后现代批评把那种自以为是的精英主义倾向削减到最低限度——"后现代文学创建者凭自己的艰辛努力获得了多元性,并准备放弃把自己的意识作为一种人类的规范的打算"(纽曼语)。

因此,所谓大众文化的"后现代性",显然是后现代理论阐释的结果,不过是后现代视野观看到的文化景观。后现代理论如何才具有历史客观的有效性,也就是说大众文化的后现代性在多大程度上不会过分显得是理论的强加,这就有必要

把大众文化描述为"历史之手"操作的后现代景观,它是历史叙述的后现代文本。先锋派意义上的后现代文本,乃是个人有意识反历史神话,解构权威话语的语言制作物;大众文化则是历史无意识的产物,它那种散乱的、无中心的、拼贴的、无深度的、大量复制的文化代码——如果就其纯粹的形式而言,与后现代理论指认的后现代文本相去未远。随着文化扩张的进一步推进,那些所谓的先锋派艺术、高雅艺术或严肃艺术,都难逃商品化的厄运。它的"先锋性"、"高雅性"和"严肃性"等等特征都不得不依靠商业之手指认,甚至经常不过是商业主义的行销术语。60年代,美国那些激进的批评家不是悲叹"小说已经死亡"吗?七八十年代美国批评界自称为"批评的黄金时代",它除了加工第三世界的文化资源,已经对本土的创作少有理论冲动。古典时代和现代主义式的大师创作,早已被后工业文明的文化扩张吞没,剩下的不过是一群畅销书职业写手。所谓"纯文学"这种说法,在后工业文明时代,不过是痴人说梦。也许是这个时代教育程度普遍较高;也许是阅读习惯不再追求准确性和完整性的意义;或许是人们见多不怪,任何花样翻新的东西都不足为奇。总之晚期资本主义社会的文化鸿沟已经被填平,传统的文化等级制度业已崩溃,文化的经典形式和经典意义也被损毁。这是值得庆幸还是令人沮丧?

我们当然不能说当今中国已经进入后工业化时代,但是也无可否认当今中国不乏后工业文明的诸多因子——它们在某种程度上引发中国社会的感觉方式和行为方式的变化。80年代后以来,中国社会逐步走向市场化,与之相应出现一个初具规模的市民社会。大众文化既与现代化程度相关,也与市民社会的价值观念相连。当今中国的大众文化显然不是从传统社会脱胎而来,它更重要的母本在港台娱乐界。它最初进入中国大陆,以轻音乐打头阵,缠绵悱恻的男欢女爱,给长期被剥夺个人情感的中国民众以切实的安慰,它与知识分子倡导的人性、个性和思想解放不谋而合,或者说它寄生于知识分子的话语之下。80年代后期,随着知识分子的启蒙地位的丧失,民众奉行经济实用主义价值观念而远离知识分子,大众文化

当然也挣脱知识分子的话语权力而成为纯粹消费性的文化。现在,这个由港台引导的大众文化露出了它不伦不类的面目,它那拼凑的和浮夸的本性,它那散乱的、错位的、似是而非的、名实不符的形式或内容,恰如历史之手写作的后现代文本。当今中国的大众文化(娱乐文化)与汉密尔顿认定的"流行艺术"的那些特征如出一辙,只不过它带着社会主义初级阶段的特色而具有深入人心的奇怪效果。

对大众文化进行抨击,已经成为一部分固执精英主义立场的知识分子的职业爱好,这既是根源于知识的好恶,也是出于特定的意识形态立场。80年代后期以来,知识分子阵营发生分化,不仅仅以政治为标志划分为两大群落,而且迅速以文化形态和专业领域分裂为多个部落。随着政治实践功能的弱化,文化部落的对立上升为主要冲突。而最主要的冲突当推持精英主义立场的知识分子与支配大众文化的那些"大腕"的对抗。这种冲突目前还是以潜在的和间离的方式进行。90年代的中国文化完全由一群"大腕"控制,知识分子被挤到社会边缘地带。这些所谓的"大腕"自以为是,以嘲弄知识分子为乐趣,以粗制滥造而自豪,因钱袋饱满而自负。这使一部分知识精英怒不可遏,他们惊呼文化溃败,道德沦丧,要重建精英文化,重返启蒙主体的历史位置。城门失火,殃及鱼池,对"大腕"们的恐惧和抨击,转移到知识领域,却又变成对后现代主义的攻击,重返启蒙主体的愿望转化为对知识或话语权力的争夺。一些耸人听闻的说法居然得到普遍的喝彩,诸如,"先锋派后现代与××合谋……",足见人心不古。这种话语实践本身意味着主体的位移与坠落,从绝对价值立场转移到知识(权力)的辨认,最后到现实实际利益的考虑。这就是我们时代"最高水准"的人文精神的重建工程。

后现代知识并不是什么异端邪说,也不是什么灵丹妙药。后现代知识——正如列奥塔德所说的那样:"……它增强我们对于差异的敏感,促进我们对不可通约事物的宽容能力。它的原则不是专家的同一推理,而是发明家的谬误推理。"在这个价值多元的时代,固执精英主义的立场可能十分困难。"大腕"们固然可恶,然而我们很久以来维护的那些观念就不容置疑么? 真的就那么神圣,那么接近绝对真理么?"对于任何向人们证明现实主义严谨性的信仰,科学都将会'笑歪了自己的胡子'(列奥塔德语)"。

选自《厦门文学》1996年1月号

批评的危险

傅　翔

1

怎么做起批评来,已经不太记得,只记得读师大时曾经参加了一次创作竞赛并获得了论文组三等奖,那时应当是初始的萌芽。后来,我又参加了仓山区作协以及海峡书评小组,似乎兴趣也就来了。那时中文系同年级同学的创作欲望都强,特别是身处的那个宿舍,天天都在"明争暗斗"的创作竞赛之中。我身裹其中,创作了许许多多的小说、散文、诗歌,还有为数不少的书评,这便是我最初的练笔。到了毕业,我才知道,它已经足够装上半麻袋了。

我那时的目标不高,只希望变成铅字。当然若能在《福建日报》或《福建文学》等省级报刊发表,那是最大的祈愿。没想到,经过一次又一次的失败之后我终于如愿了。虽然它远不能满足我那蓬勃的创作欲望,但已经有了鼓励和希望。我就在这微小的希望中间一次又一次地向更高的目标发起冲击。

我不会忘记《福建日报》、《光明日报》发表我的文章,但我更不会忘记那篇经过了遥远等待的论文。它仿佛是失而复得的"儿子",给了我很充足的安慰。这也就是我的第一篇论文——《文学:信仰失落之后》,它发在《文艺评论》的重要位置并由此给了我全新的经历。我的起步实际上真正源于这次很侥幸的机会,我感谢《文艺评论》,也感谢这位好心的编辑。

如今,我的文章已经能够随意在《文艺评论》发出,而且我也愿意把一些重要的文章投给我这位值得依赖的"朋友"。我永远感谢它带给我的影响,因为在它的影响下,我得以把一篇篇文章送往别的我感兴趣的刊物。

2

实际上,一开始我就不是做理论文章的料,因为我与中国传统批评要求的严谨离得太远。我喜欢在批评中动感情,而且没有分寸。我大声肯定与赞美的绝对是发自内心的;而我激烈否定与不屑的也绝对是真心实意的。由于一种感情的参与,我的批评文章显得不纯,因而学术气也不浓。我不会摆弄时髦的批评术语,因此我的文章老是落后;我谈的问题过于庞大,因而显得杂乱。总之,我的理论文章恐怕永远不会让学者们感兴趣。

但我却没有因此自卑,恰恰相反,我的批评仍然那么果断甚至武断。我有做结论的怪癖,因此我缺乏分析,但我却试图说服别人相信我的结论,这就是我文章的结构与过程。我不希望一篇论文绕来绕去,摘章抄句,最后却什么也没有提出来或什么问题也没有解决。我讨厌与看不起没有观点的批评家或学者,我认为他们都是徒有虚名的或是"短命的"。

因此,我崇尚一种自由的批评文体,也崇尚批评文本的各种可能性。我甚至认为,批评可以是一首诗(如中国古代诗论),也可以是一篇优美的散文。我正是在外国许多哲学家及批评家身上得到了印证,由此,我开始了属于我的旅行。

3

我想能够真正静下心来批评的批评家已经很少。特别是在这样一个浮躁的年代,批评家与作家的"联姻"都在很大程度上寓示着真正批评的死亡。批评家正在充当"广告人"的危险角色。大批评论家走向对个别作家的曲意吹捧已经成为这个时代的显著特征。已经很少有专门从事理论建构的评论家了。

所以,批评已经危险。批评的浮躁导致许多好作品没有被重视,而一大批名实不符的作家却被炒得红火。实际上,一个"炒"字就把批评家的耻辱概括进去了。在这意义上说,我对我不关注红火景象的行为表示了理解,我也对我自己耐得住寂寞表示了敬佩。

我实在应该多多地敬佩自己不和别的批评家一样赶时髦,也实在应该敬佩自己不和别的批评家一样追"星"逐"利",因为这一切都确实不易。多少朋友多少编辑都善意地提醒我要注意批评的"策略",但我还是拒绝了。因为我不是为刊物也不是为作家写作的,我要对得起自己的良知与灵魂。

由此,我自然要得罪一些不理解我的人,特别是一些作家与编辑,但我没有后退,我相信我凭我的良知没有过错。我并不恨他们,甚至可怜他们,且绝对地宽容他们对我的不解,因为我知道,在我背后有更多的人在支持着我。有许多作家、编辑对我的文章大加赞赏并不断地约稿,也有一些素不相识的读者从编辑部打听了地址写了推崇备至并激动不已的信来。我想,有了这些,我就不会后退半步,而应该往前。

4

我相信中国的批评时代就要到来,也相信中国的批评大家就要诞生。在这个转型的中国,它寓示着各种机遇与可能性。

实际上,中国并不缺乏大批评家,关键在于没有好的环境及好的素质。信仰的缺席使批评家立场模棱两可,而批评家的寒酸及出书的困难又使批评家永世不得翻身。没有一味坚持到底的真正的西方式的哲学大师或理论大师,这是时代造就的悲凉。但是,只要我们看一看美国的景况,看一看它们以理论为主小说为辅的办刊宗旨,我们就会知道,中国已经朝这方向迈出了可贵的一步。理论的时代将很快到来。

我们期待理论环境的成熟与理论自身的完整,只有在那样一天,我们才能真正完成中国文化的重构。

1995 年 10 月 9 日于北京

选自《厦门文学》1996 年 4 月号

幻象在非理性中疯长

——超现实诗学

陈仲义

一

西洋诗歌在情感世界浸淫了大半辈子,又在象征与意象迷宫兜了一圈,不时嚼到滥情的馊味和理念的枯涩,难免想另谋出路:在情感、意识、理性之外,是不是存在另一片精神"新大陆"值得去冒险呢?

他们,终于走到了一个非理性敞开的大门口。1924 年,由"达达"孕育(另一说"并行")的超现实主义在法国宣告成立。柏克森生命冲动和"延绵"之说打破传统时空观,否定理性意识决定性作用,弗洛伊德潜意识、梦幻理论成了他们行动的直接指南:粉碎各种旧有枷锁,摧毁"心理机械论",追求精神彻底解放和心灵绝对真实。曾经坚不可摧的诗歌理性王国被超现实主义颠覆了,发生了前所未有的坍塌。

每一次艺术革命总是把某些东西推向极端,极端中显出片面的深刻和创意,我们只要抓住创意和深刻的部分就行了,那些极端与片面留待时间去消解。超现实主义是一个颇为复杂的国际文化潮流,包括形形色色的主张与实践上的混乱,包括时有的逻辑矛盾和概念的几次修订。排除它在政治上的进退、意识形态方面的纠缠和国际化运动中的种种是非,我们试图从它的三个"宪章"和多年实践中,理顺其对现代诗学具有变革性的东西。事实上,从第一个宣言开始,超现实就加入和改变了世界现代人的许多质地与形态。我们有意抑制其某些极端部分,强化扩展合理部分。这样做,或许使正宗超现实主义遭到若干"误读",但"误读"可能教这头最难驯服的西洋怪兽,相对顺利地进入它"中国化"过程。不错,浑身张满非理性毛孔的超现实诗学,对于习惯玩赏"小小感情画面"和意象的中国人来说,实在难被认同,但它的开拓性贡献,至少为我们出示了新诗史上罕见的四种取向:

其一,拥有最大心理库藏量的潜意识、前意识,不仅可以成为诗歌写作的源泉,同时还成为诗歌的表现对象。它是迄今为止,远未开发,不亚于情感的另一重大诗歌写作资源。

其二,作为潜意识、前意识的升浮部分——梦幻(不管是夜间做梦或白昼出神状)也完全可以成为现代诗人另一种心理图式,虽然在通常情况下比不上感觉、想象、情绪的普遍功能,但梦幻显现的独特、现成和较高频率,却也不失为一种有效的诗歌方式。

其三,与之配套的"下意识书写"(自动书写),因其自发、快速和超越于思维特点,经过某种改进,也可以成为一种新的写作手段。

其四,由潜意识、梦幻、下意识书写共同外化的幻象,或者因其本初的真实客观,或者因其魔幻式的怪诞组合,迥异于人为主观情思的意象制造,从而大大增补了诗歌另一构成成分。

剔除某些极端,笔者滤择超现实诗学这四种取向,其瓦解的矛头无一不指向诗歌的理性王国——有关的逻辑、秩序和统一的结构。非理性,一旦逃逸出理性的栅栏,伴随本能、原欲、冲动,便犹如发情的雄狮,狂乱起舞。放肆、纵情、随心所欲,连放屁撒尿都变成一种艺术的开放行为。梦呓、谵语、幻象、肉感、变态,统统从那无底的黑洞奔涌出来。理性化的情感、意象、象征遭到严重挑战。人们在惊愕与茫然之际,陷入深深困惑:情感领地的精耕细作,莫非已到了山穷水尽的地步?理性犁铧的缺口,怎么变得如此锈迹斑斑?人对自身认识的深化和现代审美新渴求,昭示着另一轮艺术勘探,非理性的全面崛起似已成为历史的必然。

在许斯特正式宣布世界性超现实主义解体的前夕——60 年代中期,远在边缘地带的洛夫曾经谨慎地发表一篇《超现实主义与中国现代诗》的文章,人们很自然把它当作西方超现实主义在中国的正式登陆,虽然距它的发轫晚了40年。洛夫吸收超现实有关"潜意识真诚"、"超越性"、"自动主义"的合理成分,结合中国独特的禅思,设计出"广义超现实主义",没想到就是这样一种改良的中国式方案,也遭到广泛的抵制与批判。而颇具讽刺意味的是,不少人把洛夫《石室之死亡》当作超现实标本。其实,《石室》的投射、隐喻、象征、暗示,诗质的密度、浓度,与超现实相距甚远,这种现象很可以说明,中国人对舶来品的严重拒斥和隔膜心理,不是自信心贫弱的表现吗?倒是商禽和碧果走得更远,成为台湾超现实的薪火传人。不过,不管是洛夫的广义超现实,还是商禽、碧果的前卫超现实,并没有在台刮起流派性飓风,然而这一登陆结果,毕竟使超现实各种要素开始融进现代诗写作各个环节中去。

本世纪70年代末,超现实季风才珊珊吹到大陆。星星派出身的画家严力,得风气之先,推出打印诗集《飞越字典》,我把它看作大陆超现实第一颗风信球。80年代,四川马松、胡冬等在这方面长驱直入,势头颇猛(如《生日》、《我乘坐一艘轮船到巴黎》),可惜半途而废,同样使完全意义上的超现实诗派在大陆未能"立户"。曾经喧嚣过二千多个诗社的民间诗坛,竟也没有一个能全面"嫡传"焉。是因为中国人审美习性和土壤,本身很难接受这种稀奇古怪的玩意儿,还是超现实自身过于虚幻飘渺,一时还无法取得中国化居留权?

下面,实在有必要先对超现实诗学四种取向进行一番检视,然后再对其合理的可资利用部份进行强化。

二

潜意识

由弗洛伊德发端的现代潜意识理论认为,潜意识包含人出生后所有的心理成分以及诸种本能,特别是被压抑的成分如原欲、冲动、情结、本我等,构成人的意识世界中最底层最庞大的基础"冰山"。"冰山"露出水面只有一小部分才是显意识,而处于底部潜意识与尖端显意识的中间过渡部分为前意识,前意识在特定条件下可以转化

为显意识,而始终不为主体所觉知的称为无意识。前意识和无意识组合成人的意识黑箱,是充满神秘、深邃的内宇宙。潜意识作为无限心理能量的负荷体,它在生命本质的接近和诗情诗思的发动上,具有得天独厚的优势。"纵向"上容纳人的种族、遗传、家庭基因,"横向"上接通生理心理机制的各种细微"线路",实际上它构成人的生命本源的根本基础——人的种种动机行为都可以在潜意识中找到根据。它一方面充当人的原始冲动和生物本能的储蓄所,大量生命原生信息为生命诗学体验的瞬时发动先在地确立了积淀层;另一方面,它也并不完全与显意识绝缘,而是常常暗中支配显意识,以零碎散乱的形式"收集"人的印象、表象、注意、记忆,成为人的生命更易被感知的那一部分。因而有选择地开掘潜意识真性,无疑将更接近于人的生命本质的真实。

在一般状态中,不被激活的潜意识往往表现为不由自主、支离破碎、模糊不清的认识,而在诗歌生成过程中,潜意识往往体现为特殊功力:或因某种契机,潜意识触动了偶发灵感;或因狂迷,潜意识启动情感,共同推进诗思;或因出神状态,潜意识白日梦获得定型;或因松弛,潜意识自发流泄,使无意感知、无意记忆、无意表象、无意想象、非口语思维,获得有意的综合汇融。

不管是任何类型的潜意识冲动,都可能牵连各种心理图式中的一种或多种,从而构成诗歌发生发展的动力。郑单衣晚近的组诗《昏迷》,一改从前抒情的清晰风貌,多以浑浊不清的潜意识作为发射器,演示了一场令人窒息的心灵痉挛。静夜中冥想,剧痛心情,投射于玻璃内缺氧的金鱼,童年创伤,少年时代恐怖记忆,爱情挫折,飞行的凶兆意象……统统从潜意识、下意识深处集中翻涌出来,构成断续零乱晦暗的呓语:

哦,那是谁的脸/如此强烈地反对那冷漠的夜//哦,那是谁的嘴/张着、永远、无声地……/从如此遥远的水中//犹如炫目的玻璃/当那站在嘹亮的七月海边的裸体/转过身/照亮我酒杯中锋利的冰//如此惊恐地/鱼群从广场中心升起//哦,那是谁的灵魂在向我高呼/又如此低沉地传来/那回声……

这样的潜意识，还是经过一番理智的梳理，比较清晰指示作者心灵的隐秘，更多时候则是无序的混乱。从混乱里笔者勉为其难从中"钩沉"出那潜伏深处的恐怖精神碎片。例如诗中不断出现下坠挣扎意象，"那不可捉摸的文身者，也有近于疯狂的质地——我们就是死去"，很容易让人直追作者长期以来一直郁结于心的"死亡情结"，反复在周旋"有什么配我们献出自己的死呢？/像鱼变成哈哈大笑飘过的云"。例如作者近乎虔诚跪地式地哀求"请同意，横空划过/擦入那最黑暗的部分"，"或赠我以利刃，容我、容我自割"，明显流露出某种强烈的绕缠周身，挥之难去的自戕倾向。还有"剩下天空/剩下孤魂似的杜冷丁还在空中高喊"，很可以追溯到作者孩提的病榻生活，饱受疾病的痛苦折磨"我拼命地吐啊吐直到昏迷/我吐出的/是青天最黑的那部分"，同样有把握找到少年时期作者亲历恐怖枪杀事件对于精神重烙的后遗。另外，偶然出现的"硝酸银面孔"，尚保留着大学化学专业生涯的回忆；试飞、失重和推进器关闭意象则透露出某一次生命飞行经历的毁灭预兆。"那退出梦境的生殖器正如缓慢地射着/金鱼金鱼金鱼/心脏中旋转的冰"，分不清是眼前景物引起性体验的重温，还是交欢幻象与幽灵意识的叠合。来自冥冥之中的声音"未来是什么样的？不再有人眺望"，"未来就是遗忘……未来就是离死亡更近"，绝不能仅仅归结于一种幻听，可能是生理上遗忘机制的一种强烈反弹，也可能是精神深处一种更可怕的执拗。如此众多深层意识流碎片，无须任何乔装打扮，通过各种感官，汇合成作者杂乱的带有了浓厚隐私性色彩的个人自传。

第三代诗人这种精神自传写作的大趋势得以成型，很大程度是依赖潜意识的结果。纯粹潜意识必然带着众多私人性成分：私人童年记忆、创伤、疾病、变故、恐怖事件、家庭遗传、终身情结、隐私，一旦被非理性诱惑，就容易形成写作动力，同时又成为对象，因为没有什么材料能比它更真实地逼近私人的生命。

梦幻

弗洛伊德及其后继者都确信，梦是潜意识的一种宣泄，梦是弗洛伊德欲潜意识的实现。[①]没有意义的梦是不存在的，梦的本质是愿望的达成。

依此理论，超现实主义格外欣赏梦幻中理智不起任何控制作用，人就能够获得精神的彻底自由。他们把梦幻看成深入把握人格的一次真实机会，这种真实比日常生活还要真。当那些容易掩盖、压抑和曲解的理性因素不被"隔离"后，通过不被掩饰的梦幻释放，那些真实的人格和精神状态就更易突显出来。

梦幻的神奇性和它的形成"工序"，从压缩、移置、转换到润饰的过程，不断被诗人们灵巧运用，并且从较单纯的内涵扩展成较为复杂的机制。这种机制可以包括错幻觉、出神状态、沉迷、发呆、偏执狂想、恍惚疯癫等等，由此同潜意识一样，梦幻成为诗歌写作另一种内驱力和表现对象。

但较之潜意识，梦幻还拥有自己的特色：（a）虽然梦幻比不上潜意识的容量，但它却是某一类潜意识的提升和显影，因而它的诗意质量要超过潜意识，且比潜意识易于提炼。（b）梦幻距离前意识，显意识更为靠近，故它与错幻觉、感觉、想象更容易联手，共同发展诗人的唤醒机制。

顾城的许多诗作，就是天生丰富的梦幻和异常亢奋发达的幻想叠加混合的结果。

不论是夜晚由"快波"高频率激活潜意识"映像"，还是白昼由出神状态、恍惚、沉迷、幻觉制造的白日梦，几乎都成了顾城诗歌唯一泉口。他日夜守候着它。一切有关童年记忆、昆虫情结、异想型人格、童贞体验，都自然涌泛到此处，且以清澈透明的状态等待诗人。[②]大多时候，梦幻只须做少许有序化组织，便可上升到诗意诗美水平，并公开贴上梦的标签：

> 他开始做梦/梦见自己的愿望/像星星一样，在燧石中闪烁/梦见自己在撞击的瞬间/挣扎出来，变成火焰……/最后他梦见/他不断醒来/一条条小海鱼钻进泥里/沾着沙粒的孩子聚在一起/像堆怪诞的黄色石块/在不远的地方/波浪喘息一下/终于沿着那些可爱的小脊背/涌上天空
>
> ——《风的梦》

少数时候，是梦幻渗透弥漫在字里行间，没有任何标签，像隐形的影子，让你感受：

我和无数/不能孵化的卵石/垒在一起//
蓝色的河溪爬来/把我们吞没/又悄悄吐
出。/在黑色的水上焰火/火是美的/一种浓
郁的美丽/水的微笑碰到了墙壁//我的呼吸/
是一只纸船

——《有墙的梦和醒》

分不清现实与幻境，梦与存在，顾城就是在现实与梦幻的边缘频频穿行来筑建他的童话世界，他的近万首诗作有一半与梦有关。从这一极端例子可以看出，梦幻不仅可能进入诗人的心理图式，形成某种机制，更甚者，也可以升格为观照世界的一种特殊方式。

下意识书写（自动法）

与潜意识、梦幻相配套的下意识书写，是一种精神自动性"写作"，它排除任何规则、惯例和思考，没有构思，甚至也不修改。它只是对潜意识梦幻做"忠实记录"，其目的不是转达某种预先给定的意义，而是通过自由想象和联想，通过词句本身强大的组合，创造无法预见的、令人惊讶的意义。因为它没有受到意识的篡改和损害，故保持了精神活动的本来面目。[3]始作俑者提出的经验是：不要预先主题，快速写去，快得无法停笔，即使某个词靠不住，就随便放上一个字母，不受任何意向逻辑约束，词与词组，句子与句子的连接，纯粹是偶然和随意。[4]不知道语言、动词、比较、思想和语调变化是何物，也不去构思作品的时间结构与结局，不问半句为什么写和怎样写。[5]这是一种颇为美好的愿望和设想。但是事实上，自动写作存在两种情况和结果：一种是表面上没有受显意识控制的自动，其实仍被潜在隐约的意识理性所控制，仍旧受一定程度智性的暗中整合，因为即使处在最被动最容易的接受状态中，诗人的知解判断力同样会不由自主地加以干预，包括从意象到修辞的考虑。另一种情况和结果是，在意识非清醒状态中，漫无边际、毫无节制的书写，顺随潜意识和梦幻的流涌，同步地，一字不差地进行"实录"，包括所有支离破碎的、杂乱无章的，甚至原生本初的发泄物，也都通通"复制"不误。

笔者认同前一种潜在的有节制的下意识书写，它的好处是促进写作原始自然活力和语言的感性挥发，有利于表现潜意识梦幻的原真。笔者嫌弃后一种自动，那种打着绝对真实旗号、不加克制的放纵，不仅退回到自然主义的生物性展览，严重糟蹋诗美，且加剧非诗的猖獗。严力有一首《煮不熟的饥饿》，他几乎是以下意识自动来书写他的梦境，他在自动中的潜在控制还是有效的：

五点钟的天空里有半个幻影里没有天空/乌象羽毛球掉在地上/十公里的地下埋着九个打猎者/更深处有两艘渔船在折断的骨头里抛锚/瓶底的污垢上有一排醉者的脚印/狂饮的新闻在腋下被夹着抽走了三百六十多次/只剩下纤细的拳头在体会手指上颤悠悠的戒指/已经到了六点了还没有什么热气的锅在穿衣裳/煮不熟的饥饿把水喝成了冰/转眼间小孩的蚊帐里爬出几只庞大的红色汽球/于是节日终于在7点钟起床了

单从数量的精密（五点，十公里，三百六十多次）和严格的时间顺序（五——六——七），可以感知诗人下意识书写时，各种荒诞意象没落到失控地步，而是某种潜在"设计"结果，也许在严格意义上，这样做只能称为半自动书写。

超现实的自动或半自动书写意识，无疑在80年代中期引动了大陆第三代的语感意识。语感是生命与语言的同构互动，是语言对生命体验的几近同步。语感在无意中，不谋而合地采用几近自动半自动的书写方式，使生命体验在第三代那里得以全面展开，这不能不让人惊讶超现实的下意识书写方式于半个多世纪后，在更年轻一代的中国诗人身上得到了应验。

幻　象

源自潜意识梦幻的各种原生信息，经由自动、半自动书写"摄合"的映象，就是幻象。它是一种非理性的无序的心灵具象，绝对不同于意象。一般来说，意象是主体情思与客体外域事物的复合，它有两大类：主观意象突现了主体情思对客体主动性胶粘，有较大幅度变形；客观意象呈现了客体存在的自在性效果，几乎不变形。但两者多是在潜意识水平上的产物，因而是稳定的，合乎内在逻

辑的,而幻象的"资讯原材料"取自潜意识与梦幻,完全定心灵化的一种随机轨迹,是前意识流与意识流交混中幻化的结果,因而幻象的特点是:要么因原生本初无事加工而显得异常单纯简单,要么因非理性非逻辑魔幻而格外怪诞、荒谬、生僻、无序和艰奥。

前者如顾城的幻象,基本上与意象没有太大差别。

> 我跳出月亮的圆窗
> 跳过一片片美丽而安静的积水
>
> ——《初夏》
>
> 别加糖
> 在早晨的篱笆上
> 有一枚甜甜的太阳
>
> ——《安慰》

梦幻、错幻觉,在童贞式幻想中,因主体的单纯、洁净,幻象也带上清澈透明。

严力的幻象则魔幻多了,有一种折射的哈哈镜味道:

> 我突然吐出几枚
> 十八世纪的纽扣
> 肯定是封建的肠衣解开了
>
> ——《无题》
>
> 整个城市步态稳健地用街道走过门口
>
> ——《不对比的对比》
>
> 我肚脐眼有一张痴情的帆被收了起来
> 我肚脐眼还有十几条自由行驶的船不会回来
>
> ——《用悼词的力量生活》
>
> 你漫不经心地划着了一根火柴
> 点着了满树的花朵
> 并叫我过去把鼻子放在上面烤
>
> ——《多面》
>
> 镜子在我滴着水银的双眼前
> 照见了它哭肿的玻璃
>
> ——同上

以及"一吨糖像炸弹给20世纪投去"、"减肥运动

在上层社会铺开床单"、"夜晚滞留在遥远混乱的银行账目中"、"20世纪在一片糖果堆钓出那个胖子"等等,混乱的时空,颠倒的主客体,扭曲的透视关系,不伦不类的组合,神秘的剥离,因果倒置,随意空间拼贴,使其幻象涂上浓厚的魔幻色彩,随着时间的推移,后一类魔幻式幻象将会在超现实诗学中占据上风。

介于顾城与严力之间的是陈东东,他接受埃利蒂斯"充满梦的革命激情,以语言奏"向音乐"的影响,走着一条"边缘超现实"之路。他的性梦幻、音乐梦幻、语言梦幻,多少带有东方灵气的氤氲,因而他的幻象也比较明亮,既不同于顾城的透明清澈,又有别于严力的怪异变形。他善于在超自然语境、光明的神灵和少女们间"飞翔",他会说"把灯点到石头里去",会"拉着她轻掠花园最高的树梢",会看见"蓝色鱼群开满枝头,像夹竹挑影子又细又长",会让一个不会叫喊的来客,"有透明的翅膀,如一只蝴蝶",也会让一个认真倾听的来客,"像春天的树叶,在我的屋子里摇晃",幻象,不仅成了边缘超现实诗人手中的最"新"武器,而且也大量被后起的诗人所接受。幻象,以其高度的心灵化自动与随机,加入和改变了意象质地,使意象染上更为变幻莫测的色彩。

幻象大面积疯长,表面上看是诗人潜意识、非理性能量自由释放的结果,深层上看,则可追溯到现代人存在的荒诞意识。当现代人发现人生的支离破碎和毫无意义时,荒诞便油然而生。加缪关于荒诞定义中有一句话是"不能用理性解释的状态",指出了荒诞的不可理喻和悖于常理。它源于主体对现实沉重的怀疑否定,对社会群体的拒绝疏离。正因为荒诞意味着未可理解和超现实性,故纷至沓来的幻象刚好"投合"了荒诞的胃口,荒诞榫合般地选择幻象,作为自己的"投影"。这就是为什么愈到后来,在接连不断的幻象后面不难看出潜伏着的荒诞幽灵,而荒诞的前后,总有大片大片的幻象在起舞。公平地说,荒诞理性地支配了非理性的幻象,超现实幻象迷魂般归服于清醒的荒诞。荒诞成功地利用幻象对现实的丑陋、异化进行干预,幻象则以自身"超高空"的怪诞飞行,引导人们对存在的反思。20年前,北岛写道:

我被倒挂在
一棵墩布似的老树上
眺望

从现实遭际角度指涉人生的谬误、错位、颠倒。20年后,严力自《多面》旋转中制造——

天空在四周飞翔
我怀中紧抱着一只鹰

则更深入指控自由与存在,不可克服的悖论与绝境。我们于是在幻象与荒诞,这种表里内外的"双簧"演出中,进一步领悟到它深刻的机心和魅力。

四

无论如何,从超现实诗学上述四种取向——潜意识、梦幻、下意识书写以及幻象的简要分析中,我们得承认,超现实的崛起是现代诗学一次巨大变革,此前的浪漫诗学,主要表现的是人的情感世界,"意象征"诗学则多涉及人的感觉、印象、知觉世界。不管是前者的移情冲动模态,后者的抽象冲动模态,大体都是在显意识水平上行进的,而超现实诗学从根本上锲入非意识底层,游走于显意识、前意识、下意识之间。潜意识和梦幻,使传统诗学在理性与显意识之外又获得另一种重要的资源:不仅作为诗歌写作的主要内驱力之一,同时又成为诗歌表现的重要对象。幻象,则以其无序化组织,变幻多端的面目,加入意象队伍,补充并部分改变意象的整体质地,增加了意象的复杂丰富性,使精神与心灵的投影变得愈加魔幻起来。而下意识书写,诱触了人的自发本能,开掘了可资利用的潜能;经过改进和调节,半自动书写不失为诗歌写作的一种新方式,它为语感的操作提供了可能的路径。

从狭义角度看,超现实诗学业已具备了自成体系的大致雏形。那就是在潜意识相对独立基础上或者潜意识与梦幻结合的基础上,经由自动或半自动书写,外化的幻象传达出人的原初精神真实,如图所示:

这种以活感性为基础的随机性写作,与"意象征"诗学以抽象冲动为主导的知觉性写作形成了鲜明对比。当然双方也存在着互补与融合的余地。

但超现实诗学自身体系的独立,无疑是非理性在诗歌领域的一次重大拓展,连持反对意见的20世纪英国大诗人狄兰·托马斯也承认:"他们希望获得一种潜意识或梦幻的诗,对于大部分处于泅没状态的精神的真实和想象力世界来说,这种诗要比依赖观念、实物和意象的理性和逻辑关系的意识诗要更为真实。"[6]就积极方面看,超现实诗学是对人的精神深处的一次推进,是对理性的一次完全必要的补充。此前的诗人大多通过情感、知性、理解、意念、理念等一系列显意识进行运作。表面上看,不乏大量感性的铺张,但骨子里依然维护神圣至上的理性尊严,塞满了众多本质、意义、象征、价值的抽象把握。超现实的突入,第一次专注于人最原初本然的生存,携带着大量生命的本能、原欲、冲动,由此而涉及人的体验、生物性、灵魂性等一系列"活感性"。它打开潜意识这个最大也最根本的缺口,让生命能量、生命活感性自由进出,把诗歌建立在对人类的"认识"转移到完全个人化的具体琐碎的生存体验;教活生存的个体。以充分的活感性挣脱手段与目的合理性,而显现完全的自动"自在"。这同样是一次人的生命意识的觉醒和进步。由超现实诗学弹奏的这一序曲为牵头,诗歌理直气壮地进入了与稍后的生命诗学的大协奏。

然而,超现实诗学带来的负面影响比什么都来得严重。非理性受到怂恿后的泛滥速度实在令人发悚,它伴随现代人人格分裂和无穷无尽的焦灼,表现出一片无序的混乱:歇斯底里发作、疯狂、偏执、梦魇、变态,经由潜意识的放纵,造成原欲的自然主义推销;梦幻未经提纯净化,生命体验也成为呓语谵言的堆积;幻象的支离破碎、随机组合最终也使语境陷入无法澄清的浑浊。总而言之,超现实诗学接踵而来的生命诗学带来破晓的曙光,同时也为更后面的解构思潮大举进犯扫清了碍障。

当下,大陆第三代诗人正全面从类的自我型写作转向完全个人化写作,极端者,甚至彻底进入隐私性的私人化写作,诗歌不再是用小我表现大我,不再是用个我沟通类的经验,而是个人心理的秘密自传。在他们看来,这个异化和碎片的时代,诗人要保持心灵的绝对自由,只能更深地退入精神深处,而要保持精神的完整且与世界沟通,已完全不可能;诗歌就是绝对心灵化的产物,理性无法窥伺其核心部位,故诗歌的基本表达方式最终还得回到非理性源头。精神与心灵是那么虚无飘渺,有非理性才能与之相适应。这样,他们又重返60年前老布勒东那里。当然重返不是原地踏步:在重新启用那些非理性因素时,不是单纯做潜意识、原欲能、梦幻的展示,而是与其他颇为开展的诗歌方式进行有机结合,共同走出一条更具包容性的活感性之路。

不容否认,超现实诗学的非理性取向,成了世纪末诗人强大的"兴奋剂",成为个人化写作(乃至私人化写作)的富矿,并且这种取向中的合理和可资继续开发部分,完全有条件成为总体现代诗学的本体论组成。

而先锋诗歌,还会一直将超现实作为自己的基础尖端,凭着它永葆青春活力;超现实诗学也会摆出"古老"的先锋姿态,继续"引领"个人化私人化写作走向纵深。诗歌的解读与批评将因深入的超现实变得愈来愈困难。

关键的关键还是如何在超现实的非理性中把握好"度"。如同爱德华·B.格梅思在《超现实主义诗选》序中所希望的那样:"未来的诗人肯定超过现实与梦境之间无法消除的分离心态,他将义无反顾迫使这两个范畴——实在的客观认识和对无意识的内在发展,彼此向对方展现。"[7]这种统一和谐的局面能够最终实现吗?

①西尔维奥·方迪:《微精神分析学》,第146页,三联书店1993年版。
②参见拙著《中国朦胧诗人论·顾城专章》,江苏文艺出版社1996年版。
③④⑤柳鸣九主编:《未来主义,超现实主义,魔幻现实主义》,第87页,第128页,第146页,中国社会科学出版社1987年版。
⑥《二十世纪外国重要诗人如是说》,第49页,河南人民出版社1992年版。
⑦爱德华·B.格梅思:《超现实主义诗选》,序,海峡文艺出版社1987年版。

选自《厦门文学》1996年8月号

九十年代女性小说四人谈

林白　荒林　徐小斌　谭湘

林　白：我认为90年代出来的大批女作家都很优秀，她们各自找到了自己与世界对话的方式，她们的写作各具特色。

虽然女性小说不能不涉及性别问题，而且两性在社会和生理上的差距不可能跨越，性别个体更是千差万别，但是，我不是为了表现差距而写作，也不是为了表现对男性社会的反抗而写作，准确地说，不是为某种主义写作，我的写作是从一个女性个体生命的感官、心灵出发，写个人对于世界的感受，寻找与世界的对话。对于我来说，写作是一个通道，因为我与世界的关系始终是紧张的，在我的成长过程一直感到世界是恐怖的、难以沟通的、隔膜的，我最初写作从根本说是为了缓解与世界的冲突，写作在一定程度上达到了与世界关系的缓解。

我很欣赏女作家和女评论家对于同性的关注，但对于作家来说，不在写什么而是怎么写，女作家在叙述中的升华比她的观念更加重要，我感到女性诗学的建立将是有意义的。

荒　林：如果以女性主体在小说中的蜕变、生长为尺度，中国女性小说经由女权要求—女神价值重构—女人/人的多元拓展深化历程，已完成它一轮自律运动周期。90年代女性小说因此可以看作第三阶段的、进入成熟时期的女性小说。

在80年代女性小说的"女权阶段"，女性主体的出场是以"杀夫"、"弑父"为前提，以张洁《方舟》、张辛欣《在同一地平线上》为标志，从女性视角审视男性社会和两性关系，既充满对立的愤懑又充满饱和的痛苦，话语权的争取来自模仿和叛逆的裂隙。80年代中晚期残雪系列小说以"女狂人"的自信、独立，直面现实生存本相，反映出女性主体在建构女性话语过程中傲视过去与未来的精神境界，残雪小说不可忽略的意义是彻底摆脱了对男性中心话语的模仿，以"女神价值重构"的元小说实验，暗示着女性话语自由创造的可能。

1995年世妇会的推波助澜促成了90年代女性小说高潮。一方面西方妇女学理论被大量引入，另一方面对于女性小说的肯定性迎接，使"为妇女写作"的女作家们打破了禁忌，有了完全放松的心理和笔墨。1995年对于女性小说来说是一个千载难逢的好机遇，这一年出版的数十种女性丛书、丛刊中，女性小说的比例首屈一指，而那些优秀的女性小说文本，已经表现了进入成熟阶段的女性主义文学的美学特征，或者夸张一点说，它们为女性小说批评家发现女性中心认识论为基础的妇女诗学提供了材料。

其一：女人的故事成为表述主题。相对于传统小说的宏大历史叙述，不可替代的个人记忆和女性命运成为女性小说书写重心。在王安忆、铁凝、张抗抗、胡辛、徐小斌及林白、陈染那里，尽管题材类型和表现手法不同，但在家族故事、乡土传奇和寓言神话等形式之下，以女性为主角、女性的命运和女性生命体验、女性与生存的深度依存和矛盾关系，被前所未有地传达出来。王安忆80年代到90年代小说创作的转变，以《小鲍庄》—《叔叔的故事》—《纪实与虚构》—《长恨歌》为线索，典型地呈现出由男性中心话语追随到女性中心认识论建立的轨迹，事实上由对历史的检讨到对女性身体及意识的自觉，重塑了王安忆的"海派"品质，使王安忆真正成为90年代最重要的女性小说家之一。《长恨歌》既是女人的故事，也是女性视角下上海历史的缩影。在此，女性生活史的再现与重构意味着女性主体对于历史与现实的文化参与，也即是女作家以女性自我书写重构历史的自觉。

其二：女性之躯认识世界和创造世界方式已成为女性小说的基本表达方式。相对于男性逻各斯秩序所规范的"历史时空"和"开端—高潮—结尾"小说情节模式，90年代女性小说主要以女性主体成长、女性之躯与世界互为探入为结构形式，呈现为绵亘的、多声部乐章组织,开放式结局,块体状时间经验形态代替了线性历史时间规定。《长恨歌》凸现了女性经验时间并与社会历史时间形成对比,在那些"女性成长"小说,如林白的《一个人的战争》、陈染的《私人生活》、王小妮的《人鸟低飞》等作品中,女性独特的生理和社会文化经验形态则是经由女性"生命钟"的轮回来敲响。女性主体对于世界的认识和命名既是妇女精神解放的实质所在,也是女性文化建构的本质所在。

从某种意义说,90年代女性小说美学特征是女性小说写作的现实兑现,与传统美学原则既定的"权威性"和"权力话语制约性"不同,它是女性写作周期运动的成果,又是女性小说进一步生长的参照,同时也是我们阅读和重评女性写作的策略之一。90年代女性小说作为浮升于80年代人的解放潮流女性写作的一轮完满整合本身是一个意味深长的事件。

徐小斌:个人化只是女性写作表征之一,这也是90年代所有写作的表征,我认为女性写作最重要的特质是以血代墨的表达。希腊神话中皮格马利翁的神话说,皮格马利翁用泥土塑造女人,用双手抚摸女人,因而复活了最完美的女人,然而,这个女人却是被剥夺了子宫生殖权、缺乏女人血液的。美国女性主义诗人里安概括出女性写作和男性写作的不同即是以血代墨的写作。

90年代个人化的女性小说,被某些人称为"私小说"的写作,这是一个被动称谓。我认为个人化写作是女性写作很重要的道路之一,但不是唯一道路,作家有本色演员、性格演员,我自己则属于性格演员一类。我不断变换写作风格,使批评家感到难以切入。我认为真正的写作既不考虑读者也不考虑批评家,我欣赏罗伯格里耶、博尔赫斯,我喜欢写作是制造一种智慧迷宫,构成对读者的挑战,制造由表层和内在结构不一样的迷宫型文本,既有写作的快感又能达成灵魂的宣泄。

90年代女性写作的大语境还不错,但带有"做"的痕迹。因为写作完全是一种个人化的劳动,所谓孤独寂寞用不着强调,作家本身就是大的孤独,女性主义也罢,其他主义也罢,作家最好有在未来的碑林中找不到栖身的意识。

我个人一直在逃避着什么,我的小说主人公都是永久的精神流亡者,永远无家可归,在《双鱼星座》完成之后,我意识到自己要逃离的就是菲勒斯中心世界。我没有在性别意识上停留,我喜欢反串角色来作智力游戏,我一直在逃离,没有归宿的逃离,或许逃离就是永生。

谭　湘:就对一部小说的价值评价而言,我依然主张应当是真善美的统一。"真"是对伪饰矫情而言,强调的是与生命共同的律动,强调的是对于艺术的虔诚、恭敬之心;"善"不是狭义的伦理道德,而是针对整个人类历史的发展进程说的,当然,作品是发出来给人看的,不能诲淫诲盗唆人杀人放火,"善"的表达我认为应当是人心灵中最珍贵的东西,譬如信仰、正义、理想、良知等等,它凝聚和闪现着人类智慧的光彩,因而又是美的;"美"是内容和形式的统一,这都是老生常谈了。然而,随着90年代中国市场经济的到来,随着图书的商业操作下各种各样写作的出现,我以为重提真善美的说法是必要的。因为确乎有一批矫情的东西出现了,确乎有一些可以称之为丑陋的东西在悄悄地滋生。

正是在这样一个大的人文背景下,女性小说的写作才以它基本健康自觉地对于真善美的追求而尤为让人欣喜。进入90年代以来,女性小说写作事实上已进入一种自为自在的时代,无论就内容还是形式,以及所承载的哲学意蕴,都较前10年,包括比较繁荣的三四十年代,显得成熟和厚重。它不仅表现为女性作者队伍阵容强,学养准备相对充分,作品起点高,还表现为其思想意识和思考的个性化、多元化、纵深化。她们与时代同步,身心较少背负辎重。她们多出生于五六十年代,受过较好或较高的教育,她们敏感、敏捷、敏锐,对于世界的认识和把握有着更广大的认知参照系统。她们的许多作品常常在主观上不明确承载女性意识。她们往往跳过女性意识觉醒的最初阶段,直接去表达人和世界的关系,真实展现女性的现实境遇,写出了对于整个世界的感觉和看法。

我特别提出"现实境遇"这个词,以强调90年代女性小说女性意识蕴含的"现在"时态。我以为,对"现实境遇"的感悟与发现,尤需睿智和激情。具备"现实境遇"感的小说便是好的和比较成功的小说,反之,便是模仿、造作和矫情。人和人之间的关系、两性之间的关系、人和世界的关系,时下究竟是一种什么样的形态? 在知识女性为主人公的一些小说中表现得最为充分。譬如铁凝的《无雨之城》、方方的《暗示》,包括林白的《一个人的战争》,都是以上述问题为出发点,表现女性对于当下世界的希冀、困惑和失望,或者说,这些小说较为成功地表现了在新的价值体系面前,女性对于自身价值目标的某种困惑和迷失。如果我们从把女性还原为"人"这一角度来看,这种困惑和迷失正是 20 世纪以来人类对于精神家园的更深层意义上的寻觅和困顿。铁凝、方方、林白提出的问题,有谁能在当下的现实境遇中为她们找到最合理最确切的"解"呢? 她们从个性、多元,

富有纵深感的对于现实命题的哲学思考成为时下女性小说的卓越代表,表现了男人和女人面对世界的共同的困顿。由此可以断言,与现实层面妇女解放的运动有所退潮相反,90 年代女性小说以知识女性"自为自在"的精神境界,表现出她们自我解放的步伐正朝向更为深化的水平发展,她们的作品不仅仅以男性为自己的倾诉对象,而常常具有一种人类意识、宇宙意识,这使她们对于人类美好前景的呼唤显得博大而精深。女性文学批评应当及时地发现和捕捉这种现象,及时地为之鼓掌叫好。

选自《厦门文学》1997 年 7 月号

厦门，我成为诗人的触媒

徐 学/余光中

徐：这几年您回祖国大陆越来越多，去年一年就去了济南、桂林、南京等地。今年初去了苏州，来了厦门，还有几个城市已经预约。大陆最让您兴奋的是什么？

余：这几年，我在大陆去得最多的地方是学校，近十所学校聘我为客座教授。我在与大陆青年学子的接触中发现，他们已经没有了历史的包袱和"文革"的梦魇，他们是开放的一代，极有活力，非常健康。这是一件最让我高兴的事。

徐：有几次回大陆，您都带上了您的女儿和外孙，这里除了天伦之乐之外，还有没有一种补偿或延伸的意味？

余：我有4个女儿，我一次带一个回来。我让她们能够了解中国，热爱中国的历史和文化。同时，可能潜意识里也有补偿的要求，我青年到中年刻骨铭心的乡愁，在下一代身上是不会重演了，她们随时可以踏上祖国大陆。我有一次还带着外孙女和外孙一起回来，可能人老了就特别喜欢孩子，我在大陆各地都会遇到许多儿童，我很喜欢这些活泼的孩子，我总要把外孙叫过来，让他们把手拉在一起。每当看到两只小手紧握，我总是非常激动，感到一种最大的满足。

有人认为我在台湾，没有经历过"文化大革命"的浩劫，是一种幸运。我不这样认为，我常常觉得，我固然避免了一场灾祸，但也因离乡背井失去了许多。前年我到南京，在长江边上，闻到了桂花的香味，一阵袭来，我觉得生命中有许多的错失，包括一年一度的桂香。

徐：民族的统一和强盛一直是您梦寐以求的。我记得，1985年您为哈雷慧星写过一首诗，诗中说："下次你路过，人间已无我/但我的国家，依然是五岳向上/一切江河依然是滚滚向东方/民族的意志永远向前……"当时，大陆的改革开放才起步，您也已有三十多年没回来，请问您诗句中的热情是从何而来？

余：哈雷慧星要76年才路过地球一次，我父亲活了92岁，他见过两次。而我，1985年见过，下次它再来时，我已不在了，但我想我们民族依然会永远向上。那首诗很长，您引用的是结尾的部分。我写到后来，这些字句就自然而然、不经思索地涌出。这种热情也许是长期对中国历史文化的热烈追寻所致，但写诗时并没有想得那么多。

徐：现在世界各地的华人都传诵着您的诗歌《乡愁》，您可以对乡愁这首诗和这种情绪做一些解释吗？

余：《乡愁》这首诗作于30年前，我也没想到这首诗会走得这么远，可见乡愁情结人人都有。

《乡愁》虽然只花了20分钟就完成，但诗里却包含了我自少及壮的离愁别绪。当时，它和我许多抒发乡愁的作品一样，都对我的精神是一种抚慰。我在对乡愁的抒发中找到了释放和安顿，也获取了支持和力量。就哲学的意义而言，精神上没有归宿，就是乡愁。我的乡愁是中国历史文化，这是形而上的层面；形而下的层面就是中国的山河和人民。这种乡愁表现在文学作品中包括了历史、传统、风习，是立体的、多方位的。"乡"不同于同乡会之"乡"，"愁"的意义也不单纯是"老乡见老乡，两眼泪汪汪"。

作为一个现代人，每个人都摆脱不了乡愁情结。在现代人的生存时空里，流浪是一种常态，时空的改变，即意味着故乡的时过境迁，"少小离家老大回，乡音无改鬓毛衰。儿童相见不相识，笑问客从何处来"，乡愁便在这种变故中生发出来。变是永恒的，乡愁便是永恒的。

徐：除了写作、读书、教学、翻译，平常您还有些什么爱好？

余：种种花，看看画册和地图册，有时也做一点瑜伽。我也喜欢开车，前不久在高雄还被警察开罚单，原因是闯了红灯，当然，这样的事不会很多。

徐：您会上网吗？

余：我不准备上网。几个月前有个诗人也问起这个问题，我以诗作答，诗为《漏网之鱼》，这样写的，"怎么你还没有上网吗？/对着你惊讶的眼神/我说：所以我还没有落网/还不想陪你去喂/那只通吃的大蜘蛛/所以我还是一条/自由的漏网之鱼/在外的水光中/在更广的世界游来游去"。

徐：《乡愁》脍炙人口，在您的许多作品中，也时见乡愁。而且我觉得，这乡愁不仅是您对活过的故乡故居故人的怀念，更是一种浓缩了整个中国历史整个传统文化的故国时空。它不仅是地理的，更是历史的，比如说，它不仅是抗战时期的嘉陵江，也是屈原的汨罗江、苏东坡的长江，不仅是半个世纪前的江南、厦门，也是杜甫的江南、李白的龙门。这种乡愁我称之为文化乡愁，您同意吗？

余：我在厦门开始创作时，就有一点乡愁，因为中学时代在四川，大学在南京，一到厦门就开始怀念四川、南京的同学，可见流浪迁徙对诗人是一种滋养。到台湾怀念大陆，而几次出国讲学，在海外怀念的是整个中国。我的诗写过这样的话，"在国际的鸡尾酒会里，我是一块拒绝融化的冰"，我把自己比作一只落入新大陆蜂蛛网中难以消化的、来自亚热带的金甲虫。

我觉得乡愁中可以分成三个部分，第一层是亲友、乡亲、同胞；第二层是故园情景、故国山河、旧时风景；第三层是历史文化。历史在心中，文化在中国文字里。像我诗中写的："我的怒中有燧人氏，泪中有大禹，我的耳中隐隐有逐鹿的鼓声……"非常肯定自己的中国心。所以，我创作中直接写亲身所历的记忆是乡愁，在海外写满中国古典意象的诗歌与散文，也是一种怀乡。

徐：您昨天在课堂上说，一个远离祖国的人，一个要在异乡定居的人，一定要有一种力量，才能在异国生活而且坚持创作。想必这是您的经验之谈，而且您也找到了这种力量，这就是您说的，漂泊海外，如果将中国带在心里，就能抵御风雨，尤其是中国古典文化，不但可以抚慰游子乡愁，对为人处世亦大有益。您曾多次出国，有时长达两年，请问，您客居异国之时，行囊中装的是哪几本书，常翻的是哪几本？

余：我每次出国，都不是带一两本古书，而是最少几十本。我常读的是唐诗宋词，在寂寞的深夜，我吟诵；在美国长途的公路上日夜兼程驾车时，我也独吟。独吟让我解忧，每到慷慨激昂的高潮，真有一股豪情贯通古今，不仅排遣寂寞，简直浑然忘我。中国古典文学，在我的创作中，与其说是一种技巧，不如说是一种心境，一种情不自禁的文化孺慕，一种历史归宿感。

徐：您读的外文系，却能化解中国古典文化于创作中。可以谈谈中国古典文学对您影响最大的是哪几方面吗？

余：我读外文系，受西方影响是一定的。但我从小就受古典文学的熏陶。中学、大学时代时常课余读中国旧书，那时没有电视，课外娱乐就是读旧小说，从《三国》到《七侠五义》，都看。在南京，在厦大，我读了许多新诗和新文学作品，从鲁迅、茅盾、郭沫若一直到靳以、冯至、老舍。这对我的创作有影响，但中国古典文学的修养使我对新文学知所取舍。我常用古典作家的经典之作作为试金石，来摩擦新文学作品，看谁先脱皮，结果总是新文学作品略逊一筹。因为不满意新文学，也激励着我自己写另外一种新文学。

徐：在您的作品中描绘了中国人曾有过的一只精神摇篮，也描绘了这只精神摇篮在近代以来是如何地受到了外力的摧残以至凋零，您认为中国人的灵魂还能有一只摇篮吗？

余：这个问题涵盖太广，难以三言两语说尽。至少，我自己的作品对我的精神是一种抚慰，我在对文化乡愁的抒发中找到了释放和安顿，也在中国文化中找到了一种力量。

昨天在讲课后，有学生提问，在不太光明的社会中是否应如陶渊明般隐居。我回答说，完全光明的社会是不存在的，即使有天堂，我也不愿去，因为那儿太无聊，天天都一样，明天不会比今天更好。现在世界上自杀率最高的地区，不是发展中国家或未开发地区，而是北欧一些最富有的国家，像挪威、瑞典、荷兰，因为他们失去了奋斗的目标。如果有可能，我想在四川随诸葛亮奋斗，在艰难中争取美好的明天。

徐：当前，海峡两岸的纯文学都面临着通俗文化和大众传媒所带来的困扰和冲击。您能对通俗文学与纯文学之间的关系谈谈自己的看法吗？

余：文学作品有两种读者，一种是一般的读者，即大众读者；另一种是特殊的读者，即负有某种使命的专业读者，如编辑、评论家、翻译家、教师、选家。他们读作品不是随意的，而是一定带有指导性、选择性，要精读，带着专业眼光读。一个社会文化要进步，一定要有特殊的读者带动一般的读者。

我在厦门开始投稿时，就认为真正的文学不可能是大众的，而是"小众化"。当然，通俗文学也有其价值，我认为，琼瑶是不朽的，因为永远有15岁的女孩迷她，长大以后又不迷了。

徐：46年前，您就读于厦门大学外文系，在厦门您第一次发表作品，在当时厦门的《星光日报》上发表诗歌。之后您去了香港，后来到台湾。据我所知，在台北您有20多年住在厦门街。厦门和厦门街成为您诗歌和散文中的常见题材。以后，不论住台北、在香港还是高雄，都是如此，像您作品中说的"厦门、香港、高雄，布成了我和海的三角关系。厦门，是过去式了，香港，已成了现在完成时，高雄呢，则是现在进行时"，可否谈一谈厦门及闽南对您的生活和创作有着怎样的影响？

余：在台港或海外，我时常回忆或者说记忆中最鲜明的是三个地方，一是重庆及四川，我在嘉陵江边从一个童子变成了一个高二的学生；一是南京及江南，我生在南京，后来又在那儿读了高中和金陵大学，我母亲和妻子是常州人；再一个地方就是厦门和闽南。我祖籍闽南永春，家父到台湾后长时间担任台湾永春同乡会会长，他一贯热心同乡会活动。我7岁时曾同父母回过永春，后来知道，我父母也是在永春教书时相识相爱的。1949年，我从南京金陵大学转入厦门大学外文系二年级，当时只是一个21岁的文艺青年，读了许多五四以来的新文学作品，特别是闻一多、冯至、卞之琳的诗歌，尤其喜欢臧克家的诗歌，也受到他一些影响。那时在厦门发表的诗论中可以看到这种偏激，当时推崇敢于鸣不平的诗人贾岛、孟郊，而批评闲适潇洒的苏东坡，这种观点就是从那儿贩运来的。那里写诗也大都是批判现实、为劳苦大众立言的诗，如在厦门时发表的《扬子江船夫曲》、《算命瞎子》、《女售货员》等。那时对外国诗歌原著读得不多，主要是惠特曼和英国浪漫派诗人。

那时，也喜欢读唐诗宋词，虽然年纪不大，但也漂泊多年（注：抗战时期，余先生随家人自苏皖入川，抗战后又自重庆回到南京），刚在重庆和南京结识了一些朋友，又马上离别，时局动荡，前途未定，读着宋词，不觉有些不胜沧桑之感。

厦门的秀丽风光，也是我成为诗人的触媒。我从上海乘船来厦，大海茫茫中几日，忽然看见了鼓浪屿，觉得仿佛海上仙山，还有英雄树和亚热带的生命，都促成了我的创作的冲动。

徐：余先生最近的创作情况如何？

余：最近在大陆《收获》杂志上发表了《思蜀》的长篇散文，是我少年时代在四川7年的生活回忆。另外，出了一本诗集《高楼对海》，我住在高雄中山大学的高楼，推窗望海，海的那边是厦门、汕头、海南，能给我许多感触。

徐：世界日益成为一个地球村，在这种情况下，文学创作应如何超越民族、种族？

余：世界化的呼声越来越高，按照这种预测，将来大家都是同一个村的村民，其乐融融。

可是地球真的能成为一个村吗？由于民族的差异、宗教、历史、文化背景的不同，能成为地球村的可能性值得怀疑。音乐、绘画比起文学可能会是一种世界性语言，萧邦、梵谷比较容易世界化。文学则不可能全球化，文学的本质是民族的，它有文字障碍。超越种族要靠翻译是很难的，不比不同货币之间的兑换，转一个牌按比价就行了。

徐：读您的诗文，常想起您的诗句"酒入豪肠/七分酿成了月光/余下三分啸成剑气/绣口一吐就半个盛唐"，待见到您，儒雅从容，与诗文中的印象不一，为何有这种现象？

余（笑）：你的意思是，念你文章，豪情万丈；看你的人，不过如此。我想，一个人的豪情表现在作品中就行了，生活中省一点力气，不需要那么戏剧化。王尔德曾对纪德说："你知道我这一生的为人行事，写作只是用我的才能，天才是我拿来过日子的。"我觉得王尔德差矣，怪不得他后来身败名裂。我有一点天才都拿来用在作品里，有才能拿一点来过日子。

百年福建小说漫评

朱水涌

谈起福建文学的创作实绩，人们首先想到的是散文，因为在那个激情燃烧的岁月里，郭风幽美洗练的短章，何为自如抒写的晶莹思想，是共和国文学交响曲中隽永悠长的短笛；而后就议论诗歌，这不仅因为福建有过中国诗歌会的主将杨骚、七月诗人鲁黎、唱着"浪的柔波"的才女林徽因和诗情如海涛喷涌不歇的蔡其矫，更有一位用乳汁般的温情唱着人性之歌的朦胧诗人的代表舒婷。在很长很长的一段时间里，人们未曾提到福建的小说，以至于福建文坛曾几次召开研讨会，探讨福建当代小说落后的原因和振兴的举措。在一种无奈中有人便将八闽小说失色罪归"风水"，说武夷山挡住了福建作家的视野和想象，才使得小说这种更需要想象力更具有历史现实容量的文体，未能在闽地结出丰硕之果。

然而，人们恰恰忘却一段关键性的文学历史，很难设想，倘若这段历史中没有福建人在小说领地的开拓，中国现代小说的雏形和发展又会是怎么一种样子。

1899 年，一位不懂得任何外国语的福建人，第一个将中文版的法国言情小说《巴黎茶花女遗事》捧给了中国人，他就是古文大家林纾。"可怜一卷茶花女，断尽支那荡子肠"，林纾意译的《茶花女》在当时争睹成风，名扬天下，之后他还译刊了《黑奴吁天录》、《离天恨》等 163 种域外小说，计 1000 多万言，影响之大，当时无人可以望尘。林纾的翻译，常有借题发挥之处，每每与原作不符甚至大相径庭，但它代表着中国新文学到来之前的文化风气，那就是晚清译者凭借着翻译再造出他们对现实的憧憬，这"构成了中国追寻'现代性'过程中最有趣的一面"（王德威《翻译"现代性"》）。从翻译而接受欧美文学的影响，林纾曾以一位开明的士大夫文人的姿态，敏锐地感受到小说应如狄更斯那般，"扫荡名士美人之局，专为下等社会写照"，"极力抉摘下等社会之积弊"。

至民国初年，林纾已有"小说界泰斗"之称，此时他不仅继续着外国小说的翻译，而且创作了不少文言小说，如《京华碧血录》等，题材大多是历史与时事，"经以国事，纬以爱情"，将清末民初"政治小说"的关心时局与"言情小说"的叙写男女糅合一块，对中国小说作了些许有益的艺术尝试。此时，他还在北京《平报》上开辟"践卓翁短篇小说"专栏，在上海《新申报》上设"蠡叟丛谈"专栏，虽佳作寥寥，却影响不小。五四新文化运动爆发后，这位后期桐城派的代表却坚决地与新文化先驱者针锋相对，他写了小说《荆生》、《妖梦》，影射攻击陈独秀、蔡元培、胡适等新文化的精英，视新文化为"禽兽"，成了守旧派的代表。尽管如此，林纾毕竟开了近代小说的风气，他对中国现代小说的催生功绩，是被载入 20 世纪中国文学史册的。

在中国现代小说诞生的初期，小说创作最有实绩的团体是当时影响最大的"为人生"派的文学研究会，而文学研究会的小说中坚，又有许多是福建的儿女。冰心这位大海的女儿，是被五四的一声惊雷"震"上写作道路的，她是现代中国的第一代女作家，五四"问题小说"的首席作家。她的《两个家庭》、《斯人独憔悴》、《去国》、《超人》等作品，以其"爱的哲学"的关注，提出了人生、妇女、家庭等社会人生问题，成为五四时期最受注意的女作家之一。她的小说结构单纯，叙事哀而不怨，爱而不憎，婉丽中带着清隽，问题的提出虽然浅尝辄止，但由她创造的"冰心体"，却使得那时的人们不敢再小看用白话抒写出来的诗意。庐隐则比冰心更富有叛逆性格，这位出生后哭闹无常的闽侯女，自小就是一只被世人冷淡的丑小鸭，"生命在我没有恩惠，只有仇怨"（庐隐《归雁》），这几乎是她三十余岁短暂生命的主旋律，以这样的生命同冰心一起步入五四文坛，她的小说则不会像冰心那般充满对世人慰安的微笑。庐隐的小说大体写三个字"我"、"情"、"愁",她以浓郁的自叙传和主观抒情的色彩,宣泄着时代青年尤其是女青年在人生之途上的屡屡碰壁与苦苦思索,以《海滨故人》、《或人的悲哀》、《丽石的日记》为代表,庐隐写出了觉醒了的人之子的苦闷,凄苦的心理、哀切的控诉、负伤后的彷徨,真切地表达了五四青年"个性解放的焦灼呼叫",代表了五四文学对于时代情绪的真正反应。而以闽南故乡的"落花生"为笔名的许地山则是五四小说界的奇才,一位最具备独立风格的小说作家。这位在燕京大学有"许真人"之称的福建人,他的小说也像他的打扮一样不苟于世俗,而蕴藏着忧虑重重的高洁灵魂。《命命鸟》、《商人妇》、《换巢鸾凤》和《黄昏后》等作品,在南国的风光、异域色彩和曲折的故事中,探索着变幻莫测的人生,"爱"与"哀"兼备,对现实人生似乎疑虑重重,又似乎是大彻大悟,既带有玄想的意味,又固执地探索人生的真谛,浪漫主义的传奇色彩与现实主义的写作立场相生相融,使他的小说令人耳目一新。许地山这些充满宗教哲理与隐喻的文本,至今读起来依然回味无穷。如果说文学研究会的"为人生"小说是五四小说赢得正宗地位的重要一翼,那么冰心、庐隐、许地山等福建籍作家的小说创作,恰恰是让文学研究会这一翼飞翔起来的不可或缺的力量。

20世纪30年代的中国文坛,有左翼、京派、海派三大小说创作潮流,而左翼的小说则是当时对青年最有影响力的文学。那时中国共产党领导着左翼作家,以文化对抗敌对阶级强势的经济与军事,用文学呼应着世界性的"红色30年代"的创作潮流,此时福建也为左翼革命文学的发展贡献了一位优秀儿子,他就是"左联"五烈士中的胡也频。胡也频曾与丁玲、沈从文组织过文学的"红黑社",在革命文学的队伍中,他的小说脱离不了革命加爱情的"罗曼蒂克"模式,但他在1929年和1930年分别写就的长篇《到莫斯科去》与《光明在我们前面》,却为读者展示了更为壮伟的革命历史图景。《到莫斯科去》讲述了新女性素裳厌恶官僚丈夫,仰慕革命者,几经挣扎后抛弃锦衣玉食到莫斯科去寻找光明的故事。《光明在我们前面》在白华女士受革命者的日渐影响到投身

革命的过程中展开叙述。两部长篇都塑造了当年革命新女性的形象,且有细致的心理表现。胡也频28岁惨遭杀害,英才早逝,也来不及使自己的小说走向成熟。

让福建人的小说成熟起来并显示出福建人小说气魄的是林语堂,这位倡导幽默人生、脚踏中西方文化的学者,抗战爆发之后,在法国巴黎城外松树林中的一间木屋中,动笔写长篇小说《京华烟云》,意在通过三大家族的兴衰浮沉,展示中国从庚子年间义和团事件到七七事变的40年生活图景。这部长篇小说从逃难起笔,又落笔于逃难的结局,仿佛这四十年的历史就没有间断过逃难人群的仓皇步履,强烈渲染和突出了人类命运周而复始的莫测变幻。小说由约翰·黛公司出版之后,曾被预测为"很可能是现代中国小说之经典之作"。这之后,这位从漳州板仔山村走出来的"有雄心让小说留传后世"(林语堂《八十自叙》)的作家学者,还写了《唐人街》、《苏东坡传》、《杜十娘》等小说。从《论语》的幽默、闲适小品,到借鉴《红楼梦》的长篇大作《京华烟云》,这位福建籍的作家学者为中国文学着实做出一番贡献。大致与林语堂进入小说创作的同时,还有福建籍的司马文森在写异域情调的小说,司马文森写东南亚,写艰辛创业的华侨,写华侨心中的苦楚与眷念,参与了中国现代小说空间领域的拓展。

新中国成立,延安文艺成为社会主义中国文学艺术的旗帜,来自延安的赵树理带出的山药蛋派,孙犁带出的荷花淀派誉满神州大地,地域风格代替了社团特征,以行政区域为限建构小说风貌开始作为各地创作的寻求。但福建的小说此时却摆不出阵容,摆不出阵容的福建小说队伍却也出现了重要的作家作品,高云览于50年代中期发表了《小城春秋》,这部以厦门劫狱斗争为题材而表现青年知识分子爱国斗争的长篇小说,以特别的闽南风味走向中国红色经典的行列,豪爽的闽南汉子吴七、沉着的革命者吴坚以及憨厚的剑平、聪慧的秀苇等人物形象,都给那时的读者留下了较深的印象。尽管这部小说的结构和语言还缺少推敲之力,但在文学史上依然是中华人民共和国第一个10年长篇小说丰收的表征之一,人们认为它与《青春之歌》是"一南一北,交相辉映"。五六十

年代的中国小说，毕竟有福建人的贡献。

80年代是文学的黄金时代，在诗歌的先锋作用发生过后，小说占据了最主要的文化空间，当时几亿人同读一篇《伤痕》，"历史反思"小说的盛况是常见的现象。至90年代，经济成为主战场，中国小说伴随着文学的边缘化也势头大减，但在文学这个大家族中依然占据最重要的位置。从80年代到90年代，小说创作上湘军崛起，晋军不败，陕军东征，鲁军后发制人，京沪两地的作家自领风骚，文坛喧嚣热闹。这时期的福建小说界，虽说有袁和平森林文学的努力，姚鼎山乡土小说的耕耘，更有漳州的三驾马车（杨少衡、青禾、海迪）向全国文坛挺进的声声鼓点，以及厦门阎欣宁、谢春池在军事题材和革命历史题材上的可喜收获，但福建的小说仍然无法与其他各路军团匹敌，无法像舒婷和文学理论上的闽派评论家那般在全国造成重要影响。然而，来自闽西山城从厦门大学走出的北村，则以其独特的叙事和思想引起了全国文坛的关注。他先是以先锋的姿态成为与余华、格非、苏童齐名的新潮小说家，用《逃亡者说》等"者说"系列奠定了他在小说创作中的地位，后又成功地实现了先锋叙事的转型。转型后的北村，从预设的困境中走出来直面当下的现实，关注着当代精神生活中的根本性问题。在《施洗的河》、《孔成的生活》、《伤逝》、《玛卓的爱情》、《水土不服》等小说中，他以完全不同于先锋时期迷宫营造的平实叙述，在一种生存—苦难—得救的精神历程的展开中，呼唤着拯救的信念，以文学探索人的救赎之路。90年代北村的一批神谕小说，让福建也有了一位当代重要的小说家。到新世纪《周渔的喊叫》改编成《周渔的火车》搬上银幕后，创作势头不减的北村名声更大，长篇小说《玻璃》与《望着你》，无论是在精神向度或艺术追求上，都更加纯粹了，福建的小说界由此不再悲观。

这种不再悲观的情绪带进新世纪后，变得更加振奋人心。这两年，福建的"北瓜"（即福州的北北和厦门的须一瓜）开始成为全国小说界最受关注的人物，这两位女性以她们美丽锐利的眼睛注视着当下的现实，用一种富于时代气息和节奏的叙事，表达着当下的经验和存在。她俩的小说创作，由于涉及当代小说的趋向、当下叙事的真实性与触角及时代的表达方式等重要问题，引发了创作界和理论界的重视，而杨少衡近来的创作，也隐约地透露出福建小说家在叙事上少有的大气。福建的小说终于有了杀出重围的希望，让人看到了一缕欣慰的光。

选自《厦门文学》2004年3月号

干雷酸雨走飞虹

公　木

我和蔡其矫相识于 1954 年 10 月，其时我调任中央文学讲习所所长，他先我两年到所任教，主讲外国文学，一见如故，很谈得来。我早在 10 年前就从延安鲁艺文学系同学中听过蔡其矫这名字，知道他写诗，随大队到晋察冀前方去了。不图在讲习所会到，实相见恨晚。这期间，他总使我想到天蓝：在鲁艺，天蓝帮我读惠特曼，还啃《资本论》，谈美学；在讲习所，蔡其矫也曾帮我读惠特曼，又钻唐诗，抠诗学。分别于 40 年代与 50 年代，在精神和感情上，天蓝、蔡其矫是我最贴近的朋友。而在讲习所，共同活动更多些，当然还有另外一些同志。我们接丁玲、田间，主持了一个培养青年作家的集体，还筹办了第一届青年文学工作者代表会议，又以通信方式联系了社会上广大文艺青年，其中有许多闪耀着才华的佼佼者。我在青代会上关于诗歌问题的报告，便是在蔡其矫和沙鸥协助下准备的。在讲习所教员中，写诗的不少，沙与蔡堪称两家，他俩都对唐诗感兴趣并化用于新诗创作中，各具新的风格，对我都有启发。沙鸥应报刊邀约兼作诗评，蔡为着教学需要偶搞译诗，有些欧美诗，特别是惠特曼的译稿，尤其为我所嗜读。因而特邀他同赴长春东北师大和东北人大讲学，由诗人胡昭陪同去原始森林旅游。在往返旅途中谈得更自由且广泛，了解得便更多些深些，这逐渐使我感觉到，在所接触的友人里蔡其矫是最富诗人气质的：于天真的单纯中，燃烧着熠熠铮铮的理性之光；热爱生活，热爱自然；富同情心，富感染力；真诚、坦率、无私、无畏。他的诗时发奇想，写于 1957 年 2 月的《大海》便颇具震撼性。那是在赫鲁晓夫把《秘密报告》的原子弹掷向世界的良心，引起困惑，诗人以激情挟着雷鸣，借"大海"的磅礴之势作了回答。那正义的光辉穿越翻滚的乌云，永远照着历史，给人类以前进的勇气与力量。任凭风云变幻，这是难得撼动的纪念碑式的世纪诗章啊！在这前后，我曾在北京与上海几次有关诗歌的座谈会上谈到蔡其矫，是同艾青和聂鲁达并列谈及的，非出私谊，确由实感。回忆那一段相处的岁月，的确是有滋有味有意义的。不无遗憾的是，运动一个接连一个，我们自己也颇有几分陷溺在"虔诚的狂热"中，没得几天松闲。迨至 1958 年秋，在一种极为特殊的情况下，是我被推到被批判的"位置"上，他作为一个沉默的后排"会众"，咫尺千里相望无言地告别了。20 年后重逢，只是在某些会议场合，偶亦互赠诗文，而 7200 天阔别期间的山山水水、雨雨风风，就只可付诸想象中了。这些年来我对蔡其矫的一贯认识，可以概括为以下三端：

第一，作为诗人，蔡其矫是以诗为生命的，因而便确是以生命为诗。他一生生活在诗的灵光里，同时也把一生化为诗的灵光，一个有血有肉的真正的诗人。

他走向诗，不是羡慕诗的桂冠，也不是受着什么神秘力量的诱惑，而是在民族危机深重，救亡大潮汹涌，跃身投入革命激流作为起点的。从 15 岁到 20 岁，几经求索，便到抗战圣地延安，从而也进入诗的艺境。他的诗的行程便是战斗的行程。于是"路社"，于是三千里行军，于是……骄阳霹雳精神。这意味着一个新生命的诞生。他的诗在战火纷飞中生长，在《肉搏》中，在《兵车在急雨中前进》里走向成熟。由胜利到胜利，由战歌到颂歌。向左、向左、向左，在"左的进行曲"、"左的大合唱"中，逐渐出现了杂音而失谐走调，这是由于纵使"虔诚的狂热"，仍然保持着清醒，没有失去人文精神与宽容态度。这便使《大海》的作者在"大跃进"中的"三面红旗"照映下，竟被背对背评议为"漏网右派"，从而遭到"贯耳干雷"、"浇头酸雨"般批判。

更难能可贵的考验是，这些蒙头盖脑的批判，未熄灭他的诗情，而是更激励了他。诗人就像一棵矗立的"被诗的火焰点燃的木棉，风雨雷霆只会助长它更坚挺地向高空延伸"。我无意为诗人的每一行动作辩解，而在那"干雷"、"酸雨"的20年间，诗人遭受的打击和痛苦，说来是令人咋舌的。但是，诗人却在"牛棚"里翻译《诗品》，顶着"三反分子"、"老牌反革命修正主义黑诗人"的帽子在劳动农场里写《梦》，写《希望》，写《山雨》，写《新叶》："迅速地朝更高处生长，向更广大的世界眺望。"在这期间，他把农场变成诗场，有多少富有才情的知青追随着他，受到熏陶鼓舞。稍后他更经之营之，以栽花造坛、植树成林点缀家乡。不是说诗人没有孤独，没有寂寞，没有伤感，没有痛苦；而是他爱诗爱花爱人，向往着真善美的天性，使他感到"不被窒息就是幸福"，并且清醒地认识到："真正的诗人无我，他总极力避开自己的问题。诗中有自己的个性，但没有个人的利益。"沉浸在美与艺术的快感中忘却炙心的痛苦。一只多么坚强、勇敢而潇洒的海燕啊："所有的飞鸟全不见/暴怒的风谁敢抗衡？/唯独你不躲闪，迎风站立/发光的脸上仿佛有歌声。"(《迎风》)诗啊！诗人啊！

第二，作为诗人，蔡其矫关注着人类的命运、民族的兴亡，热爱人民大众，热爱祖国山河，热爱大自然。生死以之，苦乐由之。这一切都是他永不涸竭的灵感的源泉。

诗人得于天者独厚，他生成一等坚强的体魄，具有旺盛的自然力、生命力，作为天赋和才能，作为欲望存在于先天主体，当然与一切人同样是感性地、对象性地存在着。由于他的坚强和旺盛，他同感受到的自然界、接触到的社会现实便具有着突出的亲和力，浓厚的兴趣。更由于他诞生于一个沿海省份的华侨家庭，父祖辈都爱花如命，童年时期又曾因逃避战乱随全家旅居南洋，沐雨栉风，见多识广，这就奠定了他的旷达、爱大自然的脾性，以及他的世界观念、人类意识，特别关注着祖国的盛衰兴亡，自幼养成强烈的爱国主义精神。随着年岁的增长，循序接受教育，知识日益丰富与提高，终于使他在历史与现实的纵横交汇点上找到真实的自我，找到自我的位置与前进的道路，从而形成为自觉意识的世界观、人生观、审美观，充溢着自由心态的生活态度，单纯而深厚、坚韧而谦虚，以及博闻强识、忠于生活的见识。与出身于山村僻壤的一般青年不同，在汇入战斗中的革命洪流之前，他已经从中到外，从外返中，又从东到西，从南到北，把整个中国差不多都串联过了。这养成他喜欢活动、喜欢生活多样化的性格，对于自然山水，风土人情，社会习俗，具有永不疲倦的观赏与考察的豪兴。

到抗战胜利、新中国成立，生活已经安定下来，诗人却要求作为创作实习特地去体验海军生活，一次深入舟山群岛，二次深入西沙群岛。这使他在现代中国诗坛成为第一位"大海诗人"。就在中央文讲所任教期间，还到东北森林旅游，考察了哈尔滨、沈阳、鞍山等大工业城市。在"中国农村社会主义运动高潮"中，还曾骑车或徒步访问了冀中冀东地区被提名的先进农庄和模范人物。文讲所结束后，又曾一度任职于负责九省水利建设的"长江流域规划办公室"，任"政治部宣传部部长"，这方便了他的江汉流域的漫游。然后返回福建故乡，从事采风，了解民歌运动情况，从而开始了计划中的《福建集》的调研与创作。

假如说，非常时期，偏居三闽，也还"踏遍青山人未老"，那么，到天回地转，进入历史新时期，诗人又开始了一年三个月的单独远程考察旅行。这才是在中国诗史上空前的壮游，论其行踪广袤，远远超过徐霞客倍数的倍数。约略说来：第一次，1981年8月开始，路线为河南、陕西、甘肃、青海、新疆，直到伊犁和喀什。第二次，翌年6月开始，由湖南、湖北、河南、山西至内蒙古。第三次，1983年春应邀赴洛阳参加"牡丹诗会"后，走访华北战争岁月旧地，从河北西部穿过山西到陕西延安等地。第四次，1984年春由福建入云南、贵州，访石林和滇西北，直至丽江；实则滇桂一线，此前此后诗人还曾几度客游。第五次，1985年春"踏李白晚年的足迹"，路线是贵池、秋浦、泾县，再经九华到宣城及马鞍山一带。是年冬至翌年春，应联合国教科文组织邀请，赴菲律宾参加"马尼拉第一届国际诗歌节"活动，会毕经香港返回大陆，这可作为考察旅行的第六次。第七次，1986年夏访问西藏，足迹所至，前藏、东藏、藏南、藏北、后藏，历尽艰辛，无远弗届，而收获亦丰。

诗人说："我为自己找到一条道路，走遍全中国，追寻历史文化痕迹，反照现实。"他正是这样做了,时逾半世纪诗的历程,尽管遭遇不少坎坎坷坷,而诗兴总是郁郁葱葱,为什么?生活底子深厚啊!生活内容丰富啊!而生活不是河,它是路,路在脚下,是走出来的。依诗人自己的界定:诗是汇入人类文化之流的一段个人人生经验或一时感触。它是属于个人的,又是富有深长的人情味的。诗不能脱离现实,却不复制现实,而是创造。让我们追踪诗人一生生活道路,来解开这些诗的秘密吧。

第三,作为诗人,蔡其矫的思维空间、审美视野实兼古今中外,而基点仍是当代中国。在诗的创作上,立足于五四以来现代诗歌以及现代诗歌的嬗变,进行时空双向化的,即古典传统与世界先进的批判、继承、吸收、扬弃,从而辩证地综合,以抵于创新、创新、创新。

假如说,心灵生活化加生活心灵化等于诗,那么,诗创作便是或冷或热、或浓或淡地把这双向化的成果表现出来,以无物之象给藻思秀调绘制定形,必须用以节奏韵律加强了语言,通过相当规格形式。这当然需要技术。而技术不可能与生俱来,必须经过学习才得掌握。诗人起步于中国现代诗歌的第三个十年,彪炳于第四个十年,自称嗜读艾青,也曾手抄何其芳诗稿成册,更热心于同相与过从的青老诗人砥砺诗艺。当然诗人首先是置身于中国现代诗歌园地里,并为这个园地增添了郁勃的生机与耀目的风采。诗人的技艺与创造不能不是以现代诗歌为始基的。

不过诗人懂得不能只顾求新而忽视了诗本身,诗、语言都不能没有历时性,也不能摒弃共时性。特别是当今世界已经进入"世界历史",文学已经形成"世界文学",中国乃是世界的一部分,现代乃是古代的延续与飞跃,"所以我们决不可拒绝继承和借鉴古人和外国人,哪怕是封建阶级和资产阶级的东西"。而且这两方面还是不可偏废,必须同时并举。中国现代诗歌是立脚点和出发点,如果只讲历时性、纵的继承,不讲共时性、横的借鉴,那就不免会陈腐;反之,只有后者而无前者,那就不免会单薄、褊狭。我们的诗人蔡其矫懂得这一发展的经纬,因而对于古典传统和西方新学,都潜心钻研,并且达到含英咀华,为我所用。

先说古典传统:诗人在讲习所任教时就曾费许多心血把唐诗宋词翻成白话,仔细揣摩;自己创作则坚决使用口语,而又有意识地向古典诗歌学习结构方法,学习谋篇手法。这就是说,他依照古典诗词译稿的样式进行创作,甚至把自己的诗篇也叫作"绝句",叫作"律诗",叫作"词";其实所谓"绝句"就是四句体新诗,所谓"律诗"就是八句体新诗,所谓"词"就是分上下两段而又句法大略相同的新诗。这些诗或押大致相近的韵脚或不押,都是新形式,而的确又是从古典诗词中脱胎出来。这不只是一个时期的兴趣,而是基于对传统的认识,他年困在"牛棚"里不是还搞过司空图《诗品》的语译吗?而且对于传统的批判继承,他摈弃偏于歌功颂德的赋,独取适于抒情的诗词,是经过着意选择的。

再说西方新学:诗人童年的侨居生活,方便了他接受欧风美雨,也比较顺当地打下外语基础;青年时期担任过英语教师。主要靠自修,使他到中年任教中央文学讲习所,主讲外国文学,讲肖洛霍夫,讲普希金,讲马雅可夫斯基,讲惠特曼。选择《草叶集》作教材,还以此作讲稿,到东北师大、东北人大讲学。更主要的是用作创作的借鉴,在早期诗集的序言里就申述过受艾青和惠特曼的影响。而后还曾热衷聂鲁达,关于聂鲁达的译稿被结集出版。聂鲁达的创作经验,要现实主义又不仅仅是现实主义,要有点朦胧而又必须让人懂,也为诗人所认同,有近似的主张。

总之,我们的诗人生着一副有极大包容量且最富消化力的胃口,古今中外的无所不读,无所不用,但又不泥古,不崇洋,不为任何"主义"所俘虏。他是把思维浸入感觉中,又从感觉升华出思维,这意味着创造。他说:"传统是神圣而神秘的东西,它无所不包,唯有一项除外,那就是人类不计一切地追求创新。"他把继承与借鉴都当作创作的动力,而又绝不滥用缪斯,不硬造谬喻,不强施教化。他认为,诗不告诉人走哪条路,而只是唤起他心底的渴求;无所明指的象征性可以长存,复制品却不能。诗人没有什么"必须",只听从自己的本能,服从自己的天性。正因如此,他才对人类的未来具有影响力,他代表人类去梦想,去求索。关于形式,他说:"现代的中国的自由诗,经过西方浪漫派散文化的影响,又逐渐发展到现代派的表现手法，减少连接词，物我合一，不用直言陈述，恢复音乐性，这都与旧诗的优良传统不谋而合。"诗人的创作实践上亦暗合这一辩证规律。

蔡其矫是说不尽的，以上三端仅仅略陈梗概而已，简言之，作为诗人，他为我们树立起一个真诚的、华美而坚实的性格形象，如若遵循着白居易所说"根情—苗言—华声—实义"去寻觅，或可得其仿佛。人间的友情多于无情，希望多于失望。这正是诗人蔡其矫所要告诉世人的。我们怎能不心领神会呢？人类万岁！友谊万岁！诗万岁！

1994 年 2 月 19 日

选自《厦门文学》2004 年 6 月号

在灵魂迷失的年代人们不谈爱情

——九十年代以来小说中的爱情

黄绍坚

吉姆和德拉是一对贫穷的小夫妻。他们住在"其实跟贫民窟也相去不远"的公寓里,过着虽粗茶淡饭,却恩爱和睦的小日子。他们有两种值得夸耀的宝贝:德拉的秀发和吉姆的祖传金表。圣诞节就要到了,小两口分别盘算着想送件礼物给对方。结果,德拉卖掉了秀发,为吉姆买了一条金表链。她只有一个小小的心愿:"吉姆有了那条链子,在任何场合都可以毫无顾虑地看看钟点了。"终于,吉姆也回到家中。他送给妻子一套漂亮的梳子,这件礼物,却是吉姆用金表换来的。

这篇入选《大学语文》的小说《麦琪的礼物》,被无数教书匠在课堂上声情并茂地讲授过:背景、分析、鉴赏……,但我仍怀疑他们是否读懂了它。毕竟,借用马克思主义的概念,这是发生在资本主义社会里的爱情。但谁也不会否认,吉姆和德拉懂得什么叫"爱情",并且,他们的故事,由一个懂得什么叫"爱情"的作家欧·亨利创作了出来。所以真正的问题是:在一个反人道的社会里,为什么却能闪耀出人道主义的高贵的光芒?并且,这绝非孤例。

下一个问题,或许该反问我们自己:今天,我们还记得什么叫"爱情"吗?

当代小说中的爱情之一:衣服越穿越少,"妖精"越"打"越凶

1998 年 3 月 22 日夜,当台湾成功大学水利系博士生蔡智恒,开始在网上输入"跟她是在网络上认识的"这几个字时,绝对没有想到自己很快会大红大紫。2001 年底,他在接受记者采访时坦承:"我并没想到自己会成功……从一开始写东西我就没有太大的欲望,只是想发泄一下。"发泄的结果是:到 2001 年初我买《第一次亲密接触》时,它的正版书印数已达 33 万册。此外,在话剧、越剧、电视剧、电影中,四处飘荡着"轻舞飞扬"的身影。

它的影响呢?——我不想正儿八经地分析,只想模拟一下痞子蔡的做法:

问题:你认为痞子蔡和"轻舞飞扬"的故事

选择:A、胡扯蛋? B、没水准? C、凑合着看吧? D、好感人噢!? E、呜、呜……

评卷标准:选 A 者,抬到四楼以上,然后扔下去;

选 B 者,朝他吐口水,然后踹出考场;

选 C 者,在答卷上注明"没品味",倒扣 5 分;

选 D 者,亲他一下,加 10 分;

选 E 者,给他戴上大红花,加 100 分,并送他参加下届网络文学大奖赛。

不幸的是,如果我不想被从四楼以上扔下去的话,我就只剩被"踹出考场"这一种选择。因为从《第一次亲密接触》中,我看到的是一个油腔滑调的"侃货"和一个傻不拉叽的美眉,玩了一场莫名其妙的过家家。在这个所谓浪漫的故事中,我读到了迷途的羔羊、性好奇、孔雀开屏、意淫、外文产品说明书、异性孩子间的好感、悬念,和任何一个失主都有的遗憾——独独没有爱情。这一切,和那幅著名的摄影作品 *How so?* 相比——一个不超过 5 岁的小女孩,拉开小男孩的裤腰,好奇地向里望——并没多出什么新意。

更不幸的是,这些因素,最多再加一场"妖精打架"的做爱,构成了此后网络爱情小说的主流。① 如安妮宝贝的代表作《告别薇安》,男主人公心里"也许还残余着百分之十"的爱情,却"感觉它即将腐烂",所以,他"害怕的只是被寂寞谋杀"。为了证明鼻孔中仍有温湿的气体呼出,他在网上和一个叫 Vivian 的傻妞调情,在网下和一个叫乔的妖精"打架",并使出吃奶的力气,为 Kenzo 香水和 Espresso 咖啡做推销广告。结局是:傻妞失踪,妖精自杀,爱情烂掉。显然,这位据

称"从 16 岁起就不相信任何诺言"的宝贝作者，智商肯定超过 70（比她书中人物强），近年来，仍能看到她不知疲倦地出版一本不如一本的小说。

最最不幸的是，*How so*，最多再加上 *How make*，竟被冠以"小资情调"的美名，成了少男少女们向往爱情的场景。其实只要查一下当代"小资"们的履历表，很容易就会发现，30 年前，他们正光着脚在山坡上放羊，而空中隐隐传来母亲慈爱的呼唤："铁蛋（或'阿狗'），回家喽……"——总之，对这些缺乏系统、深厚文艺素养的家伙，我一概斥之为"伪小资"。这么说吧，有品味而自私的"真小资"让我反感，没品味却追风的"伪小资"却让我想吐："对不起，请递个脸盆来……"

以下的发展可想而知：衣服越穿越少，"妖精"越"打"越凶。从欣赏"在大火的中心疯狂地做爱"的卫慧，到"用身体检阅男人，用皮肤思考"的棉棉，再到张贴《情爱日记》的木子美和"裸体写作"的竹影青瞳，其实不过是应验了作家莫言早几年前的断言，"人一上网，马上就变得厚颜无耻，马上就变得胆大包天"，"唱歌跳舞你不会，胡说八道难道还不会吗"。

反正，除了"人兽恋"还没"亲密接触"之外，"伪小资"的"爱情"已基本与世界同步——准确地说，是与世界的垃圾同步②。

当代小说中的爱情之二："更年期综合症"

我不是医生，对妇科自然没有研究，但吃了 30 多年米饭之后，多少也见过一些原先好端端的中年妇女莫名其妙地变得琐碎和易怒。于是，和绝大多数人一样，我也自学成才地知道了"更年期综合症"。只是，我原以为它只发作在女人身上，没想到它也能发作在小说上。眼下，我对当代小说的担忧是：不知还会不会有进一步的症状发作？

表现之一：令人生厌的唠叨

从上个世纪 80 年代起，在每次"文学革新"的潮头，人们都很容易发现王安忆的身影："伤痕文学"中的《流逝》③；"寻根文学"中的《小鲍庄》、《大刘庄》；"知青小说"中的《雨，沙沙沙》、《69 届初中生》；"女性主义写作"中的《小城之恋》、《荒山之恋》、《锦绣谷之恋》；"后现代主义叙事"的

《叔叔的故事》；以及想怎么分析都行的《长恨歌》等。

我认为王安忆是个出色的作家。一方面，正如王庆生先生所言："她始终保持清醒的自省意识，这种自省不仅表现在她对作品的思想内容和创作风格的转变上，同时也表现在她对个人命运与人类历史的深刻反思上"。另一方面，我非常欣赏她对文学创新性的坚持，和当代大批热衷于"自我复制"、原地踏步的作家们相比，王安忆显然更懂得什么叫"文学"。

但我认为王安忆不太可能成为一流的作家。一流的文学，靠的是天赋，是才气，王安忆缺的正是这种东西。

因此，在明显模仿张爱玲风格的《长恨歌》中，我读到的不是张爱玲笔下那种漫不经心的阴郁和处处精致中透出的绝望，反倒更像是听一位处在更年期的、家道中败的"前富婆"，在絮絮叨叨地回忆着她曾有的辉煌，并希望听众能恩赐两滴眼泪，或发出一声仰慕的轻叹，以抚慰她因今日的惨淡而不平的心。在这种令人生厌的唠叨中，有男人追女人，有女人逗男人，有婚礼，甚至有分娩，但这一切，与其说是"爱情"，不如说是阿 Q 式的炫耀："我们先前——比你阔得多了，你算什么东西。"或者换句话说：这样的"爱情"，也许具有现实生活的意义（小老百姓过日子），却不具备文学的价值。

可是，这种不具备文学价值的"爱情"——或干脆叫"唠叨"——近年来却有成为文坛主流的趋势。从海岩电视剧的热播，到池莉小说的畅销，都证实了这一推测。然而，即使池莉去年的小说《有了快感你就喊》获得"茅台杯《人民文学》奖"，我仍坚持我的看法：从这部小说中，我只读到一个叫"池莉"的中年妇女，百无聊赖之中，在搬弄一个叫卞容大的中年男人的是非。对这种搬弄是非的做法，我历来是深恶痛绝的。

令我更加感慨的是，"新写实主义"萌生之初，如刘震云的《一地鸡毛》，虽然直接宣布了现实生活中爱情的死亡，却还使人从中看到理想爱情的倒影：小林过的虽是"买豆腐、上班下班、吃饭睡觉洗衣服，对付保姆弄孩子，到了晚上你一页书也不想翻"的日子，却也曾"奋斗过、发愤过，挑

灯夜读过,有过一番宏伟的理想";小林的妻子小李,虽然"变成一个爱唠叨,不梳头,还学会夜里滴水偷水的家庭妇女",但"没结婚之前,是一个静静的、眉清目秀的姑娘……让人感到轻松、安静,甚至还有一点淡淡的诗意"。所以,即使爱情已死,读者们却不得不思考一个问题:"现实生活是如何谋杀爱情的?"从这个角度看,"新写实主义"这十多年的历程,究竟是发展还是堕落,也许值得重新评估。

表现之二:莫名其妙的躁动

中文系的一个孩子曾经问我:畅销小说的要素是什么?当时我想了一会儿,怕答不全,便推托说:"你去看看虹影的《K》吧。"几天后一个炎热的下午,他满头大汗地交来一张清单,说:"想清楚了。"随后,便不断有《K》的消息传来:《K》被告侵犯人家的名誉权;据说要和解;又据说和解不了;法庭判了,《K》被禁;《K》以《英国情人》为名,修改后重新出版。最新一则消息是:"虹影承认自己自恋,坦言自己的小说中很多地方都有自己的影子,她说希望她本人就是备受争议的小说《英国情人》中的'林'。"

我准备把那个孩子叫来,在清单上补上两个字:"炒作。"然后告诉他:"这下齐了"——那张清单上写的是:异国情调、神秘、美女、性、宗教、革命、死亡、诗歌。加上我补的"炒作",整个儿一本《最最畅销小说创作指南》的框架尽在于此。

你想想,一个擅长房中术的中国美女,和一个"不远万里来到中国"的英国帅哥,谈恋做爱(记住,不是"谈恋爱"),多么吸引人的一个故事——物质文明与精神文明一起抓,到处都很硬。但这故事与人类的好奇天性有关,与人类的本能冲动有关,却与人类的爱情没什么关系。事实上,大街上整天忙着躲警察的贩卖盗版淫秽光盘的家伙,干的也就这类活儿。

有趣的是,把清单中的"诗歌"改为"傻子",就成了阿来的《尘埃落定》。小说中,傻子的第一个女人卓玛,"果然把我当成傻子来对付";傻子的第二个女人塔娜问傻子:"我漂亮吗?"傻子的答案是:"说老实话,我不会看女人漂不漂亮,要是这样就是傻子,那我是有点傻。我只知道对一个人有欲望或没有欲望。"你看,不仅躁动,而且是傻子的躁动。

更低级的躁动——"不通"的躁动,则要看陈忠实的《白鹿原》。虽然何西来先生将田小娥与黑娃的故事视为"生死爱恋",我却不敢苟同。我更赞赏孙绍振先生的分析:"田小娥艺术形象的混乱再度暴露出作者艺术感知力与艺术想象力的贫乏。作者给人的印象似乎是既想指认田小娥在阶级压迫、性别压迫等重重压迫下仍然张扬着原始生命力的弱女子,正是她丰沛的生命力将黑娃孕育成为一个能承担男性责任的男人,使他走向成熟……可是作品为了弘扬所谓仁义思想的教化作用,又突然将田小娥喻指向不可抗拒的性本能,她毫无抵抗地顺从了鹿子霖的淫欲,而又没有丝毫犹豫地引诱了白孝文,从而充当了一个堕落者……镇妖塔更是将她最后几丝挣扎也不留情地予以镇压,黑娃后来也终于在儒家文化的感召下欣然来投归。可是,在这样的形象设计中,'仁义道德'真的是审判官而不是被审判者吗?当田小娥在没有多少逼迫下,跑到戏台下一把抓住白孝文的生殖器时,这个女人当时的情感和感觉等于零,作家陈忠实的艺术修养等于零,而所谓的文化价值也等于零。"

同志们,给点掌声好吗?

当代小说中的爱情之三:先结婚、后恋爱;或光结婚,不恋爱

我至今仍清楚地记得,在大一时,我花半宿读完张承志《北方的河》和《黑骏马》后激动的心情:第二天清晨,我迫不及待地拉上小说的推荐者,俩人旷课一天,坐地铁,倒长途,花两个多小时跑到三家店的永定河口,只为了很"行为艺术"地坐在河滩上喝啤酒。报应也很"行为艺术",且来得飞快:当天晚上,扛着颗晕晕乎乎的脑袋,我不得不留在教室里,痛苦地编造《我的深刻检讨》。

离开校园后,我以为我已经见识过沧桑,我以为内心从此不再激动。然而我错了。14年后,张承志又送来这样的诗句:"我来了/思索着双关而有力的韵/也许是那韵在暗随着我/四顾茫茫的赞美之诗/上乘者都是双关的警句/我并不愿意/用如花的美文/像文人对君主/我只是希望我这一首深刻有力/在日暮途穷的时分/由它为我说情——

我来了。"我是以悠闲的心态,拿着《心灵史》坐到望海的阳台上;回来时,却发现自己已泪流满面。

我坚信,不论对小说的评价标准多么千变万化,张承志的《心灵史》都将以"一流小说"的身份,被书写到任何一个版本的文学史中。

但我也注意到,《北方的河》和《黑骏马》中那种刻骨铭心的爱,在《心灵史》中已荡然无存。"为什么?"这个问题,我始终没有想清楚。

"爱的缺席"这件怪事,同样发生在我所认为的其他"一流小说"身上。从90年代至今,这样的小说,我认识只有三部。另两部是余华的《活着》和阎连科的《受活》。

在《活着》中,福贵先是见色眼开,强娶家珍。家境富裕时,他是一个吃喝嫖赌样样擅长的恶少。待到赌得倾家荡产,才想起"家珍是个好女人,我这辈子能娶上这么一个贤惠的女人,是我前世做狗吠叫了一辈子换来的",从此收心,两人同甘共苦过了一生。但这样的情感,似乎更像是相濡以沫的亲情;往好里说,最多也只能算先结婚、后恋爱的"补票"。福贵一家的故事中,令人感叹的,其实是小人物对命运的无可奈何,而不是爱情的刻骨铭心。

同样,在《受活》中,主人公茅枝婆、柳县长也似乎都与爱情无缘。柳县长的老婆爱谁是谁,除了和小秘书偷情、"给领导添麻烦"之外,我实在记不得她还有什么"事迹"。茅枝婆也有过一个丈夫,却饿死在"大劫年"(即所谓的"三年自然灾害")。显然这个丈夫的作用,是为日后茅枝婆坚定不移地带领大伙儿"退社"提供一条过硬的证据。

回顾上个世纪80年代,不论是同类以"苦难"为主题的小说(如古华的《芙蓉镇》、张贤亮的《男人的一半是女人》),或是纯粹探讨男女情感的小说(如张辛欣的《在同一个地平线上》),甚至包括非虚构类的作品(如杨绛的《干校六记》、流沙河的《锯齿啮痕录》),他们对爱情的执著信念和精彩描述,足以使今天的作家们汗颜。

不得不问的尴尬话题是:"爱情,作为文学永恒的主题之一,今天究竟丢哪儿去了?"

结论:在灵魂迷失的年代,人们不谈爱情

"什么是爱情?"这是每个人都应该思考的问题,值得专家们写出一部又一部的专著。

倘要简单地回答,那么我赞同史铁生的看法。他在《病隙碎笔》中写道:"是什么样的我,不仅高于(大于)肉身的我并且也高于(大于)精神的我,从而可以对我施以全面的督察呢? 是灵魂。"我认为,爱情就是属于灵魂的一种——这种灵魂,假如愿意的话,还可以称之为永恒价值、绝对理念,或上帝。

"为什么会遗失了爱情?"答案或许可以开出一张长长的清单:传统道德的崩溃、面对现实的无奈、现代社会的生活压力、功利主义的诱导、生活节奏加快导致思维模式的转变、性的神秘感和崇高感的消失、价值多元化、"伪爱情"泛滥的压迫、作家心智的苍老……这又是一个值得专家们写出一部又一部专著的问题。

但是,如果将爱情视为灵魂的一种的话,那么结论倒可以一言以蔽之:在灵魂迷失的年代,人们不谈爱情。

现实的例证是:

1997年11月,春风文艺出版社"布老虎丛书"编辑部推出一则征稿启示:至1999年11月止,用100万元人民币的稿酬,征寻一部"金布老虎爱情小说"书稿。入选标准包括:要充分体现中国古典浪漫主义艺术精神,具有"梁祝"化蝶式的超越生命、超越痛苦的艺术境界;小说的故事背景应是90年代的城市生活,故事情节要逼近现实,但内在的意蕴走向要超越现实;小说的表现形式以经典小说的表现技巧、方法为范本,读者对象定位在城市知识分子阶层④。

随后,虽传出铁凝《大浴女》有可能获奖的新闻,却终究不了了之。结果是:皮皮的《比如女人》作为"金布老虎入围作品"出版;百万大奖悬空。

爱情对今天来说,真是可望而不可即吗?

幽蓝的夜空中,仿佛传来久远的吟咏:"你可知道,在那柠檬花开的地方? 黯绿的密叶中映着桔橙金黄。骀荡的和风起自蔚蓝的天上,还有那长春幽静和月桂轩昂——你可知道吗? 那方啊,就是那方,我心爱的人儿,我要与你同往!"⑤

①从 1997 年至 2001 年前后,在网络文学最火爆的这几年里,著名的网络文学作品中,似乎只有今何在的《悟空传》没有落入这一模式。

②深刻系统的批判,请参见扎西多:《都市"恶之花"》。《读书》2000 年第 7 期,第 123~128 页。我本人非常赞同"都市'恶之花'"的定性。

③张钟、洪子诚等先生《中国当代文学概观(修订本)》认为:"(《流逝》)这篇写'文革'的小说不同于'伤痕文学',它没有血泪的控诉,没有展示人的精神创伤,它真切而细致地写出了主人公的人生体验。"我不同意他们的看法。因为文学毕竟不同于"忆苦思甜"大会,没有血泪的控诉并不代表苦难不存在。"伤痕文学"的重心也并非"控诉",而在于揭示那段特定的极"左"时期人的苦难,包括生命的苦难和精神的苦难。在这个定义上,《流逝》仍然属于"伤痕文学"。

④舒晋瑜:《金布老虎百万征稿活动为何延期?》。《中华读书报》1999 年 12 月 29 日。

⑤[德]歌德著、梁宗岱译:《迷娘曲》(之一)。诗刊社编:《世界抒情诗选》,春风文艺出版社 1983 年,第 12 页。

选自《厦门文学》2004 年 7 月号

百年中国女性文学

林丹娅

今天的一个中国知识女性，如果她正在对自己或对他人的某种思想表达进行审视的话，她有可能会在这样的一个层面上进行审视：由她或他表达出来的那些话语，究竟来自于何方，是出于天经地义、司空见惯下的男性话语意识的表达吗？在她自己想说的话中，她究竟能够摆脱几分男性思维、男性话语对她的浸染与影响呢？在男性意识成为共性与普遍性的历史社会文化权力背景的前提下，女性能够如此扪心自问，无疑是做了数千年的男性附属性别、男性意识、男性思想传声筒的女性往寻找自己的路上跨出了一大步。这种对自身属性进行文化性别的审视与质疑的行为开始之日，其实就是女性意识萌生之时。女性意识相对于有史以来存在于人类社会中的男权既成思维范式，无疑具有反叛与挑战的先锋性。它在中国的萌生到今日成为一种越来越趋向广泛的、有异于曾一统天下的男权话语的形式存在，已历经百年发展过程。考虑到她的出现必是建立在女性也有接受教育的权力的社会共识、女性也可介入社会空间活动的社会风气并提供予女性各种形式的发言予公共领域等社会条件的基础上，女性写作就不能不重点进入我们考察的视野之中，而女性文学便是其主要生成物。换而言之，要考察中国女性意识形成之进程状况，中国女性文学可提供最有效的研究文本，反之，女性文学亦凭借其具有女性意识的写作文本而获得实质性的命名与存在。

中国女性的现代写作史，与中国 20 世纪社会现代化进程有着密不可分的关系，后者是阅读现代中国女性文学文本的重要参照系。本世纪初愈演愈烈的倒皇思潮，辛亥革命结束长达二千多年封建父权宗法制统治的成功，五四前后反旧思想旧道德、提倡民主科学、个性解放、男女平等、婚姻自主等新文化运动，都构成对旧文化思想体制与社会结构秩序的强力破坏。在此社会变革条件背景下，挣脱旧文化秩序角色锁链的新女性才可能

产生，才可能催发了中国历史上的第一次女作家群体的出现与介入文化性书写的文学亮相，伴之而显的也是前所未有的女性书写自己的力度、强度与密度。人们可以像感受她们的文学文本形态那样直接感受她们的生活形态、生命形态与心理形态。如果对这一时期前后出现的女性文学文本进行系统考察与梳理的话，会发现它们具有两种显明特征。一是基于反封建父权制文化秩序的共同立场上构成与男作家文本相呼应的"母亲"形象，具有"以母亲的名义建塑无名的自己"之特征。这个"母亲"与以往文本中出现的母亲符号所指有所不同："母亲"不再只是被作为被排除在父权宗法统治秩序之外而软弱无能、自身难保的生育机器，而是被当作与不合理的"父"系统治现实构成相互抗衡的理想力量，"母爱"常常在儿女们的梦幻与回忆中出现，充满情感的温馨与生活的情致，与现实中"父权"之冷酷无情僵化教条构成极为鲜明的对比。叛逆青年似乎是借"母亲"的美善与"父"之丑陋现实做势均力敌的较量并构成对后者的否定。而女性似乎更是借"母亲"之角色符号之特殊所指，才能理直气壮地张扬性别团体对社会的谴责、要求与理想。一种则是基于寻求自我解放的心理需求而构成的"倾诉式"文本，具有"妹妹找哥哥泪花流"之特征。由于时代条件使然，先进的"哥哥"因为充当仍处于水深火热之中的"妹妹"寻求自我解放这一出路的启蒙者、引路人的角色，而成为她们命运的当然拯救者、她们主演的新生剧中的隐形主角。那些"字字血声声泪如泣如诉"的女性文本，承继了历史上那些由几分闺怨、几分命怨、几分天问、几分自悟组成的女性言语风格，用以倾诉寻找"哥哥"过程中的艰难、喜悦以及找到后的失望、困惑、彷徨、苦闷乃至绝望。具有以上两种长期特征的初期女性文本，对于女性介入书写这个行为来说无疑具有历史性意义，但它们所具局限也显而易见：前者

乃是以父权传统文化价值观来完成对"母亲"角色的审美规范，这体现了此时的女性文本仍然存在的男性视角；后者使人们在聆听这一因世道之变而启开女性心智与心路混合而成的告苦与讨虐之音的同时，看到的是一个强大的鼓励倾诉、愿意倾听，并有能力解救她的对象的存在，这体现了此时女性自我解放意识仍然存在着的被动性与依赖性。也正是由于上述两种特征所体现出来缺乏独立性与自主性的局限性，才使它们在错综复杂的历史境遇中实在无法避免如此遭遇：当反封建制主流话语被反映民族与阶级矛盾之现实危机的话语所替代后，与人道主义、个性解放意识互为一体的女性意识，无疑也被排斥出主流意识之外，女性在历史与文学双重文本中对自我角色大张旗鼓的表现与探索明显中止了。这也就是为什么诸如"姬别霸王"式的和解构"母亲"形象符合式的反映女性意识深化的文本，反而会出自处于时代主流边缘位置上的作家张爱玲笔下的原因。

中国现代女作家第二次群体性写作景观，出现在上世纪的八九十年代（台湾约于 70 年代始）。中国大陆的又一次思想解放运动带来社会变革的思潮与实践，也带给女性重写自身的又一次契机。然此时全社会性的自审与反思、中心转移、边缘置换等诸种文化现象纷至沓来，原以社会政治文化大一统的中心话语为背景而产生在女性文本中的"哥哥意象"无形消解，这也是为什么会在新时期初出现近乎全社会性"寻找男子汉"之话语现象的深层原因之一。自本世纪初以来一直伴有"哥哥"依赖情结的女性文本，出现"不见哥哥心里愁"心理倾向，"寻找男子汉"或"呼唤男子汉"成为新时期初女性文本的显明特征当是必然。值得庆幸的是，女性新文化进程与中国社会文化进程一样没有被历史简单重复，女性心理惯式铸就的文本形态已渐失现实生活之依托。"寻找哥哥"的文本很快被"寻找自己"的文本所替代。而这一步的替代对中国女性近百年的书写历史来说，是一个真正具有独立意义与价值的进步，女性意识的觉醒可说至此才获得一种实质性的突破与进展，自本世纪初绵延而来的两个显明特征也有了显著而深刻的变化：一是以"母亲形象"为代表的一系列传统女性角色形象，被置放在社会与家庭的结构与关系中重新审视并显示，传统角色美感在女性自己的书写中表现出一种共识性的解构趋向，这对有史以来传统男权话语体系塑女性形象的一元局面是一个歧出或异象，它无疑表征了中国女性摆脱有史以来男权话语控制，从被塑造的命运之中脱身而出的可能或开始；二是在破除以"哥哥"为文学隐形主角的"男性神话"阴影后，女性寻找并重现自身的过去与现在便成为一种必要与必然。应该说，也只有在这种情势之下，女性寻求自身的解放才可能进展为具有独立意识的自觉性、主动性的行为。反应在女性文学中，寻找、挖掘、重现、表现女性生存境遇与生活形态，描述身置其间的女性生命状态与心理体验的文本开始出现并有愈演愈烈之势。一种有史以来约定俗成或司空见惯的书写格局被打破，如果说，从前的女性——如果她在写的话，那么她几乎就不能不是一边"模仿男性为自己塑造的女性形象在塑造自己"（借尼采之言），鹦鹉学舌般地运作异性话语体系来描述自己，一边让运作的毕竟是异性话语体系而最终无法完全描述出自己的那一部分成为空白的话，那么，今天书写的女性终于感应着时代激励多元话语齐生并存的大气候与潮流，从最初的小心翼翼地，抑或是无意到愈来愈大胆地、愈来愈有意识地尝试对既成女性形象进行"正本清源"式的反塑造。同时，可能更为重要的是，她们还尝试把那曾经是"不能言说"或"不可言说"的那部分，表现在"再现本身"之中（借利奥塔之言）。正是在此情形之下，那些关注灵魂状态、重视内心体验、强调内在感受的女性文本，把被遮蔽的、或沉沦已久的性别体验——个体的和集体的，从被覆盖的女性记忆、被封闭的女性身体深处唤醒，形成独特的言语形态，冲破习惯性的话语规范与阅读期待，浮出语言，成为八九十年代众声喧哗之文学话语中一道不应或缺的"自己的声音"。应该指出的，上述两种特征并非截然分开，它们相互相承：女性书写正是在寻找与再现自身的意识与实践中，才构成对自身角色的文化审视；而只有通过对自身角色形成的文化审视，女性才可能把一种由性别差异文化所造成的话语空匮、遮蔽、缺席等种种真实状态在文学文本中揭示。这是女性在新文化意义上重塑自我的必由之路，同时也是今天女性文学文本出现的意义与价值所在。

相对中国女性文学的历程来说，中国女性文学批评的情形相对滞后。无可讳言，女性文学批评与女性文学的书写实践一样，从它出现的那一刻起，同样身置于有史以来以男权文化历史为背景的异性话语一统性危机与陷阱中。在质疑的基础上颠覆与消解男权话语的权威性与不平等性，使女性文学批评获得自己有别于彼的批评立场与视野。从文学批评实践来看，但凡有与社会人文思潮倾向紧密相关的重要文学文本结构的产生，大都就会有对其做出反应的新批评理论的应运而生，从这个方面来说，中国女性文学批评无疑是中国八九十年代风起云涌的女性写作现象的需要产物。但它的性质来源又远不止如此简单，它同时还是作为人类进入能动探索并试图改善性别文化这个人文进程时的需要产物——女性主义批评——在文学领域的实践。显而易见，如果没有有别于习常男权文化立场、视角、观念与方法的批评话语，就很难识读人类文化现象中的男权话语体系之"蔽"与"弊"，在此意义上，也可以这样说，没有女性主义文学批评，也就没有被识读的所有文学文本中存在的男权话语之"蔽"与"弊"，当然也就没有被准确识读的女性文学。

当下，一个要特别注意的现象是：以女作家作为写作主体的女性文学，在新时期以来的社会条件与文化形态背景的互动下，出现了明显的写作分化：如果按性别与社会话语模式来归类的话，大体上可分为女性话语的实验写作，形女实男的写作，形女实商的写作等等。女性文学写作的分化造成其内涵的多重复杂性，从而也造成人们对它认识的多重复杂性，并形成诸多新的问题。对女性文学的批评与解说由此陷入一种关系不明、概念混乱、解读困窘是其综合征之一。比如对"身体写作"、"美女写作"等现象与所涉概念的理解与分析；比如西方女权主义误导论，个人化写作偏颇论的推导与判断等等。因此，准确地分析与澄清女性文学的真实状况，正确地认识与清理女性文学与女权主义、个人化写作的理论渊源以及关系，才能修正批评的误导，促进女性文学真正走出迷津，健康发展。

选自《厦门文学》2004 年 7 月号

进入中国知青文学史

——厦门知青作家群综述

剑南春

厦门知青文学群的形成

2002 年初,中国工人出版社推出第一部《中国知青文学史》(杨健著),该书对于厦门知青文学群体有相当篇幅的描述,甚至有专节。其中"厦门知青的组织化文学"一节中记录了谢春池、陈志铭、朱家麟、刘瑞光、陈元麟等知青的文学活动。而"厦门知青文学群落"一节重点谈及舒婷:

舒婷(龚舒婷):1964 年就读于厦门一中。"文革"开始后,成为逍遥派,躲在家里读巴尔扎克、雨果、老托尔斯泰等作家的作品。1969 年到闽西太拔公社插队落户,后开始写诗,诗很快在知青中流传……

这些热爱文学的厦门知青,很快形成一个沙龙。谢春池在其《百年厦门》的"厦门知青作家群"一节这样描述:

这个文学圈子的主要成员有:插队上杭县的陈志铭、谢春池、林培堂、朱家麟、刘瑞光、汪毅夫、林祁、舒婷,插队武平县的陈元麟,插队闽北的非老三届的知青卢建端。这个文学圈子之外,70 年代还有插队永定县的陈仲义、陈耕,插队上杭县的陈恬、王伟伟、谢益美,插队武平县的黄汉忠,插队同安县的朱水涌;80 年代又有曾插队上杭县的张力,曾插队武平县的郑启五、徐学,曾插队永定县的吴铧,曾插队晋江地区的陈美瑟;90 年代又有曾插队武平县的南燕……无形中集结了一个厦门知青作家群。近 30 年里,他们在《人民文学》、《诗刊》、《解放军文艺》、《中国作家》、《当代》、《十月》、《花城》、《昆仑》、《萌芽》、《福建文学》、《厦门文学》和《文学评论》等刊物发表了大量的诗歌、小说、散文、

报告文学和剧本以及文学评论,出版了近百种著作。

可以这样认为,上杭的厦门知青文学群体是厦门知青作家群的雏形,而追溯其源头,则须谈及厦门一中的"万山红"文学社团。陈志铭、汪毅夫、朱家麟、刘瑞光、舒婷、林祁都曾是"万山红"文学社团的成员。插队之后,他们的文学活动,从某种意义上说,是当年校园文学活动的延续。

青春年少的他们,抱着极大的热忱,投身于"接受再教育"的洪流中,尽管血气方刚,诗情飞扬,却处于一个没有诗也不需要诗的年代。陈元麟在《有诗为证》一文中写道:我们的诗作只能在小范围里面传阅,我们都是作者,又互为读者。那年春节回城,在一次聚会中,志铭拿了一本硬皮笔记本让我们传阅,封面上,"蛙声集"三个字赫然入目。原来,他将自己几年来的诗作经过一番编辑、整理,然后用钢笔工工整整地抄写在笔记本上,成为一本手抄的诗集。这给了我们启示,不久,我们每个人都有了自己的诗集,记得培堂有一本《赤膊集》,刘瑞光那本曰《锤炼集》,朱家麟是《蹄声集》,我的叫《扬镳集》。

后来这个"一中"的文学圈子,又进入了一个"非一中"的知青作者,他是厦门四中(即今大同中学)老三届知青谢春池。谢春池在他的《山魂与海魂》一文中写道:

大约 1971 年,县里举办文艺汇演,在县城实验小学的一个大厅里,我和步云公社的朱家麟、刘瑞光都在松软的稻草上打地铺,铺位对着铺位,不仅没那份家乡人的亲热,连招呼都没打,彼此不认识,也不想认识,甚至有些格格不入,其因恐怕是不同一个中学毕业的,更由于"文革"中不同一个观点的,那几年派仗的风云还在我的胸中留着难以泯灭的

痕迹。

后来春池之所以加盟他们的文学圈子，据他文中所述，是出于两个原因："从武平县象洞公社来了一个他们（指朱家麟和刘瑞光）厦门一中的同学，他和刘瑞光一样，戴一副眼镜，文弱书生模样，他不知怎地知道我是谁，很随和地用厦门话和我聊起来，几分的亲切。他自报家门'陈元麟'。""由于陈元麟的到来，我总算与朱家麟和刘瑞光相识。"还有一个原因是"由于他们中有一位也在古田插队的我的挚友林祁，我和他们渐渐熟识，渐渐成为朋友"。

文学沙龙活动地点无固定性。在闽西时，"古田和步云这两个圆实际上已经构成一个颇有生气的知青文学沙龙"（《山魂与海魂》）。而春节返城时，大家更是聚在一起，交流创作心得，探讨创作方向，诵读诗歌作品，情感融洽，气氛热烈。由于年轻气盛，有时也难免为不同的观点争辩，甚至争辩出火药味。由于当时特定的年代，因此写时代赞歌、革命颂诗的居多，也有少数人坚持抒写个人感情，即所谓的"小花小草"。可以说，关于舒婷诗歌的争论，在那个时候就有些针尖对麦芒了。

关于厦门知青作家当年的创作状况，《山魂与海魂》有着较为详细的记载：

正当我们在文学创作的崇山峻岭中攀援的时候，我们中的一个男孩子，一个写得一手漂亮文章的男孩子，却独自埋头于发黄的旧纸堆和文献及理论著作中孜孜不倦地研究着什么，他就是1977年考入福建师大中文系毕业留校任教而今调往福建社科院的已颇有造诣的汪毅夫。一到闽西，我常在县里办的那份8开铅印的上山下乡报发表诗歌，陈志铭也在那报上发表诗歌，一首《一碗蛋汤》至今还让我闻到那感人的韵味。1973年深秋某日，我偶然走入县城新华书店，惊喜地买下那本福建人民出版社出版的《闽西朝霞红》，一册薄薄的上山下乡知青题材的诗歌集里，43首诗陈志铭独占10首，这是轰动一时的佳话，陈志铭从此好些年诗名极响。此后，朱家

麟率先用"朱晓"的笔名并冠以"上杭上山下乡知识青年"的身份，在试刊的《福建文艺》（后改为《福建文学》）第2期（1973年8月）上发表诗歌《新保管》，紧接1974年第1期《福建文艺》又发表他的组诗《汀江畔》。仅1974年第6期的《福建文艺》就发表我们中三位朋友的小说和诗歌。1975年《福建文艺》第1期隆重推出刘瑞光的组诗《山乡纪事》，5首整整两个半页码，《福建文艺》这年最后的第6期又刊载他关于这组诗歌的创作谈。与刘瑞光《山乡纪事》同期的《福建文艺》发了一篇《牛筋大伯》的小说，作者陈恬。待到这位陈恬的另一篇小说《姐妹俩》又在1976年第1期《福建文艺》推出后，人们才对其刮目相看。从此插队上杭的厦门知青陈志铭、陈元麟、朱家麟、林培堂、林祁、刘瑞光、陈恬和我，一个个读者们陌生的名字陆续地走向文坛。

对同样插队上杭的舒婷，《山魂与海魂》的记载也甚为详细：

大概是70年代最初的几年，在上杭开往龙岩的客车上，我认识了一个姓李的县城一中的男教师……他拿出一张纸片，他说这首诗是他的女友的女友一个厦门女知青写的，让我看看。诗没有题目，我仔细地读了"……谁说公路枯寂没有风光，只要你还记得那沙沙的足响……"读毕，直觉告诉我，是一首好诗，但，这种情调的作品显然不合时宜，绝对不能发表。1980年，舒婷的组诗《心歌集》在《福建文艺》第1期发表，我才惊讶那首诗的作者原来是她，是《心歌集》的第4首，题为"寄杭城"，那极美又极熟悉的意境，早在我的心底萦回。舒婷从此成名，她从我们整整一代人中脱颖而出。

除插队上杭的知青作者外，插队永定武平的知青作者的创作成果也令人瞩目。《山魂与海魂》记载道：

记得陈元麟的散文《全凭劳动人民一双手》在《福建日报》刚恢复的文艺副刊发表，着实让几个朋友兴奋一阵。这是我们一群人第一回在省报上发的作品。我最初读到林培堂的作品是杂文，发表在《福建日报》副刊，题目是《文人相×》，写得挺好的一篇杂文让我把他的名字记下。还有永定县的厦门男知青陈仲义……那大概是1972年夏天，沸沸扬扬的墟场上，陈仲义热汗涔涔从拥挤的人群里挤出来，他挤进供销社，习惯性往卖书的柜台一瞥，眼睛一亮，被一本绿色封面的书吸引，那是那个年代极少见的新书，它是著名诗人李瑛的诗集《枣林村集》，陈仲义迫不及待地买了一本，迫不及待地翻开读着，读毕，这位没一点狂劲的小伙子想，这样的诗，我也可以写。于是，他一发不可收地写起来，他曾用一组诗歌占据《福建日报》副刊的三分之二版面，铺天盖地，气壮山河！

而插队宁化，非老三届的知青卢建端，之所以能进入70年代厦门知青文学圈子，得力于他在《福建文艺》发表的组诗《篝火熊熊》，在《福建日报》副刊发表的组诗《火红的年华》和组诗《青年农场组歌》。

厦门知青文学群体的分化与重组

近期，在厦门市文联举行的一次文学研讨会上，现任《厦门晚报》总编辑的朱家麟，被与会的一些作家称之为"过去的诗人"。其实，"过去的诗人"这顶桂冠，适合于出道于70年代的大多数厦门知青作家（大部分都是写诗成名的），因为，除了至今还在写诗的谢春池、陈志铭和林祁外，其他人都或早或晚地告别缪斯了。

时序进入80年代，文学艺术运动的狂飙突进使不少厦门知青作家困惑、迷茫、徘徊，在这时代的转折期，厦门知青作家群也出现了分化和重组，还有一些人由于各种原因带着几缕眷念从文坛消失了。

朱家麟本来是被文坛看好的，他属于那类将会有所建树的出类拔萃者。他在文坛的"淡出"，乃阴差阳错。尽管后期他少写诗了，但从小对文学的热爱，驱使他写出了一些文字优美、内涵殊深

的散文，而且一直朝此方向努力。那年，他被借调到福建电影制片厂，对此他也甚为向往，因为，这将拓宽他的文学视野，研究和创作电影文学作品，将使他在一个更为宽广的文学天地里，充分展现自己的写作才华。然而，时在《福建日报》任职的李力，在古田采访时与汪毅夫有过一次深谈，并提到了朱家麟。曾在《厦门日报》任职的李力，于是向《厦门日报》推荐了朱家麟。而朱家麟呢，正在福州做着美妙的电影文学梦，怎么也没想到厦门市人事局一纸调令，将他召回故乡厦门。他当了一段时间驻岛外记者，投考入厦门大学新闻系读研究生，而后又赴日攻读新闻博士，获取博士学位后，回到故乡任《厦门晚报》副总编辑、总编辑。繁杂的事务性工作，使他几乎放弃了文学。

在上杭诗名堪称与朱家麟并列的刘瑞光，调回厦门自走上教育岗位后，几乎与文学绝缘。朱家麟和刘瑞光虽然已远离文坛，但他们仍怀有根深蒂固的知青文学情结，在《厦门诗人十二家》和《林培堂杂文选》这两本书里，读者便可读到他们为老朋友欣然而作的文章和诗歌。

曾在福建小说界小有名气的陈恬，在《福建文艺》发表多篇文学作品，1976年发表的小说《姐妹俩》，著名作家何为还特地写了专评。后来她在鹭江大学社科系任教，忙于教学业务，几乎不再创作。1998年，身患绝症的她与世长辞，仅46岁，英年早殒。

卢建端招工返城，在岛外一家大型国营企业任催货员，长期出差外出。在这长达10多年的时间，他几乎放弃了文学写作，直至90年代中期，才重新写作，有一批散文诗、散文、小说问世，并出版了散文诗集《走入森林》和中短篇小说集《情感边缘》。

70年代厦门知青文学沙龙的成员，除了上述的四位外，其他人自始至终都坚持文学创作，都以自己的创作成果，在文坛拥有无可争辩的一席之地。

出版了两本诗集《春梦有痕》、《水仙魂》的陈志铭，进入80年代，虽然偶尔也写一些诗，但写得最多是散文，亦兼文学评论。他为福建近20名诗人写了诗评，继散文集《烟雨微尘》出版后，又有散文集《岁月深深》问世。近期，他收集整理了早

期至今创作的诗歌作品,附以著名诗人公木、李瑛等的函件,及文坛朋友为他写的回忆文章和诗评,出版了诗集《别梦依稀》。

已故的林培堂涉及的文学领域较广,杂文、散文、小说、童话等创作,都有所建树。他的杂文《文人相 X》荣获福建省优秀杂文奖;他为广播电视报写专栏《阳台景语》,每周一篇,一口气写了69 篇。他先后出版了科学童话集《短尾巴的小花鹿》、《海上夜明珠》,散文集《悠悠鹭江水》,电视文学剧本《郑成功》。1997 年他病故后,知青朋友们为他编辑出版了《林培堂杂文选》。

插队之后,最早在报刊公开发表文学作品的是陈元麟,30 多年来,他一直笔耕不辍。早期,他和别人一起合作了大型歌剧《双连杯》以及其他歌剧脚本。近 20 年,他写过报告文学、散文、随笔和评论,写得最多的是散文,出版了散文和评论专著二本。后来他收集整理了多年来创作的散文,结集出版了《陈元麟散文自选集》。

如今,林祁远在日本。在朋友们大多"金盆洗手","改行他业"后,她仍然钟情于缪斯,不时地有新作推出,并出版了抒情诗集《唇边》。然而,早年有着男孩子敢拼敢闯的性格,加上精力旺盛,她绝不会满足于在缪斯的小径上歌吟,她好长一段时间在报告文学的原野上耕耘,屡有作品发表,她也写了大量散文,结集出版了《林祁散文选》,迄今还有诗作见于报章。

在中国新诗史有划时代地位的舒婷,这些年来,沉潜于散文的写作。成名之后的舒婷,为人处世很低调,她参加国内外许多文学活动,有个铁定的"三不"原则:一是不上主席台讲话,二是不接受采访,三是不允许约稿。舒婷写的散文,同样深受好评,她出版了《双桅船》、《会唱歌的鸢尾花》、《始祖鸟》等多部诗集,出版了散文集《心烟》、《秋天的情绪》、《硬骨凌霄》、《柏林,一根不发光的羽毛》、《今夜你有好心情》和《舒婷文集》(三卷)等多部散文集。

对陈仲义不甚熟悉的人,都以为他只是个诗评家,其实,他早期以诗闻名,其他如小说、游记、歌剧等,也都尝试过。近十多年来,他以评论称著于世,出版了《现代诗创作探微》、《诗的哗变》、《中国朦胧诗人论》、《台湾诗歌艺术六十种》、《扇

形的展开——中国现代诗学谫论》和《现代诗技艺透析》。关于他的诗论,评论界曾给予高度评价,"在目前的诗歌理论界,也许陈仲义是一个被忽略了的真正的诗歌理论家……"(叶橹);"他提出一系列崭新的概念,可能是新诗理论发展中相当重要的范畴,也许当代新诗理论史会记录下他对于个人化在范畴上所作的分化和衍生的功绩"(孙绍振);"在陈仲义这部新著《拓宽诗学研究的视野》里,我们看不到以往那种对传统诗学研究模式的重复,他开拓的研究格局让人耳目一新","陈仲义的悖论以一个清新完整的横切面为新世纪诗学提供科学的参照","可谓近年中国现代诗学研究的一个模范工程"(沈奇);"具有理论广度、深度、及新颖度。对 21 世纪现代诗学共建工程是令人满意的奠基礼"(王永)。

知青作家黄汉忠为谢春池所写的《世纪之交,最后的知青诗人》一文,叙述了还在写诗的陈志铭和林祁,到了后期,只是有感而发,诗的数量不多。而谢春池似乎是在已知天命的阶段,才真正找到诗的灵感,再度涌起诗的激情;90 年代后期至今,心灵的每一次躁动,都引起他写诗的冲动。近 40 年过去了,诗经历了朦胧诗、先锋诗和后现代诗几个阶段,谢春池的诗不被扬弃,这与他感应时代脉搏,接受新生事物有莫大关系。除了继续写诗外,文学所有领域他几乎都涉猎到了,散文、随笔、小说、报告文学和文学评论,他都富有成果,他已出版了文学专著 23 部。其中中篇小说《喷薄欲出》影响颇大。在厦门知青作家群中,谢春池是最后一个离开闽西的,但他不是返回厦门,而是去了泉州华侨大学。1989 年,他才调回厦门,在《厦门文学》任职。在所有的知青作家中,谢春池的知青情结最深。1995 年他为《厦门文学》推出中国的第一本知青文学专号,此前他就提出"厦门知青作家群"这一概念,其专著《我知道,我是一个永远的知青》、《最后的母校》以及主编的《告诉后代》、《震撼与反响》、《命定》、《中学时代》等知青大型图书在社会上流传甚广,可以说,对于知青文学的贡献,闽省之内,无人可与之相比。

据陈耕讲述,他一开始是写一些散文和剧本的。他曾与当时在永定县文化馆工作的省下放干

部张惟到省重点工程芦下坝水电站采访，写了一部歌舞表演剧《前进，芦下坝》，该节目参加县文艺调演获第一名。不久，他又写了一部小话剧《新来的支部书记》，该话剧参加省文艺汇演。后来，他和张惟合作，完成了电影剧本《血与火的洗礼》。该剧由西安电影制片厂拍摄，于1979年搬上银幕，是福建省"文革"后的第一部电影故事片。1978年，他被借调到福建电影制片厂，与蒋夷牧合作，用半年多时间，完成了电影剧本《小城春秋》的改编任务，该剧本由福建电影制片厂拍摄，于1981年播映，是我省拍摄的第一部电影故事片。他还与人合作舞剧《南音魂》、歌剧《阿美姑娘》等。

虽然迟了几年，但张力在文坛出现，就显示了创作实力。中篇小说《火车头牌足球队》一问世，即引起关注。随后他的中篇小说《海湾上的草原》及其续篇《海湾上的酒吧》引起反响。《海湾上的酒吧》被上海电影制片厂看中，改编为《幸福不是毛毛雨》搬上银幕。后来他创作的长篇小说《蛇侠》，也被改编为电视连续剧《慓悍家族》，由厦门电视台播出。不幸的是，张力英年早殁，他于2002年5月病逝。

早期写点诗歌的王伟伟，80年代写起小说，其中以发表在《福建文学》的中篇小说《鸟粪岛》最佳。90年代，他则写了大量散文，结集出版《厦门岛上走西口》等二种，近两年，他又开始小说创作，而且，均以知青出身的人物为主角。

在厦门大学任教的郑启五，早期也写诗，1976年周恩来逝世了，那时在厦门大学食堂当炊事员的他，写了一首100多行的《诗的花圈》，还在学校大礼堂当众朗诵，引起轰动，该首诗即被刊载在专登论文的学刊上，而且排在头条。考上厦门大学外语系，他对翻译外国小说产生浓厚兴趣，先后翻译了《忏悔》、《一个枪手》和《香格里拉》等。同时，他的创作欲望也被激发了，并很快进入了他小说创作的旺盛期。《国际玩笑》等小说还被《小说月报》等全国性选刊选载。这十多年，他主要写散文、随笔，已有《情结武平》等多部专著出版。

前两年，台湾的乡愁诗人余光中访问大陆，来到厦门，《厦门日报》曾专版报道，撰文者徐学，于厦门大学台湾艺术研究所任职。徐学主要从事台湾文学研究，也写散文，评论的对象大多是台湾作家及其作品，一时间这方面的论文大有"排炮齐发"的势头，对余光中诗歌作品的研究成果，尤为引人瞩目。至今，他已有《余光中传记》等多部专著问世。

在厦门台湾艺术研究所工作的黄汉忠，1976年招工到厦门新华玻璃厂当工人，此后，他发表了一批诗歌，其中《明净者之歌》最佳。1995年他调到厦门市剧目创作室，创作方向随之改变了。但他并没有放弃文学写作，不时写一些散文和评论文章。

厦门知青作家群中的舒婷

《中国知青文学史》把厦门知青文学分为"厦门知青的组织化文学"和"厦门知青文学群落"二个部分。然而，厦门知青文学这两种截然不同的状态并没有对立，也没有截然分开。显而易见，如果厦门知青作家群没有舒婷，这个群体的价值和分量就显得轻了，正是拥有舒婷，厦门知青作家群才足以让世人瞩目。

在插队的岁月里，舒婷开始写诗，并以此为最大乐趣，从未中断。令同辈人甚为诧异的是舒婷写诗居然不受到一波又一波政治运动的影响，在举国上下皆是颂歌和战歌的年代，她居然能充耳不闻，躲在诗的象牙塔里，抒发其情感，寄托其哀乐。在那个年代，她的诗是"另类"，不被理解，也大都不被接受。虽然，70年代她也是厦门知青文学沙龙的成员，但她的诗作是"孤立"的，在沙龙的争论中，她也处于劣势，令人敬佩的是她异常坚强，绝不妥协。

那时的舒婷，怎么也没有想到，自己会成为举世皆知的诗人。后来，她的诗引发福建诗坛乃至全国长达多年充满火药味的激烈争论，反对她的与支持她的，双方旗帜对垒，殊死论战。1980年，《福建文艺》1月号发表舒婷的诗作，并且公开讨论，把舒婷推上了一个"生死搏杀"的诗歌舞台。从此，她身不由己地被一股不可阻挡的洪流裹挟，登上中国诗坛。

谢春池在《百年厦门》的"厦门知青作家群"一节里，对舒婷的崛起有一段"内幕"的披露：当陈志铭、谢春池们大写"革命诗歌"的时候，舒婷正悄悄地少为人知地写着后来被称为"朦胧诗"的抒情诗。1970年冬天，舒婷认识黄碧沛，她带去《致大海》和《丽帆》，富于哲理的抒情为黄碧沛十分欣赏。后来，黄碧沛把舒婷的几首诗寄给还在闽北山区劳动改造的蔡其矫，为蔡其矫十分看重，舒婷获得他们热情真挚的指导。1977年的春天，蔡其矫介绍舒婷和北京同样年轻而富有探索精神的"今天派"诗人们认识，1979年秋天，她来到北京和许多未曾见面却熟悉的朋友相聚，北岛、江河、芒克、多多、严力……此间，舒婷的《致橡树》和《祖国啊，我亲爱的祖国》等在《诗刊》发表，引起诗歌界的注目。在北京一个大型诗歌朗诵会，著名电影艺术家孙道临朗诵《祖国啊，我亲爱的祖国》，掌声爆发，淹没了大厅，人们在节目单寻找诗作者的名字，这么好的诗是一个名不见经传的作者所写，舒婷——陌生诗人的名字开始被公众记住了。

仅仅把舒婷放在厦门知青作家群里来记述显然是不够的，这样的记述只是众多角度中的一个，作为百年福建文学中的顶级诗人，舒婷须有较全面的记述，这留待他人去做。

今年，是厦门知青插队闽西35周年。从上世纪70年代的厦门知青文学群体，到90年代的厦门知青作家群，厦门知青的诗人和作家们一直在厦门、福建乃至全国文坛贡献自己的力量，而且甚有作为。然而，35年过去了，除了舒婷，他们中没有人拿出震撼人心的知青文学作品，这不能不说是一个极大的遗憾。

选自《厦门文学》2004年9月号

闽西红土地文学的崛起及其渊源

张　惟

一　红土地文学在地火中奔突

张胜友为闽西作家协会编的《红土地散文选》(作家出版社 2003 年版)所作序言,有一段回忆性的叙述:"闽西红土地散文发展到今天,有其必然性。早在 1975 年的'文革'末期,'四人帮'大搞写'走资派',闽西的作家们,在张惟同志的精心策划、组织下,深入生活,寻觅老一辈无产阶级革命家的踪迹,用散文这种最便捷的文学样式,讴歌他们的伟大功绩,抵制'四人帮'叫嚷的写'走资派'。"

这时,已出任中国作家协会党组成员、书记处书记的他,为什么没有用习惯性的"党的领导"一词,当然不是出于疏忽,而是他亲身经历后的理性思考,他知道需要点出当事人才能说出复杂的具体过程。当时他与广大的老三届高、初中学生,被驱赶到农村从事繁重的劳动,面临"文学的死亡"。1975 年邓小平第二次复出主持工作,各地借着毛泽东说的"诗歌、散文、小说少了",已起用老干部出山的中共龙岩地委决定成立文学创作组(现在闽西文学院的前身),我和张胜友都是成员。谁知到年底又刮起"批邓,反击右倾翻案风"。创作组为了不执行江青一伙把持的"文化领导"的"大写走资派"的指示,避祸江东,只能由刚从部队转业来的文化局长(他还挨不上走资派复辟)出面,向福建省军区申请了"纪念红四军入闽和古田会议 50 周年"创作经费 2000 元记得创作组出发时,还是张胜友管着这笔经费,此行是逆着当时把持党的文化领导权的江青、姚文元的指令进行的,是作家们的良知和智慧的自觉行动,自然也是符合党的真正意志和人民愿望的行动,无意中也为其后新时期闽西文学(包括红土地文学)的兴起开路。

由此联想到最近在《厦门文学》2004 年第 9 期,看到黄梅岗文转述的杨健著由中国工人出版社 2002 年出版的《中国知青文学史》,其中把到闽西插队的厦门知青作家划分为谢春池、陈志铭等的"组织化文学"和舒婷的非组织化文学的"民间艺术群落",并说"(厦门知青文学群体)起初这种文学创作还是个人化的,但是在'文革'文化机制的约束下,在官方文学思想的引导下,逐渐走上一条组织化的道路"。

如该书所述,1970 年前后,两万多厦门知青插队革命老根据地农村,但作者忽视了这时的"文化机制"和官方文学思想是一分为二的。原先的宣传、文化机构都斗、批、散了,其后占据文化大权的是江青、姚文元,所谓官方文学思想,也就是他们的意志。而在"文革"中被迫害、打击、下放到农村的宣传文化干部、作家、记者、编辑、教师,已被排斥出"文化机制",被视为官方文学思想的异类。就闽西说,譬如我从省委宣传部文艺处被下放永定,宋祝平从《福建日报》,蔡厚示从厦门大学被下放上杭,何泽沛从福建省文联被下放连城等等,这些下放干部与知识青年结成了患难之交,其文学思想对知青一代的影响只能是个人化的。

回顾当时的情况,其实两万多厦门知青和本地的几万回乡知青深入到农村和人民中,革命老区的历史的血与火的斗争,人物命运的大起大落,以及现实生活的极端贫困和愚昧,必然引起热情而有文化知识的青年人的极大困惑和思考,也开始红卫兵一代对"文革"的反思。1971 年"九一三"林彪事件后,一批老干部的"解放"和对历史的阐述(如井冈山的朱德扁担被篡改为林彪扁担等),使身处革命老区基层农村的知青中的文学爱好者,纷纷将实践中的思绪和感情释放化成初试的创作。其时《福建日报》重开文艺副刊,《福建文艺》调回一些老编辑办试刊,地、县也借调下放干部中的文化人主编《工农兵文艺》等。较早看到厦门知青诗人朱家麟 1972 年 8 月在《福建文艺》第1期发表《新保管》以及该刊第2期的《汀江畔》。同时出现的有陈志铭的大量诗歌和陈元麟、谢春池、林祁、刘瑞光、陈仲义、陈恬等厦门知青作家的散文、诗歌、小说。同期本土工人作家钟标龙发表一批小说，而本地知青作家较早的有林品仁在1972年《福建日报》发表的小小说，张荣生、张胜友在1973年7月17日《福建日报》发表民歌《送粮路上》，随后邱滨玲、李治莹、马卡丹、吴新成、郭丹也在《福建日报》、《福建文艺》上发表了一批的诗歌和散文。

下放干部中的文化人也开始活动起来，如上杭县抽调作家宋祝平、蔡厚示、洪群等加入写作组，永定由张惟主编《工农兵文艺》。

这时的广大知青作者，还有基层被借调的下放干部中的作家，以及被调回《福建文艺》当编辑的老作家何为，《福建日报》副刊编辑陈炳岑等，在本质上都与当时在台上的"文化机制"和官方思想是相抵触的，只不过是在特定情况下求得文艺生存和伸展的一种状态。1976年金秋十月粉碎"四人帮"后，以讴歌革命战争和老一辈无产阶级革命家为主要内容的闽西红土地文学的兴起，是身处革命老区并与"四人帮"进行过斗争的作家（包括知青作家）对历史思考的自觉行动。1976年底在古田举办第一期闽西文艺创作班（后连续办了10期和延续发展为第一至第九届的红土地·蓝海洋创作笔会），并委托以陈志铭等为主编辑诗集《古田颂》，以张胜友等为主编辑散文集《毛主席在闽西》，后被选送参加德国法兰克福图书博览会，实际上是对"文革"达到登峰造极的"左"的思想的大胆拨乱反正。不要以为"歌德"无罪，就在1976年，福建省的一出歌剧《古田之路》主旨是攻击朱德、陈毅，瞿秋白的《多余的话》还被视为"叛徒的自白书"。所以在粉碎"四人帮"初期的岁月，"左"的阴影尚在徘徊，闽西的下放干部中的作家和本地回乡与厦门插队的知青作家，是凭着在农村七年的患难与共的信任感，以及身处革命老区的特殊创作环境，依据自己的自觉和历史洞察力，立足于闽西特有的革命历史题材资源，既写了毛泽东，也写了"文革"中被涂黑了的朱德、陈毅、贺龙、叶剑英、邓子恢等革命家的光辉形象。尤其是《闽西文丛》在全国最

早发表了重新歌颂瞿秋白的散文《梦秋白》，此文在全国为瞿秋白平反时刊登在1980年的《人民文学》上，产生了较大的震撼力。1979年拍成以基督教徒出身的红军医生傅连璋为原型的电影《血与火的洗礼》在全国放映，以及颂扬包产到户的首创者邓子恢的大型戏剧《人民啊，母亲》，都是作家率先冲破官方文学思想的某些禁忌，勇于探索、自由创造的产物。著名的朦胧诗人舒婷也参加过文艺创作班，她在《闽西文丛》1980年第一、二期发表过《雨别》、《再赠》，她的诗风显然与众不同，但她的风格受到尊重。因为致力于红土地文学的作家们歌颂的从瞿秋白到邓子恢，以至基督教徒出身的傅连璋，在红四军中被误作"社会民主党"追杀而脱党拥兵自立的傅柏翠等等，都是自身在冲破传统禁忌的过程中，带着很大的探索性。当然，这部分作者受传统的现实主义文学思想影响较多，后来大多转为新时期的主流改革派文学，如张胜友等。

因而，在那个特定的历史转折时期，闽西红土地文学的崛起，题材主要选择了中央苏区组成部分的闽西革命根据地的历史斗争，是在"文革"之后，作家（作者）们经历社会底层人民生活的磨砺之后，怀着历史的反思和批判的锋芒，冲破"左"的思想禁锢，还历史以本来面目的勇敢表现。这批作品和作家的历史作用即在这里，当时是作为"文革"文化机制和官方文学思想的对立物出现。后来，红土地文学成为闽西文学的主潮势在必然。当然，红土地文学并不能概括闽西的全部文学，如中国先锋主义作家的前锋北村即是闽西人，受其影响，吴尔芬的长篇小说《雕版》显然有后现代主义的风格。被贾平凹称为天才的两位青年文艺理论家谢有顺、傅翔也是闽西走出去的。诗人舒婷当年也插队在闽西。闽西文学史是包含他们，而且同样引以为荣的。

二 红土地文学的光荣源流

红土地文学所继承的源流是悠久的，要追溯至五四新文化运动和中央苏区的创立。

现在的闽西和赣南都提倡和研究红土地文学，而且两地加强了联系。因为历史上两者曾联为中央革命根据地，成立中华苏维埃共和国，作为

今天发展中的强盛的中华人民共和国的雏形,自然吸引世人的目光,有其值得继承、弘扬和研究的地方。

我是长期生活在闽西的作家,而不是专门的中央苏区文化史研究学者,所以我只能从自己所接触和实践的角度,谈谈闽西红土地文学的渊源、历史和发展。

红土地文学是中国现代文学的一个分支或流派,其源头都起于辛亥革命,尤其是1919年的五四新文学运动。现在的龙岩市政域,清代分设汀州府、龙岩州,民国将省以下全部改为县,我现在叙述闽西红土地文学,主要是现属龙岩市的一区一市五县的范围。

清末的1903年,将新罗书院改设龙岩中学堂,我以为是当地的文人由科举向现代知识分子转型的开端。我们现在看到的章独奇、林仙亭、苏庆云的一些作品,他们在1915年开始,应该是最早由古文、古诗转向白话文、自由诗的作家。1915年郑超麟从漳平到龙岩九中读书,看过《小说界》,也开始接触白话旧小说。当然,真正兴起还是在陈独秀、胡适等倡导的新文学运动之后,波袭闽西。除上述之外,第一批作家、诗人还有陈明、阮山、胡轶寰、吴梅林、李竹秋等。

五四新文化运动,是红土地文学先驱者的思想源头。龙岩九中毕业的邓子恢1921年上书陈独秀要求加入共产主义小组未果,1923年他与"龙岩八骏"创立奇山书社,主办《岩声报》,名诗人章独奇出任总编辑,这份报纸对闽西的革命和文学发生了很大的作用。郑超麟则走得更远,他到法国主编《少年共产党》的刊物,邓小平为他当"油印博士"。上杭罗大准、邱炽云、郭百筹组织文艺研究社和出版《红痕》,旅居广州的汀属青年谢秉琼、胡轶寰等创办《汀雷》,黄亚光、张赤男、罗化成、王仰颜创办《长汀月刊》,尤其是龙岩两百学子下厦门集美"盗天火",杨世宁、谢景德、李联星等发起组织"新龙岩季刊"社,谢景德、张旭高、郑日晖等创办《到民间去》,直接将五四新文化和马克思主义圣火引到闽西。

但是,真正形成红土地文学,我以为还是应该从毛泽东、朱德、陈毅率领红四军由井冈山进军赣南、闽西,创建中央根据地算起。

毛泽东本身是大诗人,他1929年自长汀水口渡河,吟下了"红旗跃过汀江,直下龙岩上杭"的名句。儒将陈毅写的大概是陆路行军,"闽赣路千里,春花笑吐红,孤军气犹壮,一鼓下汀龙"。此期间还出现了一些很好的通讯,如攻石的《朱毛到了汀州》(《红旗》第20期),恽代英的《请看闽西农民造反的成绩》(《红旗》第83期)等。

1929年12月在上杭古田召开红四军第九次党代会,毛泽东的报告制定了建党建军的纲领,其中的文化部分,我以为是体现毛泽东文艺思想的最早文献。这个文化工作纲领,比《在延安文艺座谈会上的讲话》早了13年,自然是红土地文学诞生的指导思想。

建立闽西革命根据地之后,文艺在革命战争的环境中生存和发展,出现了两个显著的特点:

一是本土文化的先驱者和作家们大都投身到实际的革命斗争中去了。如谢景德成为中共福建省委常委兼驻红四军总联络员,李联星成为闽南特委委员,邓子恢担任闽西特委宣传部长(后为书记)时被称为"山歌部长",阮山创作了大量的山歌鼓动群众并成了永定农民暴动副总指挥,张赤男带着他的学生杨成武等参加了红军并成为红四军第三纵队政委,陈明为红四军政治部宣传科长,邱织云为红八团政委,苏庆云主编《闽西红旗》等等。

二是五四新文化运动尤其是左翼作家提出的"文学大众化"在革命根据地得到实践,其高潮是党的早期主要领导者之一,和鲁迅同为中国新文学旗帜的瞿秋白,到达中央苏区担任教育人民委员(人民委员是职务,相当于国家部长)。他制订了"苏区文化教育工作计划",主持创办了《苏维埃文化》月刊,提出"向山歌、民歌学习"。他亲自选编了中央苏区唯一的剧本集《号炮集》(含《牺牲》、《不要脸》、《李保莲》、《非人生活》、《游击》五个本子)并作序。原有的伍修权、李伯钊等组建的八一剧团(后称工农剧社)得到充实、扩大,并在闽西永定虎岗设立高尔基戏剧学校,曾训练了一千多名学员。那时在福建省苏维埃政府担任文化部长的郭滴人(闽西革命根据地的主要创建者之一)在担任闽西特委书记时曾直接指导闽西苏维埃政府文化部创作印发了独幕剧《罢工》(见

《福建革命根据地文学史料》,海峡文艺出版社1993年版)。

由于王明"左"倾机会主义路线的错误,导致中央红军被迫撤离中央苏区,进行二万五千里长征。瞿秋白在转移中于福建长汀被俘,他写下了《多余的话》,从容英勇就义,长汀罗汉岭下矗立了中国文学史的一座永远的纪念碑。

中央红军走了,当地的革命斗争尚在继续。毛泽东、瞿秋白这样的思想巨人留下文化痕迹的地方,红土地文学还在延续。继承者有钟骞主编的中共闽粤赣边区党委机关报《前驱》,林映雪主编的中共龙岩县委机关报《团结》,左联作家马宁回到龙岩主编的文艺性综合刊物《抗敌前锋》,以及抗战中内迁长汀的厦门大学师生主办的众多文艺社团、刊物等。临近龙岩的山城永安成为福建战时省会,曾集中了一批中国文化名人。董秋芳主编的《新语》孕育了张垣、曾士恺、王荒草、赖丹、吕沁、陈培基等青年作家。解放战争的华南游击区时期,华南文工团、(香港组成的)福建文化服务团和闽粤赣边纵文工团三支文艺队伍会师龙岩,也有自马来西亚和新加坡归来的被誉为马华文艺前驱者的作家马宁、杜边、邱士珍,他们为迎接新中国成立的闽西文艺工作做出了奠基性的贡献。革命战争环境的闽西文学,到此有了一个有力的"豹尾"。

三 红土地文学流派的崛起

新中国成立到"文革"发生的这17年的闽西文学,我想跳过去从略叙述。不是说这时期没有作家和作品。如陈炎荣的4部儿童文学,陈军平的戏剧《陈客嫲》,李朗的《老货——刘永生将军》,江斌的《抓"苏维埃"的故事》,石进福的民歌等,都在省内外产生一定的影响。而全国作家采访中央苏区,多奔红都瑞金而去,江西有电影《翠岗红旗》,闽西一部都没有。福建著名作家姚鼎生到龙岩访问保田斗争写成的长篇小说《土地诗篇》,虽受到茅盾的赞赏也迟迟不能出版。当然,这一期间我随闽粤赣边纵文工团奉调华东军区,对当地的文学创作情况也缺乏了解。然而,我1957年回了故乡一趟,发现除了"反右",还由于闽西的作家,由于种种莫须有的原因,受到更多更

深的打击和迫害。王荒草、李朗、陈丹心、简又新、江斌都成了所谓"右派",陈炎荣被开除回乡,张垣、赖丹、吕沁等都噤声不作了。直到1964年我调回福建省委宣传部文艺处工作,参加选拔出席1965年全国青年文学创作积极分子大会的代表(按序应是全国第二届青年作家大会),好不容易才在闽西山区找出张永和、钟尚年、陈一灵等人。接着"文革"的一阵狂风骤雨,把他们打成"修正主义文艺苗子",不久我也下放回乡当农民了。

如前所述,度过了颠倒黑白、没有文化的"文革"岁月,作家贬落民间和回乡与插队的知青文学爱好者一起,在革命根据地丰厚的历史资源面前重做"文学梦",这就不是从教科书里接受的官方语言,而是带着历史的反思和理性的思考,继承毛泽东、瞿秋白在中央苏区开创的红土地文学传统,独树一帜地发展红土地文学流派。其时,全国开展"实践是检验真理的唯一标准"的讨论,全党突破"两个凡是"的束缚,党的十一届三中全会确立"实事求是,解放思想"的思想路线,邓小平在全国第四次文代会的祝辞,使文艺走上了新时期发展的广阔道路。

以红土地文学为主要特色的新时期的闽西文学,出手不凡。如触及王明路线和毛泽东困境的《中央苏区演义》,反映毛泽东艰难复出挂帅的《喷薄欲出》、《东征之旅》,解剖错误的"肃清社会民主党"事件的《乐土悲歌》等中长篇小说,总的来说是能够反映了那个伟大的时代,更接近于历史的本质和人性的复归,留下了一面历史的镜子。而电影《血与火的洗礼》,《陈毅轶事三部曲》、《大地的儿女》、《闽西大暴动》、《傅连璋》等100部(集)电视连续剧,不仅填补了闽西文艺创作领域的空白点,而且极大地提高了革命老区的知名度。传记文学如写邓子恢、张鼎丞、方方、傅柏翠、刘永生、邱锦才以及海外的胡文虎、王源兴、陈灼瑞等人物,都对当时人为设置的禁区有重大的突破,其他如诗歌、散文、故事作品也有全面的收获。

闽西红土地文学,已经以其实绩引起了广泛的注意。闽西和赣南的大量文学作品的联动,使红土地文学在全国占有一席之地,独树一帜。从众多作品的实践,应该是对红土地文学进行理论界定的时候了。

从本质的特征上说，在漫长的中国文学史中，红土地文学是产生于一个特定的历史时期，可以概括为"描写和反映中国共产党领导广大人民群众创立革命根据地与进行革命战争的文学"。历史界限即是第一次国内革命战争时期、第二次国内革命战争时期、抗日战争时期、人民解放战争时期。

但是，革命战争中人民所创造的巨大历史功勋和艰苦卓绝的精神，还长久地留在当地。人们认为当代的社会主义现代化建设与历史是一脉相承的。譬如，龙岩市委提出的动员口号是"努力走在全国著名革命老区最前列"；闽西作家协会组织当地作家创作反映现代化建设的作品，在闽西作家表现现代生活的作品中，必然会有历史的巨大背景，甚至人物上有其精神的相承和延展，其特征显著突出者，似也可称后红土地文学。

新时期红土地文学的创作，除了部分中年作家参加，主要是依托和起用本地回乡和厦门插队的知青作家，所以出了作品，也推出了新人。这些人尽管离开了闽西，走向全国，但起点是闽西，他们之中人们熟知的有张胜友、何东平、王光明、邱滨玲、卓洋、谢春池、陈元麟、陈耕、朱家麟、陈志铭、陈仲义、张力、黄汉忠、林祁、陈恬等。还有不属于上面两类知青的青年作者苏浩峰、方彦富、陈小培等，以及客串到闽西文学创作班进行创作的黄启章、杨建新、施群等。

我们提倡红土地文学，是从闽西的特点出发，以此在全国的文学中占有一席之地。作家的创作是最个人化的，对留在本地尤其是走出去的作家，他的任何有特色的作品和创作成就，都是受到家乡的尊重和支持的，如中国先锋派小说家北村。外地一些著名作家加盟写红土地，如何为(其《临江楼记》已成名篇)、阎欣宁、邓晨曦、沈世豪等自然是受到红土地人民的欢迎。

那么，我们在本地坚持文艺百花之一簇的红土地文学，在改革开放的当代是否有前途呢？现实作了肯定的回答。

青年作家钟兆云写了《将军与故土》，他走出闽西后，写了邓子恢、刘亚楼、项南等人的一系列传记文学作品，尤其是反映台湾命运的《国之大殇》，引起了旋风式的反响。而就留在本土的青年作家来说，有众多闽西作家参加采访创作的《八闽开国将军》6卷8册，尤其是2004年1月发表在《福建文学》头题的中篇小说《秋白之死》(庐弓)和解放军文艺出版社2004年出版的长篇报告文学《军魂——古田会议纪实》(傅柒生)，我以为是标志着闽西红土地文学第二轮创作高潮的掀起，并向着精品工程冲刺的力作。散文方面的邓汉征、黄征辉、马卡丹、吴浣、乔莎，小说方面的黄瀚、曾昭寿、吴尔芬、吴乐、邓韶征，传记文学方面的张永和、练建安、周大文、符维健，诗歌方面的余小明、江熙、秋枫、朱佳发、邱德昌，戏剧、电视剧方面的邱炳皓、林国良、孙国亮、王保卫、练建安，都有新发展。尤其出现了80后的一批青年作家，以作家出版社"红土地文学丛书"与海峡文艺出版社"龙吐珠文丛"为依托，包括全国各出版社的支持，闽西作家每年都有20部以上的作品问世，以红土地为主潮的闽西的文学。

厦门知青作家在那个特殊的岁月，与红土地的人民和作家建立了特殊的感情。从1976年底在古田举办的第一期文艺创作班到第十期，两地作者在一起写作交流。知青返城后，两地作家发起举办"红土地·蓝海洋笔会"。从1990年起至今也举行九届了，被谢冕教授称为全国文学界少有的现象。这种山区与沿海，老区与特区的作家和创作思想的交流，正在默默地发挥着某种独特的作用。

选自《厦门文学》2004年12月号

人文精神与社会进步
——王蒙访谈录

王 蒙 俞兆平

2004 年 9 月 20 日，原文化部部长、著名作家王蒙应中共厦门市委的邀请，来到厦门，为"厦门人文论坛"作首场"人文精神与社会进步"的演讲。在演讲之前，王蒙接受了《厦门大学学报》常务副主编俞兆平教授的采访。以下是访谈纪要。

俞：关于人文精神的研究和讨论，在中国现代历史上有过两次高潮。第一次是 1923 年"科学和玄学的论战"中，涉及人文问题的讨论；第二次是 20 世纪 90 年代初，由上海一些理论家和作家，提出了人文精神失落的问题。当时有一种观点是，当商品经济、市场经济发展到一定成熟的时候，到了比较发达的地步，它将回过头来，进行自身调节，关注人文精神的建构问题。王部长当时好像是比较赞同这方面的意见。

在访谈开始时，我们先做些概念分析，即关于人文精神的内涵的界定，希望能先向王部长请教。

王：我原来对这个问题发表过一些意见，但内容主要不在于人文精神本身，而在于所谓"失落"。因为在 10 年前，我觉得在市场经济刚开始有一点发展，远远谈不上完善的时候，却提出来一个精神失落问题。对此我不太能理解——是不是原来的计划经济很具有人文精神，或者说"文化大革命"很具有人文精神呢？在宣扬一种革命的口号时，有时候唯意志论也可能被说得很像是人文精神，人的精神。回到文学艺术自身，在今天的尚待完善过程的市场经济体制运行中，一些高品位的文化产品，由于不同原因，可能不受读者或受众的欢迎，就像是大众失去了人文精神似的，这也是一种未必全面的理解。我主要是对这一些混乱的价值判断提出质疑。

俞：当时您提出了一个比较尖锐的观点：市场经济比较符合经济生活的自身规律，市场经济也比较符合人的实际的行为动机和行为制约，所以对人文精神建构还是有利的。

王：对，市场经济是相对比较民主的一种经济。市场经济是一种经济民主，不是由哪个领导、部门，哪个个人、国家圈定的经济发展，而是按市场的需要、供求的关系运行的。那种把市场经济当作人文精神失落的起因，是不合乎事实的。当然，经过这几年的发展，市场经济里面的负面影响也慢慢暴露出来，这也是事实。在我熟悉的文学领域最为明显，各种炒作，使你弄不清到底什么是好作品，现在我也糊涂了。炒作厉害的作品不见得是好作品，发行量大的也不一定都是好作品。反过来说没有受众的作品就是好作品？天知道是怎么回事。随着文化界浮躁的情绪，种种出奇制胜的手段层出不穷。有时甚至往离奇的方向发展：低龄化写作就是一种。比如 16 岁写作不算低龄，又出了 14 岁写作，13 岁写作，还有更低龄的，甚至 9 岁写作，还有学前儿童发表诗集的，这个就超出了我们正常的思维的范围。但是，我也不敢说它就是假的，因为天下例外的事情也很多，但出这种例外的概率非常小。在北京，有一次人们问我对低龄儿童写作的看法。我说，我的朋友，教育部的一个司长，告诉我全国中小学生有 6000 万，大概是这个数字。但是低龄写作的也就五六个人，按六千万分之六，就是一千万分之一，这个概率小于飞机失事的概率。我正好接触一个飞机失事的材料，说飞机失事的概率是三十万分之一。飞机失事从你一个个人来说，你要起飞降落三十万次，其中才有一次可能碰到事故。所以一般人乘飞机就不必去考虑这个，我们到外地，还是坐飞机。所以，那个一千万分之一的低龄写作，是不能当回事的。

俞：但出版商却把它推而广之，使一千万分之一变成了一，市场化的炒作，扰乱了人们正常的视野与判断。

王：现在你我都闹不清，究竟什么是好文章，我也糊涂了。影响著作、文章价值的因素太多了，畅销也是一个因素。有一个年轻的朋友,出了一本书,宝马车都有三辆了。这当然也产生了吸引力,虽然现在我早过了开宝马车的年龄。

俞:这样,连国外流行的排行榜形式,看来也不能算数。

王:关于排行榜,现在是各家推各家的,各地推各地的,不必太认真对待。他们也都经过网上测验、投票什么的,有的还请专家投票。当然对于这些,你全把它否定了,也不一定对。它也有它所反映的一个侧面。

俞:王部长,上次关于人文精神问题论争时,您提出一个观点,在学术界影响比较大。就是说,计划经济恰恰在于它是"伪人文精神"的,这个观点在当时影响比较大,您能不能就这个问题再谈谈。

王:是,是。因为我讲过,以往对计划经济的肯定是有鉴于市场经济的种种弊端,特别是资本主义的市场经济,它在人的道德层面产生严重的负面影响,尤其是"金钱至上"的观念。这个事实马克思在《资本论》中就揭示过,而且还引用了古典文献及文艺作品里的一些材料,如莎士比亚剧作中的一些台词:金钱操纵了人的命运,金钱操纵了爱情,金钱操纵了学术,金钱操纵了政治。当然,还有其他的,有钱的人,有资本的人,对劳动者的压榨、剥削。还有人的贪欲,对私有财产的争夺。

俞:也就是马克思在《共产党宣言》中所指出的那样,人和人之间除了赤裸裸的利害关系,除了冷酷无情的现金交易,什么温情都消失了。它把人的价值变成交换价值。

王:人们撕去了一切脉脉含情的面纱,淹没在利己主义打算的冰水之中。这一负面的因素,在一定程度上导致了苏联式的社会主义体制。苏联在十月革命之后,取消一切私有财产,推行农业集体化,就是执行严格的计划经济。我那时候看苏联的小说,小说里老百姓有这种说法:"我们这里没有上帝,我们这里的上帝就是计划。"在苏联社会中,至高无上的就是计划。

俞:所以它也建构了一种精神的虚假,虚假的意识形态。

王:这个计划经济开始的时候,我也不认为它

的动机是坏的,就是为了垄断一切的,它不是,它是有鉴于资本主义的弊端而产生的。恩格斯论述过资本主义矛盾,个别企业的这种计划性和社会总体经济的自发性、无序性之间的矛盾,所以他就认为我们政府应该整体地,就像一家企业似的制定指标,制定计划,制定品种。

俞:这就是商品经济二律背反问题。一方面,商品经济促进了社会进步,另一方面又带来了对社会的负面效应。

王:由此,人类付出很大代价。而且不只是商品经济或计划经济,所有的人类进步都要付出代价的,没有一件事是不付出代价的。比如发明了电,电的功用非常之大,但是开始也好,现在也好,因为操作或故障,被电击死的人,数字也非常大,我估计比美国出兵伊拉克死的人多。

俞:这就出现了第二个命题。第一个命题是,市场经济推进了社会的发展,但也带来负面问题。第二个命题是科技问题,科技问题一再形成的与人文精神对立的状况。科技带来了文明,给人类创造了丰裕物质,但是科学也造成人文精神的失落。因为物质文明丰富了,人也就开始物化,这也就是马克思所揭示的异化现象。关于科技文明和人文精神对峙问题,王部长能不能谈谈您的看法?

王:这是比较深奥复杂的问题,我一时怕也讲不太清楚。但我感到是这样的,西方发达国家的前现代的——现代以前的那种人文主义精神,与当时的不发达的科学水准有关,往往带有一种天真、浪漫主义、理想主义、信仰主义的观念,它和这个有着密切的关系。比如它的人文精神离不开基督教精神,和基督教精神有关系。但现代科学的发达,越来越使关于宗教的一些神话受到质疑,所以到了尼采,他就说,上帝死了。你找不着上帝了,越来越恐慌、不安。到了后现代,有更甚的说法:人死了——不但上帝死了,人也死了。人死了是什么意思?就是科学越发达,就越造成人的忧虑,人不是中心,世界宇宙也不都是像古典主义时期所想象的那样,是为人类服务的。相反,那种把人当作世界中心的观点造成了对环境的破坏,造成了许多不良后果。所以说,人死了。实际上当然人并没有死。

俞:人类在 19 世纪、20 世纪,对地球资源的

掠夺,对地球环境的破坏,达到了最恐怖的地步,已经超过了限度了。

王:科学的东西,最引起我反感的是它对爱情和性的分析。因为科学太科学化了,它甚至把爱情和性来进行科学的分析,就是把爱情和性完全当作一个科学过程,一个生理过程。

俞:1923年科学和玄学论战中,梁启超就嘲笑那种"科学的恋爱",说这种提法只能使人喷饭。科学怎么测量爱情? 爱情的温度有多高多低?

王:现在的科学根本否定爱情,不把爱情当成是一种精神性的活动。

俞:爱情变成一种生理反应。

王:他们认为,爱情反应是属于精神病现象。很多爱情的表现都和精神病的定义相一致,比如有幻视,有幻听,有顽固观念,有偏执,有梦游,有梦游现象和梦游感觉,所以现在我们的作家里流行一种看法,说爱情并不存在。

俞:这种从科学角度、生理角度出发的看法,好像是说爱情只有三年,爱情的新鲜感觉只保持几年。

王:也有把男女关系拍成科教片。这种科教片很严肃,决没有任何黄色的东西。它把整个做爱过程,一开始干什么,而后干什么,连温度变化、心跳、血流量,全部透彻地显现出来。我觉得这也不错,我们中国缺少这个东西。但它仍然不能说明男女之间的感情,爱情,你毕竟不能完全把爱情与人伦变成科学。

俞:一位旅美作家,好像是阿城吧,从美国回来,在一次中央台"读书"栏目的对话里提到,爱情纯粹是由一种生命中化学物质产生的,三年之后化学物质慢慢淡化了,爱情也就淡没了。

王:这类研究趋向甚至也有好处,比如人失恋了,痛不欲生,看科教片了,它说这是化学物质的,血液和心脏所反应的,他的痛苦说不定就会减轻些,从容不迫些。

俞:王部长,现在我们社会进入网络数码时代,它会对年轻人产生什么样的影响? 特别是对人文精神的影响?

王:数码时代,我只感觉很方便,但可能会影响人们的一些生活方式,特别是一些年青人。

俞:由于网络的随机链接,自由延展,使现在年轻人不大喜欢思考,好像思维都保持在平面化状态,再也不像过去,对着一本哲学书苦思冥想。

王:这点我不太了解。我想,可能会有这些问题。现在科技进步也带来了负面影响。有人研究自动控制板看电视,因为控制板看电视会造成思想的混乱。现在电视换频道太方便了,一个晚上几个小时过去了,却不知到底看了什么,如果切换很困难,或者频道很少,就一个频道,就只有看或者不看这两种选择,比如"文革"后期电视里常演《小兵张嘎》,看的就是小兵张嘎。所以上网,网络游戏,确实很容易上瘾,我的很多作家同行,年纪比我年轻的,在电脑前面一坐,7小时8小时不动,饭都不想吃。但是我要说一句,在中国,除了科学带来的影响以外,更多的是不科学带来的影响。

俞:您这个观点很激烈。

王:对于全体人民来说,现在主要还是受迷信、愚昧、野蛮、无知的影响,后者是主要问题。现在中国,还轮不到受科学带来的影响,而是受封建迷信的害,受邪教的害,受愚昧无知的害,这是主要问题。现在农村里头,每年干部换届的时候,去烧香的很多,这个我就不提了。

俞:您的思想紧跟着时代的前进。在商品经济、市场经济兴起的时候,您好像曾认为上海那些文人太敏感了,太脆弱了;在科技时代,您还是主张科技完善发展,但也看到了科技的负面影响。

王:是,是。当然,允许也须要从不同的角度考虑问题。因为考虑中国的情况,中国广大农村,还处在迷信状况,还有人自命为真龙天子,还有神汉巫婆。前一段电视播过一个节目,一个房地产公司老总非常相信他家的一头公鸡,视之为神鸡,每天要把运营策略方案写在纸里面,再把神鸡放出来,围着纸条飞,让神鸡叼起其中一条,他就按这办。这种事你可能不太相信,但我完全相信,中国这么做的人有的是。

俞:我相信。还有一个问题想请教王部长。现在大家对文艺团体的改制比较关注。文艺团体的体制要改革,要推向市场,有些人担忧市场经济的运作过程有可能吞噬高雅艺术,会削弱艺术所包涵的人文精神,会造成人文精神的失落,作为原文化部长的您对此怎么看？

王：我知道这事比较麻烦。因为不是从我这开始，是更早，是从我上一任文化部长时，对艺术团体的改革就有过很多争论，也出现很多麻烦。现在，国家改革的大方向是对的，至于具体的政策，有分类区别，规定了哪些属于代表一个国家的文艺团体，如中央乐团，民族乐团，京剧、昆曲等，这些都归国家投资保护；还有些满足一般精神生活、娱乐需要的，应该推向市场。我觉得有些政策大的方向还是对的。有些事情得慢慢习惯，那种永远过着由国家养起来的生活，不见得是文艺工作者最好的选择。另外，现在还有一些实际情况，说老实话，比如一个出色的文艺工作者，国家既要养他，他又到处私下演出，获取高报酬，实际上……

俞：是灰色收入。

王：不是灰色收入，都是明的，他既有编制，又有工资，又要到处走穴，又要高报酬。这个其实是不合理的，他有实际双重好处。开句玩笑，社会主义和资本主义所有的好处他都享受到。

俞：最后一个问题。昨天您游览了厦门这座海上花园城市，观感可好？希望您能对厦门人文精神建构方面提点意见，提点建议。

王：我觉得厦门市是座美丽的城市，民众的生活水准、生活质量处在上升势头，在不断完善当中。虽然我有十几年没来厦门了，以前来过两次，到厦门来还是十分愉快，有一种兴趣。在厦门觉得挺舒服的，气候啊，环境啊，包括朋友啊，包括厦门大学啊。

俞：舒婷和您就是老朋友吧。我们厦门的文学创作也处在上升势头。诗歌有舒婷，小说创作最近冒出一个须一瓜，势头正健，她们都属于全国性的水准。谢谢王部长！

选自《厦门文学》2005年1月号

"林家铺子":打造文学、文化与传媒的盛宴

李晓红

20 世纪 30 年代初,茅盾描写了小说中的"林家铺子",此后的上海,诞生了真正的"林家铺子",但它的老板,不是商人,而是教育家、文学家、期刊编辑;它卖的,不是针头线脑,而是"幽默"、"性灵"、"欧风美雨"、《西风》、《论语》、《人间世》、《宇宙风》……"林家铺子"的掌门人林语堂,与他的兄弟、侄儿们端出了一道道文化大餐,对中国的现代教育、现代文化产生了深远的影响。而这一群影响了中国甚至世界的人,是从福建南部的小山村里走出来的……

一 兄弟和睦

福建省漳州平和的坂仔乡蕴育了这一群天性开朗的人。林语堂在自传中写道:"如果我有一些健全的观念和简朴的思想,那完全是得之于闽南坂仔之秀美的山陵。"(《林语堂自传》)他们的父亲林至诚出身贫寒,曾做过卖豆仔酥、竹笋的小贩,但他靠自修学会了读书认字。二十四岁那年林至诚入教会神学院,后来成为一名牧师。林至诚共生了六子二女:长子景良(和安),二子玉霖(和风),三子憾庐(和清),四子和平(早殁),五子语堂(和乐、玉堂),六子玉苑(幽),长女瑞珠,次女美宫。

林至诚教育孩子们要对每个人都友好和善,互相亲爱,男孩子们不许吵架、打架,"我不能详叙我的童时生活,但是那时的生活是极为快乐的。那时稍微超出寻常的,因为我们在弟兄中也不准吵嘴"(《林语堂自传》)。父亲的教诲对孩子们影响很深,而后来"林家铺子"得以开张并"经营"多年,兄弟们之间亲密、和睦的感情无疑起着重要的作用。林至诚是一个理想主义者和乐天派,"敏锐而热心,富于想象"。其幽默成性、开朗和善的性格使林家不像当时中国一般家庭严格的长幼有序令人感到压抑,林家的孩子们大多有着乐观、开朗的性

格,"林家铺子"后来以贩售"幽默"为己任,自然与父亲的遗传基因对他们的影响不无关系。

林至诚因为传教的关系,对西方文明的了解不断加深,这使得林至诚一直有一种期待——孩子们到国外去念书,接受最好的教育。因为父亲是传教士的关系,孩子们进入教会学校读书一般都可以免费。因此,林家的兄弟们一般在坂仔读完教会办的铭新小学后,就到厦门鼓浪屿教会办的寻源中学继续深造,女孩子美宫也能到鼓浪屿读毓德女中,这在清末也是很了不起的一件事。

作为一名传教士,收入是很有限的,要培养那么多的孩子念书是一件不容易的事。林至诚让老大景良和老三憾庐就读鼓浪屿救世医院医科,为了让聪明的老二玉霖能走出闽南,林至诚变卖了母亲传下的一幢小房屋,终于将玉霖送到上海著名的教会学校圣约翰大学读书。而玉霖大学毕业后,因为学业优异而留校任教。林玉霖的孙女林梦海说当时圣约翰大学有一些福利,即教员的直系亲属可以免除很多的学杂费,孝顺的林玉霖当然很愿意帮助弟弟们到大上海读书,见见世面。这样,从闽南走出来的林玉霖终于帮助父亲去实现他的愿望,五弟语堂、六弟林幽也来到圣约翰读书了。林氏三兄弟在上海相聚了!牧师林至诚一步步地开始实现他的让孩子们"读书成名"(林太乙语)梦想——接受好的教育,林语堂和林幽还到外国去上了最有名的大学。

林家兄弟的再次相聚是在 1926 年。这一年,因支持学生爱国运动被政府通缉的林语堂从北京南下回到厦门,受厦门大学校长林文庆之邀担任厦大文科主任。林语堂又将他在北京任教期间的同事、好友请到厦大,有鲁迅、孙伏园、顾颉刚、沈兼士、罗常培等。一时之间,厦门大学"群贤毕至",许多名教授来到厦大,一时颇有北大南迁的景象。当时,林玉霖已经在厦大任外语系教授,他

还受陈嘉庚的委托做厦大最早的群贤、集美、同安、囊萤、映雪五幢教学楼的监工。现在，林语堂回来了，林玉霖谦逊地认为五弟在国内的学术影响力比自己更大，于是他将外语系教授的职位让给林语堂以便其工作，自己则改任学生指导长。10月10日，厦大"国学研究院"成立，校长林文庆兼任院长，林语堂兼任总秘书，林家的大哥景良和六弟林幽任编辑部编辑。这一次，是兄弟四人齐聚厦大。为了报答校长林文庆的信任，林氏兄弟不仅自己尽力为厦大服务，而且连家属也是如此。比如鲁迅就曾说过："……玉堂的兄弟及太太，都很为我们的生活操心……"

二 著称于世的"林家铺子"及其背后的人

1927年，林语堂来到上海。1928年，林语堂所编的《开明英文读本》三册由上海开明书店出版，供初中生使用。出版不久，即风行全国，成为当时全国最畅销的中学英文教材。由于《开明英文读本》的成功，林语堂有"版税大王"之称。1932年林语堂创办《论语》半月刊，1934年创办《人间世》，1935年创办《宇宙风》，一系列刊物的创办为林语堂赢得了极大的声誉。连40年代成名的张爱玲也回忆说当时立下志愿"长大后要像林语堂那样出风头"。可是接踵而来的事务之繁多使林语堂深感分身乏术，因此，林家兄弟的团结精神再次体现，大家又齐聚上海，为林语堂分担杂志的编务并成为刊物的重要撰稿人，从此"林家铺子"开张并迅速进入鼎盛时期。

林玉霖和林幽主要是分担《论语》与《人间世》的编务，林幽还以其深厚的外文功底承担了杂志大量的文字翻译工作。最令人感动的是老三林憾庐。林憾庐是林家一位最孝顺的孩子，当年他并不喜爱学医，可是他体谅父亲的难处，把到外面读书的机会让给了弟弟们。林语堂的女儿林太乙在其《林家次女》中这样写道："瘦削背弯的三伯也是医生，他在鼓浪屿救世医院读过医科，却不行医，他爱好文学。三伯就坐在饭厅桌子上编词典，文稿一篓篓地放在地上。他本性温柔，讲话时，像林家人，声音有点沙哑。他来上海和我们住之前死了一个儿子，他写了一首纪念儿子的诗，带泪一再朗诵给我们听。"可是到了1936年，林语堂

要携全家去美国，他手头在编的字典未编完，《宇宙风》由谁接编也很成问题，这时，林憾庐挺身而出，开始半路出家学编字典，编刊物。林太乙当时虽年幼，可是对林憾庐记忆犹深，"至于三伯憾庐，他更不得了。他对一千万人走向内地的大迁徙，对苏俄对中国的态度，对日本鬼子在国内肆虐的种种情形，对日军四万人登陆大亚湾，占领广州的情形……对父亲的作品在国内的评价和对《宇宙风》在桂林复刊的情形，讲个不完。他那股爱国的热忱，感性的丰富，与二舅形成强烈的对比"。

林憾庐接编《宇宙风》时正值抗战时期，为了使这本刊物成为抗战的文化根据地，林憾庐带着它下广州、去桂林，坚持不懈。1943年，林憾庐因病死在桂林，他的好友巴金亲手掩埋了他并写长文《纪念憾翁》悼念这位让他感动、给他力量的朋友。"你的死使神圣的抗战失掉了一个热烈的拥护者，使为正义奋斗的人失去了一个忠实的朋友。你是一个理想家，但你又是实际的人；你是一个虔诚的基督教徒，但你又和非宗教者做了好友。你在朋友中间发射着光彩，但是你单单为了一件小小的工作就牺牲了生命。的确，你是为了你那个'该死的刊物'（你骂它该死，更可见你是如何爱它！）（即《宇宙风》——作者注）死的。你为它牺牲了健康，牺牲了安乐，牺牲了家庭幸福，甚至冒着种种危险；你将自己的心血和精力熬成墨水，给理想多涂一点光彩，为抗战多尽一分力量。这些年来我就没有看见你闲过一天。最后躺在病床上，你还带着焦虑地筹划刊物的维持与发展。就在去世的前两天，你还关心地问起刊物的事情。你不会想到就在这么短短的时间以后，在你自己的刊物上会印出哀悼你的文章。"巴金认为，完全是《宇宙风》生存的艰难夺去了林憾庐的健康，直接导致了林憾庐的死亡："六年来……你就没有畅快地休息过一天，你忠实地守着你的工作，你终于死在你的岗位上……以后的责任应当由那些活着的人担负，希望他们能好好地继承你的遗志，实现你的抱负，让你更光辉地活在你的事业里罢。"人死了，可是刊物留下来了。这份《宇宙风》是抗战时期中国人精神的一种象征。睹物思人，巴金因此更加思念自己的这位好朋友。"……这些日

子里都是你的笑声引起我的笑声,你的镇定和乐观增加了我的勇气,你的豪侠的精神净化了我的心灵……"

之所以要大段引用巴金的文字,是因为这样一位为中国传播事业鞠躬尽瘁的人很少为人所知,他把光彩留给了他的兄弟,自己却长眠在异乡的土地上。由于巴金当年写下的这篇情深意切的文字,我们对这样一个"一直到死,你都是一个谦和的人;一直到死,你都是在替别人着想。你永远想到别人,忘了自己"(巴金)的林憾庐的事迹才有蛛丝马迹可寻。后来,巴金在写长篇小说《火》时还将林憾庐作为主人公,以纪念这位令人尊敬的朋友。如今在同安乡间林氏家族的墓地里,埋葬着的只是林憾庐的衣冠冢。

不仅是对林语堂的为人不了解,对林家人也是很不了解的。从林憾庐的身上,很可以体现出林家人那种默默地为人牺牲奉献的精神。

三 影响深远

与此同时,林家的第三代也成长起来了,他们也开始成为"林家铺子"的重要成员。林玉霖的长子林疑今积极为《论语》翻译,还写小说,林语堂的女儿林如斯也在《论语》中崭露头角。林憾庐去世后,他的儿子林翊重(伊仲)又将《宇宙风》办了下去。可以说,假如没有林憾庐父子的坚持,在那个战争频仍的年代,《宇宙风》是难以出版12年之久的。

"林家铺子"的文化气质及其影响,由《西风》杂志可见一般。《西风》月刊的编辑是经常在《论语》写稿的黄嘉德、黄嘉音兄弟,他们是厦门人,与林家关系很密切。因深受林语堂影响,他们于1936年9月创办《西风》,由于销路非常之好,两年后又出《西风副刊》,这两份刊物一直以林语堂为顾问编辑。它们是深受《论语》,深受林语堂之"向中国人介绍西方文化"观念影响的杂志,黄氏兄弟自述其目标是"译述西洋杂志精华,介绍欧美人生社会",主要是向国内读者介绍西洋杂志上"值得介绍的文章"。《西风副刊》的栏目设置非常丰富,有"专论"、"西风特写"(西方社会介绍)、"国外通讯"、"读书与写作"、"国际知识"、"军备·战争"、"科学·自然"、"生活·修养"、"健康·卫生"等等,发表过林语堂的《我对欧战的感想》、林国荣(林玉霖之子)的《转变中的英国》等文章。

1939年《西风副刊》第20期上登出"西风三周年纪念征文揭晓",谓共收到征文六百八十五篇,"寄稿的地方本外埠,国内外各地皆有,社会上各阶层,各职业界,各方面,各式各样的人差不多都有文章寄给我们,可见会写文章的并不只限于文人学者,同时也可以显示'西风'已经渐渐侵入了社会的各阶层"。当时在香港读书的张爱玲给《西风》寄来她在文坛初试啼声之作,其著名的《天才梦》,列征文的名誉奖第三名,在国内影响都很大。

林语堂一生勤于写作,中英文著作凡80种,可谓著作等身,而其文学观念、文化气质更是对后人产生了深远的影响。他还曾经自谓,"向中国人介绍西方文化,向外国人介绍中国文化"。这种使命感也影响着林家的后代,就在这一代代的传承中,林家将传播中国文化作为自己的使命,尤其体现在林疑今、林太乙身上。林疑今创作过小说《无轨列车》、《秋水伊人》,30年代起即翻译了大量外国文学名著,其中有相当多的译著至今都堪称经典,如海明威的《永别了,武器》,1939年他与葛德纯一起将《老残游记》译成英文本,向西方人介绍这部中国名著,同时他还在复旦大学、厦门大学等学校担任英美文学教授;林太乙曾以18岁的年纪在美国耶鲁大学教授中文,创作过小说《春雨春雷》、《明月几时有》等,她也曾经受联合国文教组织的委托,将中国古典名著《镜花缘》翻译成英文,在英美两国出版,她写的传记《林语堂传——我心中的父亲》、《林家次女》是研究林氏家族的重要史料,她还任《读者文摘》中文版总编长达23年之久。到台湾的林伊仲、林伊祝兄弟及其妻子也都是记者、作家。

因此,对于中国现代文学、现代文化、现代传播的历史,这从闽南乡间走出的林氏家族,无疑应该写上重重的一笔。

选自《厦门文学》2005年4月号

诗歌厦门的命运

庄伟杰

一

历史浩渺如烟，生命晶莹似露。时间在行走中会逐渐老去，但诗歌不老，只要人类的心依然活着。

屈指一数，华文新诗已迎来自己的90华诞。1917初春，胡适于《新青年》亮相的8首白话诗，已公认为中国第一批白话新诗。自此，许多诗人从四面八方介入新诗的发展流程中，一代又一代的诗人们不断在为新诗寻找探索的路向。即便以李金发的"象征诗"为起点，现代诗也已经走过了70多年的历史。诚如每个生命都有其成长的命运历程，华文新诗同样有自己成长的历史命程。

打开华文新诗地理版图，走进地处东南沿海边陲的厦门诗歌版块，在某种意义上，我们很难完整和清晰地辨认其整体历程，也难以从中感受到厦门诗歌的地域特色与团队现象。这可能与厦门诗歌在历史中那种时消时长的趋势有关，尽管在"蓝色而透明"（刘登翰语）的这片土地上曾经为现代新诗输送了像鲁藜、云鹤、鲁萍等蜚声海内外的实力诗人，并诞生了一个舒婷，但一个舒婷似乎显得太冷清太孤单太"异常"了。当我们站在新世纪的门槛，像回眸一座城市的兴衰交替往往受到种种因素的制约一样，我们更多地观察到历史对于诗歌（文学）的强烈干预，以至于很难为我们总结出文学内部的规律提供有趣的材料和形态完整的标本。在回巡和反思中，让我们欣慰的是，近几年来，厦门诗人，尤其是居住于厦门的青年诗人却以一种群体式"崛起"的姿态引得诗界投以关注的目光，我们仿如在华文诗歌版图上发现了一块"新大陆"。这就值得我们深思了。因为在诗歌写作走向边缘化且难以获得什么功利的特定语境下，厦门的诗歌方阵却伴随着时代大潮奇迹般地呈现了自身的生命纹理，而且以不可遏止的势头迅猛地展开。对此，我们该如何再度认定这种群体式的冲锋陷阵，或者说它是否具备"冲锋陷阵"的可能，又将产生怎样的价值和意义，等等。这些尤为值得我们加以认真地审视。可能出于某种特殊原因使然，笔者更愿意关心的问题乃是走向新世纪之后厦门诗歌的命运。

厦门到底有没有诗歌呢？有"厦门诗歌"这回事吗？当致力于诗歌事业并为厦门诗歌的发展和前行而立下汗马功劳的诗人谢春池兴致勃勃地把《厦门文学》厦门诗群专号文稿送达笔者手中，的确叫人眼前顿时为之一亮。或许人们可能并不承认有"厦门诗群"这回事。因为被归于这一名称下的众多诗人，既不构成诗学意义上的流派，况且就其主观意图来说，也从未有意识地组织过统一的团体。究其源在于这些诗人的诗歌背景、文化身份、文本特征和写作姿态不尽相同。换言之，他（她）们更多的是秉持个人的写作精神，彼此间又难以相互覆盖；就个性而言，同样不大可能纳入"厦门诗群"这个统一的标签下加以解读，但这并不表明厦门没有诗歌。只是使用"厦门诗群"有可能将批评引入误区，或混同于一般的地域性诗歌，无助于阐释这些诗人的写作，甚至会遮蔽诗人们与更加复杂的时代环境之间的关联，人为地抽减其写作的意义。特别是在日新月异的交流网络早已四通八达的当下，这些诗人们往往处于流动性状态，甚或居无定所。确切地说，当下厦门之所以集结了如此众多的诗人，乃是由于外地移民大量地涌入厦门特区，激活了这座城市的文化元素和现代气息。尤其是一大批来自周边地区和五湖四海的年轻诗人的到达，才使厦门诗歌发生"动感地带"乃至结构性的变化。因此，笔者更倾向于类似"文化重镇"之类的说法，对诗歌在厦门版图上所形成的场域称之为"诗歌厦门"。如是，对在场的诗人们彼此间的吸引、互动、激励以至对抗或拒绝在写作中所投射的镜像进行聚焦式的观照，探究他们如何在共同的复杂背景下所展示的特征性,无疑是一桩饶有兴趣的新鲜话题。在某种程度上,诗歌厦门为批评提供了一个研究诗人之间相互影响机制的特殊现象。

在无限加速的时间轮回中,《厦门文学》以全景式开放的姿态推出的厦门诗群专号(2011年11月),对于并不为全国所瞩目的厦门诗界,意味着一种冲刺,一种向脱胎于新的诗歌美学原则和价值观念的创造格局的冲刺。诚然,在人性普遍丧失尊严、文化渐趋于娱乐化,在诗写越来越随意的"无难度"写作的今天,其中良莠不齐的诗作在所难免,然而,这种冲刺和展示毕竟正在孵化出一个富于朝气的"厦门诗群"。这同时表明,一批从四面八方涌向这片曾经是诗的热土的青年诗群,连同本土涌现的诗歌一族,正相互包容、相互簇拥、相互架构,崇尚理想,敬畏母语,用写作见证一个时代,要让"诗歌——被世俗遗弃的事物/蜷缩时间的谷底/在尘嚣之外独自明亮"(庄永庆《一面湖水》),在诗遭到冷遇时为人们的心灵送上一缕温暖。这对于一个需要用灵魂重新认知的世界,对于维护诗的纯净和当代诗歌的长足发展定然有着把握现实与开拓未来的价值意义。

二

源于对文学本质的探寻和对诗歌艺术的高度关注,《厦门文学》以诗歌专号精心打造"厦门诗群"的旗舰,堪称史无前例,其中"厦门诗群"专辑分为"男诗人方阵"和"女诗人方阵"两个版块,推出14位女诗人、34位男诗人的近二百首诗作。"百年回眸"专辑回溯性地再现了在厦门诗坛留下了精彩篇章的20多位诗人的作品。吸人眼球的是,特别推出"世纪少年"专辑,有17位初出茅庐的诗歌少年"将最深的敬意/种植在诗行里"(黄玉燕)。所有这些,让人清晰地看到诗歌厦门从过去走向今天,乃至连接明天希望的更为开阔的诗歌阵容。

诚如一股风力不算太强的海风悄然地登陆厦门诗坛,开始了不甘寂寞的飞旋。笔者同样怀着巨大的热忱,力图捕捉那些始终默守和执著于诗歌的同道们为我们所提供的文本,让诗歌表现力在诗性的律动中活跃起来的真实形态。而那些迅速生长的群体意识,应该说,使进入新世纪的诗歌

厦门在调整和选择中产生某种深刻的变化。尤其是作为主体的,即活跃于诗歌界的部分中青年诗人,皆出手不凡,具有充足的艺术准备和对诗的敏感,对生命的领悟和勇于深入诗歌内部的凝思与洞彻,既不回避时代赋予的选择,又能激发出自己独特的声音和气息,使诗歌圈子内的目光不得不对他们刮目相看。总体观之,可谓特色与缺失同样明显,但起码有几点是值得我们关注和探讨的。

其一,叙述策略与言说方式。叙事成分增强和抒情成分减弱,似乎是当下华文诗坛的共同趋向。诗歌中的抒情倾向在上世纪80年代堪称盛极一时,舒婷诗歌乃是上世纪80年代抒情诗的代表人物之一,曾有过其辉煌的时刻,海子的抒情诗写作亦然。但随着趋之若鹜的效仿,抒情诗曾一度烂熟至滥俗而无法满足诗人们的创造欲望和读者的期待视野,更准确地说,抒情诗已难以包容诗人对当下存在和历史境遇的关切。于是,叙事作为一种表达策略和话语方式被引入诗歌写作中。当然,两者并非有优劣之分,而且同样可以写出精美的佳篇妙作。有时叙事本身即抒情,有时抒情需要借助叙事,有时两者互为渗透、相互结合,其效果在于能提升和扩大诗的艺术表现力。

颜非的多数诗篇带有叙事成分,其话语图景似乎皆能让诗歌说出一个故事来,这回他亮相的诗作《昆虫记》,似乎发生了微妙的变化。从标题上看依然有纪事成分,但文本在具体展开中,抒情成分较之早期诗作增强了,这种言说方式并没有破坏其诗的整体效果。无论是抒写"你每次扇动都会掀起我内心的风暴"的《蝴蝶》,还是状写"必须在大雨之前/将地上的城门关上"的《蚂蚁》;无论是描述我们变成两条《蚯蚓》"用肉体、柔软的心穿行/像一列地铁开向/人类没到达的地方",还是吟咏"携带花粉,传播着甜蜜的事业"的《蜜蜂》;无论是对弹唱"你的歌谣在夜里织出/一万匹丝绸,披散在每个偏僻的地方"的《蟋蟀》的新颖独异的言说方式,还是生动诙谐律动而出的"你飘浮着,多像一枚纸片/或是一颗尘埃。贴向我发烫的皮肤"的《蛾子》的如同对话式的感叹,可以说,这几首诗作在很大程度上让人透过文字被蕴含的气息所打动,感受到诗作背后诗人的精神风貌以及潜隐的人文气息,而话语方式的独特

则让诗意自然而然地泛溢而出。与颜非恰好相反,陈功前期诗作多从日常生活中捕捉诗意,智性话语多具抒情成分。而在《桃花途经我的前额》组诗中,叙事成分加强了,且融入某种戏谑式的喜剧色彩,或者说更趋近于口语化。"我来到这里玻璃并不知道/玻璃内部或许有另一条道路/我耳朵里住着一万只蜜蜂"(《玻璃内部》),这种深入事物内部的探寻所发出的微妙声音,让诗成为一种"有意味"的艺术形式。在女诗人南方、吴银兰、周丽、冰儿、子梵梅、忆泠、祝俊、曼妮、张淳等身上,或显示出对细节的独特感受能力,或完全以陈述句式书写,或通过对叙事和抒情的结合达到对历史与现实的把握,或以自白语调达成某种单纯的咏叹。不论怎样言说,只要能写出新意,就可以成就出好诗来。

其二,日常生活与历史境遇。如果说前面主要从叙述策略而言,那么这里侧重于从题材领域观察。前者可视为怎样写,后者则更多地指向于写什么。"怎么写"与"写什么",有时总是那么难分难解地纠缠在一起。重建当代诗歌精神,不只是诗人们的任务,也是个人化写作背景下一个潜在的时代话题。走向新世纪的当下,华文诗歌在不断探索实践中驱使我们反思:诗歌写作到底应如何在获得自由轻松的同时,保持住其揭示历史生存的分量感?如何使现代诗在历史经验与当代生活中真正扎下根来,力求突显诗歌本应具有的更为宽广和强大的话语辐射力和穿透力?如此等等,都是诗歌写作值得思考的重要问题。由于宏大叙事和空泛抒情在较长时期内充斥于诗坛,诗人意识和关注的题材越来越具体了,甚至有略显琐碎之嫌。当然,题材的具体化并非是让诗歌沦为"个人小悲欢的玩味"、"私人性的吟咏",也非是使诗最后丧失了大胸襟和大气势。唯有在对日常生活的关注中,融进诗人深刻的生命体验和历史意识,即在具体的细节中,历史才能获得恰如其分的呈现。诚如每个人都有自己的接受趣味一样,每个诗人都有自己对日常生活的敏感把握,灵性观察,美感酝酿,诗意思考。女诗人张淳认为"诗歌经过生活的打磨越发闪亮,写诗是对生命历程的记录"。冰儿则自语:"历史在一个人身上是轻的,你自己才是重的。"

倘若我们真要对厦门当下诗人的题材特征做一梳理确非易事,因为在具体创作过程中,更多的人皆各自为战,独出心杼。在众语喧哗中,即便仍有某些共通之处可以追寻,从性别视角而言,男性与女性诗人也各有千秋。女性方阵的诗人在题材中最明显的特征是对女性精神世界的执著探索和守护。她们没有陷入身体虚幻的泥淖,而是表现出鲜明的精神风格。其次是她们剥离了诗人个人使命感所产生的对于作品主题思想的影响,特别强调内在心灵的诉求。再者,在女诗人笔下,尤其注重女性对于日常生活和社会生活的自由选择或参与。希冀"用一天光阴度过一生"的南方依然保持其诗固有的优雅与从容,她写自然写季节光阴,写亲情写乡土民俗,在水乳交融之中给我们带来了一分惊喜。"左手枯萎,右手绽放"的吴银兰在淡定中益见新奇,她自辟蹊径,出语自然且具有冲击力。在"日复一日"中认定诗歌"来源于流淌着的生命,和对一切生命的敬畏"的祝俊,近来思路更见开阔,于沉静思索间体验生命的情趣。子梵梅以平常的话语切入日常生活,又"遵照内心的嘱咐",通过细节和场景在自由中呢喃。周丽语句营造的世界,自有一种想象符号之美,蕴满感觉、情绪在反复咏吟中构成某种自足的空间。张漫青的诗较短,却自有气味。黄静芬依然追求唯美的抒情。忆泠、米晨、张淳、曼妮等也有自己的个性和女性审美的特殊区域。总之,在创作题材的选择上,鲜明的当代性与性别特征在某种程度上使得女性诗歌更加多姿多彩。

相比于女性诗人,男诗人们在题材选择上更具多向度。一方面,他们有着对历史与现实的沉思,在对生存或存在的介入和体验中思考生命的意义;另一方面,他们在勇敢的尖锐和选择的途中发出自己的声音,不断寻找精神的家园。此外,在题材的宽阔度上,一种更为深入的心灵状态与精神探求呼之欲出。江浩的《梦之土楼》视角独特,对客家大地与文脉的传达,借助丰富的想象力和宏大的构思,凝为一个富有张力内涵的结合体,笔触丰盈,思路开阔。黄白水的《感念那不说话的人民》,近距离地切入现实生活,情感深沉中弥漫一种开张自如的想象力,一种对于乡土大地的眷恋和怀想,那种在瞬间唤醒的情结变得令人难以忘怀和值得永远怀念。萧春雷、高盖、宋永贤、华晓春、夏敏、庄永庆、老茂、岸子、洪凌飞、吴尔芬、黄橙等诗人的诗作自有来自于大地泥土或生命深处的价值取向，他们笔墨所到之处，或感知存在的意义，或梦想精神的永生，或对当下现实敏捷的应急点击，更多的是真情实感的心血流痕。诗人们对历史境遇的关注，也是维持诗歌在这一维度中的有效性的合理方式，从而显示出富有本真性、体验性、直接性和实验性的特征。

其三，多样性与多元特质。这与目前居住于厦门的诗人群落的身份有关。如前所述，由于外来移民的因素，由于厦门本身的地理魅力和特区经济的开放，引诱着来自不同区域的人群长驱直入，伴之而来的文化人、诗人们以各种不同的方式登陆于斯，从而形成了诗歌厦门显著的特征，即诗歌在题材、语言和风格上呈现出多样性和多元特质。或则动用尽可能丰富的语言手段来表达当代人复杂多变的意识和经验，力求拉近诗与现实人生的距离；或则以充满智慧的智性写作，以独到的敏锐，在对生活与物象深入理解和发现上，对事物给予新的命名；或则在严肃的风格中渗入喜剧性因素，在挽歌与喜剧之间寻求某种微妙的平衡；或则在对个体生命意识的强调与诗歌话语方式的改变中，对现代主义、后现代主义合理因素加以吸纳；或则坚守边缘，孜孜不倦地行走在广阔的城乡之间，以个人化的方式表达主体内在的情绪……如此景观，堪称色彩斑斓，绚丽繁复。而且，一些较为优秀的诗人已然进入自觉的写作状态，对母语的诗性把握显得精微纯熟且驾驭自如。而这些诗作，多出自新秀之手或寂寞诗人之笔。80后的吴银兰意识到诗歌："应有更厚重的表达。"颜非站在更高视角领悟到："诗可以传统可以先锋，但它的本质是生活的、情感的、人性的。"陈功把诗歌当成为"另一种生存方式"。岸子认为："诗是我身边的一条链子。"江浩则深刻地体会到："诗歌应该是语言的先锋，是诗人呕心沥血的创造。"女诗人南方干脆坦言相告："写吧，当你越来越自如的时候，你的心灵就越来越宽广。"

其四，包容性与文本效应。就文本效果而言，厦门诗群专号显示了一种包容性的倾向，即让多种不同写作路数的诗作都在同一个平台上得到容纳，诗歌的文体特征显得斑驳陆离，譬如句式有长有短，篇幅也长短不一，有的甚至融入了散文随笔的文体特征，小说戏剧的文体特征也隐约可见。江浩的长诗，黄白水、子梵梅、冰儿等的一些诗作，常常有散文或随笔的痕迹；张漫青、猎人的某些诗中戏剧式的对白片断时有所见；泓莹的《老水手和红豆》则发挥其作为小说家的优势，引入了类似小说的叙事性因素；叶来的诗则更有意思，其口语化的叙事伦理中既有散文随笔的影子，又有戏剧片断的生动谐趣。顺带一笔，叶来诗歌语感特好，用词大胆，想象出人意外，有的带来阅读的新鲜感，有的充满联想的张力，盎然着大气晓朗的气息，值得关注。

三

阅读诗歌厦门，走进崛起中的"厦门诗群"，从诗人的作品所展示的多种风格，从诗人们创作所体现的各种可能性，我们发现，在异彩纷呈的华文诗歌世界，这个诗群正逐渐地显示出具有活力与生机、包容与沉静、坚韧与张扬的群体特征和不可替代的地位。从近年来诗歌厦门所展示的诸多为社会各界和文坛诗苑所称道的举动，如推出的数部颇具文献价值和鉴赏价值的《厦门诗人12家》、《百年厦门新诗选》、《厦门优秀文学作品选·诗歌卷》、《厦门青年诗人诗选》，由数位活跃的青年诗人主编的大型民刊《陆》诗歌及网站陆诗歌论坛，还有"鼓浪屿诗歌节"的举办等等各种诗歌活动接二连三的登场，就其生存状态、实质和影响来看，既有得天独厚的包容氛围和发展空间，又有令人振奋的生长优势和独特定位，这个诗群的崛起可谓是水到渠成又毋庸置疑的。从这个意义上说，诗歌的团队精神现象与个体的创造精神同样弥足珍贵。对于每个诗人而言，也是其在创作意识上"有意思"的审美品质的印记。

一个不懂得诗歌和没有诗歌的城市是悲哀的，甚或是不堪入目的，哪怕这个地方的经济有多么的发达。一个民族更是如此。英国就因为拥有像莎士比亚这样的大诗人而骄傲好几个世纪，美国就因为拥有大诗人惠特曼，俄国就因为拥有普希金等大诗人，德国就因为拥有大诗人歌德而深感了不起的自豪。诗歌的命运，从大的角度看，和一个民族、一个国度的命运紧密相关；从小的方面说，与一个地区、一座城市的历史文化背景和精神内涵等互为因果。有位中国诗人自信地说，世界上只要有情感和精神需求，诗便不会消亡。今天的诗，仍旧是诗歌精神谱系的延续，是民族创造力的组成部分。诚哉斯言！

因此，本文与其说是置身于高度商业化时代的当下，对"厦门诗群"崛起的一种观察和思考，不如说是对重铸诗歌精神的呼吁和对诗歌厦门的命运的一种关切与期冀。由于诗歌本身是一种精神创造，无论发现生活美，还是开掘与表现生活美，在知识经济时代不具有广博的知识结构就必然要落伍。对于"厦门诗群"包括每个诗人而言，尽管已有收获，但缺失同样存在。需要引以深思的有：如何确立精品意识和推出扛鼎之作，在赢得更多读者的同时又能打造诗歌的精神品质？如何以清醒的甚或残酷的自我意识，通过写作实践不断扬弃实现否定基础上的新我之建构？如何在自我反思中重新呼唤诗人超拔的独立人格？如何在对个人经验的关注和表现中，恰当地彰显先锋意识更开阔的艺术维度、批判精神和审美向度？等等。诚如人的命运是无法选择的，却又必须选择。人类面临一个共同的生存背景。对于诗歌中国也好，对于诗歌厦门也罢，我们同样充满信心和美好的期待。对于个体的、永远走在路上的诗人，我想借用厦门少年诗人曾真那稚嫩而简洁的声音与诗友们共勉："寻找自己／辽阔的时间／和空间中的生命坐标／把自己抓住。"（《抓住自己》）

2007 年 10 月 11 日急就于华侨大学华文学院

选自《厦门文学》2007 年 11 月号

新时期厦门文学成就综论

谢春池

回顾"三十年厦门文学"（亦称"新时期厦门文学"）的历史进程，总体而言是令人欣慰的。因为，当下的厦门文学界，呈现一种前所未有的生机勃勃、前所未有的人才济济、前所未有的硕果累累、前所未有的思想活跃。无论有怎样的不足或问题，呈现在我们面前的无疑是一个堪称繁荣的局面。

作为中国新时期文学的亲历者，作为 30 年厦门文学的在场者，我认为：新时期的厦门文学必须置于改革开放 30 年这个大背景来考察，而考察的结果，必然会反映出 30 年中国文学历史进程的某些规律与本质。如果不怀偏见，出于客观，我们会看到当下的中国文学已有空前的发展；今天的厦门文学与 30 年前相比绝不可同日而语。我甚至敢于断言：厦门自从有了新文学，就属这 30 年最值得自豪和骄傲，最值得瞩目与称道，也最多贡献于这座城市与中国文坛。这 30 年，厦门文学已经对海内外文学产生相当的影响，舒婷成为"福建贡献给世界诗坛的一个杰出诗人"（安琪语），就是最突出的例证。总而言之，这 30 年是厦门百年新文学最为辉煌的历史时期。

众所周知，改革开放"从'文革'的灾难性后果中挽救了中国"，同时，也催生了新时期文学，并使之达到一个非常火热的井喷期。经历了一次又一次的思想解放运动，按专家的说法是冲破"个人崇拜"、"计划经济崇拜"、"所有制崇拜"，亦即对左祸进行一次又一次的批判，文学从原本的政治工具、宣传品、意识形态载体回归到其人学的、审美的、艺术的本位，从一元的、图解的、传统的模式走向多元的、立体的、现代的格局。30 年厦门文学的历史进程与全国新时期文学的历史进程在思想轨迹上大体没什么不同，但整个发展的态势，两者则有太多差异。正是这些差异，显示了厦门文学自身的文化特征与生命内涵。

1978 年是中国当代史的一条分界线，又是新时期文学的起跑线，也是厦门文学的新起点。1978 年之前的厦门文学在全国是薄弱的，在本省也无法称雄，尽管福建文学在全国并不起色。是时，除了客居天津的小说家高云览的《小城春秋》因自己的籍贯与小说题材皆为厦门，为厦门争了一分光彩（另一分该属天津吧！）；30 年代风云一时的厦门诗歌会的童晴岚早赴省城大学任教，实际上成了福州诗人；解放初流传甚广的歌曲《新疆好》、《我骑着马儿过草原》的作词马寒冰，任职北京解放军总政治部，后来屈死于冤案；1945 年写下名篇《泥土》的鲁藜，50 年代初放歌没几年被打成胡风分子。这几位厦门籍作家诗人皆未留守故乡，而其余的厦门作家与作品莫说没实力在全国文坛一争高下，甚至连亮相的机会都没有，可见当时厦门的文学队伍十分弱小，作家少而又少，作品量不多质也不精。厦门文学滞后现象从 1978 年开始发生根本改变。30 年过去，厦门文学界所取得的成就有目共睹，其成果见诸于数百部厦门作家、诗人的专著与合集，以及难以统计的作品和奖项。较为集中体现在已出版的两辑《厦门优秀文学作品选》，即 1980 年至 1993 年选本和 1994 年至 2003 年选本，各有五卷，总计十卷，可谓皇皇大观！从起始的个体尤为出色，到如今的群体大受瞩目；从过程的不为社会关注，到作品的好评来自各界；从大体处于边缘的状态，到开始不断被聚焦或成为热点亮点——原本相对冷落的厦门文学，在老中青作家、诗人以及评论家的不懈努力下终于达到人气不断上升的氛围之中。更重要的是，厦门的一批作家诗人以及评论家正进入创作的自在状态，他们不为狭窄意识所束缚，力求进入大境界，可以预料他们将有更好的作为。

综合考察 30 年新时期的厦门文学，我们不难发现一个奇特的现象：引发中国文坛大地震的震源之一的厦门，自上世纪 80 年代初期至今，中国的任何一次文学爆炸都没有在它版图里引起任何的连锁反应，虽然影响不小。其作用是形成一种积淀，慢慢地产生能量、热量、力量，期待来日造就壮丽景观。

30年厦门文学除了朦胧诗，除了少数不起眼的作品与中国新时期文学的一些现象产生对应，似乎在"走自己的路"。80年代轰动一时的"伤痕文学"、"知青文学"、"寻根文学"，迟了10年才在90年代悄然出现于厦门作家笔下。90年代中前期非常时兴的"新写实"、"新状态"、"新体验"也未在厦门文坛掀起浪涛，至今未见此类文本。90年代后期深入人心的"官场小说"、"反腐作品"，到了新世纪这几年厦门作家才有所涉猎。当文学的探索在全国此起彼伏，厦门不为所动，几乎所有的厦门作家与诗人，还固守在原本的艺术规范中，对先锋文学的兴起不仅视而不见，有的人还一直抵制，甚至祭起政治批判的法器。作为经济特区的厦门，艺术上并不保守，世纪末至今名噪东西方艺坛的黄永砅，于80年代前期与多位志同道合的画家开展了一系列现代艺术活动，举起"厦门达达"的旗幡，轰动中国艺坛。在同一个城市同一块土地，厦门文学却这般守旧，不思变革，如此反差，令人扼腕。直到90年代中期，现代以及后现代才在厦门文学的一些作品里得以出现。不过，当暴力、痞子、色情把文学变质为腐臭的商品，铺天盖地撒遍地摊，厦门作家与诗人却没有谁陷入其中。总之，由于历史和现实、客观与主观的原因，作为地域性的厦门文学，30年总体上游移于新时期文学主潮边际，沿着自身的文化惯性缓慢地迈进，其速度显得滞后于厦门特区建设的速度（而厦门特区建设的速度又落后于深圳特区）；但，至90年代末，前者和后者似乎都体现了这个城市某种自我节制的乏功利的文化性格。30年厦门文学以诗歌为先导开启新的历史进程，以报告文学为推力介入特区建设和社会生活，以散文为线索贯穿于整个80与90年代，以小说的突破和诗歌的整体性引起文学界瞩目，以评论为旗帜独树于中国文坛，从而创造厦门有史以来最瑰丽的文学气象。

诗歌：开创新时期厦门文学壮丽序篇

中国文坛大地震始自1978年，延续至80年代初期，即"一批令全社会惊骇万分的'谁也读不懂'的朦胧诗登上中国诗坛"。思想解放大潮在文学界发生海啸，中国诗歌的一次大解放，以有史以来规模最大也最为激烈的争论，为新时期文学奏响伟大序曲。朦胧诗的代表人物，即厦门女知青舒婷，早在"文革"中期，就写了若干完全不同于"革命"形态的诗歌，她自觉或不自觉表达自己以及一代人的苦闷、思考与不满，这表现于《致大海》（1973年），《珠贝——大海的眼泪》（1975年），《悼》（1976年）等名篇。"文革"刚结束，她诗情一发而不可收，《这也是一切》（1977年），《祖国呵，我亲爱的祖国》、《也许》（1979年），《献给我的同代人》、《一代人的呼声》、《风暴过去之后》（1980年）等名篇相继问世，褒贬同样的强烈，厦门女知青成为中国女诗人，一时名声大噪的舒婷引得海内外的瞩目。从此，舒婷走上中国诗坛，乃至世界文坛。她的诗集《双桅船》荣获全国首届优秀新诗（集）奖，她的作品被20多个国家翻译，她的不少名篇在海内外广泛流传。我曾经说过："厦门新诗原本可以形成流派的。当舒婷在中国当代诗坛闪射亮光的时候，厦门的新诗人应该聚集于她周围，或许第一个所谓朦胧诗派会诞生在厦门。事实上当然没有。"这或许是厦门诗歌的命定。不过，虽然舒婷独领风骚，厦门诗坛也"并非'两间一卒'"（陈志铭语），厦门的其他诗人尽管不能与舒婷比，但也没有沉默，在文艺的春天里，他们尽力唱出自己心中的歌，因而厦门诗坛并不寂寞。40年代末期已有诗作问世的王尚政，五六十年代初露锋芒的王者诚、洪泓、刘溪杰、梅李、蒋夷牧、杨钧炜、周云石、王佳兆等，插队前后开始写诗的陈志铭、谢春池、林培堂、陈仲义、黄汉忠、卢建端等，稍为年轻的许琼琳、颜如璇、阮霞等，在80年代前期创作了一批诗歌。其中王尚政的《八二三姑娘》（1978年）、陈志铭的《晶亮的泪珠》（1978年）、蒋夷牧的《你完全可以不说》（1979年）、颜如璇的《晨游虎溪岩》（1979年）、谢春池的《我依然喜欢——红色》（1980年）、阮霞的《为一只不知名的鸟而作》（1980年）、梅李的《中国，面对鸟的血泊……》（1981年）、许琼琳的《望星空》（1982年）、林培堂的《两条平行的街道》（1983年）等，是这一阶段的典型文本。几位旅外的厦门籍诗人也创作不辍:刘登翰在福州写出"季节"系列,右派被平反的陈青在新疆写出"新边塞诗",复出的鲁藜在天津重新歌唱,侨居菲律宾的云鹤写出《野生植物》……我以为这一段时间,有几位厦门诗人值得重视。陈仲义和许琼琳,他俩是除了舒婷之外最早在《诗刊》与《人民文学》发表诗歌的诗人。前者的《在那些年月,我不敢有爱情》(1978 年)、《古莲子》(1983 年)充满思想力度,长句有气势,短句略呈现代语感;后者《望星空》(1982 年)、《杭州道情》(1982 年)语言柔美,诗境高远。而"文革"前即写诗的洪泓和刘溪杰,前者短小且隽永、寓意深切的《海峡》,至今在台湾海峡题材的诗作里依然属于上乘之作;后者的《雨花台》等清新纯净,晓畅有味,至今此类少年题材的诗作,在本土已经见不到了。

至 80 年代中后期黄秋苇、林鸿民、苏文木、黄橙、郑国防等青年诗人的出现,使厦门的诗歌队伍扩大了,他们中出色的鲁萍,于 90 年代创作了不少优秀作品。他的诗歌使厦门诗歌整体水准得到一个提升,而他又是厦门诗坛对中国诗坛的一个贡献。他是一个唯美的诗人,其抒情诗充满音乐性,其音乐诗又独标一格,我喻之"鲁萍体",在中国无数诗人中,他会显露出来而不被淹没。可惜40 多岁英年早逝,对于厦门诗坛,这是一个莫大的损失!

必须提及的是整个 80 年代,厦门大学采贝诗社对厦门诗坛的贡献。峻翔、朱碧森、王玫、沈艺奇、丘熊熊、柔刚、邹振东、朱必圣、绿音、汪威、佘玉环、李军等数十位青年诗人以他们各种风格的作品丰富了厦门诗歌。如果他们成了厦门诗坛的主流,厦门诗歌的现代风貌会提早 10 年形成。

报告文学:表现特区建设和社会生活

改革开放伊始,报告文学作品就波澜壮阔地冲击了中国社会,许多轰动一时的名篇为千万读者争相传诵。作为改革开放前沿的特区厦门,需要冲锋号角激励初创的豪情。这时的厦门虽一时未有黄钟大吕之声,却不乏高亢的歌唱,其报告文学的成就不可小觑。80 年代末,全国 108 家期刊联办首届"中国潮"报告文学奖,影响海内外,在力作如林的评选中,厦门作家陈元麟的《草原2

号》和武阳滨的《董启农和他的蜗牛》分别获二等奖和三等奖,可谓殊荣不易!和上述二文一样着眼着力于厦门和厦门人的报告文学还有张力、张鲁闽的《漫漫十年路》(1991 年),李忆敏的《十年,一部恢宏的历史抒情诗》(1993 年),吴静吟、林良材的《你好,海峡第一桥》(1991 年),彭一万的《异国世纪恋》(1982 年),洪泓的《光明使者》(1993 年),黄秋苇的《在人类灵魂的迷宫探索》(1992 年),傅子玖的《听沨》(1984 年),张飞舟的《凤凰树》(1984 年),王宏山的《冠军的跳板》(1984 年),郑启五的《背水一战》(1989 年),陈立荣的《海的这边,海的那边》(1990 年)等。"面对特区繁闹冷峻的复杂生活,自觉与时代脉络一同搏动",厦门报告文学的许多篇什"无不弥漫着浓郁的地方特色",陈慧瑛的《陈半仙传奇》(1986年)把一个名老人的一生写活了,实属不易。

不是写厦门和厦门人的报告文学也有佳作出现,唐敏的《人工大流产》(80 年代前期)表现了生命、生存、人道等一系列人类共同面临的命题,产生了很大反响。沈丹雨与人合作的《一个畸态的阴性社会》(1980 年)朴实无华地披露了东山寡妇村的真相,震颤读者心弦。朱佩国的《面包树》(1982 年)以散文笔调表现了中国医疗队的经历,引人入胜。

不甘落后于全国报告文学的大趋势,当厦门作家进入 90 年代,也期待报告文学创作有新的飞跃,于是一批以大题材、大结构、大容量、大思想、大气派为特征的宏观性作品,应运而生。这个阶段谢春池与何光喜(何况)最为突出。

何光喜与人合著的长篇报告文学《开埠》(1996 年)荣获首届鲁迅文学奖,而他与人合著的《鼓浪世界》(1992 年)则是厦门最早的长篇报告文学之一,"它犹如气势磅礴的方阵,在军号和海潮的交响中浩荡开来,我们不由得为之一震"。何光喜另一部长篇报告文学《拥抱阿里山》(1998 年),是中国大陆第一部全景式地表现甲午战争后台湾被日本侵占 50 年才重回祖国怀抱的文学作品,这样的题材应予特别重视。

谢春池第一部颇受褒扬的报告文学作品是与人合著的中篇《惠东女人》(1989 年)。不久,他又写出惠安题材的另一个力作、中篇报告文学

《惠安石说》（1993年）。90年代中期，他的长篇报告文学创作称得上井喷一般，如《崛起的圣地》（1996年）、《那条江与那个城》（1996年）、《白鹭之旅》（1996年）。此前，他与人合著的长篇报告文学《才溪世纪梦》（1993年）在《厦门文学》以专号形式推出，就产生了广泛影响。至2003年，他出版了长篇纪实《百年厦门》（近百万字），则是其90年代报告文学宏大叙事的延续。必须提及的是谢春池的那篇不足万字的《寻找最后的知青》（1995年），这篇报告文学在《厦门晚报》发表后，引起社会的极大反响，最终促使了留守闽西及调至外地的厦门知青及其子女命运的重大改变，让我们领略了文学的力量。

进入新世纪之后，由于种种原因，报告文学已不如90年代那样红火，大有退潮的趋势，厦门也未能幸免，作品数量渐渐减少是一个实证，以至于第二辑《厦门优秀文学作品选》难以编出报告文学卷。不过，还有少数作家坚持这个文体的写作，年月在调入厦门媒体的长篇报告文学《龙江人寻找龙江颂》，"是一个不小的贡献"（王仲莘语）。而沈世豪与江曙曜则是较醒目的两位。

沈世豪在江西时就以长篇报告文学《亚细亚的太阳》闻名，90年代调至厦门，依然写作报告文学，其长篇报告文学《陈景润》（1997年）被认为是关于这个数学巨子最真实的传记。时隔9年，他奉命撰写厦门老一辈教育工作者李永裕的传记《大海之子》，实则是一部地道的长篇报告文学，因为其新闻性很明显，报告成分很突出。不过，对于人物的刻画，还算生动，不乏感人之处。

作为记者的江曙曜一直以文学作为写作的标准，其长篇通讯皆富有文学色彩。他领衔推出几部反映厦门新一轮跨越的大型纪实作品《翔舞》（2005年）、《风从海上来》（2005年）、《两岸彩虹桥》（2006年）等，而他个人撰写的长篇通讯《浪涌海西潮》（2007年）可算是与时俱进的作品。

曾纪鑫的长篇纪实文学《中原较量》（2003年）则以河南省一号大案之告破的曲折惊险而引人入胜。

厦门特区建设25周年之际，厦门作家联手撰写的大型报告文学集《跨越》，这部"紧紧围绕厦门特区新一轮跨越式发展"而纪实的作品，虽然

其报告性超过文学性，却也为新世纪的厦门特区"立此存照"，其最大的作用或许在于存史。

而2007年几位青年作家联手撰写的长篇报告文学《中洲造园记》，全景式地描绘了厦门园博园的兴建过程，在园博园开园之际，这部20万字的作品也同时问世，其时效令人惊叹。作品虽然也存在报告性超过文学性的不足，却体现了厦门作家对自己城市的一种挚爱。

2007年，厦门报告文学有一部值得推荐的作品，这就是女作家冯鹭与人合著的长篇《圣土不老》，它抒写新疆塔吉克族与海关的感人故事，获得评论界的肯定。

散文：30年始终活跃于厦门文坛

厦门散文从未特别引人瞩目，也从未冷落下来，有一段时间，它显得比别的文体更具群体性、更有成果，似乎成了厦门文坛的强项。客观说，30年厦门文学，就数散文作品数量最多，而且佳作不少，总之，整体水平相当不错，其"枝繁叶茂，硕果芳菲，在本省、全国，乃至海外都占有引人瞩目的一席之地……出现了厦门历史上散文创作空前繁荣的可喜景象"（傅子玖语）。这是对80年代初期至90年代初期厦门散文的准确描述。"厦门的散文界基本上是和全国的散文界同步的。收获甚丰……灿若繁星的作品，装点着美丽的鹭岛。"（沈世豪语）这是对90年代初期至新世纪最初几年厦门散文的大体评价。

这三十年厦门散文的作者队伍，按年龄大体可分为四代：第一代是20世纪40年代前期之前出生的，第二代是40年代后期至50年代后期出生的，第三代是60年代出生的，第四代是70年代和80年代出生的。这种分法显然不科学（因为不同代之间会有交叉重叠现象），但有利之处是便于论述。

"厦门散文界的泰斗，无疑当推郑朝宗教授。"傅子玖如是说。其实，郑朝宗应是厦门文学界的泰斗，这是公认的。郑朝宗的学识和人品受到人们的一致称赞，其散文作品，在中国当代文学中也是精品。有了郑朝宗的散文，才有厦门散文的高格和不一般的艺术水准。"有关'钱学'的东西我不大懂，也不感兴趣，我更喜欢郑先生的《海

滨感旧集》、《海夫文存》(海夫是郑先生的字),文笔真是老到。"(高波语)"他与众不同的是还有一支生花妙笔,其散文承'清华'一脉,纯净绵密,情文融和,内里的功力只有品味再三,方能悟得。"(俞兆平语)

郑朝宗当之无愧是本土他们那一代人的代表。厦门散文第一代中比郑朝宗年轻的一批学者及社会各界人士有石文英、柯文溥、郭启宗、方友义、王者诚、彭一万、郭建尧、杨钧炜、徐常波、洪泓、蔡鹤影、王佳兆等。专攻散文者有傅子玖、林懋义,前者的《六月海》(80年代中期)充满诗意,后者的《这里春长在》(2000年)则有质朴之美。不太引人注目的芮鹤九和林铁民以自身经历为素材写出一批下放题材的散文,从特殊角度对"文革"进行深刻批判,为国内散文创作所少见。前者的散文醇厚内美,后者的散文厚实幽默,给厦门散文注入别样的审美元素。多年来写了不少散文的应锦襄,近期写其老师及前辈的系列散文《师恩心底》是这几年难得的佳品。

第二代的散文作家在很长的时间里,都是厦门散文界的中坚力量:俞兆平、易中天、林培堂、苏浩峰、陈志铭、黄汉忠、陈耕、达之、陈美瑟、朱水涌、陈福郎、朱家麟、陈立荣、武阳滨、王伟伟、郑启五、徐学、陈金山、苏效明、王玫、泓莹等,可谓人才众多、强手如林。陈慧瑛、唐敏、丹娅、舒婷4位女作家,写出许多佳作,一段时间在中国散文界很引人瞩目。陈慧瑛的《无名的星》荣获全国首届优秀散文(集)奖(1976—1988年),其《竹叶三君》(1984年)、《星洲如梦》(1980年)写得"温婉深挚"、"题旨旷远"。唐敏的《女孩子的花》(1986年)是影响深远的名篇,而《怀念黄昏》(1983年)的人生感悟绚烂且深沉。丹娅的《尘封的金箔》(1991年)是所有写贺卡的散文中最美的一篇,而《心念到永远》(1990年)则被认为是以女性生命为赞美对象,探索散文创作的佳篇。舒婷的《狗·猫·鼠》(1993年)在同类题材中立意非凡,别具一格,而《梅在那山》(1995年)则是深情感人的知青散文,令人回味无穷。这四位女作家如今只有舒婷的新作最多,新近出版的散文集《真水无香》(2007年)是她对故乡鼓浪屿又一次生命的歌唱。沈世豪在江西时,就写了大量散文,80年

代他发在《福建文学》的《山城水清清》至今还受人称道。这位老家闽北的散文家,以山区为题材的散文写得相当精彩,《风水林》、《点豆》(2003年)可视为其代表作。

陈慧瑛、沈世豪是老五届大学生,而厦门第二代的散文好手大多数为插队知青,他们中的陈元麟,30多年孜孜不倦于散文创作,《我们看海去》(1985年)表达了作者对大境界的向往,《"无我斋"夜话》(1986年)则蕴含作者走向"无我"的心愿。谢春池发在《人民文学》的两篇散文《在外婆的家乡》(1983年)和《海山之献》(1989年)则是同样富有内涵与哲理又风格完全不同的作品:前者柔美,文字简练、纯净,乡村情感的抒发带着一种天真稚气,给人遐思;后者大气,文辞绚烂、雄迈,人生的感慨与生命的呼唤,使人振奋。厦门的第一部长篇散文《最后的母校》(2000年)为谢春池所作,这部12万字的作品第一次较为全面地描述了厦门"文革"初期的一系列动乱事件,从而揭示浩劫的祸国殃民的极左本质,给人以深度的警醒和批判的力量。"纵观厦门散文,最富阳刚之美者,当推谢春池。"(傅子玖语)鲁萍值得一说,一篇《海地笔记》(1990年)就见出此君的不凡才华。窃以为第二代里有一位画家的文章,值得推崇,不客气地说,这10多年,他的散文随笔令许多作家汗颜,此君即南燕。他的那些本土风味浓郁的文字皆可雅俗共赏,其最出色最深刻的文字则是写知青生涯的,仅那篇《户口的代价》(1995年)就可以列入知青文学史或当代散文史。

何况、翔宇、黄秋苇、张宇、黄静芬、吴尔芬、夏敏、王海青、黄绍坚、汪纲要等第三代的散文创作与第二代有鲜明的差异。无论选材,无论写法,无论主题,无论观念,他们都更为自由。强调个性化写作,是这一代作家的特点。"轻"与"重"在他们的创作中达到某种极致状态:前者的典型文本是黄橙的旅游散文,其《一意孤行》(1999年)等游记文集在浩如烟海的游记作品里,绝不会与别人雷同;后者的出色文本是萧春雷的文化散文,那篇影响很大的《朱熹的背影》(2001年)显示出作者的深邃与才情;《嫁给大海的女人》(2004年)等几部散文集,为萧春雷赢得声名,被誉为与南帆、朱以撒齐名的福建散文家。而自由撰稿人连岳的

随笔为社会所赞赏，其思想之敏锐、文笔之犀利，在福建难得一见。曾纪鑫则连续几年有文化散文佳作问世：《千秋家园梦》（1999年）、《永远的驿站》（2006年）、《历史的刀锋》（2006年）、《历史的可能与限度》（2007年）等文集证明了作者的创作实力与实绩。

相对而言，至目前，第四代与第五代的散文少被关注，这表明一方面文坛与社会对这一代人还很不熟悉，另一方面是这一代人对散文的热情远远不如对诗歌的热情（散文这个文体难道不属于年轻人吗），其创造性还未充分发挥出来。其实，他们的散文不乏佳品力作。俞帆的《芙蓉十的月亮》（1996年），其少年情怀绝非"为赋新诗"强写而来的；沈崴崴的《火车不说话》（2001年），透过人与人之间的冷漠，体验了生活独特的况味；罗琳的《摇啊摇，摇到外婆桥》（2003年），为美好亲情的淡薄，伤感不已；成金的《滇西的传承》（2003年），无疑为厦门散文注入西南边陲的美。

我要以易中天来作为本节的结束。我认为易中天是厦门出色的散文家之一，这位央视《百家讲坛》最热门的名嘴的那些学术讲稿，既是学术文章，也是散文作品，千万别让他的侃侃而谈埋没他的散文才华。1997年2月，我约易中天写下的《闲话厦门人》在《厦门文学》发出，是至今写厦门的最好的散文之一，而他的《读城记》（2000年）不仅让厦门跻身于名城之列，与北京、上海、广州、成都、武汉、深圳相提并论，还扩展了厦门散文的题旨与空间，这贡献还小吗？

小说：新世纪迎来鼎盛时期

几十年来，除了《小城春秋》，厦门没有其他长篇小说问世。70年代末，王尚政《海峡黎明》由福建人民出版社出版，这部16万字的作品，注定是本土作家解放后出版的第一部长篇小说，也是新时期文学诞生之前厦门的最后一部长篇小说。由于它的思想、观念、主题、内容，乃至模式、写法、语言都不可能摆脱过去时代的桎梏，因此，它无法成为30年厦门文学的标志性作品，尽管它出版时间是1978年11月。

世界文学演变进展至今，由于体裁的特征，决定了当代社会一个地区、一个国家、一个民族文学水准之高低，主要以小说作为衡量标准。而新时期以来，福建小说创作远远落后于不少省市，厦门也一样，仅就小说作者的人数而言，整个80年代初期恐怕连"围一桌十二个人"都不够：陈耕、吴铧、林培堂、张力、郑启五、王伟伟等，再加上厦大中文系学生杨建新、黄启章、伍林伟、施群、丹娅等，清一色知青。至80年代中后期，调入阎欣宁、唐敏、了因、翔宇，本土又出现了俞帆、泓莹、在家、林碰狮等；90年代前期，谢春池也加入小说创作行列。小说创作群体终于形成，一批小说问世，至此小说才"一改其在厦门文坛的边缘地位，而逐渐向（厦门）文坛中心移动"，"厦门这十几年来的小说创作，也成为了厦门文学创作发展的重要标志"（朱水涌语）。1982年，丹娅大三时创作的《蓝溪水清清》发于《福建文学》即被《小说选刊》选载，1983年陈耕的《创作手记》同样发于《福建文学》也被《小说选刊》选载，展示了厦门小说走向全国的最初姿态。不久，郑启五的《国际玩笑》发于《福建文学》被《小说月报》选载，继续了走出本土的步伐。此间小说创作势头正猛的吴铧，那篇完稿于1983年10月的《耶稣圣像》，因明显地批判个人迷信与左祸，在《福建文学》已编定即发时终被撤下来，这位打算将文学视为事业的小说家，弃文出国经商，令人慨叹。80年代后期调至厦门的女作家唐敏，因小说《太姥山妖氛》获得声名，也因这部小说被判刑，成了中国作家以小说犯案的第一人。最年轻的小说家俞帆发表了《永远的水仙》《阄猫纪事》，成了新生代小说的佼佼者。谢春池接连推出红军题材中篇小说《喷薄欲出》《东征之旅》，为中国军旅文学重塑了历史的故事，颇有影响。

80年代中前期，厦门最出色的小说家当推张力，他最初以中篇《海湾上的草原》闻名福建文坛，其最出色的短篇则是《别裂切迭》，他的大多数小说的闽南特色尤为突出，可与当时名气比他大的《双镯》作者陆昭环媲美。五十出头，当他以《林雅》标明其小说创作即将达到新的艺术高度时，却病逝而去，真乃厦门小说界的一大损失。80年代后期至今，阎欣宁该是厦门小说界的一位代表人物。20多年来，他在小说创作，特别是军事题材方面成绩斐然，其短篇"三枪"（《枪圣》、《枪队》、《枪族》)和《极限》(三篇)被普遍赞誉,已成军旅小说的名篇,专家认为可作为"写作教材来剖析"(朱水涌语)。90年代中后期至新世纪,"从外面引进"(阎欣宁语),一批有名气或有实力的青年作家须一瓜、萧春雷、赖妙宽、刘岸、张宇、南宋、雷霆、吴尔芬、曾纪鑫、高和、詹文、夏炜、刘凉军等加盟,厦门小说界力量空前壮大。他们与本土的王伟伟、何况、泓莹、粲然等不断推出新作,创造了厦门小说的鼎盛时期,使小说真正居于厦门文坛的中心位置。

当下厦门的小说佳作迭出,其中有中篇《生存与毁灭》(曾纪鑫)、《伐檀》(何况)、《污染》(吴尔芬)、《空中飞人》(华依狄)、《天狗》(阎欣宁)等;短篇《雷余的诅咒》(萧春雷)、《一个传言的证实》(赖妙宽)、《季节盛大》(粲然)、《开打》(张力)、《单相思病者》(南宋)、《幸运52》(王伟伟)、《在乎》(泓莹)、《与爱情无关》(俞帆)等,多样化的题材,多样化的写法,多样化的内涵,多样化的艺术,蔚为壮观。20年前,厦门小说被国家级选刊选载、年度选本选入,是了不得的稀罕事,现已是司空见惯的平常事。

30年厦门文学的前期,长篇小说的创作不可忽视,《陈嘉庚》(傅子玖)、《诚》(唐敏)、《蛇侠》(张力)、《金戈碧血》(洪泓)、《浪迹天涯》(陈福郎)、《饮恨金门》(吴龙海)、《花与剑》(郭秀治/张鲁闽)等10多部,影响最大的是《海囚》(洪永宏);而近七八年的长篇小说,则是一年三五部或七八部地推出,至今已有数十部之多。《铁观音》(夏炜)、《锁侠》(高渔)、《妖娆无边》(张宇)、《九号房》(吴尔芬)、《鼓浪烟云》(泓莹)、《幸福的幽门》(曾纪鑫)等等,都产生了相当的影响。《天堂没有路标》(赖妙宽)于2007年获得第十届"五个一工程"入选作品奖,实现厦门作家此奖零的突破。而风头正健的高和的《接待处长》等多部长篇小说,由于紧贴现实生活,表现社会问题,获得公众与市场的认可,这也是厦门文学的一种成功。

当下厦门小说界第一人,我以为非须一瓜莫属。可以说新世纪以来,须一瓜在中国小说界形成了一道有相当力度的冲击波。这确实是一个奇迹,须一瓜的中短篇小说几乎全部发表于有影响的文学刊物,其作接二连三地入选《小说选刊》、《小说月报》、《新华文摘》等名刊。短篇《你是我公元前的熟人》(2001年)、《雨把烟打湿了》(2003年),中篇《淡绿色的月亮》(2003年)等等,其一系列作品已作为"当下中国小说成就的重要举证"和"拓展了中国小说的精神空间的范例"。须一瓜不仅为厦门小说在全国争得一席之位,还与北村、杨少衡、北北、陈希我一道,改变了福建"小说弱省"的形象,令我们备加欣慰!

诗歌:走入现代的非常青春非常少年

跨入新世纪,厦门诗歌也从传统转向现代,动力在于其队伍的大多数青年诗人都具有现代观念和现代诗歌及现代美学观念。与中国现代诗潮游离了十多年的厦门诗歌,似乎一夜之间就"先锋"、"前卫"起来。事实并非如此。

早在采贝诗群写出厦门的第一批现代诗时,厦门财院也出现一批写现代诗的大学生诗人;另一位本土青年诗人张小云则是厦门现代诗最早的探索者,1984年他所写的《我去过冬天》已显示其现代风格的个人特征。这20多年来,由于舒婷的支持,谢春池、陈仲义和《厦门文学》不懈地推进,周边及省内外诗人群体的热情激励,移民厦门的众多青年诗人的不断努力,厦门诗歌走入"多元与众声的活跃期",开始兴盛起来。

90年代中后期至新世纪,厦门60年代出生的诗人行列里,又出现了黄白水、白珀、胡红萍、黄静芬、华晓春、潘成佳、萧春雷、庄伟杰、江浩、南方、夏敏、宋永贤、皇阳、忆泠、陈功、岸子、高盖、子梵梅等,70年代出生的有雷霆、颜非、江烟、周丽、冰儿、李可可、老茂、成金、祝俊、杨恬憬、张漫青、曼妮等,80年代出生的有吴银兰、陈旧、孤翎、席星、米囚等。另者50年代出生的诗人也多了数位:邱滨玲、庄永庆、蔡学伟、潘清河等。后辈诗人和前辈诗人一同,勤奋创作,佳作覆盖许多重要文学杂志以及诗歌大刊的版面,入选各种权威的年度选本,并推出数十本颇有质量的诗集。

世纪末的舒婷仍有力作问世,可当长诗亦可当组诗的《都市节气》(1997年)再现她从前诗作里偶尔一见的机智、诙谐与幽默,精练地表达了纷繁的都市生活之感觉。长诗《最后的挽歌》(1997年)一经发表,再度引起广泛反响,甚至被认为是作者诗歌创作的新的高峰。当人们称赞舒婷诗歌风采依旧时，她则说"当行则行，当止则止"，封了诗笔，专心写散文。谢春池则写出一大批新作，《厦门：永远的恋歌》(1999年)，是福建百年来第一部正式出版的长篇诗歌(3700多行)；《握住生命的圆满》(1999年)和《厦门沦陷纪事》(2005年)是两部风格不同的抒情诗集；《同名故事》(2002年)则是为陈仲义评价甚好的长诗集。陈志铭的长诗《大笔如椽》(1999年)依然保持其一贯的诗风。而邱滨玲的诗集《半边鱼》(2004年)尝试口语写诗，其中的《民工》，震颤人心。《厦门诗人十二家》(2003年)青年诗人仅占4位；《百年厦门新诗选》(2006年)青年诗人达150位；《厦门优秀文学作品选》诗歌卷(1980—1993年)，以中年诗人为主，而该作品选诗歌卷(1994—2003年)，已以青年诗人为主。《厦门青年诗人诗选》(2006年)是青年诗人群体第一次亮相，而《厦门文学》"厦门诗群专号"的推出，是青年诗人群体的再次亮相——厦门现代诗新作的两度荟萃引起全国诗坛的关注。

《沉香或者亡国奴》(冰儿)、《左手枯萎，右手绽放》(吴银兰)、《用一天光阴度过一生》(南方)、《日复一日》(祝俊)、《我们有更深的哽咽》(子梵梅)、《不知去向》(周丽)、《若干年之后》(张漫青)、《比美更美》(黄静芬)、《站台的歌声》(米晨)、《忧郁或微笑》(曼妮)等女诗人的诗作；《我触摸到另一股水流》(萧春雷)、《紧握水声》(皇阳)、《皮肤上的信仰》(黄橙)、《2007，春夏之交纪事》(华晓春)、《在我熟悉的城市》(白珀)、《在祖国各地，在厦门》(叶来)、《昆虫记》(颜非)、《桃花途经我的前额》(陈功)、《感念那些不说话的人民》(黄白水)等男诗人的诗作——仅从《厦门文学》"厦门诗群"专号，就可以读到厦门现代诗歌精彩纷呈的广阔世界，同时，还可以读到厦门诗歌充满希望的美好未来——17位中学生的诗歌，以不低的起点跃上厦门诗坛。其中的《书房·生》(洪逸恬)、《远行·静夜思》(许澈)和《抓住自己》(曾贞)等诗作，让评论家惊诧，"将最深的敬意/种植在诗行里"(黄玉燕)表达了一代中学生的精神向度。新世纪的厦门诗歌，不仅非常现代(后现代)，也非常青春，非常少年，这真是

可喜可贺！

文学评论：独树一帜或走在前沿

30年厦门文学，文学评论的成就最丰厚，在中国文坛的影响，曾经可以和朦胧诗一比高低，在学术界影响力至今还不弱。其因不言而喻，那就是厦门大学有一批学者，他们自身又是作家，而厦门作家、诗人又有若干位擅长评论。80年代，中国文学评论界涌现三个最具实力与影响的地域派别，即京派、海派、闽派，而闽派的半壁江山在厦门。

1978年之后，文艺批评也经过了拨乱反正、正本清源的过程，回到实事求是的立场，并恢复了恩格斯的"美学的和历史的"批评原则。这一根本转变加上对西方各种文艺理论的介绍、引入，中国的文艺评论空前地活跃。厦门的文学评论家立于潮头，勇于探索，至90年代初期，"厦门文学评论界比以往任何时候显得富有生气，不管是在理论研究的深度或成果上，还是在对具体文学创作实践的导向及新人的扶植上，都给人们以一种勃然崛起的感受"(俞兆平语)。

完整的文学评论包含着两个不可或缺的层面，即学术性的理论研究与实践性的创作批评。当然，这两者有时不可割离，有时又兼而有之。30年厦门文学的文学评论，这两个方面都做得相当出色，学术性的理论研究以厦门大学的学者、教授为主体，实践性的创作批评则以《厦门文学》杂志为核心而展开。俞兆平多年前的这个概括至今还符合实际情况。正是一批长期关注现当代文学的学者、教授和编辑们的锲而不舍，才使厦门的文学评论独树一帜，在全国不仅拥有一席之位，而且影响广泛又深远。

80年代，厦门文学评论有两项研究为开创性成果，国内领先，即郑朝宗的《管锥编》研究和林兴宅的"文学批评方法论"研究。郑朝宗在《文艺批评的一种方法》(1980年)中阐释了研究《管锥编》的目的、意义，认为钱钟书的《管锥编》概括了人类共同的、普遍性的艺术规律，从而打通全部文艺领域，沟通了中西方作家、学者的共同诗心、文心。此说在海内外学界反响巨大，从此国内外掀起"钱学研究"热，开了先河的郑朝宗则"但开风

气不为师"。如果说《管锥编》研究揭示了一种新的批评方法,林兴宅的成名之作《阿Q的性格系统》(1984年)则揭示了另一种新的批评方法——现代系统理论在文学评论中的运用,其反响之大不亚于发起"钱学"研究。1985年被认为是中国文学研究界的"方法年",因为,这一年在厦门召开的"全国文学评论方法论讨论会"使全国掀起"文学方法论"热,林兴宅是重要的推动者和代表人物。

30年来,厦门文学评论热潮一波又一波,迄今为止,国际性与全国性的文学研讨会已多次在厦门召开,其中有关于马列文论、台湾文学、女性文学、比较文学、东南亚华文文学、文学思潮等以及有关丁玲、茅盾、郑朝宗、林语堂等的学术研讨会,厦门知名度也得以提升。一批质量颇佳的文学评论作品更见出厦门文学评论的功力与水准,可从《厦门优秀文学作品选》(1980—1993)与(1994—2003)的两部文学评论卷,择若干篇一览:郑波光的《王蒙艺术追求初探》(1982年)、柯文溥的《论高云览的创作历程》(1983年)、苏浩峰的《从原型到典型》(1984年)、张春吉的《关于文学的功利观问题》(1987年)、赖干坚的《文艺本体论对反映论的碰撞与渗透》(1989年)、应锦襄的《现代派小说中技巧的价值》(1990年)、黄重添的《略论台湾文学中的民族文化基因》(1991年)、徐学的《当代台湾散文的总体风貌》(1992年)、卢善庆的《中西诗学比较》(1994年)、周宁的《20世纪西方文学批评的四种范式》(1994年)、谢春池的《从体验浪漫到体验现实》(1998年)、夏敏的《倾听朝拜者心灵的震颤》(1998年)、朱水涌的《五四与新时期:一个百年文学的不解纠葛》(1999年)、俞兆平的《浪漫主义的历史反思》(1999年)、林丹娅的《在她们与作品之间》(2000年)、易中天的《论艺术标准》(2001年)、朱双一的《挺立于世界语种文学之林的华文文学》(2000年)、王玫的《读者文学史之建构与设想》(2001年)、巫汉祥的《网络时代审美意识的变异》(2001年)、杨春时的《文学理论:从主体性到主体间性》(2002年)、高波的《中国诗歌的现代嬗变》(2002年)、陈仲义的《整体缺失:新诗研究的最大遮蔽》(2003年)等等。而30年厦门

文学评论的著作特别丰盛,特别有分量,其中1993年之前的有郑朝宗的《〈管锥编〉研究论文集》、庄钟庆的《茅盾创作历程》、赖干坚的《西方文学批评方法评介》、林兴宅的《艺术魅力的探寻》、柯文溥的《中国现代诗歌流派史》、任伟光的《现代闽籍作家散论》等,1994年之后有应锦襄的《世界文学格局中的中国小说》(合著)、杨春时的《百年文心——20世纪中国文学思想史》、俞兆平的《现代性与五四文学思想》、易中天的《黄与蓝的交响——中西美学比较论》(合著)、朱水涌的《文化冲突与嬗变》、黄鸣奋的《超文本诗学》、陈仲义的《中国朦胧诗人论》、朱双一的《战后台湾新世代文学论》、徐学的《余光中评传》、周宁的《幻想与真实》、林丹娅的《当代中国女性文学史论》、巫汉祥的《文艺符号新论》、高波的《叙事的建构》、夏敏的《喜马拉雅山地歌谣与仪式》等等。厦门文学评论家进行了艰辛的劳动,付出大量心血,成果喜人!多项研究处于国内领先地位。他们的探索精神尤为令人钦敬,其中的陈仲义最突出,20多年来专注于现代诗研究,至今已出版《扇形的展开——中国现代诗谱论》(2000年)等5部论著,其理论一直走在探索前沿,至今锐气未减,令同行们赞赏。

"尤其值得一提的是,由谢春池主编的、20世纪90年代《厦门文学》评论文章的结集——《二十世纪末:我们的话语》的出版"(俞兆平语),这部评论集两卷近150万字,规模颇巨,皆为新时期文学的评论,上卷《九十年代文学论》,下卷《当代福建作家论》,是第一部本土文学的评论集大成。这不仅表明《厦门文学》在厦门文学评论界的重要地位,也表明《厦门文学》在福建文学评论界的突出作用。70年代末至80年代中前期,由于主编陈照寰的重视,评论的负责人黄后楼(灯辉)孜孜运作,评论在该刊有一席之位。从1979年5月至1982年,《厦门文学》(时称《厦门文艺》)始终参与推动《福建文学》(1980年称《福建文艺》)发起的那场新诗创作问题的大讨论,厦门有20多位作家、诗人、评论家参与,持续了三年。90年代,由于主编陈元麟的重视,评论的负责人谢春池强力运作,把评论与创作当作刊物的两翼看待,评论分量突显出来,特别是对福建文学创作的热忱评

论与对福建文学评论的高度重视，提高了本刊在福建文坛的地位；又由于把评论当作刊物的一个品牌打造，也使刊物在众多文学杂志中具有自己的品位，并为全国文学评论界所关注。与此同时，《厦门文学》还组织了一系列作家作品讨论会和文学现象及其他问题的理论笔谈。对于推动本土文学创作，贡献显著。

"一个地区文学评论的品位与深度，往往代表着该地区文化、审美的水准。"俞兆平的这个论断出自15年前，再看15年后厦门文坛的盛景，窃以为诚哉斯言也！

综上所述，我们已较全面地梳理了30年来新时期厦门文学发展的脉络，并展现其丰硕的成就。

这并不意味着新时期厦门文学没有缺陷，恰恰相反，它还存在许多问题，体制的、机制的、环境的、条件的、外部的、内部的、群体的、个人的、观念的、技巧的等等，甚至是心灵的。正是这些问题，首先限制了作家、诗人更自由的发展，其次阻碍了文学事业更蓬勃的发展。然而，厦门的文学毕竟走入繁荣时期，这是这个城市的幸运，更是这个城市的作家、诗人的幸运。是的，这是一个应该产生伟大作品与史诗的时代，厦门的作家、诗人在走向未来的人生道路上，能否创造无愧于21世纪的文学呢？

选自《厦门文学》2008年2月号

走出中国当代文学的垃圾堆

朱必圣

我不会从数量上去谈论中国当代文学的成就,中国的期刊发表过多少部文学作品,以及中国的出版社出版了多少部的文学作品,这样数量上的罗列不能说明什么,一点垃圾或者成堆的垃圾,性质上都是一样的,并不会因为多了,垃圾会变成金子,这是常识问题。"垃圾"这个字眼最近跟中国当代文学关联起来,至少可以表明读者和批评家对中国当代文学的一个总体评价,由此也可以看出他们心中的愤怒和不满。我觉得这才是值得重视的一个问题,说明了当今的读者对当代文学是充满期待的,而中国的作家和诗人的创作狠狠地伤害了今天的读者和评论家。从读者们的愤怒这方面,至少可以理解到中国当代作家和诗人在情感和理性上是出了轨了,他们成了当代情感和理性的异类,也可以说他们在道德和思想上背叛了这个时代的精神,他们走到了个人体验或者说个体欲望的极端,整体上损伤了文学艺术的神经,毁坏了艺术表现精神。

文学创作是作家和诗人的个体行为,无关他人的评价,这个观念在当代作家和诗人中流行已久,他们也以此为界,在自己的创作跟读者之间划定了一条鸿沟。现在的问题是,这条鸿沟到底保护了当代作家和诗人什么?创作自由?还是为了保护他们的道德和思想上的出轨呢?作家与诗人跟读者之间的鸿沟如果只是用来保护他们的心灵自由,这个提法令人生疑,如果他们的自由需要鸿沟保护的话,他们的心灵从来就不是自由的,因为这违背了自由的意义。自由的意义在于不受奴役,在于能够自由听从自己的良知,而不受其他声音的役使。如果我们的作家和诗人需要给自己划定一条鸿沟来阻拦其他声音的话,那他们就不是真正服从自己良知的人。服从良知是一种态度,也是一种信念,这样的态度和信念是不需要任何其他措施去保护的,它应该是作家和诗人生命固然存在的艺术品质。如果你是一位正直的、富有良知的作家和诗人,即使你的作品惹恼了某一些人,他们来围攻你的住房,用石头砸烂了你家的窗玻璃,你的心灵也仍旧是平安的,你也根本不会觉得需要跟读者之间划定一条鸿沟来保护自己的良心。

思来想去,我觉得他们需要鸿沟的理由只有一个,那就是他们的文学是不光彩的。不光彩的东西才需要掩饰,才需要遮挡。是土匪就得躲进深山老林,乘着黑夜才出来抢劫。或者是干一些不光彩的勾当的时候,他们也才需要躲藏起来,锁紧大门,拉紧厚厚的窗帘,在黑暗中行事。当代中国作家和诗人如果到了也需要干勾当时才需要的黑暗的境地,那他们的创作能是光彩的吗?照此推论,我不能不想到那些需要鸿沟这样的东西来遮挡读者视线的中国当代作家和诗人已经干上了背叛的不光彩的勾当了,也就是我所说的他们不仅在艺术上,而且是在道德和思想上出轨了。当他们把这些出了轨的文学作品呈现给读者和批评家的时候,伤害就由此开始了。这些作品狠狠地伤害了读者与批评家的情感和道德以及他们的思想观念和艺术审美,这些作品在他们的心理上、感觉上、情感上狠狠地挖了一刀,这一刀不仅断绝了他们精神、情感和艺术审美上与这些作品的关联,而且也割断原来维系于作家与诗人的艺术理想的联系。于是,这些作家和诗人成了与读者无关的局外人,不仅他们的作品不能慰藉读者的心灵,而且作贱了读者的思想和情感。这就像在一场喜庆的婚礼上,这些作家和诗人却大放哀歌;就像在一场严肃的学术活动中,突然有人脱光自己的衣服跑到台上朗诵诗歌。总之,他们专干煞风景的事,在美丽的公园突然脱掉自己的裤子,在里面拉大便。这能不叫人恶心和愤慨吗?

文学不是隐私,不需要以锁大门、关窗帘等一系列的方式来阻隔读者的视线。一些作家和诗人以一系列激烈叛逆的方式来对待艺术活动和艺术创造,不仅说明他们在精神上已经失去了一个作家和诗人应有的艺术品格,而且在行为上也背弃了大众的道德感情。比如我们的赵丽华诗人写道:"晚上想洗澡/发现/花内裤/找不到了/难道真的会/有人/收藏/我的/没来得及/洗/的/花内裤?"如果诗人只是在自己的家里寻找自己的花短裤,这种事纯粹就是个人隐私,关了大门和窗帘就可以了。可是他是在公众面前寻找起自己的花短裤,并且以此为文学游戏,这当然造成了对公众情感和艺术审美的伤害。这样的游戏引起大众的哗然是在情理之中,公众恪守的道德以及审美情感需要每个人的尊重,我们的作家和诗人必须具备这样的尊重观念和尊重态度,然后才谈得上对人类命运的普遍关怀与同情。

前些年,我还是比较注意去阅读当代中国作家的作品,希望能够找到他们的精神轨迹。后来我中断这样的阅读,原因就是许多作家、诗人和作品已经完全丧失了艺术品格,那种只在大门里,在黑暗中的事,这些作家和诗人像苍蝇一样,逐臭而去,大倒人的口味。我只好拒绝这样的文学阅读,也拒绝任何文学批评。因为连起码的道德水准都不具备的作品,已经超出了艺术的范畴,属于个人放肆的文字游戏了。我不愿自己成为游戏的观看者,更不愿给这样的游戏添加任何评注。让他们玩去吧,我自有自己的孤独可享。

我想,持我这种感受的人不在少数,大家都怀有一种寂寞和孤独的心态,漠视着中国的当代文学,看他们如何放肆,也看他们如何丢人。

应该肯定地说,新时期文学给过我们生命激情,先锋文学的艺术实践也曾给过我们艺术上的新发现。先锋作家和第三代或者第四代诗人也都曾经严肃地思考过中国当代文学的命运,他们曾经十分努力地想把停滞的思想和艺术表现力推入到我们的心灵深处,让艺术创造从我们的生命爆发出来。那时候,无论读者如何稀少,无论作家和诗人的地位如何边缘化和平民化,但他们的艺术表现激情仍然不减,他们依然故我地通过艺术创造来煽动这样的激情,希望通过这些作品来传导一种现代意识中的人性感受和体验,由此思索存在的价值和意义。中国当代作家和诗人的这种努力不是没有意义的,只不过没有赢得掌声而已。

现在,中国当代文学一样没有赢得掌声,虽然一些作家赢得了高额的版税收入,但他们同时也招来了唾骂。

清华大学哲学系一位教授谈德国汉学家顾彬评价中国当代文学时,他说顾彬认为,"迄今为止,21世纪中国文学似乎面临着许多内在的问题",而其中最大的问题,他认为是一些中国作家缺乏意志力,不能为他们的艺术忍受磨难,而是去为商业世界服务。在顾彬看来,某些中国作家似乎对文学并没有规范,或者他们的规范似乎和一些普通人的别无二致。"无规范,则无艺术;无规范,则无道德",这也是在中国,为什么一些读者背弃了严肃文学而对流行文学趋之若鹜的原因。"近年来,顾彬对中国90年代后当代文学中迎合市场、迎合声色肉欲的作家、作品是持严厉的批判态度的,这在他近年先后在上海和北京做的《21世纪中国文学状况》的报告中有充分表达",这位顾彬就是针对当代中国某些作家的作品做出严厉批评的德国著名汉学家,他说这些作家的作品根本不能称为文学,而是垃圾。"文学垃圾"一词由此而来,它刺激了中国当代许多作家的自尊,以为这是对中国当代文学的谩骂。

如果我们的作家和诗人已经干上了丧失艺术品格的文字游戏,甚至更丢份的事,招来几声谩骂也是十分正常的。当代中国的文学读者愤懑已久,没有人这样骂出声来。终于出来一位德高望重的外国汉学家,对着中国当代文学的某些作家和作品骂出声来,这怎么不是一件痛快的事呢?他们放肆的文字游戏以及丢弃艺术品格甚至道德观念的创作早就应当受到严厉的斥责了。因为已经有了顾彬先生的斥责了,因此当代中国文学需要一些祝愿,美好而坚定的祝愿。

首先,我们的作家和诗人要承认自己躯体的软弱,这种软弱使我们不能站直自己的身躯,不是弓着身子,就是弯着身子在写作,如果膝盖下面已经铺好了一块柔软的毛毯,他们肯定要双膝下跪着写了。这是写作态度的一种表现,跪着的写作态度和站着的写作态度是完全不同的。跪着写作是一种出卖自己的态度,你的面前已经站着一位主子,在他面前你完全把自己作价出卖了,你只能听从主人的吩咐,照着主子的意思写作。如此,你的作品怎能发出来自灵魂深处的呼喊呢？哪怕发出呼吸都十分困难。那些文字苍白，那些词不达意，那些意义含糊，那些虚无空洞，那些善恶不分，那些正邪不明的文字全都出自这些跪着的文学写手们的笔下。这样的文字怎能赢得文学荣誉呢？

其二，我们的作家和诗人要承认自己在道德上的堕落。承认也是一种态度，这种态度对中国作家和诗人来说太重要了，因为有了这样的态度，才有中国当代作家和诗人的自我认知。一个连自我认知都相当缺乏的作家和诗人，他们怎么有能力去面对当今社会和时代呢？他们还怎么能够以真诚的态度对待自己所从事的艺术创作呢？因此，道德意识上的失败，道德观念上的真空，道德批判能力的丧失和道德理想的虚无，这些都是当代作家和诗人要进行深刻自我认知的内容。我们的诗人和作家应当认识到，把"下半身"的欲望当作突破道德界限的先锋是背德的，也是可耻的；把物质欲望的占有当作现代社会生存的法则是不道德的，也是不健康的；在公众面前寻找自己的"花内裤"也是有碍道德情感的，也是背离了道德审美情趣的；放弃道德责任，片面追求自身的利益，以获取高额版税为写作目的，这不仅是作家和诗人的道德虚无的体现，也是作家和诗人的道德自宫。在人格上，中国当代作家和诗人都需要站立起来；而在道德上，中国当代作家和诗人则需要双膝跪下，在获得道德自我认知的前提下，以顺从的态度去感知和体认良心的痛苦，以悔恨之泪洗涤良知上的尘埃，疗治良心的伤口。

其三，我们的作家和诗人要承认自己精神上的虚无。精神在许多当代中国作家和诗人的生命中，现在只不过是一个黑匣子，精神上的虚无已经是他们的通病。他们身染此疫而不自知，身躯软弱而良知麻木，也就是表现为骨头软而心头硬。这是核心问题，它由新时期文学延续到先锋文学和现代派诗歌，现在再延续到所谓的"80后"的作家和诗人。这种精神上的沦落一直没有被救治，从反思文学、寻根文学、朦胧诗到先锋文学，再到所谓的"80后"，一步步往下沦落，现在是到了谷底深渊了。到了先锋作家那里，他们还能够感受到精神沦落的痛苦与黑暗；可是现在已经很少有作家和诗人有这样的痛苦了，他们将疯狂的欲望当作生命激情，将身体的快乐当作生存的价值和意义，将过程当作终极，将自私当作关怀，将感性体验当作思想，将无理性当作自由，将黑暗当作天堂。因而，他们才如此漠视任何道德准则，同时也漠视一切艺术规则；因而，他们将欲望当作创作的第一题材，将获取利益当作创作的第一目的，将废话当经典，将恶心当审美，将虚无当永恒。

其四，我们的作家和诗人要承认自己思想上的苍白。这一代作家和诗人几乎丧失了思想的能力，他们成了没有自己思想的作家和诗人。他们的价值观念是混乱的，意义意识是含糊不明的，思考是肤浅的，自我意识是模糊的，自觉意志是软弱的。他们的思想像随风摇摆的芦苇，风吹草动，脆弱无比。因而，他们很容易就成了欲望的工具、物质的奴隶和价值虚无的实践者。

理性地面对这一系列的"承认"，当代中国作家和诗人才能实现理性的自我认知，在这一认知过程中，找回已经被污染得模糊不明的自我意识，恢复思想的能力和理性的力量。这是中国当代作家和诗人走出文学垃圾堆的第一步。

选自《厦门文学》2008年4月号

《文学:理想与遗憾》序

何满子

记忆力衰退,记不真是不是高尔斯华绥的某个剧本里,假人物之口说过这样一句俏皮话:"聪明人把很复杂的事讲得十分简单,笨人则把十分简单的事搞得很复杂。"

据此,则耿庸应该归于聪明人一类。不过要讲清楚,只限于在谈文学的场合;别些方面,比如,在生活里他是既迂又笨,绝对不比我高明多少。他谈文学能把复杂的现象讲得很简单的印象,我是在上个世纪 50 年代留下的。

那一阵,几乎每天晚上,几个朋友都聚集在淮海中路耿的寓所神聊。除我以外,到场的有张中晓、罗洛和王戎。如今前两位都已先后弃世,只剩下我、耿和王戎了。话题大抵是与文学有关的种种,争得脸红耳赤的时候也有。有时谈得很晚,就到近处的街头酒馆去吃夜宵,边吃边赓续着话题。记得有一夜,大约是胡风案发前的 1955 年春天,因议论当时批判胡风的各种论调,谈得很晚了,耿和我和王戎出来吃夜点心。附近的店家都已打烊,直到兴国路转弯角上,才有一家小酒馆还开着,没有别的菜肴供应,只有咸蛋一味,我们便啃着咸蛋下酒,哓哓不休地争论着一路谈来的话题。快分手时,耿庸总结性地说:所有文学上的各种纠纷,各种争执,不论多么分歧,是非多么纠缠不清,归根究底都是现实主义与各色非现实主义的对抗。

这真是驭繁于简、一针见血的论断。当然,这是指正常的文学论争,横加或竖加到文学中来的实用的功利性的目的和手段自作别论。

其实,耿庸这句归结各种文学论争的底蕴的话,道理也极平常,不过经他一点明,却成了我以后阅读和思考中验辨各种学说和主张的标准或曰定性分析计。在我,是十分受益的。

那几年我们切磋文学问题的乐趣,多少年后回顾犹令人神往。但众所周知,1955 年 5 月降临的一场灾难将我和耿都卷入其中,彼此睽违了二十多年,值得一提的是,在隔离中我和耿仍在"神交"。先是,我在被拘禁中,和所谓"胡风反革命集团"没有什么可以追究,只能追查我和"分子"们交往间的"反革命密谋",而接触较频繁的是耿,于是穷追我和耿的交往言谈。这就促使我在狱中也不断回忆彼此间的关于文学的交谈,乃至反复吟味,作为我囚居中打发难堪的光阴中的消遣。1966 年初,耿被释放,我们在一次会场中邂逅,如非凛于严酷的局势,我真想和他私下会晤,倾谈别后对于文学上的一些想法;我相信耿也有同样的愿望,而且深信他即使在蒙难中也不会放弃他的文学思索。直到"文革"造反派将我的书抄走以前,我还保有他的《〈阿Q正传〉研究》,我还暗自读着,并在书上批注着我的意见,期望有朝一日能同他讨论,哪怕争得脸红耳赤一如当年。

没想到这样的对话竟会在万难料想得到的年月,即"文革"期中的 1970 年以通信方式重新进行。在那种年月中我们竟干这样的事,简直是昏大胆,居然好整以暇地讨论起现实主义来,如果当时有个窥伺着我们的舒芜式的人物,那后果还堪设想吗!

那几通历劫幸存的书简收入了 1987 年出版的《文学对话》一书中,这书又收录了我们两人在上世纪 80 年代的系列谈文学问题的信简,只有 1979 年发表在香港《开卷》杂志上的关于话剧《王昭君》的一组通信,当时没有找到而没有收入,经耿的允许收在我 2000 年的文集《零年零墨》中。此外还有几封发表在《文论月刊》上的论文学的信也没有收入。

大约从上世纪 80 年代我们两人共同主编《青年文学手册》,这次合作以后,因为各人忙于各人的事,两人间的文学对话才结束。前于此的几十年中,这种切磋迤迤逦逦断断续续地进行着,对话的中心都环绕着现实主义这一命题。终止对话的原因,主要恐怕在我。因为我愈来愈感悟,这种讨论几乎是白费劲。文学的运作全不系于文学本身的思维活动，过去如是，如今也是如是。耿当然也不会不察觉大气候的厉害，比如，政治和钱袋之类更左右文学的命运，以至管事的宁肯听任诱人做白日梦的武侠小说，脑后长豚尾的皇帝小说等标准的"精神复辟"这类玩意儿狂轰滥炸；而严正的文学批评和文化批判则极少容身之地，更不谈上世纪80年代就已泛滥的"现实主义过时论"了。但耿本着对文学的情痴，可说是积疾难治吧，90年代还在诉述他的《文学苦话》，我虽然对文学现状泄气，一面也对耿在寂寞中的孤诣独往心怀感佩——因为，不论怎么萧条寂寞，事情总归还要有人来做。

现在耿将他历年的言谈裒集出版，我以为有多重意义：存记一个时代的文学风习；表明石在的火种不会熄灭；呼唤甘耐寂寞的同道和勇敢的继起者……在我，则更有一层，这集子也包含着我们间堪珍惜的友谊。

2003年4月，沪西天钥居

选自《厦门文学》2008年6月号

我心目中的好散文

雷 达

传统的散文发展到今天，确乎愈益暴露出它与当代人精神脱节的疲惫，被文体定势的重负压得直不起腰，而其中最致命的，乃是思想的贫瘠、哲理的贫乏。这大约与我们民族不是长于哲学思维有关。是的，倘若一个时代的最高思想成果和理性智慧不能在散文中得到体现，倘若散文不能对时代和民族的灵魂加以思考，那是没有创新可言的。为此，我也曾提出过新散文必须解决的问题，即渗透现代人生意义的哲理思考：形而下与形而上的融汇——走向象征与超越；继承传统并转化传统，创造新的语言、节奏、表述方式。散文的审美品格与思想品格同样重要，没有审美价值，可能混同于哲学、逻辑学、文化学，那是散文的另一歧途。散文必须首先是形象、意境以至有意味的形式。

我感兴趣的散文，首先必须是活文、有生命之文，而非死文、呆文、繁缛之文、绮靡之文、矫饰之文。自从赫拉克利特说出"人不能两次踏入同一条河流"的朴素真理以来，人类对于自身在流转的文化中的感觉就重视起来，懂得运动感是一切有生命的活物的重要特征。我对散文也有依此而自设的标准，那就是看它是否来自运动着的现实，包含着多少生命的活性元素，那思维的浪花是否采撷于湍急的时间之流，是否实践主体的毛茸茸的鲜活感受。有些作家名重一时，甚至被尊为散文泰斗，其写作方式似乎是，写喝茶就搜罗关于茶的一切传说轶闻，写喝酒就陈述酒的历史和趣闻，然后加上一些自己的感受，知识可谓渊博，用语可谓典雅——不知为什么，对这种考究的文章我始终提不起兴趣，甚而推想它可在书斋中批量生产。对另一类矫饰、甜腻、充满夸张的热情的"抒情散文"我也兴趣不大，它们的特征是，语言工巧、纤秾、绮丽，但文藻背后的"情"，则往往苍白无力，似曾相识，是已有审美经验和图式的同义反复。它们没有属于自己独有的直觉和体悟，因而也无

创造性可言。我真正喜爱的，是泼辣、鲜活的感受，是刚健清新的创造性生命的自然流淌，是决不重复的电光一闪。这当然只有丰富饱满的主体才可能生发得出来。

这类散文的最强者，毫无疑问，是鲁迅。无论读《野草》、读《朝花夕拾》、读《纪念刘和珍君》、读《为了忘却的纪念》……那数不清的星斗般的篇什，到处都会遇到直接导源于生命和实践的感悟，它们是一次性的，只有此人于此时此刻才能产生，因而反倒永远的新颖，历久而不褪色变味。所以，要论我的散文观，那就是：虽然承认那有如后花园葱郁树林掩映下的一潭静静碧水似的散文也是一种美，甚至是渊博、静默、神秘的美，但我并不欣赏；我推崇并神往的，是那有如林中的响箭、雪地的萌芽、余焰中的刀光、大河里的喧腾浪花式的散文，那是满溢着生命活力和透示着鲜亮血色的美。这并非教人躁急、忙迫，去空洞地呐喊，而是平静下的汹涌，冷峻中的激活，无声处的紧张。

现在人们已经惊异地发现，在这经济的喧腾年月和文学的萧索时期里，散文竟然出人意料地交上了好运。在人们的记忆里，散文的命运似乎没有特别地坏过，也没有特别地好过，它实在太久地担当着文坛上的配角。讲起历史来，它的历史比谁都悠长而辉煌，一回到现实，它却总是没有气力与小说抗衡。可是从上世纪90年代以来，事情起了变化，散文的际遇来临了。这倒不是说它要重温正统或正宗的梦，而是说，在这大转型的时代，它有可能获得比平常更为丰硕的成果，完成自身大的转折。散文"中兴"的秘密藏在时代生活的深心。用直白的话说就是：急剧变动的生活赐给了散文一个千载难逢的机缘。今天人人都可能有大量新的发现，提供出比平时多得多的新鲜体验，从而打破僵硬模式的束缚，创造出开放的、新颖的风格；就散文自身来说，由于它的自由不羁，它可能是目前最便于倾吐当代人复杂心声的一种

形式。日日更新的生活是根据,散文的形式特征是条件,两相遇合,造成了散文迅速发展自己的空间。

然而,能否真正产生叩响当代人心弦的好散文,光有形式优势和艺术空间还不行,归根结底还要看作者——精神个体有无足够的感应能力和创新能力,摆脱传统压力的能力和辟创新境的能力。一句话,关键还在"说话人"身上。对散文创作来说,最要命的是,一拿起笔,传统散文的老面孔就浮现出来,熟络的老词句就不请自来,雨中登山呀,海上日出呀,流连苍松云海呀,怜惜小猫小狗呀……经典散文已经形成的固定视角,有其顽固性,生活被它们分解成条条块块,以致我们身在生活中,却麻木不仁,只知循着它们提供的角度去收捡素材,剪辑生活,与它们符合的东西,我们能感应,对埋在水面之下八分之七的东西,我们无动于衷。这是多么荒谬的迷误啊。于是,生活的完整性、丰富性、原生性、流动性全都不见了。我们好像拿着一张网,鲜活的水和鲜活的鱼全漏掉了,最后还是只剩下了手中的这张网。

怎么办呢?我想到了一句话,叫作"有什么话,说什么话",这是胡适先生的名言。也许,为了把大量被漏掉的鲜活还原回来,这种极端的提示,或笨办法,很能解决问题。难道不是吗?难道强颜欢笑、故作豪语、温柔敦厚、曲终奏雅之类,没有给我们的散文涂够浓厚的新古典主义颜色吗?一个个像是穿着笔挺的中山服正襟危坐,好像从来不放屁也从不上厕所似的,连跌跤也要讲究姿势的优雅。哪些话该说,哪些话不该说,什么可以入散文,什么不可以入散文,好像都有隐形规定似的。这怎能不使散文露出死气沉沉、病病恹恹的萎靡相呢?不来点自然主义的恣肆,不光着泥腿子踏进散文的殿堂,是不可能唤起散文的活力的。"有什么话,说什么话"意味着不顾原先说话的姿态、腔调、规范,只遵从心灵的呼喊,这就有可能说出新话、真话、惊世骇俗的话、"人人心中有,个个笔下无"的实话,以及人人皆领受到了,却只有很少的人可以揭穿其底蕴的深刻的话。任何文学、任何文体,都在"质文互变"中走着自己的路程,现在我们的散文也到了以"新质"冲破"旧文"的关头了,从而建设新一代的质文平衡。

看贾平凹的《说话》,至少要让你一愣:连"说话"这样习焉不察的事也可写成一篇散文,而且全然不顾散文的体式,不顾开端呀,照应呀,结尾的升华呀,有无意义呀,真是太大胆也太放纵了,真是只讲过程,不问意义,到处有生活,捡到篮里都是菜。据说,《说话》是平凹在北京开政协会议期间接受约稿,在一张信纸上随手一气写下来的。为什么想到说话问题了?大约一到北京,八面应酬,拙于言辞的贾氏发现说话成了大问题,才有感而发的吧。这篇东西是天籁之音、人籁之声,极自然的流露,完全泯绝了硬做的痕迹,里面的幽默、机智、无奈,都是生活与心灵自身就有的,无须外加,浑然天成,可谓"有什么话,说什么话"的最佳实践。

所谓"有什么话,说什么话",并非漫无边际的胡侃。大街流氓的爆粗口和小巷泼妇的海骂,倒也是"有什么话,说什么话",那能成为好散文吗?冬烘先生的喃喃,满嘴套话的豪言,那能成为好散文吗?"有什么话,说什么话"的精义,全在于自由、本真、诚挚、无畏。我一向认为,精于权术,城府深藏,把自己包得严严的、面部肌肉擅长阿谀,却丧失了大笑的功能,"成熟"得滴水不漏的人,是不大可能写出好散文的。他经商,会财源滚滚;他从政,会扶摇直上;他整人,会口蜜腹剑;他恋爱,会巧舌如簧;他治学,会偷梁换柱;他偶尔也会"幽默"一下,结果弄得大家鸦雀无声。他在很多领域都会成功,唯独写不出一篇好散文。这是不是天道不公,或反过来说天道毕竟公正?

提倡"有什么话,说什么话",并不排斥开掘、提炼、升华的重要。我们常说散文要有真情实感,原本不错的,但关键要看是什么水准的真情实感,从怎样的主体生发出来的怎样的真情实感。牛汉的《父亲、树林和鸟》,不是饱经忧患且充满悲剧感者,断然写不出来。感情浓到化不开,重到承受不起时,才产生了这样简洁、饱满、幽咽、滞涩的声音。父亲说了:"鸟最快活的时刻,向天空飞离树枝的一瞬间,最容易被猎人打中。"为什么呢?因为"黎明时的鸟,翅膀湿重,飞起来沉重"。作者庆幸于"父亲不是猎人",可是猎人却大有人在啊。作者对生命的美丽和因其美丽而带来的脆弱,满怀忧伤。那意思是说,纯真的生命是快活的,纯真的生命是不设防的,唯其纯真,唯其快活,就特别容易遭到践踏、伤害和暗算。作者其实是在为天真、善良、单纯的美唱一支忧心的歌啊。多么质朴的画面,多么深沉的感怀!作者还写过一篇《早熟的枣子》,也是寄托遥深,他说,在满树青枣中,只有一颗红得刺眼,红得伤心,那是因为"被虫咬了心",一夜之间由青变红,仓促完成了自己的一生。作者说,他憎恨这悲哀的早熟,而宁可羡慕绿色的青涩,其中的寓意不也是令人痛思不已的吗?

散文的魅力说到底,乃是一种人格魅力的直呈。主体的境界决定着散文的境界。我也写散文,也想向我心仪的目标努力,却收效甚微。我写散文,完全是缘情而起,随兴所至,兴来弄笔,兴未尽而笔已歇,没有什么宏远目标,也没有什么刻意追求,于是零零落落,不成阵势。我写散文,创作的因素较弱,倾吐的欲望很强,如与友人雪夜盘膝对谈,如给情人写的信札,如郁闷日久、忽然冲喉而出的歌声,因而顾不上推敲,有时还把自己性格的弱点一并暴露了。蒙田的一段话,竟好像是为我而说的:"如果我希求世界的赞赏,我就会用心修饰自己,仔细打扮了才和世界相见。我要人们在这里看见我的平凡、纯朴和天然的生活,无拘束亦无造作,因为我所描画的就是我自己。"如果有一天,我远离了我的朋友,他们重新打开这些散文,将会看到一个活生生的矛盾性格和一张顽皮的笑脸。

其实,我写的并不单是我,我写的是一种生存相,一种精神状态,一种也许无望的追求。我早就发现,这年月自我感觉良好的人越来越多,无论是商海豪杰还是文化英雄;而我,不知为什么,自我感觉始终好不起来,心绪总是沉甸甸的,我怀疑我是否是这个时代的一个逸民。我背负着传统的包袱,却生活在一个高度缩略化、功利化、商品化、物质化的都市,我渴望找回本真的状态、清新的感觉、蛮勇的体魄、文明的情怀而不可得,有时我想,当失去最后的精神立足点以后,我是否该逃到我的大西北故乡去流浪,这么想着的时候,便也常感受着一种莫名的悲哀。

当我奔波在还乡的土路上,当我观看世界杯足球赛熬过一个个深宵,当我跳入刺骨的冰水,当我踏进域外的教堂,当我伫立在皋兰山之巅仰观满天星斗,当我的耳畔回荡着悲凉慷慨的秦腔,我便是在用我的生命与冷漠而喧嚣的存在肉搏,多么希望体验人性复归的满溢境界。可惜,这只是一种痴念。优美的瞬间转眼消失,剩下的是我和一个广大的物化世界。

选自《厦门文学》2010 年 10 月号

并非多余的话

（代后记）

当读者与这部文学作品选集相遇时，一定会有些诧异，应当在2011年出版的书，怎地在2013年才问世？为什么拖了这么久？可谓"时过"了。不过，只要略略浏览一番，谁都会觉得，并未"景迁"。因为，我们走了很久的日子回到1951年，而后，沿着来路走至2011年，那些逝去的风云，一一重新浮现眼前。我相信60年的文学景观，一定会让热爱文学、热爱这个刊物、热爱这座城市的人们，如置身厦门的文学长廊，流连忘返。

我有一种强烈的"厦门文学情结"，也正因此，2010年春节，市文联党组书记张萍和厦门文学院副院长兼《厦门文学》主编刘岸到我家探望患病的我时，我才会向他俩提出2011年《厦门文学》创刊60周年应出版相关作品选集的建议。数月之后，市文联党组决定采纳我的建议，刘岸请我出任这部作品选集的主编，并得到市文联党组的同意。他们认为，我最适合干这个活。我虽然深知这个活的难度之大，还是答应了，同时，我提出，刘岸应和我一起主编此书，这对于他而言责无旁贷。

2010年秋季，《厦门文学》编辑部的编辑王永盛、朱鹭琦、王莹、黄哲真、苏惠真等投入本书作品的初选。2011年春节之前，初选完毕，作品的篇目送我，面对这几位从前同事的劳动成果，我不敢懈怠，仔细检视，几番斟酌。我以为他们已经尽力了，他们确实做了不少努力。我试着要把五份篇目整为一份，却无法按此思路进行。问题在哪里呢？窃以为有这么一些客观原因：他们分别为各个年代作业，各自的选目很难衔接；其站的角度只能是局部的而非全局的；所掌握的资料要么不完全，要么较为匮乏，要么十分残缺；挑选的标准各异、喜好差别也较大，等等。故而，我将此现状详告张萍和刘岸，他们同意我重新选编。

坦率说吧，面对即使不是浩如烟海的作品，也是堆积如山的文本，一个人的力量可行吗？我自忖有很大的把握，因为，我有长期的积累。这个积累首先是资料的积累，恐怕厦门文学界的人士没有谁收藏的《厦门文学》刊物比我多；其次是对《厦门文学》历史了解和认识的积累，我也是极少数对此刊物最了解最有认识的研究者之一；再者是我陷入《厦门文学》的办刊和编辑活动最深，经历与经验的积累最多；最后是我对《厦门文学》的感情的积累也最深厚、丰富。我相信，任何事情只要用心去做，即使不会做得非常好，也不会做砸。而在我即将60岁之时，为同龄的《厦门文学》主编60年文学作品选，是我的大福分，我自然得用一颗赤子的感恩的心去做，否则，我对不起我的文学摇篮之一的《厦门文学》！

我做的第一件事情就是把我存档的上世纪70年代至今的刊物全部搬出来。由于对文本非常熟悉，几乎不太费劲，就把这一时期的要目编出来。我做的第二件事情就是沉到图书馆，查找《厦门日报》报纸版的《厦门文学》（时名《厦门文艺》），从那早已发黄、甚至破损的旧报纸，复印了一批作品，也把这一时期的要目编出来。

此间，领导告知，《厦门文学》创刊60周年纪念活动将在今年的10月举行，这样，这一部作品选集须在9月底出书，倒计时安排，7月得出第一校清样。于是，我夜以继日地赶工，于5月编出《厦门文学》60年的总要目，经过三校的筛选，终于编出了160多万字的四卷本（小说/散文/诗歌/评论）的《〈厦门文学〉60年作品选》。7月底，第一校清样赶排出来，按刘岸安排，一校清样交给编辑部5位编辑校对。另一份一校清样，我交给知青文学沙龙的数十位成员帮助校对，一次性完成。此间，身体要调理的刘岸返回新疆休养，而《厦门文学》的编辑们也随市文联采风团赴外省采风，一直至9月初，他们的那一校清样尚在校对之中。也不知何故,至9月底,整个工作停滞了。眼看来不及于纪念活动之前出书,我赶紧编了一本《〈厦门文学〉60年目录选辑》,于10月上旬印出,在《厦门文学》创刊60周年纪念大会上分发,算是一个小小的交代。

半年之后,由于张萍的支持,也由于刘岸的决心,这项工作重新启动。但他们二位认为原来的这个选本太厚,须再删掉至少1/4选目,并要求将四卷本改为两卷本。按照领导这个意见,我把这个选本编为上下册,上册即小说卷,下册则含散文卷、诗歌卷、评论卷。大概于秋季,我拿出删定后的新书稿供张萍、刘岸审阅的同时,还征求有关人员的意见,而后,给予肯定,他们一致认为:总体不错,再做一些调整,即可交付出版社。11月下旬,《厦门文学》主编刘岸与厦大出版社社长蒋东明签订了出版协议。2013年1月,我将独自一人校过两校的书稿清样交给厦大出版社。此后,又经过两三次的斟正……总算付印了,两年多的辛苦终于有了结果。

这一部文学作品选的编辑出版有其独特的意义,我不在这里赘言,必须谈及的是这个选本的宗旨:以有代表性的、有影响的、重要的作品,较为全面地展示《厦门文学》60年办刊的历程、变化、特色与成果。因而,入选的作品力求都是《厦门文学》质量较好的作品,但并非质量较好的作品都入选,原因在于:每卷篇幅的局限,一些作品过于冗长就不入选。对于我而言,这是很无奈的,特别遗憾的是四卷本压缩为两卷本,我内心极为不舍地把一批原本入选的朋友的作品删掉了。总觉得对不起他们,祈望得到他们的谅解。

将60年的文学作品选入同一部书里,许多方面的难度是显而易见的,而技术上的难度也不可忽视。因而,我们尽量保持每一篇作品的原貌,特别是带着历史特点的原貌。在不违背这个准则的前提下,做一些规范性的改正纠错,如原来作品的语法逻辑乃至修辞的毛病,或刊物发表该作品时的编辑谬误等,这一些自然得认真严谨地进行再编辑。总之,我对这一次的选编任务心存敬畏。我敬畏每篇入选的作品,也敬畏每篇未入选的作品;因而,我感谢入选作品的每位作者,也感谢未入选作品的每一位作者。我敬畏所有的作品是因为我敬畏历史,我感谢所有的作者是因为我感谢文学。没有他们和他们的作品,就没有《厦门文学》这个刊物和《厦门文学》的60年,更不会让我拥有主编《厦门文学》60年作品选的这一份幸运以及让我的"厦门文学情结"有一个强烈表现的机会。难得,我又一次获得人生的幸福,这是生活给予我最大的回报。

最后,我们应该感谢张萍、刘岸的支持与指导,感谢王永盛、朱鹭琦、王莹、黄哲真、苏惠真的劳动,感谢蒋东明、王鹭鹏、陈铭以及厦门知青文学沙龙的朋友们的付出。

谢春池
2013年4月15日于见山居

六十年散文(报告文学)作品要目

《卑劣的诬蔑》库 伦(《厦门文艺》创刊号,报纸版,双周刊,《厦门日报》1951年2月12日)

《民间艺术"走马灯"的新生》田 颂(同上)

《〈莫斯科性格〉给我的启示》胡冠中(《厦门文艺》第2期,同上,《厦门日报》1951年2月26日)

《谁说她不在了!》海 风(《厦门文艺》第32期,同上,《厦门日报》1952年10月26日)

《阿九婆》沙 夫/回 明(《厦门文艺》第37期,同上,《厦门日报》1953年1月28日)

《回想给毛主席做饭的时候》黄成玉(《厦门文艺》第48期,杂志版,双月刊,1953年9月)

《扬帆向前》岱 平(《厦门文艺》第6期,杂志版,不定期,1972年12月)

《北京的礼物》陈泽南(《厦门文艺》第8期,同上,1973年7月)

《我是一个兵》陈元麟(《厦门文艺》第14期,同上,1975年7月)

《鲁迅和我们在一起》黄汉忠(《厦门文艺》第17期,同上,1976年12月)

《红军斗笠》许清火(《厦门文艺》第20期,同上,1977年10月)

《春满列车》陈乙森(同上)

《红色尖刀》王顺东/艾青峰(《厦门文艺》第22期,小说散文专号,同上,1978年4月)

《春牛图》林培堂(同上)

《鼓浪抒怀》谢春池(同上)

《撒向大海的歌》许琼琳(《厦门文艺》1979年第1期,报纸版,双周刊,《厦门日报》5月5日)

《菽庄探胜》彭一万(《厦门文艺》1979年第9期,同上,《厦门日报》9月4日)

《花果篇》李文章(《厦门文艺》1979年第10期,同上,《厦门日报》9月18日)

《鹭江潮》范自力(《厦门文艺》1980年第4期,同上,《厦门日报》2月12日)

《跳火焰堆》骆仲敏(同上)

《乌樟》陈志泽(同上)

《春兰秋菊赋》廖得为(《厦门文艺》1980年第8期,同上,《厦门日报》4月8日)

《海岛瓜甜》张鲁闽(《厦门文艺》1980年第11期,同上,《厦门日报》5月21日)

《随大海的呼吸遐想》陈 耕(《厦门文艺》1980年第13期,同上,《厦门日报》6月17日)

《补读平生未见书》蔡鹤影(《厦门文艺》1980年第15期,《厦门日报》7月15日)

《厂长旅归夜》黄太平(《厦门文艺》1980年第18期,同上,《厦门日报》8月26日)

《六脚朝天的黑蝉》(儿童文学)范寿春(同上)

《寓言二题》翁爱众(《厦门文艺》1980年第22期,同上,《厦门日报》10月21日)

《雕玉与荐玉》谢益美(《厦门文艺》1980年第23期,同上,《厦门日报》11月4日)

《A弦断了的小提琴》鲁 平(《厦门文艺》增刊,1980年第1期,杂志版,双月刊,2月)

《怀念一尘、延陵同志》张人希(同上)

《天仙访郁达夫记》郑子瑜(《厦门文艺》1980年第2期,同上,4月)

《静夜的哀思》柯文溥(同上)

《飞舞的凤凰》(翻译)黄吟军/陈照寰(《厦门文艺》1980年第3期,同上,8月)

《木麻黄和相思树》李克勤(同上)

《海边随想》黄 蜂(同上)

《美的匠心》周云石(同上)

《山之怀想》刘瑞光(《厦门文艺》1981年第2期,杂志版,不定期,6月)

《沃土上的凤凰树》飞 舟(《厦门文艺》1981年第4期,同上,10月)

《燕子》顾一尘(同上)

《读〈燕子〉,忆一尘》林懋义(同上)

《听南曲所想到的》江 吼(同上)

《一封盖满邮戳的信》李红祥/张一生(《厦门文艺》1982年第1期,同上,1月)

《海峡之子》(报告文学)朱佩国/鲍周义(《厦门文艺》1984年1-2月,杂志版,双月刊)

《铺架海峡金桥的歌声》(报告文学)武阳滨(同上)

《带金锚的漂泊者》徐华华(同上)

《咸亨酒店的笑声》林懋义(同上)

《风筝集》刘溪杰(《厦门文艺》1984年3-4月,同上)

《三角梅》泓 莹(同上)

《东渡新港礼赞》李熙泰(同上)

《大岞游踪》施甫中(同上)

《游甘乳岩》阮 霞(同上)

《良宵》陈慧瑛(同上)

《石狮风采》万国智(同上)

《三明归来》鲍周义(同上)

《渔乡风情录》张亚清(同上)

《"鱼仙"陈丁木》许崇安(《厦门文艺》1984年9-10月,同上)

《守陵人》石文英(《厦门文学》1992 年 9 月号)

《初雪印象》庞俭克(《厦门文学》1992 年 12 月号)

《青屿对话》陈金山/苏效明(《厦门文学》1993 年 5 月号)

《香江远眺》李元洛(《厦门文学》1993 年 6 月号)

《永远的城》林公翔(同上)

《亲自回信的习惯》徐小玉(同上)

《钓蟹》陈文和(同上)

《海湾落日》张贤华(同上)

《躁动的时光》唐宝洪(《厦门文学》1993 年 9 月号)

《又是起风时》李水才(同上)

《才溪世纪梦》(长篇报告文学)谢春池/何永先/刘少雄(《厦门文学》1993 年 10 月,专号)

《了因散文二题》了 因(《厦门文学》1993 年 12 月号)

《结婚那一天》高洪波(《厦门文学》1994 年 1 月号)

《结婚那一天》张 惟(同上)

《张暴默的欧美之行》傅溪鹏(《厦门文学》1994 年 2 月号)

《结婚那一天》江宛柳(《厦门文学》1994 年 5 月号)

《结婚那一天》王剑冰(同上)

《随想与感觉》鬼叔中(同上)

《你亲近我的火焰》寒 焱(同上)

《知己情结》沉 洲(《厦门文学》1994 年 6 月号)

《结婚那一天》卞 卡(同上)

《黄色夹克衫》王 玫(《厦门文学》1994 年 10 月,福建作家散文专号)

《银城之忆》章 武(同上)

《不惑的天命》袁和平(同上)

《走山》曾 阅(同上)

《儿子的天地》舒 婷(同上)

《女儿和她的宠物》杨健民(同上)

《将军绿》郑启五(同上)

《返乡引起的风波》吴励生(同上)

《瘰病、水蛭及"雷密封"》苏浩峰(同上)

《结婚那一天》梅绍静(《厦门文学》1994 年 11 月号)

《返乡散记》陈骏涛(同上)

《儿子今年 12 岁》黄汉忠(《厦门文学》1994 年 12 月号)

《结婚那一天》黄 瀚(同上)

《结婚那一天》马卡丹(同上)

《结婚那一天》郭 风(《厦门文学》1995 年 1 月号)

《结婚那一天》杨少衡(同上)

《结婚那一天》姚鼎生(同上)

《书香》黄 橙(同上)

《九十九朵玫瑰》铁 鹏(《厦门文学》1995 年 2 月号)

《结婚那一天》陈志泽(同上)

《结婚那一天》黄秋苇(同上)

《男人的海》卢建端(同上)

《一群厦门人的金门之行》陈 耕(《厦门文学》1995 年 3 月号)

《吊钟岩凭吊》林培堂(同上)

《结婚那一天》俞月亭(同上)

《结婚那一天》李灿煌(《厦门文学》1995 年 4 月号)

《故乡山水》董金义(同上)

《留一种距离》黄绮冰(同上)

《结婚那一天》陆昭环(《厦门文学》1995 年 5 月号)

《母亲》李万钧(《厦门文学》1995 年 6 月号)

《夜半来客》寸 月(同上)

《海上散文诗二章》海 上(《厦门文学》1995 年 7 月号)

《公祭》(报告文学)南 燕(《厦门文学》1995 年 9 月号)

《结婚那一天》刘晓航(同上)

《一代人的梦境》徐 学(《厦门文学》1995 年 10 月,厦门知青文学作品专号)

《房东和房西们》舒 婷(同上)

《"三两"赌粮》陈水应(同上)

《把你眺望》刘瑞光(同上)

《寻找刘老师》汪毅夫(同上)

《在苍松翠竹间编织文学梦》陈明光(同上)

《吃喝拉洗》林 祁(同上)

《这边的山,那边的山》朱家麟(同上)

《结婚那一天》林 斌(《厦门文学》1995 年 11 月号)

《孙绍振幽默散文二题》孙绍振(《厦门文学》1996 年 1 月号)

《海气》林继中(同上)

《宫女仍如花》张 宇(《厦门文学》1996 年 5 月号)

《舒婷散文二题》舒 婷(《厦门文学》1996 年 6 月号)

《陈震散文二题》陈 震(同上)

《何为散文五篇》何 为(《厦门文学》1997 年 1 月号)

《厦门,风景与人》翔 宇(同上)

《厦门人福州人和城市优越感》孙绍振(《厦门文学》1997 年 3 月号)

《北北随笔五篇》北 北(同上)

《真实》艾 云(同上)

《零度阅读》鲁 亢(《厦门文学》1997 年 4 月号)

《吃水果的学问》张冬青(同上)

《蝶与诗》郭志杰(同上)

《南帆散文三篇》南 帆(《厦门文学》1997 年 5 月号)

《梦回厦大》张 陵(同上)

《我的香港缘》尚 政(《厦门文学》1997 年 7 月号)

《王光明散文四题》王光明(同上)

《裸体海滩》严 阵(同上)

《青春背影》陈福郎(同上)

《那山那人那旗》郭建尧(《厦门文学》1997 年 11 月号)

《黄文山散文三题》黄文山(同上)

《脆弱的风筝》俞昌雄(《厦门文学》1997 年 12 月号)

《施晓宇散文三题》施晓宇(同上)

《父亲》张胜友(《厦门文学》2006年5月号)

《亲疏之间总关情》卢建瑞(同上)

《长在心中的文学长青树》今　声(同上)

《和爸爸在一起的日子》高仁温(《厦门文学》2006年6月号)

《关于〈厦门文学〉的一些回忆》蔡厚示(同上)

《我》陈希我(《厦门文学》2006年7月号)

《何丙仲游记二题》何丙仲(同上)

《寂寞空庭》程　维(同上)

《我的"三味书屋"》粲　然(同上)

《舒婷故乡的第一个诗歌节》谢春池(《厦门文学》2006年
　　8月号)

《养狗的男人》黄哲真(同上)

《〈胡文虎〉发表前后》张永和(同上)

《血魂团始末》蔡燕生(《厦门文学》2006年10月号)

《我和〈厦门文学〉的不解之缘》许怀中(同上)

《爱国作家陈汝惠》沈　寂(《厦门文学》2007年1月号)

《范方留给我的最后记忆》莱　笙(《厦门文学》2007年2月号)

《上海知青老金》刘晓航(《厦门文学》2007年4月号)

《好朋友念一生》冰　芾(同上)

《我属于一条河》陈志泽(《厦门文学》2007年6月号)

《三过古田》魏永乐(同上)

《厦门抗日往事》(纪实文学)谢春池(《厦门文学》2007年7月号)

《带雪回家》纪清渊(《厦门文学》2007年8月号)

《我家的老房子》林瑞声(同上)

《追寻翔安历史的足迹》张再勇(同上)

《飘逝的音符》冯　岚(《厦门文学》2007年9月号)

《在儿子患白血病的日子里》杨位伸(《厦门文学》2007年10月号)

《养猫记》庄　佳(同上)

《幼儿园纪事》何瑞苹(同上)

《我的财富是经历》张胜友(《厦门文学》2007年12月,纪念1977年
　　全国恢复高考30周年专号)

《我填了三个志愿都是福建师大中文系》汪毅夫(同上)

《我的1977》戴冠青(同上)

《我的高考》张　红(同上)

《怀念孙权》熊资娜(同上)

《引领我走进文学之门的黄吟军》陈永志(《厦门文学》2008年
　　2月号)

《厦门乡村旧事》洪本祝(《厦门文学》2008年3月号)

《干妈》施能业(同上)

《感受厦门》邱云安(同上)

《厦门最美的"新娘"》钟建红(同上)

《许春草的抗日》张圣才(《厦门文学》2008年5月,纪念厦门沦陷
　　70周年专号)

《双十内迁散记》郑家骙(同上)

《观靖国神社》朱家麟(同上)

《我们记住世上有个地方叫汶川》赖妙宽(《厦门文学》2008年
　　6月号)

《泪流满面不仅仅是悲伤》王永盛(同上)

《同行的日子》路　革(同上)

《不死的心》应锦襄(同上)

《高僧南来无多语》林志民(同上)

《皮定均将军遇难记》吴东峰(《厦门文学》2008年8月号)

《患难之中见真情》叶小楠(同上)

《邻居大咪》高　和(同上)

《一咬之仇》卢一心(同上)

《残墙》黄荣才(同上)

《撒在村落间的遗梦》陈子铭(同上)

《悄悄退隐的美丽》黄曾恒(同上)

《家住思明》许永惠(《厦门文学》2008年9月号)

《遥怀张人希道长》包立民(同上)

《风格独具的画家》何满子(《厦门文学》2008年10月号)

《温馨的马塘冲击波》林良材(《厦门文学》2008年11-12月合刊,
　　纪念改革开放30周年专号)

《"红土地·蓝海洋"随想》黄鸣奋(同上)

《笔会的收获》陈小培(同上)

《怀念在漳平的日子》朱鹭琦(同上)

《生命的河流》林华春(同上)

《幸运的红豆杉》季　仙(同上)

《醒龙随笔》刘醒龙(《厦门文学》2009年1月号)

《人事景·厦台缘》李向群(《厦门文学》2009年3月号)

《欲望之杯》于燕青(同上)

《一万种夜莺》肖复兴(《厦门文学》2009年4月号)

《寻找一份真情》言　志(《厦门文学》2009年9月号)

《为自己歌唱》戴冠青(《厦门文学》2009年10月号)

《林那北随笔五则》林那北(《厦门文学》2009年12月号)

《回眸扬州》舒　婷(《厦门文学》2010年1月号)

《周涛散文》周　涛(《厦门文学》2010年2月号)

《崇高的母性》柯文溥(同上)

《特别的聚会》裘山山(《厦门文学》2010年3月号)

《一轮甲子满,好风正扬帆》张　萍(《厦门文学》2010年6月号)

《红楼圆梦》陈照寰(同上)

《服务文联,感恩文联》谢澄光(同上)

《禅·道·诗》何香久(《厦门文学》2010年9月号)

《叶梅散文三题》叶　梅(《厦门文学》2010年10月号)

《思接千载》雷　达(同上)

《竹海新篁》姜　滇(《厦门文学》2011年5月号)

《"三国"城外望》姜琍敏(《厦门文学》2011年6月号)

《厦大二题》俞兆平(同上)

六十年诗歌作品要目

《中国人民站起来》童晴岚(《厦门文艺》创刊号,报纸版,双周刊,
　　《厦门日报》1951 年 2 月 12 日)

《厦门,钢铁的岛》黄　风(同上)

《厦门——祖国东南的堡垒》(长诗)谷　青(《厦门文艺》第 4 期,
　　同上,《厦门日报》1951 年 3 月 26 日)

《人,应该这样活着》辛　勤(《厦门文艺》第 35 期,同上,《厦门
　　日报》1952 年 12 月 20 日)

《我爱我的小钢笔》幹　夫(《厦门文艺》第 36 期,同上,《厦门日报》
　　1953 年 1 月 11 日)

《诗三首》陈文和(《厦门文艺》第 37 期,同上,《厦门日报》1953 年
　　1 月 28 日)

《我是志愿军高射炮兵》曾炎辉(同上)

《看! 仍然那样红艳光明》童晴岚(《厦门文艺》第 38 期,同上,
　　《厦门日报》1953 年 3 月 17 日)

《守望在海防线上》尚　政(《厦门文艺》第 44 期,同上,《厦门
　　日报》1953 年 6 月 16 日)

《寄给东山前线的英雄们》宋　涛(《厦门文艺》第 47 期,杂志版,
　　双月刊,1953 年 8 月)

《英雄岛》(长诗)童晴岚(同上)

《火焰——工地生活二章》童晴岚(《厦门文艺》第 51 期,同上,
　　1953 年 12 月)

《铁人颂》贻　模(《厦门文艺》第 2 期,同上,1972 年 4 月)

《经纬新歌》洪　泓(同上)

《了望更》王伯阳(同上)

《塑料工》陈友聪(同上)

《中东怒火》许宏业(《厦门文艺》第 5 期,同上,1972 年 10 月)

《致厦门》碧　沛(同上)

《永不休战》楚　舟(《厦门文艺》第 6 期,同上,1972 年 12 月)

《铁道卫士》胡汉传(《厦门文艺》第 8 期,杂志版,不定期,1973 年
　　7 月)

《红色摇篮》陈元麟(同上)

《伟大的进军》陈仲义(同上)

《渔家铁姑娘》琼　琳(同上)

《梦荡洋高啊,高上云雾》龚佩瑜(同上)

《献给天安门的歌》贻　模(《厦门文艺》第 12 期,同上,1974 年 10 月)

《写在春天的大地上》贻　模(《厦门文艺》第 13 期,同上,1975 年
　　4 月)

《野营短歌》周清西(《厦门文艺》第 15 期,同上,1975 年 10 月)

《脚手架上》佩　瑜(同上)

《献给金色北京城》黄汉忠(《厦门文艺》第 16 期,同上,1976 年
　　5 月)

《站在毛主席遗像前》林培堂(《厦门文艺》第 17 期,同上,1976 年
　　12 月)

《进攻的呐喊》林　祁(同上)

《一帧照片》朱家麟(同上)

《故垒漫步》陈志铭(同上)

《华主席来咱观察所》周清西/溪　杰(《厦门文艺》第 19 期,
　　同上,1977 年 7 月)

《古田歌声》刘瑞光(同上)

《战友》谢春池(同上)

《边防潜伏哨》龚佩瑜(同上)

《红五月颂》颜如璇(同上)

《县委书记蹲点》卢建端(同上)

《伟大的旗帜》杨钧炜(《厦门文艺》第 20 期,同上,1977 年 10 月)

《我在纪念堂寻找》刘溪杰(同上)

《好! 祖国的清早》陈仲义(《厦门文艺》第 21 期,诗歌专号,同上,
　　1978 年 1 月)

《春天的信息》刘溪杰(同上)

《写在大治的年头》林培堂(同上)

《好啊,红色的台风》陈元麟(同上)

《致九月九日》颜如璇(同上)

《八. 二三姑娘》尚　政(同上)

《贝壳的传说》佩　瑜(同上)

《云中小学》谢春池(同上)

《早晨,我走进化验室》陈仲义(同上)

《致书架》潘清河(同上)

《农村放映员小唱》朱志凌(同上)

《公社新风》朱家麟(同上)

《闪光的川流》陈　彦(《厦门文艺》第 23 期,同上,1978 年 8 月)

《骆驼峰》陈志铭(《厦门文艺》1979 年第 1 期,报纸版,双周刊,
　　《厦门日报》5 月 5 日)

《温暖》谢春池(《厦门文艺》1979 年第 5 期,同上,《厦门日报》
　　7 月 10 日)

《汽笛》龚佩瑜(同上)

《题山水画》张晓寒(《厦门文艺》1980 年第 5 期,同上,《厦门
　　日报》2 月 26 日)

《"北引"工地速写》林斌龙(同上)

《小岛》陈瑞统(《厦门文艺》1980 年第 6 期,同上,《厦门日报》
　　3 月 11 日)

《寓言诗三首》陈仲义(《厦门文艺》1980 年第 7 期,同上,《厦门
　　日报》3 月 25 日)

《春雨淅沥》周火卢(《厦门文艺》1980 年第 9 期,同上,《厦门

《圣坛》洪　泓(《厦门文学》1990年3月号)

《南京秋雨》谢春池(《厦门文学》1990年5月号)

《沿房顶消失》李　军(《厦门文学》1990年11-12合刊)

《南十字星座》钱叶用(《厦门文学》1991年1月号)

《画家,还有邓丽君》季　弗(《厦门文学》1991年3月号)

《世界的边缘》鲁　亢(同上)

《父亲和我的生命》柔　刚(同上)

《寻找》温琴光(《厦门文学》1991年5月,"蓝海洋·红土地"
　专号)

《疲备档案》周迎春(《厦门文学》1991年7月号)

《爱的明信片》于宗信(同上)

《城市爱情》沙　封(《厦门文学》1991年10月号)

《南方小城》汪　威(同上)

《圣洁的黎明》黄　橙(同上)

《爱情与等待》郑国防(同上)

《蔡小明诗三首》蔡小明(《厦门文学》1991年12月号)

《友爱长青》蔡其矫(《厦门文学》1992年1月号)

《墨誓》李松涛(同上)

《诗二首》马永波(《厦门文学》1992年2月号)

《致H》郭宝林(《厦门文学》1992年3月号)

《荷》陈道辉(《厦门文学》1992年9月号)

《秋天的太阳》叶玉琳(《厦门文学》1992年10月号)

《水仙花颂歌》钱叶用(《厦门文学》1992年12月号)

《出埃及》(长诗节选)朱　圣(《厦门文学》1993年6月号)

《中国的线牵引着你》黄文忠(《厦门文学》1993年12月号)

《大声》廖一鸣(同上)

《经过城市》黑　枣(《厦门文学》1994年1月号)

《酒后的故事》哈　雷(《厦门文学》1994年6月号)

《皇帝轶事》蔡芳本(《厦门文学》1994年7月号)

《遇雨》谢克强(《厦门文学》1994年11月号)

《远山的诱惑》李龙年(同上)

《向前走》杨金安(《厦门文学》1995年2月号)

《诱人的美丽》阳　子(同上)

《九月的诗》丘方演(《厦门文学》1995年3月号)

《程维体验》程　维(同上)

《深入的历程》孙少龙(《厦门文学》1995年11月号)

《从海岸深入海》黄祖雄(同上)

《有和没有》沈天鸿(《厦门文学》1996年3月号)

《大翼》刘松林(《厦门文学》1996年4月号)

《另一种乡愁》宗　鄂(同上)

《午夜的眺望》乔延凤(同上)

《诗歌之梦》(长诗)杨远宏(《厦门文学》1996年5月号)

《最后一天》(长诗)吕德安(同上)

《写作或水晶之旅》沈　奇(《厦门文学》1996年6月号)

《诗四首》叶延滨(《厦门文学》1996年7月号)

《塌陷》路　也(同上)

《伟大的内向》祝凤鸣(《厦门文学》1996年8月号)

《暗自醒来》李轻松(同上)

《献给南鸟之诗》杨春光(《厦门文学》1996年9月号)

《质问人类》伊　沙(同上)

《干蚂蚁》安　琪(《厦门文学》1996年10月号)

《一天变换的姓氏》李来有(同上)

《百年追寻》红　萍(同上)

《逝去或者走向》哈　雷(《厦门文学》1997年1月号)

《颂歌》张文质(同上)

《敦煌泪》张幸福(同上)

《上海之诗》陈东东(《厦门文学》1997年4月号)

《铁皮屋顶》罗　巴(同上)

《世界下雨了》太　阿(同上)

《用时间的牙齿造锯》谭延桐(同上)

《告别内心》郁　郁(《厦门文学》1997年7月号)

《好莱坞情节》匡文留(同上)

《军旅气节》马萧萧(《厦门文学》1997年8月号)

《空白》程剑平(《厦门文学》1997年9月号)

《暗伤》(长诗)张　烨(《厦门文学》1997年10月,走向新世纪
　中国诗歌大展专号)

《瞬间与永恒》(长诗)柏铭久(同上)

《白话说诗或发挥暗喻》曲有源(同上)

《中国啊,我的中国》杨春光(同上)

《1997纪事》叶匡政(同上)

《大陕北的雪》耿　翔(同上)

《幻想之翼》李静民(同上)

《神曲》(长诗)张金发(同上)

《动物园》(长诗)肖开愚(同上)

《蝴蝶泉》(长诗)西　渡(同上)

《土》(小说诗)柔　刚(同上)

《吹送》叶玉琳(《厦门文学》1997年12月号)

《夜游及其他》曾　阅(同上)

《散装的情感》叶振瑜(同上)

《十四行诗四首》雷　霆(同上)

《歌唱米罗》(长诗)梁晓明(《厦门文学》1998年1月号)

《倾斜的城镇》潘　维(同上)

《无休止的歌》李郁葱(同上)

《那光》荣　荣(同上)

《无名》(长诗)千　叶(同上)

《现代的现实》叶延滨(《厦门文学》1998年4月号)

《北方汉子》雷　霆(同上)

《写给妈妈》梅绍静(同上)

《怀念》李小雨(《厦门文学》1998年5月号)

《驶向真爱》海　上(同上)

六十年评论作品要目

《"主体"与"历史"的可能性》庄文卿/席　扬(同上)

《漳州小说群的作家个性化写作》代顺丽(《厦门文学》2005 年
　　12 月号)

《再造〈厦门文学〉的辉煌》王永盛(《厦门文学》2006 年 2－3 月
　　合刊,纪念《厦门文学》创刊 55 周年专号)

《文学与市场》张胜友(《厦门文学》2006 年 5 月号)

《厦门,拥有自己青春的声音》庄伟杰(《厦门文学》2006 年 10 月号)

《厦门小说创作势头猛》泓　莹(同上)

《中国诗歌的"蔡其矫现象"》刘登翰(《厦门文学》2007 年 1 月号)

《三明诗群:从"大浪潮"到"诗三明"》昌　政(《厦门文学》2007 年
　　2 月号)

《闽南诗歌批判与其他》冰　儿/南　方(《厦门文学》2007 年 3 月号)

《我观闽南诗群》陈仲义(同上)

《闽南诗群的第一回行为艺术》龚小莞(同上)

《百年厦门新诗论》谢春池(《厦门文学》2007 年 11 月,厦门诗群
　　专号)

《探询好诗的标准》陈仲义(《厦门文学》2008 年 1 月号)

《"厦门诗群"的形成,盛事、好事》江　浩(同上)

《林庚先生燕园读书录》孙玉石(《厦门文学》2008 年 7 月,福建
　　诗人专号)

《让闽西红土地文学之树常青》傅柒生(《厦门文学》2008 年 11－12 月
　　合刊,纪念改革开放 30 周年专号)

《福建诗歌现状反思与透视》庄伟杰(同上)

《文学的"假死"与"复活"》北　村(《厦门文学》2010 年 7 月号)

《素面朝天,长歌一路》李向群(《厦门文学》2010 年 9 月号)

《一种诗人:做世界的情人》哈　雷(《厦门文学》2010 年 11 月号)

《文学写作的五种关系》谢有顺(《厦门文学》2011 年 1 月号)

《鹭岛众声:刘岸及其作品》肖点点(同上)

　　＊以上三要目"同上"分别有两种含义:(1)括号内仅"同上"二字者,即与上之括号内文字同;括号内"同上"被
其他文字夹于中间者,则指与上之括号内杂志的版型刊时同。

图书在版编目(CIP)数据

《厦门文学》60年作品选.下册/谢春池,刘岸主编.—厦门:厦门大学出版社,2013.10
ISBN 978-7-5615-4515-7

I.①厦… II.①谢…②刘… III.①中国文学-当代文学-作品综合集 IV.①I217.1

中国版本图书馆 CIP 数据核字(2013)第 255283 号

厦门大学出版社出版发行

(地址:厦门市软件园二期望海路 39 号　邮编:361008)

http://www.xmupress.com

xmup @ xmupress.com

厦门集大印刷厂印刷

2013 年 10 月第 1 版　2013 年 10 月第 1 次印刷

开本:787×1092　1/16　印张:33　插页:2

字数:900 千字　印数:1～1 500 册

定价:120.00 元

本书如有印装质量问题请直接寄承印厂调换